五年集
(2018—2022)

短篇小说卷　《收获》编辑部 主编

船越走越慢
法力

徐则臣　　张悦然　等 著

人民文学出版社
PEOPLE'S LITERATURE PUBLISHING HOUSE

图书在版编目(CIP)数据

船越走越慢　法力:短篇小说卷/徐则臣等著;
《收获》编辑部主编.—北京:人民文学出版社,2023
(《收获》五年集:2018—2022)
ISBN 978-7-02-017655-7

Ⅰ.①船…　Ⅱ.①徐…②收…　Ⅲ.①短篇小说-小
说集-中国-当代　Ⅳ.①I247.7

中国版本图书馆 CIP 数据核字(2022)第 234601 号

总策划	黄育海　程永新
责任编辑	卜艳冰　李　殷
装帧设计	汪佳诗

出版发行	人民文学出版社
社　　址	北京市朝内大街 166 号
邮政编码	100705
印　　刷	凸版艺彩(东莞)印刷有限公司
经　　销	全国新华书店等
字　　数	352 千字
开　　本	720 毫米×1000 毫米　1/16
印　　张	27
版　　次	2023 年 1 月北京第 1 版
印　　次	2023 年 1 月第 1 次印刷
书　　号	978-7-02-017655-7
定　　价	158.00 元

如有印装质量问题,请与本社图书销售中心调换。电话:010-65233595

| 编者的话 |

五年前,大型文学刊物《收获》创刊六十周年之际,我们编纂出版了共计二十九卷(册)的纪念文存,收入自一九五七年《收获》创刊号至二〇一七年各期发表的不同体裁的优秀作品,其作者凡一百八十余人。自"五四"以来不同时期走上文学道路的几代作家,藉以纪念文存集中亮相,与读者一起走入琳琅多彩的文学长廊,留下了一个甲子的辉煌记忆。

如今,《收获》已走过六十五个年头。最近五年间,《收获》继续收获中国文学硕果,赓续前六十年的创造,老树新花更赋风流,于是有了这套《收获》五年集。

现在这套文集遴选范围是《收获》二〇一八年至二〇二二年发表的作品,按创作体裁编为四卷(册),即散文一卷、短篇小说一卷、中篇小说两卷。这次的编目中没有安排长篇小说,这一点需要特别加以说明。先前作为纪念六十周年的文存,集中收存各体创作之菁萃,旨在完整呈示《收获》自创刊以来的整个历程,亦有积累文学史料之功;其中长篇小说超过三分之一卷帙,亦体现了这份刊物的原生状态,因为长篇体裁一向是《收获》之优长。这次编目思路的改变,不是由于长篇缺少佳作或其他原因,而是《收获》近年发表的长篇佳作皆有单行本行世,且发行甚广,不像早先六十年间有些作品如今已难寻觅。为节省篇幅和出版资源,长篇体裁在此付诸阙如,是根据现实情况而变通的考虑。

这新的五年,文学园地自是一番崭新景象。继往开来的《收获》同仁始终铭记刊物创始人巴金和靳以先生的旨意,着眼于青年和未来。巴老说过,《收获》是向青年作家开放的,已经发表过一些青年作家的作品,还要发表青年作家的处女作。"前辈的远见卓识给这份刊物注入了历久弥新的生命力,亦预示文学事业可持续发展的光明前景。从现在这套文集选目来看，作者代际变化相当明显，作品的艺术视野和表现手法都有相应的开拓。

在有作品入选的五十六位作者中，王安忆、叶兆言、南帆、余华、毕飞宇等五零、六零后作家为数不多，可喜的是这些文坛常青树依然活跃此间，给我们带来"庾信文章老更成"的欣喜，而与此同时，再度收获的园地又见"递相祖述复先谁"的繁花硕果。七零后作家徐则臣、赵松、哲贵、李修文、曹寇、雷默等人，无疑已成文坛中坚，而更年轻作家亦纷纷进入读者视野。收入这套文集的林晓哲、周嘉宁、白琳、索南才让、董夏青青、班宇等一班八零后翘楚，早已为广大读者所关注。还有迅速崛起的夏麦、叶昕昀、渡澜那些九零后作家，更是能够让人相信明日的灿烂。

面对才俊辈出的新气象新局面，作为编辑者和出版人，我们充分意识到这项工作的意义。编纂这套文集，是为文学事业和全民阅读助力，是记录一种创造史。同时，我们怀有一种心愿，希冀日后成为读者眼中的名山事业。

当然，任何选本也许都会有遗珠之憾，取舍之间自是交织着喜悦与惋惜，文学的价值标准可能永远是见仁见智，一切还是留给读者去判断。

最后，还是要说一句：感谢读者。无论是《收获》杂志，还是眼前这套文集，归根结底以读者为存在。

《收获》杂志编辑部
上海九久读书人文化实业有限公司
人民文学出版社
二〇二二年十一月十七日

目 录

弋 舟	巴别尔没有离开天通苑	1
班 宇	逍遥游	24
张悦然	法力	51
储福金	棋语·连	72
双雪涛	杨广义	86
邵 丽	天台上的父亲	95
渡 澜	傻子乌尼戈消失了	114
雷 默	大樟树下烹鲤鱼	132
宁 肯	探照灯	150
张惠雯	玫瑰，玫瑰	162
艾 伟	最后一天和另外的某一天	186
唐 颖	玻璃墙	202

伍世云	送伴	220
万玛才旦	水果硬糖	246
徐则臣	船越走越慢	271
董夏青青	冻土观测段	284
叶昕昀	孔雀	320
钟求是	地上的天空	345
陈春成	雪山大士	362
东　君	我们在守灵室喝下午茶	375
双翅目	记一次对五感论文的编审	389
东　西	飞来飞去	415

巴别尔没有离开天通苑

弋 舟

我十二岁那年，我妈的一位朋友，一个著名的女摄影家，搞到天通苑两个"经适房"的指标，一个自用，一个给了我妈。价格是每平方两千六百八十元。面对这张当时还看不出是什么馅儿的巨大的馅饼，我妈举棋不定，兀自嘀咕，买，还是不买？她其实无意征求谁的意见。自从被我爸抛弃，成为一名弃妇后，她就习惯这样对着空气发问了。每顿饭吃什么她都会问道问道，没人回答，也不影响她履行做饭的义务。但那次她兀自嘀咕的问题，显然比晚饭喝粥还是捞面这类事要重大，如同一个哈姆雷特式的天问。我不忍她过于仓惶，有一嘴没一嘴地应了声：买。一百七十多平，所有手续办下来，不到四十万。

如今，天通苑成了亚洲最大的居住小区，区内有几十趟公交，三个地铁站。

当年我那声无心之"买"，不啻为自己此生发出的最接近真理的一个声音，其意义之重大，从我对那位著名女摄影家复杂的感情上便可见一斑——当我正经懂得了世事难艰后，我改口管她叫"干妈"了。这并不过分，实际上，在我眼里，她就是一个在人间复活的救世主，她之于我，就是有着再造之恩。我爱这套房子，我爱天通苑。这爱类似一种宗教情感，是一颗卑微的臣服之心。我知道，我领受了老天过分的优待。不是我配得上这样的优待，那不过是老天以万物为刍狗之余，对人偶尔为之的怜悯恰好落在了我的头上。

现在我竟然要离开这块赏赐之地，因为小邵偷回只猫。

她用一件皮肤衣裹着那个家伙。皮肤衣是我的，早上出门送小邵上班时下起了雨，在地铁口，我脱下来给她穿上了。回来时它的帽子里露出只猫头。

"捡的？"

"你不觉得它像你的儿子吗？你拿你小时候的照片来跟它比比，简直是一个模子里倒出来的嘛。你难道会否认你的眼珠也有些发黄吗？"她一边说一边把猫往我怀里塞。

猫的脸比我拳头大一圈，也许从皮肤衣里完全裸露出来会更大一些。它的神情倨傲，人类中的婴儿如果也长了像它那样一双黄色的眼珠，一定是得了黄疸。它干净极了，像人类中天天修剪指甲的那部分人，显然不是一只流浪猫。

我拒绝抱它。我说："别塞给我。"

"任性是吧？"小邵挠着猫头说，"它有一个名字，嗯，它叫鲁西迪。你不是喜欢《午夜之子》吗？"

我是喜欢写出过《午夜之子》的鲁西迪，可是我不想跟她怀里的这个"午夜之子"扯上任何关系。

"别闹了，我姓王，它姓鲁，它肯定不是我儿子，你还是打哪儿弄来的还回哪儿去吧。"

"我不会这么做的，你想都别想。我们需要它，它就是老天送给我们的礼物。"小邵对着空气喃喃自语，像极了当年兀自嘀咕的我妈。

她弯下腰将猫放在地板上，帮它脱掉皮肤衣。猫的脖子上系着根皮项圈儿,这证实了我的判断,反正我是没见过系着皮项圈儿的流浪猫。我猜不准以猫龄计它应该有多大,只是觉得它接近人类五六岁的幼童。这可能并不准确,可准不准确真的没那么重要。重要的是,现在我要接受一只猫来做我的儿子。猫认生,畏葸地缩在地板上,看上去竟真的有些像剃掉胡子的鲁西迪。

我用手机给它拍照,没什么特别的意图,不过是如今的习惯性动作。

天光打在地板上,给它银色斑纹的短毛涂上夕阳的余晖。往常的这个时候,小邵应该还在可可喜礼烘焙店的柜台后面系着白色的围裙给顾客包蛋糕。就是说,她回来得早了,这很反常,于是,事情就更像是有所预谋的了。

我从客厅的一头走向另一头。每当心神不宁的时候我就爱这么走几个来回。一百七十多平的面积在北京算得上是一个有力的心理支撑。

天通苑有许多流浪猫和流浪狗,我偶尔也会丢根火腿肠给它们。但这并不表示我愿意收养一只盘踞在我的赏赐之地。老实说,我并不喜欢它们,它们会乱翻垃圾,很脏很烦人。天通苑也有许多养猫养狗的业主,他们在清晨和黄昏成群结队地遛猫遛狗,还在微信里组织了不同的群,交流经验,沟通感情,彼此攀比和相互炫耀。如果非要接受一只猫进入我一百七十平的地盘儿,我现在倒是拿不准,它到底是从垃圾堆捡回来的好,还是从主人眼皮下系着皮项圈儿被偷回来的好。我是有些懵,好像非此即彼,如果非要认领一只猫做自己的儿子,就只有这两个选项。

好吧,我昏头昏脑地认为,那么还是偷来的这只更能令我接受一些。

在房子里走到第三个来回,我的这种想法终于被理性压倒。显然,即便从垃圾堆捡回一只脏猫很恶心,也好过偷回一只皮光毛滑的猫。你明白,我所认为的"好",是以人类理性中所谓的"正当性"为依据的——它专断地抑制我们本能的好恶,让我们无视垃圾堆的恶臭和窃取某样东西所能带给人的那种原始的兴奋。

那么好了,我得把它还回去——这才是我的愿望,并没有谁勒令我必须收养一只猫!

然而,把猫还回去,虽然能够令我符合"正当性",令我显得理智而体面，接近人类中那部分天天修剪指甲的人，但此时我并不是非常踊跃地想去这么做。小邵说这只猫是我儿子，说它跟我有着一样的黄眼珠，难道我可以富有"正当性"地粉碎她的谎言吗？谎言粉碎后会怎样呢？最具"正当性"的，难道不是给她弄一个货真价实的婴儿吗？甚至，最好这个婴儿生下来还要立即接受黄疸治疗。这太可怕了。想必小邵跟我的认识相同，否则她也不会使出这种狸猫换太子的把戏。我们应该有一个儿子，这是生命的律令，可现实除了有不能偷猫这样的"正当性"，还有生育一个儿子所意味着的那种灾难性重负的"正当性"。我的好运气在十二岁那年被我妈一次性用光了，告罄了，我已经归队，老老实实回到了"刍狗"的行列，不会奢求老天更多的优待。

我从房间的一头走回去，我得跟小邵再谈谈，仿佛真的很有把握说服她一样。

"这么做不合适。真的想要养一只猫，我们可以去买一只。用皮肤衣随便裹一只回来，无论如何，这么做都很不靠谱。"

我真的并不想养一只猫，我最多只愿意给路遇的猫丢一根火腿肠。可现在"养一只猫"好像已经是我们展开讨论的前提了。

"这是老天给我们的礼物。"小邵说，蹲着抚摸猫的肚皮，"你觉得，老天的礼物是可以买回来的吗？你看，它是鲁西迪，是你喜欢的，它就是我们的儿子——你觉得儿子是可以买回来的吗？"

我蹲在她身边，开始正眼打量这个"老天的礼物"。它的眼睛很大，并且睁得很开，上眼睑像半个纵向切开的杏仁，下眼睑的形状是圆的，眼神明亮而警觉。怎么说呢，不折不扣，的确像是个"老天的礼物"。此刻它的眼珠泛着蓝光。

"你瞧，它的眼珠不是黄色的。"我说，如同找到了反对的依据。

"这是光线变化的原因，还有晶状体什么的原理吧，而且眼珠变来变去这种事情，也没什么好奇怪的，我们刚认识的时候，你的眼珠就没现在这么黄。它是老天给我们的一个礼物，我们现在，是完整的一家人了。"

小邵略带茫然地看看我，似乎自己也觉得不知所云。我发现她的刘海是湿的。外面可能还在下雨，她用皮肤衣裹猫了，于是淋湿了自己。

猫举起一只前爪拨打她的手，我觉得这货在微微地发抖。

我得承认，小邵的话有些说服力。她一再强调，"它是老天给我们的礼物"，而相较于一个来自老天的礼物，偷，似乎真的比买更具神秘的奥力。不是吗，我现在安身的这套房子，这块老天给我的赏赐之地，难道真的是买到手的吗？实际上，它不是更接近一种"偷来"的本质吗？鲍勃·迪伦在歌里理直气壮地唱："对，我就是思想的窃贼，哦不，我情愿是灵魂的小偷。"我没法儿给小邵一个婴儿，于是，在很大意义上，是她出于权宜之计，替我偷来了一只猫作为替代品。这里面的逻辑太过复杂，我只好默默地看着地板上瑟瑟发抖的猫。

小邵抱起了猫，起身坐进沙发里，那姿势，就是抱了一个婴儿。

我坐在地板上，习惯性地又用手机对准了她。镜头里的情形正是一对儿哀愁的母子。光线暗淡，这一对儿却散发着神圣的幽光。

我问小邵晚饭吃什么。这根本不是个问题，可一生中我们会愚蠢地问无数遍。没人回答我，就像当年我妈的处境。我捡起地板上的皮肤衣给自己套上，转身出了门。

雨的确还在下，但下得不易觉察，空气里像是飘着一层有些黏腻的浮油。我上了另一栋楼，敲开了苏伟的家门。她正在吃晚饭，不过是一盒速食干拌面。我跟她说了说情况，并且摸出手机让她看猫的照片。苏伟，我那位"干妈"的女儿，埋头吃面，偶尔抬头瞅我一眼。

"美短，"她扫一眼我递过去的手机，漫不经心地说，"还是只银色条纹的，挺漂亮。"

"喂，我说，我不是来让你欣赏这货的——'美短'是什么意思？"

她把吃空了的面盒丢在工作台上，揉着手腕说："是这只猫的品种，美国短毛猫。"

我想象着一只系着皮项圈的猫漂洋过海的情景。

我说："我来找你不是想问这个。"

作为一个在人间复活的救世主的女儿，苏伟在我眼里也有种神圣的气质。有时候我会觉得，当年那两个"经适房"的指标将我跟她安排成了邻居，这里面也有老天的深意。她穿着宽大的白衬衫，下摆绑了一个松松垮垮的结。

"那你想问什么？哦，是的，这只猫可能不便宜，怎么也值七八千吧。"她好像终于明白了我的意图，同时想起来自己是个律师，"肯定是盗窃罪了，数额较大，判刑的话，够判个三两年的。"

我愣了。我压根没想跟她请教法律问题。她给了我支烟，自己也点上了一支，半坐在工作台的桌面上，不停地揉着手腕，好像刚刚那盒干拌面让她的手腕不堪重荷了似的。

"想办法送回去，别心存侥幸。你知道那些养宠物的人都什么心理吗？这倒是跟小邵一样，都是当儿子来养的。肯定会报警，谁家丢了儿子会不报警啊？警察一介入就坏了。现在还来得及——下雨，见着只落了单的宝贝儿，抱回家给它暖和暖和，没准失主还能给你们送面锦旗。你没事儿吧？"

可能我的脸色有些不好。

"我真的不是吓唬你，我可没想这么干，杨姨叮嘱过我要照顾你，这话我可没忘。别跟我说什么'老天的礼物'了，事实上，我们常常搞不清自己究竟是撞上了大运还是踩上了狗屎。反正我是挺不乐观的，何况你现在这事儿，百分之百就是踩了狗屎嘛！"

她所说的"杨姨"就是我妈。我不知道我妈对她有过什么叮嘱。我妈是三年前去世的，那会儿，苏伟还跟她前夫在日本鬼混着呢。

她开了门把我往外推。

"赶紧去处理。对了，下楼右拐有家宠物店，你先去买几罐猫粮，爱心人士嘛，得有点儿样子。还有，给人还回去之前，你可千万把那货伺候好了，不能有任何差错，否则真就砸手里了！你明白我说的意思吗？"她不停地揉着手腕说。

"我想我明白。"我说，"你的手腕怎么了？"

"手腕？噢，腱鞘炎，刷手机刷多了。"她怔了一下，继续说，"没错，它现在就是个婴儿，搁谁手里都有保护它的义务，我不是跟你开玩笑。就算是捡了个孩子，死谁手里都得承担责任，何况你这还是偷来的。"

"谢谢！"

她砰地关了门，一点也不像受过我妈叮嘱的态度。

下楼右拐，我没有看到苏伟所说的宠物店。但我不认为她是在骗我或者敷衍我，她不过是使用了一种修辞，用以强调事态的严峻性。受了她的启发，我也在超市里买了几盒干拌面，还买了几罐苏打水。结账的时候，我赫然看到收银员背后的货架上竟然摆着一排琳琅满目的猫粮。难道，它们不是向来如此陈列着的吗？那一排生动的猫脸印在精美的包装上，想必我的目光曾经无数次扫过它们，但我们只看自己愿意看到的。

我选了两罐新西兰的牛肉罐头——"一罐装下93%鲜肉，完整取材同一头动物"，它的包装上是这么说的。此刻我的心态，就是一个给儿子选择食物的父亲的心态，我给自己买干拌面时都不会这么走心。

食物令家里有了难以描述的温情。我们共同吞下过那么多的食物，但小邵的神情从来没有因之如此荡漾。我带回家的那两罐猫粮让她欣慰极了，我能够感到她对我的爱都因此不同于往日。她吻了我脸颊一下，既像一个女朋友，又像一个女儿，还像一个母亲，当然，还像一只猫。我们用自己的饭碗给猫盛放牛肉罐头，不安地看着它，当它以一种俯就的神情舔了两下碗边儿时，小邵哭了。我不觉得她哭得不可思议，要是足够放松，没准儿我也会涌出泪水。

"我觉得，它再长大一些，脸再饱满一些，眼睛再离得开一些，就完全是你的样子了。"小邵说。

此刻她躺在沙发里，猫趴在她的胸口上，一切的确和往日的气氛迥然不同，真的就像她所说的那样——"我们现在，是完整的一家人了"。考虑到她给这只猫取的名字，她和猫现在构成的姿势，竟令我有些嫉妒。我不忍马上唤醒她，自己拿了罐儿苏打水走到阳台的窗户前盘算。

办法还是有的。微信上业主们组织的五花八门的群我也加入过几个，我打算先把"捡到一只美短"的信息发上去。这样一来，无论有没有人认领，事后如果追究，我和小邵都会立于不败之地，我们发出了信息，便摆脱了偷猫的嫌疑。这一招极富"正当性"，算是人类伟大理性的灵光一现。

平时那几个群被我设置成了"消息免打扰"的模式，现在，我将它们一一点开。无一例外，我看到的都是相同的内容。

美短鲁西迪的照片充斥在所有天通苑业主的群里，今夜，它是亚洲最大的居住小区里唯一的主角。

它当然不叫鲁西迪，但是，在它的主人那儿，它的名字竟然是——巴别尔！你能理解这有多么令我震惊吗？"巴别尔"，这个名字给我带来的震撼，超过铺天盖地的舆情——业主们愤怒了，在集体诅咒偷猫贼。我却被这只美短的本名惊吓得差点儿扔掉手机。

巴别尔是谁？是那位写过《骑兵军》的大师。他和鲁西迪一样，都不属于大众阅读的对象，这个地球上可能只有专门的一小撮人才对他们发生着兴趣。我这么说，并不是在划分趣味的优劣，我没那么傲慢，我只是觉得人类总是要被分成块的，而且块和块之间相互不可理喻，无法通约，就好比，你都想不到有一群少数者，毕生热衷收藏垃圾堆里淘出来的内裤。我以为我也是个少数者，万万没有想到，并不需要一个浩瀚的宇宙来作为背景，就在天通苑里，便潜伏着一个自己的同类。

信息中透露出这个同类就职于农业部的某个司，大概不是什么位高权重的人，否则也不会藏身在鱼龙混杂的天通苑。他和他的巴别尔一同出现在群里，一小段视频，他和它，在房间的地毯上嬉戏，还有一个她——当然，是他的太太，坐在轮椅里温柔地旁观。接下来她便在视频里哭诉起来："不过是开门接了份外卖，巴别尔就溜出去了。"

是啊，巴别尔自己溜出去了，跟我们可没什么关系。

她继续说，巴别尔经常会溜出门，可从来不会离开，它只是顽皮，它总是候在门口，待一会儿，然后敲敲门，让主人重新把门打开，对它而言，这就是个游戏。

它这么机灵，我现在把它送出门，它自己肯定会摸回去吧？穿过几条马路，在自家楼下等候有人按开电梯，从容地踱进去，示意电梯里的人给它按准楼层，到了后礼貌地致谢与告别，然后回到家门口，轻轻叩响熟悉的房门——哈喽，游戏结束了。

它是被偷走的！女主人的情绪失控了，叫喊道："有人摸到了我家门口，趁它出门的一瞬抱走了它！这是一个蓄谋已久的贼！"

哦，这个"蓄谋已久的贼"，我的小邵，果真是这样的吗？你会真的这么令我刮目相看吗？你谋划了多久，一年，还是半载？你在这个下雨的黄昏，提前从可可喜礼烘焙店脱岗，溜上了人家的楼，身上裹着件准备裹猫的皮肤衣，猫如期而至，你伺机猛扑了上去。

这太恶劣了，简直就等同于人贩子光天化日之下抢小孩！住在天通苑还有安全感吗？有人在群里出主意——找物业调监控。

太对了，这也是人类伟大理性的灵光一现。

我没法再看下去了。仿佛现在小邵并不在我的身边，并没有被一只鲁西迪趴上胸口压在沙发里，而是鬼鬼祟祟地存在于摄像头质量不佳的画面中。

"走，马上走。"

我从来没这样说一不二、当机立断过。你知道，通常当我开口，都是我妈那种对着空气发言时无可无不可的态度。

怀里有了一只猫，小邵也随着发生了神奇的变化，她变得格外顺从，就像一个哺乳期的女人那样，对世界没有任何的异议——只要你别碰她的孩子。她连问都没多问一句，起来就跟着我走了。

出门的时候，我再次将那件皮肤衣塞到了她怀里，她心有灵犀地将猫裹了起来。

我们没有选择电梯。与找上门来的失主和保安在电梯里狭路相逢，完全有可能是一个大概率的事件。我们不能连人带猫一起被人堵住，那将是人生毁灭性的打击。我和小邵是相爱的，我们的爱像所有真正的爱一样，都那么岌岌可危，我们的爱承受不了一次捕获。小邵无声地跟着我。沿着楼梯往下走，楼道的感应灯有好几层是坏掉的，穿过黑暗逐级而下，我有种心碎的滋味。其间猫叫了一声，猝不及防，真的太吓人了。

夜色完全黑下来了，天通苑却灯火通明。细雨里人群依旧熙来攘往，像海市蜃楼中的盛世之夜。我们尽量贴着路灯照不到的角落走，还不自觉地蹑手蹑脚。钻进一辆出租车后，我甚至都听到被皮肤衣裹着的猫长吁了一口气。

我应该跟小邵交流一下，搞清楚这件事的来龙去脉，她真的"蓄谋已久"了吗？或者，她可以说是无辜的——不过是这只猫自己跑到了她的脚边，用一双和我相似的黄眼珠启发并引诱了她，令她情不自禁兜头用皮肤衣将其裹了回来。可我现在不想开口。我有些无力。同时，我也不想惊动安静的小邵。自从她抱着猫来到我面前，我觉得我们之间的关系忽然变得饱含水分，不再显得那么干燥，变得相濡以沫，变得彼此好像比以往更加属于对方。

我明白，苏伟所说的，只是在理论上成立——法律会将小邵关进监狱里去——我并不是很担心这个，因为我压根儿不接受人会因为偷了只猫就得失去自由；但是我也害怕万一理论发了疯，竟然奇迹般地兑现了——尽管经验告诉我，迄今为止，我所经历的都是有违理论的事儿。理论上，我大学学的是机械制造与自动化专业，可实际我后来干过编辑，干过导游，还开过饭馆，就是从没在机械制造与自动化上吃到过一口饭。理论上，我妈一生严于律己，胸襟开阔，被丈夫抛弃也只是自言自语着发出天问，活成人瑞也没什么好奇怪的，可她六十岁出头就走了。凡此种种，不一而足，都令我不是那么重视理论上的可能性。但现在我却不敢信赖自己的经验了。我空前地尊重理论上的可能性。因为我爱小邵，不想让她冒一点儿风险。即便她不会因为一只猫被送进牢里去，我也没法想象她的尊严可能会遭受的蹂躏。当然，你也可以说我们并无什么尊严可言——小邵只是一个烘焙店的女店员，我失业在家快半年了，然而我们在相爱，这赋予了我们某种可以被理解的、微弱却宝贵的自尊。

所以，还是离开天通苑吧。

司机问我去哪儿，毫无缘由，我略微沉吟了一下，告诉他去峪口镇。我沉吟的那一下，什么意思也没有，我并没有借此思考什么，就是一个

"正当性"的停顿。

出门时我带上了自己的双肩包,也提醒小邵背上了她的包。我的包近一个月没用过了,里面装着的东西与当下的我毫无瓜葛,就是一堆陌生人的物品:几包餐厅里的纸巾,一个关节可以活动的木偶,一只不知道做什么用的空锡盒,一部没有拆封的华为手机,一本301医院的空白病历。不不不,它们真的跟我没什么关系,我一点儿也想不起它们是怎么跑到我包里来的。

我开始盘算我俩身上有多少钱。如果记得不错,我钱夹里的几张卡上应该还有几万块。但我不是特别肯定。既然你的包里会飞进来你不认识的玩意儿,那么你卡里的钱也会莫名其妙地飞走。回头找台ATM机核对一下自己不值得被信任的记忆吧。

"明天我就不去上班了吧?"小邵小声问我。

"别去了,正好休息一段日子。"我并没有控制自己的语调,就像是在跟她说着一场普普通通的休假。

这会儿,她被监控拍下的作案现场已经让人调出来了吧? 天罗地网,按图索骥,物业很快会落实她这个偷猫贼的。如果失主还报了警,她明天一早照旧去上班,十有八九,警察会在可可喜礼烘焙店门口等着她。

车子上了机场高速。有什么东西令我感到安宁。失业五个多月以来,这种感觉对我而言已经久违了。毫无疑问,我现在身处一桩事件当中,但并非仅仅是这桩事件令我有种尘埃落定的感觉,好像什么该来的东西终于来了似的。下个月三号,小邵和我在一起就满两年了,我比她大十岁,可两年来我从未有过保护她的机会,或者说,我从来没有感觉到自己有着能够保护她的能力。现在,她坐在我的身边,怀里抱着一只用来充当我儿子的猫,一种我未曾巴望过的责任感在胸中油然升起。我甚至有些感激小邵。她让我品尝到了未曾品尝过的荣誉,却并没有给我造成超限的重负。想一想吧,她不过是偷了只猫,这几乎是我所能承担的责任的极限——如果她杀了个人呢? 天啊,我还是不要这么想下去了吧。

小邵在喂猫。她没忘带着那两罐猫粮。她用手指挑出一团肉泥塞在猫嘴里,缩回来后伸进自己嘴里吮一下指尖,然后重复同样的动作。鲁西迪或者巴别尔很配合，真是只乖猫，配得上这两个高级的名字。我有些无聊，习惯性地摸出手机翻看。我百度了一下"美短"的词条，结结实实增长了关于这种猫的知识。

美国短毛猫是原产美国的一种猫，其祖先为欧洲早期移民带到北美的猫种，与英国短毛猫和欧洲短毛猫同类。该品种的猫是在街头巷尾收集来的猫当中选种，并和进口品种如英国短毛猫、缅甸猫和波斯猫杂交培育而成。

不是吗，这很复杂，基本上已经将我所能实践的繁育路径堵死了，我不可能这样杂交出一个儿子。

美国短毛猫素以体格魁伟、骨骼粗壮、肌肉发达、生性聪明、性格温顺而著称，是短毛猫类中的大型品种。被毛厚密，毛色多达三十余种，其中银色条纹品种尤为名贵。

瞧瞧，原来这只有着银色条纹的货还是它们猫类中的贵族。

一六二〇年的秋天，五月花号离开英国港口，驶向了大洋。事实上，离开港口时，许多老水手都怀疑这条只有二十七米长的木头帆船是否能顺利到达彼岸。船上一共有一百零二人，一些必需品和十几只猫。经过三个多月艰难的海上挣扎，他们来到了一个安静的港湾，那里有很多鱼虾，海岸不远就是一座小山，山间泉水叮咚。这一切的一切，就像是上帝为他们安排好的。从此以后，五月花号上的人们开始在这片土地上安居乐业，开始了新的生活。后来，这里就成了美国。而当初船上那些用来抓老鼠的猫，随着五月花号来到新大陆，开始在北美一带生长。它们见证了美国的发展，是美国的开国功臣，经过多年不断的繁殖，终于确立了北美洲短毛猫种。

不，这不是幻觉，我真的认为，此刻自己正置身于一艘二十七米长的木头帆船上，真的认为，有一个宁静的港湾在彼岸等待着我们。

两个多小时后我们在峪口镇的一家小旅馆住下。

房间里有份当地的商业指南，我在上面看到了一家生产加油设备的公司，于是恍悟到自己为什么点名要到这儿来了。我的前女友供职于这家公司，好像已经干到了年薪不菲的高管。我当然不会想要去找她。五月花号在海上漂流时，船上的人会想到走亲访友吗？我只是有些惊诧人在每个瞬间做出的决定背后那些奇怪的动机。

旅馆对面就有一家工商银行，从窗户望出去，可以看到银行开放着的自动提款机。我得去检验一下我的记忆，这是我眼下必须首先落实的一桩事儿。

还好，余额显示几张卡里的数目甚至比我记着的还要多一些，我琢磨着差不多够我们过半年流亡的日子了。

离开自动提款机，从透明的玻璃门出来，街边儿一个抓狂的男人引起了我的注意。跟很多车子在半路出了故障却束手无策的人一样，他正在以那种好像被规定了的动作踹自己的车。那是辆不算很旧的2012款奥迪。

我在他身后瞧了一会儿，决定过去帮帮他。这可能跟我的心境有关，我刚刚确认了自己口袋里的钱数，它超出我的预期，尽管这看起来毫无疑义就该是我的钱，但我还是觉得领受了不配领受的优待。所以我觉得我该做点儿什么。

抓狂男人对我的到来有些犹疑，他长了张警惕性很高的脸，而且左眼眶里好像装的是一颗玻璃义眼，神情看来跟我一样，也是个不太能理直气壮接受优待的家伙。我却理直气壮，因为这次是我在优待别人，还因为，我学的专业就是机械制造与自动化。车子的毛病并不大，犯不着被他当街怒踹，不过是火花塞的电极积碳太多。他车上就有化油器清洁剂，简单清洗一下，起码能保证他开回家去。

三十分钟后，车子顺利打火，他下了车，好像下了很大的一个决心，硬塞给我两百块钱。这可是我未曾想到的。直到这辆车从马路上消失，我才意识到，我在这个夜晚，在峪口镇的路边儿，赚到了此生理论上符合自己专业能力的第一笔钱。

我的情绪因此有些紊乱，分明感觉受到了某种启示。不远处有个烧烤摊，我过去给自己要了两瓶啤酒，还有鸡翅、土豆、五香豆干。这像是在犒劳自己，但我知道不是，我没干什么配得上犒劳的事儿。有些念头在脑子里隐隐约约地浮动着，我连吃带喝，更像是在给自己压压惊。

这里距离北京城中心也就不足一百公里吧，夜晚却显得如此的荒凉。

摊主是位大婶，差不多是一副厌世者的表情。她像个男人似的把汗衫的下摆卷到胸口，毫无忌惮地袒露着大半个下垂的乳房。没什么生意，她就在我身边坐下了，我给她倒了杯啤酒，她头都不抬地接过去一口给干了，好像心里也有什么惊需要压一压。我向她打听镇上有没有租车的，她摇头说老子不知道。

回到旅馆房间，小邵已经睡着了。那只猫好像也睡着了，腆胸叠肚地枕着她的胳膊。一时间我有将它拎起来从窗子扔出去的想法。我没想伤害它。我只是想，如果那样的话，它没准就会一路小跑着回到天通苑去吧？不是说猫狗都认路吗？但我立刻打消了这个念头。我不能确信，这只美短真的棒到能够像一辆装了导航的出租车，即便它叫鲁西迪或者巴别尔，即便百度上说美短们脾气温顺，性格活泼，对"外界的事物充满好奇和探索的欲望"。

我在另一张床躺下，依靠想象着自己正躺在漂流的五月花号上而睡去。

天通苑业主群里的信息并不是我所预计的那样。他们去调监控了，可是，你知道，既在情理之内和意料之外，又在情理之外和意料之内——摄像头坏掉了。

群里的舆情转而倒向对物业的谴责。说是物业已经承诺，两天内修好亚洲最大的居住小区里所有坏掉的摄像头，并且对其他有可能拍摄下偷猫贼的摄像头逐一进行画面甄别。这两项工程可都不小。对此，我竟多少有些遗憾。我一直忍着没去看手机，多少是有些期待当我打开微信时，铺天盖地，都是我的小邵行窃时的画面吧？在我的想象中，那应当是网络上传播的那种灵异事件的镜头，一帧帧不甚连贯的、抖动的画面，自上而下的拍摄角度，无声闭合的电梯门，幽灵一般现身的怀抱赃物的女子。

有人提议报警，但淹没在其他的信息里，业主们各自扔垃圾一般往群里扔着各自感兴趣的内容，"海带别凉拌了，加它一起炒，净化血管"什么的。亚洲最大的居住小区在本质上和峪口镇没什么不同。有人在偷猫，有人在学着用海带净化血管，有人刷手机刷出了腱鞘炎，有人死于心碎，但彼此并不在意。这有些令人伤感。我更加不想谴责我的小邵了。

她一大早就在侍弄她的宠儿，给它吃吃喝喝，扶着它的前肢让它在床上直立行走。我恍然记起，小邵原本是一个开朗的姑娘。她当然是，否则我也不会在可可喜礼烘焙店里第一眼看到她就被她所吸引。这姑娘散发着糕点的气息，瘦而高，不像甜腻松软的蛋糕，像我喜欢的桃酥或者江米条——在我看来，这是点心中有着正派气息的那个阵营。我靠什么吸引了她呢？不知道，或许是我腋下夹着的《午夜之子》。

我出去买早点，从《午夜之子》想到猫的主人——他把自己的猫叫巴别尔，这让我将他视为了同类，我们如同潜伏在天通苑中的两个单兵。此刻，在峪口镇的晨风中，我第一次为这件事感到了一丝内疚。我努力想象了一下，如果，有人从我手里夺走了什么宝贵的东西，我将怎样？但这个假设竟无从展开，因为我一下子想不出什么才是我手里"宝贵"的东西。我不知道原来自己是这么一无所有。差强人意，小邵于我，算是个"宝贵"的吧？当然是！但拿她来和一只猫类比，又十分不恰当。

峪口镇下起雨来。和北京城里一样，也是那种不易觉察、像是空气里飘着一层有些黏腻的浮油的雨。

拎着豆浆油条回来时，走到小旅馆楼下，我抬头看到二楼房间的窗子玻璃后贴着小邵和猫的脸。她举着它的一只前爪向我打招呼，她和它的脸都有意挤在玻璃上，两张脸被压变了形，人脸和猫脸空前地相似起来，差别在弥合，共性在显现。雨虽然下得不易觉察，但落在窗子玻璃上依然形成了水渍，令这面窗子整体上看来都有些像是一张哭泣的猫脸了。

没错，小邵在犯浑，在发神经，她偷了只猫，她神神道道地将这只猫命名为鲁西迪，她让这只偷来的猫做我的儿子。可我现在没法儿让她清醒，让她回归人类理性的"正当性"中去。我做不到，也不想立刻那么做。回归人类理性的"正当性"中去，那意味着什么呢？喏，那是每天早上我爬起来将她送到地铁口，如果下雨，就脱下皮肤衣给她穿；是我回到家里继续去睡一个失业者的回笼觉；是晚上她给我带回的一包桃酥或者我给她准备的泡面、苏打水——这些，的确也谈不上有多么值得回归。

她用旅馆的毛巾给猫扎了个头巾，这令鲁西迪看上去很像一个襁褓中的婴儿了。我从侧面看，它的鼻梁到额头有一条柔和的曲线相连。这条曲线真的触动了我的心弦，它给钢筋水泥的世界画出了一道温柔的弧度，就像是给空房间挂上了一道被风吹送着的窗帘，于是时空弯曲，不再显得那么刚硬。

小邵将猫递给我，这次我没拒绝。我能够感觉到它的健壮，就是人类婴儿中那种肉墩子的手感。这货的确是强壮有力、肌肉发达得让人觉得有股积极向上的蛮劲儿。把它抱在怀里，我感到也有一条柔和的曲线将我们，将我、小邵，还有鲁西迪温柔地相连了。

我重新离开了房间，在楼下向店主打听镇上有没有租车的地方。他是个胖子，和昨夜烧烤摊的那个女摊主出奇地像。如果说那个大婶像是个男人，那么眼前的这个大叔就像是个女人。他也是一副厌世者的表情，用一口扭捏的语气跟我说不知道呦。

我走到旅馆门前的屋檐下抽烟，想了想，试着拨通了前女友的号码。我需要一辆车。当然叫一辆出租车也不是不可以，但我还是想要一辆由自己来驾驶的车。这没什么道理，我只是觉得自己驾车更符合眼下的剧情。公路，远方，乃至亡命天涯的想象。没错，内心戏罢了。我在天通苑睡了五个多月的失业回笼觉，现在想透透气。

电话竟然接通了。我又一次受到了优待，当然，依然有些不配。你要知道，这个号码我至少有五年没拨过了。王力，我的前女友，并没有应声而来。她说她正在开会，会让人把车给我送来的。我站在屋檐下继续抽烟。雨终于下大了，风把雨丝吹到了我的脸上。

车是一辆新款的东风标致3008。送车的是个年轻女孩，穿着大公司女性从业者的那种职业裙装，身材真是好极了。她用客服一般的声音跟我说，王总实在走不开，她让我跟您道歉。我的确有些失落，好像心里真的还是有着想要见到前女友的愿望。可是见她干吗呢？难道要把鲁西迪展示给她看吗——喏，瞧瞧我的儿子。

　　"你跟王总说，车子我用一段时间，还车的时候我再联系她。"

　　"好的。"

　　她说"好的"这两个字的神态和发音，让我一瞬间有些恍惚。记忆里，王力也喜欢说"好的"，也是这样的神态和发音。我都怀疑其实她就是王力，就是那个跟我杀戮一般谈过一场恋爱的王力，起码是做了个什么整容手术、青春永驻了的王力。

　　油箱的油是加满的。这辆车很合我的心意，我是说，SUV，车型基本和我的内心戏吻合。和我谈过一场杀戮般恋爱的王力还是了解我的。小邵和猫坐在后排，上路时，我手握方向盘的感觉，脚踩油门的感觉，就是那种有着"责任感"并且终于将这份"责任感"付诸实施了的感觉。

　　"嚯！牛肉，牛肉汁，牛肝，牛肚，牛肺，牛肾，啤酒酵母，焦磷酸四钠，鱼肝油，肉桂……"小邵压根儿没问我车是哪来的。她在后排大声读着那罐猫粮罐头盒上的标签。

　　"嚯！谨记猫咪的营养需求是根据个体活动量、新陈代谢、健康程度和周围环境而变化的。嚯！如果你的猫咪肥胖建议少量喂食，如果你的猫咪瘦弱建议加量。嚯！"

　　我知道，她"嚯！嚯！"的感叹，也是在终于付诸实施了某种"责任感"的情绪之中。

　　"嚯！猫咪体重四至六公斤，每日喂食一至二罐——嚯！喂少了！"她喊道，"我们喂少了！——你买得太少了！"

　　"没事儿，可以先买些火腿肠。"我安慰她。

　　在高速公路的入口，我选择了去往唐山的方向。我并没有一个明确的目的地，只是有一些朦胧的念头。这不要紧，我想，将近四百年前的那个秋天，当五月花号离开英国港口驶向大洋时，也没有一个明确的方向作为它的彼岸和目标，久经风浪的老水手们心里也没什么底儿，然而所谓梦想，不就是这么无中生有的吗。

往唐山去。至少那儿肯定能买到进口的猫粮。

猫在后排不停地叫。起初是小邵"嚯"一声，它响应一声，后来小邵没声了，它依然有声有色地叫着。听得出，它挺快乐，没准是在唱歌，它已经度过了易主的不适期，开始展现它生性聪明、性格温顺的品种优势。我们之间不再有隔膜，在这辆东风标致3008的车体空间里，我们很和谐。也许，它的主人，那位读《骑兵军》的单兵，能给它提供更具专业水准的喂养，但它一定少有长途的旅行，它的生命里将缺乏将脸挤在小旅馆窗子玻璃上的体验，将失去暂时用火腿肠替代进口牛肉罐头的机会，将不能被裹在皮肤衣里被抱来抱去，将无从感受人类做贼后的心情。我从后视镜里看到它趴在车窗上，如痴如醉地盯着高速公路一侧闪过的风景。

车外的风景也令我有些痴醉。不过是北方初秋的寻常景致，我却觉得道路笔直，内心笔直，乃至眼前下着脏雨的风景都变得好像天高云阔。

在津蓟高速的一个服务区，我看到了猫主人发出的求助信。小邵抱着猫下车去买火腿肠了。我独自坐在车里翻手机。那的确是以一封信的形式发出的信息，开头写道：尊敬的巴别尔的新主人。

这是指我，我可以确认。

读《骑兵军》的先生在信中哀求，请"尊敬的巴别尔的新主人"将猫还给他们，他相信，"尊敬的巴别尔的新主人"一定也是心底柔软、充满了善意的爱猫人士。

没错，是的，我想，虽然我不是特别爱猫。

但是，请将巴别尔还回来吧！它的妈妈不能失去它。自从它丢失后，它的妈妈就失去了活下去的勇气。

我连贯着看了两遍，最后确信，巴别尔的妈妈，是那位坐在轮椅上的女主人。

刚刚,她被送进了医院,清晨的时候,她企图割腕自尽。

不,这不是真的。不,这就是真的。如果不是置身其间,我会将这个"妈妈"的行为视作疯癫和不可理喻。可现在我不这么想。我所能想到的,是在天通苑这个亚洲最大的居住小区里,有一套房子,男主人是读巴别尔的小公务员,女主人瘫痪在轮椅里,他们养了一只猫;如今,猫被人偷走了,女主人失去了活下去的勇气。我能理解这样的生活,因为,昨天我也差不多就是这么活着的。

男主人在信的末尾恳切请求大家尽可能地转发这封信。他说,他相信,巴别尔没有离开天通苑。

巴别尔没有离开天通苑。

可是巴别尔此刻在津蓟高速的服务区。这个认识突然令我感到了痛苦。

三年前我妈走了,最初的日子,我知道她已经烧成了灰,可我也时常相信我妈没有离开天通苑。

我得承认,所谓坚强,应该意味着承受痛苦而不是增加别人的痛苦。

小邵上车后我跟她说的第一句话是:"小邵,我们得把猫还给人家。"

她沉默着。我回头看她,看到猫也在眼巴巴地看着她,发现我在回望,猫又扭脸眼巴巴地看看我。我把手机递给小邵,它也跟着伸出前爪来接。

许久,小邵抽泣起来。猫伸出舌头舔她的脸。

"他说了,尽管巴别尔自己懂得调节食量,还请我们不要放纵地任由它乱吃。他还说,除了要控制食物的适量,更需准备一些玩具让它玩耍和运动。我们需要给它准备干净的饮水,这样它才不会去喝马桶里的水……"

她不停地翻看着手机里的信息,似乎因此就找到了对方已经赋予了我们偷走这只猫的权力。猫忧郁地看着她,看着忧郁的她,时而还点点头,表情是那么的烦恼。

我收回了手机，在上面搜寻我需要的内容，然后，发动起车子继续上路了。

一个多小时后，下了高速，按照导航的线路，我找到了唐山市区的那家宠物店——门脸儿很漂亮，像童话里的城堡，墙面刷着黄漆，落地窗分成了许多格子，每个格子的后面都有一张猫脸或者狗脸，哦，还有几张兔子和仓鼠的脸。我把车停在路边，点着了一支烟。小邵一声不吭，但我确定她能够明白我的意思，店面上"宠物寄养"那四个字她肯定认识。

"可是，它怎么才能回去？"

我很庆幸，她现在关心的是个技术性的问题。我告诉她，没问题，我都会办妥，喏，我现在就在群里把失主加为好友，我会告诉他路线，发定位给他。

"老王，我爱你。"小邵说。这句话很突然，却又并不显得格外突兀。

我的心里被某种奔涌的东西所填满。我发现，此刻我所爱着的小邵，并不是仅仅靠着桃酥和江米条的正派气质吸引着我，毋宁说，是一个江米条一般正派的姑娘从电梯里走出来，走进摄像头，带着难以言说的神秘和激情，走进了我的爱里。她偷了只猫回来，给我们平庸的生活窃取到了一场振奋人心的逃亡，现在，她完全用不着我用什么自己都没想明白的"正当性"来说服她，她自觉地将澎湃的旅程轻轻地减速，仿佛做爱之后一声动人的叹息。

我几乎可以肯定，许多年之后，小邵她一定会对我说，这一切，其实就是她"蓄谋已久"策划出来的。

小邵抱着猫下了车。

细雨始终在下，我也下了车，脱掉皮肤衣给她披在肩上——就像昨天早晨，我把她送到地铁口时所做的那样。那时，望着她汇入人流的背影，我的心里如同被塞进了整个天通苑、塞进了亚洲最大的一个居住小区般的肿胀。

"给店主多留些钱。"我叮嘱她。

她点了点头，将猫脸举在我眼前，让它的黄眼珠对着我的黄眼珠，让它的嘴碰了一下我的鼻梁。清凉湿润，并且有少许的黏液。我觉得我是被某种巨大的事物冲撞了一下，这感觉促使我闭上了眼睛来静静地感受。

睁开眼睛时，小邵已经向马路对面走去，猫趴在她的肩头，扬起前爪跟我道别。

我开始摆弄手机。猫主人可能一夜之间加入了所有天通苑业主的微信群。他的头像就是一颗猫头。我向他发送添加好友的申请：巴别尔没有离开天通苑。

他几乎同一时间通过了我的申请。我发猫的照片给他，发定位给他，拍下路对面店铺的门头给他，转账一千元给他。自始至终，我没跟他说一句话。其实，我渴望跟他说点儿什么，说说巴别尔，说说鲁西迪，说说人的痛苦和在痛苦中宗教般的臣服之情，说说人就像被关进了一个冠以了好运气之名的监牢里的囚徒，说说你是个囚徒，但你得感激这样的囚禁。可我没这么做。飞快地做完了该做的事情，我就删除了他。我克制着自己内心的火焰，犹如一个单兵和另一个单兵的决裂。

回来时，那件皮肤衣不在小邵的肩上了。

她坐进车里跟我说："也许，巴别尔还会用得着。"

巴别尔没有离开天通苑。

但是我们要离开天通苑了。

我们继续上路，向东行驶。那是我能够想到的距离海岸最近的方向。不是吗，没有了一只美短，五月花号依然要去靠岸。

先前某个朦胧的念头以一种令人心情振奋的方式在我眼前清晰起来。它或者它们降临得让人无从说明，我只能用"令人心情振奋的方式"来形容。是的，我甚至搞不清是它还是它们，就像你很难想象同一个点上能站两个天使，也难以想象一堆天使不分前后同时涌现。但这的确就是我现在脑子里的景象。

上个月，苏伟找过我，她的合伙人要办一家分支机构，她问我愿不愿意把天通苑的房子租给她，她每个月出两万块钱。这是个合理的价格，她说，你完全没必要住这么大的房子嘛，在小邵上班的地方找个小点儿的，这样房租的差价等于让你赚了一笔，彼此也乐得方便。我拒绝了她，不是因为感到自尊心受了伤害，是一旦想象离开天通苑，我就会有种没来由的恐惧。天通苑对我而言，是老天额外的优待，脱离这份优待我会想象自己将从生活的夹缝中掉下去。

可现在一堆小天使般的念头挤在我的脑子里，我那沉重的、自我囚禁的命运感开始在高速公路上松动。

天使们对我说，一切仍是老天以万物为刍狗之余对人的怜悯，这次恰好又落到了我的头上，鉴于我生活在某种根本性的谬误中，于是小邵偷了只猫，于是我们被迫离开，于是这只猫让我们登上了五月花号，去往另一块应许之地。中途一位细心的天使还给我设计了一辆抛锚的奥迪，她装扮成一个装着玻璃义眼的男人，启发我萌生出靠手艺吃饭的想象。

那么好吧，蓝图不就是这么绘制的吗？我将在海边开家汽车修理铺，我卡上的钱也够给小邵开家烘焙店。我会把天通苑的房子租给苏伟，光这份钱估计就够我们在海边过上简单朴素的生活，这也许才是我十二岁时老天赐予我这套房子的本意。我们将逃离亚洲最大的居住小区。在那座大城里，你总是要对命运心怀恐惧的感激和感激的恐惧，总是像一个贼，仿佛这感激与恐惧交织的日子都是从某个庞然大物的家伙那里偷来的，你总像是欠了谁的；在那座大城里，学机械制造与自动化的干着开饭馆的活儿，猫粮和干拌面一起摆在超市的货架上，人在微信群里满足着自己的虚荣心，刷手机刷出了腱鞘炎，许多人不敢生孩子所以只能去养猫，失业者在回笼觉里继续承受着匍匐在地的梦魇。

好了，一切至少应该来一次暂停。小邵不应该再去偷一只猫来给我做儿子，天经地义，我们能自己生一个，我们能够也应该活在自己可以简单理解的秩序里。我愿意相信一个安静的港湾在前面等待着我们，那里有很多鱼虾，海岸不远就是一座小山，山间泉水叮咚。如果这样的缓冲真的能实现，那当然仍是一个来自老天的优待；如果这样的缓冲真的能实现，我仍会虔敬地认为，那依旧是一个我不配领受的优待。

但是管他的呢，巴别尔没有离开天通苑，这会儿，我的鼻子却已经闻到了海风的味道。况且，既然巴别尔没有离开天通苑，我们就该更有勇气去过真正的生活。

（原刊于《收获》2018 年第 1 期）

逍遥游

班　宇

　　我系一条奶白围脖，坐在塑料小凳上，底下用棉被盖着脚，凳子是以前学校开运动会时买的，几块钱，一直用到现在，也没变形。身后是居民楼，东药厂宿舍，一楼做了护栏，扣上铁罩，远看近似监狱，晒蔫的葱和白菜垛在上面，码放整齐，一看就是有老人在住。倒骑驴拴在一侧的栏杆上，我靠着墙晒太阳，风挺冷，吹得脸疼。许福明距我十步之远，在跟刚遇见的老同学聊天，满面愁容。他见了谁都是那套嗑，翻来覆去，我特别不愿意去听，但那些话还是往我耳朵里钻。

　　老同学说，你留个手机号，我跟我们班挺多同学都有联系，大家回头一起想想办法，帮助帮助你。许福明说，我哪有手机啊，都让她拖累死了。老同学说，真不易啊。许福明说，你说前两年，咱在市场里碰见，那时我啥样，现在我啥样，说我七十岁，也有人信。老同学说，那不至于，放宽心，还得面对，日子还得过。许福明说，唉，话说得没错，但问题是，啥时候是个头儿呢。

临走之前，老同学从兜里掏出一张五十的，非要塞给许福明，说，我条件也一般，老伴还没退休，给人打更，多少是点儿心意。我在旁边喊，爸，你别要。许福明假模假式，推脱几番，还是收下来了，从裤兜里掏出掉漆的铁夹，按次序整理，将这张大票夹到合适的位置，当着老同学的面儿。

我坐在倒骑驴上，心里发堵，质问道，你拿人家的钱干啥。许福明不说话。我接着说，好意思要么，人家是该你的还是欠你的。许福明还是不说话，一个劲儿地往前蹬，背阴的低洼处有尚未融化的冰，不太好骑，风刮起来，夹着零星的雪花，落在羽绒服上，停留几秒又化掉，留下一圈深色的印迹。车过肇工街，有点堵，骑着人力车，非得占个机动车道，许福明办事一直都这样，没一件得体的。后面狂按喇叭，我有点坐不住，便吃力地翻身下车。身体太虚了，没劲儿，我觉得自己像一只趴在树上的熊，笨拙缓慢，几乎是骨碌下去的，半跪在道边，休息几秒后，起身拍了拍土，自己往医院门口走。就这样，许福明也没个动静，服了，任尔东西南北风。

医院冷清，我在长廊上等许福明。一个礼拜得来两次，在二楼做透析，护士都熟了，见我面点头打招呼，说，过来了啊。我说，啊，来了。然后问我，最近感觉咋样。我说，见好。护士还挺高兴，说，那就行，慢慢来。其实我心里知道，这病上哪能好啊，就是个维持。阳光从尽头的窗户里照过来，斜射在我身上，我被晃得有点睁不开眼睛。矇眬之中，看见许福明也进来了，衣服半掖着，裤脚脏了一块，不知在哪蹲的，连跑带颠，去窗口交钱取票办手续，来回来去，忙一脑袋汗。我想，还是医院暖气烧得足，家里要是也这样就好了。前儿天看新闻，说温度不达标，能给退一部分采暖费，这钱得要，投诉电话我记在哪儿来着，我不停地回忆着，越想越困。

但一躺在病床上，又什么都忘了。像是进入另一个纯白世界，蒸汽缭绕，内心清澈，一切愿望都摸得着，想喝水，想吃东西，但吃上就吐，时间发生扭曲，像一条波浪线，起伏不定，有时候五分钟过得也像一个小时，挺煎熬。透析过后，有人活蹦乱跳，我是一点力气都没有，根本站不住，说话都累，得眯一会儿，才能稍微恢复，但也走不了几步，蹲着倒是还行，能缓一缓。挪几步，蹲一会儿，挪几步，再蹲一会儿，一般我就是这么走出医院的。许福明在身后，有几次想过来搀我，我都给推开了，不用他。他刚才是咋说的，我可都记着呢，快要让我拖累死了。

  刚发现得病那阵儿，我跟我妈两人过。之前一年，许福明在外面又找一个，女的在玉兰泉搓澡，外地户口，带个小男孩。也不知道他俩咋认识的。反正许福明成天不回家，借着跑车的名义，在外面租个房过日子，怎么喊也不露面，五迷三道，好不容易过节回来一次，见面就吵架，连踢带踹，脾气见长。本来都挺大岁数了，睁一只眼闭一只眼，对付着过就得了，但他就不行，蹦高要离，魔怔了。

  我妈也挺倔，还到澡堂子闹过一次，裤腰里别着菜刀去的，但没用上。回来之后，听我几番开导，心平气和去离婚，也是过够了。办完手续时，正好是中午，我们一家三口还下饭店吃了顿饺子，跟要庆祝点啥似的。许福明情绪特别好，叫了俩凉菜，筷子起开啤酒，倒满一杯，泡沫漾出来，他低头吸溜一口，然后抬手举杯，要敬我和我妈。我没搭理，低头攉拢蒜泥，我妈跟他干了一杯，然后说，瞅你那样儿吧。许福明笑嘻嘻，也不说话。我妈又说，小人得志。许福明还是笑，说道，多吃点儿，不够再要。

  可能许福明自己也没料到，好日子没过几天，这场病就将我们再次连在一起。检查结果出来的时候，我刚上班不久，没啥积蓄，根本不够看病的。我妈挺要强，始终也没告诉许福明，后来把房子都卖了，我俩在铁道边上租房子住，就这样，也还没说，不指着他。但钱也还是不太够，四十平的老破小，能卖几个钱啊，这病跟无底洞似的。

  许福明还是听别人说卖房子的事儿，才知道我得病，灰土暴尘地赶过来，衣服穿得里出外进，气色也差，提溜几样水果，像是来看望不熟悉的朋友。我妈见他来了，也不说话，在厨房拾掇菜，我也不知道跟他说啥好，就一起坐着看电视，辽台节目，新北方，一演好几个小时，口号喊得挺大，致力民生，新闻力量。看了半天，许福明问我，咱家现在这种情况，能上这个节目不，寻求社会帮助。我气得要死，给他撵走了。出门之前，我听见他跟我妈说，你放心吧，我肯定管，管到底。我心说，你咋管啊，你能管谁啊，你是玉皇大帝咋的，管好你自己得了。

咣当一声，大门关上，许福明的脚步声渐远。我妈把围裙解下来，端上桌好几个菜，还炸了鸡蛋酱，冒着热气，伙食不错。我妈坐在我旁边，我看看她，她看看我，电视里的交警大哥磕磕巴巴地聊着违章，我俩抱在一起呜呜哭。之前也没这样，都挺坚强的，这天就有点受不了。哭了一会儿，该干啥干啥，差不多得了，不然菜都凉了。

我妈走得太突然了，直到现在，我都接受不了，还没正式入冬，清早下趟楼的工夫，摔在水站旁边的井盖上，昏迷过去。我们刚搬到这边，邻居都不熟悉，看这情况也没人敢动弹，后来有人打了急救电话，这才找到我。那时我还没起床，浑身疼得不行，听到这消息，瘫在地上，站不住了，后脊梁直冒虚汗，眼前一片黑暗。

我给许福明打电话，让他赶紧过来，说我妈可能是脑溢血，情况不好，快拉我去医院。他也着急，但正值早高峰，路不好走，花了将近一个小时才过来。接我下楼之后，发现等着我们的是一辆出租车。我问他，你咋不开车来？他也没说。上出租车后，又问一遍。许福明说，想给我拿点钱治病，车就先卖了。我说，用你管吗我，该你出头时，啥也指不上你。

我嘴上生气，其实也有点心疼，许福明指着那车过日子呢，前些年蹬三轮在南塔拉日杂，后来总算攒钱买了辆二手车，四米二的厢货，这还没养两年，就又卖了，肯定是赔。我家就这样，无论干啥，从来赶不上点儿。别人家赚钱了，看着眼红，也跟着往里投，结果轮到自己时，一塌糊涂，人脑袋赔成狗脑袋，没那命儿。

到医院之后，我俩直转向，哪都找不到，后来一顿打听，从里面出来个大夫，直接告诉说，人不行了，没抢救过来，让准备后事。我和许福明当时都傻了，做梦似的，一样不会，别人让干啥干啥，开死亡证明，买装老衣服，遗体送殡仪馆，忙得没空细合计。为数不多的亲戚朋友过来，扔了点钱，都同情我们。许福明还挺客气，对来宾千恩万谢，净扯没用的。晚上守灵时，我实在撑不住，几近虚脱，躺在沙发上睡着了。到后半夜，起来上厕所，看见许福明还没睡，抽着烟，对着我妈的遗像嘀嘀咕咕，好像还掉两个猫崽儿，离都离了，真能整景儿。

上午出殡，看我妈最后一眼，遗体告别时，我才反应过来到底发生了啥，哭得上不来气，心脏也跟着犯抽，口吐沫子，扯着灵床，死活也不撒手，惊天动地，好几个人都拽不走。后来工作人员都过来了，好一顿劝。下午许福明带我去医院做透析，我一句话也没说，躺在床上，感觉自己也像是死了一次，都看见魂儿了。后来想想，怎么也接受不了，下趟楼的工夫，人咋就能没了呢。想着想着，又开始怨恨起来，妈你心可真狠啊，明知道我有病，怎么就能舍得扔下我自己走啊。

许福明搬回来跟我一起住，肩上扛一个包，手里拎着一个，跟他走的时候没区别，同样也是这套装备，像是报了个几日游的旅行团，兜了一圈，又回来了，白折腾。厢货卖了，可还得活，他又买了辆二手倒骑驴，一米二的板，挺宽敞，花了三百七，礼拜二和礼拜五拉我去医院透析，平时在九路家具城拉脚，每车六十，辛苦钱，装多少都得拉，活儿俏的时候，一天能剩一百来块。

从医院回来后，许福明在厨房炒菜，尖椒土豆片，满屋油烟，租的房子没有油烟机，做饭时只能开气窗通风，不顶啥用，冬天特别遭罪，不开窗户呛，开窗户吧还太冷，还好春天马上到了。菜端上桌后，我还是没力气吞咽，只吃两口。许福明嘟囔了句啥，我没听清，便又躺着睡过去。醒来时，已是晚上八点多，望向窗外，黑暗之中，景物飘浮，那一瞬间我竟觉得十分空旷，恍惚之间，想起以前看过的两句诗：山静似太古，日长如小年。闭上眼睛，甚至能感受山风吹拂。屋内没有声音，我就这样坐了很长时间，然后起身喝水，翻开手机，看见赵东阳给我留言了，问我最近怎么样。我回信息说，下午刚做完透析，目前状况良好。赵东阳说，过几天有空来看我。我说，没事，你家里也挺忙的。赵东阳说，也不忙，就是懒，最近跑沈北院区，一直没看见你。我说，转院了，医大二院治不起，冬天以来，一直都在九院做的。

我患病之后，社交极少，跟以前的朋友基本都断了，就跟谭娜和赵东阳还有联系。谭娜不用说了，小学和初中都是一个班的，住得也近，上学放学一起回家，连体婴儿似的。赵东阳是初中同学，当时不太熟，整个三年也没说过几句话，后来我妈带我看病，有一次在病房外面，正好走个对头碰，其实我认出他来了，但没好意思打招呼，多年不见，而且是这种场合，没啥唠的。擦身而过后，他又追上来，碰碰我的胳膊，轻声问我，你是许玲玲不。我还没想好，我妈扭头替我回答，说，是啊，你谁啊。他说，咱俩以前同班同学，一六五中的，我坐你后面，赵东阳。我说，想起来了，你也没咋变样啊。赵东阳说，是不是，保养得还行。我妈看他穿的制服，问他，你在这里上班？赵东阳说，是，给医院开车呢，依维柯，送点医用耗材啥的，几个院区来回跑。我妈说，这工作挺好，是医院的正式员工不。赵东阳说，合同工，其实也不咋地，赚得少，就是稳定，平时不忙，上午一趟下午一趟。我急着告别，不爱提我生病的事儿，赵东阳还非得追着问，欠儿登似的。我妈跟他讲得很细，还指着他帮联络联络，其实他就是个司机，边缘人物，能力有限。看得出来，赵东阳听见这样的请求，也很为难。第二次见他时，医生没联络到，倒是给我买了不少吃的，还有大罐的营养品，白花钱。我死活不要，那也非得让我收下，其实那些东西都是骗人的，吃完啥效果都没有，我清楚得很。

我在医大二院做了半年多的透析，只要赵东阳当天不出车，就过来陪我坐一会儿，随便聊几句，有时候回忆同学，有时聊聊他们车队的事儿，人际关系啥的，让我帮着出主意。我能说啥，也不熟悉，就是赶着唠。他过得也挺紧，刚有小孩，媳妇还不上班，两人总干仗。我隐约记得他在上学时挺喜欢我的，但不敢肯定，印象模糊，联欢会时好像给我送过明星海报，那时候都兴这个。

谭娜来看我时，则完全认不出赵东阳，提醒了好几次，还是没想起来，也行，当新朋友处。有时候我们仨还一起出去吃个饭，都挺简单，抻面鸡架啥的，赵东阳请客，不好让他破费。吃完回来，谭娜跟我说，我看他对你有点意思啊，没嗑儿硬挤，也要跟你唠。我说，别瞎白话，他都结婚了。谭娜说，我看那眼神儿不太对，暧昧。我换个话题，问她，你咋样，又处对象没。谭娜叹了口气，说，刚处上一个，二婚的，你说我是咋了，小时候也不缺对象啊，没把握好，现在岁数一大，怎么忽然这么不值钱了呢。我说，人好就行，几婚能咋地，都得认真对待。

人品这玩意，没处看去。没得病之前，我也有个对象，处得还挺好呢，在环保局上班，家里安排的，平时没啥爱好，就是喜欢足球，爱看也爱踢，以前是体校的，身体特好。我跟着他去看过几次辽足，坐东三看台，视野不错，骂满九十分钟，心情舒畅，排毒养颜。完后两人拉着手去北四路吃点烧烤，喝几瓶啤酒，半醉不醉时，在旁边的小旅馆开间房，一宿能折腾好几次，第二天照常上班，精力充沛。那段时间，我不爱回家，许福明也不回家，天天就剩我妈自己，谁也顾不上她。后来听说我一得病，对象跑得快极了，百米冲刺速度，直接蹿没影儿了。我妈重新回到我的生活中央，天天数落我，有时候说多了，也心疼，就改骂我以前对象。我也跟着骂，对着空气，啥难听说啥，哄我妈高兴。但其实我一点也不恨他，人之常情，可以理解。现在偶尔想起来，也都是些美好的记忆，我挺知足的，没白处一回。

许福明回来时，将近半夜，我迷迷糊糊正要睡着，听见开门声吓了一跳。我拧亮台灯，问他干啥去了。他回答说，没事儿，你快点睡吧。我说，病历你搁哪了，在你包里没，我瞅一眼。他说，瞅啥，深更半夜，睡觉。我说，看看指标。他说，我看了，都挺好。我不信，下床去翻他包，他一把拽走，不让我看，转身躺在沙发上，头枕着包。不看就不看吧，反正肯定也是不好，我心里有数，看见了反而闹心。我上个厕所，又回到床上。租的房子不大，我睡里屋，许福明睡在过道的沙发里，经过他时，能闻到一股饭菜味儿。我知道他干啥去了，这老家伙，没有消停时候。

我是上个礼拜发现的，他又处上一个，我家以前房子附近饭店的服务员，瞅着比他岁数都大，一脸褶子，尖嘴猴腮，长相特寡。我也真是服了,许福明到底有啥魅力,一没劳保,二没长相,赚得也少,还有个生病的女儿,就这家庭条件,咋还有人往上贴呢。这女的姓啥不知道,但之前我见过好多次。我高中退学之后,到药房去上班,干收银,她戴个口罩,老过来开药,全是治妇科病的,那时候我对她就没啥好印象。

许福明这几天晚上总不着家,爱往饭店跑,那女的就住那里,凳子一搭,被褥一铺,直接睡在上面。大前天吧,许福明还从家里偷了罐蜂蜜,藏着掖着,给那女的送去了。我没吱声,那蜂蜜是赵东阳以前给我买的,拿就拿呗,反正我也不喜欢那股味道。

我躺在床上,睡不着,就捧了本书看,诗词大全。我上学时候就爱学语文,尤其是古文,觉得写得美,读起来有感觉,"满船明月从此去,本是江湖寂寞人",说得多好啊,我经常也是这个心境。但可惜书没念下去,我那几年正赶上辽宁实行大综合高考,不分文理,总共九门课,全都得学,物理化学啥的,各种公式,真记不住,太难了,于是上完高二就退了,给家里减轻负担,反正也是普高,每年退学得有一半,不稀奇。但我这文化水平,比谭娜和赵东阳多少还是强点儿,他俩都是初中毕业就不念了。赵东阳说要去当兵,后来也没去成,考了个本开车去了。谭娜上了个中专,有阵子挺疯,夜不归宿,总去红番区蹦曲,扑热息痛似的药片子,一把一把地吃。家里人也都不管她,整天迷迷瞪瞪,身边男的总换。那阵子我俩接触得就少了,唠不到一起去。后来她也不玩了,被人害得不浅,打两次胎,伤了元气,不敢折腾了,正好她老姨在西都商场兑了个床子,她就去帮着卖裤衩袜子,一干就是好几年,我身上穿的全是她送的。成天坐在柜台后面,光动弹嘴儿就行,不累。她挺适合卖货的,也乐意干,就是运动太少,导致这两年体重长得有点快。我俩身高差不多,一米六五吧,但她现在比我得重四十斤,充气似的,走道都开始喘了。

后来不知道是几点睡着的,第二天醒来时,差不多八点。我拉开窗帘,阳光明媚,伸着脖子往外面一望,拴在栏杆上的倒骑驴不见了,许福明已经出门。饭菜在盖帘里,还是昨晚那些,洗漱过后,我自己热着吃,一口一口,嚼得很细致,跟昨天相比,我感觉基本是缓过来了。吃过饭后，在家待着实在没意思，我穿好衣服出门，想去找谭娜待一会儿。

坐上公交车，经过铁西广场时，好像看见我以前对象了，就一个背影，但我感觉应该是他。还是那么瘦，穿得立整，小鞋刷白，胳膊肘儿挎个女的，那女的背个金链小粉包，细跟长筒靴，也不怕摔。我没敢下车，有点怕见到他，状态不好，不自信，特意多坐一站，再走回商场。谭娜正在吃午饭呢，还没吃完，筷子放在一旁，我看了一眼，三荤一素，待遇挺高。她冲我点点头，然后继续向顾客展示十块钱五双与十块钱三双的质量区别。我从她与案板的缝隙之间钻进去，一屁股坐在里面的板凳上，开始摆弄手机。板凳上套着海绵垫，倚靠一堆货物，相当舒服。

谭娜将盒饭扒拉干净，一粒没剩，然后横过手背，擦了擦嘴，问我，过来咋不提前说一声。我说，懒得打电话，走到哪算哪。谭娜说，前几天看见你爸了，在那饭店里，挺晚的时候，我去打包俩炒菜。我说，他干啥呢。谭娜说，干坐着，喝水，招人烦不。我说，没皮没脸。谭娜说，是不是跟那个服务员。我说，我看着像。谭娜说，那女的也不容易，下岗多少年了都。我说，许福明就他妈爱扶贫，也不看看自己啥德行。谭娜说，不能这么看，岁数大了，都有情感需求，你得理解，你爸这人不坏。我说，别提他了，你咋样。谭娜说，住一起了。我说，进展挺快，啥时候下一步。谭娜说，住上我就后悔了，脾气不咋地，那方面也不太行。我说，差不多得了，要求还挺高。谭娜说，说两句就好动手。我说，那可不行，不能挨欺负啊，别犯糊涂，赶紧撤。谭娜叹了口气，说，我本来也是这么想的，但我现在身边真没人了啊，只能先将就着，再说他这人其实倒也不坏。我有点急了，跟她说，谁他妈都不坏，最后就你吃亏，再找啊，离了他还不活了咋的。谭娜说，说得轻巧，咱这条件，是要啥没啥，还能像小时候似的啊，想跟谁处就跟谁处。

我给赵东阳发信息，邀他晚上也一起吃饭，来陪谭娜喝点儿，她心情不好。没到四点呢，他就从医院过来了，穿一身牛仔服，歪戴帽子，远看着还行，离近了细瞅，满脸瑕疵，不忍直视。我有点违心，夸赞他说，气色不错啊，挺有型。赵东阳指了指脑袋，问我，咋样。我说，啥咋样。他说，刚铰的头。我说，就为了见我俩呗，特意去理个发。赵东阳说，那必须重视起来，完后又回家换套衣服。谭娜说，你媳妇没问你要干啥去啊。赵东阳说，问了，我直说的，跟你俩喝酒去，能把我咋的，我这一天到晚，累死累活，赚钱养家，出去喝点小酒，有毛病么。我说，还立起来了。赵东阳笑着说，谁还能总挨收拾啊，想吃点啥，我请，刚过完年，年终奖又发一半。谭娜说，今天谁都不用，我来，烤牛肉去，能多待一会儿，难得聚一起。

商场五点关门，我们刚要走，忽然又来了几个女的，岁数不小，打扮还挺妖，个个皮靴假透肉，要买丝袜，挑来挑去，赵东阳坐在后面，眼神挺不健康，想装作不在意，却又忍不住多瞄几眼。我觉得好笑，小声跟他说，想看就看呗，有啥不好意思的。赵东阳说，拉屁倒吧，太小瞧我了也。谭娜一边应付客人，一边收拾柜台，嘴和手都不闲着，卖货一把好手，弯腰装箱时，露出一截后背以及半个屁股，一圈白肉漾出来，颤颤巍巍。我上前去拍了一巴掌，手感结实，声音响亮。她不好意思地往后拽拽衣服，说，许玲玲，你能老实一会儿不。我乐得不行，来买货的都直瞅我，但我也不知道自己到底在乐啥。赵东阳有些不好意思，点支烟出去了，说在外面等我们。

待到我们出门时，天色已晚，沿着后街走几分钟，来到小六路的千里马烧烤，正是饭点，人还挺多，我们在最里面占了一张桌，贴着墙坐，赵东阳蹭了一身白灰，使劲扑落也不掉，挺狼狈。谭娜点一桌子菜，全是肉，腰子熟筋鸡脆骨，就一个拌花菜是素的。我光看着就有点饱，她好像特别饿，吃得很快，烤得半熟就往嘴里塞，还指使赵东阳从门口拎过来好几个篦子，自己烤自己换，万事不求人。我得这病，不能抽烟喝酒，不然就更严重，只能看着他俩互相吹。谭娜酒量特好，从小练出来的，那是美酒加咖啡，一杯又一杯，赵东阳不太行，两三瓶下肚，脸就红了，喘气都带着酒味，眼神发直，话也说不利索。我俩跟小学生似的，听着谭娜一顿大白话，从商场到夜场，从首都到沈阳，政策形势，情感关系，瓜果皮核，分析得头头是道。天南海北，谭娜最美，不服是不行，前提是这事儿里没有她，要是她自己的事儿，那是怎么都捋不清的，混沌一片，小糊涂仙儿。

喝到晚上十点多，就剩两桌了，火炭烧尽，屋内逐渐变凉。不知道怎么聊到旅游，谭娜说她想出门转转，好几年了，铁西区都没出过，我说我也想去，赵东阳说那咱今年就走一趟啊，来个春游。我说，费用得均摊。谭娜说，你俩相好的，还摊个屁啊。她一喝多就这样，满嘴胡咧咧，我也不挑。赵东阳说，到时候借个车，我开着去，看看大海，放松心情。我说，可惜我不能走太远，两天就得回来，还得去医院。谭娜说，近的也行，大连那边好几个岛，我老姨年前去的，风景都还行，不贵，吃住一条龙。我和赵东阳也觉得不错，是个好提议，可做备选。聊得正高兴，谭娜出门接了个电话，回来时满面红光，身边多了个男的，介绍说是她对象，在家不放心，特意来接她了。整景儿呗，饭店离她对象家就几步道儿的距离。她对象长得有点老，干巴瘦，头发快掉没了都，鹰钩鼻子，戴个眼镜，穿了件起球的绿毛衣，看着像她叔，反正跟我们不是一代人。谭娜有点喝多了，依偎在他身上，脸贴着她对象的胳膊，姿势极不协调，看得出来，她对象也挺难受，不方便夹菜。谭娜说，老公，他们要带我出去玩。她对象说，好事啊，你去呗。谭娜说，那你跟我去不，我可不想当电灯泡。她对象夹了一块烤煳的肉，塞进嘴里，然后说，上哪啊，一起去呗，全我安排。我一听这话就特别反感，拉了一下赵东阳，说，你差不多得了，明天还得上班呢，喝完这个就回家，不然又得跟媳妇干仗了。赵东阳挺聪明，点点头，提了一杯，跟谭娜对象说，初次见面，来日方长，杯中酒了兄弟。

谭娜和她对象住得近，互相搂着往家走。赵东阳送我回去，路上空车少，先陪我走了一段。灯光昏暗，几乎没有行人。昨天还飘雪花，今晚仿佛直接进入春天了，一步到位，这季节总令人产生幻觉。没有风，温度适宜，天空呈琥珀色，如同湖水一般寂静、发亮，我们俩步伐轻快，仿佛在水里游着，像是两条鱼。想到这里，我忽然问赵东阳，我们像鱼不。赵东阳说，啥意思，没吃饱咋的。我说，不是，就是天气挺好，周围没有障碍，身体也还行，有劲儿，走路轻松，自由自在。赵东阳说，像啥都行，只要你好就行。我说，要是能选的话，我想当鲨鱼，前几天看新闻，北大西洋里发现一条，格陵兰睡鲨，五百多岁，目前为止发现的活的时间最长的动物。赵东阳说，那是啥朝代生出来的。我说，可能是明朝。赵东阳说，成精了。我说，这几天我一直在想，你说它每天是啥心情。赵东阳说，什么啥心情。我说，五百多年，别人都活好几辈子了，它这一生还没过完，世间的那些事，反反复复，看了多少遍，曾经的同伴都已静静沉入海底，只剩下它自己，离岸几千米，似睡非睡，缓缓前进，守护着越来越多的时间，这么一想，又有点替它难过。赵东阳说，难过就别想了，给自己增加负担，你得先养好身体。

走回大路，月光洒下来，地面湿润，我们站在道边等出租车，侧方忽然有奇异的浓烟冒出，我们走过去，发现是一棵枯树自燃，树洞里有烛火一般的光，不断闪烁，若隐若现，浓烟茂密，凶猛上升，直冲半空，许久不散。我们眯着眼睛，在那里看了很久，直至那棵树全部烧完，化为一地灰烬，仿佛从未存在。

四月份结束供暖，屋内更加阴冷，我的身体一天不如一天，经常处于睡不醒的状态，起来活动一小会儿，就又要犯困。上次大夫跟我们说，方便的话，一个礼拜来三次也行，我心说，我倒是方便，时间有的是，但钱不方便啊。看这病只能报销一部分，剩下的还得自己承担，当然，主要是许福明承担。他听完这话后，当场也没有表达看法，默默蹬车带我回家，回来也没动静，假装没听着，黑不提白不提。啥人吧。

有时候我挺来气，有时候又挺同情许福明，这辈子过得，没少挨累，啥都折腾，但到头来啥也没成。到他这岁数，不说那些有大能耐的，就是以前厂子的普通工人，都找人办个提前退休，坐家里享清福了，他还在这奋斗呢，肩扛背驮，冬练三九夏练三伏，着实不易。走在路上的时候，我脑子里反复合计这些事儿，觉得也挺对不起他，拖累，但是一到家里，见他那副德行，今天搞破鞋明天偷蜂蜜的，又气不打一处来。

最近身体状况不好，跟谭娜他们也没怎么联系。有天半夜，她忽然给我打电话，哭得不行，告诉我说让那男的撵出来了，两人又动手了。我说，撵出来挺好，以后也别回去了，少给自己找罪受。谭娜问能来我家对付一宿不，我说那有啥不行的。快十一点吧，谭娜敲门进屋，眼睛红肿，脸色苍白，被泡过似的，没有血色，手里提着一盒草莓。我在厨房洗草莓，她就在屋里愣神。许福明披上衣服出门了，还挺觉景儿，估计是又偷摸去饭店住了，最近他总不在家里睡。

谭娜说，擀面杖。我说，草莓真好吃，好几年没吃了都，你说啥。谭娜说，他拿擀面杖打我。我说，你没还手啊。谭娜说，还了，我给他推桌子底下去了。我说，推得好。谭娜说，然后他跳起来，龇牙咧嘴，照我脑门儿就是一下子，给我干蒙了，站不稳了都，现在感觉脑袋里头还嗡嗡的。我说，太他妈不是人了，你千万可别跟他过了。谭娜说，这回肯定分，再处要出人命。我说，那不至于，你看他那熊样，打仗拿擀面杖，都不敢动刀，也是个窝囊废。谭娜说，不是说他，是我，我怕自己出事，现在有的时候，我看见他睡着了，想起来以前的一些事儿，想起来他是怎么对我的，就想直接上厨房取刀攮他，好几次了。我说，我操，千万控制住。谭娜顿了一下，盯着我说，九九。我说，姐你喊谁呢，别吓唬我啊，我许玲玲。谭娜说，草莓，丹东九九的，可他妈贵了，你给我留点儿啊。

有天赵东阳要来给我送点日用品，从医院顺的口罩洗手液啥的，装在一个黑塑料袋里，见到我时，先问我一句，准备啥时候出去玩，不是周末的话，他要提前请假。我本来都忘了旅游的事情，但他这么一提醒，还真提起兴趣了，我把谭娜的事儿跟他说了，然后说我自己最近也不好。他说，那正好啊，一起出去散散心，咱们赶在中下旬，找个方便的日子，五一假期人就多了，人多玩不好。我说，行，回头问问谭娜，她工作都不干了，天天憋在家里，情绪很差，我也担心。赵东阳说，先担心你自己吧。

那天正好是周六中午，赵东阳说要请我出去吃饭。我翻翻冰箱，还剩了点切面，就说别下饭店了，留着钱出去玩多好，中午我给你做炒面，对付一口。赵东阳说，那行啊，我就愿意吃炒面。他出门买了香肠和咸菜，还换了瓶啤酒，挺不拿自己当外人。我打了两个鸡蛋，还有点菜叶子，搁陈醋酱油，炒了一大锅，面是炒完了，大勺端不动，盛不出来，胳膊没劲儿，最后还是喊赵东阳帮我倒出来的，装了两大盘。我又拨给他不少，屋里挺凉，但他还吃得满头冒汗，我看着高兴，没白做。

许福明拿钥匙开门时，不知为啥，我心里还紧张一下。赵东阳起身打招呼，说，叔。许福明看着他，没反应过来，说，来了哈。赵东阳说，啊，过来送点东西。许福明说，啊，我回来取点东西，马上就走。赵东阳说，啊，东西放这了，我也走，回家。我说，你着啥急啊，刚吃完饭。许福明说，是，多待一会儿呗，再待一会儿，回家不也是待着么。

许福明刚关上门，我就开始笑，控制不住，赵东阳特别不好意思，说，你乐啥啊。我憋住笑，说，没啥，我看你还挺尴尬。赵东阳说，早知道就不换啤酒了，你不说你爸白天不回来么，这多不好啊，连吃带喝的。我说，那怕啥。赵东阳说，影响我个人形象。我说，我还没说影响我呢，你有个屁形象啊。赵东阳说，唉，也是。

收拾完碗筷，我俩坐着看电视，总共就能收到三五个台，没好节目，全是不看广告看疗效。我给谭娜打电话，跟她说想一起出去旅游，谭娜听后很高兴，说她都好几天没出门了，我说那你就赶紧准备起来，下个礼拜五，我去医院透析，休息一晚，咱们礼拜六早上出发，礼拜天晚上回来，正好赵东阳还不用请假。谭娜说，那行啊，定好地方没。我说，刚跟赵东阳说呢，觉得秦皇岛挺好，有山有海，离得也近，来回方便。谭娜说，没问题，正好我还没去过呢，我得想想出去玩穿啥。我说，你想吧，好好琢磨，提前一天来我家住，早上咱俩一起走。

我跟许福明要了五百块钱，说要出去旅游。他有点犹豫，但还是给我了，都是零钱，一张一张铺平叠好，我看着难受，有点打退堂鼓，这种家庭条件，还要出去玩，确实不太合适，但是之前都定好了，也是真想去，看看风景，这时再反悔可就太扫兴了。许福明将钱小心翼翼地递给我，然后问，多咱去啊。我说，过两天。然后他又问，五百够不啊。我点点头，没有说话。

谭娜拖了个半人多高的大箱子来找我，知道的是去旅游，不知道还以为要搬家。我说，总共就走两天，用得着这么多东西么。谭娜说，能想到的，我都带着了，准备了好几天，东西是越装越多。我翻了翻她的箱子，问她，你带泳装干啥，这才几月份，下不了水，没到时候。谭娜说，万一能呢，我备着，这套是去年新买的，一次都没穿过呢。

原本说是开车去，结果赵东阳那边没借到车，我们决定坐火车去，其实正合我心意，开车去费用太高，又是油钱又是过路费的，光让赵东阳自己掏，那过意不去。火车票不贵，五十多块钱，对谁都没负担，1024次，早上五点多出发，九点多到山海关，啥都不耽误。

谭娜兴致很高，定的闹表，三点就醒了，梳妆打扮，我还是困，透析完就是累，怎么都起不来床，最后谭娜硬生生把我拽走的。我俩四点出的门，站在路边打车，冻得直哆嗦。我穿帆布鞋和牛仔裤，上身是卡通帽衫，轻装上阵。谭娜穿了一套豆沙色的衣裤，挺严肃，看着像要去招待所开会，臃肿的身体被捆在其中，极不合适，选了一个多礼拜，咋就穿这套出来呢，不理解。

凌晨温度很低，像是又回到了冬天，空气里有烧沥青的味道。我迷迷糊糊，想起以前许多个冬天，那时候我和谭娜跟现在一样，拉着手，摸黑上学，一切都是静悄悄的，但走着走着，忽然就会亮起来，毫无防备，太阳高升，街上热闹，人们全都出来了，骑车或走，卷着尘土；有时候则是阴天，世界消沉，天边有雷声，且沉且低且长，风自北方而来，拂动万物，一天又要开始了。

我给赵东阳打电话，光响也没人接，都开始检票了，他还没到，也不知道到底是去还是不去，没起来床还是咋的，没个动静，心里有点急。谭娜笑话我说，咋的啊，惦记上小情人儿了。我说，你那嘴能闲一会儿不。谭娜说，爱来不来呗他，咱俩照样玩。我说，问题咱不都提前定好了么。谭娜说，可能又跟媳妇干起来了。我说，没准真是。谭娜说，他给你说过没，媳妇管他老严了，各种控制，还总拿孩子要挟他。我说，他自己娶的，赖谁啊。

我们正聊着，赵东阳从后面跑来，步伐很大，跺得地面咚咚作响，背了个黑色双肩包,头发蓬乱,眼睛没睁开似的,一看就没睡好,呼哧带喘,跑到我俩跟前,说,起来晚了,差点没赶上车。我说,心挺大啊,也不知道回个电话。赵东阳说,一路小跑来的,呜呜这顿蹽啊,哪有工夫看手机。

我们坐的是绿皮车,主要图便宜,车厢里一股腐败的味道,很难闻,硬座是卧铺改的,没有隔档,坐着不太舒服,不得靠也不得躺,视线也窄,没法施展。刚上车我就有点困,谭娜让我坐在最里面,我也没精力吃东西,披头散发趴在桌子上,没一会儿就睡着了。他俩在旁边说话,声音很吵,我做了好几个梦,都是一闪而过的片段,不成体系,这一觉睡了两个小时,报站说马上到锦州了,我才醒过来,揉眼一看,谭娜和赵东阳也不聊天了,闷头一顿狂造。谭娜昨天买了一只板鸭,这时候正拆了分着吃,还配着几听罐啤,挺会整,见我起来了,谭娜指了指桌上的残骸,跟我说,味儿还行,特意给你留个大腿。赵东阳说,有点咸其实,就大米饭正好。谭娜说他,你咋那么多事呢,白吃都堵不上你的嘴。

窗外都是石山,形态陡峭怪异,巨大且锋利,谈不上是什么景观,但也让人看得入迷。我想,要是这几个小时的车程,能无限延长就好了,哪怕是极短的距离,你仔细观察,反复体会,总能发现不一样的东西,无法穷尽。山脉过后,又是一片水潭,静止不动,看不出到底多深,我们仿佛驶在桥上,一阵大风吹过来,火车轻轻摆荡。

赵东阳忽然来了一句,掉下去就好了。我说,这是啥话。谭娜跟我说,刚才你睡着了,没听他讲,又跟媳妇吵架了,不愿意让他来,他非得来。我说,那就别来呗,至于么。赵东阳说,早上还给我下最后通牒,说我今天要是出门,回来就去办手续。谭娜说,吓唬你呢,都是路子。我说,你这么一说,我真有点后悔出来了。谭娜说我,这时候你装啥好人,跟谁一伙儿的你。赵东阳说,那后悔啥,咱该咋玩咋玩,我算看透了,我跟她是过一天少一天。谭娜说,话说得跟放屁似的,你跟谁还能过一天多一天是咋的,那不符合自然规律。赵东阳低着头,不吱声了。我捅了捅谭娜,她瞅我一眼,又找补一句,说,我也没别的意思,咱既然都出来了,就好好玩,别老跟怨种似的,有啥问题回去再解决,来,再开一罐。

火车略有晚点，我们从山海关站出来时，已经将近十点。空气好像比沈阳还凉，水分大，能闻到一点腥味，不重。眼前是深色城墙，倾斜而上，巨人一般矗立，砖缝之间有白沿，不知道有多少年历史，也可能是后来修复的，无所谓，气势还在。我跑过去，展开双臂，抬头眯眼，让他们帮我拍了张照。别白来一趟，虽然目前的状态不好看，但也要留个纪念。背后的城墙凉津津，我踩湿软的泥地上，有雨的气息环绕周身。这边很少有高楼，放眼望去，心旷神怡，远处还有风筝在飞，摇摇晃晃，像是从海里面升起来的。

谭娜记了个地址，带着我们走，非要去吃一个什么包子，当地特产，她都吃一路了，咋还能吃下去呢，我也是纳闷。七拐八转，终于找到了那家饭店。门脸挺大，刚进去，我就一阵犯恶心，满地油污，手纸筷子都粘在地上，走道发黏，我找了个位子坐下，赵东阳和谭娜去点包子。旁边的服务员大姨走过来，用嘴咬开一袋陈醋，挤入桌上的调料瓶里，我不知道该说啥好。不一会儿，谭娜和赵东阳端上来两大盘包子。我是一点胃口也没有，只喝了半碗粥，包子尝了一个，不爱吃，油太大，他们俩吃得不亦乐乎，但最终也没吃完。倒也行，午饭就此解决了，不耽误时间。

我们先去的天下第一关。刚进去时还挺凉，几乎没有游客，一切尚未苏醒，过了一会儿才逐渐暖和起来，有摊位在卖烤肠和苞米，没精打采，锅里连热气都不冒。我走在最前面，跑上台阶，谭娜在后面喊，你慢点儿啊。我说，你这咋还不如我这个病号呢。谭娜说，吃撑了，迈不动步，直冒虚汗。我说，那我在顶上等你。我爬上去之后，半天也没看见谭娜，赵东阳也磨蹭好一阵儿，才赶上来，跟我说，谭娜在底下坐着呢，歇一会儿，不到这顶上来了，我们一会儿下去找她。我说，啥体力啊，这也没有多高。赵东阳说，是啊，没多高。我说，但不上来也行，没啥损失，景儿也没多好。赵东阳说，是啊，没多好。

虽然景色一般，但我还是愿意多望几眼。近处有红黄标语，扯在树间，远处是土黄与青黑的结合，松柏成林，颇有秩序，回首望去，山脉连绵不断，其间有几趟平房，在云的深处若隐若现，规模不小，不知道是什么人住在里面。

我们下来之后，看见谭娜正在打电话，表情严肃，走得慢悠悠。我也不好偷听，便跟赵东阳走在前面，她在后面跟着。我小声问赵东阳，你猜，跟谁打电话呢。赵东阳说，那我上哪猜去。我说，肯定不是啥好人。赵东阳说，谁说的，净瞎扯。我说，看表情就能看出来，她有啥都写脸上，多少年了都，藏不住事儿。

果不其然，谭娜挂掉电话后，追上来跟我汇报，以前对象打的电话。我说，又要干啥啊他。谭娜说，没啥事，问我过得咋样。我说，你咋说的啊。谭娜说，我说挺好，在外面玩儿呢，不用你操心。我说，然后呢。谭娜说，他说他挺想我的，以前是他不对，会逐步改，让我再给他一次机会。我说，你是不是又要犯糊涂。谭娜说，有点心软，但也没定，我说我得想一想。我说，想啥，挨揍没够咋的。谭娜说，那万一他真改了呢。我说，狗改得了吃屎吗。谭娜想了想，说，也对，妈的，好悬又让他忽悠，我也发现了，现在有时候心太软，前些年真不这样，那时候多潇洒啊，平地一声雷，爱谁谁，平地一声屁，爱咋咋地。我说，这话对，咱可不能越活越回旋啊。

我们从第一关出来后，坐25路去老龙头，我数了数，一共九站，十来分钟就到了，路上车少，车开得也猛，路过个什么工人医院，还有一个中学，我还没坐够呢，就到站下车了。关里关外就是不一样，景致建筑都有差别，沈阳还比较萧条，没从冬天里彻底挣脱出来，但这里就已经很葱郁了。到了老龙头门口，赵东阳买了三张套票，附带个景点，孟姜女庙，说有空也一起去看了。我要给他钱，他怎么也不收。谭娜在一边说，人家不要，一片心意，你非得硬给啥。听她这么一说，也只好作罢，但谭娜不明白我的心理，我主要是不想欠谁的，尤其是这种情况，别人倒是都不计较，但自己总犯合计，尤其夜深人静时，算来算去，没法还，压力很大，心情也受影响。

老龙头景区不小，刚走一半，我就有点累，想休息片刻，谭娜正相反，大概是消化得差不多了，体能逐渐恢复，一边埋怨我没有长劲儿，一边也陪着我坐在凉亭里。旁边有两门假石炮，也有几个油漆味道很重的房间，用来展示当年驻守军队的日常物资和生活状态。不远之处，有人在烧香，香柱高大，烟雾向上盘旋，到一定高度后，又轻盈散去，录音机放着诵经的声音，咝咝啦啦地传来，始终不停。我听得入神，想起很多事情。当年我妈卖房之后，又租下现在这个铁道边的一楼，她最相中的一点是，原来这间屋是位老人在住，有个小佛堂。搬进去后，她也供了一尊菩萨，摆在架上，不知道从哪请来的，天天拜，烧香供果，念念有词，旁边放唱佛机，一刻都不带停的，特别虔诚，说是在给观世音菩萨建道场，能为我化解业障，但是我的还没化解开呢，她就先走一步，这上哪说理去。不过对她来讲，倒也算是一种解脱。后来我爸搬回来，好一顿收拾，这些东西都不知道被他撇哪去了。

天又有点转阴，我们跟着一个旅行团，蹭导游的讲解听。她说在老龙头，景色最好的地方是澄海楼，有古诗为证，"长城连海水连天，人上飞楼百尺巅"，有一截长城伸展到水里，世界奇观，万里长城的起点，长城蜿蜒，如蛟龙一般守卫此处，东临碣石以观沧海，说的正是这里。我听着很心动，但一打听，要上澄海楼，又得额外花钱，于是有点犹豫，我问谭娜和赵东阳，要不要上去看，他们都没啥兴趣，但也看出来我挺想去的，就又说可以在下边等着。我想来想去，决定花钱上去看一把，下次再出来旅游，指不定是啥时候，得尽量不留遗憾。

我继续向上爬，飘了点雨，谭娜和赵东阳停在城楼的暗间里，我走上几步，回头一望，赵东阳点了支烟，正在抽着，谭娜手里也夹着一支，冲我挥挥手，笑容灿烂。我情绪颇佳，一鼓作气，登上楼顶，出了一身汗。钱没白花，风景确实不一样，面前就是海，庞然幽暗，深不可测，风一阵阵地吹来，仿佛要掌控一切，低头是礁石，有卷起来的浪不断冲刷，极目远处，海天一色，云雾被吹成各种形状，像水草、骏马，也像树叶，或者帆船，幻景重重，甚至耳畔还有嘶鸣声。我忽然想起以前背过的一篇古文，里面有一句：野马也，尘埃也，生物之以息相吹也。当时不懂，现在身临其境，体验到了，就感觉写得真是好。雨丝落在身上，浸湿头发，风也硬，轻松将我的衣服打透，让人时常要倒吸一口气。我站了很长时间，冻得瑟瑟发抖，但仍不舍离去，有霞光从云中经过，此刻正照耀着我，金灿灿的，像黎明也像暮晚，让人直想落泪，直想被风带走，直想纵身一跃，游向深海，从此不再回头。

赵东阳给我打电话，问我怎么还不下来，怕我有啥事。我说，能有啥事，一切安好，就是景色太美，挪不动步。赵东阳说，没事就好，那你再待一会儿也行，我们原地等你。我说，不了，看够了，这就下去。

雨还在下，但不大。谭娜和赵东阳仍在暗间里，背靠着墙，姿势跟我走时没啥两样，只不过每人手里都多了一个塑料兜子。我问他们，拎的是啥。谭娜说，看我半天也没下来，在景区逛了一圈，买了点纪念品。我说，给我看看，都买啥了。谭娜逐件掏出来，说，买了两件旅游纪念衫，有一件是给你的，还有印画的水杯，回家自用，带脸谱的唱戏小人儿，摇头晃脑，你看好玩不。我翻了一遍，觉得没有特别喜欢的，问赵东阳说，你买啥了。谭娜替他回答说，买了个烟灰缸，死老沉，石头雕的，倒是挺好看，一条龙盘着天下第一关，转圈是长城，还买了一把伞，怕你挨浇。赵东阳挠了挠脑袋，将烟灰缸展示给我看，做工挺糙，但意思到位，另外他还给孩子买了一堆小玩具。我说，花不少了吧。赵东阳说，没多少，东西不贵。我说，还行，知道惦记孩子。赵东阳说，唉，要不咋整，回家不得管我要啊。我说，现在这种情况，要是你一回家，看见媳妇带孩子跑了，能受得了不？赵东阳想了想，说，还不至于，没到这一步呢。

我们又在里面转了半圈，山谷里看见有人在驯马，紧拽勒口，鞭子抽得极凶，人和马离得很近，几乎是四目相对，马的双蹄翘起，驯马者不断呵斥，双方像是在台上进行搏斗。我有点看不了，心里不好受，那几鞭子，也像是抽在我身上。谭娜没见过这个，还挺好奇，不愿意走，赵东阳也不看，背过去又点支烟。我这才想起，之前在澄海楼上听到的，也许正是这匹马的叫声。

我们从老龙头出来时，已经接近下午四点，都有些累，毕竟起来得太早，精神头儿有点不够用。接下来是孟姜女庙，出门一打听，离这儿还有点距离，十几公里。但票都买了，不去也可惜，于是我们坐了个三轮车，一路晃悠到孟姜女庙。刚进去，就有点后悔，这里十分冷清，一切都是新的，装修味道很重，而且里面也不大，除我们之外，很少有其他游客，十几分钟，我们基本就逛得差不多了。谭娜一个劲儿叨咕着，上当了，上当了，这回可上当了。我说，其实也不算，反正里面没啥消费项目，烧香啥的都是自愿的，就当溜达了。赵东阳也说，是，我看这里还挺好，也长见识，不到这儿来，我还一直以为孟姜女跟小白菜是同一个人呢。

　　庙的深处，辟出几间屋子，拉着横幅，上面写着"中华巧女手工艺展览"，我们进去一看，墙上挂的全是剪纸，各式各样，十二生肖，蝴蝶燕子，四季与儿童，都有，但剪得也没啥稀奇，算不上精美，底下都写着标价。在最后一间屋子里，我们看见了一位妇女，四五十岁，戴大耳环，围着一条纱巾，黑瘦，穿得很落伍，像是附近村里来的。她握着一把剪刀，极其专注地工作。谭娜凑过去问，你是叫巧女，对不？她没说话，只是微微点头。谭娜跟我说，看，上当了吧，处处是陷阱，看外面的标语，中华巧女，还以为是一群女的，都心灵手巧，结果就一个人，她的名字叫巧女，这扯不扯。我笑着没回答，跟着他们走出门，那位妇女放下剪刀，起身相送，这时，我们看见，她满身的红色纸屑，轻盈，细碎，纷纷扬扬地落了下来。我们继续往庙外走，她到门口就停下来，抬头望天，像是刚刚破茧而出，抖落躯壳，还不知要飞去什么地方。

　　按照赵东阳的计划，我们今晚住在北戴河，一来这边不是旺季，价格便宜，二来据说海景不错，明天早上看日出也比较方便。但我并不知道北戴河距离山海关还挺远，我们换了两三趟公交车，总共坐了近两个小时，才到达目的地。我在车上醒了又睡，睡了又醒，觉得浑身冷，一直哆嗦，怕是要发烧。等到我们在刘庄下车时，已是晚上七点，天都黑了，人也很少，三三两两，气温比白天低好几度。

赵东阳说，这边都是家庭旅馆，这个季节不用提前订，都有床位，我们往里面走一走，还有更经济实惠的。谭娜挽着我的胳膊说，都行，找一家就行，赶紧让她歇会儿吧，你瞅她，困得滴了当啷的。我强打起精神说，没事啊，缓过来一点了。

赵东阳向路人打听两次，带我们走进一个胡同，两边都是二层小楼，家庭宾馆，还挺别致，一楼挂着牌子，上面写的是"休闲小屋"，我挺好奇，想看看都是怎么休闲的，往里面看一眼，结果发现是麻将社，都在那稀里哗啦打牌呢，屋里满员，烟雾缭绕，跟清冷的街道形成鲜明对比。

我们选了一家顺眼的住，那家底下的标语写着：环境优美，空气怡人，装修静雅。我说，这家好，听着素净。女老板扫一眼我们的身份证，也没登记，帮我们开了一个三人间，位于二楼中央，八十块钱一晚，设施虽然有点简陋，但着实是不贵。水泥地面，摆着三张单人床，彩电、桌椅、衣架都有，室内还带卫生间，能洗淋浴。我躺在中间的床上休息，谭娜守着窗户，又把她那大箱子掀开，开始捣弄东西，还去厕所换了套新衣服，真没白带。赵东阳洗了把脸，然后站在门外，扶着栏杆，跟楼下的女老板聊天，问她附近哪家饭店最好，人均多少钱，哪道菜值得一点。

八点半出的门，没走几步，就是女老板推荐的烧烤店。谭娜十分亢奋，进去菜单全点一遍，各种肉串，扇贝，烤气泡鱼，麻辣烫，锅烙，上来一大桌子，味道确实还可以，锅烙我吃了半盘，韭菜鸡蛋馅，有鲜灵儿劲。他们还叫了两提溜啤酒，各自开战。谭娜撸起袖子，唾星四溅，又是一顿猛白话，边讲边喝，直接对瓶吹。看得出来，她也是太郁闷了，压抑够呛，说着说着还哭了，我听着也特别心疼，然后还管赵东阳要烟。谭娜抽烟的间歇，赵东阳开始倒苦水，也不知这都是咋的了，媳妇丈母娘这那的，鸡毛蒜皮的屁事儿，但最后搞得矛盾还挺大。其实我不咋爱听，他们的这些问题，总归会有一个解决办法，要么你进我退，要么我退你进，或者各让一步，我的问题就比较难了，基本无解。也可能正是这样，我从来都不爱去一次又一次地讲，没啥必要，自己难过就自己受着呗，往好了说，是不愿意给别人添堵，其实从内心里来讲，是不愿意成为别人日后的谈资或者素材。我活着可不是为了丰富他们的阅历的。所以生病以来，我跟很多亲戚朋友都不怎么来往了，每次听到他们假装关切的询问，我都想说，请收回你的怜悯并且要点脸吧。我也知道这种心态不对，但又调整不过来，总觉得自己委屈，凭啥啊非得是我摊上，越想头越疼，到后来，我干脆也破了戒，跟他们干了两杯啤酒，挺爽口啊，久违了。

喝到半夜，谭娜不再兴奋，情绪平复过来，并开始发蔫，眼皮打架，只听赵东阳一个人在说，他今天还挺出息，酒量见长。趁着上厕所的工夫，我悄悄去结了账，这一天都是他们俩在花钱，挺过意不去的，服务员给打了个折，二百八十元，连吃带喝，贵是不贵，但给钱时又有点心疼。我和赵东阳一起扶着谭娜出的门，她嘴上说没事，其实脚步踩不稳了。酒劲儿上头，我也有点迷糊，赵东阳喝得正精神，眼睛冒光，走着走着，还唱起一首老歌，我们也跟着他一起唱。只怕我自己会爱上你，不敢让自己靠得太近，怕我没什么能够给你，爱你也需要很大的勇气。各种走调，唱完就傻乐，整条街都有回音，但也不要紧，反正这里没人认识我们。我记得初中时，这首歌和那个电视剧都特别火，一转眼这都多少年了，那些演员好像还是那么年轻，而我们现在却比他们要老得多，真他妈不可思议啊。

我躺在床上，伴着谭娜起伏的鼾声，一整天的回忆泛上来，我努力记起更多的细节，留待日后回味，可惜实在精力不济，没过多久也睡着了，最后醒着的几秒里，我仿佛听见浪涛的声音，由远及近，奔涌而至，太阳苍白，晒在上面，晃得人无法睁眼，然后我便彻底进入梦乡。还是场景片段，一截一截，没有逻辑，开始好像是梦见我和我妈，我那时还挺小，左手拉着她，右手拿着一根雪糕，天气很热，雪糕化得特别快，化掉的奶油不断地往下滴，我心里很着急，然后身边的人忽然变成了谭娜，我也长大了一些，她趴在耳畔跟我说了一句什么话，我没听清楚，让她再说一遍，她很着急，又讲一遍，我还是没听清，然后她就被几个戴面具的掳走了，情绪很激动，表情慌乱，气喘吁吁，像是被绑架了，我心里着急，也不知道该去找谁帮忙，到处都找不到人，急得要哭出来，心头一紧，忽然就醒了。我是侧着身子睡着的，睁开眼后，映着窗外的幽光，发现谭娜的那张床是空的，被子掉地上一半，而轻微的喘息声从我背后传来，显然，它不仅存在于梦里。

　　他们做得很小心，动作幅度不大。我猜，谭娜应该是捂着自己的嘴，或者是赵东阳用手堵住的，总之，能听出来，她是在尽力克制，不让自己发出声音来，却更难听了，十分怪异，不堪入耳，估计脸都皱在一起了吧。刚听见时，我一动不敢动，心里委屈，还有点恨他们，出去不行吗，再开一间不行吗，但听着听着，又有点不忍，我很担心他们发现我已经醒过来了，那以后互相该怎么面对啊。做完之后，我听见谭娜下床的声音，蹑手蹑脚，踩在水泥地上，去了趟厕所，撒了一泡很长的尿，好像又冲了一下，然后回到床上。我使劲闭上眼睛，但是泪水还是流了下来，一开始是几滴，后来变成啜泣，我咬住嘴唇，但还是出动静了。我心里说，对不起啊对不起，实在控制不住，也不知道为啥。谭娜和赵东阳反应过来后，都吓坏了，分别坐在床上，不知怎么办是好。后来赵东阳穿上鞋出门了，但也没远走，就在走廊里，靠着栏杆抽烟。谭娜坐过来，摸着我的头发，断断续续地说着，喝多了，对不起，当啥也没发生，行不，求你了，我现在连死的心都有，对不起，玲玲，你接着睡吧，好不。我一把打掉她的胳膊，坐起来接着哭，怎么劝也停不下来，我为什么要这么做呢，为什么要这么对谭娜啊，理解不了自己。我明明一点都不怪他们，相反，我很害怕，怕他们会就此离我而去。我害怕极了。

　　我不知道是怎么睡过去的，起来时也不知是几点，睁开眼睛，只觉脸皮发紧，大概是泪水浸的，头也痛，昨天真不该喝酒。屋内很亮，我翻了个身，发现只有我自己，起身下床，想找双拖鞋，但怎么也找不到。这时，谭娜推门而入，满脸笑容，腆着肚子，好像什么都没发生过一样，跟我打招呼说，起来了啊，早饭给你搁桌子上了，鸡蛋饼和豆腐脑，还热乎呢，你洗把脸先吃饭。我说，几点了。谭娜说，九点不到。我说，对不起，起来晚了，没看成日出，你们去了吗？谭娜说，没去，那玩意儿看不看能咋地，谁还没见过太阳啊。我说，赵东阳呢。谭娜说，去旁边的海鲜市场了，买点干贝烤鱼片啥的，这边儿的好吃，还便宜，我让他给你也带了点。我说，不要，到时你都拿走吧，我不吃。

　　我洗完脸，坐在桌边吃饭，豆腐脑很好吃，又嫩又滑，鸡蛋饼也香，里面还有火腿肠，但我实在没啥胃口，也没心情，只吃两口，便觉得都堵在嗓子眼里，我拧开一瓶白水，喝了几口，想往下顺一顺。谭娜把电视打开，来回调台，又掏出车票，跟我说，晚上六点半的车，估计十点半能到沈阳，时间都来得及，今天咱是啥计划来着。我想了一会儿，也没记起来，胃却开始不舒服，不断地往上反，我跑到厕所里，呕吐起来，吐得还挺邪乎，昨天晚上吃的也都交代了。谭娜吓坏了，冲进来扶着，一个劲儿地给我拍后背，问我，没事吧。我也没回答，吐完之后感觉轻松不少，但浑身没力气，也冷，便躺在床上，盖了两床被。

　　赵东阳提着好几包东西回来，进屋之后，跟我说，咋还不起床了呢。谭娜在旁边接话说，刚吐了，正难受呢。赵东阳听后有点着急，东西放在地上，非要带我去医院看看。我说，没大事儿，不去医院了，走不动路，就想早点儿回家。赵东阳看了谭娜一眼，谭娜也说，早点走吧，还等啥，不然也不放心。于是赵东阳又去车站，改签车票，临走之前，跟我说，鱿鱼丝特别好，排队买的，你要是嘴里没味儿，可以尝一尝。我点点头，把被子拉过头顶，谭娜搬了把椅子，坐在我身边，手背碰碰我的脑袋，又碰碰自己的，动了动嘴唇，却啥也没说出来。

　　赵东阳打车去的车站，没过多久就回来了，动作挺快，中午没票，只能改在下午，四点出发，还是动车，一百多块钱，我有点心疼，但仍起身掏钱，赵东阳还是死活不要，他这一天话都很少，情绪也不怎么高。我让他们俩别管我，附近玩一玩，等到时候再一起走，别因为我白来一趟。但他们谁也不去，就在屋子里守着。临出发之前，我跟谭娜说，你买的那件旅游纪念衣服呢，咱俩穿里面吧。谭娜听了很高兴，拍起手来，又把那个大箱子掬开，拿出来递给我，我俩换上衣服，又肥又大，不太合身，质量也不行，互相看着乐，像是往身上套了个面口袋。

　　我跟谭娜坐在一起，赵东阳的座位在另一节车厢，不方便换过来，跟我们说，有啥情况赶紧给他打电话，随时待命。我觉得状态有所恢复，刚上车就吃了一碗泡面,汤都喝干净了,谭娜看我吃完,也舒了口气。我靠在窗边坐着,胃里有底,精神就好一些,但这一路上也没怎么跟谭娜说话,不知道该说点啥,只好望向窗外,火车开得很快,景物急速飞过,让人来不及仔细辨认。路程过半,暮色降临,远处忽然有浓烟出现,火光在其中萦绕,连成一大片,烟尘浓密,滚滚袭来,不断变幻,仿佛有野马正冉冉升起,飞向天际。谭娜看了半天,挎紧我的胳膊,轻声地问,这咋还着火了。我说,可能是在烧荒,但季节又不太对,也搞不清楚。谭娜没有继续说话,转回身来,闭上眼睛,将头搭在我的肩膀上。

我们到沈阳北站时,六点钟刚过,晚高峰还没结束,一派繁忙景象,人们来来往往,细密如织,看着眼晕。谭娜提议一起再去吃点东西,赵东阳没有接话,我连忙摆手,说现在只想回家,好好休息一下,明天还要去医院,不想再折腾了,你们去吧,我就不陪着了。谭娜赶紧说,没有你,我俩吃个啥劲儿啊。好像还有后半句,但话说到这里,又咽回去了。我说我自己回去就行,但他们执意要送我到家。

公交车上的乘客很多,人挤着人,赵东阳与谭娜一左一右,为我隔开一片空间,坐了几站后,我催赵东阳下去换车,时间还早,没必要非得送我到家,绕很大一圈,不值。临走之前,他将一个塑料袋塞在我手里,说都是零嘴儿,特意给我买的,在家边看电视边吃。我不太爱要,想还给他,但他一转身就没影儿了,喊也没有回应。袋子很沉,我有点拎不动。

下车之后,谭娜陪我走回铁道边上,我说,你赶紧回去吧,我到家了都。谭娜说,都走到这儿了,送你进屋。我指着我家的窗户对她说,看见了吧,亮着灯呢,许福明在家,放心吧,几步道儿,没问题的。谭娜有点不舍,拉着我的手说,那你没事就过来找我。我说,肯定的啊,不然我还能去哪儿。

我目送谭娜离去,穿过楼群,消失在转弯处,然后一步一步往家里走。离近时,我才敢确认,家里正亮着两盏灯,厨房一盏,隔着塑料布也能看见许福明的身影,大概是在炒菜,卧室拉着帘,但也有光从缝隙里钻出来。许福明过日子很仔细，只一人在家的话，是绝对不会点两盏灯的，更不会炒菜，从来都是对付一口就完了。我想了想，许福明还不知道我提前回来了，走之前他问过我，大概几点到家，当时我说的是，十点多到北站，回家肯定要半夜了。

  我没有进屋，还有一点时间，是要还给许福明的。我绕到窗户后面，看见倒骑驴锁在栏杆上，我将东西放上去，一路拎在手里，愈发沉重，勒得生疼，然后也搭边坐在车上，背后楼群的灯火逐一亮起，有风经过，还是冷，延绵不断的冬季，似乎仍未结束。我缩成一团，不断地向后移，靠在车的最里面，用破旧的棉被将自己盖住，望向对面的铁道，很期待能有一列火车轰隆隆地驶过，但等了很久，一直也没有，只有无尽的风声，像是谁在叹息。光隐没在轨道里，四周安静，夜海正慢慢向我走来。

（原刊于《收获》2018 年第 4 期）

法力

张悦然

天快黑了，屋里没开灯，我站在荧光显示框前，等着音乐从柱状音响里冒出来。如果是以前，把碟片放进去我就走了，泡茶或者煮咖啡，现在我会站在那里，一直等着音乐响起来。是担心唱片坏了，还是机器出故障，我自己也说不清，就是有点心悸，担心音乐再也不会响起来了。

音乐响起来了。我打开了灯。沙发上丢着可可的画笔，还有一只长颈鹿头倒插在靠垫之间。我敛起画笔，把长颈鹿拽出来夹在胳膊底下。邢蕾走过来，绕过我走到矮脚柜前，拉开了最上面的抽屉。我问她找什么，她说弄鱼把手划破了。我叫她放在那里让陈姐干。

"你能下楼买包白糖吗？鱼还在扑腾呢。"她问。

"他们来了先喝点酒，七点吃饭也不迟。"

"达奇有事，要早点走。"

"不是他嚷嚷着没地方过中秋吗？"

"还有料酒，白糖和料酒。"

她又绕过我走了。最近我们很少说话，她看起来总是有点心不在焉，也可能心里对我有意见。那不是我做点什么就能改变的，而且我也不打算做点什么，我们早就过了讨好对方的时间。到了一定的年限，婚姻就像一艘无人驾驶的船，双方都懒得去碰方向舵，任凭它在海上漂着，漂到哪儿算哪儿。

从小卖店出来，我点了支烟，在小区的长椅上坐下。几个七八岁的男孩蹲在不远处的一棵树底下玩，其中穿蓝色帽衫的那个好像跟可可打过架。一只脏兮兮的白猫从他们身后经过，钻进了灌木丛。送外卖的人走过来问九号楼在哪里，他手上的塑料餐盒里装的好像是烤串，配冰啤酒应该挺不错。过了一会儿，男孩们的妈妈来了，把他们叫走了。树底下留下一堆树枝，横七竖八攥在一起，看起来像是要点篝火。

篝火。木头上还附着一丝热气，证明才熄灭不久。露娜绕着它走了一圈，在它旁边坐下来。昨天刚下过雨，能找到这么一堆干木头不容易。她解开背囊，从里面摸出几颗煮栗子吃起来，然后打开地图，用铅笔标出昨天走过的路。地图是凭靠盲眼铁匠的记忆画的，很可能靠不住。但是如果到了那里，她知道她能认得出来。就算房子没了，稻田没了，芒果林没了，她也能认出来。

她沿用了小时候吃栗子的方式，咬开小口，把果肉用小拇指剥出来，果壳几乎是完整的。妈妈用的是竹签，能把小洞开得更小，掏干净果肉，然后在晒干的栗子壳上涂上鲜艳的颜色，串成项链送给邻居。粉红色最难找。要在春天的时候收集夹竹桃的花瓣，放在石碗里捣碎。整个春天妈妈带着她满山寻找夹竹桃。反正她们有的是时间。露娜从没想过有一天会离开那个小村庄，她做过最离谱的梦就是嫁给村头裁缝的儿子。

手机响了，邢蕾问我去哪了，说邓菲菲已经到了。我掐掉烟，——第五支，从长椅上站起来。手机上有一条未读短信，我点开了它：

放过露娜吧，好吗？算我求你了。

我打开门，邓菲菲正坐在餐桌前翻一本家居杂志。她好像胖了，也可能是剪了短发的缘故，圆鼓鼓的脸上贴着七八个指甲大小的透明胶布贴。

"我昨天去点痣了。"她说。

"有这么多？"我问。

"我还留了两个呢，大师说那俩是吉利的。"她指了指桌上的方盒子，"可可呢？我给她带了巧克力。"

我告诉她可可在姥姥家，邢蕾的表姐从美国回来了。邓菲菲立刻问我是不是那个生了一对混血双胞胎的表姐，说她看过照片，很幸福的一家子。我没做评价，反正邢蕾没让我去和他们过中秋节，我心里挺感激的。我开了一瓶香槟，给邓菲菲倒了一杯。上次见面还是她话剧上演的时候，她穿着维多利亚时代的长裙，头发乱蓬蓬的，眼睛周围画着浓黑的眼影。别的我都忘了，关于那个晚上，我唯一记得的是下了很大的雨。

"巧克力记得冷藏，别让可可一次吃太多。"邓菲菲看着我，"你生病了？"

"在赶一个剧本。"

"新的？"

"还是那个。"

"什么题材来着？"

"奇幻，动画片。但不是给小孩看的那种。"我也不知道自己为什么要解释。

"厉害。是那种人都活好几千年，会各种法术的吗？"

"可能活不了那么久。"很久没跟人聊天，我感觉有点吃力，就建议她尝一尝杯子里的酒。

"幸亏有你们。"她放下杯子说，"过节的时候收留我跟达奇。"

"不算收留吧？"

"我上个月离婚了啊，邢蕾没跟你说？"

她的眼神充满了倾诉欲，正等着我发问，而我却怎么也想不起她前夫的名字。其实见过很多次，就在一年前他们夫妇还坐在这张桌子前面，跟邢蕾热烈地讨论到底要不要生孩子。当时我饶有兴趣地听了一会儿，主要是觉得邢蕾挺有意思，她一直后悔生下可可，可是但凡有女人询问她的意见，她总会告诉她们一定要生个孩子，那样人生才完整。她看起来一脸真诚，让我不得不相信她所体会的失望是人世间罕有的不幸。

我有种预感，整晚可能都会陷入情感话题的讨论。最好别让邓菲菲开这个头，我站起来走进了洗手间。我在马桶上坐下，盯着水池边花瓶里的一小簇绿色植物。

  天黑的时候，露娜点着了篝火。灌木丛沙沙响了几声，又恢复了安静。她朝那边仔细看了一会儿，发现有双眼睛躲在树丛里注视着自己。那家伙刚想跑，她一跃而起，跑过去揪住了他的衣服。他惊恐地扭过头，一张画满颜料的小丑的脸，透过眼皮上的菱形油彩，可以看到一双稚气未脱的眼睛。小丑解释说，篝火是他点的，他出去找吃的了，回来就看到露娜坐在旁边。

  小丑把一只肥美的野兔架在火上，邀请露娜和他一起吃。他神秘兮兮地告诉露娜，再过几天火山就要爆发了，这里将会夷为平地，只有坐克莱因飞船离开才能得救。所以他从马戏团逃出来，打算去找飞船。他发现露娜已经知道这个秘密，就感到很费解，那为什么还要往火山口的方向去呢？露娜说，小时候自己住在那附近的一个村庄，后来经历了战争、瘟疫，人们都离开了。她想在火山爆发前再去那里看一看。小丑问，看什么，不是都没有人了吗？露娜说，我也不知道，但是做梦总梦到，就去跟那里道个别吧。

  第二天分别前，露娜把自己登上克莱因飞船的船票送给了小丑。她安慰他说，我是圣火使者，没有船票也可以登船。小丑抱着她哭起来，把自己表演魔术的黄手帕系在她的手腕上。他问露娜飞船长什么样。露娜说，有扇圆形的金属门，像月亮一样。

我希望晚饭能在九点前结束，就可以回到书桌前把这段故事写下去。来到客厅，桌上摆着凉拌莴笋丝、皮蛋豆腐和白斩鸡。邢蕾端着一盘茨菰烧肉走出来："谁能给达奇打个电话？"

"我打吧。"我说。邢蕾看了我一眼，既没有鼓励，也没有反对。我找出他的号码拨过去。达奇接了，说有个纽约画廊的人忽然到他的工作室参观，把他们送走就过来。

"看来达奇要转运了，没准人家想邀请他到美国做展览！"邓菲菲说。

"喝一杯。"我举起酒杯看着邢蕾。

达奇是个摄影师，但他可能更乐于称自己为影像艺术家，以此来和那些商业摄影师区分。不过在我看来他们最大的不同是，商业摄影师把东西往美里拍，达奇是怎么丑怎么来。他最有名的一张照片，是三个苗族老太太，举着裹过的小脚，咧开没有门牙的嘴哈哈大笑。要我说，他获得的那点赞誉，全得感谢中国偏远地区的脏乱差，有一回喝多了我表达了这个观点，结果邢蕾跟我吵了一架。

这下邢蕾好像不急着开饭了，当我再一次提议我们边吃边等的时候，她才慢吞吞站起来去拿碗筷。

"我不能吃虾，脸上的伤口会发。"邓菲菲说。

"酒也别喝了。"邢蕾要收走她的杯子，她连忙用手挡住。

"啊呀，喝一杯没事，反正最近也不用排戏！"

邢蕾端详着她的脸："那么多痣都是不好的吗？"

邓菲菲指着那些小胶布挨个向我们介绍："这个是容易犯小人，这个是容易漏财，这个是容易有交通意外，这个是没有主心骨……"

"点了这个痣主心骨就能长出来？"我问。

"会长出一截。"

"我倒觉得你眉毛边上那颗痣挺好看的。"邢蕾说。

"那个就是离婚痣啊！它有点大，过阵子可能还会长出来，长出就得再点一次，反正大师说了，我的正缘后年才来。"

"不吃虾就多吃点肉吧。"邢蕾往她碗里夹了两块红烧肉。

"菜都是陈姐烧的？"邓菲菲嚼着肉问。

陈姐正好走出来，冲邓菲菲笑了笑。她把清蒸鳜鱼放在桌子中间，碧绿的葱丝上缭绕着热气，鱼瞪着苍白的眼珠，张大的嘴巴里塞着一团姜丝。

"陈姐，你快走吧，明天来了再收拾。"邢蕾把陈姐送到门口，"挂号的事，我明天上班再问一下。听我的话，别想太多好吗？"邢蕾的语气里有种训练有素的职业性，但睫毛上笼罩着的温柔光晕足以遮蔽冰冷的理性。她那双美丽而睿智的眼睛里，总是蓄满了对人间的理解和同情。仅凭这双眼睛，也足以胜任她现在的工作——她是一名出色的心理医生。

"谁病了？"陈姐走后邓菲菲问。

一开始陈姐说她丈夫生病，自己要回一趟老家的时候，我还以为她只是不想在我们家干了。这不能怪我，之前两个阿姨都以非常离奇的理由离开了我们，一个说是侄子开拖拉机撞了人，另一个说是婆婆离家出走。但有人在家政中心见到了她们，正在面试新雇主。所以陈姐走后，我提议找个新的阿姨。邢蕾却认为陈姐说的是真的。我问她有什么依据，她说是直觉。我不可能一点怨言也没有，毕竟每天早晨七点爬起来把可可送到校车站的那个人是我。过了一个多月，陈姐真的回来了，说丈夫是肺癌，想来北京再找医生看看。邢蕾帮忙联系了一个专家，结论和地方医院差不多，她丈夫在北京待了几天就回去了。陈姐则继续留在我们家，我总觉得她对我冷淡了许多，可能邢蕾跟她说了我之前的猜测。我也没再问她丈夫后来怎么样了。这会儿听邢蕾跟邓菲菲说，病情突然恶化了，陈姐让她帮忙再找个专家。

"她知道再看也没用，但这份心意还是得尽，别让婆家的人说三道四。"邢蕾说。

"有孩子吗？"邓菲菲问。

"两个呢。"邢蕾拨开葱丝，夹了一块鱼，"还是有点老了，我让她八分钟就关火的。"

邓菲菲尝了一下，觉得味道很好。

"你家那个阿姨是哪里人，你也可以教她啊。"邢蕾说。

邓菲菲说她把阿姨辞了，因为父母要来住，不喜欢有个人总在眼前晃。他们将全面接管她的生活，有人洗衣做饭，有人修车交罚单，当然太晚回家也会有人唠叨。

"感觉自己越活越小了，就像回到了高中时代。"她甩了甩头发，"怎么样，我剪的这个学生头？"

"你那时候不是应该染着一头红发，站在台球厅门口抽烟吗？"

"哈哈，没错，看过《罗拉快跑》吗？我那时候就跟里面的女主角一模一样！而且也是个长跑健将！"邓菲菲点了支烟，开始讲自己在学校里如何风光，全市运动会上都拿过第一名，举着奖杯的照片一直贴在校门口的宣传栏里……我想到那个下雨的晚上，站在剧院门口等车的时候，看到对面橱窗里贴着当天话剧的海报，她演的麦克白夫人在最左边，雨水滚过玻璃，像是有只手伸进大蓬裙握住她的身体摇晃。

"要是我能坚持的话，也许能成为一个不错的运动员。可惜人生没法像电影里演的那样，不行就倒回去再来一遍。"邓菲菲又给自己倒了一杯酒。

"慢点喝，高中生。"邢蕾说。

邓菲菲指着我："他高中的时候什么样？也这么深沉吗？"

"他啊，很擅长单手扶把骑自行车。"

"耍酷？"

"跟人打架胳膊骨折了，吊着石膏骑了三个月自行车，后来骑车另外一只手不拿点东西都难受。"

"对方伤得比我严重，鼻梁断了，做了两回手术。"我说。

"没看出来啊，你看上他就因为他会打架？"邓菲菲问邢蕾。

"我的音乐也不错。"我补充道。

邢蕾笑了一声："你是说吹草笛吗？"

桌上的手机响起来。

邓菲菲说："肯定是达奇，要是美国画廊把他签了，就让他去买瓶好酒来！"

"不是他。"我拿着手机离开了座位。

制片人在那边叫了好几遍我的名字，问我有没有看到他发的短信。

"你到底是怎么回事,露娜的戏早就结束了,让她坐上克莱因飞船离开就行了。现在你应该集中精力把最后的大决战写出来,索尔王子才是这个戏的主角!"因为严重超过了交稿期限,他们要求我使用同步在线的文档,这样随时可以看到进度。那边传来按打火机的声音,制片人趁着点烟的时间调整了一下自己的情绪:

"大宇,编剧对自己笔下的人物有偏爱,我完全理解,可这不是写小说,想到哪写到哪……我问你,有谁关心这个露娜的童年?一个角色完成了她的任务,就可以谢幕了,你干吗还非得把她困在这个故事里不可?"

他说再给我最后两天时间,让我向他保证今晚结束露娜的故事,然后挂断了电话。

我换了一张唱片,站在荧光框前等着音乐响起来。我们是否可以把这段等待的时间看作音乐的一部分?任何艺术都有留白,它没法、也不需要交给人们事物的全貌。一个故事——我当然不能称这个剧本为艺术,无法容纳一个人的一生。即便我们声称给故事里的某个人物注入了灵魂,那也只能是灵魂的一部分。灵魂,这种据说二十一克重的东西,如同宇宙一样浩瀚。

中午过后下起了雨。露娜收到来自克莱因飞船的讯息,说火山警报已经拉响,让她在原地不要动,他们会来接她。雨停了,她爬到山坡上,看到远处的峡谷里,有一截正在消失的彩虹。小时候,在那些干燥的日子,她和邻居的孩子用喷水管在阳光底下自己制造彩虹。人类想要的总是比大自然给予的更多。她决定继续往前走。傍晚的时候,她走出了森林,来到一条大河边。她有种直觉,河对岸就是从前的村庄。她不会游泳,就从树上摘了一片叶子吹起草笛,希望远处的船能听到。那是小时候舅舅教的旋律,她以为自己早就忘了。嘴唇滑过潮湿的叶片,雀跃的乐符穿过晖光落在平静的河面上……脚下的土地震颤起来,泥巴溅起,她扭过头看去,是大象,不是一只,而是一群,正迈着大步朝她走来……

我回到餐桌边，给自己盛了一碗鱼圆汤。两位女士同时陷入了沉默，好像之前的谈话被我打断了。

"需要我回避吗？"我问。

"不用。"邓菲菲说，"我已经走出来了，现在可以很平静地谈论那些事了。"邢蕾把手放在她的手上，她像是获得了鼓励，鼓起腮吐了一口气："演完《麦克白》以后，我每天把自己关在家里，光脚在地板上走来走去，打开水龙头一遍遍洗手，天一黑就点上蜡烛。徐宏当时在上海拍戏，中间回来了几天，半夜起来上厕所，看到我在客厅里转悠，嘴里嘟嘟囔囔的，听不懂在说什么。他好不容易才把我弄醒，我一睁眼就尖叫起来，跑进卧室锁上了门。后面几天他都是在客厅沙发上睡的，每天半夜我都出来转悠，有一天还跑到阳台上，打开了窗户。徐宏回剧组之前，说服了我跟他去一趟医院，半路上我忽然说不去了，让他马上掉头回家，他不答应，我拉开车门就往下跳，当时车还在高架桥上……你还有烟吗？"

现在我想起来了，她的前夫叫徐宏。她接过烟叼在嘴里，用拇指反复搓动火机上的滑轮，突然蹿起来的火苗差点烧到她的刘海："我知道这样下去不行，可是我又什么都做不了……就这么过了半个月，有天下午邢蕾来电话，说路过我家，问我要不要一起吃饭。我说我不想出门，把电话挂了。没多久门铃响了，——邢蕾就站在门口。她待到傍晚才走，然后没过两天又来看我了。那段时间真是没少折腾她，我还以为她跟你说了呢。"

我说："她大概把你当她的病人了，保密是她的职业道德。"

邢蕾眯起眼睛看着我。

"我确实是她的病人，没有她我现在还困在麦克白夫人的角色里……"

"你是说你被麦克白夫人附体了？"

"不是附体。"邢蕾好像觉得被冒犯了，"在医学上，这是一种正常的移情表现。"

"为了演好那个角色，我让自己像她一样思考，像她一样邪恶，我的手上也沾上了鲜血……没错，那是在演戏，没有人真的死，可是当我教唆麦克白杀人的时候，我说出来的话确实是当时我内心的想法，就算那把剑不是道具，我也会看着它刺进演邓肯的演员的身体……我并不是在背台词，你明白吗？而是在驾驭那些话语，我是它们的主人。邢蕾帮我找到了我真正害怕的东西，她没有说服我相信自己是无罪的，而是教我如何去面对这种罪恶感。她很厉害，就像有法力似的，你看着她的嘴巴一张一合，慢慢地被催眠了，等到你恢复意识，就发现自己对很多东西的看法都变了……"

"大宇不信这些。"邢蕾说，"他觉得心理学都是骗人的把戏。"

"没有没有，我很尊敬心理医生的工作，救死扶伤，功德无量。我只是说我自己在创作上很烦弗洛伊德那套玩意儿。"

邓菲菲笑起来："我挺同情你的，也许你早就被邢蕾催眠了，自己却还不知道。"

我冲她笑了笑。她的眼睛一点点黯淡下去：

"我最近在考虑转行，我恐怕没法继续当演员了。儿童剧也许还能行，演棵树，演只咋咋呼呼的母鸡。"

"现在别想这些，休息一段再说。"邢蕾说，"谁要来一点米饭吗？"

"还有酒吗？"邓菲菲问。

我从烟盒里拿出最后一支烟，打算抽完就回书房工作。

为首的大象在露娜面前停住，屈起前腿跪下来，让她爬到它的背上。然后它迈着大步走入河水。古老的大河从梦中醒来，惊起的水花亲吻着露娜的脚背。

她眯起眼睛，对岸在视野里渐渐清晰，浓密的树冠上泛着一层金色的光泽，渐渐显出一个个椭圆形的轮廓，结成沉甸甸的芒果。如同一颗颗颤动的心脏袒露在热风里，好像这个世界上再也没有什么秘密可言。

到了岸边，大象把她放下，甩甩尾巴，掉头走入河中。露娜目送它们远去，忽然想起什么，又拿起叶子吹起来。她用旋律告诉它们即将到来的危险。象队呼扇着耳朵奔跑起来。激荡的水花像白色的火焰，在夜色中蹿跳，一点点消失。大河又睡了过去。

露娜转过身，朝岸上走去。泥巴的气味，果实的芳香，离开很久的孩子的笑声还缠绕在树枝上。她知道自己到了。她要记下眼前看到的每个画面。在未来的日子里，她有的是时间，有的是时间跟它们道别，道别并不发生在转身的那一刻，它是此后不断繁衍的梦，是一根根添入回忆篝火的木头。

"大宇？"

我抬起头，邢蕾拿着新开的红酒站在旁边。

"你还喝吗，一会儿是不是要去写东西？"

"没事。"我把杯子递给她，"需要我再给达奇打个电话吗？"

"别打了。"她说。

我拨出了电话。等待音响了三声，达奇接了。

"快了，一会儿就到。"他大声说。

邢蕾从柜子里拿出一只空酒杯放在桌上。透明的玻璃晶莹剔透，杯沿上闪着光芒。也许我是在用邢蕾的目光打量那只酒杯，她脸上洋溢着一种少女的气息。虽然我们十六岁就认识了，但那种气息依然令我感到陌生。好像是另一个邢蕾，一个没有认识我的邢蕾。每当这种时候，我都为自己参与了她的人生而感到羞愧。其实我很早就发现了她对达奇的爱意，令我感到不解的是，她为什么止步于这种暧昧的好感，不再继续向前走了呢？没有完成的感情难道不会令自己痛苦吗？在过去很长的时间里，我一直等着她有所行动。等着她把从我这里拿走的心，交托给另外一个人，任何一个人。我会因此而痛苦吗？还是感觉到一种解脱？我只知道那会让我觉得我的太太真实一些。

邢蕾把月饼和水果端上来。石榴卧在盘子里，像戴着皇冠的小人咧嘴在笑。这个比喻应该出自露娜之口。她还在那个故事里走来走去，寻找小时候的村庄。我知道我必须释放她了，松开手，看着她像只氢气球一样掉进天空里。我正打算离开座位，邓菲菲按住了我：

"你觉得我是个好演员吗？"

我说当然。但她并不满意，一脸疑惑地看着我。她垂下眼睛，叹了口气："《麦克白》大概是我在舞台上演的最后一部戏了。我为那个角色投入了太多的感情……真希望你们能看到。"

"我们看到了。"邢蕾说，"菲菲，你很棒，我们都为你感到骄傲。"

邓菲菲咬了咬嘴唇，眼圈红了："对不起，也许我不该说，可是那天你们根本没有看完话剧，开场不到二十分钟就都走了……"

我的脑袋嗡嗡响起来。在很长一段时间里，——也许还不够长，只有三个月，我一直努力让自己把那个晚上忘了。那个晚上的雨，那个晚上的街道，那个晚上蜡烛所发出的光晕，还有空气里的草药的气味。我喝了口酒，让自己镇静下来。所以那天邢蕾也没有看完话剧？她去了哪里？

邓菲菲说："那天我快要上台的时候，才想起来忘了跟你们说结束后一起喝酒庆祝一下，位子已经订好了，我担心散场以后太乱，就让剧团的同事去跟你们说一声。同事在后台耽误了一会儿，再下去的时候，发现大宇的座位空了，你正在往外走。她追到门口，你的车已经发动了，她在后面挥手，你好像根本没看见，也可能看见了，但还是踩了一脚油门把车开走了。我说出来并没有怪你们的意思，我只是不想有事一直梗在心里……我真希望那天你们能在，我演得特别好，是十几年来最好的一次，谢幕的时候我的情绪还缓不过来，眼泪一直往下淌……"

邢蕾拿起盘子，把鱼骨倒进脚边的垃圾箱："菲菲，你喝多了，要不要去沙发上躺一会儿？"

她哭了起来："我知道我不应该说这些，你们都对我很好……"

我实在坐不住了，离开了座位。我走到阳台上，发觉身体在摇晃，就扶住了旁边的望远镜。

话剧开场十分钟，我收到了晓婧的微信。她说，我今天戒了镇静剂，现在难受得不行，躺在床上浑身发抖。我犹豫了一下，回复道，我去看你，等我。我揣起手机小声跟邢蕾说制片人临时召集开会，恐怕得去一下。邢蕾问，你要开车吗？我说，不用，我叫辆车。这里没信号，我出去叫。邢蕾说，好，开完会告诉我。我悄悄离席，走出了剧院。当时下着雨，我站在屋檐下等了一会儿车子才来。

我在晓婧家待了一个多小时，十点钟离开，然后给邢蕾发了个消息，告诉她开完会了。我们经常一天不联系对方，但是既然她让我结束了告诉她，我就照做了。她没回复，我到家的时候，她不在，直到十二点半，她才回来。她说在剧院里遇到了几个以前的朋友，和她们去酒吧坐了一会儿。我问她话剧怎么样。太用力了，她回答，把车钥匙扔进托盘里。

我站在阳台上，眺望着远处。那里是个公园，从十九楼望下去，只能看到一团模糊的树影。我摩挲着望远镜布满灰尘的镜片。望远镜刚装上的那天，可可很兴奋，嚷着要望一望公园里的游乐场，看看海盗船上的小朋友是不是吓得哇哇大叫。她把脸凑到取景框前看了一会儿，忽然站了起来，转身跑了。从那以后，她再也没有接近过这架望远镜。到底她看到了什么，谁也不知道。我也没有问过。我有个比较悲观的想法，每个人都暴露在自己的命运里，谁也保护不了谁。我没法保护我的小女儿不受到伤害，没法保护任何人。

那天晚上，我按了一会儿门铃，晓婧才打开门。她穿着白色的睡裙，头发上有股草药的气味。为了安神，她在枕头底下塞了一个装满药材的香囊。我让她躺下，自己拉了一把椅子坐在床边。房间里很黑，床头柜上点了蜡烛。而原来放在那里的台灯躺在地板上，她说是摸开关的时候把它碰到地上的。茶杯状的蓝色蜡烛已经燃烧了大半，火苗深陷在一钵蜡油里，散发出浅蓝色的光。我说，蓝色蜡烛，很特别。晓婧说，红蜡烛喜庆，白蜡烛悲伤，只有蓝蜡烛不悲不喜，能让心变得很静，好像时间停止了一样。她养的那只波斯猫冷不丁跃到床上，隔在我和晓婧中间，不慌不忙地扭过头去舔起了尾巴。有它陪着你真好，我说。其实我一点也不喜欢这只猫，有几回我想抱它，它都拼死挣脱，还把我的手抓破了。别人也不行，它只让晓婧一个人抱。我能感觉到它看我的眼神充满敌意，似乎盼着我快点离开。我去厨房倒了一杯水，放了柠檬和蜂蜜，拿出来递给晓婧。晓婧笑着问，和一个病人谈恋爱的滋味怎么样？我说，你很快就会好的。

刚认识的时候，就觉得她很特别，有种奇怪的沉静。也许和她的成长环境有关，她是傣族人，在西双版纳的山寨里长大，中学时才随舅舅去了昆明。她身上有种质朴蒙昧的东西，像绝迹的飞鸟。很多个夜晚，我从乌烟瘴气的剧本策划会上脱身，驱车十几公里来到她家，只为了能和她待上一会儿。那是对我最大的奖赏。只有在面对她的时候，我才能把心里的挫败和愤懑讲出来。我嫉妒成功的同行，憎恶势利的资方，嘲笑愚蠢的观众……曾经勃勃的野心现在变成了多余的脂肪，我像个跌跌撞撞的胖子，弓着身体爬进一条专为捉弄我而设计的狭窄地道。我把那个最弱小阴暗的自己交给她，像个打架打输了的小男孩躲在她的怀里喘息。她总是轻轻地拍拍我的头：没关系，不要紧的啊。好像我还有的是时间，有的是力气。你会离开我吗？我问她。她说，不会，永远不会。

她从没学过电影。大专毕业去了旅行社工作，一个导演在云南拍片的时候，发现她很有灵气，把她介绍到电影公司上班。就这样，她来了北京。我们是在一个剧本策划会上认识的。她有小麦色的皮肤，细长的脖子，笑起来像一只海鸥掠过天际线。话虽不多，见解却很独特，给人留下深刻的印象。随后一段时间，我们经常一起工作，我向她表示了好感，从那之后她开始躲着我。在茶水间遇到，她吓得打翻开水转身就跑。当时我几乎觉得没希望了，可是三个月后香港电影节的时候，我们却在从中环开往尖沙咀的天星小轮上遇见了。那天是要去给可可买玩具，至于为什么临时起意坐轮渡，我自己也觉得是个谜。当时在下雨，船上没什么游客。我们坐在木条长椅上看着维多利亚港上亮起的灯火，我握住她的手说，别再逃了，是命运要把我们连在一起。她低下头哭了起来。

我们在一起以后，她辞掉了电影公司的工作，因为我和那家公司有合作，她怕同事会说闲话。我取笑她太把我们当回事，这种事大家早已司空见惯。但她表现得很担忧，不愿意再去任何和电影有关的地方上班。我就提议她跟我一起写剧本，这样可以留在家里工作。那么提议倒不是完全为了我们的关系，在这个行当十几年，我一眼就能看出一个人有没有才华。晓婧是个天分很高的孩子，只是缺乏专业训练，磨炼上几年，肯定能成为很好的编剧。就这样，我把剧本拆分开，有部分交给她来写。接下这个奇幻动画片的时候，我拿着人物小传问她，你想写里面哪个角色。她选择了一个叫露娜的女孩。介绍上只有两句话：露娜，十五岁，四个圣火使者之一，护送宝剑并将其交给王子，后随其他使者乘坐克莱因飞船离开了珈蓝国。我问为什么选她。她说，我也不知道，感觉她是个好女孩。我吻了一下她的脸颊，你也是个好女孩。她对我从来没有任何要求。没有让我多花时间陪她，更没有希望我离婚。

那时候她已经生病了，但我以为不严重。大概在我们交往半年的时候，有一天她说精神压力很大，想找医生开点药。我有点吃惊，因为她看起来很正常。从医院回来，她轻描淡写地说自己有一点抑郁倾向，从那开始每天服药。我还劝她换个医院看看，别轻信某个医生的话。我确实不太相信心理学，总觉得那是编造出来的一套理论，而医生只是想尽办法让病人变得很依赖他们。邢蕾有好几个病人，找她看了十几年抑郁症了，有的把公司做到了上市，有的孩子生了两个，但是一到星期五的下午，就如同听到教堂钟声的召唤，准时坐到她的诊室里。他们的心理疾病就像一种原罪，要是把它忘掉就应该去忏悔。邢蕾的工作无非是跟他们聊聊天，我觉得我也能干，说服一个人活下去会比说服电影公司的老板投资拍个文艺片更难吗？药吃了一段时间，晓婧并没有好转，精神状况反倒越来越差，话越来越少，有次做爱的时候她忽然哭了起来。她说她觉得骨头很疼，好像要裂开了。她又说，我知道不是真疼，只是我的幻觉。她花了很多时间描述那种幻觉，我开始感觉事情有些严重。这时她才告诉我，很多年前她得过抑郁症，三四年才缓过来。我问那个时候发生了什么，她露出恐惧的表情，让我相信一定是什么可怕的事。我感到很不安，但是我得承认，同时又有一点释然——她的病是复发，不是因为我才得的。晓婧开始定期去医院，站在一群精神病患者的队列里，等着医生发给她下个星期的药。因为难以入睡，她长期服用镇静剂，有时会昏睡一整天。她只肯在情绪平稳的时候和我见面，化了妆，看起来仍旧气血饱满，可是那双被镇静剂控制的眼睛，像两片干枯的树叶贴在美丽的脸庞上。她每次都告诉我露娜的故事的进展，今天又写了多少字。

如果我说你好好休息，把剩下的部分交给我，她就会皱起眉头，嗨，我和露娜一定会把交给我们的任务完成的！

那个下雨的夜晚，我去她家的时候她没有化妆，脸色苍白，被围在黑眼圈里的眼睛布满红血丝，像是就要碎裂开一样。她说，已经一个星期没写一个字了，我必须戒掉镇定剂，不能再这样昏睡下去。我让她别心急，慢慢来。她哭了起来，问我是不是不让她写了。我连这点事都做不好，她摇着头说，我知道你会离开我的。我告诉她，我会一直陪着她。一直？也许我用的词是"永远"。但她还是哭个不停，一遍遍求我不要抛弃她。我感到很沉重，也许还有一些失望。最初认识的时候，她带给了我所有我想要的东西，我们相爱，并且一起工作，我感觉生活流动起来，自己再也不是一个人。可是现在在她的身边，我觉得异常孤独。她被她的病封锁起来，像颗遥远而岌岌可危的星辰，收不到也发不出信号。此刻再回想刚在一起的时光，恍如隔世，而那时她的美好也令人感到疑惑，好像是我产生的幻觉。眼前所看到的她才是真实的。我被自己得出的结论弄得很沮丧，却努力表现出很有信心的样子，还说等她好一点带她出去旅行。这个提议似乎很有效，她问去哪里。我说去香港，我们再坐一次天星小轮。她说她不喜欢香港，所有的东西都是人造的。然后她说去清迈吧，想骑大象。我问为什么想去那里。她说，我喜欢热带，但不要靠海，就是那种纯粹的炎热。至于大象，小时候好像做过类似的梦，骑在大象的背上去够树上的芒果。芒果是一种奇怪的水果，你不觉得吗？我问怎么奇怪，她说，芒果很真实，外面的皮和里面的瓤的颜色是一样的。我说柿子也是啊。她说，可是芒果就算晒干了也还是那么鲜艳的颜色，柿子就不是了。好吧，我说，我们可以带剧本去写，在那里多住上一段。她说，真想把露娜也带去啊。我说，下个剧本里也可以有个姑娘叫露娜，以后我们写的每个剧本里都有个姑娘叫露娜，你负责把她的故事一直写下去。真的吗？她很高兴。我们又聊了一会儿旅行计划，越说越兴奋，好像明天就要出发一样。她的手心热了起来，可是因为疲惫，眼睛已经睁不开了。我让她早点睡觉，说明天再来看她。临走的时候我说，如果睡不着，就再吃一片镇静剂吧。她说，不用，我多想一想大象。我摸了摸她的头，就像她从前经常摸我的那样。

那晚之后，我被拉到郊区开了三天剧本会，第三天下午才溜出来。到她家的时候，屋子里很乱，她告诉我她在打扫房间，扔掉一些从前的东西，然后她坐回一堆纸箱中间，拿着一个硬壳笔记本看起来。类似的笔记本她身边摞着七八个，我问她那是什么，她说是以前的日记。我说，你从小就写日记吗？她说，住到城市以后才开始写的。我一个人站在那里无趣，看到散了架的台灯还躺在地上，决定把它修好。拿着螺丝刀拧了半天，还是没让耷拉的灯头直起来。她仍旧在看那些日记本，没有一点想跟我说话的意思。我很生气，想告诉她我开了一个半小时的车才到这里，还要再开一个半小时的车赶回去。但我什么也没说，又坐了一会儿就走了。

那天晚上，她吃安眠药自杀了。

自杀之前，她给我发了个邮件，没有任何内容，只是在附件上粘贴了没有写完的露娜的故事。最初的一个月，我甚至不敢打开那个文档，事实上，我当时的精神状况也无法支撑我继续写完剧本了，所以我跟制片人说我不干了。他提醒我拿出合同看看上面关于违约赔偿金的条款，此外演员档期都定好了，这事会给电影公司带来巨大的损失，他们会让业界封杀我。兄弟，我是在为你的名声着想，他说，而且这个片子是你能遇到的最好的机会，你已经快四十岁了，急需一部代表作。我说，让代表作见鬼去吧，挂掉了电话。那天晚上，——跟过去的一个月一样，我喝了很多酒，却没能顺利地睡着，凌晨三点的时候，我起身到书房抽烟。电脑没有关，屏保上五颜六色的热带鱼正游来游去。我对着屏幕抽完了烟盒里剩下的烟，然后打开了那个文档。露娜的故事足有两万字，远远超出所需要的篇幅，却好像才写到一半。从职业编剧的角度来说，里面有太多心理描写，对白也很冗长。但是如果抛开技术上的瑕疵，故事非常动人心魄，更重要的是，她把自己的灵魂注入给了露娜这个角色，使她像个真正的人那样在故事里生活和思考，痛哭和大笑。伙伴弄丢了宝⋯，她拍拍他的头说，不要紧的啊，没关系的。我坐在书桌前，眼泪⋯下来。天亮的时候，我给制片人发了条消息，告诉他我会把剧本写完。

邢蕾走到阳台上，站在望远镜的另一边。

"菲菲在沙发上睡着了。"

"达奇来了吗？"

"可能不来了吧。"

阳台吊灯的光照下来，把她笼罩在一圈杏黄色的光晕里。她的头发柔顺地搭在肩膀上，脸上的职业女性妆容一丝不苟。我忽然发现记不起她不化妆是什么样。在过去的很多年里，我起床时她已经去上班，她睡觉时我还在书房工作，我所看到的她和她的同事、病人看到的一模一样。一个标准化的、没有情绪的她。我不知道她的烦恼是什么，也不知道最近为什么事开怀大笑过。我认为她同样也不知道我的。但是现在我发现她知道。她知道三个月以来让我食不下咽、难以入睡的痛苦来自什么。

"邢蕾。"我听见自己沙哑的声音，"那天晚上你跟踪了我对吗？"

"我没有。"她立即说，把手搭在望远镜上，擦拭了几下上面的灰尘。

"那天晚上你去见了晓婧。"我指了指她受伤的那只手，"第二天早上你的手上也缠了个创可贴，可能不是给杯子划破了手。你去抱了她养的那只猫，对吗？因为这样能拉近和她的距离。"

她安静地看着我，隔了一会儿才轻声说：

"不是那样，我喜欢猫，因为怀孕才把猫送走的，你知道。"

"她死了你知道吗？"我哽咽着说。

那个晚上，我走出晓婧家的巷子，站在路灯底下抽烟。雨还在下，无数雨丝穿破夜幕射下来。远处的车没有开灯，借着微弱的光，我似乎看到雨刷在黑暗中摇摆。咔哒，咔哒。

邢蕾推了一下把手，关上了窗户："我没有跟踪你，我早就知道她住在哪里。春节的时候我们去欧洲旅行，在布拉格你写了几张明信片交给可可，让她负责投进邮筒。可是她看到卖木偶的商店，把明信片往我的手里一丢就跑进去了。那些明信片每张都有抬头，子俊：新年快乐，大宇。丽敏：新年快乐，大宇。只有一张，抬头空着，直接写了新年快乐，大宇。我想应该是很亲密的人吧，如果写上她的名字，再问候新年，会显得太生分。你可以否认，也许只是我的直觉吧，就像那天晚上我跟着你走出剧院，也是一种直觉。"

"是啊，你什么都知道。我不该瞒你，现在说这些可能太晚了……你能不能告诉我，那天晚上你跟她说了什么？"我几乎是在哀求她，但又无比害怕听到她说出答案，"邢蕾，我知道你是个出色的心理医生，可以控制病人心里的想法，让他们听你的话……你到底跟她说了什么，告诉我好吗，那天晚上她好好的，情绪很稳定……"

我站在那里，等着她张开紧闭的嘴唇。雨刷在黑暗里的摇摆声撞击着我的耳膜，咔哒，咔哒。

过了好一会儿，她终于开口说："我说什么都太晚了，她本来可以活下去的，如果你们早一点分开的话。"

我的呼吸变得困难："邢蕾，你不能……"

"你希望把她一直关在屋子里当你的情人，当你的枪手吗？她不见人，几乎没有朋友，你想象过她一个人是怎么生活的吗？十六岁的时候她已经有过创伤了，根本没有完全好。可是你不顾这些，大宇，你太自私了。"

"十六岁的时候发生了什么？"我忽然意识到晓婧选择去写露娜这个角色，可能因为她只有十五岁。十五岁在十六岁之前，在一切发生之前。

邢蕾把放在望远镜上的手收了回去，揣进开身毛衣的口袋里。医生总是喜欢把手揣进白大褂的口袋，表示自己可以置身事外。

"她愿意向我敞开心扉，表示她很信任我。我想我应该替她保守秘密。我们就尊重她的选择吧，好吗？"

这些话她也许早就准备好了。一种优越感，只属于女人之间的秘密。她知道这会在以后的很多年里折磨着我。

"她不是你的病人。"我说，"你有私心，没有像对待其他病人那样去救她。"

"大宇，你的私心是什么？你有没有希望过她消失，然后得到彻底的解脱呢？哪怕一刻，你有没有过这样的念头？"

我看着她，看着那双在雨刷摇摆的车窗玻璃背后看着我的眼睛。我不记得我们曾这么长久地注视过对方,上一次也许是婚礼上交换戒指的时候。

"你以为你能洞悉一切,其实你什么也不了解,包括你自己。"我疲倦地移开目光,朝远处看去。站在这个地方,这个时刻,无论如何都没法把那些模糊的树影看清楚,就算是用望远镜。夜晚的望远镜是一双盲人的眼睛。

我能感觉到隔在我们中间的空气正在下降,凝固成一种结晶体,散发出蓝色的光晕。当我转过头去的时候,看到晓婧就站在我们的正后方。她穿着夏天的衣服,手腕上系着一块黄手帕,好像走了很远的路,脸上淌着汗水,少女般微微隆起的胸脯上下起伏。她也正看着我,目光里带着淡淡的哀愁,就像在打量一张小时候使用过的桌子。当我再看向邢蕾的时候,发现她正侧着身扶住望远镜,嘴巴张大,眼神里充满了惊恐。

我们谁都没有动,好像在三个支点上共同支撑起什么。时间凝固了,空气散发着苍蓝的光,四周一片旷阔,只有那架在我们中间的望远镜,执着地望向夜空。

苍蓝的光渐渐变得残破,一点点消退,最后几近透明。这时,晓婧轻盈地腾起双脚,朝高处一跃,钻入了深邃的黑洞。一扇圆形的金属门在她的身后慢慢合拢。

……那个窗帘紧闭的房间里,地上躺着散了架的台灯,她坐在一堆粉色、蓝色的日记本中间,用手拂去封面上的尘土。腾起的尘埃飘浮在半空中,一层层向她聚拢,把她包围起来。她被什么东西深深吸引,我离开的时候也没有抬头。再见,我说,拉开门走了出去。

再见,现在我听到自己又说了一遍,好像在教会自己使用一种未来很多年和她沟通的语言。

金属门缓缓向高处升去,一点点缩小,像一轮明晃晃的月亮,消失在云层中。

邢蕾并没有在看,她低着头,像是刚从一个噩梦中醒来,头发蓬乱,睫毛膏把眼睑染黑了。她向后退了两步,离开了吊灯照射的光圈。起风了,树影在窗外摇晃。我走过去,关掉了阳台上的灯。

"大宇。"她在身后唤了一声，走上前拉住我的胳膊。

我们站在那里，听着外面的风声，听着玻璃在撞击之下发出的嘶嘶轰鸣。当我习惯了那种单调的节奏，忽然很怕它消失。比安静更安静的会是什么？

在黑暗里，邢蕾轻声说："陈姐刚才来电话，她丈夫可能过不了今晚了。我想给她两千块钱。"

"好。"我说。

（原刊于《收获》2018年第5期）

棋语·连

储福金

北巷小王,本名王连生。因为与样板戏里的叛徒重名,所以他自称小王,北巷的。习惯了,大家就叫他北巷小王。

北巷小王在海城围棋界名气很大,比一般的职业棋手都大。

政治运动年代,在围棋协会中拿工资下棋的职业棋手,都下放到各个企业中,恍如销声匿迹了。围棋协会不再有活动。社会上依然有喜欢下围棋的,街巷中不住地冒出新的霸主,他们到底水平高到哪一层级,需要寻找其他高手,通过对弈获得胜负来确定。俗言:文无第一,武无第二。围棋是体育竞赛项目,牵连着几千年的文化遗存,一旦在棋盘上搏杀,斗智斗勇,除了棋力相差过大,一般棋手都不服输。确实棋上的胜负,并不完全代表智力高低,往往与棋手的心境与情绪有关。总有棋手不认结果,或也有夸大的,也有吹嘘的,也有另加一番说辞的,也有颠覆战果的。围棋自有江湖传说。

北巷小王在棋界的名气，并不在于他的棋力，甚至谁都没看到过他下棋，他能很快确定棋手的棋力，并能找到与其棋力相近的棋手来对弈，用他的口头禅便是：你们两个碰一碰嘛。他是棋局的组织者，是棋局的裁判，也是棋局的点评者。他的组织能力很强，他约的棋局都会成功，棋手都以他所约而荣幸，因为棋力低的他是看不上眼的。他的裁判绝对公平。而他对棋局的评点，高屋建瓴，并十分精准，对局双方都会服帖。最后他也是棋局胜负的发布者，他的发布带有着判定，并不完全以胜负论英雄。这样的发布就不简单了，他要对每个棋手的个性、力道、长处、短板以及发展前途作出评说。这一步很难，换任何一个棋手来做，往往会被其他棋手认为有掺杂个人好恶之嫌。北巷小王不下棋，不会利用人脉来评判，偏偏他对棋局的评点是到位的，不偏不倚，他的棋评还掺着对棋手精神的论定，这是他的特长，所以他奠定了在棋界的地位。

北巷小王的影响不光在海城围棋界。他每星期总有一两天在襄园，自民国开始，襄园便是海城围棋爱好者聚集的场所。运动期间，官方举办的围棋活动已经停止，但在襄园里依然有人下着棋，并不管外面的运动与革命。北巷小王就在那里看棋，一般棋局他只看上几手，便移步而去。如他停下来把一局棋看到完，接下来他就要约棋了，对弈的两个人中间，肯定有一个是他看中的，或者是海城新冒出来的好手，或者是外地来踢场的棋手。北巷小王开口就是一句："我要找一位对手和你碰一碰。"没有棋手会拒绝北巷小王的约棋，因为好棋手在襄园下棋，并不能随便地找到旗鼓相当的对手，而棋手总渴望着这样的对手。再者，北巷小王随手复盘刚才的棋局，并在布局与中盘的关键处评点棋局，对棋势与棋力所作的判断，不由棋手不信服。到后来，北巷小王的名声传开，新冒出的棋手和外地来的棋手，到襄园来下棋，就是等着北巷小王看他的棋，以找到好对手，以求得北巷小王对棋力的判定。

北巷小王还曾有一局影响扩大至境外的约棋传说。当时日本有一位叫山口劲夫的高段棋手，参加日本棋队来中国，在京城下了两盘棋，意兴阑珊。本来日本棋队活动的日程，有来海城的，但中国在搞运动，说安排不方便，日本棋队就不出京城了。山口劲夫的围棋老师是日本棋圣袁青，老师经常和他谈起当年在南城的一位棋友，听说这位棋友现在海城。山口劲夫就独自跑出了京城，乘火车来到了海城，并按着出国前老师的指点，到襄园来，就想找到老师当年的棋友下一盘棋。山口劲夫虽懂中文，但说得并不流利，那时外国人到中国的很少，一旦发现，便引起警觉，活动自然不方便。山口劲夫偶向襄园棋手询问老师的那位棋友，人家却是摇头。山口劲夫也无法了，只在襄园看着棋。转了一圈，没有可上眼的，走到一盘有人围着的棋局前，觉得南向而坐穿灰色学生装那少年的几步着法，还可看一看，不由得停了一刻，随后又想转身，却被旁边一位年轻人合掌拦住了。这位年轻人便是北巷小王。从见到山口劲夫第一眼，他就注意上了他。山口劲夫看这局棋短短一刻中，那眼神与微微摇头的表情，北巷小王有相通的感觉。他断定襄园是来了一位高手，请到一旁对话了几句。先问他是不是要找这里的高手下一盘。山口劲夫说他已经看过他们的棋，说时只是摇头。山口劲夫不说自己是日本人，但他说了几句话后，北巷小王听出他不是中国人。山口劲夫见瞒不住，才提到了他是袁青的徒弟。下围棋的人，都知道袁青，袁青几十年前从中国去日本，成了日本的一代棋圣。北巷小王听到他是袁青的徒弟，便立刻把他带到了陶羊子家里。在北巷小王的意识中，陶羊子是围棋手的代表形象。陶羊子在居委会，做的是调解工作，从来不参加任何的棋赛，也没有官方所定的段位，但北巷小王认为真正的棋手在民间。赛棋无好局。有人就是比赛行，而赛棋的谱就没法看，赛场上靠的不是单纯的棋力。围棋应该是文化的传承，是智慧的表现，也许只有取消了所有的比赛，才能回到棋的本身。

  一路上，北巷小王与山口劲夫交谈着，听北巷小王的话，山口劲夫摇着头。他并非是否定他的说法，只是不知如何来应答。山口劲夫在日本一直是在棋赛中争胜负，认为棋手只有在争棋中练棋力，日本的棋力是最强的，日本棋的境界也是最高的。不过他现在也想到，就算他实战能胜因车祸脑子受伤的老师袁青，他也不会认为老师的棋力不如他。他觉得面前这个不起眼的年轻业余棋手，会有如此的见解，让他内心生出敬意。他不得不承认这也是一种说法，是与习惯不一样的对棋的理解。

到了陶羊子那里，发现陶羊子便是袁青当年的棋友。陶羊子与袁青年轻时，同在一个围棋研究会待过，陶羊子比袁青大好几岁，待他如弟弟一般。那时袁青还是个孩子，一心想下棋，简直是个棋痴，后来他去了日本，临行前一天，还与陶羊子下了一盘棋。

　　山口劲夫头很大，身子看上去就显得瘦小，有一双亮亮的吸引人的眼睛。他对陶羊子说他是逃出京城来找他的，说话时，北巷小王已在桌上摆下棋，山口劲夫与陶羊子便在棋局中碰了一碰，这局棋从下午下到晚上，没有下完，体委的外事部门便来了人，要立刻带山口劲夫离开。山口劲夫与北巷小王对棋局作了判断，两人对盘中目数的看法是一致的，山口劲夫的棋已不够了。临走的时候，山口劲夫还有所遗憾地对北巷小王说，他没有机会与他碰一碰了。山口劲夫认定北巷小王是一位年轻的围棋高手，他怎么也不会想到，对围棋有那样的见解、对棋局有那样判断的北巷小王，居然是不下棋的。

　　北巷小王以前也带棋手到陶羊子家来过，或者是外省来的知名棋手，或者是海城新出的冠军棋手。一般的棋手，就是求北巷小王，他也不会往陶羊子这里带。"你不够资格。"北巷小王会直截了当地对求战的棋手说。其实陶羊子倒并不在意来对弈棋手的水平高低，他赞赏北巷小王是真正的棋迷，北巷小王带来的棋手，他只要有空都会接待并对局一盘。

　　北巷小王约的棋局，一般不在襄园，他认为那里的棋手多是普及型的，好的棋局要有好的棋手，可以有少量的观棋者，这观棋者也要有相应的棋力，如此能促进弈者的积极能量，但围观者又不能太多，水平不够的看也是白看，乱哄哄的影响对弈的质量。

　　有时约了棋局，但两个棋手家中不适合摆棋局，棋手或者家里地方很小，或者是与老人住一起的，北巷小王就把他们约到自己家里去。另外有外地来的棋手，北巷小王也会往家里带。

　　有棋局在家里进行，需要考虑的是家里人的反应。那时城里的住房很紧张，没成家的年轻人没有不和父母同住的。北巷小王家里并没有人反对他带约棋的人来下棋，北巷小王读小学时母亲去世了，父亲也是一个喜欢围棋的人，对上门来下棋的客人很是欢迎。照理说，这其间一点问题都没有，只是北巷小王的父亲喜欢下棋，而不喜欢看人下棋。他下了几十年的棋，棋力似乎永远没有长进。现在很少有人与他下棋了，他以前有过的对手，甚至是他早先教会下棋的人，都嫌弃他棋上的老套路、老毛病和老水平，避开着他的邀请。一旦有棋手应北巷小王之约登门，他热情让座倒水，然后笑嘻嘻看着各位。桌上的棋局开始了，他依然笑嘻嘻地看着观战的棋手。他对棋局没兴趣，棋盘上有的棋他也看不明白。他的表情让北巷小王不耐烦了，有时会开口撵他："去去，这里没人和你下棋。"能来观看约战的多是高手，当然只想看棋局上的争斗而不愿应付低手的盘上纠缠，但有不忍看老伯神情的棋友，不免做出点"牺牲"，陪着老伯到旁边小桌上对弈。好在北巷小王的父亲下的是"卫生棋"，落子很快，几乎不用思索，两盘快棋下完，棋友来得及去看约战的中盘棋局，而北巷小王的父亲根本不在意输赢，心满意足地起身去厨房忙活了。

所约的棋局上咬得紧，吃饭的时间到了，北巷小王会招待来客吃一顿便饭。那个物资匮乏的时代，买米要粮票，买荤菜要肉票，提供好几个人饭菜，这是高待遇。北巷小王在运动前一年毕业进了父亲所在的重工厂，也和父亲一样做技工。那时工人的工资相对平均，重工厂是大厂，福利要好些。一家两人都工作，所以请得起客，家里最大的花费，便是买些黑市高价米。

每次所约棋局结束，晚上，北巷小王会绘制棋谱，把当天的棋局复盘记录下来，并配上评语。多年后，那棋谱集成厚厚的几本。而那评语第二天便通过口口相传，传至全市棋手。其实在北巷小王的心中另有一个图，不用记录下来，那便是市里能上段位的棋手情况，谁的棋力如何，他都有着一个底。棋盘上千变万化，棋手也是千姿百态，他知道他们的喜怒哀乐，知道他们的品性，知道某一位棋手下棋时的狠劲；知道某一位棋手平时不怎么说话，一旦快到胜棋时，话就多起来，话中多有得意之语；某一位棋手特别喜欢杀棋，每盘都搏大龙；某一位棋手特别喜欢拦空，一子两子能弃便弃。而这都是棋上表现的，他不但清楚他们棋上所连的，也知他们所连的生活，谁家几口人，谁家有大事。不少情况影响着棋手的状态，而不在状态中的棋手，他从不约。

这是北巷小王最好的年代，他在国营工厂做技术活，工作不重，奖金却高些。在物质享受上，他后来的生活是比当时要好，但一切是相对的，相对那时的一般人，他还算不错的。工作八小时之外，时间由他支配，书和棋占据了他的主要精力。他看的多是中国传统书籍，他认为棋上积淀着文化素养。关键是他喜欢围棋，随着他约棋越来越多，他在海城围棋界很吃香。快乐也是相对的，那时的他，内心总是快乐的。

他还有了女朋友，姑娘名叫马正凤，她模样周正，做事很稳，还是个党员。他们恋爱谈了大半年，相互都还满意，北巷小王带马正凤回家，父亲看了也满意。马正凤也就常常进出北巷小王的家了。进了家便进厨房，跟着北巷小王的父亲做饭做菜，北巷小王的父亲让她别动手，外面坐。马正凤说是要跟叔叔学厨艺。

那是一个春天，海城新生出几个围棋好手，外地也有高手来海城找对手，一星期中马正凤两次到北巷小王家，都见有好几个人围观桌上棋局，而北巷小王的父亲没有对马正凤客气，分配她择菜洗菜。最后一桌子人坐下热腾腾地吃，饭桌上的围棋话题依然是热腾腾的。

几天后，马正凤约会北巷小王，地点在离家不远的长风公园。北巷小王不明白马正凤如何会有此约，自从进过家门，他们不再在外面约会，省了公园的门票，也能避开可能见到的熟人和多出来的招呼，再说，关系发展到这一步，搂抱亲吻总是有的，家里当然安全。

北巷小王准点到达，就见公园的长椅上，马正凤坐得端正，身边椅上正落一片玉兰树叶。待北巷小王坐下后，马正凤语气严肃地说："连生，我必须要和你谈一谈。"

马正凤先谈到北巷小王的人品，说他正派，不见有男人常犯的花心毛病；说他能干，厂里干的是技术活，家里的家具电器，他都能修；说他热心，帮人家做事，不计回报；说他有知识，书看得多，历史地理、文学艺术，无一不懂。再说他的家境和物质条件都要比她好。她曾认为她找到了一位十分满意的生活伴侣。但是，这些天她发现他太迷围棋了，男人嘛，要有奋斗目标，玩可以，偶尔玩到够，觉得有快乐，我也理解。

但你自己不玩，拉人家来玩，玩得够够，拼着自己的时间与精力，还供饭供菜，就让人不明白了。

北巷小王说："这不是玩，琴棋书画，是高雅活动。"

马正凤说："我看来看去，还是一种游戏，古代才子佳人玩的游戏。玩物丧志。我宁愿你其他条件差一点没关系，就算工资奖金低，就算你房子小住得挤，都没关系，我们能克服，能团结一心去努力，但人迷在游戏中，以后两个人的日子只有退步没有进步了。"

马正凤对北巷小王是处处满意，就是对他的围棋痴迷做派难以接受。而北巷小王对马正凤也是处处满意的，就是她阻拦他对围棋的喜欢难以接受。两个人都有难以接受之处，且谁也无法更改，于是，两个人的交往渐渐少了，后来也就分手了。

有一段时间，北巷小王心境灰灰的，他所约之棋却越发多了。这一天，仁义里的常朔要去插队，回他老家的乡下，北巷小王为他约了一盘棋。棋毕，几个年轻棋友聚餐，喝了一点酒。

常朔端着酒杯，说他插队到乡下，也不知什么时候有人对弈了。

北巷小王平时不喝酒，一喝酒就有反应，他脸红红地对常朔说，他本是看好常朔的棋的，棋虽靠天赋，但还需技艺上熟能生悟，常朔这一去，真是可惜了。他在棋上所作预言，大致是正确的，哪一位棋上有发展，哪一位棋上没前途，他预测的总也七不离八。

常朔就说，他知道一位林之贤棋手，他很少找外人下棋，所以棋力不知高低。但他能通过棋预测人生将来，听说他所预测的也是七不离八。

在场的另几位都摇头，说是迷信。北巷小王却将信将疑，棋如人生嘛。

北巷小王与常朔相约，一起前往找这位林之贤。北巷小王毕竟熟悉的棋友多，要到了林之贤的地址，选了个星期天，与常朔前去拜访。

林之贤住所在一个幽静的地方，古旧房子，飞檐青瓦，房子四周是栽着树长着草的小院。一看就是高档区。

正是雨后清爽天气，北巷小王到时，见林之贤正在忙屋漏，旧式房高敞，只是年代久了，屋漏是避免不了。北巷小王一见，就去打了一个公用电话，找来了棋友方治平，他听他吹嘘过他会搞维修。方治平一听是给会预测人生的林之贤帮忙，很快就到了，上墙登顶，虽踩碎了两片瓦，屋漏总是拾掇好了。

四个人坐下来后，三人不知林之贤是否要和每个人下盘棋，如此，下三盘棋要下到什么时候？再说北巷小王是不下棋的。林之贤只是让常朔和方治平对局。常朔和方治平本来就熟，此行也不在棋上，两人下了一盘快棋，棋局结束，照例北巷小王做了评点。

接下来，就等着林之贤的预测了。只见林之贤在一张纸上排列了几个天干地支，并划线连了。

"你们三位有一个共同点，就是：官。"

北巷小王说："我也能当官？"

林之贤移过眼神，对北巷小王说："你与他们不同，他们将来会当官，而你现在就是官。"

北巷小王就笑了："我哪是官？我在厂里连一个小组长都不是。"

"官，在我认为，就是一种连。小官连少数的人，大官连很多的人。官在大会上讲话，他的话连着人，官在办公室发指令，他的话也是连着人，别人做事，官员作指点，这与你连着棋手下棋，你做评点，有多大的区别？你的发布，大家都会听着，你的评判，大家都会接受，形同官方，也许还胜过官方。所谓社会就是一种连，你在棋界做着组织的事，棋手都承认你，拥戴你，你就是官。"

常朔接口说："是啊，你就是棋界发号施令的，是个头儿，当然就是官。官的话也许还没有你管用呢。"

林之贤再不多话，三人起身走时，北巷小王又留了下来。他不再询问对他个人的预测，他看过阴阳五行、易经八卦的书，就此学问想与林先生探讨一下。

两个人对坐的时候，林之贤一下子口若悬河，滔滔不绝地说起来。他说人生就是人与社会之连，天干地支四柱八字，只是一个坐标，当然无法涵盖人的命运，连着的是内在的禀赋，连着的是过去与未来。

北巷小王问:"你能确定他们将来会当官吗?"

"会。"

"未来能确定?不会变化吗?我相信,凡绝对的便是迷信的。"

"是命运,总会有变化,变是永远的,不变是暂时的。易就是变。"

林之贤说到常朔和方治平来找他,便有改变生存状态之心。从棋上看,虽各自性格不同,"常扑"与"方跳",皆有进取,而棋行之处,都有大局观,且具坚韧,该屈服处都能低头忍过,能忍最是当官要点。现在社会还乱,将来治世需要大批当官人才。他们有这一层向往,说根基也好,说志向也对,再加上听我这一预测,他们信心也就巩固了,会向这方面去努力,意志的力量是无限的,这力量用现在的科学还不能确定。

多少年后,北巷小王回顾这一次访行,发现林之贤真有高妙之处。社会变化,常朔与方治平都考上大学,并都从政,当上了官。应该说林之贤的预测是准的。在北巷小王的感觉中,林之贤与他棋上的偶像陶羊子是相通的,陶羊子是实实在在地做,而林之贤却是在虚虚幻幻地说,都显有一种超脱。

到八十年代中期,中日围棋擂台赛的举办,聂旋风的名字传遍中国,社会上下棋的人多了,北巷小王的约棋也更多了。这天,北巷小王回家的时候,父亲告诉他,马正凤来过电话,约他第二天老地方见面。

长风公园的长座椅边,北巷小王与马正凤见面了,长椅上方的那棵玉兰树正开着花,玉兰花开得又白又大,叶子落尽了的光枝上杵着一朵朵花。

马正凤此约,是向北巷小王道歉的。她说,是她的眼光浅,知识水平不高,文化修养不够,王连生他明明做的是有意义的事,是能够为国争光的事,她却认为他是玩物丧志,还嫌弃他,当面打击他,如今她一直后悔莫及,非得要当面说清楚,希望能得到他的批评与原谅。

北巷小王只是摇手,说他并没有做什么,他约连的棋手中,也没有一个是参与了擂台赛的高手,为国争光实在说不上。北巷小王心里明白,虽然他眼下很忙,那是因为整个社会有了下围棋的氛围,下棋的人多了,但他已经不能像当初全市棋手都掌握手中。围棋协会举办了各种棋赛,并进行专业培训。相比之下，他现在所连的棋手都在一般水平，就是有业余高段棋手，也都年龄偏大，没有机会去为国争光了。

马正凤却严肃地说，你不用谦虚，在围棋事业上，一下子有所突破，而战胜强敌日本，是缘于深厚的社会基础的，正是他王连生在那个时代中，不计名利、任劳任怨地连着一个一个的棋手，他所做的工作对整个围棋的发展是有贡献的。不管棋界的领导承认不承认，在她马正凤的心里是认定的，每每想到这个，她就感到羞愧。

马正凤说着，站起身来，对北巷小王深深鞠了一躬。

北巷小王很是感动。她曾是他喜欢的女人，她的道歉更是升高了在他心中的形象。但说归说，她已经嫁作他人妇，不可能再与他成家了。

以后的人生中，北巷小王一直单身生活，有马正凤的一根标杆在，他很难再找到那样正直正派、那样真诚实在的女人。有介绍来的女人，第一次见面，他就会感觉到她们的娇气和虚饰，有与她们相处的时间，他还不如多约几盘棋呢。

就这么一天天，一年年，北巷小王的业余生活依然在围棋的世界中。只是需要他约棋"碰一碰"的机会越来越少，往往是过去的老棋友请他约朋友下一盘，纯粹是借棋一玩，一聚，不在乎棋力高低。围棋赛中出的英豪都是少年，而少年出道起初为棋校，后为高段棋手指导，中间靠的是学费和对局费，当然，如能棋力拔尖，而成棋坛佼佼者，所获钱财也是让北巷小王难以想象的。

北巷小王的棋友曾原德做生意赚了钱，他办了一所棋校，有时请北巷小王去给高级班讲课，看高级班一局局对弈的棋，作复盘评点判断，并预测棋手的将来发展。北巷小王是随唤随到，但讲完课坚持不收任何费用，他对曾原德说，父亲已经去世，我一个人生活，工资足够，你让我做的是我开心的事，与棋相交几十年，你别让我坏了晚节。

曾原德笑了，老棋友相处共相知，互不强求。曾原德有外省的活动，约邀北巷小王，北巷小王喜欢看山川湖海，欣然同行。

这一次到了南方，白天曾原德有生意要谈，北巷小王自去海边游玩。

曾原德嘱他晚上有宴，北巷小王说，你们都是谈生意的，我在外随便吃点，就不参加了。曾原德说，席上也有懂围棋的呢。

北巷小王赶着回酒店参加晚宴，曾原德请了几个经理，每个经理都带着女秘书参宴，有一个年轻女秘书会围棋，就安排在北巷小王身边坐。北巷小王不想听他们谈生意，只与身边的女秘书谈围棋，发现女秘书是懂点围棋，也知围棋界几个有名人物，但一往深里谈，她就一无所知了。只是女秘书温顺好学，引得北巷小王开心。

女秘书说："你教教我呗。"

"我教你。但我评棋可以，实战水平并不高。你说说，你在网上下棋，能达多少级？"

"三四级吧。"

"哦，我在网上试过，能上段的，可以教你。"

"好的，师傅。师傅喝酒……"

女秘书给北巷小王斟着酒。生意人的酒席上，劝酒是一种乐趣，为初见喝，为对座喝，为一二须过三喝，为女人喝，为生意兴隆喝，为主人喝，为客人喝，为同属相的喝……也为围棋喝。北巷小王只顾与女秘书谈棋，对劝酒推辞不了的，就饮上一杯。

北巷小王本来就不喝酒，多饮了几杯，脸红红的，说不喝了，再喝就醉了，还要教下棋呢。

女秘书说："是啊，师傅还要教我下棋呢。"

曾原德笑说："那你们就先去吧，房间里已经安排了棋盘棋子。"

女秘书就领北巷小王走了。席上继续喝酒，曾原德大谈起围棋来，开着棋校的曾原德本是个业余高手，席上的生意人虽不懂围棋，但这些年围棋是热门，没人不知道聂卫平、陈祖德、常昊的。

第二天上午，曾原德去叫北巷小王吃早饭。北巷小王垂头而出，见了曾原德，只是摇头。曾原德问他，昨晚是不是教围棋教到床上去了，到底是他教她，还是她教他？

北巷小王说："要在以前，我是要负责她一生的，可我的心思都在围棋上……她要是找来，我怎么办？"

曾原德说:"你的心思都在围棋上?就像当年的人心思都在革命上?就算当年的革命者也不影响与女人在一起啊。"

"当然不是,当然不是。我这样的年纪已经适应不了女人需要,女人是不好连的……色即是空,空就是色啊。"

曾原德哈哈笑了:"就是让你尝尝鲜的……滋味如何?"

"一塌糊涂,乱七八糟。"

南方之行的这一晚之事,在北巷小王回想中,有着梦幻之感。年龄大了,又是单身生活,常会有虚幻的情景,混入现实的记忆中。

有一盘棋浮在感觉中,那是他约了一位棋手的棋,这位棋手一直不予应允,有一次在众多棋友在场时,这位棋手也许感觉被约烦了,提出一个要求,如要他去应约战,北巷小王先要和他下一盘棋。北巷小王也就和他坐到棋盘前,下了一盘棋,这盘棋北巷小王被对手压着围着挤着,他完全跟着对手的步子下棋,只是把盘中的棋一个个地连起来。盘上已经输了不少目了,偏偏还像不会下棋似的纠缠在棋中,不懂认输,一点没有他看约战时的眼光与见解。到场观者看不下去,提醒他时,他才满头是汗地看清局面。真是不识庐山真面目,只缘身在此山中。这盘棋在他意识中是虚幻的,因他无法记起对手是谁,也无法记起具体场景,他所接触到的棋友也没有人提过,然而,他觉得这盘棋的感觉极其真实。

他甚至能记忆起对手冷笑的样子:"你总是把我们一个个棋手连起来,今天我跟你连一连。"

"你每次约了我们下棋,你是看输棋人的笑话,还指指点点,今天我让你也感受一下。"

不,这肯定是不真实的。他想到也许这是一盘在网上下的棋。一切可能只有在网上才符合。对弈进入网络时代,北巷小王的约棋不再需要,因为棋手要找棋力相近的对手下棋,只需上网,分分钟便能对弈。

正因为有这一盘虚幻的棋,北巷小王不再约棋。棋友到访,见已经退休的北巷小王,或是捧着书,或是做着家务,他不管是看书还是做事,都是认真的。

在南城做官的常朔回到海城来，他退休了，认为可以开始过一下自由的生活，约了几个当年的棋友聚叙，北巷小王也去了。这天正是人工智能阿尔法狗与李世石下第一局棋。一桌人一边喝酒吃菜，一边看着电视直播棋局，大家都认可北巷小王对棋局的判断与预测，想听他的分析，但北巷小王一直没有说话。看到中间，发现阿尔法狗的招数多有不合传统棋理，看来是拙手，有一步跳脱之处，大家都不明白，皆扭头来看北巷小王，只见他满面是泪，只管摇头。

"错了，都错了……"

在场的棋手当时并不知道他说错是什么意思，是指李世石的棋，还是指阿尔法狗的棋。直到后来李世石输了，连着后来所有高段职业棋手都在阿尔法狗面前败下阵来。有报道顶尖职业棋手自卑地反省：在阿尔法狗的棋面前，几千年人类传统的棋理，不少都是错的。他们不由得佩服起北巷小王的眼光。

但北巷小王内心的感觉，又对谁说，又能与谁说。

他一生的人世沧桑都连着棋，他一直认为围棋是思想与精神境界的观照，古来的围棋理论也是这么说的。这些年来，世界围棋冠军都出自少年，北巷小王就有所疑，莫非围棋的棋力只在于计算？现在阿尔法狗更证明了一切。

然而，不管对与错，他已快步入古稀之年了。莫非人生连着的只是悲哀？

后来，听说2.0版本的阿尔法狗产生，新的版本摒弃了人类赋予的棋谱内容，也就是说，新版本阿尔法狗成长之时，根本不与人类的棋相连，它与自己对局，从空白开始，直至超越旧版本的阿尔法狗。

北巷小王在电脑上看到这条消息时，他立刻关掉了电脑的电源，电脑屏幕中间瞬间闪现一道白光并沉入暗色。编造，编造。这是站在人工智能角度，摧毁一切人类的经验与传统。北巷小王心中念着。

北巷小王经常会想到他的偶像已故棋手陶羊子，陶羊子的棋无定法，师法自然，随对手的棋而变化，每一步应手都是新的。要是陶羊子还活着，会是阿尔法狗的对手吧。

还记得，当年日本棋手山口劲夫临走时，走到陶羊子身边，恭恭敬敬地说了一句："先生可有教我的？"

　　陶羊子看着他，随后伸手把盘上的棋都撸到了一边。

　　山口劲夫与陶羊子对视了一会，躬身说："受教了。"

　　当初的山口劲夫悟到了什么？北巷小王也有悟，他们悟的是相同的吗？是陶羊子之意吗？

　　老了，如今北巷小王睡眠浅了，往往半夜醒来，眼前就会浮现出当初陶羊子撸棋的情景，那盘上一片空空。

（原刊于《收获》2018 年第 6 期）

杨广义

双雪涛

一九九六年冬天,应该是年底,快到元旦了,厂里忽然起了一阵骚动,这骚动不是真动,是人的内心里起了波澜,这波澜不知由谁而起,一个传向一个,到了最后,连我这个十三岁的孩子也知道了。内容是,杨广义让人给扎了一刀。我听说是因为赵静知道了,赵静是我的邻居,也和我一样住在厂里,比我大一岁,她妈是五车间的出纳,她爸是保卫科的干事。她妈和她爸从不同渠道得知了此事,在饭桌上交换了信息,于是赵静认为确凿了,才告诉了我。因为她知道我迷杨广义,关于杨广义的一切我都知道。我当然是不能相信的。那是一个周末,赵静专程来我住的车间告诉我这件事。我记得她穿了一件黄毛衣,脖子上挂着钥匙,跟我细细讲着。其实也没有多细致,只是把她爸和她妈的对话背了一遍。她爸说,琴啊,杨广义好像……她妈说,我听说了,是有这么一个事儿。她爸说,你说说。她妈说,听说杨广义和人斗刀输了,让人在大胯上切了一刀。她爸说,这事不准了，不是斗刀，是偷袭，杨广义走在艳粉街东头，老窦头小卖部门口，买了一支冰糕，嘴里叼着冰糕，一手从兜里找钱，一个人跑过来，在他屁股上扎了一刀，然后跑了。她妈说，你听老窦头说的？她爸说，我听三车间窦鹏说的，窦鹏今天中午过来打扑克了。她妈说，你输了多少？她爸说，我没输，本儿齐，开始还赢着呢。她妈说，窦鹏一年到头不回家，他说的能准？你输了多少？她爸说，我赢了五块钱，路上买了盒塔山。赵静就学到这里，她说后面就跟杨广义没关系了。我当然还是不能相信，不全信，但是也由不得多少信一点，因为在之前，我放学之后去厂里的澡堂子洗澡，就听见有人说这事，只是影影绰绰，没听全乎。看来或多或少，传说的形态有差别，传说的实质是一样的：几天前，不知是什么原因，不知是什么地点，杨广义挨了一刀。

　　杨广义原是厂里的工人，但那已经是十年前的事儿了。后来他就成了刀客，不再上班了，不光是不上班，根本找不着人了。他父母也来厂里找过，他姐也来过，他在社会上娶的媳妇，一个乡下来的壮妇人也带着他们的女儿来找过，都是枉费工夫。听他媳妇跟厂里领导说，杨广义在一九八二年的夏天，出了一趟差，是下到村子里给农民修理拖拉机。这个售后维修是新兴事物，杨广义当时在厂子的维修车间就颇有点各，自成一派，但是技术不错，还爱搞个小发明，车间就派他去了。他去了三周，回来之后瘦了两圈，到家之后先空口吃了三碗米饭，喝了一凉开水壶的水，然后从怀里掏出一把短刀。他媳妇说是一把弯刀，大概一拃长，两边开刃，柄是木头的，有动物花纹。杨广义拿着刀看了半天，说了一句话：掌柜的，我学了一套刀。然后就把刀揣在怀里，和衣睡了。第二天一早，发现人已经没了，什么也没留下，就跟昨晚儿没回来一样。这是关于杨广义和刀唯一的见证者的口述，这十年间已经成为了关于杨广义的"宪法"，所以其他的传言都是不能违抗这一段回忆的。

　　之后厂里再没见这个人，厂领导和杨家人相互怀疑，都认为对方把人藏了起来，别有企图。到底有什么企图，两方也说不清楚。十天之后，厂子后身艳粉街街口的一棵老杨树，高七八米，直径六十几厘米，被人当中劈开，两部分连着根虚掩着，中间却能透出光去。人们围看半天，不得要领，若是给雷劈了，怎么着也得焦黑，杨树枝叶翠绿，宛若在生，事实上也确实没有死透（根据我后来所学的生物知识，树的营养主要是树皮给的），再说前天晚上也没下雨。十五天之后，厂门口扔了五只死鸟，都是麻雀，也是被人当中劈开，一边一只眼睛，一个翅膀，对称程度堪比镜像，刀口齐整，一看就是一刀所成。厂子有练家子，名叫陈皮，当然是外号，大名叫陈平，后来叫拐了都叫陈皮。陈皮是个装车的，为人老实，从不恃武凌人，只是一生气就爱拍桌子，木桌一拍，就折下一角。他把五只鸟捡回车间研究半天，宣布这鸟的状态绝不是科学研究所致，是有人趁鸟不备，直接劈为两半。陈皮说他听说古时有人练就神刀，大可劈虎，小可切叶，所用之刀却不比人头宽一寸，名曰手刀，意思是刀连着手，刀和手就是一把长刀，刀离手，刀就是一把飞刀。最后，陈皮说，是杨广义。大伙儿联系起原来的资料，恍然大悟，是杨广义啊，是杨广义。但是他要干什么呢？陈皮说，甭管他要干什么，我有一间平房，五十几平，在九路，我把平房给他，我拜他为师，谁见着他跟他说一声。厂长把陈皮叫到办公室，陈皮进屋站着，跟厂长说，您找我。厂长说，是，你他妈的是吃了屎是怎么着。陈皮说，我没吃。厂长说，那你胡喷什么粪？我明告诉你，昨天派出所和厂里保卫科联合开了会，给杨广义定了性，虽然这人没干什么，但是这人要抓，什么神刀？社会渣滓，公然触摸治安底线，你给他带话，我楼某人在一天，必须把他抓了。当初还把他当个人才，出去十几天就成了气功盲流，我抓他不是要整他，是要救他，你明白没？陈皮说，我不认识杨广义。厂长说，我不管你认不认识，你不是他徒弟吗？这事儿里有你，你现在就是民兵，今天起你晚上不要回家，我给你安排住的地方，你给我在厂里巡逻。陈皮想了半天说，那您给我配一根电棍，还有安全帽，关键是安全帽。

之所以我知道得这么清楚，是因为这位陈皮乃是我爸，那年还没有我，他心还野，过了几年，他也胖了，自小的功夫也荒废了，起因可能是这次谈话。之后他戴着安全帽在厂里转了两个月，当然是徒劳的，树和麻雀之后，杨广义没再露功夫，那间五十平方米的平房他拾掇了拾掇，结婚住了进去。那是一九八三年年初，也没有我。我出生在那年冬天，在我出生不久，我妈还没出月子，杨广义又有了动静。

一九八三年夏天开始，市里出了一个纵火犯，此人在三个月内，放了六把火，烧了一个粮食局，一个锅炉房，两户人家（都在艳粉街），一个纺织厂的仓库，还有一台停在路边的警车。死了两个人，一个路过锅炉房的退伍军人，是盲目救火被炸死的，一个六岁的女孩，是跟家人闹游戏，躲在了炕柜里，然后睡着了。警车最蹊跷，警车上本来有一个刑警，查的就是这个纵火案，车停在一个修车摊对面，他下去打听人，几分钟之内车就烧了起来，最后烧成了一副铁架子。案子的性质彻底变了，这是要反天啊？一时间全市开始抓纵火犯。警方在报纸上发布的通告写得挺简明，唯一确定一点，这人是有功夫的，飞檐走壁谈不上，但是至少是腿上不简单，因为被烧车的警察说他看见了一个人，夜里没看清身形，但是这人两步就上了树，然后跳墙走的，前后没用五秒钟。抓了两个月，没抓着，五起案子相互没有任何关联，看来放火单纯是爱好，死人确实是误杀。火倒是不放了，跟什么也没发生过一样。我爸后来说，当时警察来厂子好几次，找杨广义，厂领导被提搂到局里聊了好几次，找杨广义，确实找不着。我爸还被叫去问了一下午，先是问什么时候拜的师，我爸说，这就叫做梦拉饥荒，当时一句豪言，现在成了一生污点。赌咒发誓不认识杨广义，本来就是不同工种不同车间，厂里有上万人，上班时候没说过话，后来更没接触，会点功夫，是小时候跟我爷爷学的，为的是强身健体，从来没出过手，最能的也就是掰桌角，其实是寸劲儿。警察后来又让把那五只麻雀交出来，我爸说，麻雀死了一年多了，早扔了，又不是什么了不起的东西，得泡在福尔马林里。这一句话，又让他多蹲了两天。最后签字，他在材料上写：不认识杨广义，若他是纵火犯，跟他势不两立，若是有缘相见，不惜一切代价将他抓捕。但是杨广义学的是刀，不是跑，建议警察同志再想想别的可能。我爸六十多岁的时候，还记得这段话，他说，我是讲实事求是的，老了讲的少一些，年轻时说话不过脑子，讲的多一些。

五天之后的早晨，是上班的时间，工厂大门拉开，喇叭里放起《东方红》,第一个到单位的是打更的老马,他昨晚就没走,早晨起来打开大门,掸水,用条扫扫地。大门口放了一个编织袋,老马拎了一下没拎动,以为是谁偷了工厂的配件,走得急掉了一袋。打开一看,大叫一声当场休克。后来的十几年里老马的嘴都是歪的,一直没能正过来。里面是一个人,被切成两半,还有一副白手套和一塑料桶汽油。不大一会,民警来了,打开看了看,把编织袋拎走了。袋中人二十一岁,男,无业,考了三年大学没考上,有人说是成分问题,政审没过,也有人说是紧张所致,三次都发挥失常。没练过功夫,但是腿奇长,肚脐眼之上只有一小块,剩下的全是腿。身高一米七五,只有九十斤。死因当然是刀砍,两边眉毛都没缺一点,被齐刷刷劈为两半,一半四十五斤。纵火案破了,接下来是杀人案。

  这次讲不了①,一定是杨广义。杨广义不好抓,这是自然,半年之后还是没有动静。据说听见十二线那边放过枪,但是并无结果。有人在报纸上号召讨论,那时候还时兴讨论,杨广义算不算见义勇为?后来不了了之。讨论归讨论,抓人归抓人,谁也不耽误谁。终于没有抓到。确实有见义勇为的性质,如果纵火犯不被正法,群众的生命财产安全还是受到威胁,只是手段过于残忍,在社会上产生了恶劣的影响,希望杨姓男子能够投案,法理和人情总有平衡之法。这是定论了。一个月内有十数人投案,有的姓杨也是男子,有的会耍刀,孔武有力,说服教育之后都放了,这事就算过去了。

  也没完全过去,我爸还是受了牵连,这牵连不是过去那种,是新的形式。总有人到家里来找我爸,不拘于本市之人,天南海北,来的人都带着钱和礼。您是杨广义的徒弟?我爸说,我不是,我是装车的。来人说,陈师父谦虚了,这是一点点小小意思,帮我带给杨师父,让他保重身体,如果可能的话,你提一嘴是湖北林海飞。我爸说,赶紧拿回去,我根本见不到他。来人把东西放下就走了。还有人说,陈师父,我下岗了,厂长把厂子搞黄了,此人还有个情妇,我们的钱都让这烂货花了,

---

① 东北方言,意为"不必讲"。

你跟杨师父说一声，把他杀了吧。我爸说，找我没用，我不认识他。来人把厂长的姓名地址顺着门缝塞进来，走了。也有人来了，背着一条朴刀，说，来，我们比画比画。我爸说，我不会功夫。来人说，那你把杨广义叫出来。我爸说，我没地儿叫去，你们怎么就是听不进去呢？把你那破刀放下。来人说，我们比画比画，我看你学了点啥。我爸说，行嘞，我报警。

我妈说，那段时间我爸做梦经常喊，主要是两句话，一句是，我不是，你们聋了？黑猫白猫，狗啊我是。另一句说，杨广义，我干你妈的。

赵静脖子上的钥匙串哗啦哗啦响，之所以发出这种声音，是因为她一边讲一边跳，好像那话是水，一晃荡才有声儿。我说，不可能。她说，怎么不可能？我说，杨广义不可能让人扎一刀，无论是偷袭还是比试。赵静说，就是让人扎了一刀，厂里人都知道了，你还不信？我说，别人信我就得信？杨广义的功夫在那，只有他伤别人，别人伤不了他。赵静说，我开始也这么想的，但是老师说，干啥都得练习，也许这几年他没练呢？没练就得退步，骄傲使人退步。我说，他藏了这么多年，他要是骄傲，早出来了，他一定每天都在练刀，不但不退步，还得进步。赵静说，要不你问问你爸。我说，跟你说过多少遍了，他们不认识，我天天见他，还能有假？她说，万一他是装的呢？《无悔追踪》你看没？那瘦高个装了多少年啊。我说，他是你爸还是我爸？没事赶紧回家写作业去，咸吃萝卜淡操心。赵静又磨蹭了一会才走，她爸晚上又去打牌了，她怕她爸和她妈干仗。

晚上下班，我爸和我妈吃过了饭，我拿眼瞄他们，他们肯定知道了，只是谁也不提，吃过饭，两人要去看我爷。我爷得了脑血栓，每个周末我爸和我妈都去看他。那间小平房动了迁，要不我们也不能住在厂子里，不过房子在我爷名下，他和我奶那时住在我二姑家，我二姑和二姑夫伺候着，所以周末我爸和我妈必去看，意思是我们没忘了老人，你们也别忘了我们，大家谁也别忘了谁。晚上落了雪，开始小，后来渐大，风也起来了，车间的窗户呼呼作响。我妈说，你别去了，还得驮你。我说，我想去看我爷。我妈说，他现在一共认识仨人，都是他儿女，我都是白去，你去干吗？我说，上次他就把我认出来了。我妈说，那是把你认成你爸小时候了，待着吧，回来早的话秋林给你买两块方糕。我爸不说话，刷完碗穿上衣服，跟我妈走了。我从车间二楼的窗户看着他们俩把自行车推进雪里，逆风，两人摇摇晃晃，终于骑上去，好像倒退一样往前走，终于骑出了大门，进了一片白雪花里，看不见了。

后来雪越下越少，有时候我听说，整个冬天只下了半场雪，稀愣愣的，还没超过汽车的轮胎就变成了雨。我妈给我打电话，总说没有雪，她和我爸觉得看什么都看不真亮。我说，我印象最深的就是一九九六年冬天，下了一场大雪，我自己在家，特怕你们回不来了。我妈说，扯淡，什么时候把你自己扔家过？我说，有那么一次，你和我爸去看我爷，就是听说杨广义让人扎了那时候。我妈说，没有的事儿，你爷最疼的就是你，不带你去，他得拿拐棍抡你爸。我说，那时候我爷不认识我了。我妈说，你爷谁都不认识，你一进屋就把你认出来，你姑还说，我们啊，端屎端尿，不如这个隔辈儿的小兔崽子。我说，嗯，可能吧，也许是我记错了。我妈说，你不是记错了，是你啊，都给忘了。

大概十点半左右，我醒来时看了一眼自己的电子表，我感觉车间里进来人了。车间空旷，但是在车间住了一年，我练就了一个本领，只要夜里车间进人，我准醒。我起来穿上套头的毛衣，从二楼的窗户往下看。雪已经停了，月光照在厂中央的甬路上，好像一条无穷无尽的银河。人的脚步不算轻，一步步走上二楼来，我从文具盒里找出一把裁纸刀拿在手里，大拇指把刀刃顶到最长。我和我爸我妈分睡在两个杂物间里，他们的略大，用木板隔成上下两张床，因为他们不在，所以门虚掩着。我的杂物间离他们大概十米，在走廊的同侧。来人在他们的住处停下脚步，估计是打开门看了看，然后走到我的杂物间门外，听了大概五秒钟，说，有人吗？我没回答。他说，陈皮在吗？我说，不在。他说，嗯，你是陈皮的儿子？我说，你是谁？他说，我叫杨广义，杨是姓杨的杨，广义是狭义对应的那个广义。我把门打开，门口站着一个年轻人，也就二十七八岁，肩膀宽厚，一张方脸，没戴帽子，短头发，穿了一件灰色棉袄，干干净净，一只手里攥着两只黑色牛皮手套。我说，你撒谎，你得管杨广义叫叔。他说，你爸呢？我说，他和我妈去看我爷了，他认识真正的杨广义，你赶紧走吧，一会他就回来了。他说，哦，听说他要跟我学功夫？我说，那都是什么时候的事儿了。他说，我信息闭塞，刚听说。你这有吃的吗？我想了想说，没有，只有一个苹果。他说，我们一人一半吧，给我一小半就行，我有点渴了。我把苹果在腿上蹭了蹭，用裁纸刀切成两半，他接过去说，还切得挺齐。他三口把苹果吃了，说，有烟吗？我说，没有，别得寸进尺。他笑了笑说，也是，这话说得好。我忽然发现，他一条腿有点不利索，站着的时候左腿有点虚着，分量都在右腿上。我感觉心跳加速，好像过去多年里全部的热血和梦都涌上头颅。我说，你真让人扎了一刀？他说，是啊。说着用手指了指，说，在大腿后面，不是刀，是锥子，锥进一寸。我说，谁干的？他说，没看清，我没回头。我说，你为什么不回头？他说，我怕我回头就要杀人。说完他又笑了笑，我才知道了一件别人不知道的事情，杨广义是个爱笑的人，虽然那笑总是出其不意。他说，你爸这么多年不容易，我也不容易，各有各的难，你把手给我看看。我伸出手，他按了按我的手指，又按了按我的肩膀，然后说，行，我的时间不多，等不了你爸了，我教你一套刀，也算是没白来。说着，他从怀里拿出一把弯刀，比我想象的小，只比手掌长一点，用手一捻，变成两把，我说，你有两把刀？他说，是，这刀是双刀，左刀叫狭，右刀叫广，所以叫广狭刀。刀法不难，我跟你说说你就明白，我现在已经不需要两把刀了，给你留下一把。我没有接刀，我看着他的脸，他面带微笑，如此的单纯。我说，我不学。他说，你不学？我说，我不学。他说，为什么不学？我说，我明天还要上学，明天我值日，我得早点睡。他说，你知道多少人……我说，是啊，我不学了，我刚才骗了你，我这还有一个苹果，你拿走吧。我从我的枕头旁边拿出一个苹果，放在他手里。他接过苹果，好像有点走神，过了一小会儿，他点点头，把双刀放进怀里，说，是啊，我是蒙了召，你还小，你还不明白。我说，我明天得去班里拖地，还得给每一个同学发早自习的卷子。

他说，好，那就到这儿，咱们清了？我说，清了，我也不跟我爸说。他说，我信你，如果你什么时候想找我，就拿一个苹果，放在北陵公园东门的石狮子爪子底下，咱们聊聊天。我说，记住了。他冲我一笑，扭头走了。我从窗户上面望去，没再看见他。

　　这么多年我吃了不少苹果，实话说，苹果是我最爱吃的水果，我一个也没有浪费过。

（原刊于《收获》2019年第3期）

天台上的父亲

邵 丽

一

也许是离开那个城市后我改变了信仰。其实也无所谓改不改变，一直以来我就没有坚定的信仰。妹妹一直说我迷信。我迷信了几十年，是从母亲那里传过来的。她是一个泛神论者，神灵附着在任何一个老旧的事物上。尤其是我父亲刚死的那段时间，她更加疑神疑鬼，即使是一根绳子，她都会端详半天，好像那上面写着神的启示似的。

我喜欢这个新来的城市的新区，它好像凭空多出来这么一部分，虽然与老城区仅仅隔了一条快速通道，却是另外一个世界了。它的空气像是刚刚过滤过，有真正的青草、河滩和森林的气味。我喜欢在夜晚独自穿过由石条铺成的曲曲弯弯的人行步道，像踩过一排排钢琴键。在道路的尽头，有一家小食店，卖一种当地的小吃，生意相当好。有一次，我饿了，进去要了一碗面，竟然排了半天队。

小食店的老板娘是个厉害角色。那天跟在我后面进去的是个小姑娘，那姑娘抱着她的狗，一只咖啡色的泰迪。她刚刚进门，女老板尖利的声音就叫了起来，让狗马上出去。女孩愣了一下，面色变得通红，抱着狗羞惭而去。

面吃到一半，我越想越不对头，竟然一点胃口都没了，推开碗走了出去。我自己也觉得奇怪，莫名其妙地生了气，也许是生那个女老板的气，也许是生那个抱狗的女孩的，也许是生自己的。反正是气鼓鼓地走了。

父亲不在后，我的情绪在慢慢平复，已经不再那么焦躁、暴戾和善变。想起父亲在的时候，这个点他已经睡觉了。他就像一座时钟，到点该干什么就必须干什么，典型的强迫症。有一天傍晚，他看了一下表，到喝粥时间了。我母亲因为老家来了客人，耽误了一点时间。他气恼得把水杯都蹾碎了，弄得客人脸上红一阵白一阵的。

"过去他不这样啊！不是这样子啊！"我母亲老是跟我这样抱怨。过去他确实不这样，没退休之前，他是多么细心周全的一个人啊！每次下班进家门之前，老是听到他跟周围邻居打招呼的声音。虽然那声音低调、谦和得像讨好似的，但有一股感染人的韧劲儿，把我们的日子铺垫得绵密厚实。所谓岁月静好，就是那副模样吧。

某一天，一切都忽然起了变化。哦，对，开始时不是一切，只是有一些东西在起变化。退休之后，他的生活在慢慢缩小，像一个剩馒头，在变干，在缩水。他很少再走出屋外，即使晒太阳，也缩在阳台的藤沙发上。他频繁地看表，每小时必须听一次天气预报；新闻联播前五分钟，准时坐到客厅沙发上打开电视。

他为自己的一切都做上标记，好像该怎样生活，还得看看他插的路标。

那家小食店今天好像客人并不多。一个年轻姑娘坐在靠门的地方，一边看手机，一边吃着碗里的烩菜。那是一种掺杂着羊肉、白菜、炸豆腐丝和粉条的地方小吃，名字叫豆腐菜，这家店也是因为这个菜而出名。

但我不大喜欢吃这个,我喜欢吃他们的羊肉汤面。

父亲过去爱吃羊肉,也爱吃豆腐。但他喜欢分开吃,不喜欢烩一起。他吃羊肉就是清水煮一下,然后捞出来,切成片,再用原汤冲成羊肉汤,里面什么调料都不放,原汁原味。豆腐也是,在水里煮一下,或者蒸一下,在小碟子里调一点料,就那样蘸着吃。

他退休的第一个国庆节,我们带他去郊区的农场玩儿,那里有个养殖场。他兴致勃勃地订了四只羊,说等春节的时候杀了吃。结果等到春节,我们带着他过去,他看到一群小羊羔追着母羊咩咩地跑,就心软了,不忍心让人家杀。

父亲死后,有一次我和妹妹趁假期带着孩子们到农场玩儿,路过养殖场,当她看到一群羊的时候,突然捂着嘴蹲在路边失声痛哭。我知道她想起了父亲,但我不知道该怎么安慰她。其实,很久以来,我们都无法安慰自己。刚刚过去的事情既像一个伤口,更像是到处游走的内伤,无从安抚。

二

我跟妹妹一起的时候,她几次都想努力回忆父亲跳楼的那个下午的一些细节,但不是很成功。不过,与其说是她忘记了,倒还不如说她宁愿自己忘记了。

在那之前,因为妹妹,也因为我,我已经从父母所在的城市搬迁到她生活的这个城市,两个城市相距一百四十三公里。这样,一来可以在她去照顾父亲的时候,我去照顾她的孩子;二来也是想逃脱那个逼仄的环境,出来透透气。守了父亲一年多时间,我几乎抑郁了。夜里莫名其妙地惊坐起,就再也睡不着了,整夜整夜地大睁着眼,大把大把地掉头发。开始我每天吃普通的安定,后来效果不好,就改用级别更高的,一直服用超过普通安定好多倍含量的药,据说那是正常人所能承受的极限。开药的医生反复对我说,你服药的时候一定要坐在床边,不然的话,可能吃完走不到床前就睡着了。但是这药对我没用，几乎没一点用，还是彻夜失眠。即使浅睡片刻，稍微有一点声音，我便一身大汗，惊厥得心脏好像要跳出来。

刚好闺蜜给我打电话，让我帮她运作一个项目。也刚好，她在妹妹所在的这个城市。我毫不迟疑，一口便答应了。我觉得那是生活对我关闭所有大门、在我走投无路之际，上帝给我打开的另一扇窗口。我必须猛身而上。

可是，当我面对妹妹，当她一遍又一遍地回忆那些细节的时候，我觉得，我就像赤脚踏在一团棉花上，或者是一团云。我们一直漫无目的地往前走，根本看不清楚眼前脚下的一切。

那个下午，那个燠热难耐的下午，到底发生了什么？按照妹妹的叙述，我仔细拼贴并努力还原那天发生的事情。妹妹说，那天本来该哥哥过来替换她看守父亲。母亲一早就买好了荠菜，给哥哥包他喜欢吃的荠菜馅饺子。包好饺子，十一点多了，又等了一会儿哥哥才来。他过来刚刚坐下不久，电话就追了过来，是嫂子的电话。两个人乒乒乓乓在电话里吵了起来，母亲的笑脸不见了，一会儿愁得眼看要拧出水来。妹妹朝哥哥打个手势，意思是让他小声一点。哥哥气得摆了摆手，说，不吃了！甩上门就走了。

她再打他电话，要么占线，要么无人接听。

妹妹和父母亲按时吃午饭。吃过午饭，按照惯例，看守父亲的人中午都要小憩一会儿。母亲中午不习惯午睡，由她来照看父亲。

本来妹妹已经回房间休息了，但是她好像听到了异常的响动，像是父亲窸窸窣窣的脚步声。她不放心，起来到父亲的房间，看到父亲和衣躺在床上，面朝里，好像睡得很熟的样子。于是她便回到自己的房间睡下了。她睡了不到半个小时就起来了，觉得屋子里静得怕人，她先走到母亲的房间。母亲像往常一样，安静地坐在那里，在翻看一本旧书。她问，我爸呢？母亲愣了一下，用手指了指父亲的房间。

妹妹走到父亲的房间，看到房间里空空如也。父亲不在房间。她觉得事情不妙，还没等她回过神来，家里的座机铃声大作。有人打电话报信说，父亲从我们小区西面人民会堂的天台上跳下来了——我父亲的一个下属在人民会堂前的广场散步，抬头看见楼顶上站着个人，像是我父亲。他心里嘀咕着，他爬那么老高是干吗呢？正在犹豫着要不要给我父亲招手打个招呼，就看见他往前一倾，好像有人从后面踹了他一脚，随后便如一只笨鸟般飞了下来。

三

父亲跳楼那天，我正在外面参加一个开业剪彩。剪完彩，又参加午宴。等整个活动结束，我看到几十个未接来电，主要是我哥哥和妹妹打来的。我心头一紧，想着家里肯定出了什么事儿，就赶紧给我妹妹打过去。妹妹说，你赶紧回来，父亲跳楼了！

当时我好像被什么撞击了一下，脑子里一片空白，真说不清楚自己是什么心情，说是震惊或者悲伤吧，还真不是。说是轻松？也不完全是，反正就像是跑完马拉松，那种既松懈又虚脱的感觉。

莫名其妙地，想起周作人写的一件事，当他听到自己心心念念的初恋杨三姑娘患霍乱死了之后，"似乎很是安静，仿佛心里有一块大石头已经放下了"。

对，仿佛就是这种感觉。

在此之前，很久很久，我把自己沉到繁琐的事务中，我必须把自己变成另外一个人，才能保持自己。这话听着拗口，其实就是那么回事儿。

刚好上面说到的我的一个闺蜜，她老公是搞房地产开发的，在郊外盖了一片市场，专门给她辟出一栋楼，让她按照自己的喜爱随便折腾。她不知怎么迷上了城市生活空间美学，决计玩儿这个。不过这玩意儿是什么东西，我们都说不清楚，可能就是因为说不清楚，大家都很兴奋。马不停蹄地跑到北上广深，还有成都，去看人家怎么做的。还天天到网上搜集资料，一副煞有介事的样子。那些新鲜的、好像从生活中刚刚长出来的话语天天挂在嘴边，什么场景式空间呈现及场景革命营销手段，什么长期积淀所产生的生活方式，什么家具、艺术品和主人的关系。其实说穿了，在这些富丽堂皇的话语下面，不过还是卖家具，卖茶，只是把庸俗的赚钱套上华丽的美学空间外衣而已。

管他呢，我需要的，无非就是忙活，别停下来就行。

我的这个朋友，人家就是活得明白，按她的话说，什么时候活糊涂了，也就活明白了。她就是一个糊涂得说不清楚的人，说不清楚她天天在干什么，也说不清楚她喜欢什么。一会儿在东区学古筝，一会儿又在茶城听茶艺课，再过一会儿，跟着人家给流浪狗搞慈善。

不管怎么说，在一个新的地方，我需要一份工作，刚好也有工作需要我。我要把自己深深地埋在工作里。我必须逃离某些东西，达到某种新的平衡，可以让我自由自在地呼吸、欢笑或者静思，这才能让我们所有人都轻松，包括我周围的朋友，包括我的家人。这样子看起来，生活并没有变化，还保留着完整的样子，我不亏欠任何人，任何人也不亏欠我。

但是那天下午妹妹的那个电话，让这一切戛然而止。我匆匆结束了活动，没有参加他们的茶聚，同时也推掉了一系列类似的活动。一直到坐在回去的车上，我才感觉到我与父亲的各种联系，不是因为他的死而中断了，而是相反，像突然通了电似的，那些生动的场景，杂沓的细节，纷纷扰扰地来到我面前。但我明白，那已经于事无补，就像我们曾经被父亲遗忘的那些岁月，疼痛，寂寞，空虚，还有恐惧。但所有这些事情，在它过去多年之后，就只剩下一片碎玻璃般扎痛的感觉了。

四

父亲死后，有很长一段时间我跟妹妹探讨我们和父亲在一起的细节。我觉得那时候她还小，不会记得那些事情。哥哥记得，他又不参与我们的讨论。

在我们很小的时候，那时候我八岁，我妹妹只有三岁多一点。父亲在县委武装部工作，后来因为什么问题，他被下放到一个偏远的部队外营地，后来，母亲也跟着过去了。他们就把我们兄妹三个寄养在乡下，我外公外婆那里。

那时候哥哥十一岁，比我大三岁，我们都没有独立生活的能力。外公外婆有好几个孩子，他们的好几个孩子又各自有好几个孩子，都丢给外公外婆照看。这些孩子年龄也跟我们差不多。那时候正是经济困难时期，生活条件极差。吃饭的时候我们不会抢，只有等着他们吃完，才能轮到我们。饭要么不够吃，要么已经凉了。外婆每天睁开眼睛就忙，但还是照顾不过来，等想到我们的时候，她已经累得话都说不出来了。有时候，她会把我妹妹揽在怀里，还没等她说话，妹妹已经睡着了，有时候是饿睡着的。

外公为了贴补家用，有时候出去打鱼，有时候出去干个手工活，每天都是很晚才回到家里。他回来的时候，一般我们都睡了。有一次他回来早了，就坐在门口抽烟。等到很晚很晚，其他的孩子都走了，他从怀里拿出三块烤红薯，给我们三个每人一块，那红薯还带着他的体温。我们三个狼吞虎咽，还没品出来味道就没有了。

其间母亲来过几次。她骑着自行车，从几十里外赶来，浑身冒着热气。每次她都陪我们吃完晚饭，待我们都睡着了才走。父亲一次都没来过，母亲没说过他，我们也不敢问。有关他的消息，我们一点也不知道。

我们是有父亲的孩子，这一点在当时、当地非常重要。可是，我们的父亲呢？有一次哥哥跟我说，他觉得爸爸肯定是被抓走了，不然的话，不可能从不回来看我们，也不让妈妈告诉我们他的消息。我吓得立马哭了起来。哥哥不知道怎么结束那个场面，自己也吓得哭起来。但是没人问我们一句为什么，可能大人都有各自的烦恼，那烦恼比我们更甚。

那是寒冷的冬天，晚上外婆也许看到我脸上已经风干的泪痕，泪水流淌过的地方，是皱裂的。她用粗糙的拇指，给我抹了半天。

其实这些东西，现在看来可能并没什么——事实上也没有什么。过去我也曾和哥哥说起过。说起这些事情，哥哥总是一副茫然的表情，要么沉默，要么就是深深地叹气，牙疼似的。跟我一样，他也不会跟父亲交流。或者怎么说呢，经历过那样的童年，我们都学会了沉默，很多埋在心里的东西，都不愿意拿出来，好像这是我们在那场磨难里，得到的唯一一样值得珍惜的东西。

其实仔细想想，在那样的时代，又是那样的环境，我们是父亲为数不多可以忽略的人吧。除了自己的亲人，父亲必须对所有人、所有事情小心翼翼。而作为他的孩子，即使被忽略，也真的没什么，那些小小的伤害，绝对不是让我们与父亲隔阂的唯一原因。它也许就像挂在我脸上被风皱裂的泪痕一样，用手指轻轻一抹，就平展了。

很多年里，父亲没有给我们谈论过曾经发生的那段历史，也从没跟我们解释过什么，一次都没有。我们也从来没有主动问起过，更不可能给他说起我们当时的感受。好像我们没有共同的历史。还有一种可能是，我们都刻意回避着那段历史。也许在父亲看来，如果他说起这些，我们会把已经忘记的东西再一点一点捡回来。然后，怎么说呢，对他会有一次结算，那是他作为一家之尊所不能接受的。而对于我们来说，更害怕的是提起这样的事情时，被父亲淡淡地打发，让我们受第二次伤害。

再后来，到他退下来之后，是不是还想说这些已不得而知，但即使想说也已经晚了。我觉得，已经晚了的意思是，他没必要说，我们也没必要听了。我们空旷、寂寞，曾经被浓烈的遗弃感伤害的心灵，已经被许多新的东西填满了。生活就是这样，从心灵到房子，都会逐一被各种各样的物事填满，直到有一天，需要重新清理为止——在清理父亲房间的时候，这样的想法一次一次拍打着我。

也许，作为一个父亲，他生养了我们，本来就不该追问对得起还是对不起的问题。但这不是全部，好像缺了什么，有什么被某种东西隔膜着，就像隔着一层脏玻璃。只是我们和父亲之间，这种隔膜，再也不可能擦干净了。

五

妹妹曾经不止一次地说，想不到父亲会自杀，他没有任何自杀的理由啊！是啊，确实没有理由。他这一辈子，不管怎么对母亲，母亲对他始终忠心耿耿，一直到他死，一直到他死后，她做到了一个妻子该做的一切；我们兄妹几个，虽然各自生活都有不如意的地方，但算总账，还是过得去的，至少没有人成为他的负累。唯一可以解释的理由是，不是跟我们的隔阂，而是他跟这个时代和解不了，他跟自己和解不了。曾几何时，他是那样风光。但他的风光是附着在他的工作上，脱离开工作，怎么说呢，他就像一只脱毛的鸡。他像从习惯的生命链条上突然滑落了，找不到自己，也找不到可以依赖的别人。除了死，他没有更好的解决办法。

并不是妹妹最早发现父亲想自杀，而是母亲发现的。妹妹生性敏感，按她自己的话说，直觉大于理性。医学院毕业后，她分到一家医院的后勤部门，后来不甘寂寞，跳槽到一家咨询公司做人力资源管理。实际上两个单位的活儿差不多，但是她觉得在后来这个部门自在，自主性大，有成就感。

有次她跟妹夫一起回来看父亲。过去看见他们回来，父亲都高高兴兴地去买菜，饭前总要把酒打开，先和女婿喝一阵子。可是那天父亲沉默寡言，一直到吃饭都没怎么说话。

那天回去的路上，妹夫闷闷不乐。妹妹说，父亲今天的情绪不是因为我们，而是因为他自己，肯定是他自己出了问题。后来妹妹为此多次回来，她发现父亲精神低迷，而且有一种死亡的气息覆盖着他。莫非他想自杀吗？她把她的看法跟母亲说了。还没说完，母亲就捂着脸哭了起来，母亲说，她早就知道这事儿，是因为她时时处处看得紧，父亲才没机会得手。

"那你怎么不告诉姐姐？"妹妹伤心地问。

母亲说，你姐姐离婚之后，就没看见她有过笑脸。她自己带一个孩子已经够难的了，现在那孩子又非常叛逆，就不让提她爸爸的事儿，只要一说起，就发飙，把你姐姐也快逼疯了！

说起来真有点悲哀：是父亲想自杀这事儿，让我们一家人又重新聚集起来——我们分散在三个城市，几乎很少团圆。我们都结婚成家后，每年也就交叉着见那么几次，春节或者中秋节，或者其他什么事由，反正很少有为了见面而见面的。为了见面而见面，我印象中好像只有一次，就是父亲过六十大寿那一次。

六十大寿，六十岁。对于我父亲来说，真的算是大寿了。他死那一年，还未满六十四。给他过寿那一天，母亲私下里说，有人给你爸看相，说他活不过六十三。事后想，如果按周岁算，可不就是嘛！可是母亲说的时候，我们都笑。那时父亲是多么沉稳、健康啊。可能他还没意识到退休对他意味着什么，我们也盼望着他早早退下来颐养天年，可以轮流到每个孩子那里小住。

当时我们只能被迫轮流陪他了。按照母亲的安排，我、小妹，还有哥哥，要轮流看守父亲，防止他自杀。也就是说，父亲想自杀这事儿，已经不是什么秘密了。

我还好说，自从离婚后，虽然没跟父母住在一起，但基本天天回家吃饭，而且我还算是个自由职业者，时间可以自己掌握。原来我想着我一个人看着父亲就行，但是几天跟下来，我就支撑不住了。一个人要想严防死守另外一个人，实在是太难了。有一次我去洗手间久了一点，他已经开门走了出去。母亲在厨房做饭没发现。我头皮都是紧的，赶紧出门往楼上追。好险！好在我们提前把通往楼顶的小门锁住了，他正站在那里发呆。我拉着他的手往回走，我相信他能感觉出来我的手心像水洗的一样。

而母亲这样的决定，苦了我的哥哥和妹妹。他们都在别的城市住，虽然开车都不超过两个小时，但毕竟是各自一家人，家家都有本难念的经。哥哥的婚姻也朝不保夕，跟嫂子已经分居好几年了。两个人同在一个屋顶下，却形同陌路，很难说上一句话。只要一说话，双方就火力全开，闹得天昏地暗。

妹妹的小家庭还不错，妹夫在一家上市公司当财务总监，虽然忙一点，但收入很可观。只是妹妹的孩子刚刚上小学，离不开她。自从她回来值班看守父亲，孩子的学习成绩就每况愈下。有一次她接完老师的电话，半天没说话。在我的反复追问下，她才告诉我，孩子在学校打了别的孩子。老师让他喊妈妈到学校去，他告诉老师，妈妈出车祸了。老师问，你爸爸呢？他说，他们一起出的车祸！

"这么恶毒的话，他是怎么编排出来的啊？"妹妹泣不成声。

有一次，父亲当局长时候的办公室主任来看他。他带了几个凉拌菜，还带了一瓶老酒。过去父亲爱喝两口儿，可是那天两人坐在屋子里抽了一下午烟，父亲没动一下筷子，也没喝酒。

办公室主任走的时候，我去送他。我们是上下届同学，他跟我哥哥是好友，我跟他妹妹是好友。我们在一起情同手足，无话不谈。那天我把他一直送到小区后面的河堤上，临分手的时候，他站下来看着我说："你们打算怎么办？"

我扭脸看着远处，长叹了一口气，无话可说。没人知道该怎么办。

"这样子拖下去，谁都受不了，也终究不是解决问题的办法，最终会把一家人都拖垮。"他的眼里突然涌出泪水来，他跟了我父亲十几年，两人有父子般的感情，"你想想有用吗？你帮一个想活的人，可能还真有不少办法；但是，一个人如果想死，你没办法，一点办法都没有！"

六

父亲葬礼前我们家来了不少人——我觉得比葬礼那天来的人还多。他们是我父亲曾经的领导、同事、同学、同乡、下属……还有我们家多得数不过来的远亲近邻。在他们的惋惜、褒扬和悲伤里，我觉得父亲不是越来越清晰，而是越来越模糊。我真实的父亲，到底是什么样子？

父亲还上班的时候，有一次办公室主任跟我开玩笑，说与其说他是你父亲，还不如说是我父亲；我跟他在一起的时间肯定比跟你多。

这不是玩笑。这话说得一点都没错。我小的时候，父亲大部分时间在乡下，一年也见不了几次面。等他回城，我上大学去了。我大学毕业参加工作后，他基本上整天待在单位，真是以单位为家。市里干部们说，他是一个最爱开会的人。有人取笑他，说市政府一个灭鼠文件，他也得召开会议层层传达，并且让参加会议的人都表态，记录在案。

最经典的一个例子是，有一次他开会传达上级的表彰文件。开到夜里一点多，有人实在坚持不住，他终于发了善心，说实在困得很的同志，可以趴会议桌上睡一会儿。

的确如此，他退休的时候从他办公室拉回来了整整一卡车笔记本和各种文件。几乎他每天的工作、生活甚至是思想，都记录在笔记本上。有一次市政府安排的一项重点工作出了纰漏，分管的副市长带着工作组到他们单位开会，说是要追查责任。他翻出两年前的笔记本，念给工作组听：当时是谁主持开的会，谁谁谁在哪里坐，几点几分都是谁发的言，都说了什么，一清二楚。笔记本证明那项工作完全是按照副市长的安排进行的。副市长当时弄得很下不来台，说，老张，今后我们都不敢跟你打交道了，什么你都有记录啊？

是的，什么他都有记录。记录挽救了父亲，那件事情最后不了了之。

他去世后，我们收拾他的遗物。我在他的笔记本上赫然发现，他有一次跟我母亲一起去我外婆家，竟然详细记录着那天发生的所有事情。"今天陪月娥（我母亲）回家看她父母。十点零七分到家。父母在，二弟三弟在。大弟去西安。饭后，两点四十五分，三弟说了两件事情，第一……"

我拿着他的笔记本给母亲看。哪知母亲只淡淡地笑笑，说，这事儿她一直都知道。

"你爷爷就是因为爱多说话被整死的；年轻的时候，你爸也因为乱放炮被整下乡，吃了半辈子苦头儿。他也得学会保护自己嘛！"

七

哥哥总觉得父亲的死跟他有关。每次他说起这个问题，总是絮絮叨叨地说个没完：要是那天家里没生气，要是他不急着赶回去，要是……妹妹跟我说，哥哥本来就神经质，千万别跟他讨论这些问题了，否则他会抑郁。

其实不用妹妹提醒我也明白，每次跟哥哥在一起，我都刻意回避这个问题。他和父亲之间的感情，远远比我们复杂，但又是一笔糊涂账。我也知道他这么多年是怎么挣扎着走过来的。他的婚姻是父亲指定的，嫂子的父亲跟我们的父亲是抗美援朝时期的战友，转业之后也分到了同一个地方。她父亲也够惨的，在冰天雪地的朝鲜战场上喝了一个多月生水，回国后一直肚子疼。到医院检查一下，说是直肠癌。把肠子切了之后化验，发现切错了，只是一般的炎症。好不容易身体恢复了，几年之后又发现患了胃癌，年纪轻轻就离开了人世。父亲和他的那些战友，就把抚养孤儿寡母当成自己的责任，那个时候他就决定，让大我哥哥三岁的战友的女儿将来做他的儿媳。

从结婚第一天起，两人就吵架。据说结婚当天晚上，两人闹得把结婚证都撕了。

在婚姻这件事上，尽管哥哥从来没有原谅过父亲，但也从来没有抱怨过他。像所有事情一样，因为是父亲做的，这事儿便没有了对错。

父亲死后，哥哥每次回家都坐在他的房间里，半天也不出来。他总是望着我们俩和父亲的一张合照出神。拍这张照片的时候，哥哥上大三，我刚刚接到大学录取通知书。我们爷儿仨就站在院子里的一棵枣树前拍了一张照片。父亲说，爷爷心心念念的，就是耕读传家。现在无地可耕，但是家里出了两个大学生，也算是给了爷爷一个交代。

照片上，父亲的身体明显向哥哥那边倾斜。一九五二年，他们的部队在朝鲜战场上中了一发炮弹，他的大腿骨粉碎性骨折，手术后一直没有恢复，里面还打着一个钢钉。另外，还有一个弹片离心脏只差不到两厘米，没有让他的骨灰撒在三千里锦绣江山。后来他作为伤残军人荣归故里，在县委当了武装部长。

照相的人本来想让父亲坐在那里，但被他严词拒绝了。即使倾斜着身子，他也要稳稳地站着。

安葬了父亲之后，哥哥专门去重新洗印放大了这张照片，并郑重地放在父亲生前用的书桌上。那天他看着这张照片跟我说："爸再也不用走路了！"

我默然无言。妹妹说得好，只要哥哥说起父亲的事儿，我们一律不接茬。他说上一阵子就过去了。

可是有一次，他把自己灌醉了，把我和妹妹堵在屋子里发酒疯。他先指责我，说我离开这个家到妹妹那个城市去，完全是因为想逃避，不想承担责任。然后他又指责妹妹，说她是老公的家奴，天天把孩子圈在自己身边，完全被自己的小家给绑架了。

"你们一个比一个自私！"

说完之后，他突然抱着头，蹲在门口失声痛哭，说："是我杀死了父亲！是我们联手杀死了父亲！刚开始的时候我们爱父亲，心疼父亲，害怕他死。可是时间长了，我们还有耐心吗？我们每个人，都关心自己，可是，父亲呢？谁管？谁管？"

我坐着没动，我觉得他是借酒发疯。他说的不是醉话。可是妹妹受不了这些话，妹妹过去拍他的头，他把妹妹推开了。

他哭得像一个摔痛的小孩子。

"我们每个人都觉得自己的事儿比父亲自杀这件事儿大。有一次跟你嫂子生气，我就想赶在父亲之前自杀！那个时候我恨死父亲了，我就想，你怎么还不死啊！"

"哥！你太过分了！"我怒不可遏。

他低头痛哭，一句话都没再说。

哥哥的精神已经崩溃了。

回头想想,哥哥说的不是没有一点道理。我离开此地的目的,虽然未必完全是为了自己,但自己的因素占了大半。后来在陪伴父亲的过程中,我的情绪也已经失控了。有时候会低落到极点,自己关在屋子里一天不出门,不吃也不喝;有时候电话铃声就会让我心惊肉跳;有时候又暴躁欲狂,动不动就想发脾气,弄得我母亲都是小心翼翼地看着我的脸色说话。

父亲也一样,他也关在自己屋子里,只是让门留个缝儿。那个房间虽然比我的大一些,但是窗户被防盗窗护得严严实实。屋子里一切可以伤害身体的东西都被清理得干干净净。

他与我们,自己的老婆孩子,变成了一种敌对关系。我们防备着他,他也防备着我们。我们进行着势不两立的攻防战,真说不清楚是爱还是恨。

不久前,我的一个朋友过来,说起她的父亲。说起她父亲死后,她收拾父亲的遗物,看到父亲完整地保存着她成长过程中的一切,突然失声痛哭。我坐在她面前,不知道该怎么安慰她。我对那样的父女感情很陌生。但是不久,我也哭了起来,想起父亲纵身一跃的那一刻,那么寒冷,那么坚定,又是那么绝望。于是,我真的哭了起来,比她哭得还伤心。

莫非,真的是我们杀死了父亲?

这句话,不过是借哥哥的口说出来罢了。我记得在父亲的葬礼上,我们互相回避着,不敢看对方的眼睛。

八

母亲这一辈子,至少在儿女们看来,从来对父亲唯命是从,她努力放低身段来成全父亲。其实母亲也算一个知识女性，她是当时县女中的高材生。自从嫁给父亲，尤其是有了我们几个之后，她就把自己深深埋在家庭生活里，而且乐此不疲。她放弃了很多进步和晋升的机会，安心做一个家庭妇女，父亲到哪里她就跟到哪里，无怨无悔。

但是我们觉得，父亲对母亲虽然说不上不好，但也说不上好。工作上的事情、他遭受的委屈、和同事的关系……他从来不说与母亲听。开始的时候，母亲还问，还打听。父亲总是像没听到一样，沉默以对。后来母亲就不再问了。

在家里，他们也像同事关系，说话客客气气的，但是缺乏烟火气。他们一辈子都没吵过嘴，我也从没有看到过他们闹什么别扭。作为后人，怎么用现代眼光去理解他们的关系呢？可能这根本就不叫爱情，也许还可以说，这就是最好的爱情。毕竟他们相互陪伴着，走了一辈子。

还有父亲的笔记本，我觉得那是他人生的备份，虽然我只简单地翻了翻，看了没几页。如果认真地翻下去，我相信他和我母亲的一切，都会记录在笔记本上。也就是说，他们的婚姻生活会有记录，一旦发生变故，他就能向组织上交代清楚。想想这些，真让人有说不出的难受。他与母亲谈心、交合、探亲……我无法想象，一个人既活在现实中，还要活在发黄的纸上。

只是在父亲想自杀的事情发生之后，母亲对父亲的态度逐渐有了变化。在夫妻和家庭关系中，她慢慢找到了自己，就像一张洗印的照片，她在其中慢慢地显影。

她悄悄地掌握了主动权，对于母亲来说，这无异于一场革命，或者是政变。

有一段时间，父亲患了支气管炎，我和母亲每天陪他去医院输液。有天下午，天气晴好，输完液之后，我没有按惯例走大路回家，而是开车绕到河堤上。从那里回我家虽然绕远了一点儿，但是人少，环境也好。

刚到河堤上的时候，父亲像往常一样表情平淡，木然地看着车窗外。走到河堤中间的广场边，他突然咦了一声，用手指点着窗外。母亲说，把车停下吧。原来他是看到了自己的一个老战友，正在广场上散步。等我们把车子停好，走到广场上的时候，父亲的那个战友已经走到树丛后面看不到了。但我们没有停下，也没有折转头往回走，而是沿着河堤一直向前，这也是母亲的意见。父亲一声不吭地夹在我和母亲之间，走了很久很久，直到他开始大口喘气，我们才在路边站了下来。

父亲又喘了一阵才慢慢平息下来。他跟我母亲说，让她跟老周——就是刚才散步那个人，他也来我家看过几次父亲——联系一下，他想和他一起，去北方看看几个战友。

"好啊。"母亲热情地鼓励道，"我跟你一起去。"

"我想自己去！"父亲眼里突然现出热切的目光，那目光到现在我还记得，是一种强烈的生的光芒，像电弧光。

"让我自己去吧！"父亲的声音几乎是在乞求了。

"不！"母亲坚决地摇摇头。

父亲把目光转向我。我也坚定地摇了摇头。

那种光，突然像断电了一样，在父亲的眼里熄灭了。

九

这一年的中秋节，天气非常好。父亲去世三周年，我们兄妹三个约好跟母亲聚在一起过节。下午母亲安排我说，去买点东西，晚上到阳台上赏月。难得母亲有这样的兴致，本来我想拉着他们一起去，但哥哥闷头坐在父亲房间里，说他不想出去。我只好带着母亲和妹妹去了。在月饼柜台上，母亲坚持要买一块老式月饼。我知道她是给父亲买的，父亲爱这一口儿。

晚上，月亮东升的时候，我们和母亲来到阳台上。

"给你爸掰一块月饼。"母亲点着给父亲留的空椅子说，"昨天我梦见他了，他说过得还不错，就是晚上门口不安静。这几天你们去买点东西烧烧。"

我一边答应着，一边把老式月饼切四块，放在留给父亲的那把空椅子前。

哥哥低着头不说话。最近一个时期他情绪反复无常，尤其是跟嫂子离婚之后，他轻松了没几天，就重新陷在抑郁的情绪里了。

"欢子。"母亲喊着我哥的乳名，"你从来没有梦见过你爸吗？"

哥哥摇摇头，又点点头，但是没抬头。

"你爸什么都没跟你说过？"母亲问，"我怎么不相信呐！"

哥哥一脸迷茫地抬起头看着母亲，然后又低了下去。

"你也别想不开。其实你爸自杀那一天，我什么都知道。你们想想，我怎么可能不知道呢？"

我打了一个激灵，起了一身鸡皮疙瘩，感觉父亲回来了，正坐在我们中间。哥哥也诧异地抬起头来。我和他对视了一眼，看到了他眼睛里闪着的某种光亮，让我突然想起我们被寄养在外婆家，他说父亲被抓时的情景。不过只是在心里一闪而过，冰凉而疼痛。

一时间我们都沉默了，谁都不知道该怎么接母亲的话，只是看着留给父亲的那把空椅子发呆。月上中天，突然感觉天气有点凉了，也许是气氛有点凉，我站起来给母亲披上一件衣服。

母亲对我说："你把阳台上的灯打开。"

我开了灯，回头看见母亲拿出一个小布包摆在桌子上，示意哥哥打开它。哥哥把它展开，里面是一个弹片，磨得明晃晃的，铜已经变成了暗红色。

"这个东西，卡在离你爸心脏一指多远的地方，再往里挪一点他就没命了。"母亲用指头在心脏处比画着，然后把弹片对着灯光看了半天，好像它透明似的。过了一会儿，她把哥哥的手拉过来，把弹片放在哥哥的手里："过去咱们家最难的时候，每当我想不开，你爸就把它拿出来搁在我手里，说，看看这个，还有什么想不开的？虽然最后他还是没想开，但是他让我想开了。要不是这，我真活不过来，哪还能把你们几个养大？"

哥哥拿着弹片，也朝着灯光照了照，脸上现出很复杂的神情。

"他去死，我怎么会不知道呢？"母亲又把话头转了回来，"他出去的时候，我看到了，想站起来。他就站那里狠狠地瞪着我，严厉地制止我。他知道我这一辈子都不敢违背他。不过，那时我也横下一条心，心想，只管让他走吧，看到底能会怎样！"

一片静寂。我们的心都提到了嗓子眼儿。

"结果，他真死了。"母亲好像沉迷其中，脸上平静得像说别人的一桩旧事，"死了就死了吧，谁不死呢？所以我觉得我对得起他。这也是我最后一次成全他，最后一次按他的意见办。"

我努力克制着自己，直到一波又一波强烈的情绪过去。我知道，今天即使母亲这样说，我们也不会这样去想，至少我不会。我们知道母亲对父亲的忠诚和爱，而且，我宁愿相信她这样说只是为了安慰哥哥，她不想让我们家的最后一个男人，再爬上天台。

事情只有这样想，对生者和死者，才是最好的安慰。

的确如此。也不过如此。

（原刊于《收获》2019 年第 3 期）

傻子乌尼戈消失了

渡 澜

我的房客乌尼戈，在一个鼬鼠满世界跑的春季消失了。虽说他消失了，但我几乎每日都可从他身边路过。只要我愿意让自己的思绪驰骋在一条回忆的轨道上，他便无处不在。

他是在一个断电的夏夜来到我家的。那时，我和我的厨娘——柳泽真由娜仰躺在沙发上聊天。产下她的是一只来自日本的、个头很大、非常可怕的雌性黑乌鸦。给她取名字的是大阪卫生管理局的一名工作人员，他可能是《十四岁的妈妈》的忠实观众。这位来自大阪的英俊小伙儿因为误食了一块儿菌面厚实板硬、菌秆上有菌轮的不知名的蘑菇而死亡。柳泽真由娜因为此事伤透了心。当了我家的厨娘后，每次烹饪蘑菇她都会用葱在蘑菇盖上擦一下。虽说她现在呈现在我面前的是人类的姿态——三十岁左右的、头发稀少的女性，但她依旧保留着乌鸦的一些糟糕的习性——她总是在聊天中薅我的胡子。正因如此我们的谈话总是被我"哎呦哎呦"的痛呼声打断。我们起先并没有发现乌尼戈。直到柳泽真由娜在聊天中熟睡并被惊醒。她直挺挺地坐起来,将嘴唇凑到我耳边,她轻声说话时,嘴巴里传出蜊蛄的味道:"我们家里多出了一个人。"

我被吓出了一身冷汗,环顾了一下漆黑的客厅:"是谁?他在哪里?"

"我不知道。"她说,"我做了一个梦,梦到我在厨房洗菜。"

"这不过是一个普普通通的梦。"我反驳她。

"不不,你等我说完。我先洗了芹菜和葱,然后我洗了土豆。最后我洗完了西红柿。我把最后一个西红柿装进篮子里,然后我想,我该醒来了。可怕的事情就在这时发生了!"

"是什么事情?"我惊恐地问。

"我的梦变成了一张素描纸。纸上布满了沁出血珠的细密伤口。"

"真可怕,"我问她,"那你为什么说家里多出了一个人?"

她几乎已经再无半分力气,只蜷伏在沙发上一直喘息:"我们应该点个蜡烛,他也许藏在餐桌下面,或是柜子里。"我感到不可思议,没有相信她的话。柳泽真由娜只得起来,手中攥着家里最硬的杯子,缓缓走向储藏蜡烛的小木柜。她一直在颤颤发抖,我不禁开始心疼她。我虚弱地呼喊她的名字:"你找到蜡烛了吗?"我在黑暗中摸索着走向她。人与人的相遇总是那么的神奇。乌尼戈穿了一件灰茶色和利久色相间的衬衣躺在地上,他和地板的花纹一模一样,像一只变色龙。我并没有发现他,踩着他的额头走了过去。然后我牵着柳泽真由娜的手踩着他的肚皮走回沙发。她点燃了蜡烛,烛光盈满客厅。柳泽真由娜突然回头,惊讶地盯着地板:"看!一个漂亮男孩!"

地板上躺着的乌尼戈睁着他的大眼睛,额头上和肚皮上满是我们的脚印。他是个十四五岁的男孩,浑身散发出孩子与少女的气息,整个脸颊瘪陷出两个坑,里面落满斑斑点点的雀屎。他竟有着无限接近自然的美,躺在地板上像一株柔软的植物,毫无违和感。我神经紧绷。他是一个全然的陌生人,他是在极其唐突的情况下来到我家的。我坚信拥有自然美的孩童需受控制,于是我用一根红麻做的绳子将他拴在了餐桌上。他发出了类似白鸽的"咕咕"声以及布里亚特语里"道路"这个词的读音。我尝试与他交谈，他冲我的嘴巴吐了口水。我并未气恼，甚至有些亢奋，可不多久又开始颓丧于自己的亢奋。当柳泽真由娜靠近他时，他表现得异常温顺，甚至用鼻尖顶她胸前的阿拉善玛瑙项链。他似乎使柳泽真由娜联想起了那些灰绿色的、布有褐色细斑的乌鸦蛋。柳泽真由娜的眼中柔柔泛起薄雾，她眯着眼，拍他的背，揉自己的乳房，仿佛一腔母爱无处发泄。

我轻声问柳泽真由娜："是这个漂亮男孩划伤你的素描纸的吗？"

"不是的。"他竟然开口说话了，乌尼戈说，"是门。"

"什么门？"

"大门，摇晃的大门。"

"大门为什么在摇晃？"

"我是从大门下面钻进来的，大门就开始摇晃。"

"你的意思是摇晃的门划伤了素描纸？"

"纸是门，伤口是生锈。"他说着陌生的谚语，用青涩热情的声音回答我，透出罕见的文雅气息，"门让我提醒你们，它生锈了，它需要油。"他用手掌轻拍桌腿，发出啪啪的声音。听见这声音，我才想起来他是谁。我见过他——在走不到尽头的、一束光就可以将其照亮的马路上，他挥着一个坏掉的红色球拍，击打着树叶，不断地发出啪啪的声音。乌尼戈是在新镇长上任时来到我们镇上的"傻子流浪汉"。他总是在街头流浪，同镇民们说着莫名其妙的话，遭人厌弃。我没有第一时间认出他的原因是因为他的年龄并不是固定的，我只能通过他发出的某种声音认出他。

"你叫什么名字？"我问他。

"乌尼戈。"

这个名字令我感到陌生，但如果在前面加上一个"傻子"便变得令我无比的熟悉。镇里的每个人都会这样喊他——"傻子乌尼戈"。乌尼戈这个名字很难被人记住，"傻子乌尼戈"这个称呼却被赋予了神奇的魔力。它纯真质朴，切中主题且极具戏剧性，为人们留下了深刻而难以磨灭的记忆。这也许是另一种 KISS 原则（Keep it Simple and Stupid）。

从我们发现乌尼戈躺在地板上到乌尼戈拍打桌腿发出"啪啪"的声

音，只过去了大概二十分钟不到的时间。这二十分钟里，乌尼戈至少长大了十岁，已经是个成年男子了。他的嘴角上生着几根黄胡碴儿，像刚割过的韭菜。于是我又出现了和前次一样的神经紧张和沉思冥想。是什么促使一个拥有自然美的孩子在二十分钟里飞速生长？他就像一棵每年能长高八米的新几内亚桉树。他体内疯狂分泌的生长激素、甲状腺激素迫使软骨细胞分裂增殖。骨干和骨骺之间的骺板软骨在这种动力中不断地纵向分裂、繁殖，生成新的软骨。好似这段时间里他吸入的不是氧气、氮气或是氖气而是羊奶和黑艾日格，超标的营养令他飞速长大。他身上映现着我们的痴人梦。这是我第一次近距离接触他，同时想避开他。因为我发现了他身上奇特的性质，像牙齿矫正器。

但我的厨娘显然不是这么认为的。她在二十分钟前还是满脸母亲的笑，恨不得掏出乳房让他吮吸。而现在她的脸被色欲熏得淫邪通红。乌尼戈身上传来不知是从哪里偷来的甘甜的色欲气味，冲昏了柳泽真由娜的头脑。她身上坚硬的黑色轮廓被自己心间满溢出的淫欲之水泡软了，转变为红色球形糖果的弧度。她摸索乌尼戈的嘴唇。他的嘴唇薄得像"单独监禁"，几乎没有肉，柳泽真由娜饱满厚重的唇肉狂热地沾上他的嘴唇时，就像呻吟的肉团撞上了冬天的玛瑙。我急忙解开拴着乌尼戈的红麻绳，将他藏在身后。柳泽真由娜因此号啕大哭。我震惊地发现他已经被柳泽真由娜褪下了裤子，露着白皙的屁股。我拍下他股间的黄色半日花花瓣和带着紫色金属闪光的乌鸦羽毛，替他拉上了裤子。乌尼戈向我道谢，那些香喷喷的黄色花瓣和冰糖味的紫色羽毛沿着木制地板的纹理流淌。

我不得不让他住下来。因为当我推开门想将他送出去时，柳泽真由娜——一只热泪滚滚的鸟，抄起一口滤锅打在了我的鼻梁上。我痛得打滚，却不忘将手指塞进鼻孔防止血弄脏衣服或地板。每当她不服从我的命令时，我就会开始怀念她未长牙时的微笑。透过书桌旁的大窗户我看见路旁的红嘴松鸡站在交通灯旁边。高高挂着的交通信号灯像个三只眼睛的幽灵，最令它感到自豪的就是红眼球。因为根据光学原理，红眼球发出的光，波长很长，穿透这浑浊的空气的能力也就强得多。三眼幽灵可以睁开红眼睛警告所有人站住。我拔出自己的手指，让血自由地滴落在地板上，渴望地板上的红色警告我的厨娘。但除了递给我抹布外，她没有任何表示——若没有原子之稳定，我想我可能已经破碎。

乌尼戈成了我们的房客。在接下来的短短两天里，他从二十岁到了一百二十岁。一百二十岁的生日那天他睡了一整天，也许我可以写成"死"了一整天。他又变回了婴儿的模样，然后不到两个星期就变回了"漂亮男孩"激发着柳泽真由娜的母性。再过两个星期，柳泽真由娜便会褪下乌尼戈的裤子，亲吻他的臀部，将自己的羽毛填满他的臀缝。几乎每个生命在诞生之初都显得极其匮乏，这种匮乏很难靠遵从某种外力得以实现。但乌尼戈身上的富足和匮乏却是随意切换的——他可以在诞生之初表现得极其富足，却在年老时变为备忘录般的贫瘠。这简直令人大跌眼镜。我二十四小时带着放大镜，妄想探索他身上的奥妙，但随着我的深入，更深一层的恐惧笼罩了我，我不断地感到沉重的罪恶感。我看着放大镜像看着自己的遗物。

让他住下来是个错误的决定。

生活在小镇上的人们，自古以来都极其反对"种植，然后等待，最后变化"这个原则。他们厌恶一切变化，恐惧已知事物被另外的事物取代。他们害怕老去，害怕自己的孩子成长。他们害怕时间的前进，害怕风的吹拂和水的流动。他们忌惮接触自然，认为自然是一切变化的源头。镇民们尽量避免自己碰触生命力过于旺盛的草木，并教导自己的孩子远离这些咀嚼太阳的、绿油油的恶魔。所以理所当然的，这位飞速变化的、甚至拥有自然美的"傻子流浪汉"遭到了所有人的排斥。他们对他恶语相向。性情温和的熟食店老板看到他走进店里，也会把他赶走，还不忘看着他走远以后，谩骂一句"傻子乌尼戈"。四处的质疑悄悄从门缝钻进来，他们不理解我为什么让一个傻子住下来。我对镇民们表现出的巨大的敌意感到愤怒和诧异。他们以歌代泣，轮流来到我家门前对着钥匙眼唱歌。他们唱"害群之马"，唱"乌尼戈在破屋顶上排卵"。倘若我抛开良知去听他们的歌声，会感到风正偏离正确的方向，甚至自心中钻出一股沉重的期待——这是传递的力量，我不置可否。那条曲折狭窄的小孔道像喉咙般因歌声膨胀着，直到我站在门外向孔里插入钥匙，钥匙会"叮当"一声摔落在门对面的室内地板上时，他们才有所收敛——因为柳泽真由娜可以透过胀大的钥匙眼毫无障碍地窥见他们的悬雍垂，并通过悬雍垂辨认出他们具体是谁。

那天，我家门口响起了争吵声。乌尼戈和俄日敦德日格勒的裁缝站在我房前的小路上。裁缝指着乌尼戈的鼻子，疯狂地咒骂他。我当机立断，决定像一位拥有很多孩子的父亲那样制止这场闹剧。"你这个傻子！"他突然大喊着把乌尼戈愤然掷到路的末端。我愣在那里，发出难以抑制的惊呼。可怜的乌尼戈几乎散架，但他似乎完成了一场完美而彻底的奉献，与路面依偎紧靠，高兴得噙满了泪珠，宛若置身天堂之中。柳泽真由娜最近在忧心忡忡地进行着减肥计划，饥饿使她的感觉异常敏锐。她冲出家门将倒在地上的乌尼戈扶了起来，我看见他们端坐在一颗圆圆的太阳前，感到不可思议——他们看起来像叠在一起的勺子。

那位此时应是满脑子血腥话题的裁缝叉腰站在原地，小里小气地缩着脖子和肩膀。他仿佛被剃须刀切入了眼球，眼球里泛着伤痕累累的光。我好奇地问他："发生了什么？"他指了指草丛里的红嘴松鸡问我："那是什么？"

"松鸡。"我毫不犹豫地回答。

"你看！那个傻子这么问我，我就是这么回答他的。"

"那你们为什么争吵？"

"他说，只有我们能看到的这面才是个松鸡，你不知道我们看不到的那面具体是什么。"裁缝的牙齿都在打颤，他用力拍了拍自己的胸膛，"听了他的话，我感到很愤怒。他侮辱了我，侮辱了镇长女儿的裁缝。"

人的愤怒往往来源于恐惧，而"自然恐惧"或乌尼戈的"这一面，另一面"的恐惧又是力大无穷的。我无法安抚他，只好装聋作哑地走回了家。不久柳泽真由娜牵着乌尼戈的手走了进来。乌尼戈身上的瘀痕就似树的指纹，他的小耳朵就像岬角，此时血淋淋地滴着血。他注视着我，黑漆漆的眼睛像漂浮在奶面上结成薄衣的油脂。我想那片小小的眼睛定是镜子的背面。在忽略视神经和外直肌的前提下，翻滚他的眼珠，让眼球的另一面面对我，倒映出的一定是一只将要死在空花瓶里的昆虫——或是一位戴着眼镜略显死板的老教授。但如果我不将眼珠翻过来，就让它那么待着，那镜面里百分百反射出的是乌尼戈的世界——那里绝非他人所想的那样狭隘。它极具弹性，像附在牛蹄骨上的韧带织成的大网。这个空间对"自然"和"变化"有着无尽需求，有着对"乌尼戈"的感情的探索欲望——它就像一本敏感的笔记本，一个液压阀。这里包容一切审美冲突，崇尚黑艾日格的神圣力量。这种弹性世界安抚了世间万物对自身独立性所抱有的忧虑。意识不到乌尼戈的弹性世界，你就会被审美规范化，不断地模仿过去，置身于残忍的人类同化和无自由混乱。他们——这些镇民，害怕接触自然力，以至于自身拥有的自然力基础太过薄弱，丧失了美感，沦为"无生命"罪犯，在高楼的护栏处充满犹豫地向下看。他们干不了别的，除了教自己的孩子在冬季拧开暖气。

镇民们处心积虑要消灭傻子乌尼戈，他们把这种暴行转化为收获无限精力的神秘来源。他们折断了乌尼戈的红色球拍，甚至趁柳泽真由娜不注意，偷偷剪他的耳朵。镇里的老妇人们终日坐在门口，提着棒针，渴望将它捅进乌尼戈的脚掌。就连小孩子也渴望将他驯服，他们用胶带缠住他的嘴，避免他说话。他们让乌尼戈跪在长满刺的蝥麻子上，用自己父亲的皮带抽打他。回家时，乌尼戈的膝盖变得像瓢虫的鞘翅一样又红又亮，肿得像红气球。柳泽真由娜哭着为他涂小苏打水。我们竭力控制这种悲观情绪的影响，但悲观感受已经萌发了。对镇民们糟糕的"消灭乌尼戈计划"所造成的创伤，我仅仅对之实施无害化处理。这虽有悖于我自身的品性，甚至被柳泽真由娜称为"彻头彻尾的铁石心肠"，但我依旧不曾插手，我认为这是大事发生的前提设定。这里提到的大事，可以是"自然之爱""宇宙之爱"或是"失去协调"。我的行为——应该被称为"彻头彻尾的现代精神"。

"在他住下来之前，镇民们只是对他表示敌意，他们在远处窃窃地发出嘘声，但并未欺负他或是弄疼他。但现在——乌尼戈成了我们的房客，人们却开始羞辱折磨他。这是为什么？"柳泽真由娜给我写了一张小纸条，偷偷塞进了我的头发里。我阅读完毕，将它戳到破旧的木挂钩上。

晚饭时，我向她解释："他们早就想这么干了，他们认为乌尼戈有毒，所以不敢动手。就像你烹饪蘑菇前会用葱在蘑菇盖上擦一下一样。"

"是什么促使他们开始烹饪蘑菇的？"她问。

"他成了一名房客。"我说。

花儿从圆熟到枯萎，我们迎来了冬季。除了裸体的树上多出的斧痕，这个冬季没有任何变化。

俄日敦德日格勒的裁缝——邪恶的失败者，恶意潜入他的心中，在这个寒冷的死气沉沉的冬季，他想出了一个消灭乌尼戈的方法。他充分利用了俄日敦德日格勒的权力。俄日敦德日格勒是家里最小的孩子，一个六岁的小女孩。俄日敦德日格勒的父亲在有她之前是个有名的穷光蛋，甚至卖了祖传的鼻烟壶买酒喝。有了她之后就成了富可敌国的大富豪。因为俄日敦德日格勒吐口痰都是块金子。她出生的第二天拉了一泡柏油状的绿黑色胎粪，不知是与空气中的二氧化碳产生了什么化学反应，三分钟不到那泡胎粪就变成了一大块西峡碧玉。她的父亲多半还是头一回陷入财富错综复杂无穷无尽的奥妙之中，他扒开女儿的肛门想知道这奥妙从何而来，却被女儿放出的马奶酒味的屁熏醉了。当他察觉到小女儿被剪下的指甲变成了钻石碎，尿液发出辛辣气味的香味，脱落的胎发全部变成庞巴迪的私人飞机飞走时他才意识到一个事实——他发财了。于是本来给小女儿取的名字"杜达古拉"也被改成了"俄日敦德日格勒"。

俄日敦德日格勒从疼爱她的姐姐那里得到了一个白色的小花瓶，她非常喜爱它，执意要在里面插一朵世界上最漂亮的花。镇长极力反对，认为属于自然的花朵会改变俄日敦德日格勒，使她丧失在新陈代谢中创造财富的魔力。

"你们可以找个花的替代品取悦她。"他说。

裁缝知道后，当即捧着一本封面上镶嵌着宝石的日历去找达林台——俄日敦德日格勒的护卫。俄日敦德日格勒虽说拥有制造坚硬的钻石的能力，骨头却脆得惊人，稍不留神就会被折断。她的父亲生怕她脖子里掌管生命和财富的珍贵骨头被扭断，于是给她找了一位强壮的护卫达林台。达林台肌肉发达，身强力壮。他力大无比，忠心耿耿，服从一切命令。裁缝无法直接接触俄日敦德日格勒，于是他开始接近与她寸步不离的达林台。我亲眼所见——他们在一棵树下交谈！那本被夹在他们两人之间的日历是态度暧昧的背叛者。它自身没有任何动力和方向，却为这群邪恶的人创造力量，提供方向，搅起一阵暴行涟漪。

那天，我知道厄运即将降临，心中不无一种大祸临头的预感。我体内反应异常，脑海掀起大波澜，不断地冲柳泽真由娜开些过于辛辣和危险的玩笑。她褪去血色的脸看起来干净极了，像刚匀过粉那样细润："边巴，出了什么事儿？"

"恐怕连我自己都不知道。"

马蹄把地上的雪踏得嘎吱作响。我绝望地惊呼，阻止柳泽真由娜将大门打开。"我们不能让客人待在门外！"柳泽真由娜直截了当地说，坚决又严厉。

我只能眼睁睁地看着她打开了门。推开门后，马尿散发出的缕缕氨化物的气味涌入室内，达林台骑着马慢悠悠地靠近我们。他定在牧区生活过，骑马来时极其忌讳惊动别人的畜群。哪怕我们根本没有畜群。马儿结冰的马具下看得到它肌肉如波浪般鼓起。这是匹非常强壮的马儿，就像它的主人。达林台轻松地拉着缰绳，似笑非笑，他的大腿和臀部熟悉烈马背上的每块肌肉，于他而言，没有比征服一匹烈马更轻松的事了。见我们出来了，他翻身下了马。达林台颊上凝起冰珠，浑身湿透，身上的泥污结成硬块。

"您好吗？"他礼貌地打招呼，同我握手。因为惊恐，我的蛀牙全部噤声不语了。黑夜突然且猛烈地降临，他庞大的身躯变成了一团模糊的影子，他仿佛与黑夜沉瀣一气了。达林台俯下身轻轻拥抱了我，我的灵魂遭受了痛击，感到了"鬼门关"的痛感。

"边巴！我们要让客人进门，外面太冷了。"柳泽真由娜提醒我。我不知她是否感知到厄运即将降临。她极其敏感，她经常要在噩梦后泡洗自己的枕头，她认为噩梦会钻进枕头，填满里面的荞麦壳。我们一起进了屋，柳泽真由娜让他坐在沙发上，递给他一杯茶。达林台直奔主题："边巴老师，请把乌尼戈给我，那个像花儿一样的男孩。"他边说边从怀里掏出了一本封面上镶着宝石的日历（这位背叛者！），指着一个被红笔做了记号的日期："就在今天，他开得非常好。"我把我认识的每个字都推到嘴唇边，反复斟酌和修改，最后搞得自己冷汗直流："她的花瓶有多大？"

达林台露出牙齿笑了笑，握紧了拳头在我眼前摇了摇："大概这么大。"

我的眼前一黑，一团无声无息的泥块塞住了我的嘴巴。我让自己的脸上尽可能惟妙惟肖地展现出与他脸上相同的表情。柳泽真由娜坐在一个角落里，只有她知道乌尼戈在哪里。她拱起肩膀，理顺着自己被打乱的羽毛，膝上的托盘里是一把锋利的水果刀。她随时准备在达林台的火焰中烧焦自己的羽翅。房间里充满了各种力量，这些力量像一团团湿漉漉的脂肪，被一根理智的纤维胡乱地串联起来。我必须阻止悲剧发生。

"这不可能，你根本不用尝试，你会失败的。达林台，乌尼戈现在有一米六、五十公斤。你不可能把他塞进拳头大的花瓶里，你根本不用尝试……"

"如果我成功尝试了失败，那么我到底是成功了还是失败了？"他突然问我，轻轻揉着自己的大腿，继续说，"您是镇里知识最渊博的人，我非常尊敬您。您要知道，把一个东西变小的方式永远比把它变大的方式多。您想一想修剪羊毛或者压缩饼干。"

"我不否认你为了取悦她而付出的艰苦努力。达林台，可你不能这么做，我们的祖先……那些将摇篮系在马背上的伟大的英雄，他们的信念不减……"

他现在把注意力放在柳泽真由娜身上了，口气冷酷又令人毛骨悚然："要么您把乌尼戈给我，要么把她给我，我可以把她卖到花篮子里。"

人心为什么这么复杂善变？我从沙发上噌一下站了起来。我的脖颈全湿了，我的皮肤散发着一股恐惧的臭味儿。我意识到自己无法阻止错误意识的涌动。我感到一波又一波的战栗在身体中忽上忽下，以至于我的声音听起来像个小孩子："达林台！你这个畜牲！他们不会愿意干一只小鸟的！"

"他们的小鸟愿意，边巴老师。"他笑着说，"把乌尼戈给我，或者我买下来。"冬季奇怪而简单的气味和他身上的羊膻味汗臭味裹成一个大气球塞进我鼻子。这些残忍的话和气味让我抑郁，我动作僵硬地整理衣领，试图驱散这种抑郁的气氛。突然间我像尊雕塑般一动不动，因为我看到乌尼戈从厨房跑出来了。空气凝滞的屋内，每个人的视线都停留在了乌尼戈身上。他睁着自己困惑的大眼睛，频频摇头。柳泽真由娜紧紧握着水果刀哭泣。

"这不就对了。"达林台起身拍了拍我的肩，向乌尼戈走去。傻子乌尼戈完全不知道逃跑。达林台用两根手指捏着乌尼戈的后颈，将他拉出了门。乌尼戈回头看我们。我正在拼命阻止柳泽真由娜扑上去用水果刀刺杀达林台："不可能的，你连他的皮肤都刺不破。"我想我的理智和严谨成了我绝望和痛苦的根源。有时我竟渴望自己变成一个傻子，呼吸空气和咀嚼植物都能令自己感到愉悦。我从不自夸聪明，因为那就像囚犯夸耀其囚房敞亮一样。

远处突然传出了惨叫。我急忙向外看去。原来是乌尼戈突然跳起来咬下了达林台的鼻子。达林台捂着鲜血喷溅的鼻子，抬脚狠狠踹上乌尼戈的肚子，他"哐啷——"一声撞上大门，全身的肉都在颤抖。达林台扯过他的衣领将他狠狠按在大门上。乌尼戈的后脑勺儿与大门碰撞，发出了骇人的巨响，他再次发出了鸽子一样的"咕咕"声。疼痛彻底激怒了达林台，他狠狠砸了几下乌尼戈的脑袋并冲乌尼戈血肉模糊的后脑勺儿吐了一口唾沫，抽出了自己的弯刀。达林台的蒙古弯刀用钢打制，刀刃锋利无比，削铁如泥。弯刀长度足足有二十厘米，刀柄与刀靴是银制的。刀靴上还镶嵌着漂亮的宝石。达林台低低的眉弓下是一双阴沉的眼。我放下尖叫的柳泽真由娜，冲上去阻止他，他竟然一拳捣上我的脖子！击打脖子可是痛苦万分的事，我感到脖颈滚烫剧痛。我躺倒在地，捂住脖子，拼命咳嗽。我想肯定有骨头断掉了，我咳出的血像虫子，噗嗤噗嗤落在地上。我感到窒息；一块骨头突出错位，将我脖子的皮肉顶出了一个小小的尖角。达林台没再管我，他坐在乌尼戈腰上开始打他，他双腿肌肉紧绷，像一个铁箍紧紧卡住乌尼戈。随着达林台的痛击，乌尼戈逐渐呼吸困难，脸色发紫，指甲发紫。他开始拼命吸气，却被达林台的弯刀割断了喉咙！

那些细微的光在吃了血的雪中无法控制地出现了，雪地里有无数的隐形人发出声音，这些声音将我的疼痛硬化。我想伸手抓住自己熟悉的声音，却陷入某种可怕的思维混乱。"你们才是傻子！你们在为自己签下罪状。"我终于听见自己的声音了。这一句话耗费了我全部的力气，我浑身无力，脸贴着雪面，声音和痛苦均被它精巧的白色长网吸收。它擦洗我的瞳孔，冰冻我的牙龈，使用的力气是那么固执己见，像在摘除高脚蛛的网，像失眠者杳嗇的闭眼。雪中的每一粒地球尘埃划伤我的眼球和硬邦邦的牙龈时都能为我带来欢愉和遗忘。它如无色的母亲般将我藏入秘密潮流，造成我奇异的、在人世间的短暂缺席。

我做了一个小手术，喉管里也因此充满了血的臭味，我感谢我的死神表现出巨大的耐心，虽说这就像一出票价低廉的劣质闹剧。出院后，我回到家，看到乌尼戈站在门前迎接我，令我心颤的是——他竟然没有了影子！

"他开始生活在黑夜里了……"我无比的心痛，却又感到欣喜，因为他并未消失。当我猛然发现乌尼戈闪闪发光的眼中竟满是神圣的宽宥时，不由得冲上去拥抱他，我们泪流满面。

"你缺了一大块！乌尼戈！"我悲伤地说。

"唯一能填补我的是虚无。"他亲吻我。

乌尼戈身上发生了一些变化。他无法维持"漂亮男孩"的形态，他总是白发苍苍，脸孔黑得像岩石。乌尼戈在夜晚跪在地上冲着泡菜坛喃喃自语。他已没有了自然美，但依旧会唱只有柳兰花或是马兰花才听得懂的神奇音乐。悲剧发生的那晚他原谅了一切。

达林台因为没有了鼻子失去了自己的工作。因为俄日敦德日格勒一见到他就哇哇大哭，眼里滚出形状不一的锂辉石。镇长不得不在她下巴上套一个袋子，用来收集宝石。

不知是谁报复了我们——向我的房子里扔进了几条短短的毒蛇。它们只有我的指甲那么长，芒果丝那般细。这些向日葵色、藤黄色的毒蛇看起来就像玉米饼的一部分。我经常扭下玉米饼的一小块，将它放在掌心缓缓揉搓，直到它变成大米粒一样才塞进嘴里。我的厨娘曾评论说，这种恶童般的举动令我散发出单身老头儿的怪味。我的书桌下也因此经常出现黄色的"大米粒"，柳泽真由娜见怪不怪。正因如此我们根本就没有发现它们——这些毒蛇，直到它们吐出邪恶的紫色信子。它们竟然爬上了我的书柜，钻进了我的书里。哪怕柳泽真由娜向它们撒大蒜和雄黄粉它们也无动于衷。当我把怒气撒到她身上时，她愤怒地说："我有什么办法？我又不是走鹃！"最后我只得架起梯子爬上去，小心地用手捏住它们，然后用一把小镊子撬开它们的嘴，迫使它们拔出毒牙。这些小家伙竟是管牙类毒蛇，它们有像注射器一样的牙齿，牙齿中空，连接蛇的毒腺。我拎起我的书，书页变软成波状。我看到在页角处，毒液堆积形成了一个紫色的三角形——它滴滴答答往下淌着毒液。

"你为什么要用镊子？"柳泽真由娜帮我扶着梯子。

"它们太小了。"我说，"我的老天爷，太恶心了！蛇长着一张镇长的脸。"

"我的书都湿透了！它咬了不止一口！"

当我把毒蛇们丢进山沟里，以为事情结束了时，柳泽真由娜突然拉住我大喊："它们中毒了！"

"什么？"

"你的书！"

哦！这群野心勃勃妄想征服世界的毒蛇！眼前恶毒的场景令我恨不得蜷缩在自己体内，产生了第一次嗅到自己体味时的羞愧感。惨遭毒液入侵的书本，变得像破绽百出的茶歇，每一个字都被错误的意志镀亮，变得耐磨结实，仿佛再也无法被修改。某些盲目满溢的借口正在将它们接管。我听到一阵阵可疑的不幸的掌声。它们，这些失去轮廓的书本，吸入大量的氧气，使我变得通红，不得不与它们苦苦争夺氧气——它们妄想让我的心脏停止搏跳。我如盯着宿敌般全神贯注地盯着这些下流的错误书本。那堆积在页角处的膨胀的巨大的紫色三角气球鼓动间发出意外的韵律，仿佛正从被没有口袋的裹尸布掩盖的人面羔羊腹中为我带来深深的祝福。

　　我陷入了窘境。在仿佛患了啤酒病的夜晚里，我的梦境中不断涌现出无数个旋转的紫色三角形，使我痛苦不堪。我曾怀着一颗躁动不安的心四处奔走，寻找那些藏着知识的书本，我也的确做到了。但如今，当我被这噩梦般的场景扰乱头脑时，我才发现，我寻到了知识，却并未寻到智慧。这一认知终止了我全部的交际活动，我变得胆怯，总是对着食物强颜欢笑。柳泽真由娜为我购置了崭新的图书。她常常用含有试探意味的目光与我对视。我和她谈一些琐事，她则抱来动物的幼崽让我抚摸它们。柳泽真由娜开始穿漂亮的绿衣服，腰间系着一条彩色的腰带，她看起来像温和的气候。我记得有一天，她嘱咐我好好休息后便穿着厚厚的大衣、戴着一顶大帽子出门了，她也许要去买菜或是调味料。柳泽真由娜迈着轻松的步子，轻轻哼着调子，她只会哼两种调子——"圆满"和"重逢"，那调子听起来像小鸟的啼叫，清脆悦耳。因为她的关心，我终于又再度怀着感激重回世界，与人互动。

　　以上故事我是用西里尔蒙古文写下的，接下来的故事我要用自己比较熟悉的回鹘式蒙古文记录。

　　虽说大家处心积虑要乌尼戈消失，但他们从未得逞。乌尼戈从不显示出隐藏自己的样子。他在镇子里遭受折磨，变成黑色的老人，但他身上却源源不断地传出和谐和安宁的光明力量。他看起来像即将到来的春天——翠绿而饱足。人是在自然造物的手中被塑成千姿百态的，她把我们塑得可爱，我们将自己破坏成可怜，我们并未意识到自我的艺术价值，甚至破坏他人少得可怜的艺术价值。在乌尼戈成为我们的房客的这几个月，我们彼此间隐藏许久的关系慢慢得以确认。我们爱他，他也爱着我们。我们肯定他的艺术价值，他也肯定我们的。他填补了我们的空白，唤起我们年少时的欢乐。

　　春天到了，大自然铺青叠翠，镇子里满是豆荚爆裂的声音。喜鹊开始筑巢繁殖。

　　三月初的一天，乌尼戈大叫着冲进我的房间，我屏住呼吸，惊恐地注视着他。乌尼戈的头发上粘满绒毛状的尘埃，裸露在外的胳膊上布满了细细密密的伤痕。他的左脚因残疾萎缩了，黑得像岩石一样的皮肤因为疼痛变成了粉红色。他的衣服被污泥溅得肮脏不堪，口袋里装满了别人吐出的痰。乌尼戈抱着一只又胖又亮的大喜鹊。他的脸涨红，脖子僵硬地挺着。

"你这是怎么了？乌尼戈？"

"边巴，你看我发现了什么———一位伟大的画家！"他将那只喜鹊按在我的书桌上，就在我的茶杯旁。他兴奋地说："这只喜鹊在我肩膀上画了一幅画，边巴。"他边说边蹲了下来。

我凑近他的肩膀，果然看见了一幅白色和褐色相间的鸟的自画像。鸟像《捷娅科娃像》里二十三岁的捷娅科娃一样文雅娴静地将头轻轻偏着，因为乌尼戈的肩膀实在是太窄了，画中的鸟不得不局促地硬挤在狭窄的画框中。我猛地捂住了鼻子："快把肩膀上的鸟屎擦干净！"那只喜鹊在我的吼声里不急不慢地呷了一口杯子里的茶。它的眼球好不害羞地朝外凸出，此时此刻，它是否沉浸在自身的伟大之中？

"我要把这块布剪下，用圆角形式的框把它装起来，然后用卡纸盖边，用有香气的玻璃覆盖画框正面，画的背板必须用银质的射钉枪进行固定……"他发表着自己的言论，因为镇里的年轻人强迫他嚼玻璃，乌尼戈的声音充满了痛感。我用两指捏住喜鹊黑色的跗蹠，防止它撞倒茶杯。

"带着你的大画家离开。"我低声说，"它们总是制造麻烦，柳泽真由娜要回来了。"

"它们没有制造麻烦。"

"你上次也带来了一只喜鹊，就在星期六。那只喜鹊仰躺在柳泽真由娜的蜂蜜罐里睡了个午觉。它的背部把蜂蜜染成了蓝绿色，柳泽真由娜因此大骂了我。"

"她不会为这点小事生气的，她也是从蛋里出来的，她喜欢下蛋的小鸟。"

我的语速飞快："她不听我解释。我刚从墨西哥国立人类学博物馆回来，她执拗地认为我在蜂蜜里洗了毒蘑菇。"乌尼戈对我的话充耳不闻，他执意要用我的剪刀剪下自己肩膀上粘着鸟屎的那块布料。我毫不犹豫地递给他剪刀，并趁他不注意开窗放走了那只喜鹊。

傻子乌尼戈很快就发现它不见了，他并没有表现得多么失望。乌尼戈将身子探出窗外，注视着渐远的喜鹊。他的姿势像是将要起飞的鸟儿。

"啊！"乌尼戈突然发出一声尖叫向后直直倒了下去。我急忙扑到他身上，看见他按着自己的一只眼——它正汩汩流着血。一块粘着血和泥土的三角形石头滚到了我脚下，窗外一阵鄙视的笑声哄然爆发开来——是镇民们！我的耐心消失殆尽，冲他们大吼："你们在干什么？这实在是太过分了！"

一个不友善的声音在作响应："傻子乌尼戈！我们在惩罚他，他往鼬鼠洞里丢石子，让它们磨牙，搞得今年鼬鼠多得吓人。"这种生活在内蒙古大草原上的小动物一生都在忙忙碌碌，不停地寻觅着食物，并将数量庞大的食物储存到自己的洞穴里。它们行动不便时会藏在洞里以这些食物维持生命。它们需要啃咬硬物，磨短门牙，否则就会因门牙无限生长而无法进食。鼬鼠自己并没有收集硬物的习惯，所以它们往往活不了太久。

"我没有，边巴。"乌尼戈伤痕累累，不住哀鸣，他的眼神似乎在说他有什么不明白的地方。他松软衰老的皮肤上刻满了像草皮一样的伤疤，他纹丝不动，毫无还手之意，哽咽着说："我不会干那样的事情的，那是不对的。"乌尼戈很容易忘却身上的疼痛，而现在他却仿佛迫使自己记住疼痛，他痛得发抖，汗水顺着他的脊背滑了下来。这是他的底线，我不禁这么想，他们触碰了乌尼戈的底线。窗外的行凶者早就跑远了。我扶起乌尼戈，为他包扎伤口。他轻声对我说："边巴，我的好朋友。给我一根没有洗的胡萝卜吧，或是一碗黑艾日格。我该走了。"

但是他失败了，他被镇民们抓了起来。

镇里的鼬鼠的确变多了，它们铺天盖地地涌出，满大街乱跑。灾难轰鸣着落到了这个小镇里。母亲们死死将孩子拴在背上，防止他们溺死在鼬鼠群里。镇里的房子都被鼬鼠吃光了，人们甚至无法找到盛水的容器。他们用铁板盖高高的房子，防止鼬鼠的啃咬。镇民们一口咬定这场灾难的元凶就是乌尼戈。我和柳泽真由娜尽力维护他，但根本无济于事。乌尼戈被这群疯子拉到广场上，当着众人的面被毫无人道地注射了硫喷妥钠，当场变成了无数片齿状的娇叶，被一股脑儿塞进了火化炉里。他们兴奋地欢呼，载歌载舞。

　　人们也是在做完这件事后才意识到这件残酷的事情对身边的人、对家庭造成的可怕影响。他们已经到了异化的边境——他们逐渐发现自己的身体内部萌发出了一种无法忍受的负担，他们甚至开始呈现出诅咒的外貌特征，他们的生活开始掺杂恐惧。这种恐惧在早期鼓舞他们进行悲剧性的狂欢，在后期却促使他们对生活的欲望消极麻木。他们开始用不喝水的方式使自己和别人从这一切痛苦之中解脱出来，直至死亡。

　　两个星期后，所有的人毫发无损地死掉，尸体粘在高得像是要把天戳破的铁房子的屋顶上，连苍蝇都飞不上去。

　　乌尼戈成为灰烬的那天，柳泽真由娜出门了。她依旧迈着轻松的步子，哼唱着"圆满"和"重逢"。她没有再回来，我的厨娘像她清脆的鸟啼一样随风而散了。

　　我辞了职，搬出了镇子。我的姐姐住在离镇子不远的扎格斯台，我带着为数不多的行李和她住在了一起。亲情的力量使我从悲痛中走出。我常常和她坐在门前的摇椅上看鸟群飞过，看树下簌窣生长的温煦。每当我的姐姐拉开窗帘，打开窗户，将我轻轻推出门外，嘴巴里嘟囔着"心情不好就出去晒晒太阳，你也是一株植物"时我都会意识到自己终于回归了。

　　有一天，我和她行走在扎格斯台的乡间小路上，这是一条蜿蜒如蛇的泥路，两旁是一间挨着一间的砖头小屋。远处响起一串串孩子的笑声。我们走得很慢，这速度令我陶然若醉。我们要去哈布尔家，她生下了一个可爱的小女孩，我们要将精心准备的礼物送给她，以庆祝她获得了生命。

　　路途中，我遇见了我那被烧成灰的房客——他可能是被风吹来的。乌尼戈仰躺在一捆捆散发着芳香的木枝旁，迎着阳光，每一寸皮肤都充盈着生命。乌尼戈的掌心里长满了小巧玲珑的草，里面蛰伏着草爬子。

他的每一个关节腔里都有蚂蚁在建造新的宫殿。鸟在他额头上产卵，山羊在吃他影子里的草。他仍然在呼吸，胸膛轻轻起伏，像个摇篮一样使他胸前的小动物们昏昏欲睡。他竟能与自然如此完美地结合在一起，这可爱的场景令我心醉。他依旧是初次见面时的"漂亮男孩"，这种去而复返后已有所改变的音乐般的美丽仿佛在告诉我——生命仍然一如既往地缓缓前行。这就是他一生都在听从其召唤的命运。我们的朋友乌尼戈永生不息——他只是用自己的方式消失了。

我并未停下脚步，心中一片平静，就像看到跃出水面的鱼儿又坠回了水中。

（原刊于《收获》2019年第4期）

大樟树下烹鲤鱼

雷　默

　　从电台录完节目出来,暮色四起,县城浸泡在浓浓的水汽中。我没想到自己这么能说,本来说好一个小时的节目,录了整整三个小时,这让制片人蛋哥有点为难,他喜欢严格地按照流程走,之前他怕后期太难剪,给我弄了一份一万字左右的流程稿,但我还是发挥了一下,不觉就讲多了。

　　蛋哥是我的发小,他在县城的电台做一档访谈节目,嘉宾都是些文化人,我有些困惑,做这样的节目几乎没有经济效益,他们还孜孜不倦地做着,究竟图什么?走进他们办公室,一个栏目三个人,除了他,还有一个女编导,一个女主持人,感觉他们就是一个乌托邦。

　　从大楼里出来,蛋哥还在犯难,他的节目一直都是一期一个嘉宾,我录的时长足够他剪出两期节目来,要不要做上下集?这似乎让他很纠结。我能理解他,被一个节目长时间训练得循规蹈矩,作出调整和改变,就意味着自找麻烦。其实一个小县城能有多少文化人?这个节目他做了将近两年,该请的嘉宾也都请了，接下去就面临资源枯竭的窘境，所以他千方百计把我从外地叫了回来。

他说："老同学，谢谢你回来帮我救急，不然年关都不好过了。"我说："没人了，你们可以不做啊，这种节目现在还有人听吗？"他笑了一下，纠正了我的看法："别小看我的节目，这也算我们台的一个王牌节目了。"我还是不相信，别看街头人山人海，几乎没人对诗歌感兴趣。

我们斗着嘴从大楼的台阶上下来，走着走着，蛋哥又暗自乐了起来，他说："不瞒你，主要我们台领导是个诗人。"

我有点同情我的发小，他看上去太疲惫了，录节目的间隙，去过道尽头的阳台上抽了一支烟，抽烟本来是一个悠闲的事儿，被他搞得像打仗，来去都是跑的，一支烟吸四五口就烧到了烟屁股。他跟我说，这几天都熬到凌晨两点才睡，每天记事本上记着十几件事，每一件都迫切需要完成。年底了，各种总结和会议材料，节目还是如期进行。我说："你把自己想得太重要了，少了你，地球就不转了吗？"他说："我知道自己微不足道，主要是心肠太软，上头吩咐事情就乖乖去完成。有时候就跟自己说，事情一件一件来，我只有一双手，只要一直忙着，总没话可说吧。"

本来录完节目我就打算回老家，但节目结束的时间很尴尬，快到饭点了。蛋哥问我想吃什么，我说："你这么忙，不吃了。"这加剧了他一定要吃饭的念头，硬把我拖上了他的车。从电台的大院里出来，车子在街上漫无目的地转悠，他打电话给我另外的发小老刀，说我被他捉到了，一起去吃饭。然后他问老刀，是吃羊肉还是牛肉。老刀在电话里说，吃个卵肉，去大樟树。挂了电话，蛋哥一下有了方向感，车子径直往郊外开去。

我发现蛋哥只要一离开县城，离开他那个忙乱的电台，他整个人就松弛下来。本来双手紧抓着方向盘，改为一只手搭着，另一只手在车载广播上调来调去，搜了一圈，他又调回到自己的台。广播里是个女声，他说这是个拜金女，家里很有钱，一年换三辆豪车，传达室门口每天都有她成堆的快递，每天下了节目就是上淘宝，没完没了地下单，没完没了地拆包裹，楼道里的垃圾桶都不够她一个人用。

我笑了笑，这才注意广播里的女声，她在介绍平克·弗洛伊德的摇滚音乐，听上去还挺像那么回事。蛋哥问："这声音，你能听出来生活有这么腐败吗？"我说："不清楚，只有你们做电台的人才在意声音。"蛋哥笑笑，自言自语地说："声音是真好听，一点杂质都没有。"

他悠闲地抖着左腿，车窗外烟雨朦胧，车子开着开着，来到了一条乡间公路上，两边都是如镜的水塘，还有几块枯黄的稻田，一派肃杀的景象，路上也不见别的车，蛋哥时不时地晃一个蛇形路线。我以为吃饭的地方很近，没想到开了半个多小时还没到，我有些不耐烦起来，说："吃个饭要这么复杂吗，哪里不能吃？"蛋哥笑着说："什么都可以随便，就吃饭不能随便，这个地方你去了，以后还会惦记。"我说："那更不好，以后想吃了没得吃，不是折磨人吗？"蛋哥笑起来："所以你要多回来，你现在回来是客人了。"

这是我尴尬的地方，长年在外，见人就说我是这里人，但回到这里，又被当成了客人。蛋哥说，看一个人是不是本地人，就看他能不能找到像大樟树这样吃饭的地方，这地方最早是老刀带他去的，去了以后就戒不掉了。这种味道就像印章敲在你脑袋深处，饥饿的时候，它就清晰起来，会提醒你过去。

我说："不会放了乌烟壳吧？会成瘾的。"

蛋哥笑着说："那不至于，我从头到尾看他烧过，该放油放油，该放酱放酱，都是稀松材料，也奇怪，被他的手一捣鼓，味道就美得不行。那地方只有真正的吃货才去，一般人不知道。"

我靠在座椅上，感到肚子确实饿了，蛋哥还在一旁喋喋不休，我说："行了，还要多久能到？"他指了指前面一棵巨大的樟树说："就那里了。"

我发现路边多了一条溪流，傍着马路蜿蜒而下，我们沿着这条溪流往上走，视野中那棵樟树越来越大，几乎遮蔽了半个村庄。蛋哥说，我们吃饭的馆子叫大樟树，其实也是这里的地名，这一带都是这样的名字，大樟树往上一点是鸦雀窝，再往里是榆树凉亭。

车子开上了一座拱桥，进入到了大樟树内部，樟树底下是一片开阔的平坦地，虽然是阴雨天，但树底下的泥地却干燥洁净，恍若凌空支开一把大伞。蛋哥说，这棵樟树被当地人视为神灵，有一年，环卫工人自作主张来修剪树枝，被当地人打得灰头土脸，扔了工具就逃，这以后，树枝越来越茂密，也没人敢动它了。

　　停好车出来，我注意到这棵樟树确实不同凡响，它的树冠已经直插云霄，地面上到处都是匍匐的虬枝，一直向四周延伸，有的裸露根系像吸管，一头扎进了路边的溪流中。蛋哥说，天气热的时候，樟树底下都是光着膀子吃饭的人，捧着一口大饭碗，饭上盖满了菜，有的蹲着，有的站着，看得出来，吃饭是次要的，主要是聊天，聊的内容以国家大事居多，还带着自己的想象。蛋哥指着两张收起来的小方桌说："夏天，大樟树的老板也会在这里摆两张小桌，不放凳子，客人们都站着吃，可能全中国都找不出第二家这样的饭馆。他一般只招待熟人，陌生人去，得看他心情，心情不好，给再多的钱都没用。"

　　对这种做生意的态度，我很惊诧，问："他凭什么这么牛？"蛋哥笑笑说："这可能是他做生意的观念，不是你出了钱就是大爷，他也要选择顾客，不顺眼的生意，他宁愿不做。"

　　一阵风吹过，头顶上乱响，蛋哥缩着脖子说："这么冷的天，别耗在这里了，快进屋。"我才发现边上有一户人家，门口亮着路灯，路灯下是一块木牌，上面用毛笔写着"大樟树"三个大字。

　　这种感觉很奇妙，蛋哥喊我去吃饭，总以为是个正经的饭馆，没想到是户人家，也不认识，推门进去，有种上陌生人家里蹭饭的感觉。我也不说话，默默地跟着蛋哥往里走。

　　店主一男一女站在屋里，看到蛋哥进来，打了招呼。老板娘团着双手，手心手背来回不停地搓，老板双手插在裤袋中，我发现他们衣服穿得都有点少，耸着肩膀，缩着脖子。老板头发有点秃，乱糟糟的，好像好久没洗了。他的眼窝特别深，感觉像眼球外面包了一层薄皮，嵌了进去，看人的眼神有点怪异，他问蛋哥："两个人？"

　　"三个人，还有一个马上过来。"

"是那个骨科医生吗？"他显然对老刀很熟。

蛋哥点点头，他又问："老样子吗？"蛋哥说："老样子。"

进了里屋，发现桌子还空着，饭桌其实是一张棋牌桌，摊着一堆凌乱的扑克牌。桌角上有烟灰缸，烟头倒了，但没洗。老板娘进来给我们开好空调，关上门又出去了。

蛋哥说："今天来得正是时候，再晚点就没位置了，又得看他脸色了。"

"怎么，吃个饭还得求着他吗？"

蛋哥压低了嗓门说："他干的是高兴活，两桌人满了就不接待了。别看他店小，每天都有人来吃。"蛋哥弹了弹烟灰，笑着说："你别看他一副落魄相，以前也是公子哥，据说他家以前是苏工世家，他爷爷曾经是很有名的雕刻大师。听当地人说，他还留过洋，回来后，吃饭都用刀叉，一个荷包蛋割成小小方块，能吃上半小时。"

我"噗嗤"一声笑了起来，蛋哥继续压低嗓门说："年轻时他仗着老家的财势，日子过得鲜亮风光，纨绔子弟嘛，凡事不知轻重，不分尊卑，因为有的是时间和铜钿，干的都是招摇事儿，琴棋书画、跳舞桥牌、麻将梭哈，都会一点，又因为天性懒散，大多是三脚猫。这样的人，你也知道，免不了家道中落，大概后来他也弄明白了生活的道理，踏踏实实开起了饭馆。"

"这么说，他还是个没落的贵族，这顿饭有点高级啊。"

话说着，老板娘又进来了，手上拎了一壶米酒，蛋哥掀开壶盖，一股热气冒了出来，满屋子的酒香，里面冲了鸡蛋，米酒看上去有点浑浊。老板娘是典型的和蔼脸，两团苹果红，她看了我一眼说："第一次来吧？没看到过你。"

我连声称是，蛋哥在旁边瞎起哄："省城的大诗人，请了好多次才请来，我们从小一起玩泥巴的。"老板娘脸上的笑容更加殷切，她多看了我两眼说："这倒是难得的，让我们也沾了光。你们先喝起来，我去切两盘羊肉来。"她说着又退了出去。

蛋哥压低嗓门说："她不是老板的老婆，起初我们也以为他们是一对,他们生意太好了,名声大了,后来老板真的老婆就来了,两个女人还吵了一架,这事才败露了。"我一惊,蛋哥说,"那次吵架有点像赤壁之战,一场架下来,天下三分,鼎足而立。老板答应每个月上缴三分之一收入,真老婆不再到店里闹,他们继续搭伙做生意。"

蛋哥的眼神快,及时地住了嘴,门又被推开,老板娘笑吟吟地进来,手上的冷盘"噼噼啪啪"往桌子上搁,一盘羊肉,一盘牛肉,一盘卤鸡爪,还有一盘花生米,分量都很足。老板娘说:"热菜稍等一下,马上就来。"

蛋哥目送她出门,又说:"那个真老婆我看到过,邋遢、凶悍,如果天天来这里闹,客人会被她赶跑的。"蛋哥说着,给我倒上了米酒,"我们先动起来,老刀这个人没准点的,说不定临出门又要做手术,边吃边等他。"

两杯热米酒下肚,我的身上暖和起来,把外衣脱了下来。蛋哥说:"其实这里的老板就烧一个菜——红烧鲤鱼,别的菜在他眼里不叫菜,都是搭配送的,也不自己烧。你等下可以去看看,红烧鲤鱼烧完就摘了围揽,一个人在抽烟了,灶头交给老板娘,剩下都是她的事。"

"哦,这么有个性?"

"没办法,客人都冲着他那条鱼来的。他从来不记细账,一顿饭多少钱,都由他张口决定,他也看人头,可能一模一样的菜,两个人来是两百块,三个人来就变成了三百块。所以碰上计较的人,要跟他理论,问这个菜多少钱,那个菜多少钱,他嫌烦,这可能也是他不愿意接待陌生人的原因。"

我笑起来:"这买卖做得原始啊,不过挺有古风。"

蛋哥说:"你别说,就这么毛估估,也忙不过来。"话说着,门外果然来了一拨人,他们隔着玻璃窗朝我们的房间张望了一下,去了隔壁房间。蛋哥说,"这两间包厢数我们这间好,隔壁没有空调,只生两个煤球炉,暖和没问题,就是一屋子煤气味,得时不时地开一下门,不然有煤气中毒的可能。"

我笑起来:"这是冒死吃鲤鱼吗?被你讲得这么神,我得去看看。"

出了门，发现老板娘正在水池里捞鲤鱼，她戴着一副红色塑料手套，一只手提着菜刀，一只手拎着网兜，看准了鲤鱼，一抄就捞上来了。她看到我说："很多像你这样第一次来的客人都好奇，非得出来看。我们这里主要水好，挨家挨户都有水塘，养珍珠蚌，珍珠蚌的水塘里不能养草鱼，只能养养鲤鱼，这鲤鱼特别肥。"

我注意到了她手上的鲤鱼，果然漂亮，通体呈现金黄色，尾巴红得像鸡冠，身上的鳞片非常整齐，饱满而带着光泽，侧面的线条像画上去的，鲤鱼嘴上的触须肥厚而卷曲，感觉像从年画上跳出来的。

老板娘把鲤鱼往地下一掼，说："杀鱼有点血腥的，你看着不会不舒服吧？"

我摇摇头，用方言说："我农村出来的，杀猪杀牛看多了，眼睛都不眨一下。"

老板娘笑笑说："我们也不是所有鲤鱼都买，对个头有要求，一般两斤半左右的，鲤鱼超过三斤，肉质就粗，不好吃，个头太小也不行，都是细骨头。"老板娘杀鱼的手法极其娴熟，刨鳞片、剖膛开肚、挖下水，转眼间，洗好的鲤鱼就放在了砧板上。

这时候轮到老板披挂上阵了，他慢悠悠地抽了一口烟，把烟屁股弹出了门。在水龙头上洗了手，一手取过菜刀，另一只手拊在鲤鱼身上，那动作看上去极其温柔，仿佛在抚慰即将下锅的鲤鱼。再看那把菜刀，刀头已经磨圆，刀锋有了弧度，他的刀放在鱼背上，仿佛在辨认鱼骨，感觉就轻轻抹了三下，鱼背上的肉就顺着纹理裂开了，三条漂亮的斜纹，似乎每一条都贴着鱼骨走。

炉灶响起来，热油在锅里打着转，鲤鱼下了锅，被热烈的声音包裹住，鱼身随即被热油拱了起来。老板漫不经心地抖着脚，片刻过后，他颠起了锅，只见那条鲤鱼在空中不停地跃起，仿佛活了一般。几下之后，老板用勺子撒了料酒、酱油，盖上锅盖，煮至八九分熟，起锅。转而开始勾芡，那双手仿佛粘上了勺子，在空中转圈舞动，只剩重重叠影，转眼间，琥珀色的芡糊离开锅底，淋到了鲤鱼身上，薄薄一层，却异常均匀。香味从鲤鱼身上升腾起来，在厨房里四处游走。蛋哥仿佛掐着时间，一把拉开了门，对我说："还愣着干什么，过来吃了。"

我回到房间里，蛋哥说："他对你算客气的，一般陌生人站在旁边看，他会赶人。"我说："这也对，绝活最怕被偷学。"蛋哥笑着说："你这样子，一看就知道不是厨师，你以为人家傻？"

说着，红烧鲤鱼被端上来了。我暗暗惊叹，这老板果然有一手，煮熟的鲤鱼纹丝不乱，还是活着的模样，背脊朝上，身段自然弯曲，拗成一个S形，仿佛在盘中戏水。蛋哥早已按捺不住，举起筷子说："尝尝！趁热吃。"

我一直怀疑过于完美的东西，总想把它拆解开看个究竟，这种想法有点像那个朝蒙娜丽莎开枪的疯子。我把筷子伸了过去，刺入鱼身时，蛋哥在一旁大叫起来："你动作温柔点，吃相不能太难看。"我说："好看不顶用，早晚要进肚子的。"筷子的一端传来了鱼肉的弹性，一夹，那肉就一瓣瓣碎开来，确实是新鲜到了极致。我把鱼肉放入嘴里，它带了一点微微的辣，却盖掉了鲤鱼的腥味，再嚼，发现除了鱼的鲜美，还有一股淡淡的甜味。

第二筷伸过去，我的节奏慢了下来，因为我看到鲤鱼一侧的眼珠子没了，像被人剜去了。我看了一眼蛋哥，他正吃得津津有味，没想到他还有这童心，喜欢吃鱼的眼珠。我把鱼肉夹进嘴里，闭上眼睛，回味了很久。

老板娘看着我们，问："怎么样？"

我和蛋哥频频点头，我说："确实是我吃过的鲤鱼里烧得最好的，让我想起了小时候在水塘边玩耍的情景，纯粹，又有点淡淡的忧伤。"我这么一说，蛋哥在旁边咯咯直笑，老板娘也跟着笑，不过表情并没那么夸张，显然她挺受用的，紧缩的身形开始松弛下来，仿佛过了一场大考。

老板娘一走，我跟蛋哥说："你跟我儿子差不多，他也喜欢吃鱼的眼珠子。"

蛋哥愣了一下说："我没吃啊，谁吃鱼眼珠了？不过说来也奇怪，每次端上来的鱼都缺一颗眼珠，回回都这样，我怀疑是他吃的，厨师嘛，都好第一口。"蛋哥说着，朝门外努嘴。

我笑了笑说:"吃鱼眼珠,这爱好倒挺独特的。"

我们正吃得欢,老刀赶到了,他看着只剩半边的鲤鱼,一把抢过盘子,放到自己跟前,不许我们再吃。我们不禁大笑,多年过去了,他还是读书时的模样。读书时,我们一起吃饭,他也是这个样子,碰到中意的菜就霸占,别人要跟他抢,他就往菜里吐口水。我们提起这茬,老刀就端起盘子,做出要吐口水的样子,我知道这是表演,年少时总有各种各样的恶作剧会停留在记忆里,一部分就凝固成了永久的友谊。

这顿饭吃得热火朝天,中途,蛋哥上了一趟洗手间,洗手间在外面的野地里,开门的时候,蛋哥还算淡定,回来时已经缩成了一团,他说:"外面冷,比城里低好几度,好像要下雪了。"他的声音带着哆嗦,这让我们也跟着哆嗦起来。想想下雪天,为了吃一条鱼,受困于大樟树下,这顿饭忽然间就有了意思。

临近结束的时候,门被推开了一条缝,老板的头探了进来,他似乎很少主动跟客人打招呼,这让他看上去有些腼腆。蛋哥和老刀看到他,也愣了一下,连忙招呼他进来坐。气氛有点怪异,仿佛我们成了主人。他进来了,也不坐,看了一眼只剩一条骨架的鲤鱼嘀咕道:"吃得倒挺干净。"蛋哥说:"今天我好朋友来,能不能破例再烧一条?"老板说:"吃得不够是最好的,吃多了会倒胃口。"我们纷纷说,不会啊。老板却不松口,他说:"今天不烧了,下次想吃了,还可以来。"我感受到了他的固执,打了圆场:"老板说得对,吃成饕餮,图了个爽,其实未必真爽。"

老板看着我,突然很正式地说:"我想跟你谈谈。"

我有些愕然,问:"谈什么?"

他的神情一下子变得有些窘迫,支支吾吾了一阵,冒出一句:"你是文化人,应该对吃的比较了解……"

我笑起来,说:"别听他们胡说,其实我也是个俗人,为了一口吃的,专门寻过来,开了半个多小时的车。"

老板的脸上恢复了神采,他说:"这里的好多人都是从城里特意赶过来的,那个房间里的也是,每次都讨添头,遇上好吃的,就想一次过足瘾,我给他们掐着量。"

"您做得对,其实任何东西,过头了就是不及。"我说。

老板点点头说:"食物最早……是为了填饱肚子,往后才是为了吃好,吃好分好多种……你们大概吃的是情怀。"说着他自己先乐了起来,那颗像鸟窝一样凌乱的头缩在棉衣领子里抖动了半天。

屋子里的气氛欢乐了起来,老刀剔着鱼骨架上的肉屑说:"被你这么一说,这鱼的味道好像又好了一些。"他说着把鱼汤倒进了空碗里,盛了一勺子饭,拌起来说:"不能浪费,把每一滴精华都榨干净。"老板轻描淡写地说:"骨科医生动手术经常用锤子榔头,费体力,你多吃点,我不会说你。"

我看了看窗外乌黑的天,窗沿上传来簌簌声,好像真的下雪了。我问他:"为什么这么好的手艺要藏在偏僻的地方,而且定了规矩,只烧两桌?"老板笑了笑说:"不光你们吃的应该节制,我对烧鱼也是这个要求,烧多了难免失手,丢了门面,就违背了初衷。"我说:"懂了。"

蛋哥嬉皮笑脸地问:"听说你以前生活非常讲究?"

"听谁说的?"老板很警惕,他仿佛觉察到了这话背后不怀好意。

"据说你吃小笼包,一定要有一碟浸着姜丝的醋,炖鸡汤必须有几片火腿盖在上面,有这回事吗?"蛋哥笑嘻嘻地问。

"你跟我说是谁告诉你的,我就回答你,不然你得问说这话的人去。"

蛋哥笑笑,没有了下文。老板抹抹嘴巴,反击道:"记者这行当在以前也有,就是包打听,官方语言叫消息灵通人士。"我们都哈哈大笑起来。

本以为老板会拉开架势聊上半天,他却很快地离开了。我们又坐了一会儿,大概本来想聊一聊这个古怪的老板,可是终究谁也没说。仿佛在人家眼鼻底下,谈论人家,是件极冒险的事。

出来结账的时候,外面果然飘起了雪花,老板蹲在地上抽烟,安静得像个闲人。他看到我们出来,站了起来,蛋哥问他多少钱,他说:"老样子,付三百块算了。"我们会心一笑,老板接过钱,突然又从抽屉里抽出一张二十元,递给蛋哥说:"算了,看在你们这么远过来的分上,给你们打个折。"

一旁的老板娘正在清理水池，我看着她小心翼翼地把鲤鱼捞上来，养在旁边的水缸里，突然想起了我们那里的风俗，我说："这鲤鱼我们那里叫元宝鱼，大多祭祀用，祭祀完了，就放生了，好像我们那里的人不吃这个鱼。"

老板愣了一下，蛋哥和老刀奇怪地看着我，那一刻很安静，我立马意识到自己讲错话了，装作没事地往外晃。老板尾随了出来，我注意到他的表情有点恍惚，仿佛怀了一桩重重的心事，他一直把我们送上了车。离开大樟树，车子在荒凉孤寂的乡村公路上行驶，车灯前的雪花恍如精灵，迎面扑来，又惊慌失措地躲开了，我突然之间感到狼狈起来。

过完年，天气略微转暖的时候，蛋哥给我打电话，他说节目已经做好了，最后还是做成了一期，工作量可想而知，他说我录节目的时候大概没有对着话筒说，单是调音就把他累垮了。他问我要不要先听一听节目效果，我说不听了，这本来就是个任务，完成就好了。我的不屑让蛋哥有点生气，他说我不尊重他的劳动成果，这可是他的心血。我说那就听一下吧。他说，那么勉强就算了。你来我往地相互数落之后，我们又慢慢地客气起来。

我说，下次再去大樟树，我请客，作为赔礼道歉。蛋哥说，得换个地方了，大樟树已经不灵光了。我一惊，问他怎么了。他说他前几天又约了几个朋友去那里，老板竟然不烧鲤鱼了，搞得大家都很惊讶。老板娘悄悄地跟他们抱怨，说不知道他哪根筋搭错了，突然决定就不烧鲤鱼了，怎么劝都没用。大家都图他那条鱼去，不烧鲤鱼了，很有可能生意都逃走了。老板娘说，不烧鲤鱼了，总得烧点别的鱼，味道在他心里，逃不走的，只要他肯烧，失去的客人们还会回来的。他说，那就烧花鲢吧。

鲤鱼自此在他饭馆里绝迹了。一个厨师，放着绝活不用，去搞研发，这多少有点冒险。不过他那个手艺，烧花鲢问题也不大，蛋哥他们也吃了，确实也比外面的馆子好，但蛋哥他们几个都是吃货，一般的菜不入他们口，而且他们也不喜欢跟外面的比，就跟他原来的红烧鲤鱼比，首先相貌上就逊了一大截，鲤鱼多漂亮啊！那花鲢就一段，身上还都是叮满了蚊子似的花斑，吃着吃着，就越来越觉得不及他原来的红烧鲤鱼。还有，老板娘原先的一团和气也消失了，那天厨房里两个人拌上了嘴，锅碗瓢盆拍得火星四溅，这吵吵闹闹的氛围让蛋哥觉得有点扫兴。

　　蛋哥说，原来开车半个多小时去吃鲤鱼，还兴冲冲的，现在要先在心里衡量一下了，跑这么远的路，值不值得。我心里一颤，想到了我之前说漏的话，会不会是我引起的呢？让一个厨师发慈悲，这不是要人家命吗？他烧菜是要谋生计的呀。

　　我跟蛋哥说，不管怎么样，有时间了还得去光顾人家的生意，至少我觉得在大樟树下吃饭，这种体验不是哪里都有的。蛋哥说，要去没问题呀，你多回来几趟，回来了就带你一起去。

　　这之后，我也回过几趟老家，和蛋哥、老刀联系，也常把"大樟树下吃鱼去"挂在嘴边，可仅仅限于过过嘴瘾，并不付诸行动。每次，他们两个都很忙，尤其是老刀，手机得二十四小时待机，经常有紧急的手术把他临时召唤回去。

　　到了五月的时候，我跟蛋哥说："再忙也得去一趟了，夏天要来了。"当决定把一件事情搁在夏天去办了，我就觉得夏天会过得特别快，夏天一过，又得拖到下一年，而很有可能这之后都不会再发心去完成这件事。

　　蛋哥觉得我有偏执症，他总是希望老刀也能一起去。我说："如果下次老刀还没空，就不管他了，一定要去。"蛋哥说："好好好，陪你去发神经。"

　　随着大街上穿短袖的人越来越多，我挑了个周末回到老家。蛋哥已经等在火车站出口处，明晃晃的太阳让他眯起了眼睛，大蒜鼻尖上都是圆滚滚的汗珠，看到我出来，他嘻嘻笑着说："你真会挑时间，这天气我对吃的提不起一点兴趣，不过大樟树下避暑纳凉，倒是个好去处。"我拍拍他的肩膀说："别废话，走了。"

　　上了他的车，我问他后来去过大樟树没。蛋哥摇头晃脑地说："没去过，花鲢哪里不能吃？"我说："就不能再去看看那个老板？"蛋哥笑起来，他说："老板又不是美女，美女我都看不过来，还有心思去看一个老头？"

到了大樟树，发现和前次来果然不一样，那棵巨大的古树刚换好新叶，阳光下鲜嫩的树叶泛着淡淡的光。樟树下的石板上坐着几个老人，清一色黑得发亮的皮肤，他们聊兴正浓。一个老汉说他老表的孙子最近得了国家科学家奖，而且是特等奖。他说，现在国家对科学十分重视，科学是最要紧的，没有科学，再多的钱都没用。

蛋哥冲我笑笑，他说："没事了来这里挺好，听他们吹吹牛，奇思妙想什么都有。"我的兴趣并不在这上面，扫视了一圈，竟然没看到那两张小方桌，心里不免有些失落。走近饭馆，那块写着"大樟树"三个字的木牌还在，推门进去，里面有点黑。一个声音从里屋传来："吃饭吗？"紧跟着，老板就从里面走了出来，他看到我和蛋哥，笑了笑说："是你们啊！好久没来了，我刚打算睡会午觉。"

蛋哥脸上有了些许难为情，他岔开话题问："怎么就你一个人，老板娘呢？"

老板迟疑了一下，开始刷锅，他说："哦，今年生意不太好，她去厂里上班了，我一个人也够了，管得过来。"

蛋哥坏笑着说："我知道生意不好的原因，主要你不烧鲤鱼了。"

老板停下来，看了我一眼，我感到浑身都不自在。他说："我就是这样，决定了的事不会改，爱吃吃，不爱吃拉倒，都这把年纪了，不想将就人了。"

我连忙打圆场："你的花鲢没吃过，来一份让我们尝尝。"

老板的脸色缓和了下来，他走到水池边，捞了一条花鲢上来，问："这条怎么样？"蛋哥说："太大了，吃不完。"老板说："这是最小的了，我可以两种烧法，鱼段红烧，鱼头炖豆腐汤。"蛋哥露出了为难的神色，我赶紧应承下来，又问："可不可以搬一张小桌到外面大樟树下？那里凉快，我们想去那儿吃。"

老板面露难色，他说："以前也没人提意见，今年生意不好后，有人出闲话了，说大樟树下垃圾成堆，赚钱归我一个人，环境得大家来分摊。我一气之下，就撤了那里的桌子，再也没去摆过。"

那天，我们只好又坐到了包厢里，老板亲自来开了空调，他说一会就冷了。过了好一阵,我们发现那机壳发黄的空调也不太管用,声音大得像风扇,吹出来的气也不冷。老板进来看了看空调说,可能氟利昂没有了。他又把厨房的排风扇拿了过来,那家伙劲太大,吹得桌上的塑料餐布狂舞不止。蛋哥笑得岔了气,他说:"这不行,台风里吃饭,谁受得了!"最后只好开了窗户,老板又找来两把破旧的麦草扇,说只能这么将就一下了。

他忙得满头大汗,对我们说:"以前她在,也没觉得她多重要,离开了,我相当于折了一只手,什么都得自己来。有时候想把她叫回来,可生意没以前好,叫回来又是负担,真是两难。"

我说:"你还可以烧鲤鱼啊,各地风俗不同,拿别人的忌讳来限制自己,也犯不着啊。"他愣了一下,然后坚决摇摇头说:"不弄了,放下的不会再要回来,我就是这么倔强。"

那天隔壁的那间包厢一直都没人过来,蛋哥冲我眨眼睛:"说明不是我一个人口味挑,别人也挑。"我说:"味道不重要,我们吃的是情怀。"说实话,那天的花鲢端上来后,我也没有觉得味道很惊艳,可能是吃的人少了,花鲢不够新鲜,总感觉少了当初鲤鱼的生猛。蛋哥轻声说:"这家饭馆的牌子倒了,可能坚持不了多久就会关门了。"他唉声叹气地摇着头:"多好的饭馆啊,好端端的被自己折腾死了。"我也感受到了老板的艰难,他以前只烧一个菜,现在妥协了,什么都烧,洗菜也自己来,杀鱼也自己来,一个大厨师的架子都丢光了,约等于他的辉煌时代已经过去了。

我们潦草地对付完了那顿饭,从包厢里出来,看到老板在用抹布擦一个玻璃罐,玻璃罐是用来泡药酒的,器形还挺大,里面也没酒,灌了小半罐白色小丸。我们都见过人参、鹿茸、毒蛇啥的,这种比米粒大一点的白色小丸倒没见过,就问老板,那是什么好东西。

老板笑笑说,那不算好东西。他扶着那个玻璃罐说:"听说以前的刽子手每杀一人,都喜欢在刀把上刻一条纹路,杀到一定数量就收手了。我和那些杀人如麻的刽子手也差不多,不同的是,我是杀鱼如麻。"

我猛然间记起来,当时他烧的鲤鱼好像都被剜去了一颗眼珠子。我一凛,问道:"那是鱼的眼珠吗?"老板点点头,他说:"别看一天两条,时间会让人瞠目结舌。我有一天挪出这个罐子，想把发霉的鱼眼珠晒一晒，一倒出来，那数量吓到我了，成千上万的小眼睛看着我。我想，罢了，不烧了。"

回去的路上，我们沉默了好一阵，蛋哥嘀咕道："没想到他还记这个账。"我说："可能换谁都纠结，不光是他，连我也感到为难，到底是吃还是不吃？"

我以为他的事情到这里就结束了，没想到过了几个月，老刀给我打电话，他说："你猜我遇到了谁？"我一头雾水，问："谁啊？"老刀说："大樟树的那个厨师，烧鲤鱼的那个厨师。"

事情是这样的。那天，老刀接到了急救室的电话，说送来了一个年纪很大的老人，摔了一跤，伤得蛮重的，让他赶紧过去看一下。老刀赶到急救室，发现那个老人躺在担架床上一直在哆嗦，他看上去真的挺老的，像一片挂在树枝上的枯叶，感觉随时会飘落到地上。老刀初步检查了一下，好像他的腿骨、盆腔都伤着了。他赶紧开了单子，让家属陪着老人去做全身CT检查。

结果出来了，盆腔粉碎性骨折，腿部也有两处骨折，得动手术。没想到家属说，老人家再过一个月就满一百岁了，这样的年纪上手术台，下不下得来都是个问题。他们建议老刀给他保守治疗，减轻点痛苦就行，能熬过去是老人自己的造化，熬不过去就这么认了。

老刀说，农村里的人都很现实，他们觉得这么大年纪是该走了。老人有三个儿子，两个都走在了他前头，再说自己长命百岁，活成了妖怪，膝下的人先走了，老人自己也厌世，不想再多活了。

说归说，老刀还是担心真出事了，家属会赖上医院，就让他们签了承诺书，家属们也都爽快，干脆利落地签了字。老人在医院里住了一个多月，并发症出来了，陷入了昏迷中，只能靠呼吸机维持生命。老刀开了出院证明，让他们把老人接回家。家属不放心，希望老刀能一起送老人回家。老刀当时就急了，在医院好歹还有单位护着，去了人家家里，这事要赖他头上，就真说不清楚了。他毫不客气地拒绝了，后来家属打了个电话，不久后，老刀就接到了院长的电话，说让他陪护一程。老刀想推脱，院长说，这户人家都是通情达理的人，你放心去，不会有事的。

老刀后来才弄明白，老人的一个侄孙在当卫生局长，既然院长要求了，他只能硬着头皮去。临时充了一个氧气袋，挂在老人鼻子上。去了之后才知道老人的家就在大樟树，救护车拉着警报开进大樟树的时候，很多人都跑出来看热闹。

到了老人的家里，老刀说，氧气袋拔了，老先生就没了，你们自己决定什么时候拔，这个氧气袋也只能维持一两个小时。后来，他们商量着挑了一个时辰，老刀拔掉氧气袋，几个女眷象征性地哭了几声，还没热闹一阵就停了。

本来履行完分内的事，老刀也该回去交差了。没想到，老人庞大的家族都很客气，对老刀千恩万谢，非得留他吃晚饭。每一个人都对他说，难得有百岁老人这样的白喜事，这饭一定要吃。面对盛情相邀，老刀也被他们的热情打动了，就答应了下来。

老刀说，他也没事干，就坐在那里看大家忙忙碌碌，不时有人过来给他递烟，还陪他坐一会儿，聊几句无关痛痒的天。最有意思的是老人的家属都觉得气氛不够悲伤，喊来了一个专业哭丧的人。那个长得像一颗皱巴巴小土豆的人，问他们需要作为什么身份哭，他说什么身份都行，一个人一个价，儿子女儿最贵，孙子孙女次之，侄子外孙表亲啥的，价格再便宜一点，后来一盘算，发现老人的家族过于庞大，一一哭不过来，就只好作团体哭的打算。

老刀说，那场景有趣极了，老人周围围满了亲人，但他们都在看热闹。那"小土豆"披麻戴孝，跟老人的家属说，我先哭几声给你们看看。结果一开口，气势恢宏，氛围搞得很浓烈，老人的家属都很满意。有人看到"小土豆"脸上挂泪，问他："你真哭啊？眼泪都出来了！"他边哭边回答："没有眼泪，我是哭不出来的。"就这样，双方很愉快地达成了交易。

老刀就坐在那里，听那"小土豆"一会儿装儿子，一会儿装孙子，句句催人泪下，哭的内容五花八门，条理都很清楚，仔细推敲，也不见明显的漏洞。更绝的是，作为女儿身份哭的时候，他仿佛变了性，连声音都变得细细的，诉说衷肠的词凄楚婉约，唱得像戏文。

老刀本来想坐一会就走的，听哭丧入了迷，竟然一坐坐到了傍晚。

到了晚上，大樟树下摆了宴席，单是过来帮忙的人就凑了好几桌，老刀被家属安排在主桌，享受了座上宾的待遇。酒过三巡，不知道谁说了一声："应该让老庄来烧一条鲤鱼。"这个提议得到了大家的响应。有人说："老庄现在不烧鲤鱼了，不过今天是康太爷的大日子，应该可以破个例。"

有人跑去喊老庄，不久后，老刀看到大樟树的厨师被众人簇拥着过来，这次他穿得十分考究，簇新的厨师服，扎着厨师围揽，头顶上还戴着一顶崭新的厨师帽。他走进大堂，朝康太爷的遗体毕恭毕敬地拜了三拜，周围围满了汇聚过来看热闹的人。

老刀说，听说大樟树的厨师要重新掌勺烧鲤鱼，男女老少都出来了，感觉像一门失传的绝世武功重现江湖，大家都想目睹一下风采。

老庄还在做准备工作，有人就迫不及待地捧来了一条鲜活的大鲤鱼。他看了看，把鲤鱼接过来，抱在怀里还抚摸了几下。接下来发生了大家意想不到的一幕，老庄抱着鲤鱼一路小跑，在离大樟树不远的溪流里把它放生了。

众人纷纷错愕，老庄却回来了，他挽起袖子，问后厨有没有老一点的卤水豆腐。有人说，豆腐有的是，我们要看你烧鲤鱼，不是烧豆腐。老庄说："什么材料没关系，你们等着瞧吧。"

有人给老庄端来了豆腐，老庄说："太小了，得弄一板来。"马上有人给换了一板，老庄说，"再弄一盆清水来，旁边放着。"大家这时候才注意到，老庄带来了一个牛皮套，解开来，里面都是精光闪闪的刀具。

老庄把端来的豆腐往跟前一放，闭上了眼睛，众人都屏住呼吸，瞪大了眼睛看着老庄，不知道他要干什么。老庄突然双眼睁得滚圆，眼眶中熠熠闪光，他的目光都集中到了眼前的这板豆腐上，只见他手握刀具开始在豆腐上停停走走，时而细腻婉约，仿佛于大山溪流深处，拨动琴弦，时而万马奔腾，如百川汇流，翻腾入海。

过了半晌，众人反应过来，他是以豆腐为原料，在雕刻鲤鱼。刀具在水盆和豆腐间来回游走，愈来愈疾，感觉刀锋处有热流倾泻而出。那板豆腐顷刻间仿佛有了生命，一条鲤鱼的形状出现在了众人面前。

老刀说，当时有种错觉，觉得这条鲤鱼就是从老庄心里游出来的。众人围着鲤鱼纷纷议论，说雕得太传神了，尤其是尾巴，仿佛还在划水。

雕刻完鲤鱼，老庄又调了藕粉，把它淋在了鲤鱼身上，开了炉火，热了油锅，把那条"鲤鱼"放进了油锅，片刻后，"鲤鱼"出锅，通体金黄色，形状也更加立体。有人高喊："好！"众人纷纷开始鼓掌。

之后，老庄改用了平底锅，把"鲤鱼"放了进去，"忽"一下，火苗蹿了起来，老庄身上的血液仿佛也跟着沸腾起来，他的勺子在一排调味料中穿梭，每一下都如蜻蜓点水，拍入锅中后，不时有火焰蹿起，但也转瞬就熄灭。那些火焰仿佛出自魔术师之手，一明一灭，任由他掌控着，那条"鲤鱼"在各种变幻中滋生出神奇的香味。一阵眼花缭乱的烹饪后，"鲤鱼"终于出锅了，它摆在一口清水瓷盘中，形象呼之欲出。

但这并没有完，老庄又调了番茄咖喱酱，他仿佛化身为神奇的画师，用那把已入化境的勺子往"鲤鱼"尾巴上轻轻一泼，红黄相间的色彩恰到好处，一分不多，一分不少。众人暗暗惊叹眼前的景象。老庄又调上了黑芝麻酱，转眼间，从牛皮套中抽出一支细毫，蘸了黑芝麻酱，点了"鲤鱼"的眼睛。

至此，他袖子一甩，扔了细毫，大喊三声，颓然坐于地上。众人纷纷去扶他，却见他已伏在地上，抽动着双肩。

那条"鲤鱼"被端上了桌，被无数双虎视眈眈的眼睛盯着，但大家仔细一看，都噤了声，因为那条"鲤鱼"仿佛活了，它的眼睛炯炯有神，在瓷盘中看着大家。这会儿，叫好声也没了，嘈杂的环境安静了下来，谁也不敢先动筷子，就这么静静地对视着。

僵持了很久，人群中有人嘀咕："吃不得啊，太吓人了！"大家面面相觑，不知该如何收场。这时候，不知谁提示了一下，大家纷纷把注意力转到了墙上的康太爷，他正笑眯眯地看着大家，这一来一往，就把他和鲤鱼牵上了线。缓过神来之后，大家七手八脚地抬起那条"鲤鱼"摆到了康太爷的灵前。之后，人群才开始慢慢地活泛过来。

（原刊于《收获》2019 年第 6 期）

探照灯

宁 肯

东西生产多了就有残次品，怎么当心也没用，不当心更不用说。孩子多了也一样，豁子、斜眼儿、缩脖儿坛子、罗锅儿、走路画圈儿，都很自然。即便像我这样的小人国（侏儒）祖辈没有任何遗传不也照样生出了？我就不说了，我要说的是四儿。

四儿本来叫小四儿，被我们简化了。平时喊"四儿"他听不见我们才大声叫："小四儿！""你爸回来了！"四儿最怕他当翻砂工的爸，提他爸他就一激灵。四儿耳背，有人认为天生的，其实不是，虽然生在三年自然灾害，但一落生大眼、白净，属于合格产品，要是营养跟上是优质产品，只是学龄前一次脑震荡落下耳背的毛病。

不是聋子，远谈不上，就是听不清，老问。小孩子打岔很烦人，又不是七老八十了。听不清就得凑人家很近，有时凑到了人家鼻尖子底下，显出动物的表情，这时眼大也成了毛病，有了一个"大眼儿灯"外号。有一次我们院几个孩子在大个子屋门口议论探照灯,不知道探照灯为什么有一根最亮最粗,大鼻净张嘴就说:"最大呗!还用说。"大眼儿灯四儿凑到大鼻净鼻子底下:"谁他爸?"类似的例子多了。这还罢了,有时他问的问题十分古怪,跟他的大眼儿灯一样不知琢磨什么,譬如会问探照灯可以打飞机吗?哪儿和哪儿,边儿去。

每年一进九月就有探照灯。四儿数过有三十六根,我们谁也没核实,数不过来,数它干吗?探照灯明明暗暗,有的很淡,一会儿合起来,一会儿散开,一会儿分组交叉,一会儿整体成一个几何图形,又简单,又不解,还数它真是撑的。一般在九月十五号左右出现,但我们早早就开始仰望星空。真是仰望,个个都很肃穆。我们不知道康德,不知道李白,不知道牛郎织女。就是干看,有时你捅我一下我捅你一下,捅急了打起来,打完再看。

我们站在当院的小板凳上、小桌上、台阶上、窗台上,高高低低,有着几乎自然界的层次。有人还上了房,站在了高高的两头翘起的屋脊上。对于星星我们一无所知,月亮稍好一点,知道嫦娥,猪八戒调戏嫦娥,仅此而已,不甚了了。我们有着极大的耐心面对浩渺的星辰,说赤子之心真的不为过,真是赤子。我们等,直到屋脊上的人突然大喊:"探照灯出来了!""我看到了!""就在那边!"

哪边?我们什么也看不到,有人急了也去上房,蹬翻了东西,丁零咣当,就跟两只猫似的。

探照灯很怪,不一起出现在天幕上,而是一根两根地出,要出好几天,快到十月一日才出齐。但不管怎么说越来越多,院子街上任何有天空的地方都可以看到,屋里一抬头也能看到晃。开始几天我们最奇怪的是探照灯为什么不一起出?为什么要晃来晃去?很多图案什么意思?为什么有的特淡特小有的又特粗特亮?探照灯一出现各学校就开始练队,踢正步,组字,天上也是这样吗?

我们当然问不了这么多问题,一部分是四儿问的。排除打岔(已够烦人)有些问题根本无法回答,都不能理解他什么意思,简直拱火。没人搭理他,即使偶尔有回答也只一两个字。"是!""不是!"三个字的话就有肢体动作了。

"不知道！"

但四儿很快就忘记了被踹，继续问。我们也理解四儿因为听得一知半解、残缺不全而焦躁不安、难以控制——我们整天在一起还不知道。但是真烦，真腻歪，我们觉得他还不如聋了好，别人清静他自己也清静了。

经过认真研究，我们一致认为最亮的探照灯是因为离得最近。这当然不用研究，因为小芹早就说过这话。但我们都听五一子的，什么时候五一子明白了我们才明白，五一子一明白就有行动，这点是让我们最佩服五一子的，当天晚上他带着我们浩浩荡荡就去了四十三中。我们像鱼一样游入明晃晃的胡同，探照灯在胡同上空清晰地变幻出塔、栅栏、伞、柴，下面的胡同如同河流、北极巷、前青厂、琉璃厂西街、九道弯儿，我们如在透明的水底。我们穿过了平时不敢穿的九道弯儿，一出九道弯儿就到达四十三中的围墙下，往东走一点就是北门。那时巨大的探照灯就在我们头顶，扫来扫去真是壮观，像定海神针、金箍棒，我们激动得大声喊叫，说话，完全忘了四儿也需要。结果一看四儿，他也忘了我们，好像没和我们在一起，自说自话，对着天空，哇啦哇啦，哇啦哇啦，急了四儿就是这样，我们第一次看到，以前没见过。

四十三中和四中、八中没法比，但在我们那片儿还是鹤立鸡群。除此也没地方能放置这么巨大的探照灯。这样一来在平房的世界里，三座品形矗立的旧式教学楼远远高出胡同、青砖坡顶、阁楼拱窗、棕色楼廊，与胡同四合院完全不同，甚至与北京也不同。何况楼间还有篮球场，虽然斑斑驳驳、残残破破，但透着不一样的文明。再有足球场，简直湖泊一样，不同的是湖有树，足球场一览无余，加三座岛型的教学楼在胡同里就像高出地面的航母。围墙因此特别长，涉及了无数小胡同，电线杆不计其数。学校有两个大门，北门是正门，南门快到了虎坊桥，是南城最大一所中学。

没想到门口戒严，不让进，门口挤了一堆人。怎么也没想到探照灯和解放军有什么关系，探照灯不也是组字团体操迎国庆吗？不过一有解放军立刻接受，陡增了神秘。天天见提高警惕，保卫祖国，要准备打仗的口号，墙上到处都是，但总觉不着边儿，这下近在咫尺。尽管我们不知道探照灯从来就属军队，不知道苏军曾用一百四十架探照灯一字排开，对付德军，炮火之后探照灯骤然打开，德军全傻了，尽管我们完全不知，但此时感到了某种神秘。刺刀无声，寒光闪闪，尤其还戴着钢盔，是野战军，似乎战争就在今晚。更加渴望墙内，大门内，没办法，只好翻墙。

翻墙从来是中学生的事，不是我们小学生的事，一些四十三中学生不喜欢走门，喜欢顺着电线杆子爬墙，我们琉璃厂小学与四十三中斜对门，经常看到四十三中墙头上摇摇摆摆的人。电线杆子多数离围墙还有一点距离，但也有的好像成心，差不多贴在墙上。尽管如此我们——文庆、小永、大鼻净、四儿、大烟儿——也只能望墙兴叹，五一子、大鼻净真真假假狗急跳墙了几次都没成功，不到两米就掉下来。谁也没想到就在我们要离开时，四儿挂在了电线杆上。

我们停下来，笑，看着大眼儿灯似的四儿一次次土鳖似的掉下来，哄堂大笑。我们再次准备离开时，不容否认，四儿爬高了一些，这让我们犹豫了一下没走。四儿一边紧紧抱着电线杆一边蹬着墙继续，已不再像土鳖，像甲虫、蜘蛛，甚至越来越稳、快，超过了墙头，一跳站在了高高的足有两丈的墙上。

我们急切地在墙底下跟着四儿往前走，高声问四儿看到了什么，看到探照灯没有？四儿当然听不清，大概只能看到我们的口型。事实上根本没看我们，一直看着另一边，一定看到了什么。

他血淋淋的，衣服刮破了，脸、胸前、手臂都是划痕，有的在渗血。双腿更是。头两次掉下来时我们就已看得清清楚楚，看到了老电线杆的刺在他身上。他意识不到，好像不知道疼。也许如果他照照镜子会停下来，他的样子非常吓人。他摇摇摆摆，直走到一棵树边上，停下来，这是必然的，无师自通抱的，抱着树消失。

四儿很晚了才一个人回家，一回家就把家人吓坏了。一家人睡在一个大炕上，全都从被窝里瞪着大眼睛看着四儿，特别是上初中的姐姐和刚上学的弟弟，但是包括父母都半天没吭一声。四儿像刚从战场回来，像《邱少云》《上甘岭》《英雄儿女》里的人。四儿无比兴奋大声说着自己翻墙看到探照灯的经历。大眼睛的父亲披衣出了被窝，拿着镜子上上下下给四儿照，四儿看见了自己紧张起来，母亲给四儿慢慢上紫药水、红药水，像化妆一样。翻砂工父亲照完镜子，一掌掸过来，四儿应声倒下，一声都没有，好像睡着了。母亲继续上药，什么也没发生一样，更像化妆。

探照灯坐落在操场中心，四儿刚下来就看到那儿围了好些人，四儿不知道那些人都怎么进去的，不像是都翻墙进去的。"因为还有女的。"四儿的意思是还有地方能进四十三中。我们想知道探照灯到底是怎么回事，但第二天在大个子门口，四儿没讲几句我们就一哄而散，觉得也没什么就走了，只有我留下来。（我留下再正常不过，我是谁？）

探照灯是个军绿色的大铁罩，罩子放在半圆的铁架上，铁架下面有四个胶皮轮子，五六个解放军坐在不同地方各就各位，各司其职旋转探照灯，就像操作高射炮一样，一模一样。探照灯由三部分组成，灯面、发电的解放牌汽车、连接探照灯和汽车的五米多长的电缆，都是国防绿，汽车顶上还带着野战的网子。

无人倾听。我不算数。四儿找大个子讲探照灯的故事。大个子是个鳏夫，快要死了，奄奄一息。之前，大个子一直是四儿的唯一的听众，现在依然是。不仅如此，现在甚至会依然欠起身子回答四儿的问题，有时会被自身的声音击倒，大声喘息。大个子已经脱形，脸只剩下一条儿，眼睛呈粥样，如果不是因为大声喘息，跟死不瞑目一样。平时基本就是死不瞑目的样子，终日瞪着昏黄漏雨有古代山水的屋顶。

我们都觉得大个子很老了，总有一百岁了，但他实际不过四十岁，头发还黑，而且长，很多的头发都竖着，看上去好像刮着五六级风。我们都是孩子，所能知晓明了的事很少，尽管我们以前总泡在大个子屋却并不怎么了解大个子。不知道大个为什么叫大个子。他一点也不大，实际是个瘦小枯干的人。我们模糊地知道他是个"吃劳保"的人，在远郊区的一个保密单位工作。有人说是兵工厂，还有人说是618厂生产坦克的，反正不管是什么厂都挺棒的，但他是个废人——吃劳保等于废人，是所有人都知道的。

大个子住我们院里院一进口，类似我们院传达室，旁边是水管子，人来人往，洗菜倒水洗衣服都在这，是个热闹地方。家家都住房紧，唯大个子一人占一间屋子，每每发粮票的、收水电费的、核对户口的一进我们院就进了大个子屋，招呼都不打，早已习惯成自然。街道积极分子读报、开会、学习、发红黄绿蓝传单也一样，一声招呼院里人就都聚在了大个子的屋里屋外。大个子并不好客，但也从不拒绝，谁爱来谁来，鳏夫家如公共场所。人越多他好像越不存在，占一角，好像在别人家一样。平时还好，星期天或技术员小栾儿一来，他这儿聚的打牌的、下棋的、哼黄歌聊大天的、吐烟圈儿烟棍儿的都停下来，听小栾儿讲点什么。

小栾儿红脸膛儿，不喝酒也像酒后似的，真喝了简直如火如荼，满脸放光，这与他短鼻梁上的金丝眼镜很不协调。没人知道他和大个子是什么关系，有人说他在七机部工作，但七机部大了，有许多单位。也有人说他跟大个子一个厂子。这是比较一致的看法，只是小栾儿只称自己是大个子的亲戚，什么亲戚谁也不知道。这些倒都无关紧要，重要的是他常来我们院，我们院大人孩子没有不喜欢他的。他没架子，消息灵通，特别还会自己攒半导体。好像是尼克松走了之后开始流行一些以前没有的，像广播英语、半导体、热带鱼，但要不是小栾儿我们院一样也不沾边儿。小栾儿最开始攒的是二极管，接着就改成了三极管，从一个管两个管三个管一直到七个管，可以收听世界。敌台听到的就有莫斯科、美国之音，吓死我们了！不过小栾儿很是机警，一划而过，不算听敌台。然后是各种奇奇怪怪的音乐，一听就是靡靡之音，像猫叫。也有的非常震撼，像整齐的暴雨一样，又突然宁静。有的更怪，哪儿是音乐，纯粹号叫、嘶叫、摇晃，非常难听，甚至吓人。不，对我们来说根本不是音乐，就是声音，也不是自然界的声音，就是各种各样古怪的不可思议的声音。新奇过后，因为不理解很快忘记，也不再感兴趣。真正神奇的是小栾儿讲《基督山恩仇记》《第三帝国的兴亡》《梅花党》《绿色尸体》《李宗仁归来》《长江大桥》——林彪死敌如何谋杀许世友，许世友如何身体贴在房顶上，听到炸毛主席的计划……紧张得我们大气都不敢喘，只有四儿总是问这问那，而且非常固执，不管不顾，我们一次次齐声大喝"住口"，几乎要把四儿扔出去。

四儿也知道讨厌，但控制不住自己。如果四儿破坏气氛还是单一，我们的齐喝完全破坏了故事，相当于掼了桌子。有一次我们终于忍无可忍，几个人一起揪着四儿的耳朵把他揪出去，但是没用，四儿又像耗子那样钻进来，继续发问。小栾儿制止了我们，每次由他喝止四儿。"住口"——手指一点四儿，声音很轻，继续讲，效果很好。以致每每四儿尚未张口，刚要问，便被小栾儿点住——"住口"。

"……"

"住口。"

非常轻，幻觉一样，我们想笑但没时间笑，因为每每只像一道轻微的闪电，即使最紧张时也不影响故事氛围。如果说四儿是个例外，大个子也是。大个子从来不听任何故事，只是坐那儿抽烟，只要看一眼大个子你就已到了故事之外，就像小栾儿与四儿短暂的互动一样。区别在于：一个是瞬间，如缝隙开合；一个是如《金刚经》上的"如如不动"。当然大个子并不信佛，也不知《金刚经》，可以说我们院没人知道《金刚经》，除了标语哪儿有什么《金刚经》。但大个子事实上做到了《金刚经》。无分别之心。无所得心。无胜负心。无希望心。无生灭心。不，他完全不知道，如同石头有矿物质比如黄金，石头自己不知道。哪怕讲到专列就要被炸，但专列走走停停，不断叫人上来谈话，躲过了一次次的可能，太紧张了，即使如此，大个子也是如如不动，仿佛正在石化，或更深地石化。

房间像大多数人家一样简单，靠窗是一个大炕，对面一个小炕，中间是活动空间，对着两炕是一张深色长案，案两端略有点翘起，下面是两扇杨花门，门上的铜把手磨得很亮，一头已坏。一把太师椅，原本黑色磨出了斑驳的褐色木纹。大个子从不坐太师椅上，永远只坐在小炕的靠长案的一端的夹角里。案上乱糟糟的，竹坯暖壶、烟笸箩、扫炕笤帚、红太阳石膏像,破了边的茶盘子、茶碗、茶壶,茶壶嘴儿破损,渍着发黑的茶垢。每家都差不多,新鲜还是来自小栾儿,案上竟然有三个款式新颖的小半导体。有时两个半导体播着同一个台,"狱警传,似狼嚎,我迈步出——监——"

人越多大个子越不像主人,谁刚进来都不用跟大个子打招呼,事情都是双方面的,你越不像主人,房间就越没主人,越是公共场所。

四儿平时就泡在大个子屋,大声说着什么,并不非要回答,常常问完继续大声讲。别看四儿耳背,听不清什么,他一知半解知道得还真不少,乱七八糟甚至比我们还多。比如我们知道西哈努克、莫尼克公主、宾努亲王,四儿还知道朗诺集团。我们也听过朗诺这个名字,但不知道施里马达,真不知道四儿从哪儿知道的施里马达,可能是卡车的名字,但四儿说不是卡车是首相。朗诺是司令,莫尼克公主是法国人,"你说她怎么是法国人?"四儿问大个子,大个子说西哈努克也是法国人,干笑。不对,西哈努克是柬埔寨亲王,四儿说。大个子有时也有幽默感,极少,答不上来就瞎说。不能说大个子喜欢四儿,干笑或瞎说不意味着什么。当然,比起对别人已算难得。

四儿也一样,说不上喜欢或不喜欢大个子,反正事实上喜欢我们,喜欢五一子、大烟儿、小栾儿,包括父亲、兄弟姐妹,所有人,甚至于陌生人。非正常人都喜欢正常人,自身很难真正互相喜欢,但是没有选择。四儿除了上学睡觉,吃饭都端着碗到这吃,有时大个子也正在吃。四儿进来的第一件事不是和大个子说什么、问什么,而是打开半导体,声音放得很大,有时还打开另一个,选好台往大个子那边推推。新闻和报纸摘要节目,《沙家浜》,合起来那叫一个吵人。常有人路过进来斥责四儿,把半导体拧小或关上。谁都知道四儿开的,好像屋里只有四儿。极偶然的情况,大个子会在来人走后一一开开,声音放到最大。

两人的饭都简单,一个鳏夫对食物确切说没任何购物欲望,因此更简单。糙米饭、馒头、窝头,这些都差不多。不同的是四儿有菜,白菜帮子或萝卜条,偶尔里面有几根粉条。大个子就是腌萝卜老咸菜,哪怕吃最难吃的糙米饭也如此。四儿有时拨一点白菜帮子、粉条给大个子,大个子有时也会干笑，有时不。火炉子上永远烧着水，嗞嗞响。茶、烟，大个子主要就是活在这两样里，牙是黑的。

烟不离手，不是抽烟就是在卷烟之中。卷得很慢。报纸或随便什么纸撕成一条，折一下，在折纸上放上旱烟叶，一头粗一头细，在粗的一头拧上一个捻儿然后捻，捻瓷实之后用嘴一抿粘上，这样一是不易散开，二是细的一头嘬起来不致嘬出烟叶，点之前把捻一掐，齐活。第一口也是蛮舒坦的，最后总是让人沉思，这也是卷得慢的原因。周而复始，周和始都是最慢的。

如果不是小栾儿讲故事，或插队回来的人讲故事，总之，如果不是谁讲点什么新鲜事，四儿通常在乱哄哄的屋里主要就是给大个子卷大炮。别人在大炕上下棋玩牌，站地上聊天争吵讲点什么。四儿是离大个子最近的人却仍不能和大个子说点什么，因为屋里太乱了。四儿一支一支地卷，已经卷得很不错，有模有样，很多卷大炮的都不如四儿卷得好，但大个子从来不抽四儿卷的烟。四儿卷好一支等着大个子，一抽完四儿就举上去，但是没用。大个子慢慢撕纸，折，不可动摇地周而复始。四儿便放下，码好，码得非常整齐，像一排炮弹，也像大个子一样接着卷。如果屋里人少，只有两三个人、三四个人下棋玩牌，四儿才会跟大个子大声说点什么，两人好像不在屋里，在另一世界。

院里谁一时没烟了都会到大个子这里卷一炮，来不及就拿上四儿卷的匆匆离去。四儿不说什么，大个子也从不说什么。大个子的烟，劲儿非常大，新疆的蛤蟆烟儿，烟叶呈明黄色，一般都是深棕色。明黄上有斑纹，类似雪豹或某种豹。小栾儿每次送劳保也都带点蛤蟆烟儿，人们实在迫不得已才会跑这里卷上一炮。最初五一子、大烟儿偷着学抽烟就是在大个子这，每次靠墙，噎得翻白眼，大个子笑。他不仅牙黑整个脸都在变黑，越来越像"北京人"头盖骨。

就是说，此前的一切晦涩征兆，要是同春天开始的肚子隆起、眼睛粥样相比都不算什么，可忽略不计，尽管事实上，早在他是一个废人时死亡的征兆就开始了，非常漫长。那征兆和常人也差不多，看上去和死亡没什么关系。现在不一样了，紧张的肚子，粥样眼睛，既在膨胀又在融化，所有人都看出了什么，惟有四儿并未察觉。

虽然春天就有了苗头，但盛夏三伏天一切才一览无遗。通常一把蒲扇一条大裤衩过一个夏天，胡同的老少爷们大抵如此。四儿一样，大个子也一样。问题是大个子已非常不同，他应该穿点什么，盖上点什么。不，不能说大个子是成心，但和成心也差不多，终日躺在正对门靠墙的炕上，门永远开着。常有人顺手把门关上，四儿会开开，四儿不在的话，大个子会艰难地下炕，移到门前把门重新开开，有时还在门口站一会儿。不是展品，是他也不在乎。当然，他没展品概念。

没什么人再到大个子屋，除了大鼻净、文庆、大烟儿一阵风进来，一阵风出去，发出夸张的尖叫。"爆炸喽，爆炸喽，爆炸喽——"跑远。发粮票的、收水费的、核户口的都到了别人家，读报学习也一样选了别家。小栾儿照例来，也不复往日荣光。流传着一种荒谬的说法，大个子的大肚子、粥样眼睛与小栾儿有关。完全是胡说迷信，批封建迷信这么多年，到了还是迷信。

肚子的确太大了，一眼看到的不是大个子，而是肚子。肚子几乎占据了整个人，四肢和脑袋完全是两回事，与肚子好像毫无关系。上面蓝色河流，一块块岛屿，更小的密如蛛网的细流几乎透明，像蓝色的星球。四儿给大个子卷烟，大个子已接受。四儿的火柴划着之际，大个子有时会干笑，然后像火柴一样寂灭。

每次有两个医生给大个子导尿，每次都是两个女的，一个很年轻，一个白帽子下的头发花白。年轻护士居然没一点怯场，如同死人见多了一样，脱掉大个子的裤衩，摆弄生殖器，准备着器皿，毫不犹豫。生殖器像一截黑咸菜，简直不能说还是生殖器，花白头发的女大夫将管子插到黑萝卜似的尿道里，大个子竟然很敏感，异常痛苦，眼眶满是泪水。泪水比肚子还让人不解。但很快就幸福了，能看到大个子粥样眼睛迷幻的笑，一种花开般的温柔表情，透明的导尿袋黄色的液体汩汩流下。医生不会等着，不交代点什么便走了，第二天将器皿取走，包括尿袋。肚子没了的大个子一下显得那么小，孩子一样，粥样的眼睛一眨不眨，烟不抽了，那样子就好像一个人走了剩下一堆衣服。四儿不喜欢大个子一堆衣服的样子，还是喜欢山一样的大个子，布满河流和岛屿的大个子，星球一样的大个子，因为这时无论多么吃力、艰难，大个子至少肚子是有力的，人有时也显得精神矍铄，何况还能抽烟。说话虽吃力，但一旦说出特别有力，甚至没说出来吞回去都很有力。

"探照灯好大好大，有五六个解放军一起把着，转来转去，就跟把着高射炮一样！跟电影里解放军高炮阵地一样！"四儿对着"北京人"头盖骨大声说，"头盖骨"一次次挺着星球般危险的一碰就可能爆炸的肚子起身，又一次次被星球击倒，将话咽回，粥目直瞪。

"下面有四个大胶皮轮子，旁边有一辆绿色的大卡车，你知道大卡车干吗的？大卡车是密封的，为探照灯发电的，轰轰隆隆一直响！"四儿连比带画，伤痕累累的手臂，划痕，紫药水的脸颊，伤兵一样，轻伤不下火线一样。探照灯离发电的大卡车有几米远——四儿的观察力超过了常人，至少超过一个孩子。"有那么粗的一大根电缆连接，四十三中的电不行，必须专门发电，那么大的灯射到天上太亮了，这么大的灯柱里都是蚊子，密密麻麻，密密麻麻，还有扑棱蛾子、大甲虫、牛牛，什么都能照见肯定也能照见敌机！可是，可是我还是不明白为什么到了北京才发现飞机？要是在天安门才照见不就晚了吗？天安门广场有好多礼炮，礼炮能打飞机吗？探照灯能把飞机扫下来吗？"四儿有太多的问题，太活跃的想象，"你们保密工厂是生产坦克的吗？你告诉我是不是？到底是不是？坦克能打飞机吗？不是我们的卫星上天了，卫星上要是装了机枪能打飞吗？"

"不知道！！！"大个子使尽最后的力气坐起来，定住，粥目凸出，几乎悬空，一动不动。

四儿不知道什么是死人，继续大声问，神气活现，连比带画。脸和身上的紫药水闪着紫金，使他不像个孩子，但也不像巫、萨满，不知道像什么。大个子坐着死了，要是躺着死了兴许四儿还知道。

"探照灯照不到月亮,我看到好多次探照灯晃过月亮直冲着月亮,月亮也没亮一下……"

(原刊于《收获》2020年第2期)

玫瑰，玫瑰

张惠雯

1

当我开车行驶在车辆稀疏的缅因州高速公路上，任由风景在车窗两边流过，我仍有些茫然，在想自己为何要赴这么一个约。缅因州当然很美，梭罗曾把它形容为人间天堂。沿途尽是松林、明珠般的湖泊，以及遍布大西洋礁石海滩的粗粝壮美的海岸线……可这美丽对我来说未免太过静谧、空旷了。

我和她已经多年没有联系过。但自从微信产生后，无论是你想见还是不想见的人，早晚会通过那个盘错交织的网被连起来。于是，我收到了她的邀约。经由她的描述，我得知她先生在以风景著称的缅因州某地买了座面海的小山，他们在山上建了一座大房子。她邀我去看望她（尽管她邮件里用的是"我们"这个词），并且列出了她自以为能吸引一个写作者的所有东西：白色的面海的房子，私人的山林、海滩，散步时遇到的驼鹿，无人打扰的安静……它呈现在我脑海里，就像那些呆板俗套、毫无才气的风景画。在这想象中，引起我兴趣的不是景物，而是在那景物中索居的两个人。

  我和她是同一年考进大学的。在新生欢迎会上，我们互认了老乡。我们在同一个省份，但住的城市其实距离相当远，一个在该省的北边，一个在最南边。交往不久，我曾写过文绉绉的信给她，信里引用那句词："我住长江头，君住长江尾……"从地理上来说，这倒是真实的描述。她那时很漂亮，从脸庞到身体都洋溢着美好的温柔，使人想去亲近她。她有个和自己很切合的名字：秀钰。这种女孩儿总会很忙，何况她心灵也柔软。她忙着推辞这个、安抚那个。那么多的盛情，那么多的信件，那么多需要劝导的、受了挫折和伤害的年轻男人的心灵……可惜我只是这场热闹游戏的悻悻的观望者。很快，大家得知她和一个大三的男生固定了交往。那个男生也不是等闲之辈，他成绩好，是学生会干部，因为长相英俊还是众多女生心目中的"校草"。没什么悬念，校花和校草在一起了。毕业后不久，她随着这个男人出国了。而这个"校草"，就是如今发奋买下了一座山头的男主人。

  除了因同乡关系的往来，我俩并没有什么深交，可与她有关的一个情景却始终留在我记忆里。它发生在我俩坐同一趟列车回家的那个寒假。那时候火车真慢，我要坐十二个小时，她要坐十六个小时。大部分时间，我们被蒸汽机的噪声、频繁来往的食品小推车和污浊的气味包围在其中。火车在黑暗中行驶了很久，后来，车厢里灯光暗了，周围安静下来，鼾声、气息声像阵阵微风。不知道什么时候，她把头靠在我肩膀上睡着了，她的头发蹭着我的下巴，她那个柔软的脑袋让我内里产生了剧烈的震动。一开始，我的身体紧绷，但慢慢地，我让自己放松下来，单纯地享受着这样的接触，甚至也假装闭上眼睛，头歪过去，很轻地触碰着她的头。这让我心醉神迷，让我深受感动甚至有点儿莫名的悲伤。我想，这样都偏过头、头碰着头，就是"一对儿"的最温柔的含义。早上她醒来，这温柔的游戏也就结束了。如今，就像是这个游戏的回音，我开车行驶在陌生的公路上，往她住的地方去。

途经一个滨海小镇，我在路边小店吃了个龙虾卷，又驱车在小镇上稍微逛了一会儿。这个小镇幽静、安恬，却一点儿也不显得荒凉。从高岗上的公园，还可以俯瞰狭长的海湾。阴天，海水由近处的蓝铺展成远处的灰，泛着淡淡的银光，和天空、因映照着波光而微微发亮的长条的阴云融为一体。海湾里泊满了鲜艳的私人小艇、帆船，白色的桅杆丛立……此地风光的确令人心旷神怡，尤其在阴天的光线里，风景里少了那层浮躁的强光，多了一点儿阴郁的色调，使它显得更美。我想起她发来的照片里那栋白色的大屋，一栋高大气派但样式古板的房子，孤零零地屹立在松杉秀拔的山坡上。带着一种职业性的刻薄，我不禁猜测，她邀我前往是想向我展示她优越的生活、她的幸福满足吗？我这么想也许不怎么厚道，但我突然想到，我到她的家里去，大概就是要看看一切是否真的符合她的描述，我是怀着一个观察者、检验者的热情而来，这也许就是我此行的目的。

我向东又开了三十多英里，按照谷歌地图的指引，我把车转上一处山道。山下稀稀疏疏有两三户人家。而后，道路变窄了，我减慢车速，注意到在某个转弯处竖立着一个标志牌，注明"Private Road"（私人道路）。我猜想我已经进入她家的"领地"。山里的天阴得更重，高处白雾成云、层层叠叠。湿绿的冷杉顶端变成了墨色，和一条条雾霭交织起来，如水墨画。车又转过一个大弯到了山的另一侧，林中突然出现了一大片开阔地，一览无余的大西洋海景在我面前像画卷般打开。我想，这就是她每天看到的风景——仅属于两个人的风景。

2

我最先注意到的是那些花。对我这个植物盲而言，这些花看起来全都是玫瑰花，只是色彩各异。花儿密密匝匝地围绕着这个两层半的带阁楼的白房子，使模样平淡的房子有了些生气。

车转上车道后，我看见一个女人站在前面的门廊上。接着，另一个人从房子里走出来，两人一前一后走下玫瑰花簇拥的房前的台阶。下车后从近处看到他俩，给我的震动更强烈，以至于我难以自然流畅地说些久别重逢的寒暄。刚才门廊上的两个身影只是给我黯淡、迟缓的印象，从近处看，这两个人则显老得厉害。他们是我见过的所有同龄朋友里变化最惊人的。这不仅仅是指诸如发肤、皱纹那样表面的东西，而是难以形容的、从一个人全身各处散发出来的东西，一股暮气？一种全面的溃败、衰退？如果男人还只是一副普通早衰模样，她则简直变成了一个衰老、邋遢的美国村妇。她过耳的齐短发看不出任何精心修剪的痕迹，黑发里夹杂着过多的白发，变成了难看的、死气沉沉的灰发，和她身上那件陈旧的深灰色抓绒夹克倒是很相称。有些美国女人整天在园子里摆弄泥土、修枝剪叶，穿着宽松肥大的旧衣服和样式笨拙的鞋子，那不足为怪。但她是在接待一位客人，一个很多年没有见面、目睹过她盛年时候美丽的人！

我跟着这对瘦削的夫妇走向他们的大屋。男主人这时有点儿迟疑地问："没有带老婆孩子一起过来玩儿？"我说："我没有孩子，也没有结婚。"心里有点儿纳闷她竟然没有转告他我的情况。他听了略显尴尬。经过那些玫瑰花，我发现它们主要有四种颜色：深红、粉红、肉粉、白。我称赞花开得很好，男主人回应说，这些院子里的花都是老婆亲手培育的。"培育这些花需要花很多工夫吧？"我没话找话地说。"也不用，玫瑰花生命力很强，耐旱。到了冬天，把枝儿都剪短就行了。第二年春天，又会发很多。"她利落地说。我发觉她的声音也变了。

穿过那条放着一套藤编沙发和一张玻璃小桌的狭长的门廊，我们走进屋。对于我这个在波士顿住惯了小公寓的人来说，起居室大得惊人，而且，由于一整面面海的玻璃墙仿佛把室外浩渺的山海景观也吸纳进来，空间就显得更加开阔。我不禁赞叹了一番，说这是我在家居设计杂志上看到的那种样板豪宅。男主人谦虚地笑着，说缅因州的房价和波士顿无法比，这里买个靠山面海的豪宅，并不算太贵。

我们最后在那套红木中式沙发上坐下来，沙发靠垫上是红色刺绣图案。我已经发现，这房子外观虽然是美式的，里面的家具却都是中式的。

男主人说，他们的家具都是从中国用集装箱运过来的。"这里找不到满意的家具，样式我都看不上。"他说。"如果是中式的家具，那当然是中国做得好。"我附和他说。她劝我吃两个高脚果盘里的东西，一盘里盛着水果，另一盘里是坚果。餐盘是半透明的淡金色，仿佛琉璃，盘底和高脚上都雕刻着花枝图案。放在旁边的餐巾纸盒也很特别，外面包着一层宝蓝色锦缎，四边还缀着白色珍珠。

"这些小东西也是国内运来的？"我问。

"对，都是一块儿运来的。还有这屋里挂的字画、屏风……专门订了一个集装箱。"他说。

"窗帘也是国内订好运过来的。"她似乎提醒我注意她的窗帘。

我有点儿应接不暇，先抬头去看身后墙壁上那些画——传统的梅兰竹菊四页屏，另一面墙上挂着两幅书法卷轴。我想，以他们的财力，也许这都是些名家墨宝。他所说的屏风隔在我们所在的起居室和餐厅之间，大概有两三米长、一米半高。屏风上绣着一团团硕大的牡丹，他们说都是老苏绣师傅手工绣的。拢在两边的窗帘我倒看不出有什么特别，也许是真丝……但这些东西就和琉璃果盘、缀着珍珠的餐巾纸盒一样，总给我一种怪异的感觉。

过一会儿，因为要喝茶，我们从沙发那儿挪去餐厅。餐厅在那面玻璃墙的一角，刚好俯瞰他们那块儿私人海滩。八座椅的长餐桌上铺着一块蓝印花桌布，她拿出一套紫砂茶具泡茶。他们说，这把壶出自某制壶大师的手。我装作很感兴趣，但心里已经有点儿厌烦他们对这些物件的认真介绍。如果不是外面传来海浪拍击的声音，浩渺的大西洋风光就在眼前，人可能会产生错觉，以为自己是在某个展示中国工艺品的商店。桌布、屏风、托盘、茶具……我突然发现了那股怪异感觉的由来，因为屋里的这一切和它所处的地方、和我途经的缅因风光如此不协调！仿佛他俩在这片风景奇伟、浩瀚的土地上为自己建立了一个东方式的空中楼阁。

但最古怪的还不是这些器具和装饰品，而是那些无处不在的干玫瑰花！我注意到，在入门玄关处的小桌上、在我们刚才坐的沙发前面的红木茶几上、在悬挂的电视机下面的矮柜上、在我们此刻坐着的餐桌上，都有一大瓶干玫瑰花作为装饰。除此之外，茶桌和茶几上还另有一盘玫瑰干花瓣。我实在无法按捺自己的好奇心，问她为什么外面那么多新鲜的玫瑰花却要用干花做装饰。她说："我喜欢干花，干花更持久啊。"然后，她提到如何制作这些干花。她说，把正盛开的玫瑰花剪下来，用绳子扎起来，倒挂在廊下风干。风干之后，它变成干花，花瓣却不会散……"一定要用正盛开的花，不能用快开败的花。"她对我说。我发现她的态度里有股强硬、自信，这是过去的她所没有的。但和她现在的模样联系起来，这自信令我不解。

晚上，当我一个人早早地躺在堆满可厌的真丝床品（这床品显然也是跨洋运过来的）的床上，我已经后悔到这里来了。我的感觉不能说是失望，那是一种比失望更强烈的情绪。我不知道接下来怎么度过我答应他们在这里住的"一周左右的时间"。左边床头柜上放着一个青铜盘子，盘子里盛着她制作的干花瓣。我让自己靠大床的右侧睡，以免在睡意昏沉中打翻了她的盘子和花瓣。

3

他们遵循很健康的作息表，夜里九点准时休息。第二天早上，当我听到敲门声、拿起我的手机查看时，发现时间刚过了七点半。我想，他们大概六点多就起床了。我赶紧洗漱，匆匆跑下楼，解释说我昨天夜里看书看晚了。

非常健康的早餐，八宝粥、豆浆、煎蛋、烫青菜……没有咖啡。但我早上习惯喝一杯咖啡，否则整个白天都容易困倦。我只好厚着脸皮问女主人要，她皱着眉头说喝咖啡会上瘾，对我的身体一点儿好处都没有，如果我非要喝，她也可以给我冲一杯。我看着她打开橱柜、拿出一罐速溶咖啡粉。在这个坐拥私人山林的缅因豪宅里，他们甚至没有一个简易咖啡机。

好像这一切还不够乏味似的，早饭后，他们带我开车下山，说要去附近一个镇，那里有个华人活动中心。在车上坐了大约四十分钟后，他们脸上带着神秘兮兮的微笑，把我领进一个四壁粉白、地上铺着老式地板革的可疑的大屋子里。有一张长桌贴墙放着，还有一二十把折起来的折叠椅，整齐地码成两排，放在桌子前面。陆续有十来个中老年人进到屋子里。屋子原本相当大，容纳五十个人也行，但这些人走来走去，相互寒暄，声音嘈杂，空间立即显得拥挤起来。谜底揭晓：这是个华人聚在一起练太极拳的健身场所。我被他们以"作家"的身份介绍给拳友们。于是，不时有个好心人上来给我热情讲解太极的原理、中医完胜西医的神奇，以及他们自己在打拳过程中的领悟……我留意着她，发现她在这群老朋友中间显得和蔼了不少，竟然时不时冲我笑一下。我想，昨天她那种生硬的态度或许是由于陌生感。她上身仍穿着昨天那件灰色绒夹克，下面换了一条深蓝色运动裤。这身衣服倒是很适合太极拳。音乐响起，在高山流水般的丝竹之声里，大家开始打拳。她让我站到她旁边，跟着她学，说我学会以后每天早晚打一套，对我这种久坐不动的人尤其好……就当时的情况看，我一个人站在旁边观看似乎更加尴尬，于是，我只能跟着他们一起比画那些慢动作。真是荒诞的一幕！

过后，我们和其他三四个拳友一起在镇上吃午饭，听他们分享养生经验以及附近的华社风闻。看起来他们是老朋友，不仅练太极拳，还属于同一个华人教会。我发现男主人虽然看起来很谦和，但在这群人中，他似乎自然地具有某种权威性。谈话中，我得知男主人的生意是售卖一种用血虫（Bloodworm）制造的鱼饵。"血虫是什么？"我好奇地问，这个名字听起来实在有点儿诡异。他们很奇怪我竟然连血虫都不知道，说钓鱼的人都知道，它的样子像蚯蚓，粉红色，缅因海边泥滩里很多，是上好的鱼饵。"过去很多，搬开一块石头，或者随便一个小沙坑里，都能拉出条血虫，但现在少了，因为挖的人也多了，我们的采购成本高了不少。"他说。我在脑海里想象着他这个奇特的生意——捕捉粉红色的、像蚯蚓一样的海边虫子，制成鱼饵……不知道为什么，我想到她制作的那些玫瑰干花，二者之间仿佛有某种奇特的联系。在我沉默的片刻，他仿佛察觉到我的好奇心，说："我哪天可以带你去我的厂里看看。厂在巴斯，开车过去两个多小时，我一般一周去一次，有其他人管理。"

"不是他一个人的厂，他有个合作伙伴。"她这时补充说。

"不用为了我特别安排。"我赶忙说。

"这不需要什么特别的安排啊。"她说。

吃过午饭，我们又去超市买了些食物，然后开车回家。我仿佛已经度过了漫长、疲惫的一天，但时间其实不过下午四点。我的沮丧比昨天夜里更强烈，以至于我自责来此地确实有一点儿不那么单纯的动机，那就是对过去的她的一丝眷恋。在我之前的想象里，即使她到了这样的年纪，身上还是会保留着一点儿年轻时代的影子，或者至少有种中年女性的柔和风韵。将老的人总是对过去似乎发生过而并未发生的事格外怀恋，对"旧人"如今怎样格外好奇，就像要在日落前借着最后一点儿光线找回什么……当然，我绝不是抱着不良动机而来，如果确实如我的想象，我和他们一起生活的几天也会很愉快怡人。正因为这不单纯的动机完全落空，我才会如此懊丧。那么，就当是咎由自取吧。

车子开进山里，竟有种日色昏沉的感觉，也许是因为两边高大、茂密的森林遮挡了光。除了笔直、挺拔的冷杉，林中还错杂地生长着一些白桦树，树叶已露出即将变色的迹象，光洁的树干在冷绿的杉林里构成一条条闪烁而过的银白线条。也许再过半个月的时间，这些桦树的树叶就会变成金黄。如所有新英格兰地区的森林一样，地上铺着一层厚厚的、浅棕色的松针，深褐色的松塔散布其间。在这个地区，最美丽的就是树。

"看光线好像天很快就要黑了。"我说，想打破车里惹人困倦的沉默。

"这里天黑得早一些，"她淡然地说，"这里夜长，冬天也很长。"

开车的丈夫微微笑了一下，说："所以，在这里有的是时间休养生息。"他大概是抱着幽默的意图说出这句莫名其妙的话。

在屋里坐了一会儿之后，我告诉他们想去廊下看会儿书。我坐在房子门廊下面的躺椅上，等着暮色降临在这居所周围。门廊下是她种的玫瑰花。当你安静坐着不说话的时候，你更敏感，更容易闻到花儿的阵阵香气，仿佛它们在你周围轻微地呼吸。门廊对面的山林其实很美，尤其当斜照在那些高大松杉树梢的光线慢慢变换着颜色、角度，它如今看起来的确像梭罗所说的天堂般的地方。我想，若非不得不住在那个布置古怪的房子里、配合这对夫妻僧侣般的生活习惯，在这里住着倒是一件幸事。虽然我不是旅游爱好者，但我喜欢在林中散步，喜爱脚踩在厚厚的松针上那种温暖而微妙的触觉，在这样的森林中总会有很多小溪流，细得像根透明的带子，在厚积的落叶下面幽咽，无始无终。我喜欢风景处于居所的周围，或者说，人生活在朴素的风景之中。寻奇探险，这不是我的兴趣。因此，在去了美国很多地方以后，我仍然发现自己最喜欢新英格兰。我感觉我小时看到的明信片上的风景（画面都是起伏的绿野上的木屋、林中雪景、落满秋叶的大道……）就是在这一带的风景，因此它给我一种熟悉的、归家般的感觉。我此刻想起其中一张：薄暮的光线斜照进覆盖着白雪的松林中。我在它背面写了些自以为诗情画意的短句，送给了一个朋友。在我中学的时候，我们还有写日记、写信、过年赠送贺卡的习惯……

我走进屋里。他斜靠在沙发上，在梅兰竹菊下面稳稳当当地看杂志。她在厨房，我问她要杯速溶咖啡。

"这个时候？"她惊讶地看着我，"你不怕睡不着吗？"

"我不会。"我说。

"你一天到底要喝几杯咖啡？"她又问，一边拿电热水壶给我烧开水。

"至少三杯。"我如实回答。

"喝这东西一点儿也不好。你应该多喝汤多喝粥啊，代替咖啡。"她善意地责备我。

我笑了笑，不明白汤和粥怎么能代替咖啡，但与其辩解，不如耐心等待。

她舀了两勺咖啡粉到我的杯子里。过了一会儿，滚水冲进杯子，一股香味立即散发出来，即便是速溶咖啡的香味，也让我感到满足。

我回到门廊下去喝我的咖啡。玫瑰的芬芳在傍晚冷冽的空气里变得凝重。松林的光线由玫瑰色变成了辉煌的金红色。就在我慢慢喝完一杯咖啡的时间里，天空涂满一抹抹的深蓝、墨紫，林中布满了阴影，周围的景物慢慢隐入幽暗。台阶下面那些白日里摇曳生姿的玫瑰此时静默地伫立在昏暗中，仿佛具有了一点儿人性、一种更神秘的令人伤感的风姿。就在我失神的一刹那，光"哗"地亮起来，刺眼、令人着恼。我错愕地坐直身子，看见她从门里探出头，告诉我说外面光线太暗不能看书，所以她帮我把门廊下面的灯打开了。

"哦，我已经不看书了。"我说。

"是吗？今天晚上我们吃炖牛肉，快好了。"她说完闪进屋里。

晚餐时，他们开了一瓶很好的红酒。我们谈起往事，大学里的闹剧、共同认识的几个人……似乎终于打破了最初的生疏感，进入较为融洽的谈话状态。但就在我的兴致被激发出来，并且暗自希望感染他俩做一次敞开心扉的长谈时，她却开始查看时间。她不时看挂在墙上的钟，过会儿又瞟一眼手机上的时间。时间仿佛给了她强烈的心理暗示，很快，她就显得焦躁、困倦不堪，还用手捂住嘴打了两次哈欠。兴奋、回忆和酒精刚刚为她的容貌涂上的光泽顷刻间暗淡下来，她看起来老态毕露。在她身上，能被称为能量、活力、光彩的那些东西似乎全都消失无踪。我非常困惑，究竟是什么让一个美丽的女人变成这样？是什么无形中榨干了她温热的汁液？如果我之前到这里来的动机里还夹杂着那么一点儿不纯洁的东西，那么现在我对她的好奇心就仅仅基于这个困惑！挂钟指针一走到九点，她立即站起身，说应该睡觉了。而那个看起来对她言听计从的丈夫也随着起身，说明天再聊。

4

接下来的两三天，我基本遵照她严格的作息表行事。但我也婉告他们我有熬夜看书的习惯，无法像他们那么早起床。她于是不再敲房门叫我起床吃早餐。我大约九点多下楼，带着一点儿羞愧的神色，在餐桌一角坐下，吃她留给我的早餐。从那里望下去是几百米之下的、寥无人迹的海滩。她虽然不赞同我的习惯，但听到我下楼，她就会烧好开水，以便我能冲杯速溶咖啡。我想，我正渐渐融入了这种生活节奏，只要他们不大管我、不带我去什么乏味的地方。他们似乎也渐渐理解我不需要过多关照，所以尽量由着我一个人活动——在院子周围散散步、坐在门廊下面看书、到房子二楼的晾台上去……

有天上午十点多的时候，我说想一个人到林子里散会儿步。我指的是房子对面的、隔着路的那片树林。

"树林里有熊吗？"我问他。

"没有熊。你要是往里面走一些，可能碰到鹿、狐狸或野火鸡什么的。对了，还有小土狼，不过土狼不用怕，看到人就跑了。"

"你经常去林子里吗？"我问他。

"有时候去看看，但也不常去。"他说。

他又问："你打猎吗？如果你想打猎也可以，我有不同款猎枪，你可以去车库选一杆。林子里倒是有不少动物可打。"

"我不打猎。"我说，有点儿惊讶，看不出他会是个对打猎感兴趣的人。

"没打过？"他问。

"没打过，也不喜欢打。猎杀作为一种运动，我还是难以接受。"我说。

他咧嘴笑笑，像是对一个外行的宽容。

"我去走走。"我打算离开。

"我还是陪你一块儿去吧，要是秀钰知道让你一个人去，她会怪我的。"

"其实没关系，我不会走远的，就随便走走。"

但他已经穿上了外套。

"走吧。"他说。

后来我发现，和他一起散步也不是件坏事，他熟悉那些林中小径，而且，他并不怎么说话，默默地行走，目光温和地打量四周，留意着和我的步速保持接近，如果我问什么，他就给予解释。而当天下午，当她带领我沿着屋后的陡峭小径下去海滩时，就是另一番情景了。她一副直奔目标的样子，她的速度无形中催促着我。如果我不幸落后了一段距离（毕竟我对那些又湿又滑的小径不怎么熟悉），她就在前面站定，以一种不怎么温柔的眼光盯着我。直到我们终于下到海滩里，我才松了口气。

  那是典型的北大西洋礁石海滩，有一点儿粗沙，但主要是石块儿。被海浪冲上岸的大片海藻缠绕在石滩里，犹如墨绿色的头发，散发出强烈的腥味儿。这里的景色、气息都自然而粗犷，让人联想到年代久远的航海画、航海故事。她在靠近海边的一块高高的石头上坐下来，看起来有种凛然的气质。我发现，她和我单独在一起的时候，比我们和其他人在一起时显得更冷漠、严肃。她既不像解释他们的物件一样给我介绍周围风景，也不像教我打太极拳那样温和、耐心。她看起来甚至不愿和我说话。几天下来，我已经习惯了她不修边幅的模样，而就在这个时候，我看着坐在礁石上默然远眺的她，一个新发现击中了我。我发现她的生硬、严厉，有股负气的、带着某种扭曲的老处女般的怪味儿，似乎她决意收起温柔、保持距离、以一副冰冷带刺的盔甲保护自己不受男人的伤害。但这……又怎么可能呢？

  "你经常到这里来吗？"我问她。

  她转过头看看我，好像很奇怪我竟在这个时候开口聊天。

  "不常来。"她简短地回答。

  "这海滩很天然，我喜欢这种海滩。"我说，想把交谈进行下去。

  "是吗？我以为这里的什么你都不喜欢呢。"她很不客气地说。

  "你怎么会这样想？"我问。

  她没有直接回答我的问题，而是反问："你不觉得这里生活枯燥乏味吗？让你天天待在这儿，你不会觉得闷吗？"

  "如果长期住在这儿，也许确实会觉得闷。但我现在发现自己越来越喜欢这里，空气这么好，还有周围的环境、声音……"

  "什么声音？"

  "就是从早到晚那种徐徐不断的声音，我有时分不清楚那是海浪还是风吹松林的声音。"

她瞥了我一眼,说:"哦,真浪漫,我现在才觉得你是个作家。"

"你现在很会讽刺人,和你过去的样子完全不同。"我说,意识到这是这些天来我第一次提到"你过去的样子"。

"当然不一样啦,人怎么可能不变?"她说。

"我指的不只是年龄的变化。"

她沉默不语。

停一会儿,我问她:"我可以坐得离你近一点儿吗?"

她惊愕地瞅了我一眼,又迅速把头转向一边。"随便你坐哪儿。"她低声说,脸竟然红了。

我知道她误会了我的意思,但她这副模样使我更认定了刚才那个发现,也更加困惑不解。我解释说:"近一点儿方便说话,海浪的声音太大,听不清。"

她勉强笑了一下。

当我在一块离她较近的石头上坐下来,我们又陷入了沉默。我在心里琢磨着怎样解开那些疑问,而她大概确实没什么话要对我说。

这时,她突然开口说:"你要是觉得这里住得还行就多住几天……你往后随时都可以来住,但冬天这里太冷,出不了门,你肯定觉得无聊。其他时候你都可以来。这里写作、看书都很安静。你放心,我们不会打扰你。"

我不明白她怎么会突然发出一个热情邀请,但看起来她是诚心诚意的。以她的古怪,她不会也不屑于说什么客套话。

"谢谢你。"我说。

"晚上我们有个聚餐,你也一起去吧……不过,你要是不想去,也可以不去。"她以选择题的方式发出另一个邀请。

我答应一起去。

下午晚些时候,我和他们一起赴那个约会。在车上,他们告诉我这是三个家庭的常规晚餐聚会,这周轮到在一个女教友家举办。"我觉得你对这种活动不会感兴趣。"男主人说。我还没有回答,听到她说:"不一定非要感兴趣,就当去吃顿饭。""当然了,去也挺好,"男主人说,"我只不过是担心他去了觉得没意思、不舒服。""不会的。"我说,"我就当个观众。"

那也是个阔气的人家,晚餐桌上既有缅因龙虾又有鲍鱼,陈列着毫无用处的三种酒杯,蓝色的餐巾上套着银质的餐巾扣……我第一次看到他们在晚餐前虔诚祷告(我们在家吃晚餐时他俩并不祷告)。晚餐后,他们围成一个紧凑的小圈子做分享。

他俩倒不怎么打扰我,我希望其他人也不要注意到我这个局外人的存在。但作为善良、热心的教徒,看到了"新人",总会时不时关注、给予一点儿暗示和规劝。那几个人一再表示对我的选择的理解,但你其实能感觉到,他们实际上把你看作迷途不知返的羔羊,或者说是白痴。他们只需要用一个至高无上的存在,就可以解释所有艰深复杂的问题,而我信仰的东西在他们看来都荒唐得不堪一击……作为主人的女教友显然是这群人中的"领袖人物",他们叫她"刘姐"。刘姐衣着艳丽,妆化得很浓,只是有些俗气。在我看来,她更像个成功的传销人士:嗓门洪亮,巧舌如簧,言谈举止自带一种励志调调的煽动性。

我过去和华人教会的人也曾有过接触,所以并不觉得意外,我明白最明智的态度是不接受但也不去争论。有时你和好人们在一起也未必能有什么有趣的交流,但这不失为一个很好的观察机会,尤其是对她的观察。她好像无形中卸下了自己冷漠、傲慢的盔甲,暴露出自己脆弱善感的一面,像一只羔羊,全然拜服于上帝及其代理人的脚下。这些天来的第一次,我看到了她的情绪!她的情绪比任何人都强烈,别人只是有点儿感动,她有时则忍不住落泪。而在她落泪的时候,她那个一向谦和、稳妥的丈夫显出紧张的样子,他紧握住她的手臂,急促而小声地劝说她。

我们坐上车很久,她被感染起来的激烈情绪仿佛才平缓下来。她沉默地看着窗外,他则非常专注地开车,一语不发。我们像是沉浸在各自的冥想里。我越发感到困惑不解,但可以确定的是,他们的生活并非看起来那么简单、和谐。

夜里,我躺在床上毫无睡意。我打算再喝杯咖啡,然后彻夜看书。楼梯中间那盏玉兰形状的夜灯开着,发出黯淡的、奶黄色的光。在灯光变得更暗的楼梯尽头,我不得不停一下,让自己适应厅里的黑暗。在重重暗影里,这个厅显得比以往更大、更阴沉,像一片沉睡的荒漠。我摸到厨房里打开灯,用电水壶烧上开水。从厨房中间的操作台看过去,在光线微弱的楼梯左侧有一条小走廊,通向他们的卧室。那卧室想必也和这房子一样大而无当……我最初只是把他们当成一对枯燥乏味、以展示物件和富有为乐的夫妇,但这几天里,我不时从这里、那里得到一点儿难以解释的发现,仿佛晦暗不明的微光,证明我最初的印象是肤浅的。最后,这些发现的微光连成了一个小小的火炬,让我觉得凭借它我可以走过某条幽暗的通道,发现藏在这个深宅里的秘密。可是,话说回来,我为什么要窥探别人的秘密呢?我为什么在揣测、猜疑那扇门后面可能发生的事?我察觉到一种危险:我仿佛跳进了他们这个与世隔绝的、华丽而诡异的笼子,在这里,生活如此缓慢,时间如此漫长,连我自己也在变得怪异,变得毫无必要地敏感,睡眠比以前更糟……我想最好是尽快离开。

在我盯着通向主人夫妇卧室的走道陷入沉思时,如同幻象一般,她从房间里走出来,睡衣外面披着一件宽大的白色毛衫。

"你把我吓了一跳!你没睡?"我真的被吓了一跳。

"我睡不着,头脑里很满很满。"她怔怔地看着我说。

"是我把你吵醒了吗?我就是……下来烧点儿水。"

"不是,不是,和你没关系。我躺在床上睡不着,很难受。"她摆着手,背靠洗手台站住。

水已经烧开了,我犹豫着是否还冲咖啡。

让我意外的是,她说:"你要泡咖啡吧?给我也冲一杯。"

我告诫她说咖啡只会让她更加睡不着,但她执意要喝,说:"反正无论如何都睡不着。"

我们在餐桌旁坐下来。我曾向她描绘的那种"徐徐不断"的海浪或是林涛听起来比以往更宏大、起伏,泡好的两杯咖啡向上迂回地冒着薄薄的烟。她手扶住头,完全是一个被失眠折磨得痛苦无助的人。那件宽大的白色毛衫让她显得更加枯槁、单薄,仿佛一触即碎。如果最初她模样的变化只是让我感到震惊、失望，现在我却为她感到痛苦。那一大束作为装饰的干燥花，此时正把花瓣和短刺的细碎阴影投映在蓝色的桌布上。我觉得这是个适合告别的时机。

"我打算后天下午走。"我对她说。

她抬头惊愕地望着我，脸上甚至浮现出一丝苦恼的神情："这么快就走？为什么？"

"我也住了五六天了，打扰你们挺久了，回去还有一些东西要写。"

"你可以在这儿写啊，你不是带着你的电脑来的吗？"她说。

"有的事儿需要……"

她急促地打断我说："你要是没有急于处理的事儿，为什么不多住几天呢？再住两三天也行啊。"

我没再说什么。我觉得现在的她并不清醒，并没有从晚上分享会后那种强烈的情绪里挣脱出来，所以她才会半夜跑出房间，才会要咖啡喝……我们喝咖啡时，我不经意抬起头，发现她正盯着我看。她神情有点儿异常，焦躁、忧虑、紧张？我说不清楚那是怎样一种表情。后来，我猜到她大概是有话要说但又在极力控制自己。就在我考虑怎样使她放松一点儿时，主卧室的门又一次开了，男主人穿着睡衣快步走过来，一下子打开餐桌上悬挂的吊灯。我这才意识到我们只开着厨房的灯、坐在半昏暗里，这似乎有点儿不妥。

"我醒来发现你不见了。"男主人忧心忡忡地看着她说。

她看看他，嘴角牵动了一下，算是一丝笑意。

"她睡不着，也可能是我在下面烧水什么的把她吵醒了。"我说。

但他就像没听见我的话，又对她说："你也喝咖啡？要知道这样就更睡不好！"

我发现我被置于一个尴尬的境地，几乎成了教唆犯。

"你要不要也喝一杯？"我开玩笑地问他。

他似乎这时才意识我的存在，转过头对我礼貌地说："不用了，谢谢！"

我们俩仿佛默然地进行了一场"交接"任务，我道过"晚安"，把她留给那位神色凝重的丈夫，一个人上楼了。

5

第二天早上，我在睡意蒙眬中听到一声脆裂的巨响。我清醒过来，意识到那是一声枪响，但响声不在近处，而是从相当远的地方传来。很快，我又听到第二、第三声枪响，判断枪声是从对面林子里传来的。起初，这声音令我惊骇得无法动弹，简直毛骨悚然，然后我突然想起来，男主人说过他有打猎的爱好。我又在床上躺了好一会儿，再也没有听到枪声。

我从房子里走出去时，看见男主人坐在车库前擦他的猎枪。那是一把褐色枪托的双管猎枪。我并没有看见周围有什么猎物或血迹。

"一大早去打猎了？"我问他。

"好久没打了，随便打两枪。状态不太好，没打中什么东西。"他抬起头看着我，微笑着说，说完又低下头继续擦他的枪。他把枪托支在地上，开始擦那两根平行的枪管，枪管乌黑发亮，枪口向上。他皱着眉头，擦得专注而娴熟，这时候的他看起来不像个和善的教徒，更像个冷静的猎人。

她在院子另一侧侍弄她的玫瑰花，手上戴着园丁手套，拿着一把很大的剪枝刀。我猜想她在做一批新的干花。她站在花丛边缘招呼我，昨晚的情绪爆发仿佛净化了她，她看起来平静、温柔，像个老姑娘。

我拿了本书去林子里散步，但没有像往常走那么久，因为那层松针铺就的地毯有点儿湿，也许凌晨下过一场小雨。此外，我有点儿心神不宁，书也读不进去。我感到这个地方的气氛越来越令人窒息，我必须尽快离开。我想在动身之前查看一下这几天的邮件，于是早早结束散步回去。我在院子和屋子里都没有碰到他俩。我想，他们大概外出了。

因为没有人在家，我就关上房门，在房间里写邮件。过一会儿，我听见有人走进厅里的声音。我本来打算打开房门，和他们打声招呼，但我随即意识到他俩在争吵。我听不清楚争吵的内容，但从声调和频率上我感到那是一场相当激烈的争执。我担心现在出现可能会让他们尴尬，又担心不出现会被误解为偷听……就在我犹豫不决的时候，我听见前门猛地关上了。接着，我听到压抑、低沉的哭声，明白她还在客厅里。我一厢情愿地希望她会随后跟出去，然后我再找个合适的时机下楼。可我又听见她"噔噔"奔上楼来的声音，她的脚步声就在我房门外停留了一刹那。我的心"突突"直跳，因为门并没有反锁，她拧一下把手就能打开门，就能发现我这个"窃听者"。但她又更快地奔下楼梯。她"嘤嘤"的低泣突然爆发成放声痛哭，再次让我丧失了出现的勇气。我困窘不安地坐在房间里。她的哭声渐渐缓下去，变成了断续的呜咽。终于，我听见她进了卧室。

我又听了一会儿，确定她仍在房间里，这才悄无声息地打开门、下楼、穿过大厅。然后我声音很大地打开大门、在厅里四处走动、清洗茶杯、倒水，装作刚从外面回来。而她一直没有出现。后来，我出去走到门廊下。明亮的阳光照着空荡荡的院子，修剪整齐的草坪已经露出枯萎、休眠的迹象。在紧靠台阶右侧的那根廊柱上，倒挂着她早晨刚剪下来的两束玫瑰花。深红色的、天鹅绒质地的花苞紧紧簇拥着朝下，剪短了刺的茎被绳子牢牢捆绑。很快，强光和风会慢慢带走这些花新鲜的水分，完成她所谓的精心制作。

一辆陌生的白色奔驰越野车开进院子，在离房子很近的车道边停下来。出乎意料地，刘姐从车上下来。她戴着墨镜，头上裹一条金黄色、印满大花朵图案的围巾，像一位酷爱鲜艳色彩的阿拉伯阔太。

她热情而直接地说："作家你好啊！我过来给秀钰做辅导。秀钰她在吧？"

"她应该在房间里吧。我也是刚散步回来。"我说。

"哇，看看这些玫瑰花，开得真漂亮，我走的时候一定要摘几朵。"她没有立即进屋的意思，手扶住门廊的栏杆，观看那些玫瑰花。

"她怎么了？需要做心理辅导。"我装作不经意地问。

"哎，一言难尽。夫妻间的问题……这样的问题，教徒也免不了会遇上啊。"她看着我，神秘兮兮地说。

我们一起走进屋，她已经从房间里出来了。她俩寒暄了几句之后，她转向我说："我和刘姐需要单独谈谈，我们要到房间里待一会儿。"

"没问题，你们随便在哪儿谈都行，我刚好想去海边走走。"我说完，又走出客厅。

我并没有去海滩，而是在中途找个地方坐下来。除了海浪一刻不停的拍击声，周围一片寂静，仿佛能听见光线和墨云般的树的阴影在悄然移动。这个上午经历的一切那么紧张、充满戏剧性，以至于我有点儿因为神经过度兴奋而生出倦意。刘姐不负责任地泄露的有关这对夫妻的"隐私"，和这些天我所经历的事情里那些细微线索联系起来，让我感觉自己差不多得到了答案——他们中的一方没有生育能力，而另一方则强烈地想要一个孩子！到了这样的年纪，绝望可想而知……可直觉又告诉我，还有一些别的东西无法解释。我说不清究竟是什么，但就是那种蹊跷、怪异的感觉。

我从后院走去前面的时候，听到那个女人声音洪亮地宣布："你要记住，一切不切实际的欲望、一切心结的实质都是罪……"我走过转角处，看见两个女人在走廊下站着，像姐妹一样手拉着手。她们说在等我回来，然后一起开车出去吃饭。我问起男主人，她说："他厂里有急事，去巴斯了。"她看起来似乎心情好多了。可我觉得，那女人无非是给她暂时注射了一针镇静剂。

6

吃过饭，刘姐把我们送回来。我们又一起喝茶、闲谈，直到三四点钟，刘姐才离开。刘姐离开后，房子里只剩下我和她。我并不是那种怯于和女人单独相处的人，但经历了昨天夜里的事，我感觉尽量不要和她单独待在屋里，以免再引起她丈夫的误会。在刘姐离开之后不久，我打算出门，继续上午未能尽兴的林中散步。我对她说要去林子里走走的时候，她还坐在餐桌那边喝茶，不置可否。可就在我到楼上取了一件外套又跑下楼梯时，我看见她站在大厅中央——在那套大拐角沙发的前面。

"你不用躲着我。"她冷冷地说。

"躲着你？我为什么要躲着你？"我说。

可她不理会我的辩解，继续说："你不要误会。在我这个年龄，对那种事情早已不感兴趣！再说，一个女人，无论她过去什么模样，现在变成这个样子，恐怕喜欢过她的人也不想再看她一眼。我还是有这个自知之明的。"

她说完看了我一眼，眼神简直是一道寒光，饱含着蔑视。她突然这样直截了当地贬低自己、讽刺我，让我无地自容。

"不要这么说……人都会变老的。"我过一会儿才回过神，无力地说。

"你不是说过，不只是年龄的问题。"她咄咄逼人。

"好吧，我说过。我指的是你整个人给我的感觉变了，你的气质、性格……"

"嗯，你知道为什么吗？"她直视着我问，显出镇静的样子。她眼神里的寒光收敛了，腔调也不再嘲弄。

"不知道，我一直很困惑。"

她微微仰起头，做了个放松的姿态，说："我有些话想和你说说……你明天就走了。不知道你……有没有空？"

"我当然有空。"我说着，把外套扔在沙发上。

我们又回到餐桌那儿坐下来，但有一会儿，她低着头一语不发。我知道她需要时间，就站起来，又去烧一壶开水，泡上茶。我们俩谁都没有去碰茶，但它放在那儿，似乎就好一点儿，像一道安全的屏障。

"我的生活……唉，这些话真不知道怎么开口。"她凄然地笑了一下。

"不要急，只说你想说的，当我是个傻子。"

"当你是个傻子？"她又笑了，有点儿迷惑。

"一个傻子，一个哑巴，不会去判断你，也不会向任何人泄漏你的秘密。"我说。

"所以，你觉得我有秘密？"

"我想我大概猜到了。"我觉得我态度坦率的话能帮助她说下去。

"你猜到了什么？"

"问题是……孩子吧？你们没法要孩子。"

她看看我，似乎琢磨了片刻，才说："刘姐她们也都是这么想……"

"那么……我猜错了？我们都猜错了？"

"不是错了，那不是问题的全部。"她深吸了一口气，声音很低微却格外清楚地说，"问题是他有病，他一直有男人的那种病。很多年了，我俩没有夫妻生活。"

她顿了一下，似乎等我的反应。但我完全说不出话，甚至不敢看她。

她继续以一种平静、客观的语调说下去："结婚不久就有这个问题，一开始以为能治好，后来知道不行。"

"你们在学校时就恋爱了，你们……"

"啊，说起来你可能不相信，我们恋爱了三四年，但那时候从没有在一起。我们一起到了美国以后才住在一起的。他是个特别单纯的男人。"

"你发现了以后并没有离开他？"

"那么多年的感情，又结了婚……怎么能因为这个离开他？那时候是不会这么想的。"

我想：明明你是个特别单纯的女人！

"后来呢？"我问她。

"后来？"她茫然地重复着，"后来……就习惯了。"

但紧接着，她急促而又语无伦次地说："我不能离开他，我要是离开他他会受不了的，你不了解他，他自残起来太可怕了！他可能会自杀……慢慢就习惯了。而且，再也找不到像他对我这么好的男人了，可是……就是有时候觉得受不了，觉得自己太委屈了！我觉得自己像是没有活过，我的日子全荒废了，再也不会有孩子……啊，有时候我真受不了、受不了，我想对一个人说……你知道我信了教，我是个教徒，我知道这么想是罪，但有时还是……啊，求主宽恕我！"她极力支撑着的镇静破碎了，双手掩面哭起来。

我看到她的手被泪沾湿了，去厨房拿了一张纸巾递给她。除此之外，我还能做什么？我坐下来，仍然不敢直视她。在我眼睛的余光里，只是她灰白的头发、颤动的肩膀和湿漉漉的双手。我什么话也说不出，因为什么话都没有意义。眼前这个女人就像个殉道的人，愚蠢也好，固执也好，在这种带有惨烈意味的行为面前，任何劝慰、任何关于什么值得不值得的讨论都会显得肤浅、无力。

她起身去厨房水池那边洗脸，洗了很久。她转回来，苍白、浮肿的脸上又恢复了平静。她也是以一种平静的声调对我说，这件事她没有告诉过身边的任何人，她害怕伤害他，也没有人让她信任。"他甚至反对刘姐来家里做辅导，虽然我答应过，我绝不会对她说……"她进一步暗示。我明白她的意思，说我感激她信任我，并且保证不会告诉任何人。她说她之所以想和我说，还希望我作为一个作家能告诉她她做得是否对。

"我没有资格判断，真的。但如果我是你，我会离开，尽早离开！"我对她说。

"谢谢你，现在什么都太晚了。"她喃喃地、仿佛自语般地说。

过一会儿，她那张如死亡般静穆的脸上突然浮现出一丝笑容："不过，我不后悔。"

不知道为什么，这句话突然激怒了我。

"不后悔？为什么不后悔？是乐于自虐？我不能理解！"我说。

她瞪视着我，笑容宛如瞬间冻结了。然后，她站起身，近乎无情地说："你当然不能理解，你爱过谁吗？你都不愿意结婚！"

她说完果断地离开我，径直走去她的房间。我呆呆地看着她冷硬、极其瘦削的背影。突然，她转过身："你千万不能让他知道我告诉过你什么……"她说，神情严肃得可怕。

"你放心，我绝对不会。"我说。

过后我出去，一个人在林子里逛荡到傍晚。林中奇幻的光线，草木的馨香，你能感觉到的万物的生机，还有不远处那座亮起华灯的白房子……这一切让我感到从未有过的悲哀。周遭越美丽，生活越是显出它平静、有序的幸福模样，我的悲哀就越深！

我回去时，男主人已经到家。夫妇俩一起在厨房里准备晚饭，好像他们没有争吵过，他也没有出走过。

男主人又恢复了温和有礼的模样，在吃晚饭时向我道歉："本来说要带你去看看厂子呢，但我上午去林子里找你，没找到你，因为急着走……"

"没事儿，我去海滩了。"我撒了个谎。

听说我明天走，他很惊讶，劝我多住两天，说如果我觉得闷，他可以带我去海钓。

"不用了。"我说，"我不钓鱼。我是个没什么户外爱好的人。"

他微笑着说："其实这些都是瞎玩儿，闲着没事儿总得找个爱好。你们文人有更重要的东西想，不会无聊。"

我笑了笑，埋头吃饭。

但他又问："你还喜欢这地方？下午去树林里逛了很久？"

"这是个散步的好地方。"我说。

"你来了以后，我们这儿有点儿人气了。以前只有我们俩，还挺冷清的。周围毕竟地方太大了，都是树林。秀钰老怕动物进家里。我以前厂里比较忙的时候，她一个人在家，关着门，好几天不出屋……"

"我能想象。"我说。而我脑海里出现的是被大雪封埋起来的房子，位于远离尘嚣的大海边、山林中……真是一个完美的牢笼、漂亮的坟墓！

"我也想过把房子卖了，搬到社区里住，但秀钰又不愿意。她不大喜欢和人交往，觉得这里清静。"

"嗯，也许是清静惯了。"我不耐烦地说。

"她这个人其实挺念旧，特别怀念大学时代。自从我们搬到缅因，没有一个老同学来过，这地方也的确是偏了些。你这次能来，她特别高兴。"

我看看她，她在面无表情地低着头喝汤。

我希望他停下来，但他今晚显然谈兴很高："不过现在好了，生意稳定了。我尽量不过去，能待在家就待在家，好好陪她。"他说着，看着她温存地笑了。

我发现我很难和他若无其事地交谈，他那种克制、宽容、温情脉脉的样子让我几乎无法忍受。我想，好在这一切明天就会结束！

夜里，我敞开着房门，在屋里走来走去弄出些声响，希望她明白我没有睡，因此也许会再给我一个交谈的机会。可楼下一片死寂，再也没有人打开房门走出来。过了十二点，我放弃了希望。我不知道在黑暗中又躺了多久，她的神情历历在目。我陷入各种纷乱、感性的情绪中，后悔自己之前对她不够温柔友善，又渐渐希望自己根本就不曾来过……我就像做了一个漫长、诡异而又悲伤的梦。

天气预报第二天下午有雨，这给了我上午一早离开的借口。终于，我们走出那栋白房。仅仅一周的时间，天气转凉了，房前的草坪露出枯焦的迹象，林中有些树叶已经变了颜色，只有她的玫瑰还是那样：有些在怒放，有些在凋零，两束等待风干的玫瑰依然倒挂在门廊下……我有种错觉，感觉自己在这里住了很久，对这一切都非常熟悉，甚至生出一丝眷恋。在细微的雨丝里，我们站在车道边告别。她穿着墨绿色的毛衣，因为雨，一些湿润的发丝贴在额头和鬓角。她模样衰老，神情却像个女孩子——一个憔悴、失神、过早枯萎的女孩子。上车前，我以美国人的礼节拥抱了她一下。就在我们分开后的短暂对视里，我感到她有那样一种眼神，就像是她终于卸下了自己沉重的秘密，交付于我带走。之后，我的车沿着那条狭窄的沥青路开走了。从后视镜里，我看见男人返身离开，她还站在车道和马路的交叉口那里，不离开，也不挥手。我看着她的影子越来越小、越来越快地往后飘去，像一片被风卷走的枯叶。

（原刊于《收获》2020年第3期）

最后一天和另外的某一天

艾 伟

窗子很高，几乎直接抵在厂房屋檐下。窗外的天空飞过一群麻雀，发出叽叽喳喳的声音。天空寂静，鸟声惊心。这儿地处城郊，四周都是农田。窗子太高，厂子里的人没法看到农田和庄稼，只能看得见天空。麻雀成群结队出没。

早上六点钟起床铃准时响起。屋子里有十二个人，有六张上下铺的床。她们起床，穿衣服，然后开始折叠被子。被子折叠成部队那样方正，棱角分明。一阵忙乱后，十二个人都整理好了。房间寂寂无声。晨曦从窗外透入，房舍整洁，一尘不染。半个小时后，门打开了。有一个小时可以洗漱。洗漱的工具放在走道尽头的卫生间里。每个人的洗漱用具都放在那儿。俞佩华洗脸。卫生间东西各有一面镜子。一些人排队在照镜子。俞佩华难得站到镜子前面去。今天她有些想去镜子前看看自己，又害怕看到自己的脸。

方敏正在大门处等着她。方敏脸上没有表情，用惯常的不容商量的口吻说，今天你可以不去厂里。俞佩华低下头，没看方敏，她回答，还是去吧，最后一天了。

厂房生产一种模仿芭比娃娃的玩偶。她们不知道这些产品在商店出售时会贴上什么牌子。洋娃娃有三十厘米和四十厘米两种。三十厘米那种供幼童玩，服装艳丽，服装的领子和衣袖上夸张地镶着蕾丝边。四十厘米那种是给成熟一点的女孩玩的，橡胶身体有精致的乳房，穿上衣服后，俨然是个性感女郎了。工作台上摆满了手臂、腿、头部、身体、各种颜色的头发、眼睛和服装等。她们要把它们组装起来，成为一只成品的洋娃娃。

除了干活发出的声响，厂房里没人说话。工作是定量的，有数量及成品率的要求。她们要把一天的任务完成了才能上床休息。工作量大，要按时完成不太容易。那些新来的，手脚笨，更得抓紧时间。吃中饭也是狼吞虎咽，吃完就抓紧干活。俞佩华完成定额没任何问题，她在这里待了十七年了。

黄童童来了一年或者更长。俞佩华感觉她来很久了，好像一直在她身边。在这里时间变得特别漫长。时间又特别清晰，每一天她们算得清清楚楚，像用刀子在心里面刻了一道做记号。黄童童在俞佩华左边干活。黄童童长得很漂亮，有点像她们在制作的四十厘米那种洋娃娃。她以前的头发应该是染成棕色的，刚来时，她发端的颜色还是棕色的。黄童童有点傻，并且是个哑巴。不过不奇怪。到这里来的人要么特别聪明，要么特别傻。

眼睛是最后一道工序。洋娃娃没放上眼睛时，会呈现出骇人的表情。俞佩华想起黄童童刚来那会儿也是这个样子，目光里的恐惧深不见底，就像一只没装上眼睛的洋娃娃。

三十厘米的洋娃娃会说话，需要在身体里安装一个电池盒。黄童童正在把电池盒的接线焊接上去。这是最见功夫的一道工序。黄童童拿着焊枪，双手老是抖，焊了几次都失败。如果再焊接不上要成为废品了。黄童童以往不是这样的，她能准确地把接线焊接好。一年训练下来黄童童已是个熟练工。这不奇怪，只要安装超过一万只，任何人都可以闭着眼睛把电池盒子安装好。

黄童童终于安装好了。俞佩华松了一口气。

今天黄童童有些恍惚，做工时老是控制不住双手。她生病了吗？黄童童正在找她的镊子，可镊子刚才还在她的右手上，这会儿不知跑到哪儿去了。这是黄童童的老毛病。她老是丢三落四，找不到工具。俞佩华告诉过她，工具一定要固定摆好，熟练到"盲取"的程度。黄童童向俞佩华要镊子。俞佩华没把自己的镊子递给她，让黄童童自己把工具放整齐之后再干活。黄童童突然问，你要走了吗？这一年俞佩华学会了手语。她吃了一惊，她没告诉黄童童明天要离开这里。同宿舍的人是知道的，但她们都没有说起这事。一个人离去，她们的心会空一阵子。大家都懂这种心情，这种时候会绝望。不说出来就好多了。在这儿情绪越少波动越好，否则会麻烦。俞佩华没有主动提这事。一切像什么也没发生一样。

俞佩华没回答，看着黄童童，黄童童的目光凶巴巴的。或者不是凶，是恐惧。俞佩华一把从黄童童手里抢过那只玩偶，做起来。她看到黄童童盛玩具娃娃的盒子里没几只成品，这样下去，她将完不成今天的额度。难道她今晚不想睡了吗？俞佩华用手语告诉黄童童，让她把俞佩华装满洋娃娃的盒子堆放到号子处，并要她冷静一些。一百二十九号是俞佩华的号子。黄童童是一百三十号。中间的皮带上放着收纳成品的盒子。等到中午，皮带会转动起来，运转到另一个厂房质检。

我会来看你的。俞佩华用手语说。她刚做好一只四十厘米的娃娃。有一天，黄童童完成一只性感娃娃，对俞佩华说，我好喜欢，真想带一个回去。这是不可能的。俞佩华说，千万别偷偷拿回去，这不是闹着玩的。我以后会送你一只。

你不相信我会来看你？俞佩华说。黄童童没看她。黄童童的目光这会儿投向东边的高窗，天空上的白云一动不动。

窗外的太阳照在工厂的水泥地面上，缓慢地从西向东移动，快到中午的时候，太阳光束立在东边的墙边，好像白色的墙面拉了一层光幕。

厂子里有八十多人。从监视器里看，场面相当壮观。她们坐在工作台前，穿着同样的衣服，年龄各不相同，动作也有差异，但还是能找到一致性。她们面部没有表情，专注让她们显得更为机械。她们手上的洋娃娃,有的正在装配身体,有的正在穿上衣服,有的在固定头发。她们做好的玩具整齐地躺在工作台上。即便厂外的阳光很好,工厂的大灯依旧是亮着的。现在是夏天,大灯散发出灼人的热力,厂内的温度更高了。一些人脊背处渗出细密的汗珠。

陈和平一直观察着俞佩华和黄童童的一举一动。方敏忙于手头的一份档案。明天俞佩华要走了,俞佩华的相关文件需要归档封存。她寄存的物品不多,方敏已让人把物品放到一只简易的旅行包里。方敏复印了各种表彰的官方证明,方敏觉得俞佩华不一定在乎,但这些证明在她以后的生活中是用得着的。十七年里,俞佩华几乎年年都被评为优等。也就是说她在这儿没出过一次差错,没扣过一分。方敏查过并且熟知俞佩华的档案内容。在做化学老师时,她也是年年先进。可就是这样的人干出了那种事。

有一个年轻的女警进来,告诉方敏,她通知了俞佩华的儿子,她儿子说不来接。方敏点了点头,这在她预料中。来到这里后,俞佩华几乎谁也不见,儿子和母亲来看过她,她拒见。她的案子太骇人听闻。她难以面对亲人。她只见过丈夫一面,原因是为了和丈夫离婚。她没多说话,只说把她忘掉,因为她会在这儿待上一辈子,这对他们来说更好。没想到她能减到十七年。十七年在这里一成不变,外面发生了多少事啊。俞佩华的母亲这期间过世了。方敏记得,把母亲亡故的消息告诉俞佩华时,俞佩华并没有停止手中的活,好长时间没有抬头。电焊条冒着青烟,方敏担心俞佩华把焊枪刺入她的手心。

陈和平朝方敏这边望了望,继续看着监控,好像发现了什么秘密。陈和平问,俞佩华来这儿时儿子多大?方敏说,九岁吧。

方敏看了陈和平一眼。方敏偶尔会感慨,职业真是有着自己的生命方向,会带着人往某个方向长。陈和平虽然是方敏的同学,但他现在成了一位艺术家,这个年龄了,身上竟还带着一些少年气质。而她长久在这儿待着,整天板着个脸,大概这张脸已经面目可憎了。

方敏来到监控器前,看到黄童童一脸不悦地在搬东西,俞佩华也是怒气冲冲的样子。方敏说，我本来想安排你和俞佩华见上一面的，你来一趟这里不容易。

陈和平说，进你们这里确实麻烦，我手机被缴了，介绍信和身份证也押了，到这里过了三道大铁门，每次到你们这儿都有一种进了中央情报局的感觉。我看不出她们有什么危险。

方敏说，可不能小瞧她们，要是由着她们的性子，不少人可是致命武器。当然大多数人与外面的人相差没想象的那么大。

俞佩华今天拒绝休息，方敏有点意外，也有点不高兴。俞佩华违拗了她的指令。这是俞佩华第一次表现出同平常不一样的意志。不过方敏没往心里去，猜想这同黄童童有关。

这儿表面上有严格的秩序，一切井井有条，但只要有人的地方，都是复杂的。这儿暗地里比哪里都遵循丛林法则。方敏当然知道犯人们之间的勾当，既然无法根除这种人与生俱来的恶习，只要不露出水面，谁也不会去管。黄童童刚进来时是这丛林里的小白兔，很多猎枪对着她。她又是个哑巴，被欺还不会开口说话。她动手能力弱，完不成任务，好不容易做好几只玩具娃娃，在她上厕所时还被别人占为己有（上厕所是要申请的，并且只能上下午各一次，她们不能喝太多的水）。黄童童回来后大吵大闹。这很幼稚，也很危险，监控记录得一清二楚，事闹大会被罚处。俞佩华把黄童童叫到一边，让她从自己那儿拿走做好的成品。

黄童童心智极不成熟。在食堂做伙食的欺生（这女人是从她们中抽调到伙食班的），给黄童童打的饭和菜很少，黄童童一直处在饥饿之中。食堂的饭菜并不好，仅能维持生存以及劳动所需要的营养。荤菜比如猪肉不是每餐都有，有也只有那么一点点。黄童童终于失去控制，发泄了压抑已久的不满，把刚打的汤泼到那女人的脸上，烫伤了那女人的脸。这是露出水面了，看得见的错全在黄童童。黄童童因此关了一周的禁闭。

黄童童一周后放出来已不成人样。那地方谁忍受得了。她都有些疯疯癫癫了。俞佩华向方敏要求黄童童在自己工号边做工。方敏意识到俞佩华想帮黄童童。在这里，难得有人对另外一个人表现出同情心，光凭这一点，俞佩华就值得称赞。她同意了。这是俞佩华这么多年向方敏提的唯一请求。

陈和平一直盯着监视器，好像他今天有什么意外的发现。上次陈和平带来一位演员。应该有些年纪了，不过保养得很好，一举一动带着某种受过舞台训练的仪态，既自然，又优雅。陈和平说让演员来体验一下，深入生活对演出有帮助。

你剧本已在排练了？方敏问。

是的，效果意想不到的好。陈和平说。只要说起他的剧作，他就一点不谦虚了。不过倒也不讨厌，他灿烂的孩子般的微笑把"无耻"完全消解了。

什么时候首演？我想看看。方敏说。

陈和平拉住方敏，指了指监视器上的俞佩华和黄童童，说，她们看上去像一对母女。你瞧见了吧，这就是母爱。女人母爱泛滥是极其可怕的。要是主演看到这一幕就好了，她会受到启发。

你可以手把手教给她啊。方敏讥讽道。

方敏听陈和平讲起过他的一次艳遇。女方把他当孩子，源源不断的母爱让陈和平窒息。

吃饭时她们聚在一起吃。打饭的时候，俞佩华已经知道昨天晚上黄童童哭了一夜，同宿舍的人都被她烦死了。"你自己耳聋，我们听得见。""是你亲娘死了还是相好死了？哭丧啊。"同宿舍的人毫不客气。俞佩华这才知道今天黄童童做不好工的原因。俞佩华打好饭坐到黄童童对面。黄童童这会儿看上去蛮高兴的，她用手语问，你出去打算干吗？

俞佩华没想过这个问题。她想了好久不知怎么回答。她想起出事那天，她和儿子在看一场电影。要不是看那场电影，要是当时她在家里，母亲发现阁楼里的秘密时，就不会去报警，那就不会有后来的事，她还在过正常的日子呢。

想去看一场电影。俞佩华比画着。她的手语没黄童童打得漂亮，黄童童的手语带着表情，有情绪的时候，手语会变得快而有力，像飞快地做着某个决断。

黄童童的目光又转向窗外，好像有谁在召唤着她。她说，我恐怕这辈子不能在电影院看一场电影了。

这里很明亮，很干净。劳动成为她们生活的所有。她们会被集中在一起唱歌，唱歌时脑子一片空白。她们不让自己想事。每个人背后都挂着一个长长的暗影。在这里，谁都不谈自己是怎么进来的，奇怪的是过不了多久人人都知道谁干了什么事。黄童童杀死了自己的继父。继父欺负她母亲还欺负她。

如果活儿干得好，你可以像我一样，十七年后就可以去电影院了。俞佩华说。我到时候陪你一起看。她又说。活儿干得好不难，你只要照我说的做，一定能干好。她的手势停在 OK 的位置。

我不可能十七年就出去。黄童童说。

熄灯铃响了。大家上床。俞佩华没脱衣服，好像脱掉衣服睡觉的话，她会永远留在这儿。她没睡着，时间仿佛停止了。在这儿十七年，她从来没像今天晚上这样感到时间凝滞不动。好像不会再有黎明，长夜将永远留在今晚。这也是她愿意今天继续干活的原因。当然黄童童也是一个重要的原因。她很难想象这个女孩能够承受得了这里的一切，待上漫长的一生。想到黄童童吃饭时高兴的样子，她有些不安。

窗子没有窗帘。月光从窗子射入。月光像一把刀子，插入这间小屋。这个地方没有植物。这个地方不允许有任何遮挡物。有时候俞佩华会认为这个地方也是从地上生长出来的，是这片空旷田野里的另类植物。她们都睡了。在睡梦中，人就落入黑暗之中。如果她们还有意识，应该也是暗的。凭俞佩华的经验，在这里必须修炼到彻底的暗、彻底的无意识，才能熬过漫长的时光。黄童童做不到。在这不足二十平方米的宿舍里，俞佩华住了十七年，每一个角落她都了然于胸。门边上，她们每人有一个小小的格子，存放个人用品。那个地方存放的东西千篇一律。凡是明处的东西都千篇一律。人与人总是不同的。每个人都有自己小小的标记。在这十七年中，去了几个，也来了几个。新来的那人发现床板上刻满了字，是一句诗：哲人日已远，典刑在夙昔。曾为教师的俞佩华记得那是文天祥的诗，一句很励志的诗。不知道是走的那个妇女留下的还是这之前的人留下的，这次走的女人七十六岁了，她把漫长的岁月留在了这里，她竟在这个地方追慕圣人。俞佩华是上铺，她能看到斜对面那个女人。她已沉沉睡去。俞佩华知道她的床头贴着一幅幼稚的儿童画。不过平时用一块布蒙着。

走道上出现混乱的脚步声。在这里每个人都是警觉的。她们虽然一动不动，但俞佩华相信她们醒了。她们的耳朵一定竖了起来，辨析着走道上的每一个细节。如果能够，她们会让耳朵像手臂那样伸出去，以便听得更清楚。这里出事可不是好事，会殃及每一个人。俞佩华的心揪了一下。

黎明终究还是会到来的，也只有她这个彻夜不眠的人才会有那种不必要的念头。俞佩华看着月光在窗外的远处消失，看着晨光在窗外的远处一点点升上来。早晨的空气从窗外透进来，是夏天清冷的空气，有点儿庄稼的香味。俞佩华听说离这儿不远处有一片橘林。每年橘花开的时候，能闻到橘皮剥开时那种清香。终于，她听到了起床的铃声。

她洗漱完毕。方敏来了，面色浮肿，一脸憔悴。也许昨晚真的发生了什么。

她跟着方敏来到一间更衣室。她要在这里把身上的这套衣服换掉，换上自己的衬衣。这是一件十七年前穿过的衬衣，她怕不合身了。还可以穿。这十七年，她的身材竟没走样。幸好是夏天，可以穿衬衫。这些十七年前的外套根本无法穿了。

俞佩华看出方敏心情不好。她不敢问。她没资格问一位管教任何问题。她跟着方敏，向大门走去。她第一次看见那扇铁门。来的时候她坐囚车。现在，她得走着出去。方敏走得很快，到了铁门，她回头看了看俞佩华，神情严肃。俞佩华的心悬了起来，好像只要方敏改变主意，她就得回到那个地方。

昨晚出了不好的事，黄童童自杀了。方敏说。她偷藏了厂里的那把镊子，用镊子刺破了血管，幸好发现得早，没生命危险。要是死人的话，是大事件，监区会被究责。

俞佩华愣在那里，好像她的思维停止了运转。这感觉很像她出事那一天。

俞佩华收到一张话剧的票子。票子做得相当考究，比普通票子要细长，上面印着一张不知道谁画的尖顶房子，一半黑一半红。边上印着剧名：《带阁楼的房子》；座号：六排十三号。她猜想应该是方敏寄给她的。她不吃惊。在那儿，方敏告诉过她，有人准备以她的故事写一出戏。在方敏的安排下，她和作家见面。她没办法拒绝，在那儿，她没有任何拒绝的权利，她必须配合。只是她什么也不想说。那人戴着一副精致的黑框眼镜，笑起来依旧带着奇怪的孩子气，表情和善，至少没把她当怪物。她怀疑这么一个天真的人能写一出戏。作家在她心目中是鲁迅那样的形象，警觉、严厉、深刻，一眼可以把人看穿。眼前这个人，他的目光单纯，好像在他眼里，她是位天使。她不是。她是个罪人，法庭也是这么判的。这一点必须清楚。那天她没说什么，全是作家在自说自话，但方敏后来对她说，作家觉得很有收获，因为他握她的手时，她的手很暖和，比一般女性要暖和。这是一个重要的细节。作家是这么告诉方敏的。

现在住的房子是租的。刑期快到前的一个月，方敏问起她出狱后的打算。她不可能回老家。她让自己的亲人都抬不起头来，她不能再出现在他们面前，让他们平复的伤口再次被揭开。她想找一个地方度过余生。方敏主动提出帮她租房子。房子在北部城郊，房租便宜，合她心意。在里面劳作每月有五百元补助（前些年没那么多），十七年下来积下五万多块钱。汶川地震时她捐了二千元。其他的钱她没用过。在那儿她没任何消费，生活降到最低程度。

她很快找到了工作。她去了一家玩具厂。十七年的训练让她已是一位最优秀的工人。车间主任对她还算照顾，从来不问她的来历。民营小企业不关心你来自哪里。

有一天她突然思念起自己的儿子。她回了一趟老家。她不敢让人看见她。他们一定以为她将在牢里待上一辈子，人们见到她会吓坏吗？把她当成鬼吗？也许他们根本认不出她来了。她躲在家对面公园的一棵大树后面观察。儿子和她想象的完全不一样，她差不多认不出他来了，他面色苍白，看上去一副落魄的样子，脸上带着长期熬夜后产生的混乱气息。她后悔来看他。这应该早已料得到的。出了那样的事，同她有关的人都不会好过。她把他们的生活毁掉了。某一刻，她有冲动想站到儿子面前，告诉他，妈妈出来了。她忍住了。她不能这样做。那天她在大树后独自掉泪，待到天黑，然后安静地离开。最好装作是一个不在世上的人，这对儿子是最好的。不过儿子也许早已把她当成不存在的人了。

　　她不再想儿子。她更多想黄童童。她听说黄童童治愈后又关了禁闭。她写过信。黄童童没回。她相当忧心。她曾许诺过会去看她。当时黄童童不相信是对的。她没有勇气。那里的人都认识她，在她们眼里她或许不配以自由人身份到那里探监。她想，也许黄童童过段日子会回她信的。

　　这天是一个星期天，是话剧首演的日子。她收到票子时心里一直在斗争，是不是要去看。那是个噩梦，为什么要去面对它呢。她自己都快忘掉那档子事了。她起床，叠好被子，像在那里一样，她把被子叠得有棱有角。她有几次想改掉这个习惯，发现很难。另外她怕一旦改掉，她的生活和精神会垮掉，变得不可收拾。她最终决定去看戏。也许能见到方敏，可以问问黄童童的近况。

　　出门前她收拾了一下自己。她需要坐一个半小时的公交车才能到市中心。她坐在六公园的长椅上，看到西湖边游客摩肩接踵。一个中年男人走过时一直看着她，目光毫无遮拦。中年男人走了一段路，脚步慢下来，然后停住，往回转，在她坐着的那把长椅上坐下来。那男人说，给一百元，可不可以同他开房。她吃了一惊。这个男人怎么会往这边想？她吓坏了，马上站起来，几乎是逃跑的，样子十分狼狈。直到走远，她才回想刚才那一幕，有点无来由的兴奋。她竟有那么一点点后悔没跟他去。那人看上去不讨厌。她很久没有了。没碰过男人的身体。她几乎也感觉不到自己的身体。她努力把脑子里浮现的画面抹去，星星之火得尽早熄灭。她无法向另外一个人敞开。很多时候她更希望自己成为空气，别人看不到她。

在南山路的一个角落有一家不起眼的玩具店，很窄的一个门，店里很冷清。老板娘说她们卖的是高档玩具，不是地摊货。进去后，里面空间倒是挺大的，布置得很考究，每一个玩具都有固定的龛子，好像它们是供奉在那里的神祇。她看到绿皮火车、金色五子棋、红色的奥特曼、定量版金刚、微型恐龙骨架……在墙壁的空白处，挂着一些抽象油画，绚烂的光点和线条天真而随性。这时候，她看到在转角处有一只洋娃娃。她吓了一跳，那玩具同她做的几乎一模一样，四十厘米那种，棕红的头发，蓝眼睛，向上翘着的嘴唇，还有穿着的裙子，全都是她记忆中的模样。她最初本能地缩了缩身子，好像重回那个幽闭的监所。一会儿，她慢慢恢复了体力，伸出手去，把那只性感的娃娃从龛子里取了出来。这款产品，从她手中生产了成千上万只。她仔细辨别，是不是自己做的。

她拿起玩具娃娃闻了一下，好像那儿真的留存着她的气味或黄童童的气味。老板娘是个时髦的女人，奇怪地看着她的举动。我要这个。她说。她没看老板娘一眼。价格不便宜，一千二百元。她有点不敢相信。不管是不是那个厂子的产品，她没想到她做的娃娃值这么多钱。那她一年创造了多少价值啊！老板娘夸她有眼光，说这款娃娃是店里最畅销的，许多人都喜欢。老板娘开始替她打包。她说，不用，只要娃娃。老板娘说，这盒子多漂亮啊，免费的，为什么不要呢。她不再反对。盒子确实漂亮，也许洋娃娃放在这样的盒子里才这么值钱。她对老板娘说，我是做洋娃娃的，这种娃娃我做了无数个，数都数不清了。老板娘的脸突然沉了下来，说，我这儿的东西都是进口的，同国产是两回事。

从玩具店出来，俞佩华很高兴。她伸手摸了一下口袋，那张戏票在的。今晚她一定要想办法见到方敏，托方敏把洋娃娃送给黄童童。盒子必须掷掉，那个地方每样东西她们都要开包检查个透。她喜欢把一个没有包装的洋娃娃交给方敏，那感觉像是她刚刚从车间里生产出来一样。她答应过黄童童，会送她一个。她想黄童童会高兴的。她虽然不能把洋娃娃带进宿舍，不能抱着洋娃娃睡觉，因为洋娃娃里面有金属，会有安全隐患。但某些特殊的日子（比如联欢会），管教会允许她和洋娃娃待一段时光。

俞佩华抱着洋娃娃，盼着夜晚的降临。

方敏和陈和平早早坐在胜利剧院。观众陆陆续续地到来。方敏看出陈和平有些紧张，他应该在担心剧场能否坐满。要是空出一大块是很难看的。观众比方敏想象的要多，在开场前十分钟几乎满座了。陈和平又得意起来，对方敏说，现在看话剧是时尚，你应该多看戏才对。看戏的大多数是年轻人。方敏在前排寻找俞佩华的影子。俞佩华在第六排十三号。她在十排。她不确定俞佩华会不会来。在三分钟之前，那个位置是空着的。这会儿，那里已坐着一个人。她很快认出来了，就是她，端正地坐在那里，腰板挺直，好像在那里听一堂思罪课。方敏不知道她是什么时候进来的，她真的像影子一样无声无息。不过那地方的人都有点像影子。她想过去打个招呼，转念放弃了。这样或许会让俞佩华不能安心看戏。等演出结束再说吧。

对俞佩华，方敏怀着同陈和平一样的好奇心。方敏作为俞佩华的管教，和俞佩华相处了十七年，她在那里的行为堪称楷模，没有一个人能像她那样如此严酷地对待自己，不允许自己出一丝一毫的差错，这种意志力无人能及。方敏相信，这样的人干什么都能成事。另一方面，她一点也不了解俞佩华。她杀了自己的叔叔。九年后案子意外暴露。那时候她已结婚生子。她承认犯案，在法庭上详述了杀死叔叔的整个过程，并坦承当时神志清醒，但法官问她动机，她要么回答不知道要么沉默。在每一次的思过教育时，她发言全是判决书上的判词，只是加深了程度，并且表现出真诚和悔恨，从不涉及当年为何要这么干。陈和平采访她，也是这种态度。有时候方敏觉得俞佩华依旧是一个陌生人，是一个谜。这也是陈和平试图用戏剧的形式探索她内心的原因吧。方敏想看看陈和平怎么理解俞佩华。

七点半，演出正式开始了。俞佩华怀着好奇心看着女主角声嘶力竭地一唱三叹。她好久才认出她来，她见过她一面。一年前她跟着作家来过那里。她提的问题毫无逻辑，无法回答。看了一会儿，俞佩华断定这戏虽然有她的影子，但已同她没有太多关系，那演员演的不是她。她打了一个长长的哈欠。边上一个年轻女孩恶狠狠地看了她一眼。她打起精神装作专注地看戏。

方敏也很快得出结论，这出戏对俞佩华的故事作了全新的想象和拓展。职业也改了。戏中女主角父亲被人谋财害命。女主角和母亲相依为命。一年后，远在广州工作的叔叔住进了这一家，叔叔充当起父亲的角色。女主角对叔叔和母亲的结合非常反感，并怀疑父亲的死与此有关。有一天，女主角洗澡时，叔叔意外闯入，虽然叔叔看上去是无意的，但女主角认为叔叔居心不良。

女主角有一个邻家妹妹，是个哑巴，她喜欢在屋顶攀援，满脑子幻想。夜里，哑巴妹妹来到女主角房间。哑巴说（手语配字幕），我梦见你爸爸了，她同我说，他是被叔叔杀害的。女主角相信这是父亲托梦给哑巴妹妹。看来她的怀疑并非无本之木。哑巴问，要真是这样，你打算怎么办？女主角说，我会杀了他。在舞台的暗处，叔叔听见女主角和哑巴说的话。女主角出门时，看见叔叔匆匆离去的背影。女主角感到不安。

女主角在硫酸厂工作。叔叔和母亲结合以及背后的阴谋开始在厂里流传。有同事拿此事当面嘲笑女主角。女主角像豹子一样扑过去，掐住那位同事的脖子。有人拖开了女主角。女主角告诫所有人，要是有人再敢造谣，再敢胡说八道，她会把硫酸泼到他脸上。话说得狠，但女主角看上去很无助，她蜷缩着抽泣起来，浑身打颤。

方敏看出来，导演是用日常化的方式处理戏剧性，舞台平和沉静，某种悬疑氛围又让观众感觉到不安。演员显然完全没有做到导演想要的，表演略显夸张。音乐不错。她没把感受告诉陈和平，免得他笑话她这个外行。

女主角的疑心越来越重，变得疯疯癫癫。女主角发疯的戏演得好极了，每一句话都像胡言乱语，可句句都如利剑刺向叔叔。叔叔认为侄女得了疯症，在母亲的恳求下，叔叔把她送往精神病院治疗。

此时，整个剧场鸦雀无声。观众沉浸在某种悲剧氛围之中。六排十三号的俞佩华一如既往地挺直腰板，这个动作坐下后没有动过，仿佛她是一尊雕像。方敏想，如果剧场里每个人都如俞佩华这样，演员会崩溃。

演出继续。女主角从医院出来后回到硫酸厂工作。她变了一个人，沉默寡言，独来独往。她恨叔叔，残忍地把她送进疯人院。他们用各种仪器对付她（她没病不肯吃药被电击过）。现在女主角坚信是叔叔杀死了父亲。叔叔不但占有了父亲的财产还占有了母亲。接着女主角又遭受了一次打击，她十分喜欢的哑巴妹妹，在一次攀援中意外从屋顶落下摔死了。对哑巴妹妹的死，女主角怀疑是叔叔所为。

一天，家中无人，叔叔喝醉了酒来到女主角的房间，叔叔酒气熏天，说侄女冤枉他，他为这个家操碎了心，可侄女从来不感谢他，还……叔叔悲伤地哭泣起来。女主角用早已准备好的二十颗安眠药放入开水中，递给叔叔。叔叔拿过杯子，仿佛得到巨大的安慰，悲伤地哭了，口中说，我的好侄女，谢谢，谢谢你接纳叔叔，然后一口喝掉开水。在安眠药的作用下，叔叔睡死过去。女主角用一根电话线勒死了叔叔。她把叔叔拖到卫生间浴缸里，把她从硫酸厂搞来的硫酸倒在叔叔的尸体上。在舞台上冒出一股白烟……

女主角：没流一滴血，他就死了。（她看了看上苍，好像爸爸和哑巴妹妹正看着她）看到了吗？这个魔鬼已化成了一股烟。不过，还有几根白骨，可是我的硫酸用完了。（突然失声痛哭）我杀人了，我做得对吗？为什么你们沉默不语？也许我真的生病了，我总是心神不宁，妈妈说我已疯了，邻居也说我神志不清……（慢慢平复，自语）我还得处理这几根残骨……等等，我想起来了，我房间有一只盒子，我把残骨放在盒子里吧……

方敏研读过俞佩华的案宗，剧中杀死叔叔的场景，除了对话，其中的细节和俞佩华在法庭上的陈述完全一致。从开场到现在过去了一小时，应该还有差不多一半的戏。叔叔已经死了，下面会发生什么？叔叔的突然消失，母亲非常伤心，疑虑重重。邻居们倒是没感到任何奇怪，他们都带着嘲讽的口吻说男人抛弃这家子回广州了。

故事的转折来自父亲案子的破获。父亲是被另一个人杀死的，警察抓到了那个人，那人也招供了。这件事震惊了女主角。这么说她无缘无故杀了一个人？难道是她错了？难道是因为她不能接受叔叔和母亲的行为，把想象当成了事实？难道当年自己真的因为失心而疯魔过？也许这就是她被送往医院的原因。

愧疚感开始折磨女主角。母亲又念叨起叔叔，对女主角说，我知道你不喜欢他，但你生病时，他每周来医院看你，只是你不肯见他，他很伤心。他如今在哪里？怎么把我们抛弃了呢？

戏开始向高潮推进。女主角再次在楼道口对着阁楼祭祀。这一场面震撼了方敏。舞台的灯光是红黑两色。黑的这一方是女人，红的是阁楼。舞台上只有女主角一人，她烧了很多纸钱，然后高举三支清香，说出大段台词，台词里面纠结着痛苦、悔过、悲伤和恐惧，她被抛入万劫不复的深渊里挣扎。那被灯光打成红色的阁楼里突然传来叔叔的声音：可怜的侄女，你把我放在阁楼，你在你的头上悬了一把剑啊……

方敏落泪了。陈和平转头看她。她有点不好意思。

终于到高潮阶段。左邻右舍都在传说这间带阁楼的房子是一间鬼屋。母亲变得疑神疑鬼，她决定请来道士，在屋子里做一场法事。

一帮道士穿着道服在舞台上跳着阴森的舞蹈，嘴中念着咒语。咒语伴着音乐，仿佛这咒语来自另一个世界，既神秘又悲悯。其中一个道士手中握着一把宝剑，剑刃闪出寒光。道士的剑突然向上一指，轰的一声，阁楼上掉下一只盒子。母亲打开盒子，昏厥了过去……

方敏看到六排十三号的人站了起来。俞佩华退场了。这一行为可以理解为她忍受不了内心被人窥探，也可以理解为她不喜欢这出戏。方敏很想跟她出去，问问她看戏的感受。戏还没结束，这样做显然不合适。她看着俞佩华穿过黑暗的剧场，消失在剧场的门口。

尾声。舞台的布景中间出现一块电影屏幕。女主角和儿子坐在舞台上，从舞台的环境可以看出两人在看一场电影，播放的是《东方快车上的谋杀案》。

剧终。剧场里响起热烈的掌声。接下来是演员谢幕的环节。舞台上大灯亮起。主持人开始一一介绍并感谢演员以及主创。首先演员们依次上台谢幕。有观众献花给主演。最后是导演登场。编剧原本是不用上台的，但主持人一定要陈和平说几句。陈和平客气了一下上台了，他没多说，只感谢了一个人，他没说出名字，大概只有方敏听出来他在感谢俞佩华。可惜俞佩华已经走了。在舞台光耀下，陈和平显出和平常不同的风度，举手投足很有艺术家风范，且不做作。方敏有点刮目相看了。在主持人的鼓动下，观众的手机成为一支一支的光棒，在黑暗的剧场内晃动，向主创致敬。方敏想，这一刻这些演员无论演的是主角还是配角一定都很幸福，是人生的高光时刻。看戏的人久久不肯散去。

方敏等着陈和平从台上下来，然后一起向剧场外走去。

方敏没想到的是，在剧场的大厅，俞佩华正等她。方敏看不出俞佩华此时的心情，她的表情永远是那么平淡。俞佩华的手中捧着一只洋娃娃，方敏看出来了，洋娃娃和里面生产的几乎一模一样。

方敏说，怎么样，戏还好吗？

俞佩华没有回答。好像她刚才根本没看过戏。她把玩具娃娃递给方敏，拜托方敏，把它带给黄童童。

俞佩华说，我答应过她的，我会送她一只洋娃娃。

方敏愣住了。她没接玩具娃娃。好一会儿，方敏长长地舒了一口气，艰难地说，黄童童已不在女子监区了。

俞佩华吃了一惊，问，黄童童去哪里了？方敏转过头，回避了俞佩华的目光，没有回答她。俞佩华突然面色变得狰狞，她几乎是喊出了声，告诉我，她在哪里？方敏吃了一惊。十七年来，她第一次感受到俞佩华不被驯服的力量，她似乎理解了十七年，不对，应该是二十六年前俞佩华的行为。

方敏和陈和平对视了一下，陈和平看上去像白痴一样不明所以，同刚才台上谢幕时判若两人。

（原刊于《收获》2020年第4期）

玻璃墙

唐 颖

锦华就像她的名字,总是锦上添花地描述着某一成功人士的幸福生活。而我个性多疑,非要在其中找出破绽,于是我们常为别人家的生活是否幸福产生争议。问题是我们的人生是有多空闲或者说有多无聊,花时间去讨论别人家的生活?

事实上,我俩并没有豁免于生活的各种打击:没错,我们不无狼狈地对付着各自的窘迫人生。锦华是单身母亲,我则被催婚围困,年过三十五还未找到结婚对象。然而,这并不能阻止我和锦华在长途电话里交流八卦,争论不休。锦华指责我挑剔善妒,我则嘲笑她轻信无脑。其实,更多时候是我在训导她,我也很奇怪自己为何对她讲述的幸福故事这么火大?我们就像一对老夫老妻,靠争吵维系对话度过寂寞余生。

我积攒假期去新加坡探望锦华。某个黄昏,锦华带我去一位华人教授家参加派对。在去派对路上,锦华笑说,你将看到新加坡最幸福的两个女人。

锦华仿佛在故意挑衅我的攻击性，但我忍住了。在这个纤尘不染的城市，人们虽然脸上少有笑容却谦逊有礼谨言慎行，我又何必锋芒毕露，尖酸刻薄？老妈早就断言我个性不讨喜，所以成了剩女。

我便是在这次聚会上认识陈美凤，两个最幸福女人之一。另一位是派对女主人，五十来岁风韵犹存的教授太太。

她们俩是好朋友，都喜欢写写画画，都在华人报纸开专栏，锦华在我耳边悄声道，所以也是竞争对手。

竞争谁更幸福吗？我冷笑问。锦华忍俊不禁，好像这是个冷笑话，只有她听懂了。

教授家在新加坡国立大学校园内，校园大到需坐巴士。人人都说新加坡小，可你置身在有巴士站的校园，怎么好意思批评人家地方小？

教授楼单元不仅宽敞，配上大面积的窗玻璃几近豪华，这也和女主人善于美化有关，房间里的花花草草，墙上的西洋画，博古架上的古董，摆放得颇具匠心。看起来这家主妇的确心情良好，足够的闲情逸致，说是"幸福"的具象演绎也不为过。

当教授太太问我们想喝什么时，我和锦华异口同声，想喝冰水。

教授太太说，新加坡的自来水可以直接喝。说着她用水晶玻璃罐从厨房的自来水龙头接来一罐水，把冷水罐里的自来水倒进水晶玻璃杯，再从冰箱里拿出不锈钢冰罐，用不锈钢夹子夹起冰块，放进水杯中。

器皿的晶莹华丽，使杯中水更像一杯透明无色的洋酒，比如马天尼。

新加坡人都知道自来水可以喝，不过，我们不会直接从自来水管子接水喝，总是应该煮一下。锦华向我嘀咕道。

何况我们是客人！怎么好意思给我们喝自来水呢？说什么新加坡最幸福的女人！我的不满情绪更浓。

但用理性思考——这类语词经常从我眼前飘过，不妨用一下：教授夫人也没错，是我们提出要喝冰水。冰水就是水加冰，假如平时她也是喝自来水，给我们以同样的待遇，就很正常。只能说，锦华，或者说包括她在内的我们，没有喝自来水的习惯，因为我们生活在不能喝自来水的国度。

再说，请客人喝自来水并不影响她的幸福指数。我在心里哼哼。

虽说是小聚会，来宾不少，很难判断身份，他们好像彼此认识，互相寒暄着，不那么热络，都有些矜持。

美凤的到来，带来一股热能。

美凤丈夫暂时没有出现，他开车把她送到教授楼门口，便去办事了，一个小时以后，他会来接她。

是的，这是个短暂的聚会，餐桌上除了自来水，应该还有果汁之类的饮料和一些小食，但我完全记不得了，自来水的印象太强烈，覆盖了其他东西。

女主人笑容满面，客气得有些疏离。当然，这未必是准确的印象，自来水留给我的偏见，令我无法客观面对这位夫人。

无论如何，我更认同新加坡出生的美凤，比起她拘谨的同胞们，美凤笑声频频并且兴致勃勃。她为我们添水拿小食，在女主人顾此失彼时，代她热情招呼其他客人。

美凤三十六七岁，柳眉修长，眸子黑亮，身材苗条，穿一件热带风的吊带连衣裙，苹果绿花纹颜色鲜艳。我挑剔的目光觉得她微黑的肤色不适合这裙子的颜色，并且妆浓了点，尤其是脸上粉底太厚。

南洋湿热气候造成的油性皮肤，粉底厚才能让脸上肤色显得平滑细腻。这是锦华的解释。

美凤自称自由职业作家，除了开专栏，出过诗集，最近刚把专栏文章结集出版，书名便是《执子之手》。一听就知道是晒幸福的抒情文章。然而，出自爱笑的美凤笔下，好像又很自然。

美凤和她丈夫都是基督徒，丈夫是心理医生，人们称他赵医生。美凤是教会慈善机构负责人，一份志愿者工作。当然作为医生太太，美凤没有生存压力，可以全身心奉献给教会，大概这也是美凤幸福感的源泉。

美凤丈夫一星期两次在基督教的广播电台担任心理辅导，能说会道在医学界和宗教界出名。

一小时以后，美凤的丈夫准时出现，他穿着正式考究，英国品牌的

H&K 浅灰色高支棉府绸长袖衬衫，配深灰色西式长裤，登喜路亮色调的丝质织花领带。他是个矮个子，圆脸上架着眼镜，眸子亮度低，可以说有些冷淡，甚至，阴郁。当然，你很难从第一眼去判断他，毕竟，人家是心理医生，也许属于他的个人情绪，和他的银行支票一起，被可靠地锁进家里的抽屉。

当赵医生与聚会主人、曾在美国任教多年的华人教授讨论时事时，我领略了心理医生的口才，那可是滔滔不绝，激情澎湃像在演讲，教授都甘拜下风。

他很爱美凤，送进送出的，锦华在我耳边低语，由衷的羡慕语调。我此时对锦华生出怜悯，她丈夫去美国留学后身份黑了，在等待移民大赦。锦华曾申请探亲签证被拒，他们至少四年未见。

聚会结束时，美凤邀请我和锦华隔天去他们的慈善机构参观，她的热情让我们无法拒绝。

已过正午，太阳仍在头顶，车行一路，到处是草坪，鲜绿得没有阴影，渴望赤脚踩上去。但只要走到户外，立刻感受烈日灼身，失去踩草坪的勇气。阳光烤不干空气里的湿气，湿气很快成了脸上的油、身上的汗。

一座类似于办公楼的方方正正小楼，白色乳胶漆外墙，直线条立面平整，没有各种花哨的拉花或浮雕装饰，严肃质朴。前厅像教堂悬挂十字架和《圣经》故事彩色印刷画，安静得让你禁不住屏声敛息。

湿漉漉的汗渍感立刻消失，虽然楼内并没有空调。

这天的美凤一套英国玛莎的低调衣裙，有了"职业"感。

我和锦华在美凤"导游"下，进到每间办公室和义工们握手合影，他们多是学生，也有家庭主妇。我觉得我和锦华就像国内的上级领导在视察，锦华非常投入角色和义工们攀谈，我则与美凤敷衍。美凤对着墙上《圣经》画里的人物，讲解《圣经》故事。可我在物质社会沉得太深，无法感受"圣灵"的存在，因此有了一些愧疚。

这天下午，赵医生在电台有个心理辅导。他这天的着衣风格休闲，淡粉色短袖 Polo 衫，棉麻白色长裤。我才注意到赵医生有一头微微鬈曲不算太短的黑发，看起来比妻子年轻，事实上，年轻了五岁。

我们被美凤领到一间空屋，听了一会儿赵医生的广播心理课，不外乎宗教色彩的心灵鸡汤，但由赵医生讲来，有一种令人信服的魔力。

我俩从慈善机构出来，不但没有被教化的痕迹，还很世俗地议论起这对夫妇的关系。

锦华说，美凤在她丈夫面前像个小女孩。

美凤的年龄怎么"装"都不可能像小女孩。这句话一出口马上又意识到自己的尖刻，我是在反驳锦华并非抨击美凤。刚刚离开慈善机构，美凤的热忱笑容、义工们的虔诚脸容还在眼前，他们的道德力量让我赶紧补充道，美凤并没有"装"小女孩的意愿，我的意思是，嫁一个比自己年轻的丈夫，潜意识里把自己年轻化，旁人看起来像在"装嫩"……我好似在为美凤解释，听起来则是越描越黑。

锦华笑起来，马上又去捂住嘴，好像她的眼前也站着个美凤。

其实我比较不习惯的是美凤嗓音的过于轻柔，就像我无法忍受林志玲的娃娃音。可美凤的热忱具有感染力，我对她颇有好感，忍住了对她嗓音的议论。

有时候，她又很像他的妈妈，你觉得吗？锦华道，她的声音很嗲，但目光很母性。

锦华的议论带着欣赏，我得承认，她是那种不在背后说人坏话有教养的人。

可我发现，美凤在她丈夫面前，某些片刻，会不自然，也可以说是羞怯，仿佛他们还在恋爱阶段，而不是多年夫妇。

他们有孩子吗？我问道。

两个孩子，一男一女，很称心。锦华说。

我知道锦华的心情，她也很想给自己的女儿生个弟弟。即使我不以为然，在这件事上，也从不对她冷嘲热讽。

听说，牧师的太太死得早。我一惊，这断言从锦华嘴里出来既突兀又很猛。锦华继续道，教徒们向牧师倾诉，多半是负面的心事，牧师也是人，他的负面情绪只能向自己的太太倾诉，所以整个教区的压力都在牧师老婆身上。锦华问道，有没有觉得心理医生很像牧师？

假如这句话由我问出来，就是一句讥诮。而锦华是充满同情。

我想象美凤坐在她丈夫面前，承担着"牧师的牧师"重任。那场景很快切换成美凤坐在梳妆台前，给自己描眉上粉底……

我这么个俗人，对牧师的妻子，或者说对心理医生的妻子没有任何想象力；我对有好感的人，都想成与我自己半斤八两。

至少，美凤个性直率，并不掩饰她的多情，与丈夫相处时突然的羞怯，也许，这也是她让锦华感觉像个小女孩的原因。

这位小个子医生从美凤视角，却显得高大英俊并且性感，你能通过美凤站在他身边的气场感受到，她仿佛用尽全力捧住一件被馈赠的礼物。必须承认，我对美凤暗暗生出了羡慕，至少，执子之手，在美凤抒情的笔端有对共同信仰的信念，虽然我只读过她一两篇文章。

离开新加坡前晚，美凤约我和锦华去克拉码头见面，时间是晚上八点，这意味着，我们只是一起坐坐喝杯酒。

不，美凤是教徒，不喝酒。锦华提醒我，和美凤一起喝饮料也要AA制，教徒生活讲节俭。同时，她又告诉我，美凤一家住在房价昂贵的洋房。锦华要强调的是，美凤住在昂贵的洋房，却能保持节俭，他们不会随便请客，哪怕一杯饮料。

怪不得她和教授夫人是好朋友，虽然不是同龄人，我没好气了，没关系我可以请她，饮料小意思了，不如请她吃饭？

你没懂她，她不是小气是节俭，所以她也不会接受你的请客。锦华皱眉摇头，终于不那么客气地说出这句她也许很早就想说的话，你是中国人的思维方式。

你好像也不太满意教授夫人用自来水招待我们？

她们不一样，美凤为人真诚，文章让我感动。

你不能因为教授夫人给我们喝自来水、文章不如美凤就认为她不真诚。

锦华对着镜子"噗嗤"一声笑出声，还没有忘掉自来水，受刺激了吧？

此时我们俩挤在浴室梳妆打扮准备出门。我霸道地挤开她，对着镜子涂口红，一边道，还好，现在想想还挺开眼界，用水晶玻璃杯装自来水，至少，器皿高级。

我们一起哈哈大笑。在别人家做客，我圆滑地改腔换调，用喜剧方式结束可能到来的争论。

去克拉码头之前，我和锦华在她家楼下的街边小饭馆饱餐了一顿。

塑料小餐桌和塑料凳子就安放在人行道上，简单简陋，但碗筷干净，留有高温消毒的余热。

街边小饭馆菜肴美味锅气诱人，清蒸笋壳鱼麦片虾参芭空心菜，去繁就简却又结实。借着我来做客的名义，锦华可以不回家吃她母亲做的千篇一律的平庸饭菜。她恨不得天天坐塑料凳子就着塑料小餐桌，吃有锅气的街边炒菜。

锦华因和丈夫分居异国，单身带孩子，有一度几乎患上忧郁症。不过，对于生活的务实态度让锦华不敢怠慢。她读完新加坡语言学校，便申请南洋理工大学的硕士，专业是"市场营销和消费者洞察心理学"，毕业后，顺利进了一家公司做市场营销。

锦华把公司的英语广告语改编成汉语，很受市场欢迎，公司为她申请了绿卡。于是，锦华有资格在新加坡贷款购买价格优惠的组屋。

自从有了自己的组屋，锦华的母亲过来帮她带女儿，锦华有自己的时间了。她可以回上海和朋友吃吃喝喝，顺便给自己烫个发，虽然她的发质太软，回到新加坡潮湿的空气中，卷曲的痕迹很快消失。她在上海买的羊毛大衣，也无法在新加坡出风头。总之她可以为自己做些开心的蠢事，意味着生活在平顺起来，假如忽略不计那个远方丈夫。

事实上，这次来新加坡，我发现锦华似乎有心事克制着不说，情绪动荡，有时看她笑得很由衷，有时却魂不守舍，答非所问。可自私的本性让我不想挑开话题，就怕她絮叨起来没完，再说，我们好像没时间聊天。

锦华为我请了几天休假，忙着陪我逛乌节路奔走各大商场抢购打折商品，回到家不厌其烦试穿已在商场试衣间试穿几次的各款新衣，言不由衷地互相称赞，接下来便忙着去商场排队退货。然后发现去不同社区的小贩中心享受美食更加实惠。谢天谢地，我们俩在食物的口味上非常接近，对于物质生活也同样热忱，我们全神贯注于眼前的官能享受，几乎没有闲暇讨论自己或别人的生活。

夜晚八点的克拉码头，是个热闹的娱乐场，虽然那时还未建造高空弹力球，但分布新加坡河两岸的餐厅酒吧购物中心以及各种娱乐设施，令克拉码头天天夜晚热闹非凡，本地家庭，成团的旅客，男女老少，过节一般涌动在克拉码头的广场，或者直接在堤岸上闲坐。

说真的，我更喜欢驳船码头的氛围，那里很少合家欢，是单身人过夜生活的地方。沿河一排酒吧餐馆，面对河对岸的高楼，黑人鼓手干脆站在酒吧门口打鼓。强烈的音乐节奏，弥漫着的颓靡气场，当然不是教徒美凤愿意共处的空间。

我和锦华坐在河边的露天饮品店，一人一份"摩摩喳喳"——一堆冰霜上，甜食浇头，红豆为主夹杂亚答仔西米露芋头丁和红毛丹龙宫果菠萝蜜等南洋水果，披挂浓郁的椰奶，作为晚餐的饭后甜品，令我生出完美感。

美凤迟到了。既然是AA制，她负责买自己的饮料，我们就不用等她了。

美凤出现时已经八点半，她的白色连衣裙在夜晚远看像少女。她气喘吁吁，好像从哪里赶来。

临河的露天饮品店人声嘈杂，即使是夜晚，南洋的湿热空气仍然难忍，我坐立不宁。美凤显得心神不宁，我便问她有什么特别事要找我帮忙，美凤笑说，没有啊，就是想来看看你，道个别。

我感动了，提出请美凤和锦华去附近的五星酒店大堂喝咖啡吃蛋糕，那里至少冷气充足，东西也不会差。美凤婉拒，说她过午不食，更不碰甜食，夜晚也不能喝咖啡。

锦华朝我使了个眼色，意思好似，我说得没错吧？

美凤手里拿着摊位上买的矿泉水，提议不如去三八旺海滩，那里凉快又安静。

锦华指着我告诉美凤,她明天一早要赶往机场回中国。

其实,我一夜不睡都没关系,但锦华明天结束假期赶去上班,她最怕熬夜。

我们讨论去哪里坐又浪费了二十分钟,此时已近九点。都有点意兴阑珊。我说出锦华的心愿,不如早点回家。

美凤没开车,我和锦华送她去出租车候车点。

等候时美凤突然有些激动地向我表达歉意,本来是想和你好好聊聊,今天送丈夫去机场,飞机延误,所以陪他在机场多待了一小时。

喔,你丈夫要出远门?我问。

还好,不算远,去槟城。她答。

是要待很长时间吗?锦华问。

三五天吧。美凤答。

我和锦华互相看了一眼:去槟城,才待三五天,就要送机?

锦华就笑起来,对美凤说,你们感情也太好了,你先生去槟城,就像我们从上海去广州,才出门几天,你送他不算,还陪他在机场候机?

是啊,为什么?为什么?我会连续发问"为什么"。当然我不会,这已经带了刺探隐私的意味。

此时,美凤说了一大通话,似乎在描述她与丈夫之间的情感。然而克拉码头的出租车候车点,受市声喧闹影响,而她的嗓音过于轻柔,我们困惑的表情显示我们并没有听清她在说什么。

于是美凤尽力放开喉咙,此时你才相信美凤并非装嫩,她的声量仍然太轻,却已经声嘶力竭。

我头昏得要死,湿热、嘈杂、声带撕裂般的声音,而话题也不是我感兴趣的,谁会喜欢听夫妇恩爱故事?谁不喜欢听丑闻?

美凤,你的声带动过手术了?我问了一句与此时美凤情绪无关的话。

美凤一愣,然后点头说,是的,生了一个小结节。我终于听清她的话,因为她已经偏离出租车的等候队伍,我们跟随她退到人行道靠里一家关门的商店门口。

她已把话题转回来:我先生在槟城有诊所,需要经常去看看。美凤突然又激动了,他离开两三天对于我就是分别,分别的日子是在虚度啊！美凤的慨叹简直让我"受惊"。

有一次他从槟城去中国出差,在樟宜机场转机,我去看他,他不能出来我不能进去,我们隔着玻璃墙手掌贴手掌……美凤说到动情处举起手臂张开手掌,展示她和丈夫如何隔着玻璃墙手掌贴手掌,我身上起了鸡皮疙瘩,脑中演绎的是偶像剧场景。

我注意到美凤的脸在路灯下油亮亮的,敷上的厚粉底被汗渍和湿空气吸走了。她的素脸皮肤并不粗糙,但显露出她右眼角下方若隐若现的青斑——从娘胎带出来的胎记吧？我算明白她为何要敷厚粉底。

美凤离去时与我拥抱,在我耳边说了一句,不要让生命冷场！

我竟愣住了,无法作答。

这一送美凤又送走我们大半小时,已近十点。载着美凤的出租车开走后,锦华竟然建议去罗拔申码头酒吧喝一杯鸡尾酒。

我没意见,我是夜游神,不怕晚睡就怕早起。但锦华明天是要上班的。锦华居然说,我横竖横了,明天要是起不来,干脆再请一天假,生不带来死不带去。

我"哧哧"地笑,不要这么夸张好吗？生不带来死不带去,是指大笔财产,不是你这"一天假"。我数落着锦华,心里奇怪她的"巨变"。我刚到新加坡那天,锦华就告知不喝酒不去夜店,她认为我这种不婚女人是过夜生活的,预先表示不参与。

美凤描述的"告别"竟让锦华想去酒吧喝酒？不过,我们的确有必要去酒吧消化一下日常难遇的"戏剧"场景。我顺便告诉锦华,美凤临走时在我耳边说的话,口吻不无揶揄。锦华的双眸却亮了,我也有故事要说！她深深吸了一口气,这表明她心里没有底气,可是,倾吐的需求战胜了她的虚弱。

呵,现实越来越"戏剧化",我头更昏了。

此时我们坐在罗拔申码头酒吧。一间新开的夜店,巨大的玻璃幕墙面对新加坡河,却又退得很远,从河边看过去,玻璃墙内灯光迷离而梦幻。

客人们喜欢坐河边，被玻璃墙隔开的酒吧间里面反而很安静，音乐并不扰人，重点是，有我渴求的冷气。

锦华喝"血红玛丽"，我点了"金酒"。

其实我离婚一年了！锦华的酒还未调好送达，她已开门见山，我在网上找到了男朋友！

这个消息比她离婚消息更让我吃惊。

一个美国军官，在阿富汗。锦华捧住自己飞红的脸颊。

我吃惊地看住锦华，太假了！我差点喊出来。

我怕被你嘲笑，所以想等到有了结果。

你说的"结果"是什么结果？

他还有一个月就能休假回国，他会先弯来新加坡看我。

我仿佛吞咽不当噎住了。

这件事我自己也不相信，但是，我们每天在写 E-mail。

你是说，这两天也在写？

是的，我和他每天在邮箱里聊到半夜，我都瘦了两磅。

怪不得，这次见锦华，总觉得她有些失魂落魄。

有他的照片吗？什么年龄？

离婚的中年男，今年四十五岁，有点太帅了。独生儿子在波士顿读本科。

锦华拿出手机，穿军装的中年美国军官，的确有点太帅了。然而，网上的男人，到底有多少真实性？

不过，锦华本人面容姣好，她去见网友，不怕"见光死"。

这是美国一个付月费的征婚网，进去要实名注册。锦华强调。

回到家她打开电脑，给我看这位美国军官发来的弹吉他的视频，以及他写给锦华的情诗。诗句直白真挚，我很难相信有这般好事，虽然他的诗也打动了我。

你不要用大陆人的思维来看这件事，和西方男人交往过的中国女人都说他们懂浪漫！再说，即使走不到结婚，一生中有过这样的恋爱也值了！

见我无语，锦华以攻为守，似乎在抨击我的过于"实际"的价值观。我也很怀疑是否自己的过于"实际"，才让情感史空白？

回上海后，与锦华三天两头打电话，谈论的无非是她正在进行的恋爱，她的故事就像连续剧在延续，我急着等待结果，这和我的隐秘愿望有关，我也想去网上找恋爱呢！

美凤在我耳边说的那句话，如细小的芒刺留在胸肋骨的地方，某一刻，毫无来由地闪痛一下。我心里会涌起无名火：不甘于生命冷场？或者说，即使不在乎所谓冷场，她的文艺腔十足的语词，也影响了我的生活态度。

锦华好几天没有消息，此时按照她说的时间表，应该有"结果"了。我写邮件去询问，立刻收到她的电话。

我刚把钱寄出便意识到事情不太对头！锦华语无伦次开始她的故事尾声，美国军官要我给他寄路费两千美金，说部队一时发不出军饷。

你有没有脑子，美国部队会发不出军饷？我生气地大声指责，已经不想听下去，却也不忍心挂电话。

寄出钱以后我脑子才冷静下来，电话给网站客服，客服立刻说已经接到其他人的受骗电话，报警后才知有个肯尼亚的骗子在征婚网站行骗。我向客服提起他写的诗句，客服当即便把整首诗背了一遍，是网上抄来的。照片是某个无名的美国演员。

听起来就像是一个编造出来的故事，也太拙劣了，可我这个多疑的人都快相信了，瞧瞧我们是有多么渴望"幸福"！

他不是有个在波士顿读本科的儿子吗？我倒很想和他儿子联系。

居然，锦华还不死心。

哪有什么波士顿读本科的儿子！你要想象那是一个躲在肯尼亚某个破棚子里的黑人老太婆。

锦华噤声。我讥讽道，不管怎么样，你用两千美金买到了两个月的幸福感，还能减重两磅……

你太冷血！锦华第一次发起脾气，挂断电话。

和锦华断了联系，就像中场休息，两耳清净，我终于让自己的灵魂

玻璃墙

也回归到没有太多期盼的现实。

可是，想到锦华的受骗，我无法心安，这也是"失恋"啊！虽然恋人是虚构的。

我给她写邮件道歉，希望她方便时与我联系，我可以和她一起痛骂骗子。

锦华没有理我。不理也活该！我骂自己。"毒舌"只能伤到朋友。

有一天锦华来电话语气激动：猜我在槟城看到谁了？

看到赵医生了，我答她。

你怎么知道？锦华吃惊。

美凤不是说他在那里有诊所？

赵医生和他家人，不是美凤，是另一个女人和两个小孩，锦华口吻急切，此时我就在槟城，就是刚才，在槟城的汕头街，一条美食街，赵医生在街边摊吃烤鱼，旁边的女人很年轻，两个小孩，大的五六岁，小的那个还抱在手里，正在哭闹，我看到赵医生从女人手里把小孩抱过去……

你不会认错人吧？我打断锦华。

换了别人可能会认不出来，赵医生汗衫短裤人字拖，像个贩夫走卒……

怎么可能？两次见到赵医生，发现他衣着讲究。

所以换了别人可能认不出来！

为什么你就能认出来？他长了一张大众脸，很容易搞混。

我在他那里看病，怎么可能认错？

锦华在看心理病？我吃惊了！是因为那次受骗？可是，更迫切的问题已经出口：他和美凤离婚了？

即使离婚也不会这么快就有两个小孩！锦华气急败坏指正。没错，此时距离我们与美凤克拉码头道别才过去一年。

那么，美凤还写专栏吗？

是的，还在写……还在写！锦华一迭声强调，语气比她那次受骗还强烈，仍然在写她的日常生活，写赵医生和孩子。她的不少金句现在还能背。

你倒是背给我听听。

心是爱的博物馆；爱他，也被他爱，这是我的宇宙法则……

好了好了！我赶紧打断锦华，问道，你是说，她还不知道赵医生在马来西亚有另一个家？

是的，就像我离婚的那一位，已在美国和别人同居生了孩子，我是最后一个知道的。

喔……我又惊了一下，锦华的离婚原因从未细说。在这一刻我才突然醒悟：视为好友的她，与我的疏离。

你不会去向美凤告密吧？我用玩笑的口吻发问。

我才不会！我希望她知道，但不是我去告诉她。锦华语气低沉起来，槟城的街边摊是新加坡人的童年记忆，他们常去槟城，总会有人发现。

我没有接她的话。我在下班路上，此时正顺着人潮挤进地铁车厢。

我坐一号线在莘庄转五号线朝颛桥方向，夜晚八点五号线拥挤得让我错觉是早晨八点。为了不听父母唠叨，我在颛桥买低价房与他们分开住，其代价是每天通勤来回四小时。我总是在拥挤的地铁车厢才会考虑放弃抵抗，搬回父母市区的小房子，并接受他们为我安排的相亲。

是的，生存不易，至少这一刻生活无比现实，我得先对付眼前自己的困境。

一年后我嫁给了相亲认识的华人，比我年长十岁的离婚男，他在美国南部有个诊所，也是矮个子。至少他必须每天守在诊所，他在付前妻和孩子的赡养费，不太可能去其他城市建立另一个家。我想说，假如他欺骗我，我会生气，但不会受伤，我们相敬如宾，没有任何甜言蜜语。重要的是，我不用每天挤地铁上班，并且有了自己的孩子而变得心平气和。无聊时我又读起了小说，那是我年少时的 Hobby（业余爱好）。

锦华打电话告知美凤离婚已经又过去几年。她说，我每次去樟宜机场，总会想起美凤隔着玻璃墙和赵医生手掌相贴的场景。

你想不通了是吗？我听见自己在说：是我想不通，那个赵医生为何还要费尽心机弄一出肉麻桥段。

樟宜机场转机的地方并没有可以贴手掌的玻璃墙！锦华向我讲解，放缓语速，担心我听不懂似的：

机场安全检查把航站楼一拦为二，不是吗？外面的大厅是公共区域，虽然有玻璃墙，你也知道，登机和送机的客人是可以自由进出的，不需要隔着玻璃贴手掌；进了安全检查门之后，先进入机场内的购物区域，从购物区域一直走到有登机口的候机大厅，那里的玻璃墙，墙外是停机坪，登机客和送机客都不可能也禁止在停机坪随意走动。

我花了几十秒钟尽力在脑屏幕上复盘：我曾经进出过的樟宜机场格局。

但我只记得航站楼里的游览区。从新加坡回国是锦华送机，特地让我早到两小时。她说你不会相信樟宜机场就是个景点。那时候三号航站楼刚刚建起，内有一个蝴蝶园。我们必须走到顶头穿过儿童游玩区，这时候我已经开始不耐烦，或者说，有儿童乐园的地方总会让我心情烦躁。

蝴蝶园是在双层温室里，据说有一千多只蝴蝶，它们在我身边头上飞翔，我竟然很想躲开，我对如此密集的蝴蝶产生莫名恐惧。匆匆离开后，便去了二号航站楼。在花枝硕大名为"梦幻花园"的地方，锦华要为我拍照我拒绝了，我同样无法自如徜徉在精雕细琢的花园。虽然为了不辜负锦华好心，我们又去了"兰花园"和天台上的"向日葵园"。相比较我更倾心向日葵，所以在那里留了影，当然也是因为凡·高的缘故，虽然我对凡·高也所知甚少。

锦华没有等到我的回应。又道：为了寻找这块可以手掌相贴的玻璃墙，我从上海回新加坡时在几个航站楼走了一圈。转机是不必经过入境检查柜台，直接跟着转机的牌子，如果乘搭同一家航空公司，可以直接前往下一个航班的登机口；若是乘搭不同航空公司，需要先通过入境检查前往入境大厅，到转机柜台领取下一个航班的登机牌并重新托运行李。而入境大厅也在禁区内，几乎与候机大厅相连，如果有玻璃墙，是与停机坪相隔，外边送客的亲友是看不到的。假如有足够多的时间转机，可以直接去公共区域见亲人或朋友，不存在隔着玻璃手掌贴手掌，至少，樟宜机场没有这堵玻璃墙。

这就是理工出身的锦华，严谨而实事求是。

因此，这堵玻璃墙，是美凤幻想出来的？我不假思索问锦华。

锦华静默几秒，恍然大悟，你这一问我才算明白过来，没错，只能说是她幻想出来的。

我无语。

锦华叹道，那天晚上美凤讲了许多话，我都记不得了，只记得她举起手臂伸开手掌，做出手掌贴手掌的动作。

感觉你受了刺激，竟然提出去酒吧，我笑着提醒道。锦华没接话，我马上意识到这是个不恰当的话题。

我便说，我最记得她举起手臂时，脸上油光光的，粉底被汗渍吸走，路灯下能看到她眼角处的胎记。

什么胎记？

一块发青的皮肤，不是胎记吗？

噢，不是胎记！她脸上没有胎记，锦华语气又强烈起来，一块发青的皮肤，那就是瘀青！是她丈夫，那位赵医生家暴后留下的瘀青！

赵医生家暴？

是的，这是美凤提出离婚的其中一个原因。她把验伤单都保留了，如果当时报警，赵医生会去坐牢，但是美凤很现实，她更需要赵医生的赡养费。

无论如何，我很震动！

"每个童话都是来自血液和恐惧的深处。"是谁的金句？好像是……卡夫卡。

不可思议的是，美凤竟然写过这么多幸福主题的文章。锦华经常转发我，我只读了一两篇，对抒情文字不太有感觉。锦华则对铅字有莫名崇拜，好像那就是真理，也许她就是被这些虚幻的文字洗脑，以致轻信受骗？

她在离婚之前好些年就知道赵医生有外遇。锦华又道。

在她写专栏时就知道了？那么，专栏里的幸福生活也是幻想出来的？我惊问。

她承认，她故意这么写，是写给赵医生看。

为了唤醒他的良知？我竟笑了，也许恰恰是他反感她的虚假，才会走得更远。

即使美凤很假，也不要帮赵医生说话！锦华不悦。

我怎么会帮赵医生说话？我是无法理解美凤，苦心经营一场骗局，写美文，用厚粉底遮盖脸上的瘀青，她到底希望得到什么？我语气激烈，好久没有这么"愤青"了。

对了，另一个新闻……

教授夫人也离婚了？

别乱猜，人家过得好好的。怎么会想到教授夫人？

因为，每一次聊到美凤，我都会想到教授夫人，她们很像一对孪生姐妹。

你对她有偏见吧，为了那杯自来水？锦华笑起来，又道：以前觉得教授夫人文字太平淡，现在再看，她的更真实……

快讲，什么新闻？我性急地打断锦华。我如今在家带孩子，八卦心更重了。

网上又出现骗子，我女儿的芭蕾老师遇上了！

为什么离奇的事都发生在新加坡？我在心里惊叹。

其实，我女儿上初中，不肯去上芭蕾课了，我和芭蕾老师还在来往。锦华继续道，老师都快六十了！不过，她放到网上的照片是在大陆做芭蕾演员的照片，对方每天给她写情书，她激动得不得了，说她年轻时恋爱都没有收到过这么热烈的情书。我告诉她这人可能是骗子，她根本不相信。

你把被骗钱的事告诉她了吗？

她说人家没有问她要钱，我说时机还没到，她就不高兴了。

后来呢？骗钱了吗？

大概还没有来得及骗钱，因为她太激动，告诉身边不少人，于是其中有个朋友跑去找她，原来，那个朋友也在网上"谈恋爱"，收到的情书一模一样。

芭蕾老师怎么说？

不知道！她没有接我电话，听说，把课堂都关了，去欧洲旅行了。

旅行好过看心理病。我在心里说。

你怎么不响？锦华问我，想听你的嘲笑，解解我心里的郁闷，觉得把芭蕾老师得罪了。

因为你劝过她？

真相出来她可能觉得难堪，不再理我！

我在想，有一天到了芭蕾老师的年纪，我也可能被人骗，并且不听人劝！我回答锦华。

为什么？

家庭主妇做久了，都有可能成为包法利夫人！

怎么会想到包法利夫人？锦华吃惊。

是的，怎么会想到包法利夫人？我也对自己的联想感到吃惊。我把自己惊出了冷汗！

好些年以后，我在美国的中文报上看到美凤照片，她以华人企业家身份成立与环保有关的基金会，身边是她的丈夫，一位上了年纪的华人牧师。

美凤笑容如春风拂面。报道说，美凤是个幸运的女人，事业成功，家庭幸福。

（原刊于《收获》2020 年第 4 期）

送 伴

伍世云

1

和上次来一样,刚进小区大门,阿正就闻到了那股浓烈的气味。不过,他没把这种就像是从自己身上散发出来的气味告诉朵朵,因为向死亡之路走去的不是别人,正是朵朵患癌症的父亲。

或许朵朵也闻到那种气味了吧?看着停下脚步转身等待的朵朵,阿正带着满腹的疑虑挂掉姑母电话,追上去。见他追来,朵朵迈动脚步继续往前走,但每走一步,余光都在留意阿正是否跟上来。朵朵的心思阿正知道,可能是出于男人的某种保护心理,抑或是别的什么原因,他把水果袋换在另一只手上,拉着朵朵没有拿花的那只手往前走。前边的草坪上有几只啄食的鸽子,它们探起头看他们一眼又低头啄,啄两下又抬头看他们。也许鸽子根本没看他们,只是阿正这样觉得而已,至于朵朵,手被牵着,变得比之前轻快,说了鸽子是谁家喂养的后,接着讲她的童年。

阿正有意无意地听着,越往前走,那种气味越发浓烈,趁朵朵不注意时,阿正耸肩嗅了嗅自己。这是阿正的习惯,每当闻到那种气味时,总感觉那气味是从自己身上发出来的。其实不是,这只是过去那段特殊经历留下的后遗症,阿正一直想摆脱掉,可是很难。那"气味"来自梦,梦不是想不做就不做的。阿正害怕做梦,从得知真相那刻起开始害怕,越害怕越做。

像每次梦醒后需要一根救命稻草那般,阿正捏紧朵朵的手,猜测朵朵可能也不想回这个家,但父亲有今朝没明日,作为独生女不得不回。不过这样的猜测似乎得不到验证,朵朵虽比之前抓得更紧,但她的话语轻松,步子也轻快,只是他们刚走到楼下,就听到了楼上病人的呻吟声。朵朵刹住脚,喘着气说好累,一副什么也没听见的样子。

"是有点累。"阿正顺口回道。

两人就这么靠在楼梯口,谁也没有要先动的意思。这是朵朵的家,阿正觉得朵朵应该走前头。至于他,才第三次来,一切都不熟,连几栋几单元都没记住。阿正觉得自己确实不适合走前头,如果他走前头按了门铃,不知道该怎么称呼开门的人。前次来,朵朵的母亲就亲口说过:

"下次来,不要再喊什么婶婶了,要喊妈。"

姑母更是下了这样的死命令。

阿正从未喊过妈,完全没体会过喊妈的滋味,尽管私下里他曾对着镜子练习过好多次,可真要喊时,还是会觉得很难。有时,他甚至绝望地认为他这辈子都喊不出一声妈。有了死命令,这次逃不掉了,不过他希望能过渡一下,最好是等朵朵走前面去按门铃,喊了妈后他再趁机喊一声。可看朵朵依赖的神情,是希望他走前头。阿正决定先上楼,到了门口再退那么一到两步,让朵朵开门或是按门铃。

这时病人又喊叫了一声,声音打破了短暂的僵局,阿正故意咳两声。

"看来,爸爸又痛了。"朵朵说。

"走吧。"阿正说。

朵朵不再磨蹭,抿着嘴步入楼道。阿正猜朵朵肯定在心里骂他滑头,不过滑头总比走前面好。阿正跟在后面，朵朵按响了门铃。

阿正注意到，前次门铃的声音是《好人一生平安》的伴奏，此刻他听到的却是叮咚响。那响声和忐忑的心跳一样，阿正数着心跳把水果袋换到另一只手，希望来开门的是个陌生人或是个小孩。但这个家里唯一的小孩朵朵都二十六了，至于陌生人，这样的几率跟中大乐透一等奖的几率一样。

门嚓的一声开了。

刚打开，一股气味就扑了出来。但开门的人好像闻不到，朵朵也好像闻不到。难道家里并没什么奇怪的气味，一切都是自己的心理在作祟？阿正还在纳闷，不觉间已进了门，根本不曾注意到朵朵有没有喊妈。见朵朵忙着跟母亲讲路上撞车的事，阿正庆幸刚才真实又自然的走神。

"如果不撞车的话。"朵朵总结性地说，"我们至少早到半个钟头。"

"撞车？"母亲很吃惊，"难怪我这眼皮一直跳不停。"

"那你的眼皮可能是为他们跳的。"

朵朵随即把话题转到父亲身上。听女儿说到叫声，母亲用一种极为肯定的语气说："哑口了，哪里还能叫得出什么声音，现在又睡着了。"

朵朵一愣，想说点什么，却用两个字结束了关于父亲的话题。

"好吧！"朵朵说，然后哎呀一声放下包，去给花瓶换水，插下车后买的百合。阿正把水果放在茶几上，本想过去帮朵朵的忙，找点事干，省得像个木头杵着不知所措。不料再过十多天就要去掉"准"字的准岳母喊他坐，还问他喝红茶还是苦丁茶。

"天热，苦丁茶退凉。"准岳母给出了指导性意见。

其实天并没有多热。不过屋里好像确实萦绕着浓稠的气味，阿正不想喝，想说口不渴，但准岳母说着就去泡茶了，他赶快站起来说：

"您忙，我自己来就行。"

"成天守着这么个活又不活死又不死的人，有什么好忙的。"

已经提到病人，阿正知道他该问一声病人的情况，甚至是进去看看。可准岳母已经转身泡茶去了，他又坐下，扫视一圈，目光落在病人卧室紧闭的门上。

里面的病人阿正六岁就认识了。他是县城有名的大端公，个子高，嘴巴阔，有一副不知疲倦的好嗓子，有一个可以记住梦话的好记性，还有一片能哄来百鸟百雀的好舌头。他上知天文，下知地理，能说会道，能唱会跳，能掐会算，像什么寻龙觅穴，抓生替死，走阴还阳，禳凶祈吉，求财改命，姻缘八卦，全不在话下。由于有这么一手好本领，城里重要的婚丧嫁娶都会请他，连某些领导干部也会登门问个祸福吉凶、前途事业。

当初，阿正就是经他介绍才去当送伴的。老话中流传着这么一种说法，病了很久都不能断掉最后一口气的老人，只要有阳年阳月阳日阳时生的"四阳"男孩子睡在身旁，送一程，不管他或她生前有多少牵挂，造了多大罪业，都会放下心，安详离开。但四阳孩子百年不遇，而难以断气的老人有不少，他们就换了一套说辞，说用不着什么四阳孩子来当送伴，只要是火命的男孩子就行了。送伴的说法祖母也讲过，不过阿正把祖母的话当成了故事来听，完全没想到从七岁起，"故事"竟然跟自己发生了关系。

那年，姑母觉得流年不顺，就请大端公到家改风水。改过风水后，康大端公一高兴，拉着阿正的手主动给他看手相，看过后，还叫阿正洗手抛铜钱占卦。占什么呢？阿正记得，大端公叫他想着最想达成的一件事抛三次铜钱即可。阿正想得到一把跟邻居小朋友一模一样的火柴枪，就认真地抛了三次，三次都是离卦。大端公很吃惊。

"离卦，好。离离原上草，一岁一枯荣。野火烧不尽，春风吹又生。"大端公说了几句诗后继续说，"离为火。火带给人光明，将来前途无量。"接着大端公又问出生年月。姑母作答后，大端公闭眼会心，拇指在其他几根指尖跳来跳去，最后他郑重其事地说：

"孩子炉中火命，打卦火焰成山，又是正午出生的，去当送伴渡人，功德无量，修无量功德。"

阿正没想到因为大端公的这句话，姑母真让他去当了送伴。更没想到的是，多年后竟会和大端公的女儿走在一起，并将在今年的国庆结婚。这时朵朵说着话在旁边坐了下来。阿正没听清楚朵朵说的内容，见她拿起刀要削苹果,想说我来,准岳母却端上茶过来了。阿正站起身接过茶,连声道谢。

"都一家人了,还客气。"准岳母说,"你们聊,我去炒两个菜就吃饭。"

"妈,我来帮您。"

朵朵将水果刀递给阿正,像只猫跑到母亲前面。等厨房的嗞嗞声响起,阿正剧烈的心还没找到停靠,备感朵朵那声"妈"像激起千层浪的巨石。但等石头沉底后,他突然气定了,觉得没什么大不了的,不过是喊声妈而已。

放下刀,看着在厨房里转来转去的朵朵,阿正猜她应该能感受到那气味,毕竟她尽量装点着屋子,还喷空气清新剂。至于她母亲,是开丧葬用品店的,每天都沉浸在这样的气息里,可能闻不到,就算闻到,对她来说也是"正常气味"。

厨房里的娘俩说着话,做着菜,似乎忘了那个要死的人。阿正又把目光落在门上,里面的病人此时很安静,或许他是真的哑口了,再痛也叫不出声来。忽然,阿正感到不可思议,竟然想进去看看,不是因为那个人是朵朵的父亲,而是因为他是一个大端公。不过还是算了,里面的那气味肯定浓得连呼吸都困难。前次来,病人眼圈发黑,虚汗直冒,喘出的臭气钻心钻肺,看样子熬不了几天,不料他吊着最后一口气,硬是拖到现在。上周末,朵朵一个人来,回去后就说父亲手脚不会动,眼珠也不转了,连家人都几乎认不出来,可能只剩下一两天光景了。

不知还会熬多久。阿正回忆着病人躺床的时间,却想不起病人是哪天躺床的,只记得等病人躺床了,才从姑母那里得知朵朵的父亲就是当初介绍自己做送伴的康大端公。可那时和朵朵的事已谈妥。没谈妥的话,也不知道会怎样,也许会不了了之,也许会继续,毕竟和朵朵的脾气难得很相投。阿正只是想不到,只是有点埋怨,埋怨姑母当初介绍时没说朵朵就是康大端公的女儿。一开始就说清楚的话,肯定不会加她微信,更不会和她见面,哪怕如姑母说的那样:不见,你会错失一个好姑娘。

如今好像没什么可怨的,至于里面的病人,好像更没道理去怨,客观地说，当初要不是他从中牵线引荐，让自己去给那些临终的人当送伴挣点钱，生活可能会更艰难。只是不知道要到何时才能把死亡赶出梦境，可以好好睡上一觉，另外，闻到异味，不用再疑神疑鬼。几只鸽子咕咕咕叫着飞过暗淡下来的窗口。

在气味弥漫的屋子里吃饭，实在难以下咽。不过这是两小时前就预料到的事，本来不打算来的，可姑母的电话一个接一个，还说朵朵的母亲话里已有责言，说上周没来，是不是有想法。

"上点心。"姑母在电话里大声说，"下了班，跟朵朵一起回去，叫你当女婿都不积极。"

姑母的话不能不听。再者朵朵上周回去后，说她爸爸家人都快不认识了竟然还问起过他。说者也许无心，但听者真是觉得有意。但是他不愿意往那方面多想。

看着桌上热气腾腾的菜，阿正打算什么也不想，几口刨完了事。不料朵朵的母亲又是添饭又是夹肉，阿正吃得无比艰难。吃过饭后，胃翻搅得厉害。阿正想走，可姑母交代过，吃了饭不要甩手就走，得坐坐，和人家摆谈摆谈。阿正平时话就不多，此时更没话说，感觉如坐针毡，希望能接到一个电话，以便借故离开。可等电话响时，已是三个钟头后的事了，不过在这之前，他找到点事干：糊封包。

封包是为里面的病人糊的。这活阿正没做过，不过看朵朵糊一个就会了。阿正用白色封皮包好火纸，用糨糊一个一个地糊。有那么一段时间，他完全忘记了那气味。

封包是烧给亡人的，有一种仪式感。阿正很专注，在姑母打电话来前，他不知道自己糊了多少个。至于写封包，简单，封皮上已有模子，人死后，就当作一个填空题，把亡人姓名、生卒年填写上去就行。只是不知道里面的人何时落气？人落气前得守着，没人守着而断气的话，俗称"落阵空亡"。落阵空亡对后辈儿孙不好。这话祖母讲过。刚刚吃饭的时候，朵朵的母亲也谈到落阵空亡的事。用意阿正知道，当着他的面说，是暗示他留下来跟着轮守病人，以防病人今晚就离开。

幸好姑母打来电话，阿正暗喜，把手机揣好。但马上要走，再怎么不情愿，也得进去看看病人，姑母在电话里特意交代过。

病人的房间与外面的客厅截然不同，里面悬幡挂榜，符箓贴墙，药味和那种气味混在一起。阿正屏住呼吸扫一眼，恍惚间，他感觉病人的眼睛是睁开的。走在前面的朵朵叹道："怎么把被子踢开了？"

朵朵上前给病人盖被子，阿正侧身凑近香案上的地藏王菩萨。菩萨底座的电子小喇叭反复诵念着：地——藏——王——王。

地狱不空，誓不成佛。这是地藏王菩萨发的大宏愿。祖母在世时，每逢农历初一十五，总会去县城后山的落照寺吃斋饭，只要在家，阿正就得跟祖母一起去。落照寺的大殿也有掌管地狱的地藏王菩萨像，那个高大庄严，样子就像电视上的唐僧。

"是不是有点像唐僧？"朵朵走过来小声问道。

阿正点点头。为了磨时间，他压低声音故意问朵朵：

"这是地藏王菩萨？"

"是的，爸爸说地藏王菩萨是他的保护神。"

"你的呢？"

"我的是观音。你的我也知道，是文殊菩萨。"

朵朵说着就去拉窗帘。瞬间，屋子里不再像之前那么压抑，不过气味依旧很重。阿正记起，前两次来，病人再怎么忍，还是会痛得呻吟，甚至痛得失声尖叫，但他没喊他的保护神地藏王菩萨，他喊的是痛。每当他喊痛的叫声传出去，朵朵的母亲总会进来为他祈求，希望他的病赶快好。第二次来，他的嗓子就有点哑了，说话困难，意识也不怎么清醒。但让阿正吃惊的是，病人看到他就瞪大眼睛望着他，还费力地伸出手。阿正没把手伸出去，而是转身拿起药瓶，问病人吃药的情况。

"睡着了，不然可以看看爸爸还记得你不。他连我都认不出了。"朵朵说。

朵朵的声音有点大，阿正赶快比一个小声点的手势。朵朵好像是为了配合阿正，故作一个惊讶状，然后轻轻坐在床边的凳子上。这是阿正没想到的，他本打算进来一趟就闪人的。朵朵仔细端详着父亲的脸，好像是为了好好记住他。

还是觉得有点神奇，这个能改命换运的大端公，能通天彻地的大端公，现在却对自己的命束手无策。看着他，阿正想起小时候，那时觉得他高大得令人眩晕，远远看见，一双眼睛就恶狠狠地瞪着。现在，经过病痛的折磨，高大的他完全没了昔日的风采，他身子已收缩，木棍样的双腿隆起，雀爪般的双手僵硬，两头竭力往一头收缩，像一张挂在墙上的弓。他的下巴上仰，嘴巴大张，舌头似乎比鸡舌头还小。

双眼也凹陷了。曾经，他浓眉下的双目炯炯有神，传说他不仅可以看见十八层地狱里的恶鬼，还可以看见九天之外的神仙，甚至还可以看到别人的未来。现在别说看什么神仙、地狱和未来，他连自己的死期可能都看不到。哦，不对，他能掐会算，死亡可能已将他的死期告诉了他，只是他的肉体还是要遵循生物的规律。

只是不知还会磨上几天？

朵朵已不再像前段时间那样会为父亲啜泣，她似乎已经接受了父亲快要走到人生尽头这一事实，哪怕这个父亲是一个大端公。至于朵朵母亲，好像更早就接受了，上次来她就说过这样的话："活又不活，死又不死，真是磨蹭人。"有时听见了病人突然的痛叫声，她也不会像开初那样进来祈求，她甚至会说："叫他的，不用管。"

心痛得久了，自然会麻木。看着似乎已经进入守夜状态的朵朵，阿正碰了碰她。朵朵站起身，她知道阿正该回姑母家了。之前姑母打电话来，问阿正是否要回去睡，要的话就等他。阿正知道姑母有点矛盾：一方面希望他回去睡，好说说话；另一方面又希望他在朵朵家睡，她还是有点担心婚事有变。上次来朵朵家，回去后姑母就笑着问道："怎么，她家没留你吗？"

其实朵朵的母亲留了，还说她们家并不介意。阿正知道这话指的是什么。祖母说过，按照传统，没有正式结婚前，女方可以在男方家留宿，因为早晚都是人家的人，男方却不可以在女方家留宿，留了，伤娘家兄弟。朵朵是独生女，没有兄弟，没什么可伤的，但阿正坚持要走，他想在大端公的家里还是应该遵守"规矩"。

和上次一样，当阿正说走时，朵朵母亲说：

"时间不早了,就在这边睡吧。"

"不了。"阿正说,"我还是过去看一趟,明早再过来。"

阿正知道朵朵也希望他留下来。离开时,朵朵一直望着他。

2

姑母家在北门街的尾巴上,走着走着,阿正有点不想回去,想找个宾馆洗一个冷水澡,好好睡一觉。但这只是个念头。回来还到外面去住宾馆,姑母知道了会生气。以前就这么干过,姑母知道后直通通说:"如今你工作了,瞧不起姑母了,回来都要到外面去住宾馆了。"

姑母的嘴巴一向刻毒,得理不饶人,只要是她想说的,绝不会憋在心里。如今,搞得表弟都不愿回来。阿正知道,回去后姑母一定会叫他劝表弟回家。当然,表弟确实该回来看看,可表弟还在"惩罚"父母,过年都不回来。而他没成家,过年不来看看的话不恰当,毕竟从小就寄养在姑母家。再说姑母也是唯一的亲人了,去看看她,会觉得在这世上,自己并不是一个人。

红灯变成了绿灯,阿正走过只有两人等候的十字路口,越往那边走,行人越少;再往前,看不见行人也看不见车,路灯也没有了,很冷清。

走到一个狭窄路口,阿正拐进去。以前,这边是贫民窟,是菜地,是放风筝的地方,现在已被开发,高楼矗立。不过前面还有七八家因为赔偿款太低,不答应,继续住在他们以前的老房子里。

想着被包围在中间的姑母家,阿正走过小区的地下通道,来到那块打了不少桩的条形规划地。十多天前,施工队伍与住户发生冲突,伤了人,现在暂时停工,地上七零八落的,不过没有施工队,安静了不少。

和预想的场景一样:睡着的姑父歪倒在沙发上,没人和姑母说话,她只得打开电视,把音量开得很大,人却在打盹。不过阿正刚进屋,姑母像梦见他那样醒来。

"啊呀,快来坐。"姑母说,"远远地就看见你来了。"

"早就想走，可朵朵母亲说要糊封包，不然人死了来不及。"

在姑母面前，阿正知道什么样的话才是恰到好处。

"走什么，你就该在她家住下来。"姑母笑着说，"人家还指望你这个女婿呢。"

"还早。"阿正露出勉强的笑容。

"早？跳蚤。"姑母瞪着眼睛说道，"你就是不上心，三十一岁了，该成家了，要积极主动。"

姑母的声音吵醒了姑父。他像一只午睡时被打扰到的猫或狗，睁开眼皮说了句"回来了"，又闭上眼皮，还打了个嗝，嗝里透着酒气。

"喝，一天到晚就知道喝，喝你那溺巴汤。"姑母把才泡的花茶放在桌上，问道，"人要死了吧？"

阿正还在想"溺巴汤"这个词，没想到姑母的话转得这样快，于是回道："不好说。"

"那时候就说要死的，还不死，磨蹭人。"

话匣子一打开，姑母自说自话，讲了那个要死的病人一通后，有点兔死狐悲的味道。"哎！"她说，"做端公也要遭受病痛，也不知道怎样才能断掉最后那口生气。"

半醉半醒的姑父回道："你就盼我早点死，好改嫁。"

"没说你。"姑姑说，但立刻就开始说他了，"我跟你姑父八字不合，都是金命。老话说：两金夫妻硬对硬，日争夜吵难相合。你看，吵了一辈子，就像吵冤孽，却是莫奈何。"

换作以前，也就是十七八岁前，阿正会说这跟八字没关系，但现在不会说了。

"没那么严重。"阿正宽慰道，"你们只是小吵小闹，其实还是挺合的。"

"合什么？"姑母说，"金鸡怕玉犬，白马怕青牛。我和你姑父，一个属马一个属牛，生肖上不合，五行上也不合，三天两头吵。不像你和朵朵，生肖合，五行也合。"

姑母停下喝水，阿正搭腔道："这个我倒不知道。"

送伴

"这方面你们这代人怎会知道。"姑母放下杯子,"在介绍你们认识前,我们就合过你们的八字,是上上婚,不然你那岳母才不会赶着架答应。"

"你们的八字怎么排怎么合。"姑母像大端公那样比画着手势说,"你看,你属兔,朵朵属羊,兔羊都是温驯之物,属相上合。再说五行,你是炉中火,朵朵是路旁土。土火夫妻好姻缘,两口相爱到百年;儿女聪慧多兴旺,朱马禾仓好家园。你看,你们这是天设的婚,地造的缘。"

这些话前次来姑母就说过,但提到炉中火,姑母顿了一下。阿正知道姑母顿那一下的原因。姑母赶着话说:"死了那么久都死不了,他肯定是想亲眼看看你们的婚事。要不把婚事提前,就当冲喜?"

阿正一怔。

"不行吧。"他略带夸张地解释道,"现在办婚事,万一在办的过程中人死了,不仅影响心情,还会被人拿来当笑话谈。"

"也是,喜事变丧事终究不好。另外,他要的也不一定是这个。"

阿正沉默不说话。

"把柚子吃了,干了不好吃。"

姑父好像真的睡着了,呼吸很重。看着姑父,姑母作出一副厌烦的表情,踢一下他伸长的腿,拿起遥控器连换好几个台。阿正看一眼墙上的挂钟,快到十二点了。可姑母却无一丝困意,她放下遥控器,问了一句似乎憋了很久的话:"小城给你打过电话没有?"

"上个月打过。"阿正如实回答。

"这个没良心的,看来他是不要这个家了,叫他回来也不回来。"姑母的语气很硬,但能够听得出她的伤心。

"不会不要。"阿正撒了个谎,"这段时间工作忙,他说下个月就回来。"

"哈,他的下个月!"姑母欠了欠身子。

阿正想说点安慰的话,邻居骆家那里突然响起了几声玻璃的脆响。紧接着,就传来骆声明的咒骂声。他骂砸他玻璃的人,骂那些开发商,骂当地政府,骂他们蛇鼠一窝,官商一家。很快,那边的声音多了起来。

姑母说着下楼去了。阿正知道是什么情况,他没有跟着下去,他来到阳台,骆家门口已聚集了好几个人。他们都是还未搬走的老住户,在遭到威胁后,大家就结成联盟,互相照应。前次来姑母就说:"那些开发商,白天叫人拿着合同来软磨硬泡,晚上就派人来干一些吓唬人的勾当,已经有好几家的玻璃门窗被砸烂了,可能很快就要轮到姑母了。"

3

现在,周围都安静下来了。月光若刀裁,落在地板上,阿正不由得想到了朵朵。此时她兴许正在病人床边,而病人张大嘴巴,瞪大眼睛,盼望着什么似的。阿正打了个哆嗦,从前那些关于送伴的往事又不可阻挡地回来了。

像送人离世这样的事,阿正不知道自己经历了多少回,不过他记得第一次去当送伴时,才七岁。一天傍晚,姑母在热气腾腾的碗里放了一勺蜂蜜后说:"阿正,你有点感冒,过来把蜂蜜水喝了。"

蜂蜜这样的东西金贵。祖母说过,在别人家,不要淘气,不要给人家添麻烦,阿正记得当时是这样回答姑母的:

"我很好,姑母,我没感冒,我一声也没咳。"

"咳了,还咳得好厉害。快来把这治感冒的蜂蜜水喝了。"

"好的,姑母。"

阿正记得,喝下蜂蜜水后很舒服,不久就睡着了,还做了梦。梦里有人把他放到背上,背着他赶路,穿街过巷,走着又像飘着。背他的人大汗淋漓,气喘吁吁,说受不了了,另一个人又接着背。他们把他背进屋子,放在床上,而外面,锣鼓喧天,像在办丧事又像在办喜事,而他的小手,被一双手紧紧捏住,捏得汗水直流,湿了全身,湿了床单被子,好像尿了床。他想挣脱,可怎么也挣不开,他大声喊叫,近在眼前的人却听不见。他像求菩萨保佑那样求他们碰他一下,或是踹他一脚,或是大喊他一声,这样他就可以醒来,逃脱不知是谁的手。可他们抽烟,嗑瓜子，说笑谈话，晃来晃去，就是看不见他。他只得求那个看不到他相貌的人，求他把自己放了。而他非但不放，还将他捏得更紧……

这是第一次当送伴的经历，还是很多次经历的合辑，已经不能分晓了。不过不管是什么，当时以为真的做了一场可怕的梦。类似的"梦"，一年要做很多次，一直做到十二岁。十二岁的一个深夜，一切恍然明白了。那晚，因为真的尿了床，突然就惊醒了，只是令阿正惊愕的是，他竟和一个陌生的老人盖在同一床铺盖下，更令他惊愕的是，那个老人已经停止了呼吸，一双冷冰冰的手像锁扣一样紧紧锁住他的手，他挣也挣不脱。而虚掩的门外有人说话，他想大喊或是大哭，又莫名其妙地害怕他们冲进来看到这丢人的一幕，就屏着。好像过了不久，外面鸡叫了，接着响起板凳的咯吱声，很快人进来了，灯也亮了。

"爸爸已登极乐。"其中一个人说。

"是啊，走得很安详。"

"哦，快，快把孩子抱走。"

一个毛胡子男人抱着他就往外走，阿正看到了笑容满脸的康大端公和姑父姑母。很快，他们把他放上车，一阵颠簸后，姑父把他抱下车，累哈哈地抱到床上，盖上铺盖。

为何要喝蜂蜜水？为何要做那些梦？阿正似乎明白了，那不是梦，但也不清楚到底是怎么一回事。半月后，姑母又喊他喝蜂蜜水。胸口一紧，阿正还是回道："好的，姑母。"他把碗端到嘴边，边吹边往外走，放碗时若无其事，然后去睡觉。接下来和他想的差不多，姑父将他抱上车，一阵飞驰后，姑父将他抱进屋，放在别人的床上。康大端公一边把他的手放进另一只冰凉的手里，一边叽叽咕咕地念着什么。一会儿后，他们全都出去了。阿正早已看清，捏痛他手的老人不是别人，是姑父的舅舅。前不久他还跟着姑父姑姑去医院看望过他，姑姑说他被病魔折磨得痛不欲生，多次自杀都没成。在医院里，阿正看到的老公公瞪大眼睛望着天花板，嘴里喘着粗气，很难受的样子。现在他喘得不是那么厉害，他身上很冷，手却很有劲。

长大后，阿正还很后怕，不知道当时为什么狡猾地不喝蜂蜜水，幸亏那个临终的人是亲戚，否则后遗症可能就不仅仅是做噩梦了。

姑父的舅舅是最后一个，等丧事结束后，趁只有姑母在家的空当，阿正还是把压抑许久的话讲了出来："姑母，那晚的蜂蜜水我没喝，一口都没喝。"

姑母的脸刷一下全红了，闷了两秒后，她放下抹布就出门去了，什么话也没说。

从此，喝蜂蜜水的事就落在了表弟头上。表弟不是正午出生的，可他是覆灯火命，同样可以去当送伴。后来，表弟也知道了，表弟不像他那么怯懦，他立即和父母大吵了一架，骂母亲是"钱心子"，骂父亲是帮凶，还跑了，找了十多天才在一个亲戚家找到。

成年后，谈起当送伴的事，阿正劝表弟要理解。当时，姑父姑母都下了岗，找不到工作，只得洗碗刷盘子，四处打零工，累死累活，可一个家依然过得捉襟见肘，不是没钱买米下锅就是没钱买煤生火，还经常去捡人家丢在菜摊子旁的菜边叶来吃。祖母见状，只好转回乡下耕种。当时阿正也要跟祖母回去，他不想待在别人家。可祖母不准。"记好。"祖母说，"你要听话，把书读好。"祖母回乡下去了，回去后，源源不断地送米进城。但送伴的事并没有停止。后来，情况得到了很大改善，姑母应该不差那每次几百元的送伴钱了，可表弟依然还在喝蜂蜜水。一天，阿正无意中听到了康大端公和姑母他们的谈话。姑母好像一直在拒绝康大端公，可康大端公是吃这一碗饭的，一直左说右劝。

"那人实在是被磨得不成样子了，就让小城去送一程吧。"康大端公说，"钱我们暂且不说，权当行善积德，救苦救难，成全他儿子儿女的孝心。"

"还是算了吧。"姑母说。

"大姐。"康大端公说，"你心肠好，你知道这也是'救人一命'，俗话说'救人一命，胜造七级浮屠'。"

阿正不理解端公的话，觉得挺绕的。他从自己的感受出发知道那件事留在表弟心中的阴影，他安慰表弟——其实也是安慰自己，就是觉得当时姑姑家的生活太难了，而这难也有自己的"责任"。

4

经过一夜乱梦，阿正不知道惊醒自己的是梦中的葬礼，还是楼下的说话声。也许两者都是。他坐起身，满头大汗，望着空出来的那半边。那半边没人，空空如也。他看向明媚的窗外，听着知了的叫声，在床上痴愣了好一会儿才将手机开机。信息接连来了好几条，他没理睬那些信息，只是看了一眼时间。

昨夜的梦还在脑海萦回，他像每个难得的周末那样慢条斯理地穿好衣服，来到客厅。电视开着，姑父姑母此时却不在电视机前。想起昨晚说过今天一早就过去的话，他来到卫生间洗漱，可他并不着急，尽管开机时就显示九点二十七分了。等他洗漱出来后，姑母已经把菜买回来了。

"姑母，您买菜都回来了。"他说。

"呃？"姑母看见他，把手举在半空中，"我想跟你说什么来着？这记性，被狗吃了。"

说着，姑母取出电饭锅淘米。忽然，她大叫一声。

"哎呀，想起来了。"姑母说，"我刚才想喊你打电话给朵朵，叫她们过来吃早饭。你看，你人就在面前都要忘记。"

尽管也不想待在姑母家，不过相比之下，自然更愿留在这边。阿正拿出手机，来到窗边；姑父在屋前那块巴掌大的菜地里找来找去，不知在找什么；昨晚破口大骂的骆声明坐在坝子里，他的鸟笼挂在前面那棵核桃树上，鸟叫得很欢……手机却先响了起来。

一看是朵朵，阿正首先想到的是病人已经解脱了，结果不是。

"妈叫我们去落照寺给爸悔愿。"朵朵说。

"悔愿？"阿正说。

"是啊。"朵朵说，"悔愿，不知道吧？"

"知道一点，只是不知道要悔什么愿。"

"哎呀，悔妈给爸祈的愿。"朵朵显得达观，像讲故事那般噼噼啪啪地说，"爸爸刚倒床时，妈就去落照寺给他祈愿，希望他早日康复，平平安安，顺顺利利。可说顺嘴了，许愿时妈就像咒人那样，希望爸爸长命百岁。现在妈说爸爸活又活不了，死又死不去，估计是她那长命百岁的愿祈错了……"

"哦。"阿正愣了一会儿，"悔愿祈愿，应该同一个人才行吧？"

"我也这样说，可妈执意叫我们去。"

"嗯。"阿正犹疑着，姑母却将手机拿了过去，才说上两句，那边的人换成了朵朵母亲。不知道两位大人说了什么，挂掉电话，姑母说："你岳母喊你和朵朵去落照寺悔愿，赶快去，悔愿要早上，不然不灵验。"

姑母的口气像在下逐客令。阿正只好匆匆走了。

5

来到这边，朵朵还没洗漱，开门后她才去刷牙洗脸。至于她母亲，正在收拾厨房。不是要忙着去悔愿吗？阿正感受不到悔愿的急切，觉得怪怪的。迟疑间，朵朵母亲走出厨房，看着他说："小正，悔愿不能吃东西，要饿到悔愿后才行。"

阿正最怕别人看着他说话。平时，只要对方看着他说话，他要么低着头，要么把目光投向别处，倘若不小心与对方目光相碰，他也会立即躲闪。此时，朵朵母亲藏有深意的眼睛看得他手足无措，但他不能闪避，只得挤出一丝笑容回道：

"不饿。"

幸好这时她的手机响了。

阿正松口气，来到窗前，对面响起了钢琴声。琴声不算流畅，可能是个新手，但飘进来的乐声多少能净化一下屋子里的气味。阿正朝卫生间看去，朵朵已经洗漱好，正在搽脸霜。她从喉咙部位开始，轻轻往上揉，还轻拍脸颊。搽了脸霜后，她还刷了腮红。做完这一切，她往镜子里瞥了一眼才出来。

"我去换身衣服。"说着，朵朵进了自己的房间。

朵朵穿了一身灰白运动装匆匆出来，拿上包，连母亲在哪里都没看清楚就说："我们去了。"

听到母亲在父亲的房间回答，朵朵又转身进了父亲的房间。

都进去了，看来得进去一趟才行。阿正屏住呼吸走进门，里面的诵念声停止了，墙上的符箓及幡呀榜呀什么的也不见了。这些用于禳灾祈愿的东西已撤，马上又要去悔愿，看来真的已经放弃。阿正上前一步，踮起脚。没想到病人是醒的，他凹陷的眼睛睁得老大。

不知道有没有被病人看见？阿正一惊，想退，朵朵却说：

"爸爸，您看，谁来看您了？"

朵朵侧身让开。阿正只好上前一步，但他的眼皮低垂，目光死死落在病人手上，不知道病人的眼珠子动没动，在没在看他。他害怕那眼光。

"能说话不，康朝举？"朵朵的母亲边说边用棉球打湿病人干燥的嘴皮，"能说的话，有什么想说的就说，小正和朵朵他们都在。"

有什么想说的就说。阿正记得，上次朵朵母亲就说过这样的话。现在病人已经说不出话，她旧话重提，很明显她是说给他听的。她肯定知道他当过送伴的事。他不由得多想了一层。

阿正掐着手指。朵朵看一眼表，像上学要迟到了那般说道："我们得走了。"可母亲就像没听见，问病人是不是还有什么放心不下，是不是还有什么心愿未了，还说："治得了病，治不了命，该给你医治的已为你医治。你有什么想说的就说，不要拖住最后这口气来磨自己。我已叫小正他们去悔愿，你是做这一行的，应该知道。"

听话听音，朵朵母亲的每句话都撞击着阿正，他觉得这些话都是说给他听的。但是一转念，阿正又觉得或许是自己想多了，人家不是要去寺里悔愿吗，人家想的是叫菩萨"救人"。

"妈。"朵朵喊道，"我们该走了。"

走出病人房间后，母亲问："教你的话记住了吧？"

"记住了。"朵朵说。

"铜钱带上了吧？"

"包里。"

朵朵拍拍包，母亲点点头，两人都有一种神秘感。

6

出了门，两人像出笼的鸟快步出了小区。本来打算打车，可出来就遇到公交车，就坐了上去。

落照寺在半山腰，山路蜿蜒。行到一半，车上只剩两个乘客。吹着九月的风，朵朵的心情好像很好。至于阿正，虽没表露出来，其实他也觉得很好，他虽不喜欢香蜡纸钱的气味，但他喜欢落照寺清幽的环境，喜欢上面的山色。以前，只要回来，他总止不住要往这上边跑。不过第一次来落照寺吃斋饭，他却吐了，那时他大概七八岁的样子。里面的尼姑说，看来小施主与佛无缘。这话很不中听，祖母和姑母再三找原因，经过分析后，她们得出这样一个结论：并非与佛无缘，而是来之前他吃了一碗鸡蛋炒饭。

"还是双黄蛋。"祖母补充道。

"哦，原来是这样。"尼姑说，"带着人世的荤腥步入佛门，自有一番际遇。"

"就像我爸爸那样。"听后朵朵毫无忌讳地说，"他们就爱说这种模棱两可的话，让你晕头转向，又觉得好像就是这样。"

阿正没想到朵朵是这样看待父亲的，接着朵朵的话，说了句指向不明的话："就是这样。"

两人这么说着话，转眼间便到了。下车，十二点差二十来分钟。十二点后就不能算作早上了。他们悄声走进院门，没看景，直奔许愿池。

许愿池在大雄宝殿正前方，不大，深如缸子，不过池壁是透明的，里面的钱币有好几寸厚。池中立了一根圆柱，柱子上顶一个莲台，莲台上的菩萨有一对翅膀，还光着身子，不知是谁，看起来更像西方的小天使，有点不伦不类，连祖母都觉得不妥。阿正不止一次和祖母来许愿、还愿。但不管是许愿还是还愿，祖母说都要漱口净手，心端意平，至诚一心。阿正不信教也不信佛，但他喜欢跟着祖母来，喜欢在祖母许愿还愿时安静地等在旁边。

今天，陪朵朵来悔愿，他也想等在一旁就行了。

但到了沉满厚厚钱币的许愿池边，朵朵还是道出了母亲交代的事。

"妈说，你是女婿，悔愿仪式应该由你来行。"朵朵略带腼腆，忙解释说，"妈说这样会更灵验。"

估计朵朵憋了一路，她说得很不自信。他倒不吃惊，好像预料中的事，其实他没"预料"。按照朵朵母亲的吩咐，悔愿时还得请主持敲着木鱼念三遍往生经，还说念了往生经，有了方向，病人才能上路。朵朵说得有模有样，说完后问阿正信不信。尽管做过那些噩梦，尽管跟祖母来过好多次，但是阿正谈不上有什么信。

"往生经就不念了吧。"阿正说，"心诚的话念不念都灵，你说呢？"

"那这事你不能让妈知道。"朵朵抿紧嘴皮。

"肯定不会。"阿正哂笑道，"我还没这么诚实。"

时间在接近，一切从简，什么漱口净手的事就免了。阿正从大雄宝殿取回三炷点燃的香，面向许愿池上的小天使，闭上眼睛默诵朵朵母亲教给朵朵的那几句话："真心真意来悔愿，众神菩萨多担待；昨日贪望今日尽，磨折劫难化云烟"。本来还要恳请菩萨指引病人走上归命之路的，可说完前面几句，阿正觉得自己说不下去了，干脆睁开眼睛，作三个揖，将青烟缕缕的香插入前面的香炉中。在一旁等待的朵朵赶快递上父亲占卜用的那三枚铜钱，母亲为这三枚铜钱哈过气。阿正接过铜钱，行礼后将拳头伸到池子上边。不知何故，此时大雄宝殿屋檐下的钟突然被撞响了，一惊，阿正松开手，三枚哈过气的铜钱滑落水中。水不增亦不减，只是泛起了几个还没浮上水面就碎的小水泡。

阿正认为悔愿不过是做做样子，没想到就在他松开手的那瞬间，一种"撒手人寰"的意味陡然生出。一瞬间悲凉，一瞬间豁然，不知道自己是谁了。

或许朵朵也有这样的感觉，等洪亮的钟声消失后，她好像如释重负地舒了口长长的气。

"我感觉……"朵朵说，"爸爸似乎感知到了我们为他悔的愿。"

"没那么快吧。"见朵朵略带感伤，阿正说，"好歹也有几公里路。"

忽然，朵朵像换了个人，上前扯着阿正的衣袖说：

"闻到香味了，要不我们吃了斋饭再回去？"

今天来寺庙敬香拜佛的人不多，留下来吃斋饭的人更少，加上寺庙里的人才十一人。大家坐一桌，用完斋饭没聊上几句就一点多了。

愿悔了，斋饭也吃了，按说本该回去，以防悔愿成真，病人会随时溘然长逝。但朵朵给母亲打过电话后，改变了主意。她告诉阿正，母亲说父亲说他是白天生的，以后死也是在晚上离开。他们有时间去看看山景。

他们先去寺庙后面那片系有不少姻缘线和长命缕的竹林拍照，然后又帮师傅们采摘茶叶，返回寺庙后，朵朵想撞一下屋檐下的那口黄铜大钟。在一旁坐着的一个僧人说："佛家的钟，乱撞不得，撞了，就有意义。"

于是两人来到可以俯瞰半边县城的天王殿。天王殿高高的柱础上有一副对联，朵朵念道：

"天雨虽宽，不润无根之草；佛门广大，难度不善之人。"

阿正忆起了小时候祖母教他念对联的情景。朵朵已经坐在了屋檐下的长椅上，不停地拍打双腿，喊累。阿正也坐下来。估计是昨晚没睡好的缘故，朵朵偎进阿正的怀里就睡着了。阿正把外衣脱下来盖在朵朵身上，不久后，他也靠着椅背睡着了。不同的是，朵朵睡得很沉，阿正却依旧睡得很不安。

没想到在寺庙里小睡还会做这样的梦。看着呼吸均匀的朵朵，阿正想起无法跟朵朵一同到天亮的那些夜晚。那些夜晚，开始都是好好的，可刚眯着眼，阿正感觉睡在旁边的并非朵朵，而是一个已死之人。这么一想，吓得他猛然睁眼。睁开眼，如果朵朵睡熟了，他就悄悄溜走；没有的话，就找个借口起身出去。检验过好几次了，只要跟人睡在一张床上，必做噩梦，必然会梦见睡在旁边的人非死非活的。一个人睡的话，这样的梦要少得多，感觉也不是那么强烈。可这一切朵朵并不知道，还以为是自己不好，不够有吸引力，或是阿正对父亲的职业有什么看法，所以到现在都不向她提出那种要求。阿正记得，为此，朵朵给过不少暗示，不是说她的某个同学结婚了，就是说她的哪个同学已经当母亲了。

送伴

有一次，朵朵还穿上新买的情趣内衣，说卖内衣的女老板说，你就买下它吧，要是穿上，他会忍不住马上脱下你的衣服的。

阿正露出一丝笑意，他也真是觉得朵朵跟他是合的，朵朵身上有一种天然的东西。殿后传来念诵佛号的声音。阿正想，在佛门清净之地畅想男女之事，会不会亵渎菩萨神明啊，不过当年那个尼姑就说过自己与佛无缘，亵渎就亵渎吧。一阵暖风从屋顶上吹下，一只蝴蝶落下来，摔在地上，仅剩的半副翅膀微微闪动着。一阵风又从侧面掠地而来，将它掀翻，它翻了两下不动了。

朵朵动了一下，阿正赶快用衣服挡住阳光，朵朵又睡去了。她睡得这么踏实，他竟然有点感动。他忍不住吻了一下她的额头，她立刻醒了，笑着看他。

回到街上，落山的太阳又在山后面冒出光，天地再次明亮起来。走到馋嘴街，朵朵提议去吃凉粉或是铜锅饭。阿正一怔，点头说行，于是两人就到常去的那家小吃店。在等东西上桌的间歇，朵朵给母亲打了个电话说不回去吃了。

不多时，阿正也接到了姑母的电话，在一旁的姑父喊道：

"儿子，快回来下象棋。"

"下鬼。"

嗔过姑父后，姑母换了一种语气说道："愿悔了，病人随时都会走，要守好人，不要闹个落阵空亡，像你奶奶那样。"

阿正嗯了一声。姑母说："就这样了，我和你姑父晚上过来。"

祖母的事又被提起，以致阿正很没胃口，他脑中不断浮现着祖母的样子。祖母是从封建时代过来的人，见庙就拜，逢神便跪，遇上坟就默念三声"阿弥陀佛"，谈起阴间的森罗大殿以及铜虎铁狗硫磺火，更是头头是道，就像亲自去过那般。晚年祖母总是发出这样的疑问："不知道我会怎样落掉最后那口气哦？"

阿正记得，最后那段时间，祖母很怪，一坐下来，就会拉住他的手，而且总是出现在他的房间。有一晚，祖母甚至偷偷睡在了他的身旁，但那晚祖母没走。不过两天后祖母孤零零走了，没人守着，到底落了个落阵空亡的结局。当过那么多人的送伴,帮别人去寒气、化罪业,结果却让自己的祖母独自离开,一直以来,阿正都不愿多想这件事。是当时真的没有发觉祖母的怪异呢,还是自己有意在躲避?如果没有做送伴的经历,也许会很自然地守在祖母身边吧?阿正有一下没一下地挑着自己碗中的食物,等待朵朵吃完。

朵朵吃得吁了口气,还说:"没想到吃东西也是一件累人的事啊。"

7

回来得有点晚,昨天那群鸽子早已回了鸽笼,不过弹钢琴的人跟昨天的显然不是同一个。今天的要高明得多,这是朵朵的评价。回到家,她放下包就直奔父亲的房间。阿正本不想进去,可在好奇心的驱使下,他也想看看病人有没有感知到他们为他的解脱而悔的愿。阿正站在门口。从朵朵的表情来看,估计不起什么作用。突然,朵朵喊道:

"妈,你看,爸爸眨眼睛了。"

"真的?"母亲赶快跑进来。

"朵朵她爸。"她喊道,眼睛盯着病人,"喂,朵朵她爸。"

病人瞪大的眼睛没有任何反应。

"喂,朵朵她爸,听得到我说话不?"她的手在病人的眼睛上面晃了两下,依旧没反应,她大声喊道,"康朝举,听得见不?"

病人依旧没动静。

"他哪里会眨什么眼睛。"母亲说着就出去了。

朵朵母亲虽然早就当病人已经死了,但此时,阿正能感受到她的悲伤。阿正上前一步,将身子朝前倾,病人似乎看见了,眨了一下眼睛。阿正赶快退回来。而朵朵再次喊道:

"妈!快来看,爸爸又眨眼睛了。"

母亲又跑进来,可喊来喊去,病人就是不眨眼睛。等她出去,朵朵又喊了起来。母亲生气了,冲进屋。

"康朝举。"她指着病人说，"你欺负人，几十年的夫妻，到最后你连眼睛都不为我眨一下，专眨给你女儿看。好，你爱活不活。"

母亲的话使得女儿没忍住，噗嗤笑了。

"你还笑。"说着，母亲也笑着出去了。因为门铃响了。

阿正猜测，来人百分之九十是姑母姑父，他退出病人的房间。不过准岳母开门后，进来的只有姑母。姑母一进屋，就说了姑父没来的原因。姑母说，下午没人在家，一楼的两扇玻璃被砸，晚上得有人在家看着。

"那岂不是很危险。"准岳母说。

"谅他们也不敢胡来。"姑母说得很坚定。

这时朵朵也出来加入了她们的谈话。阿正站在窗前听着，姑母和朵朵母亲你一言我一语，说的多是饮食禁忌方面的问题，像什么反复烧过的水不能喝，豆浆鸡蛋不可一起吃，豆腐不可与菠菜一起煮，香蕉橘子不可空腹吃，还叫坐在一旁的朵朵不要买转基因食品，不要去献血，以免染上艾滋病。

阿正有意无意地听着，这时一只猫"喵"的一声被另一只猫追得一个箭步窜进屋中，"喵喵"叫两声又躲到沙发下，不出来。

朵朵吓得大叫一声。

"谁家的猫？"她拍着胸脯问道。

"没见过，不知是谁家的。"母亲歪着头看猫。

"吓死我了。"朵朵拿起桌子上的老皇历卷成筒，噘着嘴说，"我要把它赶走。"

"赶它做哪样。"母亲像之前那样坐好，"老话说，猪来穷，狗来富，猫儿来了扯孝布。来的是猫，不见得是坏事。"

准岳母的话是冲着病人去的。于是姑母问起了病人的情况。

"猫都来了，我看怕是熬不过今晚了吧。"准岳母就像在说一桩喜事一样，语气轻松。

"阿正，那今晚你就别过去了，在这边守夜吧。"姑母看着阿正说，没等阿正答应，她起身去看病人了，没多久，就出来了。

"亲家。"姑母说，"你们操心，我先回。"

"要当心,他们的手段多得很。"

"放心。只怕他们不敢来。"

"那叫阿正送你回去。"

其实阿正早就做好了送姑母回去的打算,而且已经打开门等在门口了,但姑母坚决拒绝。

"你以为他们真敢动手啊。"姑母说,"守好夜,有事打电话。"

姑母还拍了拍他的手。他一下子明白了姑母的意思,而且他也知道姑母知道他明白了她的意思,她转身走得很坚决。

至少姑母不会给他喝蜂蜜水了。他苦笑了一下。

守到十一点时,阿正打起了呵欠,准岳母叫他去休息,还故作轻松地说用不着守夜,尽管猫来了,不一定就今晚死。最后,准岳母用了一句非常有意思的话来总结:因为他还没痛够,还没看够世上的风景。

准岳母的幽默一点也没让阿正放松。相反,他和朵朵一起劝说她去睡,朵朵母亲也好像等着这个"劝",稍微坚持了一下就去睡了。母亲睡下后,要不了几分钟,朵朵就会进父亲的房间看一趟。阿正叫朵朵也去睡,他一个人守就行。

"我还不困。"朵朵说,"困了我就去睡。"

二十分钟不到,朵朵果然在沙发上睡着了。阿正给她盖了一床毯子,不过,不一会儿,她又醒了。

"我有点饿了。"朵朵睁大眼睛说,"要不我们煮面吃?"

阿正不吃,朵朵也就没煮了。她拿出手机,不知道在看什么。阿正为了打发时间,一直在翻看朵朵想用来赶猫的那本老皇历,他细看了上面的"周公解梦",但觉得很不准。

到子夜了。朵朵从父亲的房间里出来,打了个呵欠。

"你去睡吧。"阿正抬起头说,"时间不早了。"

朵朵在阿正旁边坐下来。

"今晚的星星很多。"她说。

阿正"哦"了一声。

"听说人死了会变成星星。"朵朵也来到窗前。

说这话的时候，朵朵都在打呵欠，阿正又叫她去睡。估计是耐不住了，朵朵睡去了。朵朵去睡前抱了他一下，他又亲了一下她的额头，她迷迷糊糊地冲他一笑。

不一会儿，不知是哪家的鸡叫了，阿正感到奇怪，这个小区里居然能听到鸡叫。阿正看看时间，就要到两点了。不知道病人怎样了？阿正准备进去看一眼，又告诉自己他没事，今晚死不了。于是他又拿起老皇历。他翻到生肖那部分，找到自己那年的生肖。上面写道：禄米、糯米几升，棉布几匹，绢几段，肉几两，茶盐几两，欠受生钱几万贯。而有些年份出生的人，上面还写有午时空亡、申时空亡、巳时空亡这样的文字。阿正根据朵朵所说，找到病人的年份，上面写的是寅时空亡，寅时是三点至五点。病人真的会像书上写的在这个时间段死去？他有点不敢相信。

到两点时，阿正皱着鼻子去了一趟病人的房间，他并没"空亡"，依然瞪着眼睛，张大嘴巴。阿正回到沙发上，看了祖母、姑母、姑父、表弟他们的生肖，还比较他们的禄米、糯米、棉布、绢、肉、茶盐以及所欠受生钱。看了亲人的，阿正又看其他人的。看着看着，他好像听到了喘息声。

阿正放下书，刚进门，就看见踢开被子的病人像只吃了老鼠药的狗那样抽搐。不仅如此，他张大的嘴巴泛着泡沫，拳头大小的头不停地左右晃动，他一双只剩下一把骨头的手紧紧抓住床单，而他的眼睛是闭着的。

那样子好像做噩梦了，临终的人还会做梦吗？也许会做更可怕的噩梦吧。作为长期受噩梦折磨的人，阿正好想去碰他一下，把他碰醒。这样想着，也就这样做了，阿正几乎是下意识地摸了一下他的手。好像自己真的有一股神秘的力量似的，或者真是触醒了他的噩梦，大端公突然就缓和了，甚至平息了，连嘴巴都快闭上了。

见他好了，阿正准备缩手，不料却被死死抓住了，好像床上的人就等着他的手似的。他一下子从头凉到脚，下意识地往回一抽，没有抽出来，却把床上的人拉离了原位，原来这个曾经那么风光的大端公变得这么孱弱。他感觉拉动的只是一个稻草人，但是那抓住他手的力量却是很大的，好像不是来自眼前这个人。他想抓他手的这个人现在的眼睛应该是睁开看着他的。但是没有，他的嘴巴眼睛都是闭着的。也许他手上的这些力气就是他跟这个世界的最后一丝联系了。他突然想起了白天在落照寺里铜钱落下去的刹那间的感觉。他不再往回抽手了，他用另一只手把他往原位推了推，他好像很配合地回到了原位。这让他更加放松了，然后他自己先把屁股坐在床上，慢慢地躺了下去。他觉得抓住他的那只手在慢慢地放松。

他没有急着像其他人一样去叫家人来跟死者见最后一面，他希望他这是真的解脱了。想到解脱，他第一次觉得这个通晓阴阳的人说的那些"模棱两可"的话也许是真有其道的，他身上有"火"，可以立功德。恍惚间，他觉得自己产生了一丝轻快的感觉，仿佛从什么东西里面挣脱出来。

（原刊于《收获》2020年第5期）

水果硬糖

万玛才旦

　　我有两个儿子，两个儿子的年龄相差十八岁。
　　先说说我第一个儿子多杰加。多杰加长得尖嘴猴腮的，村里人都在暗地里取笑他，我也经常为他的长相担心，想着这样一副长相，长大了谁家的姑娘还愿意嫁给他呀。多杰加出生后还不到一个月，我们村里一个平时口无遮拦的女人来看月子，她看了一眼我怀里的婴儿，不无担心地说："这个孩子长得这么难看，长大了可怎么办啊？"虽然我知道自己的儿子长得丑，但是还没有人当面这样说过。我心里就把这个女人给恨上了，之后两三年都没跟她说过话。他长到三岁时他的阿爸就死了。是病死的，不是什么意外。刚开始我没法接受，后来就慢慢接受了。他从开口说话开始就说他想念书。我想，不识几个字，人就跟个瞎子似的，在社会上没法混。所以，从七岁开始，我就让他去我们村里的小学念书了。从小学一年级开始，他每个学期都拿回一张"三好学生"的奖状来。我很高兴，我想，他这么聪明，将来也许有姑娘愿意嫁给他呢。我用面粉做好糊糊浆，把奖状都粘在了我家灶房的墙面上。到了五年级时，我家灶房的墙面上贴满了奖状，花花绿绿的，很好看。念完五年级，就算是小学毕业了。我们这里有个习惯，就是大儿子一般要留在家里继承家业。我只有他一个儿子，自然就要留他在家里继承家业了。我把这个意思跟他讲了。他半晌不说话，最后才说："阿妈，求求你了，我想念书，你让我念完初中再说吧。"他这样一求，我心又软了，继续让他念了初中。

念完初二，我就下定决心不让他继续念了。初二的最后一个学期结束之后，他依然带着一张"三好学生"的奖状回来了。我用面粉做好糊糊浆，把奖状粘在了我家灶房墙面上的某个角落里。

之后，我转过身对他说："家里人手少，你阿爸走了之后，阿妈既要做女人又要做男人，一个人顾不过来家里所有的事啊！你识的字也够你用一辈子了，以后你就别去上学了吧。"

他看着我不说话，不知道在想什么。

一会儿之后，他走过去，把我刚刚粘在墙上的奖状撕下来，揉成一团，扔到了火塘里。随后，"哗"的一声，奖状烧成了灰烬。

我有点不知所措。我看了看他说："阿妈知道你念书很厉害，可是家里阿妈一个人实在是顾不过来啊！你是家里唯一的男人，你要担负起这个家啊！"

他看着我说："阿妈，你就让我继续念书吧，以后我来养你，我把你带到城里头生活，以后咱们就不要这个家了。"

我打了他一耳光，说："你别想让这个家败在你的手里，你这样我没法面对你阿爸的在天之灵！"

他也不看我，走过去又从墙上撕下一张奖状扔到火塘里烧成了灰烬。

我叹了一口气说："你再撕也没用，你就死了继续念书的心吧。"

后来，每到早上，我就发现墙上的奖状少了一张。暑假快结束时，墙上的奖状就全没有了，墙面上空荡荡的，有点不适应。

我问他："你把奖状都藏哪儿了？"

他说："我都烧掉了。"

我很生气，瞪着他说："你烧了也没用！你把整个墙烧了，你把整个房子烧了，你把整个家烧了也没用！我就是不想让你再去上学了！我也是个人，我也需要个帮手！"

他看了看墙面，墙面上已经什么也没有了。要是墙面上还有奖状，他肯定又跑去撕下来扔到火塘里烧了，我想。

开学之后，我没让他去上学。他也不说什么，跟着我帮着干各种家务活。我心里想，有个儿子长大了可真是好啊！

开学后过了一个星期，他的班主任找上门来了。班主任是个三十多岁的男子，鬈发，戴着一副眼镜。我想他一定是看了很多书，上学时肯定也和我儿子一样拿了不少奖状。

他给我献上了一条哈达。这是很高的礼节，我有点受宠若惊，一时不知道该怎么办。

他说："我听说了，你是想把你儿子留在身边给你做帮手。"

我说："我实在没办法了，家里的事情太多了，身边没有个帮手我顾不过来！"

他说："这个我理解，可你的儿子是个天才，你不能毁了他的人生。"

我问："天才是什么？"

他好像被问住了，一时不知道该怎么回答。他看了看我的儿子，我的儿子也正在看着他。

他说："就是说在这个世界上这样的人不多。"

我说："你是说像他这样长得很丑的人不多吗？"

他笑了，马上说："不是这个意思，不是这个意思，天才不是这个意思，天才跟长相没有关系。"

我更加不明白了，继续看着他。

我儿子看着我俩笑了。

他显得有点尴尬，又使劲想了想说："你们这儿的活佛多不多？"

我立即说："不多，我们这边的寺院就一个活佛。"

他也立即说："他就是那样的人，那样的人很少，一百年才出现一两个。"

我立即说："你不要拿他跟活佛比，那样比不好，那样比会折损他的福气。"

他一时不知道该怎么说了。他挠了挠头皮，想到了什么似的说："你儿子每个学期拿来的那些奖状你都看见了吧？"

我看了看墙面，说："当然看到了。"

他继续说："那些奖状不是随便就能拿到的。你儿子从小学一年级开始到现在每个学期都拿到了'三好学生'的奖状，这是很不容易的。"

我继续看着墙面，有点遗憾地说："可惜那些奖状都被他撕下来扔到火塘里烧了。"

老师看了看我，又看了看墙面。他似乎也看到了一些蛛丝马迹，说："烧了？真的烧了？"

我看了看我儿子说："真的烧了，不是我烧的，是他自己烧的。"

老师看着我的儿子。

儿子低着头说："我阿妈说不让我上学了，我就把那些奖状给撕下来烧掉了。我想留着那些奖状也没啥意思。"

老师看着我儿子，最后才摇着头说："那些奖状烧了就烧了吧，也就是些纸片而已，主要是你现在要继续上学。"

我儿子看着我不说话。

我态度坚决地看着老师说："你说什么我也不会让他继续上学了！我也不是这个家里的驴，我也需要个帮手，长大了连个帮手都做不了，我生下他，把他养大干什么？"

老师很生气，瞪着我，大声说："你这是在造孽！"

我也有点生气，问："造孽？我不让自己的儿子念书也算造孽吗？"

老师更加生气，喘着气说："当然是造孽！你这样造孽你死后是要堕入地狱的！"

我有点害怕了，问："真的假的？"

老师说："当然是真的！你想想，当初要是宗喀巴大师的母亲不让他去寺院学习经论，会有后来被称为第二佛陀、格鲁巴创始人的宗喀巴大师吗？"

我觉得他说的有点道理，没办法反驳他。

他接着说："要是她当时不让宗喀巴大师去拉萨的寺院学习经论，她死后肯定会堕入地狱的！"

停了一会儿，他又说："你现在不让你儿子继续念书，你死后肯定也会堕入地狱的！"

我相信因果报应，我相信今生来世，我当时真的被他这句话给吓坏了。

下午，鬈发老师就带着我的儿子回去了。

第二年夏天，我的儿子初中毕业了，考上了州上的高中。村里很多女人问我你怎么就生了这么个厉害的儿子，都考了全州的第一名。我心里高兴，嘴上却说："我怎么知道，就那样不小心生了个天才呗。"

女人们问我啥是天才，我想起了老师的话，说："就是说那样的人不多。"

我想她们理解不了天才的意思，没想到她们却说："那样的人当然不多，要不然怎么能考上全州第一名呢！"

高中第一学期结束寒假回来时，他空着手回来了。我有点好奇，有点意外，笑着问他："这次你是不是没有拿到奖状啊？"

他严肃地说："拿到了。"

我问："在哪里？"

他说："我在路上烧掉了。"

我有点遗憾地说："烧掉它干吗？拿回来贴在墙上不是挺好吗？"

他说："就一张纸而已，留不留着都一样。"

我没再说什么。后来几个学期寒暑假时他空着手回来，我也没再问什么。

高中毕业之后他就考上了大学。我们村里的那些女人又都说我儿子是以全省第一名的成绩考上大学的。她们问我就说我不知道。她们却说，你儿子是天才，考个全省第一名是区区小事。

其中一个女人又说："听说你儿子到了大学要学医，是真的吗？"

我说："当然是真的，我儿子考了全省第一名，想学什么到了大学都随便选!"

那个女人赞叹着说:"俗话说'活佛的母亲死后要堕入地狱,医生的母亲死后要进入天堂',你可真是有大福气啊!"

我脸上带着笑,心里却骂道:"死儿子,将来要当医生了也不告诉我一声!"

儿子上大学前,有一次我问他:"你到底有没有考上全省的第一名。"

儿子看着我笑了笑说:"我不是第一名,我是第三名。"

我有点失望,问他:"你不是天才吗?你怎么就考了个第三名?"

儿子说:"你以为第三名就那么好考吗?我是天才人家也是天才,考第一名、第二名的都是天才,甚至考第四名、第五名、第六名、第七名、第八名、第九名、第十名的也都是天才!"

我就说:"要是早知道你考不上全省第一名我就不让你去考了,咱们村那些女人都以为你考了全省的第一名,要是知道你考了个第三名,我可怎么向她们交代?"

儿子说:"你不用向她们交代什么了,我以后不回来就是了。"

我说:"你要是敢不回来我就打断你的腿,不让你去上大学。"

第一个学期结束后的寒假他就没有回来。他派了一个他的同班同学来跟我汇报他不回来的事。

我问他的同学:"我儿子为什么不回家?"

他的同学说:"他想寒假打打工,挣点钱。"

我问他:"你们在学校开销很大吗?"

他说了个数字,超出了我的想象。上学前我给我儿子的钱很少,远远不够他平时的开销。

我问他的同学:"你的生活费和平时的开销是谁给的?"

他的同学说:"都是我爸妈给的。"

我问他的同学:"你爸妈是做什么的?"

他的同学说:"我爸在政府上班,我妈当中学老师,教学生唱歌。"

我感到很伤心,不由得流出了眼泪。

他的同学不解地看着我。我说我的儿子要是也有像你一样的爸爸妈妈，就不用假期留下来打工了。

他的同学说："阿姨，你千万不要这样想，你的儿子很聪明，你的儿子是个天才，你儿子将来一定会比我们有出息的！"

我问他："他这个学期有没有拿到'三好学生'的奖状？"

他的同学说："大学里一年才评一次。你的儿子下学期肯定能拿到'三好学生'的奖状的，而且还能拿到奖学金。"

我问他的同学："奖学金是什么？"

他的同学说："就是钱，评上了'三好学生'就有钱发。"

我有点纳闷，就问："'三好学生'的奖状不就是张纸吗？怎么换成钱了？"

他的同学笑着说："大学里评上'三好学生'不但有奖状，还发钱呢！"

我问他的同学："他的学习成绩真的很好吗？"

他的同学说："真的很好，是我们班里的第一名。"

大学毕业之后，我儿子多杰加就真的成了一名医生了。但是他没有回来，我听说他被他同班的一个拉萨的女同学给拐走了，拐到拉萨的什么医院了。拉萨好是好，那里是菩萨的圣地，那里的人福气多，可是我听说拉萨的女人不喜欢劳动，家务事都是由男人来做。我真的有点替他提心吊胆了。我们村的几个女的也在到处说风凉话，说没想到我那个天才儿子被一个拉萨女子拐走了，可惜了，还说当初要是不让他上什么学就好了。

接下来说说我的第二个儿子，我的第二个儿子叫多杰太。

多杰太是在多杰加十九岁的时候生的，那是多杰加考上大学后的第二个学期。刚生下来的多杰太，眼珠子一动也不动，脸上也没有任何表情，懵懵懂懂的，像是活在另一个世界里。我担心我这次生下的是个傻子。

说到我的第二个儿子多杰太，不得不说一下他的父亲。我第一个儿子多杰加的父亲死得早，在多杰加三岁的时候就死了。他的样子、他说话的语气我都记得很清楚，有时候还梦见他。但是我问多杰加，对他父亲有没有什么印象,他说他完全不记得父亲是个什么样。

第一个儿子多杰加上了大学之后,因为太孤单,我跟夏天到我们这儿割麦子的一个男人好上了。我第一次看见他,就对他有一种很亲切的感觉。那个男人比我小几岁,他的长相和说话的方式跟我死去的男人有点像,这可能是我跟他好的主要原因。他先是到我家割麦子,我给他工钱。他很能干,力气大,吃得多,割麦子也很厉害。后来他就在我家里住下了,开始帮别人家割麦子,还把帮别人家割麦子挣到的钱带回来给我。

那年的收成很好,粮食都堆满了粮仓。农忙季节过去之后,我也怀上了多杰太。

第二年生下多杰太之后过了三个月,又是一年一度的秋收季节了。男人很心疼我,说今年他来收庄稼,让我好好在家里休息。我有点感动,觉得有一个男人在身边真好!

庄稼收到一半时的一个中午,一个女人来找我了,那个女人还带着两个小女孩,两个小女孩的脸蛋红红的,看上去很可爱。她说她是来找自己男人的。我问她你找自己的男人怎么找到我这儿来了,她说我的男人现在就住在你的家里。我一下子明白是怎么回事了。女人还指着两个小女孩说这是他们的女儿,两个小女孩看着我笑。我也看着她俩笑了笑。那个女人没有跟我大吵大闹,说等男人回来让他自己决定吧。女人看着我怀里傻乎乎的儿子问,这个是你跟我男人生的孩子吗?我犹豫了一下之后点了点头。她又说,你不会是生了个傻子吧?我说不会,我大儿子现在在上大学呢,他是以全省第一名的成绩考到大学里的。女人看着我怀里的儿子没再说话。

黄昏时分,男人割完麦子回来了。他的样子看上去有点疲惫。他看见女人和两个小女孩,愣在那里一动也不动。女人看着他,也没说什么。两个小女孩"阿爸,阿爸"地叫了两声,跑过去牵住了他的手。女人一下子就哭了起来,哭得伤心欲绝,完全停不下来。男人不知道该说什么,看看两个小女孩,又看看哭泣的女人,最后把目光落到我和我怀里的小儿子身上。女人哭到最后,嗓子也干了,完全哭不出声音来了,一下一下地打着嗝。我那不到一岁的儿子像是受了惊吓一样，傻傻地看着那个不断打嗝的女人。

等女人的情绪稍微稳定下来之后，我对男人说："你还是回去吧，一个女人家带两个孩子不容易。"

男人和女人有点意外地看着我。

女人看着我问："那你怎么办？"

我说："没事，我一个人带一个孩子顾得过来。"

女人没再说什么，男人一直没有开口。

我就给他们做晚饭，我把家里仅有的那条羊腿煮了给他们吃。男人吃了一点，女人几乎什么也没吃。他们的两个小女儿吃了很多，嘴巴鼻子全是油。他们吃了晚饭我就让他们上路了。外面的夜很黑，我还给他们拿了手电筒。女人很感激我，握住我的手不知道说什么好。我假装生气地骂了她一句："还不带着自己的男人赶快走！"她才跟着男人走了。我看着他们走了很远之后才回到屋里。

回到屋里时，我那个不到一岁的儿子还没有睡，傻傻地在看着我。看着他的样子我就忍不住大声哭了起来，像那个女人一样，哭到最后嗓子也干了，眼泪也流完了。

到第二年割麦子时，我的小儿子多杰太长大了一点，但还是不说话，总是傻傻地看着我。我把他用一根绳子拴在地头，一边割麦子一边回头看他。麦田一眼望不到边际，感觉麦子越割越多，累得我直不起腰来。多杰太在地头"哇啦哇啦"地哭个不停，这让我心烦意乱，我又跑过去给他喂奶。孩子喝了奶就睡着了。这时，我远远看见男人和他老婆向这边走来了。

女人远远地就喊："我们帮你割麦子来了。"

我也远远地喊："就你们俩啊？你们的两个女儿呢？"

女人喊："放在我姐姐家里了，没事，放心吧。"

待他们走近后，男人看着已经睡熟的儿子说："已经长大了啊。"

我也看着儿子说："还是不说话。"

女人说："有些小孩说话就是晚，不是什么问题。"

我说:"不会真是个哑巴吧?"

女人的脸马上红了,说:"我上次不是那个意思。"

我说:"我说的可是真的,你看他不像个哑巴吗?"

女人:"怎么可能呢!我两个女儿都像个话匣子,说起来没完没了的。"

男人也说:"这个孩子肯定会说话的,就是个迟早的问题。我听人说开口说话晚的孩子都是福气很大的孩子呢。"

他们的话把我逗笑了,说:"我也不奢望他有多么大的福气,我就希望他正常、健康,长大了能够待在我身边就可以。"

男人说:"这个孩子长大了肯定能当你的帮手的,我们好好教育他。"

听了男人的话,我真的希望这个孩子快快成长起来。

男人和女人帮我割完麦子就回去了。村里人对我们的这种关系也习以为常了,早就不在背后说我们的闲话了。

冬天时,大儿子多杰加放寒假回来了。他看到他的同母异父的弟弟多杰太就看着我问:"这个小孩子是谁?"

我说:"这是你的小弟弟啊。"

他问:"我怎么会有个小弟弟?"

我笑着说:"你离开我去了大城市,阿妈就给你生了个小弟弟。"

有天他去村里的一个聚会,回来就显得很不开心的样子,他身上还有一些酒气。

我问他:"你怎么喝酒了?"

他不回答我的问题,看着我怀里的多杰太说:"他怎么看上去像个傻子一样?"

我说:"你不能这样说他,他是你的弟弟。"

他说:"我没有这样的弟弟,他就是个傻子。"

我说:"他只是还没有开口说话而已,他不是傻子。"

他说:"村里人都说他是个傻子。"他的表情里还有一点嘲讽的意思。

我打了他一耳光,说:"傻就傻,傻一点更好,傻一点就不用去读什么书了,傻一点就不会像你一样远走高飞了,傻一点就可以留在我身边了。"

之后的几个假期，他就没再回家，我知道他心里对我有一股怨恨。

多杰太到了四岁时还是不说话，看他的眼神和表情还是像个傻子。我心想，完了，自己真的生了个傻子了！

那年夏天，我的大儿子多杰加大学毕业了。他让他同学捎话说他跟着他女朋友去拉萨了，暂时回不了家。后来，他又捎话过来说他和他女朋友分到拉萨的一家大医院了。我给他的那个同学捎话说："你就告诉多杰加，拉萨可是好地方，是菩萨的圣地，他能去拉萨阿妈很高兴，以后只要回来看看阿妈就行了。"他的同学说："其实多杰加一直跟我说起您呢。"我脸上带着笑，心里却有一股酸楚的感觉，说："这个孩子终于熬出个头了。"

有天晚上，我做了一个梦，梦里我们村嘛呢康的一尊佛像开口跟我说话了，说了什么，天一亮我又全不记得了。

那天早晨，我醒来时已经九点多了，太阳的光透过窗棂照进了屋里，令人眼花缭乱的，有一阵子我以为自己还是在梦里面。

我赶紧起来走出屋子时，看见我的多杰太端坐在一个方凳上看着我。

我感觉他有点不一样，不由得向他走去。待我走近他时，看见他脸上带着一种神秘的表情，完全不是平时那种傻傻的表情。我正在纳闷时，他突然开口说："阿妈，你终于醒来了。"

我好像突然被雷击中了，怔在那儿说不出话来，却不由得流出了眼泪。

到了六岁时，他已经能流利地说一些话了。他很听话，一天到晚跟在我的后面不离开，我心里想，生了个聪明绝顶的儿子没留住，这次这个看上去有点傻的儿子终于可以留在身边了，可以作为自己一辈子的依靠了。

那年春天，我带着他正在地里锄草时，突然来了几个穿着袈裟的僧侣。我儿子看见了那几个僧侣，向他们跑去了。

僧侣们抱起我的儿子，左看看，右看看，嘴里不停地说："这下好了，终于找到了，终于找到了！"

我看着他们的样子心里很紧张，走过去从他们手里抢过我的儿子大声说："这是我的儿子，你们要干什么？"

　　一个年龄稍大的僧侣微笑着对我说："莫大的荣幸降临到你们家里了，你这个儿子是我们苦苦寻找的卓洛仓活佛的转世灵童。"

　　我被完全搞懵了，嘴里突然冒出一句："卓洛仓活佛？！我的天哪！这怎么可能！"

　　几个僧侣也不管我说什么，已经开始向我的儿子磕头了，嘴里还念念有词。

　　我一听到卓洛仓活佛这个名字，心里一下子想起许多年前的一件事情。那时我还是个小姑娘，大概十八九岁。那天我和几个小姑娘去河滩挑水，正在路边休息时，其中一个姑娘突然说："快看，那是卓洛仓活佛！"我们都往她指的方向看。在我们村子中央的那棵老松树边上，一个人正站在那儿，看着前两天被大风折断的一段奇形怪状的枯树枝出神。据我们村里的老人说，这棵树已经有一百多岁了，村里人早就把它当作一棵神树，树枝上挂满了各种哈达、红布条、白色的羊毛之类的。我们再仔细听时，听到卓洛仓活佛看着折断的枯树枝自言自语着什么。卓洛仓活佛是扎玛寺的寺主活佛，"文革"期间还俗娶了老婆，还有两个儿子。我们村里有一个他在过去劳改期间的拜把兄弟，所以会经常来他家串门。他跟其他的活佛有点不一样，平时喜欢喝点小酒，每当他来我们村找他的拜把兄弟，回去时总是有点醉醺醺的样子，嘴里含混不清地说着一些谁也听不懂的话。我平时看见他就有点害怕，总是绕着走，尤其在他喝得醉醺醺的时候，心想一个活佛怎么能这样，但是我身边的人都说他有很高的道行，我们普通人是理解不了的。当我们挑水正要离开时，我看见他快速地朝我们走来了。我们都有点紧张地赶紧放下水桶，双手合十对他做出很恭敬的样子。没想到他径直向我走来，一只手抓住我的手，另一只手摸着我的手心说："你的小手真是可爱啊！"我当时都不知道该做什么、该说什么，浑身就像触电了一样，麻酥酥的感觉。他捏住我的手继续说："姑娘，你长得真是好看，你叫什么名字啊，今年多大了啊？"旁边的两三个姑娘也很紧张，赶紧帮我报了我的名字和年龄。卓洛仓活佛还是捏着我的手说："好好，我知道你的名字和年龄了，我记住你了。"说完，他就松开了我的手，从裤兜里抓出一把水果硬糖给了我，之后一个人摇摇晃晃地往前走了。姑娘们看着我嘻嘻地笑，我赶紧把手里的水果硬糖分给了她们。她们剥了水果硬糖的皮子，放到嘴里，慢慢地咂摸着，都说糖的味道好。回去的路上，一个平时不太说话的小姑娘悄悄跟我说："能不能把卓洛仓活佛给你的剩下的水果糖给我？"我停下来看她，拿眼神问她。她继续说："我奶奶可能快要死了，我想让她尝一下卓洛仓活佛给的水果糖，她平常老是说她死后能让卓洛仓活佛为她念念超度经就好了，就圆满了。"我明白了她的意思，把剩下的水果糖全给了她。她有点不好意思地说："一颗就够了，剩下的你留着吧。"剩下的水果糖其实也没有多少，就三颗，我让她全部带给她奶奶。她说她奶奶一定会感激我的。

　　看我一副发呆的样子，一个年长的僧侣说："家里出了个尊贵的人中珍宝，是莫大的荣幸啊，你应该感到高兴才对！"

　　我似乎一下子清醒了，立即说："怎么可能，这怎么可能，不可能，你们搞错了，你们一定是搞错了！"

　　说完，我抱起儿子就往家的方向跑。我听到后面乱作一团，叽里哇啦地喊着什么。

　　我到了家就把大门从里面给顶死了。

　　没过多久，我听到了一阵杂乱的敲门的声音，伴着各种嘈杂的声音。

　　很快，他们拿来梯子搭在我家的院墙上，一个小孩顺着梯子爬进我家院子里，打开了我家的大门。

　　一下子，外面的人群潮水一样一股脑拥进了我家的院子里，男女老少都有。很快，我儿子多杰太的脖子被各种颜色的哈达给围住了，很快他几乎淹没在哈达里面了。一些虔诚的信徒已经开始在向他磕头了，一些跟他差不多大小的小孩看着眼前的这个同龄人，一脸的羡慕。

　　我们村一个德高望重的长者走过来向我献了一条哈达之后说："你儿子多杰太被认证为是卓洛仓活佛的转世，真是我们村的福气，更是你们这个家的福气啊！"

一些女人更是拿羡慕的眼神看着我说："你真是有大福气的女人啊！大儿子多杰加考了全省第一上了大学，现在已经是拉萨大医院的医生了。现在小儿子多杰太又被认证为卓洛仓活佛的转世，你这是上辈子积了什么德啊！真是让人羡慕啊！"

那个我曾经给过水果糖的小姑娘现在也是两个孩子的妈妈了，脸上脖子上全是肥肉，她挤到我跟前说："你还记得你曾经把卓洛仓活佛给你的水果糖给了我吗？"

我说："记得记得。"

她说："当时我把水果糖给我奶奶吃了，她可高兴坏了，高兴了好几天。那时候我就觉得你真是个心地善良的女人。"

这时，旁边的一个女人接话说："这么善良，肯定是个空行母的转世，不然怎么会生出个活佛儿子呢。"

其他的男男女女也说着各种赞美的话，那短短的时间里，我觉得我把世界上各种赞美的话都听完了。

我看着我们村里的男男女女们不知道该说什么好。之后看到前面那几个僧侣也进来了，就突然清醒了似的大声对他们说："我不想让我儿子做活佛，我要他这辈子留在我身边就好。"

人群中一阵喧哗，我听到有人说这个女人是不是疯掉了。

那个德高望重的长者走上前来说："你不能这样说啊，你千万不能说出这样的话啊！这是神的旨意，神只是让上一世卓洛仓活佛的转世降生在了我们村里、你们家里而已，现在这个孩子已经不属于我们了。"

我更加紧张了，赶紧说："他们肯定是搞错了，我这个儿子到了该说话的年龄连话都不会说，很多人都说他像个傻子一样，你们肯定是搞错了！"

这时，其中一个僧侣微笑着上前握住我的手说："不会错的，你放心吧，我们已经考察很久了，肯定不会错的。这个孩子将来肯定是个大成就者，他只是表面上看上去不那么机灵罢了，一般大的成就者都有这样的示相，电视里演的济公活佛不也天天喝酒吃肉整天醉醺醺的，像个疯子一样吗？"

僧侣说完微笑着看着我。

女人们也在一边叽叽喳喳地说："你千万不能乱说话啊！你的福气真是太大了！要是我们的儿子能考上个大学或者能认证为卓洛仓活佛的转世，我们高兴还来不及呢！这么好的事情还需要犹豫吗？"

我被众人七嘴八舌地说得有点晕乎乎的，耳朵里嗡嗡地响，不知道该怎么办才好。这时，我突然发现我小儿子多杰太的脸上露出了一种我从未见过的笑容。他看了看我，又看了看那几个陌生的僧侣。他脸上的陌生的笑容把我吓了一大跳。我突然记起这陌生的笑容就是许多年前卓洛仓活佛盯着我看时他脸上的笑容。这也太神奇了。

几天之后，我只好把我的儿子送到寺院了。去寺院时，我们去了很多人。我们村的村主任，几个德高望重的老人，还有我这边的几个亲戚，都去了。还有几个亲戚也很想去，但人数有限，就没能去。

寺院的迎接仪式很隆重，僧侣们在寺院门口排着长长的队，吹起了唢呐和白海螺。附近村庄的信徒们也恭敬地举着哈达在路两边站立着。这阵势把我给吓着了，有点做白日梦的感觉。

到了寺院之后，我儿子被几个僧侣簇拥着进了一个僧舍里，很长时间都看不见他的影子。后来，我接触到我儿子的机会就越来越少了。我心里有一种空落落的感觉。

两天之后我们就回去了。路上我的眼前总是浮现出我儿子那傻乎乎的样子，心想这么个傻乎乎的家伙怎么可能是大名鼎鼎的卓洛仓活佛的转世？一定是他们搞错了，想或许过几天之后寺院就会把他给送回来。

但是十天、二十天、三十天之后，寺院还是没有把我的儿子送回来，我也就逐渐地死心了，想这个儿子可能就真的回不来了。

半年之后，寺院为我儿子举行了盛大的坐床典礼，我们很多人也去了。坐床典礼上，寺院主持还宣布了他的法名叫洛桑丹巴，这意味着他的俗名多杰太从此就不能用了。但我还是觉得多杰太这个名字很亲切。典礼上，我突然在人群中看见我儿子的父亲和他的女人也在。他们看见我就向我这边走来。我这才发现他们后面还跟着他们的两个小女儿，她俩显然已经长大了。男人显得有点激动，凑过来说："咱们的儿子被认证为卓洛仓活佛的转世了，我想也没想到啊！"他的女人也羡慕地看着我说："你真是有大福气的女人啊。"我一时不知道说什么好。

男人依然很兴奋，说："听说今天是坐床典礼，我们就把他的两个小姐姐也带来了，拜一拜，沾沾弟弟身上的福气。"

中午，寺院招待参加典礼的信徒们吃饭。我儿子被几个僧侣抱着走出大殿大门时还伸长脖子往我们这边看。他的表情有点疲惫，伸出小手臂指着我们大声说："阿妈，宴会结束了你们不能走啊，你们得留下来陪我啊。"

我的心一下子像是被什么东西击中了，再也忍不住了，眼泪夺眶而出，放下手里的碗，头也不回地跑出了寺院的大门。

时间过得真快！那年冬天，多杰加终于回家了，还带着一个女孩子。女孩子叫央金，看上去有点腼腆，说话轻声细语的。央金说她父母是拉萨人，当小学老师。多杰加说我们今年夏天结婚了，今年过年特意带央金回来让我看看。我对多杰加说你遇到了一个好女孩，多杰加也说央金很好。

私下里我问央金："多杰加长得这么难看，你怎么就喜欢上他了？"

央金笑着说："他虽然长得难看，但他是个天才，我就喜欢他这点。"

我也笑了，说："有人能喜欢上他这个丑八怪，也算是他有福气。"

央金就又笑着说："也是我的福气，他除了是个天才，他的心也很好。"

我心想，央金真是个好姑娘啊！

多杰加回家后一直没有问弟弟多杰太的事。晚上吃饭时，我就把多杰太被认证为卓洛仓活佛转世的事告诉了他，还把他的法名告诉了他。他说了声"我知道"之后就不说话了。

大年初一，我们三个去寺院看了多杰太。我看见来给他拜年的信徒们都在给他磕头，我就小声问多杰加和央金，你们要不要也拜一下啊？多杰加装作完全没听见，走过去坐在了炉子旁边的炕沿上，用奇怪的眼神看着在给信徒摸顶赐福的多杰太。央金跟着信徒们拜了拜，也过去坐在了炉子边上的一个小凳子上。

等信徒们拜完离开之后，我的活佛儿子就招呼管家给我们倒茶。

多杰加和多杰太坐在一起就好像一个大人和一个小孩坐在一起一样。他俩坐在一起一点儿也不亲近，感觉是两个陌生的人坐在了一起。我心里有一种说不出的难受。多杰加一直盯着多杰太的脸看，看得多杰太有点不安。多杰太让管家又给我们添了茶。

我们正在喝茶时，多杰加突然问多杰太："你真的相信你是卓洛仓活佛的转世吗？"

多杰太愣了愣，看着多杰加的脸说："相信啊。"

多杰加没再说什么，一直盯着多杰太的脸看，他的表情很奇怪，他的眼神也很怪异。

最后，多杰太有点不知所措起来，竟"哇"一声哭了起来。

管家过来瞪着多杰加说："你一个大人，吓唬小孩干什么？"

多杰太还在哭，管家又说他："你一个仁波切，你哭什么哭？不要再哭了！"

我也安慰他，说："多杰太，你不要哭了，哥哥我们是特意来看你的。"

管家提醒我说："你现在不能再叫他的俗名了。"

多杰加看了一眼管家，说了声"我先出去抽个烟"就起来往外走了。我在那里很尴尬，央金也显得很尴尬。

过了大年十五，多杰加和央金说要带我去拉萨住一段时间。我说我不去了，家里事情多，脱不开身。

第二天，他俩就回拉萨了。我继续过我的日子，我很少听到他们的消息。

第二年夏天，寺院把我活佛儿子送去塔尔寺学习了。去之前我去寺院送了他。他和他的管家相处得很好，我看着就像一对父子一样。我心里有一种奇怪的滋味，觉得我和我这个活佛儿子之间的距离越来越远了。

夏天结束、秋天刚刚开始的某一天，央金又从拉萨来看我了。她来得很突然，之前也没给我捎什么话说要来。

央金跟我说："阿妈啦，多杰加特别希望你来拉萨住一段时间，上次你没去成拉萨，这次你可一定要去啊。他最近特别忙，特意让我接你去拉萨。"

我没有说什么，央金又继续说："多杰加这两年老是说起你，经常跟我说他对不起你，说他心里很愧疚。"

我还是没有说什么，但心里已经想哭了。

我和央金吃了晚饭，随便聊了很多。我从央金的嘴里知道了多杰加上班的医院里的很多事情。我突然有点想去拉萨了，想去看看他在拉萨生活的样子。

当天晚上，我就决定要去拉萨了。央金给我俩买了飞机票。我问央金："坐飞机去拉萨很贵吧？"央金说："再贵也坐飞机去。"

第一次坐飞机，还真是有点不适应。飞机在天上飞了两个多小时后落下了，央金说阿妈啦我们已经到拉萨了。我真的有点不相信，这么快就到了拉萨。多杰加来机场接我们了，他很高兴，说："阿妈，你终于来拉萨了。"我说："我就想看看你在拉萨生活的样子。"

车开进了拉萨市区，远远看见布达拉宫之后，我才确信真的到拉萨了。但还是有一种恍惚感。

多杰加在拉萨生活得很好，我就放心了。但他和央金还是没有孩子。有天晚上我问央金，她说："阿妈啦，我们现在还在创事业，忙不过来，过两年再说。"我说："你们忙事业，我可以帮你们带孩子啊，反正我也闲着。"央金笑了笑说："过两年再说吧。"

时间过得真快，我到拉萨已经三个月了。虽然说拉萨是菩萨的圣地，但我还是待不惯。我提出我要回去后，多杰加有点生气，摇着头说："阿妈，你这人就是个吃苦的命，让你在圣地拉萨待着享几天清福你都享不了，真是没办法！"

我笑着说："阿妈看到你和央金在拉萨生活得很好就放心了，现在该回去了，家里还有很多事。"

他们又坚持让我坐飞机回去。到了机场，我跟他们说："等你们有了孩子一定送到我那里，我帮你们好好看孩子啊。"

到了机场，我活佛儿子和他的管家来接我了。

水果硬糖

263

一见面，活佛儿子就问我："阿妈，你怎么不在拉萨多待一段时间啊？"

我突然觉得他长大了很多，说："该拜的地方我都拜过了，再待下去待不惯，我就回来了。"

他说："回来也好，这段时间我也挺想念你的，以后我也要带你去一次拉萨。"

听到他的话，我很高兴，眼眶都有点湿润了。

他说他开始在塔尔寺学习了，学业很忙。他的管家让司机把我送回了老家，他们打了一辆出租车回塔尔寺了。

回到村里之后，很多人都很羡慕我，对我投来羡慕的目光。一些婆婆妈妈的男人女人问得最多的就是坐飞机什么感觉，我也具体说不出是个啥感觉，就说起飞和降落的时候有点害怕，心脏都塞到嗓子眼里了。他们听得不太过瘾，看他们的表情就知道。我又说，快，就是快，两个多小时就到了拉萨了。他们好像有点明白了，说这也太快了，以前徒步去拉萨朝圣都要好几个月呢，要说磕长头去拉萨那就更长了，一年都到不了。我也说确实是太快了，两个多小时就到拉萨了，我也不敢相信。一些男人女人就伤心遗憾地说，我们这辈子可能是没有坐飞机去拉萨的命了，只能祈祷下辈子了。看他们的表情，听他们的语气，我心里有一种亏欠他们的感觉，不知道该怎么安慰他们才好。

之后的几年里，两个儿子都没有回家，他们都说很忙，抽不开身，但他们时不时寄一些钱给我。

那一年多杰太已经十六岁了，他还在塔尔寺学习。多杰加应该已经是三十五岁了，我听人说他已经是他们那个医院的副院长了，比以前更忙了。我总是在心里惦记着两个儿子，但感觉他俩离我已经很远了。

那年夏天，男人和女人还是来帮我割麦子，我们看着彼此，笑着说我们都老了。女人说他们的两个女儿，一个已经出嫁了，一个在县上读中学。我说两个女儿跟着你们一起长大，真是幸福啊。她说你才是幸福的女人，两个儿子都这么好。男人说你现在虽然各方面条件都好了，没有个人在身边，也挺不容易的。我一下子沉默了，不知该说什么好。

快过年时，女人疯疯癫癫地跑到我家里哭了起来。我问她你怎么了，她回答我说男人突然得了重病，到医院没两天就死了。我看她很悲伤的样子，就想方设法地安慰她。我心里也被一种悲伤的情绪占据了。我对她说需要我做什么就尽管跟我说，她说男人死之前有一个心愿，就是希望他的活佛儿子能亲自给他念超度经。我问她出殡的日子是哪天，她说还有三天时间。我让女人先回家了，我一个人下午去了塔尔寺。我托一个僧人把我的活佛儿子叫了出来。他看见我就说："阿妈，你怎么来了？"我说："你得跟我回去一趟。"他说："我们正在上课呢。走不开。"我说："你必须得跟我回去一趟。"他问："家里出了什么事情？"我说："你阿爸死了，你得回去为他念超度经。"他愣了一会儿，说："你从来没有跟我说过我的阿爸是谁。"我说："我有我的苦衷，现在他死了，你得去为他念超度经，这是他的心愿。"他有点冷漠地说："但是我从来没见过他。"我说："他见过你，坐床典礼那天他还专门去看过你，有你这样一个儿子他很骄傲。"

　　在男人出殡那天，他带着几个僧人来念了超度经。男人的尸体被众人抬着往外走时，女人们哭了起来，大家的表情都很悲伤，我注意到坐在僧人们中间念经的我的活佛儿子的表情也很悲伤。

　　我的活佛儿子和僧人们准备回寺院时，我把男人和女人的两个女儿叫到他面前说："这两个是你同父异母的姐姐，以后她们有什么事，你要好好地照顾她们。"

　　两个姐姐小声地啜泣着，他抓住她俩的手不断地安慰着。

　　第二年夏天，女人带着两个女儿又来帮我割麦子了。两个女儿很能干，说你俩年纪大了，应该多多休息。我们两个女人就烧茶做饭，到了中午把热乎乎的饭菜送到地头让她俩吃。吃了午饭，我俩也帮着她俩割了一会儿麦子。她俩不让我俩割麦子，让我俩好好休息。我刚要坐下来时，突然一阵眩晕，倒在地里起不来了。女人和她的两个女儿喊来村里的几个小伙子，把我放到一辆拖拉机上送到了乡卫生院。乡卫生院的说这个病我们治不了，得赶紧送到县上的医院。这时候，我们村的村主任也到了，他们又把我放到拖拉机上送到了县上的医院。县上的医院又说这个病我们也治不了，得赶紧送到省上的医院。村主任很生气，问他们是不是在推卸责任，他们的一个老医生语重心长地说我们不是推卸责任，是为了病人好。之后，医院用救护车把我送到了省上的医院，只让村主任一个人跟着。路上，救护车的声音让我心烦意乱。我问村主任我是不是得了什么大病啊，村主任说没事的，放心，省上的大医院，没有啥治不了的病。到了省医院做了各种检查之后，医生问村主任你是不是这个病人的家属，村主任说我是我们村的村主任，不是她的家属。医生又问她的家属在哪里，村主任说她的两个儿子都不在她身边。医生就把村主任叫进了一个办公室。过了好久村主任从医生办公室里出来了，他看上去有点沮丧，问我有没有两个儿子的电话号码。我问村主任刚才医生怎么说的，村主任却再次问我有没有两个儿子的电话号码。我把两个儿子的电话号码给了村主任。村主任说他去街上打个电话，让我好好休息。村主任拿着电话号码出去了，我突然有了一种不祥的预感。

　　过了一天，我的大儿子多杰加从拉萨坐飞机来看我了。他请村主任在外面吃了顿饭，就让村主任先回去了。

　　我大儿子见过医院的大夫之后对我说："阿妈，咱们需要去成都治疗，那儿有我认识的医生，医疗条件也比这里好一点。"

　　我直接问："儿子，你说实话，阿妈是不是得了什么不好的病啊？"

　　他说："没事，不是什么大病，能治好的。"

　　我问："央金这次没有来吗？"

　　他说："她这段时间有点忙，过两天到成都看你，她让你好好养病。"

　　我又笑着问："你们怎么没要个孩子啊，我一直等着帮你们看孩子呢。"

　　他说："我们暂时不打算要孩子，等以后事业稳定下来再说。"

　　我说："你已经三十六了，再不要孩子就太晚了，到时我也没精力帮你们看孩子了。"

　　他只是看着我，没再说什么。

　　第二天，我们坐飞机去了成都的医院。

　　那里的条件好像确实是好一点，多杰加好像跟他们也很熟，不停地跟他们说着一些我听不懂的话，又不时用眼睛看我。

晚上，我问他多杰太怎么还没到，他说他正在参加格西学位的考试，明天就来。

过了一天，我的活佛儿子多杰太也赶来了。他没穿僧服，穿着一套便装，走过来坐在我的病床前，看着我流出了眼泪。

我悄声说："你不能随便流眼泪啊，你要记住你是个活佛。"

他脸上带着泪笑了笑，看了看周围说："怕什么，他们又不认识我。"

我问他的格西学位考得怎么样，他说没那么难，很容易就拿到了。

晚上，他们俩一直守在我身边不离开。

他俩随意地聊着天。

多杰加问多杰太："多杰太，我还可以叫你多杰太吗？我是你哥哥，我不想用你活佛的称呼叫你，我叫你多杰太觉得很亲切。"

多杰太说："这个名字我也有点陌生了，但是阿妈一直叫我这个名字，我也觉得这个名字更亲切一点。"

多杰加笑了笑说："你现在还认为你就是卓洛仓活佛的转世吗？"

多杰太说："我记得你以前也问过我这个问题。"

多杰加盯着多杰太的脸："是，很多年前我也问过你这个问题。"

多杰太笑着不回答。

多杰加催他："快回答我的问题。"

多杰太这才认真地说："自从那次你问我这个问题之后，我就一直在想这个问题。有时候，我也很恍惚，想是不是人们搞错了。但是再后来我又想，这些已经不重要了，既然有人给了你这个尊贵的称号，你一定要自己努力才能配得上这个尊贵的称号。"

多杰加就盯着多杰太的脸看。

多杰太笑了，说："求你不要再那样看我了，我记得小时候你那样看我把我给看哭了。"

多杰加就笑了，说："你现在已经长大了。"

多杰太说："当然，我不会再像那时候那样哭了。"

多杰加很认真地说："现在我倒是真正觉得你就是卓洛仓活佛的转

世啊。"

多杰太笑着说:"你这样说我很高兴,我就把自己当作卓洛仓活佛的转世,好好学习,以后好好为信徒们做点有意义的事情。"

这一刻,我觉得我的两个儿子是那么亲近。他们坐在我的床沿,离我也是那么亲近。我心里想:我这一辈子,有这样两个儿子真好!

他俩还在聊着天,我有点困了,就闭上了眼睛,打算休息一会儿。

我听到多杰太对多杰加说:"阿妈睡着了,我们出去说话吧。"

听到这话,我的困意又一下子没有了。他们出了病房的门,在外面的走廊里继续闲聊着。过了一会儿,我听到多杰太压低声音问多杰加:"说句实话,阿妈的病有没有治好的可能性?"

我听到多杰加犹豫了一下说:"阿妈最多还有一个月的时间。"

多杰太停顿了一会说:"既然你们的医学救不了她,就不要让她在医院里受苦了,我们带她去拉萨吧,她一定会很高兴的。"

多杰加说:"可是阿妈已经去过拉萨了。"

多杰太说:"我知道,那是你带阿妈去的拉萨,我也许诺过要带阿妈去一趟拉萨。"

多杰加说:"阿妈其实在拉萨待得不太习惯。"

多杰太说:"那是因为没人陪着她,这次去了我们好好陪一下阿妈。"

多杰加没再说话。我的心里突然有一种莫名的感动,泪水不听话地夺眶而出了。

第二天,央金也到了。我从她的脸上看到了她心里的伤感。

我却笑着跟她说话:"我一直等着帮你们看孩子呢。"

她的眼泪涌出了眼眶,说:"我们回去就生。"

他们买了后天去拉萨的飞机票。

第二天,办完出院手续,他们就带着我去外面逛。到了一个自由市场门口,央金对我说:"阿妈啦,进去了你喜欢什么就跟我们说,我们都买下来。"

我笑着说:"我什么也不需要。"

我们去了市场里面,各种东西琳琅满目,让我目不暇接。他们把我带到卖衣服的地方，拿来各种衣服让我试，我说我不要新衣服，身上这身衣服还可以穿个两三年呢。最后，由央金做主给我挑了一件适合我这个年龄穿的衣服，买上了。他们让我把旧衣服脱下来，把新衣服穿在了身上。他们都说这件衣服很合身，就像专门为我定做的一样。

他们又带我去了食品区，问我有没有什么想吃的。各种食品也是琳琅满目，让我看花了眼。央金说着这个好吃、那个也好吃，挑了很多食物。我们到了一个卖各种糖果的柜台，柜台上摆满了各种各样的糖果。我突然被一种看上去很普通的糖果吸引住了，觉得曾经在哪里见过这种糖，很眼熟。我走过去拿起一颗糖仔细地看。突然间我想起来了：那是许多年前，当我还是一个少女时，卓洛仓活佛塞到我手里的那种糖。

一个胖乎乎的售货员过来问我："要买这种糖吗？"

我点了点头。

售货员就拿来一包一模一样的说："水果硬糖，划算，一包才十块钱。"

这时，央金过来说："阿妈啦，你想吃糖的话给你买个好一点的，这种糖不好，现在都没人吃这种糖了。"

我说我就要这种糖。央金看了看我，没说什么，掏出钱包准备付钱。我阻止了她，说："这个糖便宜，就让阿妈自己买吧。"

央金就没说什么。我从裤兜里拿出钱包，取出十块钱，给了售货员，售货员也把那包糖给了我。

出了自由市场的门，我撕开那包糖的塑料包装袋，说："来，你们尝尝这种糖的味道。"

他们都有点不太情愿的样子，谁也没有拿糖。

多杰加还说了一句："阿妈，现在谁还吃这种糖啊，看看这包装，像个假冒的，这种糖肯定不好吃。"

我看着他们说："阿妈小时候吃过这种糖，你们也尝尝吧。"

然后剥了一颗糖的皮子，放进了自己的嘴里。

他们也学着我的样子，每人拿起一颗糖，剥了皮子，仔细看了看，小心地放进了自己的嘴里。

我嘴里含着糖说:"你们不要把糖一下子嚼碎了,一定要含在舌头底下慢慢地品尝它的味道。"

我看他们都照我说的做了,各自把糖含在舌头底下慢慢地、细细地品尝着。

过了几分钟之后,我说:"来,现在说说你们都尝到了什么味道?"

多杰加说:"我尝到了一种酸酸的味道,一开始是淡淡的,现在越来越浓了。"

央金说:"我尝到了一种甜甜的味道,一开始是淡淡的,现在越来越浓了。"

多杰太说:"我尝到了一种苦苦的味道,一开始是淡淡的,现在越来越浓了。"

我看着他们笑了,他们也看着我笑了,说:"这种糖以前从来没有吃过,吃起来味道还挺特别的。"

我还是看着他们笑。这时,央金就问我:"阿妈啦,你尝到的是什么味道?"

我想了想说:"一开始尝到的是一种淡淡的酸酸苦苦的味道,慢慢地就变成了一种淡淡的甜甜的味道了。"

央金说了声"我也要尝尝你那种糖的味道",就在装糖的塑料袋里面翻找起来。

(原刊于《收获》2021年第3期)

船越走越慢

徐则臣

雨天是赌钱的好时候。风雨漫天，芦荡苍茫，雨打顶棚敲出一艘船的轮廓。舱内安稳，偶尔飘摇晃荡，香烟的浓雾从这一头流到那一头，温暖地包裹住一张四方牌桌和吊在棚顶的罩灯。赌徒陈三在拘留所里描述他的水上赌博经历，两眼里还有断舍不掉的迷醉。抓他是因为他老婆喝农药了。他老婆喝农药是因为他把家里的钱都败光了，她正在医院里抢救。我带了一个警员等在门外。医生伸出头说，灌肠成功，活过来了。我对警员递了个眼色，他拷上等在一边的陈三就走。

抓赌是所里的常规动作，旱地上有，水上也有。这帮赌棍也聪明了，习惯了在水上赌。找条船，在河上风轻云淡地走，窗帘后头赌得地动山摇。小赌怡情也不行，抓赌小组里必须有几个兄弟一年四季在水上忙活。陈三就是在水上，从小赌怡情玩大的，把家底子败了个精光。也是从他嘴里，我们才知道有艘船专门干这个，船主负责大家安全，你输掉裤祝他不管，只抽赢家的成，到手的百分之二十归他。吃喝拉撒全包，但只有玩大的才有上船的资格。

"船都去哪儿？"我问。

"小鬼汉。"

我一听头皮都发麻。鹤顶人肯定都明白。那无边无际的一大片芦苇荡挨着运河，传说几百年前就亡魂遍布。清兵跟明朝的军队在里面打过，死人之多，把芦苇荡的空隙全填满了。据说芦苇吸饱了血水，好几年长出的苇叶都是红的。打日本鬼子那会儿，小日本把鹤顶周边的老百姓赶进芦荡里，开始用刀砍，砍累了用机枪扫，尸体堆积出了一条弯弯曲曲的肉坝，把芦荡和外面的运河隔出了两个不同的水位。当然，后来我们也把很多小鬼子的命留在了芦荡里。

小鬼汉这名字什么时候叫出来的，我没深究过，真他娘形象，芦苇荡里的死鬼如麻，比芦苇少不了多少。更可怕的是，一到阴暗湿冷的时候，小鬼汉里就摇晃不止，无风也起三尺浪，如有伏兵百万。本地人也绕着走。据说小鬼汉地形极复杂，芦苇生长循着我们看不懂的规矩，敢进去的人不多，能出来的更少，绕晕了正常，绕死了也不意外。平常捞鱼摸虾打猎捡鸟蛋的，也只敢在边缘处活动，怕深了命丢到里面。所以，听说赌局设在那里，我着实吸了口凉气。

早两年，陈三还真有点钱，手头有个小砖瓦厂，隔三岔五地应酬，被供成了牌桌上的大爷。最后一哆嗦就是在小鬼汉，大手笔，砖瓦厂也押了进去。哐啷一声，成了穷光蛋。尽管他无比怀念船上温暖的牌桌，但当他的神思从船上下来，还是被夜雨中的小鬼汉吓得鸡皮疙瘩爬了一身，裤裆里都疙疙瘩瘩的。他说中间出来撒泡野尿，想换换手气，对着喧嚣凄冷的芦苇荡，愣是没尿出来。他感觉自己正孤零零地站在风雨飘摇的坟场上。那泡尿还是回到船舱的厕所里尿了。接下来他的手气更差了。

"进小鬼汉的路线记得吗？"

"看都看不见，哪记得？"陈三说，"滨河大道尽头的那码头，上了一艘船，两眼就被蒙上了。有时候还让闷两口老酒，'少陵醉'。人晕乎着。七绕八绕，比猫玩线团还乱。芦苇打到船上和我身上，唰唰的。苇叶还划破了我的脸，你看。"我用旁边的记录本推开他油腻的脸，人到中年，庸俗和腐朽一样不落地聚集在他的表情上。"到那船前才停下，取下黑布条，有人接我上船。那船不小，平平常常，混在一堆客船里反正我分不出来。站在船上，我踮起脚尖，满眼除了芦苇还是芦苇，连绵起伏，就像一阵风一直刮到天边。我跟你说全所，不到小鬼汊，你都不相信咱鹤顶还有这么大的一个芦苇荡。"

我站起来往外走。

"哎，我说全所，我什么时候能回去？"

"找到那条船再说。"

想假扮赌徒混上那条船的方案行不通，对方太狡猾。我们按陈三提供的联系电话打过去，报上了姓名、身份证号、家庭住址和成员、财产状况，然后照约定的时间在码头接头。人没来。也可能来了，发现哪里不对头又走了。副队长白穿了两个小时西装。他说这是他有生以来第二次穿西装，觉得整个人都是方的。第一次是结婚。

只能自力更生，我们自己找。特别行动组兵分两路：一路加强运河沿线的巡察，一路尝试进入小鬼汊。一周后，大家垂头丧气地坐到会议桌前。巡察没有意义，你不知道它什么时候出现，以什么面目出现。陈三说，船主为确保安全，隔三岔五就给船整一次容，经常整完了自己都不认识。而且此人用来干这行当的船不止一条。所以，在运河里拦下空船没有意义，堵在小鬼汊里的才算数。可是，试图进入小鬼汊的那一路说，每根指头上都装一个指南针也没用，诸葛亮的八卦阵跟芦苇荡比，就是个小儿科。他们每次进去，想得最多的不是如何摸清地形、深入敌后，而是能不能活着出来。"除非一把火把芦苇都给烧了。"

副所长摸了摸秃了半截的脑门，说："我推荐个人。"

大家立马直起了腰。

"老鳖。"副所长说，"别子他爹。"

腰又软下去。

我说:"让我想想。"

别子失踪一个月零两天了。

别子,别大伟,我们招募的编外辅警,主要工作是在运河上下巡逻。当初决定录用别子,一是因为他水性好。鹤顶的男人没几个不会水的,水性比别子好的,我看没几个。这小子在水下能憋十一分钟半。世界吉尼斯纪录一说十八分钟,也有说二十二分钟,没见过,不知道神奇到啥程度。别子我是见识了,他对着脸盆把脑袋埋进去,我掐的表,十一分钟三十一秒。另一个原因是他的姓,别。孤陋寡闻,查了《百家姓》我才知道世上还有这么个奇怪的姓。别,别,就你了。我拍了板。

他不是理想人选,甚至相当不理想,他是个瘸子,左脚脚筋被船尾的螺旋桨割断了。小时候他帮别人忙,潜水去解缠在人家船尾螺旋桨上的铁丝网。弄清爽了,他还没来得及离开,那人就启动了引擎,好在他动作麻利,但在水下转身时还是被扫到了脚后跟,落下了残疾,跑不快,但在水上他不必跑,他只要骑着他的摩托艇跑得快就行。这对他没任何问题,沾了水,空身人是浪里白条,骑上摩托艇就是水上飞。所里给他配了一辆摩托艇,别子不喜欢,觉得自己的那辆改装的旧摩托艇更顺手,加速快,嗖一下就能飞出水面。到所里之前,他靠这辆摩托艇为生。摩托艇后头装了个货架,每天他就驮着一堆日常生活用品在运河上穿梭叫卖,坑蒙拐骗的事可能也没少干。他说,你们猜,水上哪两样东西最好卖?我们说了一堆不靠谱的货物。

"错。"他一脸坏笑,"第一,方便面;第二,避孕套。"

他让人在摩托艇后头画了个杜蕾斯的商标,大老远就对你做广告。但他从不卖杜蕾斯,他卖的是普通避孕套,要的是杜蕾斯的价。

但这小子失踪了。那天晚上跟小分队去运河上巡逻,他跑得快,跑丢了,收工了也没回来。同事们把上下五十里运河捋过一遍,还是音讯全无。我们都有不祥的预感。这会儿去请老鳖出山,合适吗?

老鳖是外号,当然姓别。常年吃水饭,往哪儿一杵又不爱吭声,老别就被叫成了老鳖。我还是硬着头皮去见了老鳖。

他孤身一人，五十八岁长了一张七十八岁的脸。都说河边的人皮肤好，细腻饱满，老鳖完全是反例。该有的风湿病倒一样不少，看他那张脸就知道，身上每一个关节到夜里都会钻心地疼。手和脚的关节粗大扭曲，全都因为风湿病变了形。他不认识我，但认识警察的标牌。对我笑一下也花了他不小的气力，直到脸上所有的皱纹堆到一起，他才把笑这个动作做完。

"你是……"老鳖坐在厨房的土灶前，借着尚未熄掉的柴火灰烬烤两个膝盖，"我没……大伟出事了？"

"没事。"我挨着他在旁边的板凳上坐下，"别子出了趟公差，要等些日子才能回。没办法，跟兄弟局所总要合作办些案子。别子干得很不错。"

"我也说，有阵子没回家了。"老鳖低头看灶膛，想铲出个火块给我点烟。我让他别忙活了，用打火机先给他点上，再给自己点。

"前天他电话里委托我捎来点零花钱。"我拿出准备好的一千块钱，还有两瓶少陵醉。据说唐朝大诗人杜甫南下时经过鹤顶，咱们这里的一种土酒把他喝趴下了，后来这酒就叫少陵醉。驱寒祛湿一等一。"别子孝顺，真好。"

老鳖赶忙把钱和酒往外推："哪能要，哪能要。"

"不是我的。"我让自己笑出声，"别子的工资，他授权支出来的。"

"他的钱我也不要。"老鳖继续推，"你们给存着。攒起来让他找个姑娘结婚。这都多大了。"

"结婚的钱另外有，还有咱们所里的这些兄弟呢。"硬塞给了他。

"领导，你们要在这吃饭吗？"

他这是在赶我走？我跟副所长对了下眼神。副所长说："我们不吃，谢谢您别叔。是这样，我们想求您帮个忙。"副所长年轻，说话没负担。我装着到院子里溜一圈，离开了厨房。

一个老院子，半砖半土的墙，苔藓从墙根往上爬了很多年。院子西南角搭了个棚子，乱七八糟地堆满日常杂物，还有一条锈迹斑驳的铁皮小船，旧渔网缠在上面。三间堂房，从中间敞开门的那间看进去，一张小八仙桌前有一张四方的木头小方桌，阳光照亮了桌上灰黑的污垢和永远也刷不干净的碗碟。桌边是凌乱的三张小板凳。八仙桌后面有个香案，幽暗的神龛里供着的不知道是龙王、南海观音还是妈祖，也可能是陈宣。后者在永乐十五年做了漕运总兵官，对运河与漕运的发展做了大贡献，吃运河饭的，不少人把他供作神灵。八仙桌上立着个相框，别子母亲的遗像。别子进所里前两个月，他母亲去世，别子说，肝癌，活活疼死的。

我在院子里抽了两支烟，副所长出来了。他对我点点头。

老鳖答应得极为勉强，他说很多年没进小鬼汊了，怕进去也迷路，反误了我们的大事。答应就好。请教了好几个渔民，一致推荐老鳖。他们说，如果老鳖绕晕了，那别人进去了得绕死。他们还说，老鳖立春时看一眼水流的方向，就知道接下来芦苇往哪里长。可惜如今水饭难吃，这一身本领要在过去，走哪儿都吃香的喝辣的。老鳖这辈子应该没享过那种福。过去旁边没桥，他做渡公，每天把船从河这边撑到河那边；五年前修了桥，环保部门招他做了清洁工，负责在鹤顶这一段运河上捡垃圾。老鳖干活认真，在河上从早漂到晚。

前两次进小鬼汊踩点，一次机动船，一次手摇。都在大白天，艳阳高照，踩点必须挑赌船不可能出现的时候去。老鳖习惯驾驶自己的船。船上装了个柴油机，响起来地动山摇，突突突直冒黑烟。我跟副所长坐船上，另外有两个弟兄骑摩托艇跟在后头。他们活动范围大一点，经常绕出去看看线路周围的情况。我们无法确知那条赌船会停在哪里，陈三的供词帮不上任何忙，芦苇荡中随便找一处，跟他提到的场景都一样。除了芦苇就是水，连在芦苇丛里飞蹿的野鸡野鸭和水中游鱼长得都一样。副所长还诌了句听上去十分耳熟的诗：接天苇叶无穷碧。没错，就是这感觉，无边无际，一片风起云涌的绿色沙漠。

要不是坐船还算习惯，我早就被绕晕了，你问我东西南北，我可能都会往天上指。我们是沿着芦苇少的水面走，要不船也穿不过去，而芦苇的生长完全不按人的规矩来。曲曲折折。曲曲折折。忽宽忽窄的水面，也可能拐个弯路就断了。小鬼汊里布满了死胡同。一路都是野鸭在飞。还有很多五颜六色不知名的鸟，老鳖瞥一眼它的尾巴就报出了鸟名。老鳖话少。有时候船会停下来，他坐在船头上抓半天脑袋，然后再走。我觉得船在来之不易的宽阔水面上行驶的速度挺快的了，他还是咕咕哝哝自言自语：

"船越走越慢了。"

他老说。我就说："不慢呀，你看船头激起的波浪。"

"船越走越慢了。"他盯着前面被芦苇遮挡的水面，成千上万棵芦苇弯腰向我们致意，"大伟他妈在船尾呢。"

开机动船时他这么说我还没当回事，手摇船再进小鬼汊他又说了几遍，我就上心了。我问：

"你说啥？谁在船尾？"

"大伟妈。"老鳖说，根本不看我，"大伟他妈拖着船尾呢。船越走越慢。"

我跟副所长的寒毛都竖起来了。

"别婶儿拖着船尾？"副所长结结巴巴说。

"拽着呢。"老鳖说，"死人都好拖船尾，不让你走。"

我往船的前部移了移："老嫂子不想让你吃水饭？"

"大伟不娶媳妇她不放心。"老鳖好像说一件跟自己无关的事，"她把自己拴到船尾上，跟着我。昨天夜里我又梦到她了，挂在船后头催我挣钱呢。"

我往船尾看两眼。只有水花、芦苇和跳起来的鱼。一大块黑云走在太阳前面，小鬼汊暗下来，风似乎陡然大了，团团簇簇的芦苇拥挤着向我们压过来。老鳖停下划桨，前头一片芦苇堵住了我们。死路。

"走不动了。"老鳖说。

我站起来向四周看了看："差不多了。"其实这一次我看见的，跟上几次没有任何区别，依然是一望无际的芦苇荡。但我们的确进入小鬼汊相当深了，如果再往前走，离小鬼汊另一个边缘应该就不远了。这一边连着我们鹤顶段的运河，那一边跟另一个县的飞马湖接在一起。我要是老板，我会把赌船停在中间位置，两边都难找，安全。

往回走。分不清是不是原路。听老鳖的。有时候他表现出果决，有时候他又困惑，有时候他会走回头路，有时候他肯定也在绕圈子，刚见过的那两棵拦腰折断的芦苇，五分钟后我又看见了。老鳖经常现出紧张的表情，更多的时间里他都魂不守舍，嘴里念念有词。

副所长凑到我耳边，压低声音说："听别子说过，他妈死了之后，他爸就有点神神道道的了。"为了宽慰我，副所长又说，"湿气太重，人难免疯疯癫癫。"

我也搞不懂他说的有没有道理，但两次我们都顺利地回到了运河里。

给运河上下游的兄弟单位都发过请求。相当于把运河用笸子给笸了一遍，还是没找到别子。我相信他们也尽力了。这一个多月除了正常死亡，方圆百里都没有凶杀和意外死亡，陈三的老婆灌了两次肠也活过来了。别子人间蒸发。怎么给老鳖解释，真让人挠头。当他说别子妈把自己拴在船尾，拽着船不让走，瘆得慌的同时，我也惭愧得想一头钻进水里。一生气我又把陈三拎来，再审。

"说啥？"陈三问，"所长大人，该说的我都说了啊。"

"那就说不该说的。"

陈三揪下来一根头发："瞎说？那瞎说啥呢？"

"想不明白的。还有你的猜测。"

陈三去船上赌了两次。我怀疑有人给他做了局，要不很难两次就把他掏空。最初牵线的是邻县一个姓黄的小老板，跟陈三有几笔业务往来。联系赌船的电话就是黄老板给他的。输成个穷光蛋后，陈三再找黄，没影了，电话也注销了。

"想起来了。"陈三说，"第一次上船，赌了半截船主说有洋酒，就让服务员用一个不透明的布罩子罩住牌桌，喝完了再启封。喝洋酒的时候，一个秃顶的家伙问我是不是头一回来。我说是。他说，哦，那还有翻本的机会。那天夜里他输了个精光，手腕上的一块金表都搭进去了。我猜，是不是一个人只有两次上船的机会？"

"嗯，继续。"

"没了。"

"继续。"

"仝所,肠子都翻出来给您看了啊。"陈三开始揪第二根头发,"好吧好吧,我再想想。有了,两次接我的是同一个人。那个人长相都跟你们说过了,男的,三十多岁。头一回划的桨,第二回,是机动船。那人一路不吭声,我想套点信息出来,就没话找话跟他说。大晚上的,去的还是小鬼汊,我怕嘛。我就问,都是你一个人接?他摇摇头。我问,接送的人你们有多少?翻来覆去他只说,还有。我又问,为啥上次是划船,这次机动船?他说,下雨,机动船也听不见。"

我点点头,跟我们的判断一致。机动船从运河拐进小鬼汊,在月明星稀的晚上很容易暴露,所以我们准备了两套方案。"还有呢?"

"还要有啊?"他又开始揪头发,"能给支烟不?"

我点上一支扔给他。

"仝所这烟不咋的,劲儿倒挺大。这一条不一定对,赌钱的时候听大家聊天,好像都在每月逢八的那天船才来。反正我两次去都是逢八。想想也对,八,发嘛。"

陈三狼吞虎咽地抽完了那支烟,还想再要。我对旁边的警员挥挥手:"把他带走。"

是否逢八才赌不知道,但六七两个晚上我们埋伏在运河与小鬼汊连接地带,的确一条可疑的船只都没发现。他们会不会从飞马湖进小鬼汊?当然有可能,但我们没权力到别人的地盘上去执法。熬到晚上十点半,我让大家赶快回去休息,养好精神明晚再出动。十八号了,有枣没枣都得认真打一竿。

跟老鳖约好了,晚上出工,划船进小鬼汊。划船更保险,动静小,不容易打草惊蛇,但缺点是慢,在眼前你也不一定追得上。傍晚时分下起雨,看架势一时半会儿停不下来,行动组最后商定,手摇船和机动船同时上,能用哪个用哪个。

整个行动组都出动了。三条船,其中一条主要放三艘摩托艇。我们停在可以用望远镜看清小鬼汊入口的隐蔽处,等时间慢慢往黑夜走。雨还在下,天地间都是水声。雨落在运河里,雨打在芦苇上,雨击打船舱。我们把船上的灯都灭掉,我看见老鳖在黑暗中掏出一只酒壶,拧开盖喝了一口。铁质的酒壶不知从哪里借来的光,温和地闪了一下。

前方侦查的兄弟报告说,有情况。我在望远镜里看见一条小船驶进了小鬼汊。一刻钟后,又有情况。再看,又一条船进去了。我让大家把家伙什都整利索,睡了一天,考验精神头儿的时候了。一共三艘小船进去。按前方的观察,三艘船来自不同方向。好,让他们再走一会儿。

半小时后,我们摸黑往小鬼汊靠近。老鳖和几个年轻的警员穿着雨衣划船。雨下得更大了,小鬼汊里风动芦荡,雨打苇叶,如同千万人在齐声低吼,每个人声音都不嘹亮,和声却极为高亢,几声响雷滚进小鬼汊里,也会被风雨声淹没。我说,执行第二套方案,机动船,摩托艇,出发。

雨夜的小鬼汊的确比迷宫还凶险。我终于意识到老鳖这样的老把式的价值,他们能在迷宫里顺利穿行,真不是因为他们熟悉地形,芦苇荡大规模地摇动,整个小鬼汊似乎都在倾斜翻滚,没有任何一条路还是同一条路,他们辨别方向靠的是经验、直觉和本能。老鳖操纵着他的机动船,我们在往想象中的战场逼近。

有一阵子绕了很多弯,速度也慢下来。我凑到老鳖耳边喊:

"遇到麻烦了吗?我们得快点了。"

进来了就得争分夺秒。一旦他们发现了,钻到哪里躲起来,忙活一夜我们也找不到。

"跑不动。"老鳖也喊,"大伟他妈拽着船。"

我不知道该说什么。探照灯的光柱里大雨密集地连成了线,芦苇丛后头黑洞洞的。说实话,那种环境下,你跟我说芦苇荡里藏着十万头妖怪我也信。可知的世界只有光柱这么锥形的一片,我们仿佛被屏蔽在光柱和风雨声里。外面的世界消失了,一个更广大的世界抛弃了我们。我们正追随着跳动的光柱在沉重的黑暗里钻探。

老鳖左拐、左拐、左拐。他在画圈。

"她对我说的最后一句话是——"老鳖对我喊,"你得让大伟说上媳妇。咱儿子是个瘸子啊。"

我对老鳖说:"老哥,我们不会扔下别子不管的。"

老鳖开始右拐。满天都是看不见的雨。陈三说得没错,这样的天气,能在温暖的船舱里专注地赢钱,的确是件快活的事。我们的船头前开路,后面跟着另外一条船,两艘船的旁边,交错跑着三辆摩托艇。我们在向芦苇荡的中央逼近。

偶尔还是会绕圈。柴油机动力像个资深的哮喘病人,突然咳嗽几声就慢下来。我希望快一点,再快一点,越快越好。我坐到老鳖旁边,雨水顺着雨帽和袖口的边缘流到身上,风大雨急,我感觉不到冷。快一点,再快一点,着急得我冒火。我把裹在塑料袋中的烟拿出来,点上一支插到老鳖嘴上。我也点上一支,赶在雨水打湿它之前狠嘬几口。火灭了。我继续叼着,直到它被雨水打烂,只剩下过滤嘴夹在我两唇之间。

在我的办案史上,从来没有哪次时间过得比这一次慢。我在风雨落到芦苇荡的巨大喧嚣声中,听见了秒针嘀嗒嘀嗒迟缓的脚步声。

听见摩托艇的声音之前,先看见一道狂舞的光柱,接着一辆摩托艇从黑暗里冲出来。骑摩托艇的人扭头看了一下我们,弯下腰加了油门冲进黑暗里。因为雨衣的帽子遮住了那人的大半个脸,我们都没看清他的长相。老鳖突然叫起来:

"大伟!大伟——"

按照事先的安排,出现突发状况,三辆摩托艇里的两辆先出击。两个兄弟从船两侧冲向前去。在他们摩托艇的灯光下,我看见了那人摩托艇屁股上画着一个杜蕾斯的商标。看不清脸,我也知道那人不是别子。副所长拍了一下我的肩膀,他也知道是怎么回事了。

我一把抓住老鳖的胳膊,大声对他喊:"老哥,别子是个好兄弟!别子好样的!"

这个晚上老鳖头一次扭头看我的脸,看了得有三秒钟。然后转向前方,从怀里摸出铁皮酒壶,一手攥着,只用右手的拇指和食指拧开壶盖,咕咚灌了两口。少陵醉。酒壶塞回兜里,船速猛地加快了。

现场不必描述了，乒乒乓乓的事。我说的不是枪声阵阵、枪来枪往，没那么多枪。我们的枪管得严，我的原则也是能不用就不用。他们竟然有两支改装的猎枪，好在我们预料到了。单非法持枪这一条，就够那赌船老板蹲几年的了。老板姓邓，住飞马湖对岸，被摁倒在船头还嘴犟，大喊大叫他不是鹤顶人，不归我管。我跟他说，船没进小鬼汊，不归我管，进来了就是我的菜。

总得有一番打斗，打斗都差不多。真要好好感谢我这帮弟兄，平常训练时的血汗没白流。上了船三下五除二就把姓邓的招募的三个打手给放倒了。那三个乡村二流子，靠人高马大能唬人混饭吃，动起手来都是糠心萝卜。两个接送赌客的船夫，你大喝一声他们就老老实实靠一边站，他们知道自己不过是姓邓的临时找来的搬运工，犯不着跟我们对着干。倒是有个船夫见钱不要命，隔壁镇上的一个赌客趁乱跳上他的船，出价一千块，让他带着逃命。船跑出去没半里路，就被所里的一个兄弟骑摩托艇押回来了。

跑得最远的就是骑别子摩托艇的那个。他是个放哨的，所以最先发现我们。看见我们他就去给赌船报信，油门加到了底，离赌船老远就开始喊狼来了狼来了。但那夜里雨实在太大，声音出不去，本该守在船头把风的打手进船舱里了。船舱的窗户遮得严严实实，从外头看不见一丝光。那条船就像建在芦苇荡里的一间黑黢黢的房子。舱里头一定赌得热火朝天，没人听见"狼来了"。等我们踹开门喊了不许动，一群人在乌烟瘴气的船舱里完全没回过神来。等姓邓的和三个打手想起身去拿改装的猎枪，已经腾不开手了。兄弟们的拳头和手铐已经到了他们面前。

骑别子摩托艇的那人绕着赌船转了两个大圈，一直喊，见船上没反应，干脆一个人先溜了。后来提审时，这家伙还抱怨，他花了那么大的力气喊，居然没人搭理。我跟他说，没人搭理太正常了，着急忙慌的，你那声音完全乱了章法，听上去真不像人发出来的，使的劲儿越大，发出的声音越小。那天夜里他转了两圈就想溜，一个骑摩托艇的兄弟跟在后头就追。这一带地形那小子挺熟悉，但他真是慌了，天又黑，还有兜头的大雨，在芦苇荡里绕来绕去就把自己绕晕了，眼看着眼前有条宽阔的水道，再加速，一头撞到老鳖的船上。老鳖把他的船横在路头。那小子斜着飞上了夜空，然后像颗炮弹一样栽进了水里。等他从水里钻出来，老鳖的手电灯光罩住了他，老鳖大喊：

"我儿子呢？"

"你儿子？"那小子把一头一脸的淤泥往下抹，"你儿子是谁？"

"我儿子别大伟！"

"别大伟是谁？"

老鳖把船靠近摩托艇，给它熄了火，从水里拖到了船上。他拍着摩托艇的车座厉声说："他！"

"你说的是他啊。"那小子从水里站起来，露出脖子以上部分，"一个多月前，有天晚上他跟踪我到了这里，被哥几个给放倒了。一棍。"他站在黑暗的雨夜里对着自己的后脑勺比画了一下，"就这么一棍。一铁棍。那棍重二十多斤呢。"

手电筒的灯光在老鳖手里抖起来，某一个瞬间照亮了他的脸。

"你不是那个，老鳖吗？"那小子激动地叫起来，"你不是给我们邓老板送客人的吗？你怎么当了叛徒？你收了钱还吃里扒外！"他喘口气，好像突然醒悟过来，"你儿子竟然是个警察！要知道那狗日的是你儿子——那也不行，不解决他我们都得进去。"

"解决了别子，你在里面会待得更久。"提审时，我走到那小子跟前，劈头盖脸先给了他两个耳光，眼泪跟着就下来了。"第一下，"我说，"是为我一个兄弟；第二下，是为我一个老哥。"

在小鬼汉里地毯式搜索了两天，终于找到别子。他已经给鱼和鸟和细菌吃得不成样子。下葬时，经老鳖同意，我们把画着杜蕾斯商标的摩托艇也埋进了土里。

2020.3.26，安和园

（原刊于《收获》2021年第3期）

冻土观测段

董夏青青

一

那日的军事斗争结束后,他和另一个人把一名倒在地上的小个子兵架到盾牌上。两人抬着盾牌,跟随四周到处响着的叫喊声朝后方走。

原本围在医务帐篷门口的人,自动退开一条让他们过身的路。那些背对他的,此时转过脸。这有一张豁开了的嘴,那边有个额头开花的脑袋。小个子兵被放到医疗床上时睁开眼,问了句我活着吗?

你活着。军医凑近了告诉小个子兵。

我想睡觉。小个子兵说。

踏实睡一觉吧。军医说。

两名护士。一个剪开小个子兵身上被划烂的衣物,另一个往他皮肤上贴大片的发热贴。

我好冷。小个子兵说。

军医捏了捏小个子兵的大脚拇指。

我在捏你哪个脚指头？军医问。

小拇指。小个子兵回答。

右腿和右胳膊折了。军医小声对一个在流泪的护士说。准备吊水吧。

冻得太狠了，血管根本找不见。护士说。

找矿泉水瓶子灌温水，挨着手脚摆上一圈。军医说。

走出帐篷之前，军医请他帮忙把一旁铁架子上的棉大衣拿过去给小个子兵盖上。小个子兵睁开眼睛看着他。

排长，你也被搞伤了。小个子兵喃喃地说。你的头破了。

走出帐篷，逆着后撤的小股人流，在往前方回返的人当中，他看到一个年纪很小的兵。即便隔了一定距离，绷带挡住了他半张脸，还是能判断出这个兵非常非常的年轻。他有些明白那边的外军为何叫他们学生兵和童子军了。

他慢慢靠上去，跟在那个士兵后边朝前走。不远，临近河道的滩地上聚集了一些人。

拿绳索，拿绳索去啊！有一个战士背向人群，喊叫着冲他的方向跑过来，与他擦身而过。

将要靠近人群时，走在他前头的兵忽然扭过头来。

排长，是你吧？排长。年轻的声音说。

你是谁啊？他反问。

是我啊。那个声音又说。

你不去帐篷，跑回来干吗？他问。

您是不是来找我班长的？年轻的声音说。

你班长是谁？

许元屹。

对，许元屹，许元屹在哪？他又问。

排长，您是不是不知道我班长在哪？

我不知道。他回答。

那个年轻的兵转过被绷带缠住的半边脸，继续朝河道走去。

河道边围着的人里面，有他还能一眼认出来的。但被认出来的人根本没有回头看他。那些人紧盯着河道，不动声色的表情如此一致地惊愕和悲恸，以至于他觉得有必要去看一眼他们在看的东西。他走过去。看到的是汩汩涌动的河水。水流里有一身鼓得溜圆的荒漠迷彩服，明显被河床里的石头缝卡住了，还卡得很牢。瞬间又能根据它起伏的力度判断它附着于具有一定重量的物体上。过一会儿，膨胀的迷彩服带动水下某件东西翘起来，跃出水面。

他又看了一眼，打算辨认那个跃出水面的、圆的东西。他的喉咙里不受控制地发出一声呻吟。

一个人头脸朝下，四分之三的身体陷在水浪里不受控制地摆动和摇曳。融雪后冲下峭岩的洪水力道很大。这样一具躯体，卡在河道里是不现实的。

没人告诉你吗？排长，那是许元屹班长。年轻的声音从一旁对他说道。

打捞从傍晚开始，用了很长时间。

一个排的人分成五个小组。士兵们一面冻得抽噎，一面手挽着手，慢慢地朝这具身体靠拢。好不容易靠近了，他们轮流上前抓住那个身体或者衣物的一部分，动作谨慎却用力地向外拖拽。每个人都试过了。每拽一次，那具身体都往河道里卡得更紧一点。明明是被几块石头卡住了腿，那个软乎乎的身体就是拽不出来。

夜里。河道边的滩地上。他入神的目光顺着河水望去，瞥见那具身体还在水里浮动。

谁把篝火拨动了一下，火旺了一下又暗下去。烟向水边缭绕，明亮的火苗也朝那个方向飘舞。稍稍往里踢点土，火星就向天空飞去。下过水的士兵们围坐在火边，他们的脸上被篝火烤出了皱纹，面颊凹陷下去。

有一个战士，从口袋里掏出家信撕成一条一条，抠出石缝里干了的苔藓，弯着腰给大家卷烟。

离篝火更近的，还有两个那边的人。其中一个躺着，已经死了，另一个坐着，还活着。

刚才有一个土气十足、身子骨扎实的中士坐在他旁边。战斗结束后，这名中士在清查现场时，从崖壁下的洞穴里发现了这两个人。当时这两人都受了伤，蜷缩在洞里，其中一人伤得更重。中士喊来翻译，让翻译指挥受伤较轻的那个背上受伤较重的，听他的指令往后方走。翻译告诉中士，受伤较轻的人不愿意，说同伴明显快死了，而自己也受了伤，背不动。中士说不背可以，那就谁也别走，耗死为止。受伤较轻的人等翻译说完，让翻译帮他把受伤较重的人抬放到自己背上。但那人坚持不让同伴趴在自己后背上，不肯与这个人头挨头。翻译说，受伤较轻的人认定同伴就快死了，而他害怕死人。

翻译走在前面，中士跟在他们后面，看见轻伤者驼着腰，倒背起自己的同伴往前走。重伤者的两条腿被使劲拽住，垂下来的脑袋和胳膊都在地上拖着。

中士走上去喊，说你他妈的不能这样对你兄弟。轻伤者似乎没有听见，只把重伤者的两条腿又往肩上拽了拽就继续朝前走。中士赶上前，抬起被拖在地上的人的脑袋，托住了他的肩膀。翻译转过身看了一眼，示意轻伤者停下，接着走到近前半蹲，让中士把重伤者抬放到自己背上。

送到滩地的篝火跟前不久，那个被背过来的人就断气了。借着火光，他看到那个人脸上的瞳孔散得很开，嘴唇张开，保持着临死前呼吸异常艰难的表情。

中士让翻译告诉坐着的轻伤者过去把同伴的眼睛阖上。翻译说，那人说自己害怕尸体，不想去。

你兄弟是你他妈给拖死的，你必须去。中士让翻译转告那个人。

轻伤者沮丧着脸，慢腾腾地爬过去。伸出右手食指，照那个人脸上眼睛的位置，飞快地一边戳了一下。再爬回来时，脸上如释重负。而地上那张面孔,生命尽管一滴不剩,仍旧半睁的双眼还被什么驱策,紧盯外面的世界。

他忍不住回想那个人方才用一根手指头,戳了戳同伴眼皮的动作。又偏过头来看着那个人此时把手伸进敞开的方便面袋子里。因为手哆哆嗦嗦,袋子簌簌作响。

次日晌午,连夜开进沟里的挖掘机下了河。将许元屹从水里打捞上岸时,很多人都在。他记得身旁有个人,一直以手覆额挡住眼睛,哑着嗓子飞快地说:操他妈的,操他妈的。

许元屹被送走时,他看到前一晚遇上的那名年轻的列兵跟在担架左侧。上回和那边的人发生口角冲撞,这名列兵还是第一次进沟。连长组织他们对等反击时,这名列兵退到旁边的崖壁下尿了裤子。那日冲突平息后,连长把列兵叫过去,给了列兵一枚那边的人撤离时遗落的小钥匙扣。

后续增援的作战单位和医疗小组陆续进沟驻扎,有人带上来一桶白石灰和两把工具刷。在靠近许元屹上岸的滩地的崖壁前,挖掘机车斗又一次升起。昨晚篝火边的那名中士在崖壁上写下四个楷体大字:山河无恙。一阵叫喊声升起来,尘沙似的落了下去。

滩地上的人陆续走回帐篷。刚站在他身旁絮语的那个人仍旧立在原地,由着烈风摇撼身体。他看了一眼那个人痉挛的煊红色面孔,从这个狂叫着的像树似的人面前走了过去。

不多时,山脉、岩峰、土阜都变暗了。在鸽灰色浓雾的重压下,太阳对准山脊西麓深深一啄便弹飞而去。

他一度确信,那天有关战斗的每个细节都会被所有人牢牢记着。包括记着过河时水没过腰,全身抖得牙齿磕碰,眼泪迸溅;攀爬和振臂呼喊时,缺氧的哽窒、眩晕;从山坡上方滚落的,被投下的石块击中的身体压伤他左臂;他摘下镜片碎裂的眼镜框,咬住一条镜腿,背过身挡住跪坐在地上呻吟的战士，伸手捂住战士流血的后颈窝；不断缩紧的包围圈里，四周狂热刺耳的叫喊声扫掠内脏……

然而没过多久，连贯的场景就有了皲裂的迹象。仿佛头脑断定他无力悉数消化，就让他往后再想起的时候，一次只照见一截片段。

军事斗争结束半月后，他将那天晚上半边脸被绷带缠住的年轻的列兵叫进帐篷。

"班副跟你们说了是写战地日记吗？"帐篷里，他捏着两页纸问站在跟前的列兵。

"说了。"列兵回答。

"你写的什么？"

"战地日记。"

"不对。"他抬手晃了晃薄薄的两页纸，"这是咱们开春刚进沟巡逻的时候，某个晚上发生的事，不是那天的事。"

列兵点头。

"你得写那一天。"

"好多事我都不记得了。"列兵小声地说，"一开始我跟着班长他们冲上去反击，然后我受伤了，我被那边扔过来的石头砸晕了。醒来的时候，他们说我班长从山上掉进河里面，牺牲了。"

"可是之前……"他耐着性子说，"指挥所让你们写情况说明，你是写了的。"

"是的。"列兵垂下头。

"那为什么呢？"

"情况说明我只写了几句话。"列兵说，"我写了冲突之前班长怎么背着、抱着我们过的河，他的腿冻坏了，他的脚被冰碴儿搞伤了才牺牲的。班长说，团长说过，老皮芽子咋过河我都不管，这些娃娃的腿不能冻下病根儿……"

"那你现在写这个下雪的故事又是为什么？"

"我觉得重要。"

"哪儿重要？"

"很重要。"列兵咕哝了一声。

"好。"他抬头看着列兵童稚的眼睛，"去忙你的吧。"

他不是想教训人才把那名列兵叫过来，这篇战地日记也没有任何问题。那天过后，上级各单位的调研人员接踵而至。当时沟里没有电脑也不通网，个人情况汇报无法整理成可以被反复拷贝的书面材料。副团长、副政委和营长分拨组织留营的战士，由他把战士们一次次地带进指挥帐篷，陪他们回忆、述说并写下那天他们能记得的事。有的人开了口滔滔不绝，旁边的随声附和，几个人像电线上的鸟；有的人瞪大眼睛，单个词语往外蹦，重复别人说过的话。有一名战士从帐篷出去后径直走到河沟边，趴跪在地上把头反复蘸入水里，直到被营长拖回岸上。

列兵写的两页纸还在他手里拿着。一个他无比熟悉的声音就在其间。热心的、粗刺的声音，少了一点许元屹平常的逗弄，却比许元屹在时说话的声音更为平和。

这时副团长掀开挡雨布走进帐篷，让他带通信兵出去架设从沟口到河岔口的单机磁石电话机线路。从哪个方向下河沟，从哪一侧放线，说了很多。副团长还让他留意看看河岔口点位的场地，听说要在那一块地方建活动板房供前线的人居住。

他将手里的两页纸叠好放进胸前左侧上衣兜里，随后走出帐篷。

到了沟口，他带两名通信兵下车看了地形，开始放线。其中一名通信兵很聒噪，他一直听不清那个兵在说什么，只觉得耳朵眼和脑仁都疼。忙活了一个来小时，他感觉眼前起了一层雾，看什么都模糊，带他们过来的猛士车停在哪个方位还得想半天。

费劲爬上车的副驾时，他浑身发冷。为了放线，猛士车的后门开了半扇，寒风夹着雪子、辛辣的尾气直往他鼻腔里灌，眼泪潸潸不停。

放线完成，进行通联测试的时候，从团部过来的物资车正好到了。他让通信兵上那辆大厢板返回营地，随后让猛士车的司机开快车，带他赶到河岔口的点位上看一眼。

回程时，他让司机打开暖风，但没用，车里还是越来越冻。

回到营地，他只记得自己走进医务帐篷，找了张床就脱下衣服盖在身上躺下了。他脸皮燥热，但身上又感觉不到什么温度。每道骨缝都酸。向左侧翻身时，灵魂一下被挤出身体，飘在空中向下望着自己。过会儿有人跑进来，他已毫无意识。

他再醒来已到晚上十一点多了。睁开眼他哼唧了一声，坐在一旁的营长立刻抻过头去看他。

"感觉咋样？"营长问。

"我发烧了？"

"三十八度，过半小时再量一次，应该能下来一点。"

"离我远点，小心是病毒。"

"是伤口有炎症。"营长说，"你的头都这样了，自己不疼吗？"

"头咋了？"

"他们说你的伤口处理过、抹了药是这个颜色，根本不是，刚才军医过来看，你这个血痂都硬了，肉长到一起了。"

"自己长好了挺好啊……"

"军医说这肯定留疤了。"

"无所谓。"他有气无力地说，"留吧。"

"你是被干傻了吧。"

"可能都死了，我自己不知道而已。"

营长忽然噎住，颤抖的声音喘吁吁地说："狗屁，你活得好着呢。"

他望着低矮的棚顶，有一瞬间以为那频频闪烁着的，是点点滴滴渗透的白天的亮光。接着喉咙里泛上一阵腥味的涎沫。

"弟兄们一直觉得，是我们那个点位危险，得干起来，所以跟我说这事儿的时候，他妈的一点准备都没有。"营长说。

"我们没戴钢盔就去了……"他说，"没想到那边抄着家伙过来，硬他妈碰瓷。"

"那天下午六点多。"营长说，"刚准备烧个火搞点吃的，他们就跑过来找我，说刚通报你们那边对峙了，让我们这头的任务分队上车待命。我们在车上等到凌晨三四点，又给我们通知，改成回帐篷里待命。我们就坐着迷迷糊糊等到第二天早上八点多。我八点五十分的时候跑了趟厕所，回来就看到机操手在等着我，跟我说你们那边打了两个电话急着让我接，我守着电话，回拨了五六分钟才接通。是许元屹带的那个报务员，跟我说，报告营长，昨晚沟里对峙了，我班长没了。接着政委给我打电话，说目前局势不稳定，一定要我把带出来的分队做好稳控，随时做好应对突发事件准备……有人牺牲的事暂时保密……后面的话我脑子一片空白……我全都答应了。

"我召集骨干开了会，安排了工作，安排人找点纸准备烧一烧。原因我没说。早饭我没过去吃，然后突然有人跑过来，有个许元屹的同年兵，一脸子惶急带泪，说营长，沟里出事了，许元屹没了，好些人伤了。我想叫他快闭嘴，话就梗在脖子出不来。我一把搂住他脖子把他架出房子，出了门我崩溃了，把帽子从头上拉到眼睛上，哭了十秒，跟他把早上首长的指示说了一下，问他还有谁知道这个事，他说他们值班室的都知道了。想瞒也不可能了。"

他听人说，营长刚进沟口就把一拨人给怼了。他当时想，一方面确实是营长目前担着管控风险的压力太大，另一方面，大概还是想到了牺牲、受伤的这些人。他的连长和指导员，连长后脑勺缝了四针，指导员左肩脱臼，门牙断了。团里让他们下山养伤，两人不肯。指导员在斗争结束后第三天，坚持要在教育动员大会上也讲一课。当时有上级指挥所的主官在会上旁听，讲话前每个发言的人都交了讲话稿，但指导员在台上讲了近二十分钟，和交上去的稿子几乎没几个字能对上。

那日晚上开饭前，他和指导员跟着营长去了河边。营长蹲在河边，往河里扔了一包没拆封的软中华。

元屹，营长对着层层卷卷的水浪说，有的人流血牺牲，有的人贪图安逸，有的人蝇营狗苟，好像仗是他们打的，长城都他妈是他修的。我要是不操练这些人，就是对不起一线，对不起你。"

他用手指轻轻地拨动输液管。
"给我打的左氧？"他问营长，"不用隔离？"
"炎症压下去就好了。"营长说，"副团长要你过两天带物资车下山。"
"行……"他闭上眼睛说，"还得提醒你一句，收敛点脾气别再惹人了。上面的、下边的、兄弟单位的，能忍就忍。"
"你听谁说什么了？"
"驾驶员说拉你进沟的路上，你把上边派过来的人给练了一顿。"
"我没练他。"营长说，"翻达坂的时候，那尿晕车一直吐。吐完了说就这鬼地方，给他一个月发五万块钱他都不来，我说对，我们都是冲沟里那点儿补贴才干到现在的。"
"我跟那尿说，不是谁都能和这么好的弟兄死在一块，比方说你就没有这个福气。"

他感到太阳穴跳动时绷住了眼眶，胀得头疼难忍。"有个东西给你。"他顿了顿说，"许元屹带的一个兵，写了一篇许元屹的日记。不是那天的事，是我们在沟里巡逻宿营的一个晚上。"
半晌，营长既没有起身，也没有吱声。就那么在马扎上弯着腰，缩着身子，向前探出的两只手交握。
"上衣兜里，左边。"他说。
营长走过去，翻他的兜取出日记。
"那天晚上。"他说，"那边有两个人被我们的人发现了，带回来的时候，一个死了。我们就跟另一个人说，你去把他的眼睛阖上吧。那人就爬过去，伸出了一根手指头，朝死人的眼皮上一边戳了一下。真的……当时我真的想不通……这是你的兄弟，你怎么就用一根手指头……一边戳一下？"
"凌晨五点来钟，那边来了人领伤员。我就盯着过来的人一个一个地看，没有一个人在哭，你知道吗？没有一个。快六点钟，那边又过来一个男的，三十六七岁，走过来看到了地上躺着的那个死人。等看清那人面相的时候，这男的眼睛红了。我就看着他走过来，两只手抱起那个人的头，放到自己膝盖上，伸手给他把眼睛阖上了。"

"说实话……"他说，"那一下，不是那个死人……好像是我自己解脱了。"

他迷迷瞪瞪地半阖着眼。脸前的亮光逐渐减弱，昏暗的空间更加狭小。到处透出温热的臭气。随后涌入的、活的场面在他双眼的虹膜中飞旋，折返，了无声息。

悬停。

巡逻途中，他们跪着攀爬的山地冰面犹如被剥去表面那层的皮芽子，反射冷硬而纯净的幽光。迟迟进来的，他们的声音，从令人麻木、攒到了顶点的寂静中流出，带着深重的金属般的回音。

待会儿蹲坑的时候，许元屹对那名列兵说，一定要记住隔半分钟就站起来前后甩一甩、晃一晃。

知道为啥吗？许元屹一旁的中士说。

那名刚止住鼻孔出血、嘴唇干裂起满了泡的列兵摇摇头，又点了点头。

你要是敢一直蹲着不动，你的那根小短腿就用不成了，冻上了知道不。中士说。

知道为啥你的小短腿一直没啥事吗？许元屹扭过头望着中士说。因为你的小短腿长在你该长脑子、该长心的地方了，脱光了也冻不死你个傻尿。

许元屹抓起一把雪塞进嘴里，又往那名列兵嘴里塞了一把，拍拍列兵的肩膀说，去那块大石头后边蹲着吧，蹲一会会儿就站起来摇晃摇晃。

那天是他们进沟后的第二个星期六。起初他还敦促他们中午去河边往脸盆里多凿点冰，放太阳地里化了水刷牙洗脸，再往后他也不催不说了，大家伙都胡子拉碴，手上、脸上结了一层黑紫色的硬壳。太阳再一晒，皮爆开了就露出小块发红的嫩肉。

那天夜里。深蓝和紫罗兰色交混相融的星空下，冻僵的一群人围在篝火旁，两人分食一袋自热干粮，吃完就枕着睡袋看存在手机里的小视频。

那名列兵在时隔不久后，交给他的那封战地日记中描述的场景，带着毫不狂烈的情绪，随列兵轻而鲁顿的嗓音再度降临——
我永远不会忘记……

  我永远不会忘记那天晚上的月亮是那么明亮。又大又圆的月亮静静地悬挂在夜空中，旁边有无数的星星在闪烁，一闪一闪的，漂亮极了。
  月光静静地散落在每一寸的土地上，我和许元屹班长被这美丽的夜空牢牢吸引住了。
  慢慢地，我和许班长在这夜空的照耀下进入梦乡。在我睡得且香的时候，一阵冷风吹来，我不禁拉了拉睡袋。拉一拉，却感到有雪进来了，凉凉的。或许有一种懒惰在作怪，这冰冷的雪并没有使我起来看一看情况，而是继续入睡。
  天亮了，我被他人的呼喊声吵醒。当自己想要动的时候，却发现自己的身体完全被雪压住了，想动完全动不了。在我挣扎的时候，许班长过来伸出手塞进了我的睡袋中，找到我的手，把我从厚厚的积雪中拉了出来，在拉出来的同时，正如我的家乡话所说的，透心凉。
  这是我最难忘的战地经历，当时如果不是许班长把我从雪中拉出，我想我有可能就不在了。我想，没有什么比让人在死亡的边缘走了一趟更难忘的了。

列兵的声音微弱而至淡出，一团烈焰在他腹腔弥散开来。不用低头就能看见那在双肋之间肃肃燃烧着的、锡色的火焰，正让他整个身体通过全然尽然的焚烧而至冷却。

二

各个病房的电视机里都在播放电视剧《亮剑》，从病床上支棱起来的脑袋，有不少都包着绷带。从病房门口挨着走过去看，像一盒一盒新发的黄豆芽。

下山的伤员都在分区医院集中住着，看护他们的营教导员在二楼要了一张值班室里的床位，跟一名过来学习输液的卫生员同住。

他带车刚从山上下来那天，一楼的护士告诉他找教导员就上二楼值班室，他敲门进去，屋里只有那名卫生员在。没坐多久，话也只说了几句，卫生员就被他身上、衣服上的气味熏得招架不住，跑到厕所的盥洗池子跟前干呕。教导员解完手回屋，见着他刚打了招呼想近前，又接连大步退出屋子。他冲教导员招手，说快给我找身衣服。

换上教导员的作训服，又到水房冲了个头，他身上那股刺鼻的臭气才轻些。他在值班室拧开一瓶水，坐下跟教导员讲，下山路上，过九道弯那条达坂路的时候，当报务员的上等兵刚憋过三道弯就忍不住顶起前胸吐了，污秽物直接喷在他和一名士官的头上、身上。之后车里除了他和司机，其余的人多少都跟着吐了些。晚上，兵站里问了一圈都没有寻见谁多带了一套干净衣服，只得扒下来拿抹布擦了擦，搭在床头晾干，第二天又套身上穿下了山。

教导员问，那名上等兵是不是许元屹带的报务员徒弟，他点头。这名上等兵要在山下的营区教导队培训三个月，由他带过去报到。他给教导员讲，同班的人说上等兵晚上总做噩梦，大喊大叫，醒过来了就发呆。营长说上等兵是觉得对不起自己班长。那次行动，许元屹说为了锻炼上等兵，一直让他抱着电台，其实谁都明白，电台在谁那里谁出事的概率就小。

教导员问他山上目前的情况，他就拣记得的、大面上的事说了说。说起临下山那天中午，连长带着一帮人做完拼刺训练，正在讲评。指导员脱下防弹衣绕到帐篷背后。要下山的车就停在那。他走过去拉开后备厢往里扔背囊时，看见指导员偎身坐在地上，嘴里含着棵烟，两条胳膊搭在屈起的分开的双膝上。指导员衣袖右臂的位置，写着"许元屹"三个字。

见到他，指导员抬起下巴，眯缝着眼，将烟夹到手上，嘴里的烟雾朝半空吹吐。

他冲指导员喊了一声，指导员，你不是发誓这辈子不抽烟吗？指导员仰脖子冲他一笑，说扛不住了，得学。

教导员听他讲着，给他也递了支烟。他接过去，点着了含到嘴里，将右脚盘到左腿底下垫着。一手拿住烟，朝肺里噏了一口。

教导员告诉他，许元屹的父母过来，是自己陪着政委接待的。他说下山时，听拉他们的司机班长说了。

这名班长刚从汽车团的高原班抽调过来，许元屹的同年兵，两人老家也隔得不远。当时许元屹上了岸就是司机班长开车去接的，也是司机班长和军医一道给许元屹擦了身体，拿棉纱布堵上七窍，再把人拉到停直升机的山口平台。

教导员也给自己点了支烟，抽到一半跟他说，从未见过许元屹的爹妈那么刚强的人。许元屹的父亲来时穿着一条单裤，卷着裤腿，坐着政委的车走了一天上山。到烈士陵园，西北风夹着砂刮得几个人眼睛通红。许元屹的父亲一滴眼泪没掉，挨着把每块墓碑看了一遍。到自己儿子墓碑跟前，也没说话，站了几分钟，扭头就走回车上了。

许元屹的母亲在招待室坐了半天，下午拿了一兜她在家里烙下的面饼子要去医院，说想看看那些娃娃。教导员问她有什么想法，尽可以提，他都会向上级报告。许元屹的母亲说，她想知道自己儿子最后的表现是不是勇敢，又问了教导员一句，我儿子，他是英雄吗？

教导员说自己参军这么些年，两个兵的父母最叫他难过。一个当然是许元屹，还有一个内蒙兵的父母，儿子巡逻时突发脑水肿，那天山上狂风骤雪，直升机无法起降，从下午拖到第二天早上，人就过去了。

内蒙兵的父母是牧民，从老家赶过来，那位父亲见到教导员就说，我儿子每个月都给家里很多钱，他有没有欠连队的人、欠你们的钱？我儿子不在了，可儿子欠的债还有他父亲来还。继而又说起那夜，内蒙兵的父母在连队浴室的担架床上为儿子擦拭身体，教导员和他们一道，用带来的白色粗布将内蒙兵从头至脚缠裹起来。

他用心听着。忽然就想起许元屹被挖掘机车斗捞上岸的那天，身旁那个人一直以手覆额挡住眼睛，哑着嗓子不停地说：操他妈的，操他妈的。

这年头只顾自己的人多了，但遇事先为别人着想的人不是没有了啊。教导员絮絮地说着，间歇地喷吐烟圈。

许元屹的妹妹，跟她爸妈一块儿过来了吗？他问教导员。

教导员想都没想就答了他，没有，没过来。

他爸问许元屹一个月工资多少了吗？他又问。

没问。教导员告诉他。

他一个月工资多少没告诉他老子吗？教导员问他。

他摇头，小声说了句许元屹拿钱在供妹妹上学，妹妹在师范大学读研究生。

教导员唔了一声没再多问。他把烟熄在喝空了的矿泉水瓶子里，烟头碰着瓶底的一点水，呲了一声。两人半晌空坐。

把许元屹带的上等兵送到教导队后的第二天下午，教导队的队长打来电话叫他赶紧过去一趟。

那天正好赶上县城疫情封控，出租车停运，院子里的车没有提前批示用车手续的也没法动，他便步行从医院往教导队的营院走。途中路过一家小饭馆，门脸十分熟悉。他站定想了想，记不得究竟是自己在里面吃过饭，还是见谁在朋友圈里发过。

到营院门口，教导队的队长正等在那里。往宿舍楼走的路上，队长跟他讲，分区的心理医生正在给上等兵做干预治疗，每天中午做一回，预计得持续半个月。

他问队长，上等兵进营院大门之前还好好的，怎么突然就崩了？

队长说，上等兵昨天晚上排在队列里进食堂吃饭。因为是周五，食堂会餐，炊事班熬了羊汤，炖了肘子和酱牛肉，主食备的拌面、炸馍、手抓饼和小蛋糕，饮料除了酸奶还有果仁奶和奶啤。上等兵没等打上饭，抱着餐盘蹲在地上大哭起来，说自己班长临走时饿着肚子，从早上起来到下午入殓时就咬了两口压缩饼干。

晚上熄了灯，有战士去水房洗漱，看见上等兵站在水房的镜子跟前鞠躬，一边鞠躬一边反复地说，对不起，对不起。

战士把情况报告给队里，队长晚上把上等兵带到自己屋里，想叫他说说话，可上等兵进了屋一声不吭，只待着发愣，过会儿说困了，想睡觉，队长就给他送回了屋。

第二天一早，和上等兵同屋的战士过来找队长，说起床号响了以后，他们都着急穿衣服、扎腰带准备下楼跑操，只有上等兵不紧不慢，穿戴齐整了站到阳台上开始打敬礼，自己喊，敬礼！然后啪地立正打一个敬礼。他们把上等兵拉回屋里，上等兵就自己在屋子里倒着走来走去。

站在队长宿舍门前，他隔着门上的透明玻璃向里看。上等兵佝着身子坐在两张床铺中间的书桌前，面朝窗户。在他身侧，床沿儿上坐着一位年纪大约在三十五岁到四十岁之间的女人，正同他讲话。

小屋里，从上等兵面向的窗户照射进来的阳光，叫他想起年初在山上的团部营区，还没有进沟的某天。

那天吃过午饭，他和军医、营长、许元屹在医务室里烤电暖炉、抽烟。正聊着天，上等兵进来了。上等兵说他养的狗病了，好几天不吃不喝，总拉肚子，想找军医给开点药。

军医说现在开药都得开单子，人好说，给狗怎么写？许元屹往军医嘴里喂了支烟，点上火说，你该咋写咋写啊。军医坐到办公桌前拿出一张医药单，瞅着上等兵说，那你说，照你说的写。

姓名？军医问。

花虎。上等兵回答。

性别？

男。

年龄？

三个月。

单位？职务？

单位……勤务保障连？职务……看家的。

提提身价，给它写保障处吧。军医说。然后……科别和保障卡的账号花虎都没有……

病情及诊断？军医又问。我说你给它下的啥诊断？

拉肚子。上等兵回答。

那就写腹泻。军医一边自言自语一边写。先给开一周的甲硝唑氯化钠注液吧。

哎，你。军医抬头又瞅了上等兵一眼。知道怎么给它打针吗？

我会，我练了。

在哪练的？

我拿自己练的。上等兵说。

尽管上等兵此时背对着他，脸低得快挨到桌面，他仍能清晰想见上等兵的神情。正如那天中午，上等兵一板一眼地回答军医接二连三提出的问题。事关生命存续的问题。

从教导队回到分区医院时已近傍晚。他爬上二楼值班室，推开门见教导员正盘腿坐在办公桌前对着摊开的笔记本下神。

"那孩子没啥事吧？"教导员见他进屋，松开咬在嘴里的笔。

"强制心理干预，先观察一段时间再说。"他说，"老团长他们上山了？"

"吃完午饭就走了，这会儿快到兵站了，应该能赶上晚饭。"教导员趿拉上鞋，身子转向他，"有意思吗你说，这是老团长调到野战师当副参谋长以后头一次回咱团里。"

"你感觉呢？"他说，"这回指派他上去是参加谈判吗？"

"司令肯定会让他参与。"教导员说，"那边儿就有他认识的，都打过多少年交道的。那个死胖子又升了军衔，据说二老婆又生了个儿子。这回要是副参谋长见着死胖子，谈也肯定想好好谈，可想到许元屹还有受伤的弟兄们，肯定想扇他，至少要威胁他们两句吧？"

"再有，估计也考虑到了让他上去把握分寸。咱们和他们，就是过后上来的人……两拨人就跟斗牛和耕牛一样，培养目的和评估标准都不一样。现在这种情况必须两条腿，但首先这两条腿得稳当、得协调吧？他不是总说么，只要不是打仗，当主官的就别把下面的兄弟带病了、带残了、带没了、带监狱里去了，尤其把冲动和血性分清楚。别学那边的人，拿弟兄们的血给自己贴金。"

"这次带上山的石灰和刷子，是你给准备的吧？"他问。

"是啊。"

"他的一些思路，团里倒是坚持没有中断过。"

"是啊。"教导员若有所思，双手合掌放到双腿之间，身子轻轻地前后晃动。

"说话还那么有激情？"

"太有了，上午去病房慰问就当场开讲。"教导员说，"对我和那几个病号说，眼前这份罪我们受得奢侈啊。看看瑞士和梵蒂冈，它那面积存在这么个问题吗？压根儿用不着考虑。还有日本，跟他们聊退一步海阔天空？退两步就掉太平洋里了。可是买商品房你能挑邻居，国家没有这个自由。摊上了，又不是全靠拉铁丝网就能掰扯明白。现在只能往极端里说，弟兄们站着生、站着死的地方就他妈的一寸都不能退也不能丢……"

他想起副参谋长还在团里的时候，有一天带队巡逻，副参谋长当时对照地图找了一块向阳的山坡，要他们用从河坝里捡来的石子，在山坡上摆出版图的轮廓，说对面要是放无人机过来，正好取上全景。那天中午，就在摆好的图形旁边，他们拿出带的干粮、背的矿泉水。吃完喝完，他捡起瓶子往包里装，老团长冲他喊，说塞进去干啥，都扔外边让大风吹走，吹到哪，就证明这边的人到了哪里、能到哪里。

"今天临走，关车门之前还在给我布置任务，让我准备一堂课。"教导员说，"也讲讲许元屹，让那些从其他单位调派过来预备上山的战士们先听一听。可你跟战士谈意义，特别是谈生命意义，是非常难的一个事。而且……我老觉得许元屹还在，能怎么讲……"

教导员说着把手中的笔塞回嘴里，转身面向办公桌，手指蜷缩在笔记本上，反复地轻叩。

他下山前听营长说，沟里对峙时教导员正在老家休假。团部的电话打到工作手机上时，教导员正带着六岁的女儿坐在游乐场的卡丁车上。团部参谋急切汇报沟里斗争的情况和车场训练员让立马开走的喊叫声搅到一起，教导员等脚踩下油门时才清醒过来，顺势抢了把方向盘，将卡丁车撞停在赛道旁的轮胎墙上。教导员之前没给女儿系安全带，女儿的头冲前直接撞上车框。教导员的妻子从一旁飞跑上前，自己抱上女儿去了医院。教导员归队之前，女儿还在医院躺着，左侧脸颊的颧骨粉碎性骨折。

晚饭过后，卫生员去三楼练扎针，他和教导员在值班室一同整理文档，这也是副参谋长提的议。教导员手里存了一部分之前战士们写的家信，还有那日斗争之后，一些人写的遗书与请战书，包括眼下还在病床上躺着的人，也有人写了请战书，请求把伤养好之后即刻返回前线。副参谋长说，这些家信、请战书、遗书还有一些人写的格律体出征小诗，都是往后复盘时的佐证。

教导员边整理，边挑出几句讲文法的、高昂的话念给他听。他仔细翻阅不同大小和厚薄的纸张，使劲辨认纸面上潦草的字迹。纸上的、眼里的、教导员念出来的交叠、混淆、膨胀。一阵辣气从他胃里顶入食道。

急！急！急！
拂晓接令，千里狂奔只为敌。
险！险！险！
风紧气寒，沟深山高冰河远。

烈日悄无息，寒风无情欺。
萧然生死别，筹谋到戟迟。
思绪泛涟漪，告别胜相见。
未及平生顾，遗书抒我志。

假如战争爆发，上阵杀敌是我们义不容辞的责任，牢记连训！针锋相对、寸土必争！回想起军人誓词：时刻准备战斗，誓死保卫祖国，这就是我的决心！我请求参加此次作战任务，到一线打头阵。报国戍边！无需马革裹尸还！

妈，孩儿当兵已经一年多了，我知道您在家里一直担心我。担心我在部队能不能吃饱饭，有没有受苦，有没有受冻等等。担心孩儿遇到一点小事，就想躲进避风港一样的家里。但是孩儿已经不再像小时候那样什么事都需要您一一操心了，孩儿已经长大了，像雄鹰一样飞向天空了，而且您所担心的事情在部队不会发生。因为这里每一名战友之间相处得就像家人一样，互帮互助，还有班长、排长、连队主官就像长辈一样照顾着我们。遇到事了，永远抢先站出来保护我们。也有一群老兵在教我们知识，而且在他们的教育和照顾下，我正一步步成长了起来，做什么也不像以前那样不经过大脑就乱来，而是在做事情之前都想一下后果是什么。所以您可以放心了，孩儿已经长大了，也不需要继续在您的臂膀下躲避了……

当他打开一个班排的人写在一条床单上的请战书，看见上面密密麻麻带血的指印时，教导员昨夜向他转述的许元屹母亲的那句话又直入脑海：我儿子最后的表现是不是勇敢？我儿子，他是英雄吗？

他在想。有谁能把那个许元屹说得明晰？谁会告诉他们，许元屹是由他母亲生在了麦地里？谁知道他为何去到贵州安顺的工地上做工？什么讲稿能包囊许元屹负荷累累、志气未曾衰减半分的强力生命？

他将手盖着受伤一侧的额头，手指使劲摁压突突刺痛的太阳穴。

在山上犯头疼的时候，他会把许元屹叫来一块抽支烟，说说话。每回巡逻进沟，手机信号中断，十好几天里也就几个毛人来回瞪眼。夜里，大家伙尤其是刚下连队的新兵，都指望许元屹那天别累着，留点精力给他们讲故事。

许元屹时常说，不比你们，我小的时候吃过苦啊。

新兵就接着许元屹的话再问，班长，您小时候吃过啥苦？

许元屹便低下头掰响手指的骨节，开始第多少遍地讲起自己小时候的事。

我妈当年快生我的时候，我奶奶还让我妈去小麦地里割麦子。

我啊，就被我妈生在了麦地里。

你们看着我矮，我妈说了，都怪我小时候老扛麦子，压的。一袋麦子百十来斤，我一个肩膀就扛动了。要不说，扛你们过河不在话下。

生我之前，我爷爷奶奶和我爸分家过日子。离开爷爷奶奶家的时候，奶奶给了我们家一点粮食，就是用化肥袋子装了八袋麦子，然后给了山顶上的一块地、三间房，还给了八十块钱。我爸觉得光有三间房没个院子不成，就在屋后刨地修整。第二天早上，我爷爷从屋里跑出来把我爸的头给打破了，说我爸占了他和奶奶的地。

当时我们那儿喝水也得靠拉水。一米二高的铁桶，灌满了水的要卖八毛钱一桶。我们家没有自来水，也打不起井，我爸就想找奶奶用一下家里的井，可我爷爷奶奶都不让。最后也不知道买水喝了多久，八十块钱用完了，还欠了人家八块六毛钱。卖水的人说，你得先把欠的钱还上，不然这水就不能再拉走了。

我爸去找我爷爷，说上一年跟着我爷爷帮人修车，说好了要给工钱，眼下缺钱，让我爷爷给结一点。我爸当时想的是，按市面上的工钱差不多能结三百多块钱，我爷爷怎么也能给二百块钱。可我爷爷掏遍了身上的兜，凑了不到十块钱给我爸，说他就这些了。还上前头欠的，我爸把几袋小麦卖掉才又能往家拉水了。我爸说，我奶生他的那会儿难产，后来别人算了一卦，说我爸是来讨债的，不可太亲近。

我妈生下我六七个月后，我爸就跟着同村的人上北京打工。我四岁那年，我妈怀上了我妹妹。一九九六年那时候，计划生育查得很严，我妈想躲，但还是被管计生的人抓住了。我爸回来的时候，我妈肚子大了正好八个月。管计生的人跟我爸说，这个孩子不能留，必须打掉。我爸就哭了，拉着我一块儿给那个人跪下。

我爸说，求您给孩子扎针的时候不要往头上扎，扎脖子，要是孩子没了我们认了，要是命大能活下来，我们一辈子感念恩人。管计生的人和旁边的医生商量了商量，就一针扎在了我妹脖子上。

我妹生下以后，脖儿上留了一个明显的针眼，休息不好、情绪激动，就往外流分泌液。流一流，自己就结痂，过段时间不好了，又往外冒。

我人生前三十年，头等的大事就是攒钱给我妹子，只要她想考学，考到博士我也供她。等她工作了，我俩把钱凑巴到一块儿，一定医好她的脖子。

这几年间，许元屹总朝身边几个关系不错的人叮嘱，不管他家谁来电话问一个月工资挣多少，都别说实话。许元屹一个月万把块钱工资，五千打给妹妹学习和生活，三千给家里，两千来块钱自己存着，能不花则不花。

许元屹曾告诉他,二〇〇八年汶川地震后,老家有不少搞工程的人过去参与重建。许元屹的父亲跟着一位老板干电焊,攒了点钱。回村后不久,支部书记动员许元屹的父亲包一座山头种果树,既能个人致富,也帮助当地绿化,果园达到一定规模还能享受一笔农业补贴。许元屹的父亲动了心,就把存折上的钱全投了进去。没想到果园还没建成,和许元屹的父亲商量事的支部书记就退了,履新的书记将补贴用在了其他亟待投入的项目上。许元屹家的果园一直没拿上补贴,资金后续跟不上,许元屹的父母又并不懂果树培育,本钱赔得精光。

许元屹对他说,父母为了家庭没少折腾,只是脑筋和运气都差了点儿火候。

从沟里往山下走的那天,途经团部。车刚开进院子,就看见球场上停着一辆工商银行的流动服务车。团里的人告诉他,这段日子他们在山里通信中断。家里房贷、车贷还不上了的,亲人生病住院的、生孩子的、老人没了的……着急的家属们纷纷往团里打电话,有个别的包了地方车辆跑上山来询问情况。为了钱的事方便,团里找县里调派了一辆银行的车上来办业务,先安排还不上贷欠了银行信用款的家庭解决问题。又单独安排了一名排长每天接打电话,转告家属询问的战士情况,解释这次任务出动得紧急,目前人都平安。

他也记得,那天下山的车刚停在烈士陵园跟前,手机信号恢复的信息提示就进来了,接着上百条未读消息、未接来电的提醒……他给父亲拨去电话时,父母的声音同时在话筒那边出现。他的心攥紧又再跳动。

父亲说,那天吃饭时听见新闻发言人就某地的边境形势讲了几句话,知道字越少,事越大。连着几天联系不上他,母亲托人找了位懂易经的师父给他批八字,看目前人还在不在。那位师父给的消息还算吉祥,说在西边,喘气,能动,要受皮肉之苦。

同父亲小学时就相识的叔叔随即也打来电话,告诉他这么多年,头一回见他父亲哭,说儿子找着了,还活着。又说他爷爷奶奶也都挂牵,盼他尽早回家探亲。

军校毕业临去报到之前,他和父母到爷爷奶奶家道别。爷爷是市里钢铁厂的老厂长,退休十来年后中了风,只有半侧身子能动,口齿不清,极少言语。那天爷爷抽了两口他带去的烟,对他说了一句,我名下两套房,你回来就是你的。

放下电话,他走进陵园。那时许元屹已经收葬。他站在许元屹的衣冠冢前,看着碑前新置的香炉、祭奠的酒和尚未打蔫的水果,遂想到那天黎明时分,他和许元屹蹲在崖壁底下那个洞穴里,打着手电写家信。

当许元屹听他说如果有谁牺牲了,这封家信就会被寄送家属时,立刻把刚写好的一页信纸撕了塞进石缝,怼上块石子,又掏出裤兜里一枚早就空了、搓皱的烟盒,就手撕成方方正正的一块纸片,在上面写了一句话。

我只是死去,请为我自豪。

他从桌前站起,走出屋时眼前一阵发黑。教导员并未察觉他的反常,还在耐心往电脑里誊录纸上内容。

他走到楼道的水房洗了把脸,摸兜时记起烟搁在了值班室。

许元屹以前问他,排长,你什么时候学的抽烟?他如实说,是本科在军校里,站夜哨时学会的。他又问许元屹,许元屹说,当年为了供学习成绩更好的妹妹读初中,他跟着同村的人去贵州安顺打了半年工。在一家工地,跟着旁人打模板、扎钢筋、搞电焊。

工地上有一对本地的父子,常把家酿的米酒带到工地上请工友们喝。夜里,工人们聚在一起,光喝酒划拳不过瘾,还要抽烟,许元屹说自己就是那个时候学会的。起初许元屹也买一包两包的烟给教他做工的师傅抽,后来听说他出来打工是为了供妹妹读书,谁都不肯再接他的烟,不让他在烟钱上破费。

他印象中，许元屹有一回抽得最凶。

有年春节，年三十那天晚上，连队的人都在连队营房里和家里人视频。十点多时，点位上的光缆坏了，信号一下中断。连长跑到机要参谋屋里找许元屹，叫许元屹赶紧准备工具修光缆。当时他也在机要参谋屋里，跟着一道跑出去上了车。

营房离点位二十几公里，那天夜里雪很大，等开到点位已经过了十一点。跳下车时他才看到许元屹没穿电暖靴，他要跟许元屹换一下鞋，许元屹说不用，熔个光缆，费不了多长时间。

猛士车的车灯照着、连长和他给许元屹两侧打着手电，许元屹很快找到了断点。熔光缆时不方便戴着手套和防寒面罩，许元屹都摘了扔在一边，用手一点点地把保护层、涂覆层剪了剥开。天太冷，玻璃丝是脆的，一熔就断，等熔接好回到车上，已到了大年初一。

往连队返的路上，司机开大了暖气。车里刚暖和几分钟，就听见许元屹哎哟了一声。他扭头一看，许元屹满脸通红，淌着泪，哼唧说疼。连长问哪里疼，许元屹说浑身上下整张皮都疼，连长让司机赶快把暖气关了。

车到连队时，许元屹已僵在座椅上。连长赶紧叫了四名小个子战士过来，钻进车里把许元屹搬下去，抬进连队。军医叫人去炊事班后窖里敲了一块冰抱出来，拿高压锅烧，化出来的水倒进桶里凉到三四十度。之后把许元屹扶起来，两脚放进桶里，反复搓洗。之后又叫人烧了一锅水，给许元屹不停地搓洗胳膊和手。

凌晨三点多的时候，许元屹总算会张嘴说话了。虽说几天之后，他的两颗脚指甲冻黑脱落，手上被玻璃丝扎穿的一个地方掉了痂，变成一个死肉疙瘩。但那天晚上，缓过来的许元屹第一时间叼上了烟，眼泪汪汪。

他和连长检查了许元屹耳朵、身上露出来的皮肤，没有冻起水泡，随即放下心，给许元屹接着续上烟。

大年初一中午会餐，许元屹被搀进了饭堂。许元屹坐的那一桌上有个小碟，盛着几颗比鹌鹑蛋略大的西红柿。那是连队通了长明电以后，种植员在大棚里多用了几个千瓦棒才种出来的，想等年后领导上山视察时显摆。在许元屹还睡着的时候，连长找几位主官开小会，举手表决摘了果子，作为对许元屹前一夜抢修光缆的奖励。许元屹捧着果子，一瘸一拐端到了种植员所坐的那一桌，种植员接过去，又端到下排不久的新兵那桌。最后全体举手表决，给三位临近复转的班长一人分了两三颗。

这回上级单位的首长到医院慰问，给评了功的战士每人奖一台笔记本电脑。有一名战士还询问首长，能不能把发给自己的电脑折换成钱，拨给连队搞温棚建设，大家伙都喜欢看带秧子的瓜果。又说起许元屹曾从老家背了一袋子土上山，想先把土质改善了，种西瓜。首长听罢说电脑照发，温棚的建设也帮忙想办法搞，种出来了让新兵给陵园也送一份去。

他走出水房下了楼。那晚在山上帐篷里打过照面的军医在楼前的空地站着，手里拿着一个游戏手柄似的遥控器正在摆弄。

他走过去和军医打了声招呼。

"喏，迎宾大道。"军医把夹在遥控器上手机屏幕里的动态图像放给他看。

他凑到近前看："挺气派，就是看不到几辆车。"

"封城么，到处冷清。"军医说。

"你不回家看看？"他说。

"算了，疫情一来，我老婆带孩子上娘家去住了。"军医说，"我儿子刚打视频过来，我说要他好好学习，别惹他老娘生气，我有好几只眼睛能看见他。把航拍的视频发过去让我儿子看了，找找自己家房子在哪。"

他和军医接着又看了看离分区不远的法桐大道。城虽封了，路灯和景观灯都璨璨地亮着。

飞机落回楼前空地，军医收起手柄遥控器放进包里。

"不休假回去看看你对象？"军医说。

"还不急找。"他说。

军医点头："你年轻，沉两年再找也不耽误。"

"这回就挺怪的。"他说,"事情一出来,原本要留下接着干的,不干了,原本想走的,要求留下来。对象也是,原本要结婚的不结了,死活要分的,经过这一段时间找不着人,不肯分了又。"

"我是有一年突然觉得该把这事儿办了。"军医说,"我还仔细品了品,是不是自己的妥协,后来发现是基因。它们让干这事儿是这个基因该往下传递了,没有现代科学和医疗条件,人也就活到三十五六岁,你可能不着急,可你的基因着急。"

"有烟吗?"他说。

军医从兜里掏出一包荷花烟递给他。

"都抽荷花啊。"他说。

"自从老大抽这个,从官到兵,都抽。"军医说。

"这一批上山的核酸报告出来了吗?"他问。

"三四百人呢,估计得到明天中午了。"军医说,"教导员在干吗?"

"准备教育材料,讲课。"他说。

"费那劲干吗?拉到前线转一圈就是教育。"军医说。

他和军医走到空地东侧的一棵梧桐树下,在石桌前靠着抽烟。

军医向他讲起自己去年八月份跟着上山保障会晤,那回是现任团长带队。军医说那边的人当时故意迟到几分钟,往近前走的时候,长官远远落在后面。前面先过来了几个人手提肩扛,施工队似的,一到地点立马开始张罗,架桌子、支椅子、撑遮阳伞。见长官要走到了,两个人抬出来一卷红地毯,往地上一推一铺,又抬过来一个弹药箱,铺上毛毡毯,摆好碟子,瓷杯置放其上。长官在阳伞下站定,摄像的人帮着拍了照,这才坐到椅子上。这时旁边有人又立刻从兜里掏出咖啡来,抱起水壶冲泡。军医告诉他,团长当场就看乐了,说这么大阵仗,泡个速溶实在可惜。

他告诉军医,这回那边的人列阵喊冲的时候,长官站在斜侧方让兵先上,眼看这边援兵愈多,有的扔下自己人掉头跑得飞快。

"那天晚上我救了他们那边的一个人,是被他们自己人逃跑撤退的时候踩断腿了。"军医说,"我到安置这帮人的医疗帐篷送药,有个指挥官就拉着我说,让我先给他治,过会儿又给翻译说,让我们单独给他安排地方,他的身份尊贵,不能和那些七七八八的人待在一起。我当时准备给一个人缝线,看那个士兵搞成了那个屄样子,实在忍不住了,我说你好意思吗?把你的兵带成这个样子还张得开嘴?"

"是不是采集视频的时候还让那人出镜了?"

"对。"军医眯着眼点头,"上来就'I love you, China',一顿瞎白活,说我们对他们可太好了,天天给他们冲咖啡。操,可有意思。"

"前年东线不也搞了一回么,我也在。"军医说,"有一道山脊线特别难投送物资,刚上去的时候什么都缺,有人都偷偷喝尿。"

"那回也有一个。"他说。

"对。"军医说,"我一个战友救治伤员过劳,犯美尼尔了,和那个烈士一块儿被送下山的。"

军医讲,直升机运送那名烈士和几位伤员的时候,也把他的战友抬上去了,就躺在烈士旁边。飞机落地准备出舱前,军医的战友看见烈士的手忽然从担架上掉出来垂在那儿,就伸过去自己的手,牵了牵烈士的手说别着急啊,这就到了。

"等我这战友病养好了,头不晕了。"军医说,"就开始每天做梦,梦到在抢救伤员,怎么也救不过来。"

军医踩灭烟头,插着兜,一只脚踏在树下的石凳上前后拉抻。说后来单位给那个战友批了年假,战友一个人开车,从老家开到西安,从西安到成都,又从成都走318到了拉萨,在拉萨待了几天,然后转到冈仁波齐,到札达土林。再从阿里走219到新疆全境转了一圈,最北到了喀纳斯。

"我那战友说过后想想,也许'生''死'留给我们最大的困难就在于能不能接受。战友也好,亲人也好,你不知道怎么接受就是因为这太突然了,没有一个人提前告诉你,或者让你知道这是他离开的最好的方式。比如说他突然战死、突然病死，而你可能会想到一百种比这种方式更好的方式，对吗？"军医看着他，"你知道我说的那谁。"

"许元屹背战士过河的时候把脚脖子弄伤了，又被石块砸中，所以才会从崖壁上掉下去……"他端详着手指间燃得溜长的一截烟灰，"有人脑壳被石头砸裂了，但我们把他从那边儿抢回来了，现在人被转到战区医院，颅骨镶了钢板，再动两回手术就能打着视频和人吹牛逼了……"

"听着都太不像是二十一世纪能有的事……"他说，"所有战斗手段，都比战斗还古老。"

那个许久没有阖上眼睛的人的面孔随即出现了。他在想。吃喝嫖赌抽，坑蒙拐骗偷，喜怒哀乐悲惊恐。这些乱七八糟毫无秩序又非常系统组合在人身上的，加上诸如徒手将农用工具改造成趁手的武器，嗜血、暴力与残忍的本能。如何控制和调节这些恐惧与需要，让人的情感与行为得以形成？背后主宰一切的力量也真辛苦了，要亲自上手编写这么复杂纷乱狗屁不通的人性、畜牲性和草木性……

"我不知道心里边有种什么感觉。"他自言自语地说，"所有人都说我们只是履职尽责，可我总感到胃里恶心……"

"恶心就对了……"军医沉默了片刻，"你闻着粮食香，是因为大脑皮层离不了碳水化合物。要是吃屎对身体好，人闻屎就是香的。要是你放倒一个人、看见一个人被放倒，不恶心反而高兴，那你就完了。所有人都不恶心，人类就完了。"

"看那个新闻了吗？"他说，"得了新冠的病人嗅觉会变，以前闻着香的东西，现在觉得臭，以前臭的反而不臭了。"

"那也有个改变的底线。"军医说，"我向你保证，人的基因里永远不会写入一条：屎香，可食。"

晚上。他和衣躺在床上，听手机里播读的郑振铎译的《飞鸟集》。

听到困意袭来，他侧了侧身，胳膊护着肚脐就闭上了眼睛。

夜里寒气重，他想起身拉开被子盖上，却梦见自己一伸手够被子，醒了。

梦里。他看了眼手表，正是早上五点多不到六点。他推开猛士车的车门下去，许元屹和两名战士已经在河坝边砸开了一道冰口。许元屹和那俩战士架好油机，接上水车的水管就开始抽水。

抽水时，他见许元屹双手托扶水袋，两只手结结实实冻在上面，一边扶着一边哭。他说许元屹你快撒手吧，旁边的战士说，不行啊排长，一撒手不走水管子就冻住了，油机熄火了再发动不着怎么办？

他走近看，许元屹的手掌这时已粘在了水袋上，肿得发紫。他从耳后摸了支烟，塞进许元屹嘴里。

许元屹眼珠和嘴唇上凝着冰霜，像哭像笑地冲他喷了两口烟雾。

三

带车回山上的前一天下午，他去教导队把那名上等兵带出院子，让上等兵跟自己去超市，照着下山前弟兄们给他列的货品清单采购物资。

临下山时，副政委嘱咐他到了能买东西的地方，也给山上的几名地方人员捎带一些吃喝用度方面的东西，团里掏钱。他印象中，深圳一家无人机公司的两名工人一直同他们住在一起，这两人除了协助无人机侦察任务，那晚也帮着医疗队救助伤员。看增援人员来了吃不上热饭，又跟着炊事班捡柴做饭。两人一个左脚骨折过，一个右手扭伤打着夹板。还有开装载机、推土机和挖掘机的几名驾驶员。那晚为了增援部队走近道进沟，彻夜开路，第二天一早从车上爬下来时，一个十九岁的驾驶员脚刚着地就喷了鼻血。

在超市，他和二等兵一人推了辆推车。上等兵一手推车，一手拿着清单念念有词，来回扫看货架上的商品。

"你要给谁带什么也都拿上，我一块儿买了。"他说。

"不用。"上等兵说，"别的估计都能互相凑合，我给我们班拿了十条烟，您带给他们。"

"十条？"

"嗯。"上等兵点头，"每个人先分几包，等我上山了，再给他们多带。"

"你还上山？我记得是你家里挺有钱吧？上个月家里人都找过来了。"他说。

"如果是咱们连有钱的，应该是我。"上等兵说。

"开飞机修理厂的我记得是。"他说。

"对，在珠海，给私人飞机维修保养。"上等兵说，"我家那条街道有征兵任务，谁家都不肯去。我爸正好是一个什么委员，发扬风格，就让我来了。我要是今年走，回去就发我二十万服役津贴。只要我肯回家，我妈同意我随便提一台什么车。"

"挺好。"他说。

"好吗？排长，你觉得好吗？"上等兵停下推车，望着他。

"听你们队长说，你最近情况好些了。"他错过上等兵的眼睛，拿起货架上的一瓶洗头膏扔进面前的推车里。

"是，排长。"上等兵还是站着不动，怔怔地盯着他，"我有些问题，觉得还是只能和那天在山上的人说。我想跟您说说，行吗？"

上等兵将他带到那天夜里，他步行时路过的那家眼熟的餐馆。餐馆门上贴着疫情期间暂停营业的告示，门前屋檐下摆着一桌两凳。

上等兵拉出凳子坐下来："这是我班长最爱吃的一家店，每回下山休假，他都先过来吃一顿。"

"那天路过瞅着眼熟，就想不起来。"他说，"他在朋友圈里发过这个店。"

"是，排长。"上等兵说，"我班长爱吃兰州拉面。"

"你的问题。"他说，"说吧。"

上等兵双手抄兜，许久才开始说话。

"排长，我想留队。"上等兵说。

"家里同意吗？"他说。

"我跟他们说了，我病了。"上等兵说，"我自己知道，好起来也容易，以后替班长把他的活儿接着好好干下去，干明白，病就好了。"

"谁告诉你的？那个女医生？"

"不是。"上等兵摇头，"我先给您说两件事，然后我再问问题。"

"有一回，军区电台联网组训，"上等兵说，"班长叫我给他校报，他读得太快，我就把报校错了。班长当时特别气愤，说你学了几个月的专业，报还能校错？你有你的责任，有你的使命，这要是打仗了，你这校审行了，还审了两行，仗得怎么打？我当时也没忍住，冲他发火，我就骂了，我说我从当兵第一天就是等着退伍的，在这鸟地方气喘不上来，尿撒不出来，他妈的我脚上全长了冻疮，头也疼得不行，你还骂我。说完我就走了，老子不校了，叫我滚蛋还正好。但是我班长还一直在发报，我走的时候，他手也没离开发报机。然后我还没走出门口，就听见砰的一声，一看，我班长连人带椅子倒在地上。我赶紧过去把他扶起来，翻抽屉找速效救心丸。等班长吃了药缓过来以后，说晕倒不怪我，是他手上的汗流到发报机的键盘上，键盘又通着电，给他打晕了。"

"还有一个事。"上等兵继续说，"我刚下连的时候，班长晚上给我们开了个欢迎会，会上问我们有什么问题要问。我说我有问题，我想知道，我们在这个地方当兵，每年创造的利润是多少。入伍之前，我家里面安排了饯行的酒席。我一个开加工厂的堂哥就说，当兵无非也是个工作，拿命换钱而已，说白了有多高尚？所谓牺牲也就是个概率问题，一百年打不了一次世界大战，这要是有个大师能预言未来三五年不打仗，纳税人何必花钱养着这帮人？"

上等兵说完，望着印在桌面的象棋棋盘。

"说完了？"他问。

"说完了。"上等兵说。

"那你现在想不通的，还是这个利润问题？"

"我是想问您。"上等兵抬起头看着他，"我班长那么好的人死了，就是为了保护我们这样的人吗？"

树上蝉鸣和风吹动梧桐枝叶的声音落下来。良久，他问了一句："你有喜欢的女孩吗？"

上等兵点头："有。"

"记得她的样子吗？"他伸出手指头在自己的脸前比画，"她的轮廓……"

上等兵的眼神失了焦，轻声说："记得。"

"你记得她、认得她……"

"嗯。"

"是因为她的轮廓……"

"是。"

"边界……"他说，"国家的边界就是它的轮廓。我们在这里，是因为我们所有人都希望这个轮廓不要改变，要一直像我们心里记得的，还有那些死去的战友们记得的，这个地方最好的样子。"

"上上任团长走的时候，全家三口人在团部大门口，跪下磕了三个头。"他说，"上上任团长的儿子，就是咱现在的营长，也来了这个地方。我从小一进陵园就特别害怕，但是去咱这的烈士陵园一点都不怕，还有在被保护的感觉。"

"给我看病的心理医生也这么说……"上等兵说，"她下山轮休之前还去了一趟。她说有一回在陵园，她给一位班长放完糖，蹲下来想帮他把碑前打扫一下，突然那颗糖不知道什么原因，掉在她的手背上，她说那一下，她特别开心，也难过。可山上的经历，给内地很多人说他们也不能理解，他们看了，就只是富人看穷人的感觉。"

"还有件事……排长。"上等兵磕绊地说，"我学飞机构造的时候，教我的老师是英国人，我懂英语。那天有个那边的人受伤了，他就躺在地上一直大喊大叫，说不要抓我，我家里还有老婆孩子，上级授意他才过来的，不关他的事，要我们救他，他不想死……我老也忘不了他的哭声……排长，我忘不了……想想我班长我应该……可我忘不了……"

"知道你班长的原名叫什么？"

上等兵流着泪摇头。

"叫许元义，不是屹立的屹，是义气的义。"他说，"他小时候老跟人打架，他爸觉得是名字起坏了，老讲江湖义气不行，就给他改了名，改成了'中华民族屹立于世界民族之林'的那个'屹'。后来他自己也觉着改了挺好，'屹'字，一个山一个乞丐的乞，别忘了自己是山沟里出来的乞丐一样的人，做事只能比别人做得更好。他练发报的时候跳字了，自己拿尺子抽自己手背，尺子都抽断了。"

"我这两天想，什么叫有仁有义。"他说，"义字好理解，仁呢？"他在面前的棋盘格子里画出仁字的字形，"仁，就是一个人他有点儿二；仁就是得有两人，有了'对方'才能谈。"

"那边有个小士兵，每次巡逻碰上我都给他递烟抽，他就特别认我，说在我们这边当兵好。那天快打起来的时候，我第一反应就是在人堆里找他，我特别害怕他也在里面，最后我俩遇上。那种时候不该想这些，可要是这个良心没了，也不配穿这身皮。等我以后有儿子了，就给他起名叫'大同'，这个名字，你指望你堂哥那样的，给儿子取名叫托尼杰瑞的人去理解吗？"

清晨临出发前，团里小卖部的两位老乡揣了两条烟、抱着一箱子蜂蜜蛋糕站在车跟前等，要他带上山给弟兄们，是他们一点心意。当时沟里发生对峙，两位老乡应了团里需求，雇来一位地方司机开了一辆皮卡上山，想先送一批货进沟。没料想过九道弯时坡道溜冰翻了车，司机当场就没了。团里给这两位老乡算了笔账，这一年都是白忙。

他在车跟前推托再三，两位老乡不遑多言，东西搁进后备厢就走了。

车辆一旦驶过兵站，目所能及之处，天空比打火机喷出的火舌更蓝。高原汽车班的人都知道自己班排出过事的地点，路过时常以三支香烟拜祭。再向山中行驶，司机班长从车窗往外扔烟的地方也更多了。

及至越过达坂，峰岩雄踞，太阳雪白。夏之炎炎已全然留在法桐树荫郁郁覆盖的边陲小城，冰雪与寒风汹汹，接管身心与灵。

途经烈士陵园，车停在路边。

他们刚下车，司机班长就听见有人叫自己，马路另一侧，下山方向停着一辆大厢板。大厢板的司机跳下车走过来，司机班长也立即跑过去，走近时同那人拍了拍肩膀，站在路中间聊起来。过会儿他走过去，司机班长向他介绍，说这是兄弟团的汽车班长，自己的亲大哥，两人先后入伍，至今已有六年未见过面。司机班长的亲大哥说，因为有过路的旅行者将烈士陵园里许元屹的墓碑拍照传至网上，如今墓碑已被换成一座无字碑，刻字的墓碑先行埋入一旁的地里，日后可以宣传时再挖出重立。

他和几位同车的人将带上来的一瓶酒洒在路边基石上，又立上三支香烟，站了会儿就返回车上。司机班长拿着大哥给自己的一盒口香糖和一副墨镜，小跑带颠地坐回驾驶座。司机班长搓搓手，戴上墨镜，扳过后视镜左右照了照。

"许元屹啊，你这个安排真可以，我和我哥记你的好。"司机班长系上安全带，长按喇叭，发动了车。

进沟前。在最后一处有信号的地方，司机班长停下车，让车上的人向家里人再报声平安。

他打开手机里一个游戏应用。那是许元屹花九百多块钱买了一只智能手机后，他帮许元屹下载的，是许元屹玩过的唯一一款游戏。许元屹对他说，自己带的兵年纪越来越小，要是不会玩这个，跟这些兵就没话说。可自从他带许元屹进了联盟，许元屹从未花过半毛钱"氪金"，总被联盟里的人叫"穷鬼"。

他将联盟花名册下拉至末尾，看到许元屹的名字。不知是谁，也许是医院里那些伤员中的某个，在公屏上打出了赠予许元屹游戏号的元宝、铠甲、银票和兵符。他想了想，便给许元屹送出了人参果、体力丹、葡萄酒与夜光杯。

车子快开过九道弯时，从车窗探身出去吐了一嗓子的中士坐回座位。

不远处，"冻土观测段"的路牌标识在他眼前迅疾掠过。

中士甩甩脑袋摇上车窗："以前山上风再大也不四处刮沙，现在改了脾性啊。"

"车多人多，加上飞机，沙土都给带起来了。"司机班长说。

"行，热闹了。"中士说着掏出纸擦了擦嘴，抄起胳膊压在胸前。

他问中士，怎么团里批二十天休假，中士只休了一半时间就返回了。中士讲，自己回到家后和一帮大专同学聚会，同学将聚会安排在了海底捞。饭吃到中间，一群服务员突然围上前来，给中士戴上生日帽，齐声合唱生日快乐歌。中士说，那天并不是谁的生日，同学们只为逗乐。看四周人眉开眼笑，中士无从解释，兀地想一拳捣在蛋糕上。散了火锅局，中士独自溜达到巷道里一家酒馆，点了两杯酒。先端起自己一杯，又端起给许元屹的一杯，左手碰右手，一并干了。

"现在能品出山上饭菜的味道了。"中士说，"看视频刷到一家饭店，招牌菜端上来雾气腾腾，说是盘子里放了干冰。这干冰哪比得上在山上吃饭时候见的。那天你们谁在？立夏那天中午下了一场毛毛雪。当时我把菜摆在引擎盖上，捧着饭碗，雪花从空中飘下来落在碗口，沾在碗沿儿上。每粒雪花融化前都有个形状，真个好看……"

"你就是这么吃凉饭把胃搞坏的。"司机班长说。

"那天你在我记得。"中士说，"拿走我一盒肉罐头。"

"王八蛋拿了你罐头。"司机班长说。

"拿就拿了，骂自己王八蛋干吗？"中士说。

司机班长哼了一声："我就是这么谦虚。"

他在座椅上正了正身子，拉展了胸前的衣兜。衣兜里装着两片梧桐树叶。

他想，回到沟里便把叶子烤干了给那名年轻的列兵卷上一支。抽一口，列兵就会知道今年山下的夏天是什么滋味。

（原刊于《收获》2021年第4期）

孔雀

叶昕昀

她约张凡到大觉寺看孔雀那天是六月十九。到寺庙上香的人很多，流通处厢房买香烛和文疏的人几乎没有间断。她那天脑子晕得很，人家说要一把香，她递两把，说要三道文疏，她递五道，昏头昏脑地到下午三四点，几乎忘了看孔雀的事。四点寺庙关门，人渐渐散去，她一样一样清点货品，发现柜台里的绿松石手串少了一个，不算贵，二十来块钱，买去图个吉利的，但少了要她补上，多少觉得亏损，只能怪自己不留神，再一想，又怪老刘今天没来，她一个人应付不过来。

大概就是埋怨到老刘头上的时候，张凡到了。他们此前没有见过面，是经常来寺里做事的周嬷从中牵线，说让两人见个面，算是没有明说的相亲。她没有拒绝。

他从外面探头进来，大热天还穿一个皮夹克，个子挺高，皮肤是云贵高原紫外线塑造的黝黑。他问，杨非在吗？她点点头，说，在呢，你面前。他一下子就笑了。她看他，你是张凡吧。他说，是，我是张凡。

她注意到他挺拔的身躯和稳重的步伐，然后低下头去，说，你在旁边的椅子上坐一会儿，我还有事没做完。她习惯点两遍货品，算是某种强迫症，现在还差一遍。张凡问，这里忙吗？她低着头，说，看日子，香客多的时候一刻也不得闲，你待会儿再跟我讲话，我现在忙不过来。

张凡便不说话，坐在椅子上看院子里的三角梅，他的右眼视力好，看得清相隔二十米对面佛殿牌匾上不大的字，是地藏殿，他想问地藏殿供的是哪个菩萨，话到嘴边又咽了回去。他往地藏殿旁边看，佛殿的匾额被一棵贝叶棕遮住了，他将目光收回来，看厢房门口浮着睡莲的青褐色石缸，里面有几尾金鱼，天气太热，一直往外吐气泡。他盯了很久，听到杨非说话，你定力挺好。他回过头去，杨非又说，走吧，去看孔雀。

她把柜台的隔板抬起来，张凡过去扶住，让她出来。她解下身上的墨蓝色罩衫，把身后那长长的黑发拨到胸前，平视的视线只能达到他的腰际。他系着一条黑色皮革的腰带，印着老虎头的金属闪着光。她说，要劳烦你。张凡就走过来，站在她的身后，微微蹲下，两只手托起她轮椅两侧的把手，缓慢地抬起来。她比他预想中轻很多，即使加上轮椅的重量也还是很轻，跟他儿子的重量差不多。他感觉到她的双手紧握，后背往下靠，他尽量使自己的步子平稳。他抬着她的轮椅跨过厢房的门槛，到了台阶，那里有专门的木板搭成的小坡，可以让轮椅下去，他没有放下，直接将她抬下台阶，然后安稳、缓慢地让她落地。

杨非对他说谢谢，声音很轻。张凡假装没有听见，预备推着她往前走，杨非用手卡住轮子，说，不用，我自己来。张凡就撒开手。

寺庙的路都是石子铺成，她划动得有些吃力，张凡放慢步子，跟在她后面。她在石子路最里面的禅房门前停下，说，里面的木桶里有玉米粒，你用碗装一点，碗在木桶旁边。他走进去，禅房的案桌上立着一幅观音送子的画像，香已经燃尽。他绕过案桌，在角落里看到木桶，旁边放着一个不锈钢碗，他从桶里舀起一碗玉米。

她看见他走出来，说，把门带上。他回过身去关门，转头时她已经往前走了。他跟着杨非，绕过大雄宝殿，来到寺庙的后院，远远就望见那只被一片铁丝网围起来的孔雀。

孔雀站在罗汉松旁一动不动，杨非滑着轮椅过去，将扣住铁丝网的钩子移开，然后回头看张凡，说，放里面吧。

食物就在面前，孔雀仍站在原地不动。张凡蹲下，将碗往里面推了推，孔雀警惕地扬起脑袋，头上的冠羽轻轻地晃动。张凡这才注意到孔雀蜷缩着一条腿，准确来说不是蜷缩，而是萎缩，它只凭一条腿立在那里。张凡突然想知道它怎么走路，于是又往前走一点。孔雀意识到入侵，往后退，它萎缩的右腿落在地上，右半边身子大幅倾斜，左腿立即向后迈一步，将身子稳住。

张凡觉察到这样有些残忍，他于是向后退去，直到走出它的领地，关上那片铁丝网，与它保持最初的距离。

张凡到杨非身旁，孔雀还是待在退后的位置，没再往前。张凡说，它挺怕生。杨非说，分人。张凡点头，我确实吓人，别人都这么说。杨非说，这挺好，没人敢欺负。张凡笑，它怎么不吃。杨非滑着轮椅退后，说，人走了它才吃。张凡说，还挺有个性，养了多少年了。杨非想了想，说，二〇〇八年老马从版纳带回来的，也有十来年了。张凡问，谁是老马？杨非说，以前经常给寺庙捐钱的富源煤老板，后来煤矿倒了，就没再来过。张凡点点头，那也挺老了。杨非问，谁？张凡说，孔雀。杨非没说话。张凡往左边跨了一步，说，这是绿孔雀吧。杨非说，不知道，我不懂。张凡说，这是绿孔雀，我当兵的时候在怒江集训，见过这种孔雀，现在是濒危动物了。你们养得不好，毛色都变了。杨非问，你在怒江当的兵？张凡说，算是吧，滇西那片都待过。杨非问，怎么样，那边。张凡说，不好，不如东边。杨非没再说话。

张凡退到杨非身后，他们站在松树下面。一片云彩飘到太阳底下遮住光，天微暗下来，吹来一阵风，张凡觉得凉快，又觉得有些恍惚。空气中有从前院寺庙飘过来的檀香气味，在此刻短暂的静止中，他心里生出一种久违的隐秘和平静。

从后院出来，她觉得饿，提议去寺外的清真街吃凉粉。张凡说好，他们便往外走。张凡说，我推你吧。她说，不用，走到千佛塔的时候，又说，好吧。他走过来扶住她的轮椅。她抬手指着千佛塔，说，上学的时候来参观过吗？他说，没有。她问，那你知道这是什么时候建的吗？他说不知道。她告诉他，是元代。他说，没谱气，历史没学好。她说，有六七百年了。他说，噢，是古物。她身子往后靠了靠，说，我刚来寺庙的时候，每天就在塔下面看，看到太阳刺得眼睛睁不开才回屋，后来视力就降了，总是看不清楚。他说，那你配个眼镜。她说，不用，能看清人就行。他说，人你看不清。她岔开话去，问他，你知道这塔有多少龛佛吗？他说，千佛塔千佛塔，上千吧。她笑，你回去查查。他点点头，好，塔尖的两只鸟是什么。她随着他抬起头来，一齐看那座二十米高的佛塔，她笑，那是鸡，金鸡。他说，我看着倒挺像后院那只孔雀，你看，它也蜷着腿。

他们在凉粉店外坐下来。有几个人在里屋，杨非说热，他们就在外面坐下。杨非是熟客，老板娘笑问，今天吃什么？她说，两碗凉粉，我那碗不要米线。你呢？她转过头去问张凡。张凡说，我要多一点米线。杨非笑，问他，你现在做什么工作？张凡答，司机，给领导开车，之前跑长途货运。杨非点点头，介绍人没跟我仔细说你的情况。张凡看着她，你想知道什么，随便问。杨非摇摇头，现在不用了。张凡说，我离过婚，有个儿子，跟了他妈。杨非没说话。张凡又说，我爸死得早，家里有个老母亲，现在城里住的房子是我大伯的，我前些年在开发区买了套电梯房，还有辆二手车，大众的。杨非说，吃东西吧。

和张凡分开的那天夜里，杨非发起了高烧。房间里很闷热，她想也许是明天要下雨，然后想起张凡眼睛上的那颗痣，又想起撒在地上的玉米粒和落在泥土里的月季花瓣。她渐渐魇在清醒的梦里，小腹传来的疼痛没有减弱过，从子宫右侧的某个点开始，呈放射状地蔓延着疼痛，它不是持续的，大概隔几秒加剧，躯体的痛楚将梦境变成一堆破碎的画面。她有时听见开门声，有时听见有人在耳边低语，有时看见灰褐色的水泥广场和漫长的延伸到铁轨的马路，然后那个男人模糊的身影又开始出现，慢慢靠近，她感觉到自己在坠落，然后是奔跑，似乎有风从她耳边穿过，又拂过她的小腹，她摸到自己的双腿，突然从梦魇中清醒，像是沉溺在海底又浮出水面的一瞬间，那种熟悉而恒久的绝望。

一丝光从蓝色的窗帘透进来，她盯着窗帘上跃动的斑点，很久以后，那种梦境带来的无法言说的感受仍在持续，那种针刺般的、小小的欲望从她腿骨的一处开始蔓延。天渐渐亮起来，光充满空荡的房间，充满她内心某块凄清的空白。

她终于听见父亲起床的声音，她轻轻喊着，但嗓子几乎发不出声音来，她张着嘴吐出无声的语言，然后抬起右手，从空中降落，锤击在床沿，只是发出轻微的响声。过了很久，她听见父亲推开她的门，说，起床了。她没有回应他，他于是走过来，看她暴露出青筋的脸庞和手臂，以及肿胀的眼睛。他摸了摸她的头，说，我去买针水。她感觉到内心突然滋生起来的与悲伤相掺杂的怒火如同落在床上的拳头一样，软绵地四散开来，散布到身体的每一处。

那天她没到寺庙去，第二天也没去。第三天的时候，张凡找上门来。下午三点，父亲刚下中班回来，他在附近的小区当保安，三班倒。她坐在阳台上吹风，父亲走到她背后，说，你有朋友来了。她转头，短暂的诧异之后，她看见张凡的脸。透过窗户的光照在他的脸上，印出三条长形的条纹。

张凡走过来，把手里的水果放在茶几上，父亲咳嗽了两声，走进房间，关上门，将她和他隔绝于那间落满斜纹光影的客厅。张凡站在客厅中央，说，我去寺庙找过你。她没有说话。张凡又讲，阳台上晒，要不要我推你进来。她自己把轮椅退回来，摇到茶几旁边。

她请张凡坐，要给他倒杯水，张凡拦住她，说，我自己来。他在她面前站起来，身体挡住她面前的光，她注意到他今天换了一条腰带，棕色皮质。他握着杯子在她面前坐下来，说，我想了想，觉得我们能处。杨非说，怎么处。张凡转动着杯子，说，你看我的眼睛。杨非看着他。他说，左眼。她就看他的左眼。他说，你仔细看。杨非说，怎么弄的。张凡说，在勐海的时候，抓捕一个毒贩，他拿刀朝我眼睛捅过来，我没来得及躲。她问，勐海在哪里？张凡说，在版纳，对面就是缅甸。她说，挺狠毒的。张凡抬起手摸了摸左眼，说，他没下狠手，他本来可以朝我脖子捅，我肯定死。两人沉默，她又看他，说，这眼睛挺逼真，是马眼睛吗？小时候丝厂大院里有个男孩，被鞭炮炸掉了眼睛，在眼眶里装了一只马眼睛。张凡摇头，不是，是玻璃的。杨非点点头，不仔细看看不出来。张凡问，你们以前住在丝厂？

杨非摇着轮椅过去给自己倒了一杯水，说，以前我爸在丝厂缫丝车间，做到车间主任，我们就住在生活区，十平方米的房子，没有厕所，整栋楼都是尿腥味。后来丝厂倒闭，我们就搬了出来。张凡站起来，在屋子里四处转着，说，丝厂是二〇〇〇年左右倒的吧。杨非说，好像是，想了想，又说，是，那年我初三。

张凡在电视柜的几张照片旁边停下来，他仔细看了很久，转过头问杨非，你小时候跳舞？杨非说，是，从小就学，拿过县里挺多奖。张凡说，真厉害，学过舞气质不一样。杨非没接话。张凡又说，你应该开个舞蹈班，教孩子跳跳舞。杨非说，我这样子怎么教。见张凡有些尴尬，她又说，我不喜欢小孩子。

张凡感觉到杨非兴致不高，他在那些照片旁边停了很久，说，要不然今天出去，你喜欢看电影吗？一中对面的商业中心新开了一家电影院，环境不错。杨非说，我不方便。张凡笑，有什么不方便。杨非说，我不爱出门。张凡说，要适当出去走一走，外面都大变样了，我带你去看看。

杨非没有拒绝。

她这几年相了很多亲，要遵从彼此匹配的原则，所以对方都缺胳膊少腿，像是照镜子，相互看见都觉得尴尬。她与张凡的第一次会面却不尴尬，这是她少有的体验。另一个觉得不尴尬的是一个乡镇中学的语文老师，右腿车祸截肢，爱读史铁生和路遥，眼镜总是滑到脸中央，笑起来眉头就皱在一起。他们那时几乎快成了，后来男方家里又嫌她工作不好，要她陪嫁一套房子，父亲几乎要妥协，她找到语文老师，说我们还是算了，残缺的地方不一样，彼此补不起来。

张凡是第一个以四肢健全的姿态站在她面前的男人，她观察他，想要发现他的残缺，最后得到的却是他的无比健全，她竟觉得恐惧。她早发现他的眼睛问题，可这种残缺和她的残缺并不对等，和她比起来，他仍旧是健全的。她厌恶他的健全，却又贪恋他的健全。

张凡开来一辆吉普，是单位的车。他将杨非推到院子里，上车的时候，他犹豫了一下，但这种犹豫没有持续太久。他说，我抱你上去，轮椅放在后面。杨非同样地犹疑，她看着张凡的腰带到达她的眼睛，突然觉得有些滑稽，她点了点头，双手从扶手抬起来，张凡蹲下来，轻轻咳嗽了一声，靠近她的身体，将她的双手搭在自己肩上，抄手绕过她的双腿，扶住她的后背，轻轻地，将她抱了起来。她轻轻贴着他的胸膛，大脑里有一瞬间的空白，除了父亲，这些年来，她再没有这么近距离地靠近过一个男人，他的军绿色衬衫上有着炙热的汗味，带着腥气，她的体内突然又升起那小小的刺痛感。

张凡将她轻轻放在副驾，她的重量在他手上消失的时候，他的衣衫上沾湿了一片汗渍。他关上车门，在炙热的空气里轻轻呼出一口气，提起地上的轮椅，放进后备厢。他记得那天热得出奇。

她坐在副驾，看着放置在她前面的车辆通行证，下面印着一个大大的政府红章。她轻轻吐出一口气，一种陌生的未知在她面前展现。

张凡上车，侧脸看了看杨非，说，系一下安全带，最近查得严。她拉过背后那条长长的黑色带子，始终找不到能够扣住的地方，她的脸憋得通红。他终于伸过手来，拉住她的安全带，轻轻扣进去。她没觉得得救，而是更重的沉溺。

一路上，他们没有说话。他推着她从地下车库走进电梯的时候，她尽量使自己不低下头去。电梯门快关上的时候，一个穿黑色裙子的女人跑进来，眼神在杨非身上停了很久，她与他们并排站立，毫无掩饰地表达出对于他们的好奇。从地下二层到一楼，电梯的空间始终呈现一种密闭而窒息的状态，从电梯出来，她再次感受到那种从海面浮起来的感觉。

他去买票，她在后面等。后来让她回忆，她完全记不得那天看的到底是什么电影。工作日下午看电影的人很少，售票小姐的声音在空荡的大厅里听得很清楚，售票小姐说，两张是吗？张凡说是，售票小姐问，是后面那位女士吗？张凡说是。售票小姐微笑着说，凭借残疾证可以半价。张凡说，不用，两张全票。售票小姐说，好的，请稍等。

她突然想立刻逃回去，逃回那间此刻已经落满日光的房间，一个人藏在被子里，睡上漫长的一觉，等到黄昏来临的时候，去感受房间空荡的凄清。但她终究待在原地，像她人生中所面临的所有选择。她看见他朝她走过来，她一时分不清他哪只眼睛是真的。他看着她，说，我们走吧。

她在梦境里再次沉溺，在梦境那片荒凉的废墟里，那种只属于她的昏黄色调的梦境里，她始终有一种不想再醒来的愿望。

那天从电影院出来，他说，你喜欢看飞机吗？她问，什么？张凡说，城外的军用机场，附近有一个很高的水坝，小的时候我经常去那里看飞机。

小城是云南最大的坝子，抗战时期在县城西南边建了军用机场，驻扎美国空军部队，建国后成了空军训练基地。张凡小时候跟爷爷住，就在机场旁边的村子，每天听见飞机在头上轰隆轰隆地飞过。他问爷爷，是不是要打仗了？爷爷抱着水烟筒，你想不想打仗？他说，想，电视里演的可刺激了。爷爷摇摇头，不说话。老家的墙上现在还挂着一张黑白照片，一个美国大兵，搂着一个小男孩的肩膀，男孩裸着身子，骨瘦如柴，瞪着眼睛看镜头。那个男孩就是爷爷，爷爷的父亲曾经是修建机场的民工，每天都要拉着巨大的石碾压碾机场跑道。有一次爷爷跑去机场给父亲送饭，美国人给他拍了一张照，后来洗出来送给他，爷爷一直视为珍宝。那个大兵，是开战斗机的嘞，爷爷说。张凡说，那我以后也要开战斗机。

他们最后去了盘江河边。盘江属珠江水系，绕县城四十余公里，这是距城最近的一段。河边新建了一片别墅区，修了宽大的柏油路和河滨公园。杨非小时候来过，那时候这里还只是一条长长的泥土路，在土堆里能找到大大小小的海狮螺。那些童年的海狮螺使她相信课堂上老师所说，这里原来是一片海洋，后来海水退去，成了一片平原，一片在云贵高原中低洼处的显眼坝子。

那时太阳已经落下去一点，没有建筑的阻挡，阳光恣意地、大片地照耀着柏油路大道，他推着她沿树荫下走。他原本想沿台阶下到河边，但台阶很高，没有适合轮椅下去的坡道，他就放弃了。他感觉她有些累了，便在一片树荫下的石凳坐下来，旁边是一棵炮仗花树，长出来的花红得像一串串鞭炮。在路的对面，一排排空着的商铺贴着招商广告，中间有一家突兀的小超市，他说，我去给你买瓶水。

她坐在炙热的大地里，转过轮子，去看河水。已是汛期，河水涨了上来，河流裹挟着从上游漂流下来的松木枝和各种垃圾。河岸的斜坡上间杂地长着各色矮牵牛，偶尔有羊群从公路穿过，不听话的几只就跑下来，咬几口岸边的花，再留下一堆小小细细的粪蛋，等赶羊人长长地喊一声，它们又跃跑着追上羊群。

等她转过身来的时候，他已经给她拧开了瓶盖。他指着河对面那片红墙建筑说，我初中就在那个中学。她点点头，九中。他说，你在一中吧。她说是。他喝了一口水，看来学习好。她笑，学习不好，小升初是舞蹈比赛保送。他便惊叹起来，真是厉害。她突然愿意谈论这个话题，说，我读书读不好。他说，我更老火，看见字头就疼，天天想着能开飞机。她笑，你想当飞行员？他说，从小就想，但我连高中都没考上。她说，你当兵了，也算是接近。他说，不一样的。他扎你眼睛的时候你疼吗，她突然问。

张凡看着河流上的大桥，那桥算是一个城乡分界线，驶过那座五十多米长的大桥，便算出了城。从前那只是一座不到三米宽的小石桥，每天晚上下自习，他就骑着自行车穿越那座小桥，去大伯家里。他借住在那里，留给他的是一个三平方米的小房间，之前是他的奶奶住，最后奶奶死在这个小房间里。大伯和父亲将奶奶从房间里抬出来，她睡得很安详，那对陪伴她大半辈子的、长长的玉石耳坠将她的耳朵坠到了底。小时候他曾问奶奶，你什么时候死？奶奶摸着耳朵，说，等我这个洞坠到底，就死了。他被那把尖刀戳穿眼球的时候，脑子里突然就想到奶奶那只坠到了底的耳洞，他觉得自己的眼睛也坠到了底。

他说，当时没有感觉，后来才觉得疼，觉得自己会死。她看着他的眼睛，说，后来呢，那个毒贩。张凡拍了拍自己的胳膊，抬起手来，臂膀上印着一只虫子的尸体。被战友击毙了，一枪穿破了脑袋，他说，就倒在我面前。

杨非不再说话。

张凡帮她赶了赶面前的飞虫，问，你以前跳什么舞？她看了看他，似乎自己也有点疑惑，顿了一会，才说，学的民族舞，老师说我跳孔雀舞好看，后来就一直跳孔雀舞。杨丽萍你知道吗？张凡点头，知道，我妈喜欢吃的那个糕点，包装上印着她。杨非说，当时老师天天让我看她的录像带，我还逼着我爸买了台VCD。张凡说，你爸对你真好。杨非沉默下来。

读书的时候追你的人很多吧，张凡突然问。杨非说，还行。张凡笑，看样子很多，有谈朋友的吗？

杨非说，有一个。张凡问，什么样的？杨非说，长得还行，就是有点胖，都叫他胖子。他爸是县里的官，有钱，每天都给我送早点，买礼物。张凡点头，是，男友有钱就魅力大增。杨非没搭话。张凡说，我能抽支烟吗？杨非说，你抽。张凡从裤兜里掏出一包红塔山，点了火，嘴里含着烟说，电视里都这么演，男人没钱，女人就要跑。杨非看着他，你觉得我是贪你的钱吗？张凡说，我不知道，我也没钱，但我觉得你贪别的。杨非望着他，什么？张凡不说话。杨非说，麻烦烟借我一支。张凡看她，没说话，拿食指敲出一支烟，把自己的烟头凑近，点燃，递给她。张凡说，你会抽烟。胖子教的，杨非说。后来呢，张凡问，你和胖子。

太阳又落下去一点，杨非往树荫下挪了挪，后来我出事了，休学，没再联系过。张凡说，现实。杨非两只手叠在一起，望着对岸。

两人聊到天已有些擦黑，那时晚饭后到河边散步的人渐渐多了起来，张凡说，我们走吧。他推着杨非向路边的车走去，打开门，轻轻抱起她，放到副驾驶座上，他碰到她的双腿，觉得异常冰凉，他看了看她，她只是抿着嘴不说话。

她到家的时候，父亲坐在桌边。她叫，爸。父亲点点头，吃饭吧。她扒拉了几口，说吃饱了。父亲说，在外面吃了？她答，没吃，就是吃不下。父亲动了动嘴，没说话。

她回到房间，去抽屉里翻相册。门锁坏了，她就推着轮椅背靠着抵住门，一面听着外面父亲洗碗的声音，一面一张一张地翻照片。照片右下角印着的暗红色的日期在提醒她，在某个时刻，她曾在某个地方对着镜头笑过。与张凡聊天的时候，她发现自己似乎陷入一种失忆之中，记忆并非她想象中连贯的线条，而变成一些细小的、随时可以丢弃的碎片，这使她感到一种被记忆背叛的恐惧。这是第一次，她涌出一种强烈的、回忆过去的渴望，那些回忆曾被她强制压在脑子某一处黑暗的角落。

她突然听见父亲向她房间走来的脚步声，她左手抵住门，右手将相册往床底下滑过去，留出一个边角，她没来得及过去塞起来，父亲就推门而入。

父亲端着菠萝水进来，她从小就喜欢吃这个，用冰糖煮菠萝，放凉以后搁到冰箱里，冷透了再拿出来吃。以前没有冰箱，父亲总是煮好一锅，笑嘻嘻地去楼下的小卖部，放在小卖部的冰柜里，晚上去拿，给小卖部舀了大半，剩下的半锅端回来。

她接过菠萝水，问，今天不上夜班吗？父亲说，待会儿就去。父亲站在她面前，看她吃完几块菠萝，说，今天那个男的就是你周孃介绍的？她说，是。父亲说，还是找个真心实意的好。杨非说，他挺真心实意。父亲递纸给她，让她擦嘴。还是条件相当一些的好，父亲说。杨非吃下最后一块菠萝，菠萝卡在她的喉咙，等她吞咽下去，喉管里却始终残留着一段可感的空隙。父亲接过她手里的碗，转身出去，轻轻关上门。

她把纸巾捏在右手手心，用左手滑动轮椅到床边，用轮子推了推那本相册，她低下身子去，没有够到相册，她再弯下去一点，还是够不到。她的身子趴在自己的腿上，随即缓缓抬起，她扬起手，重重地锤在腿上，没有一点知觉。

张凡和杨非开始定期见面。一般是一周一次，张凡空下来，就去找杨非，他在寺庙外一条巷子等她，开车去河边，或者是公园。他们第一次亲吻是在月亮湾公园。那是一个废弃很久的公园，荒草长得老高，池里暗绿色的水发出阵阵臭味。是她提议去的，说是小时候去过公园里跳蹦蹦床，五毛钱两个小时，她很喜欢那种腾空的感觉，比跳舞时的那种腾空要精彩得多。那边，她指了指公园东北角，以前蹦蹦床就在那片空地上。张凡朝她指的方向看过去，现在堆满了一层层破碎的石棉瓦和几个废旧的皮沙发，越过围墙，旁边是一片居民区，居民楼窗户里漏出的光照在那片废墟上，能看见灰尘的颗粒在黄色的光晕里流动。

他们选择了一片草比较浅的石凳，他挨着凳子的边沿，扶着她的轮椅。她说，给我讲讲你当兵时候的故事吧，我爱听。她喜欢他那些与此刻不同时空的故事，带着残酷的荒蛮和猎奇。她也喜欢他讲故事时的神态，眼睛微微眯起来，仿佛与这个世界隔着一层主动的疏离，然而她却能穿过那层疏离，轻易地走进他的世界。

他说，我入伍的时候，跟的是李哥，就是我跟你说过，用枪打破毒贩脑袋的那个。他跟我是同乡，比我早几年入伍。李哥带我们去边防站查检，是个半夜，我记得挺清楚，刚下过暴雨，看得见蓝色的天空和白云。我们上一辆卧铺车检查，大部分人还在睡觉，各种奇怪的味道混在一起，我的脑子猛地清醒起来。几个男人坐了起来，抱怨一趟车要检查多少次，李哥低吼了一声，车里立刻安静下来。我跟在李哥后面，车门处的卧铺坐起来一个女孩儿，十六七岁的样子，头发黄黄的，看上去像发育不良。李哥挨个查身份证，让我搜他们的随身行李，其他几个战友搜车厢里的大件物品。那女孩低着头看我，嘴唇发白。她移动身子从床上下来，我在她卧铺上翻找，李哥提醒，床铺什么的都要翻，我一一照做，最后是她的包，一个黑色皮革的背包，表面的皮革剥落，我让她把包里的东西倒在床上，仔细查看每一件物品。然后第二个人。我们没有发现什么，我松了一口气，有点像以前看考试卷子上的分数，明明知道结果，还是会心惊。我和李哥走到车边的时候，李哥停留了一下，随即我们下车，就在下车的时候，那个女孩一下子扑倒在地上，嘴里吐着白沫，李哥看过去，说，他妈的。

杨非问，她藏毒？

他说，是，塞到下体的毒品破了，我们的女兵从她阴道里掏出几百克海洛因。我现在还记得那女孩的样子。后来没抢救过来。

杨非问，她为什么？张凡点上一支烟，开始沉默。不知怎么，他突然想起，曾有一次，他也这样问过李哥。在李哥退伍的前一年，那时候他的眼睛也还没坏，李哥给他讲过这样一个故事。李哥说，那时队里接到一条情报，派他去中缅接壤的一个村子里和毒贩接头。那个村子里原先有十几户人家，全部吸毒或者贩毒，后来死的死，逃的逃，成了一座空村。他就躲在村里一间土基房旁的石头后面，听见毒贩在外面开枪，他听到是手枪，但不能分辨型号，不知道对方子弹打完没有。等对方的枪声停止，他拿那把步枪抵着毒贩脑袋的时候，才看清楚，那人是曾带过他的一个老兵。那时张凡问李哥，他为什么？李哥摇摇头，过一会儿，突然问他，如果你是我，你会怎么做？张凡说，我会开枪。李哥又问，如果你拿枪指着脑袋的那个人是我呢？

想什么呢，他的回忆里闯进杨非的声音。烟灰落到裤子上了，杨非说着，伸手过来帮他拍了拍裤子上的烟灰。他笑了笑，突然说，我以前不抽烟的。她抬起头，说，是吗？他说，当了兵以后才学会。她点点头。他说，那时候我们要整夜整夜地守着山头，全靠烟撑着。他抬起手里的烟，说，李哥那时候教我，在烟屁股上涂万金油，然后深深吸进去，整个肺都凉透了，脑子才清醒起来。那时候我们还开玩笑，说这么抽一口，跟吸毒没什么两样。

你尝过吗？毒品，杨非问。她的眸子望着他，似乎要从那只玻璃眼珠里发现些什么。

张凡没有直视她，说，不能算尝，有时候需要用牙床验毒，尤其是海洛因，纯度越高，味道就越酸越涩。张凡再点起一支烟，他的烟盒里已经没剩下几支了。越了解那东西，越知道不能碰，张凡说，以前我们队里一个老兵，缉毒的时候被灌了毒品，现在还在戒毒所。戒了又吸，吸了又戒，那东西根本不可能戒得了。

夜色深了下来，张凡听着那栋老旧的居民楼传来电视剧的声音，似乎是一对夫妻在吵架，在停火的间隙，他听见杨非问他，你杀过人吗？张凡吐出烟圈，烟雾随着气流缓缓上升，融合，然后消失。他说，杀过。

张凡第一次出任务，去山上伏击毒贩，李哥让他负责射击。对方是支土枪，估计是个新手，听见动静后虚空放了一枪，张凡没多想，朝着枪声的地方开了几枪，开完枪的手还不停颤抖着。李哥给他点了烟，接过他手里的枪，走到毒贩旁边，还没死透，又朝毒贩开了一枪，说，不要命的孙子。

那之后整整三个月，我天天梦见他，满身是血地看着我。张凡说完，低下头去，听见风吹过草丛的声音，他把烟蒂按在椅子上，烟灰随着风吹到一旁的草丛里，未熄灭的火星子闪了几下。然后他抬头，看见杨非的眼睛。她握住他的手，手心里全是汗珠，湿腻腻的，他就低下头去亲她的嘴唇。他听见她加大的喘息，闻着她脖颈里淡淡的香气。轮椅朝一旁摇了摇。他握住轮椅，将她放到面前来，用双腿固定住她的轮椅，他看见她脸上渗出的汗珠。

她从他的手臂里挣脱出来，觉得身体里的东西炙热得可怕。他稳定了自己的情绪，握着她的手。

她问他，后来为什么退伍，是不是因为怕死？他说，不是。过了一会儿，他又说，是。她看他，他说，不是怕自己死，是怕别人死。他说完，低下头去含住烟。她不说话，只是移过去，把头搭在他的肩膀上，一仰头，就看见稀疏的星星。

他们去河边约会的一个晚上，他送她回家，在路灯投入车内影影绰绰的光影中，他说，今晚别回去了吧。

张凡把车停在城边的一间旅馆，老式的招待所样式。张凡拿身份证去开房，杨非坐在车里等他。她看着旅馆闪着红灯的招牌，"鸿瑞宾馆"，在心里默念出声。"鸿"字的三点水掉了一个，"馆"字的颜色比其他三个字亮一些，应该是新焊接上去的。在心里默念的时候，宾馆两个字背后确切的含义慢慢在她脑海里显现，她的心脏开始加速跳动。她看见张凡走出来，站在"宾"字下面，随着闪烁的灯光点起一支烟，他厚厚的下唇兜住烟雾，再轻轻吐出来，她的目光和烟雾一起上升，停留在他那只玻璃眼珠前面，随着他轻轻的咳嗽声，烟雾散去，她看见他那只在夜晚格外明亮的眼睛。她身体里小小的炙热升腾起来。

他终于走过来，打开车门，看着她有些异样的脸，说，我背你吧，不那么显眼。她说，好。伏在他背上的那一刻，她脑海里浮现出父亲的脸庞，那张蜡黄得如同牛皮纸揉在一起的脸庞，牛皮纸的褶皱里堆满了岁月对他的耗损，她觉得刺眼，将头转到另一边，侧靠在他的肩上，看着地上，他们重叠的身影缓缓拉长，又缩短，再拉长，进入大厅的时候，影子消失了。有那么一刹那，她有些恍惚地问自己，怎么到这个地方来了，到底是什么样的欲望将她推到这里，这种隐藏着无数污垢的地方。也许明天便会传到相识的人耳朵里，他们会用怎样的目光看她，会像当初他们盯着她残缺的双腿那样？她不知道。她的双手只是更紧地搂住他的脖子，带着一种下定决心的决绝。

他背着她上楼，步子放得很慢，一步一步，像是行军时跋涉险途的谨慎与警惕。楼道很窄，他小心地掌控着自己的力度，不使她的身体碰到发黄的墙壁和掉漆的栏杆。她失去知觉的双腿被握在他宽大的手掌之中，随着每一步的攀爬而更紧密地与那片肌肤相触碰。他握着她，随着每一步的颤动，想象着每个清晨她怎样醒来，如何将那条纱裙套进身体，再轻轻抚摸过双腿。

他们终于到达，他腾出一只手，推开黄漆的木门，一股长久未透气的霉味扑面而来。他的皮鞋踩上厚厚的地毯，地毯已经看不出原本的花纹和颜色，上面有很多小小的洞，虫子蛀的，或者是烟头烫的，这些小洞和地毯表面显眼的污渍告诉他们，这里住过很多人，很多同他们一样、或者不一样的人。灰尘从地毯上扬起，他听见她轻轻咳嗽了几声。

他将她放在床上，碰到老旧的木桌，发出嘎吱嘎吱的响声。他的气息扑到她脸上，带着一丝理智问她，你做过吗？她没说话。他便把手伸到裙子下面。她握住他的手，说，我有点怕。他带着耐心，抽出手来，摸着她的脸，说，也许是灯太亮了，我去关灯。她又拉住他的手，说，你来吧，轻一点就行。

她很瘦，一摸就碰到骨头，两条腿的肌肉已经开始萎缩，默然地、软绵绵地蜷缩在那里，他轻轻摆弄她的身体，将双腿轻轻抬起，试图去验证是否真的没有知觉。他一直注意着她的表情，她闭着眼睛，右手紧紧握着脖子上的玉观音，不发出声音，疼的时候皱一下眉头，仿佛在经受某种既定的惩罚。她始终没有直视他的眼睛，将目光放在可及的老式电视机和布满黄色污渍的热水壶上。她闻见白色床单散发出浓重的漂白剂气味，在床单米黄色的暗纹里，她想象曾有多少身体在此刻她容身的床上留下过痕迹，她的喉咙里突然涌出一股酸水，她闭上嘴，酸水又顺着她的喉咙回返到她的胃里，她感觉到一阵恶心。

得不到回应，他很快就结束，她轻轻挣脱他，身体扭向一边，握着玉观音的手始终没有松开。

他光着身子起来，去洗手间。她望着床头柜上落满灰尘的台灯，几只小飞虫绕着灯泡旋转，黄色的灯罩上，团着一片片黑色的小点。他出来的时候，手上沾了水，湿漉漉的，他抽出电视机旁的抽纸，擦干手，走到床沿坐下，床垫便陷下去一片。

你的腿很凉，他说，但并没有转头看她。她轻轻咳嗽几声，说，今天晚上天气凉。不是那种凉，他说。她没说话。他问，是不是不太舒服。她有些恍惚，想了一会，答，还好，像是以前练舞时压腿那样，总是想尿尿。然后她问他，你觉得这个有意思吗？他说，我抽支烟，然后弯腰去地上捡衣服里的烟盒，没有找到打火机，他又将衣兜和裤兜翻了个遍，最后在衣服内衬的口袋里找到那个印着白酒广告的黄色打火机。打火机里剩的气体不多，只划出小小的蓝绿色的火星，他又用大拇指重重划了两下，听见黑色塑料清脆的响声之后，黄色火焰腾地升起来。

我不喜欢这个，她说。他深吸了一口烟，说，没关系，我不强迫你。她笑，那你找我图什么？他说，不图什么。她说，说实话。他问她，那你图我什么？她说，图你没缺胳膊少腿。他回过头去，说，我图你好看。她说，瞎扯。他说，真的，看见你照片的时候就觉得你好看。她说，那有老的一天。他说，老了再说。顿了一会儿，又说，老了我也喜欢。

抽完一支烟，他钻进被子里，和她并排躺在一起。他将手放在她的腿上，问，你腿怎么弄的？她说，一个事故。他说，什么事故。她没说话。他说，没关系，我就随口一问。过了一会，他又说，你腿太凉了，我给你按按吧。她饶有趣味地看他，你知道怎么按吗？他笑了笑，在床上坐起来，对着手掌哈了哈气，然后轻轻放到她的腿上。在她大腿中部的外侧，他的大拇指按下去，说，这是风市穴。她轻轻笑，你真的会？他的手往下，摩挲过她的肌肤，转到她的大腿内侧，按住，说，这是血海穴。她笑出声来，继续。他抬起头来，也笑，说，就记得这两个，以前训练腿疼，一个战友教我们按过，他爷爷是中医。借助他的胳膊，她微微坐起来，然后去握他的手。他抬头看她，她不说话，拉着他的手，顺着大腿往下，到达膝盖，她将他的手掌伸展开，扣住那片肌肤，说，这是足三里。他点点头，她带着他的手往后绕，按住腘窝正中，她抬起头看他的眼睛，说，这是委中。他的眼神又重新蒙起一层雾来，她还没有结束，拉着他的手，顺着小腿向下，他感觉到她皮肤细腻的纹理，她带他的手到达脚踝内侧，按住中间一点，她说，这是三阴交。他的手掌缓缓握住她细细的脚踝，就这么望着她，然后低头去亲她的嘴唇，她避开，握着他的手，到达脚踝下方，她告诉他，那里是昆仑。他看着她，到昆仑了？她笑，到昆仑了。

他用左手稳住她的脑袋，右手仍旧在她的双腿停留，然后再次去亲吻她。这一次，她顺从地、长久地停驻在他有些冰凉的嘴唇上。她闭着眼睛，听见自己血管里血液流动的声音，温热而缓慢地，从她的双腿往上涌，她明知那双腿已没有知觉，却在他手掌停留的部分，觉察到更深的炙热。面对这种奇异的知觉，她显现出自己的贪婪来，她双手扣住他的双臂，感受他健壮的躯体，她像台灯下的那只飞虫，绕着他的炙热旋转，一圈又一圈，直到再忍不住，飞蛾扑火一样撞向岩浆喷薄而出的地心，被灼伤了躯体，才本能地尖叫着退回来。她停靠在他的胸膛，轻轻喘息，在岩浆四溅而呈现白色画面的一瞬间，她又从那片高空狠狠地坠落下来。

当喘息平静下来的时候，他们又重新并排躺在床上，两手交握。他听见她说，丝厂倒闭那年。嗯，他应。她说，我爸没了工作，我学跳舞费钱，九几年的时候上一节舞蹈课五十块。他说，真贵。她接着说，我爸说要出去打工，但不放心我一个人。他问，你妈呢？她说，跟人走了，我六岁的时候。其实我能理解她。他问，怎么说？她说，我妈长得很漂亮，像香港电影里的女明星。你见过我爸吧，那么一个小矮个子，长得也不好看，我妈当时图他什么呢？他说，也许是对你妈好。她说，她那时候怀孕了，临时找的我爸，给她接盘呢。大概就是图我爸老实，也确实老实，对她挺好，她没舍得立马就走，拖了五六年，她大概也觉得仁至义尽。他说，怀的那个是你？她说，是。他说，那你亲爸是谁？她说，我不知道，知道了也没用。他点点头。她说，这里没什么能赚钱的工作，我爸去了昆明，把我放在二孃家。我问他做什么也不说，就让我好好学习。那年我初升高，没考上一中，去了二中。二中离我二孃家远，每天去学校要蹬三十分钟单车。那时候我和胖子还好着，他出钱继续上了一中，每周我们见一次。我记得是高二刚开学的一天，那天晚上下自习，我们约在开发区一幢刚完工的楼。我到了楼顶，他还没来。我准备走，上来一个戴着黄色安全帽的男人，他问我在这里干什么，我说没什么。我要走，闻见他身上的酒气。他拉住我不让。我挣不过他，他捂住我的嘴，把我按在地上，脱我的裤子。力气有点大，我一使劲儿，楼道没有护栏，直接从楼上摔下去了，再醒过来，就成这样了。

张凡看着她，说，那个男人呢？她说，听说死了，也从楼上摔下来，脑袋着的地。张凡问，什么人。她说，不清楚，我也没问。

他突然坐起身来，又开始找他的烟盒，打火机再打不出火来，他有些恼怒，一把掰掉了银色金属的防风罩，急躁地持续划动，点火头终于升起微小的火苗，他急不可耐地凑上去，点燃他的烟。

他背对着她，默默抽完那支烟，烟雾在房间里四散，他听见她的咳嗽声，他起身，掐灭烟头，说，走吧，这里睡不着，我送你回去。

中午吃过饭，杨非想起还没喂孔雀，端着玉米粒到后院，看见老刘正给孔雀喂水。

老刘回头看见杨非，说，小杨最近不对头，天天忘记喂孔雀。杨非没说话。老刘又说，前面总来找你那个伙子呢，最近怎么不见？杨非知道老刘嘴碎，也不搭理。老刘叹了口气，和孔雀聊起天来，你这个大鸟啊，现在老得不爱动了，记得老马刚送你来庙里的时候，你天天嚎着嗓子叫，现在连眼皮都懒得抬起来咯。杨非抬头看了看天，东边的乌云渐渐飘过来，应该是要下雨了。孔雀似乎也有感觉，瘸着腿跳到石棉瓦搭的棚子底下，立在正中，羽毛随着风轻轻吹向一边。

遇上要下雨的天气，杨非总觉得身上的骨头也随着空气中湿润的气息松软下来，甚至她感觉到小腿的关节骨也咔嚓咔嚓响起来，像她从前练舞时那样，每个动作都伴随着她骨节清脆的响声。她想起张凡说她的腿很凉，父亲也总这样说。出事后那几年，每天睡前，父亲就坐在她的床边，一遍一遍地帮她搓腿，让血液循环起来。他布满老茧的手按着她的双腿，告诉她每一个穴位的名字，他也不过刚从别人那里学过来，就要开始在她面前炫耀。她的腿并没有知觉，但想起小时候父亲总是喜欢用那双布满老茧的手帮她擦脸上的眼泪。母亲脾气不好，时不时地发火，总拿她出气，要么罚站要么不准吃饭，有时更过火，一个巴掌就甩在她脸上。父亲护着她，把她拉到一边，用手轻轻揩掉她脸上的泪珠，小声说，待会儿带你去买小蛋糕。她才止住眼泪，说，爸爸你的手好疼。父亲就笑，告诉她，是"爸爸你的手擦得我脸好疼"，不是"爸爸你的手好疼"。她记不住，等到下一次，还要这样说，父亲总是不厌其烦地纠正她。她想，如果她的双腿还有知觉，父亲手上的老茧摩擦在她的腿上，她应该也会说，爸爸，疼。

后来她来庙里工作，也许是常活动的原因，父亲说，腿没有从前那样凉了。当时为了这份工作，父亲托了好些关系，工资虽然不高，但拿的是县里文物管理所的编制，保障很好。和父亲同期进丝厂的好些人后来都身居县里各种高位，父亲是个脸皮很薄的人，为了这份工作到处求人，她能想象得到父亲卑躬屈膝站在他那些老同事面前窘迫的样子。起初她并不是很愿意去，后来还是妥协了。从小旁人就夸她懂事，她想，她只是见不得别人难堪。她那时已经不喜欢父亲再给她按腿，觉得别扭，父亲笑，说她长大了。她说，我到了这个年纪才长大。

杨非感觉耳边落下来雨星子，这才摇着轮椅往回走。到了前院，雨滴落大了，她看见老刘从厢房小跑出来，拿塑料布去盖院子里晒着的橘子皮。一只山树莺从树上飞下来，低空掠过地面，发出带着自然转音的叫声。杨非想起，好像张凡来的那天，她也听到了山树莺的叫声。

和张凡再次见面是一个月后，杨非主动给张凡打电话。

杨非告诉张凡，她爸给人捅了，在县医院抢救。

张凡赶到抢救室，在走廊上远远看见坐在轮椅上的杨非。她垂着头，双手杵着脑袋，旁边人来人往，几乎要把她淹没。张凡走过去，把她推到长椅旁边，蹲下来，握住她的手。杨非缓缓抬起头来。张凡问，怎么回事？杨非的眼睛布满了红血丝，她哑着嗓子说，他昨晚值夜班，有几个混混要进小区，他没让，听说还吵了一架。今天早上他刚换班，在小区旁边的那条巷子里，被那几个混混给捅了。扫地的看到，报了警。

张凡陪着杨非坐在抢救室门口等，接近傍晚的时候，杨父被推出来，转到重症监护室。张凡推着杨非去医生办公室，杨非几乎没有力气说话，医生只好告诉张凡，病人原本就有严重的肝病，加上过量失血和伤口感染，引发了败血症，现在非常危险，就看能不能熬过去。张凡点点头，轻轻拍了拍杨非的肩膀。说完，医生又急匆匆地去赶另一场手术，末了，不忘提醒杨非，抓紧去窗口缴费。

你能送我回趟家吗？杨非说。好，他说。他推着她的轮椅，穿过医院两旁茂密的李子树，走到高原炽烈的阳光底下。她抬起手遮了遮眼睛，觉得整个身子轻飘飘的，像浮在云里。她想起六七岁的时候，也是这样炽烈的太阳底下，父亲骑单车载着她，送她去学舞蹈。她坐在单车的后座，两条腿轻轻在空中摇晃，听父亲嘴里哼着："人们说，你就要离开村庄，我们将怀念你的微笑。你的眼睛比太阳更明亮，照耀在我们的心上。"她闭上眼睛，张凡将她抱进车里，她脖子上挂着的玉观音在她胸口来回摇晃，她想起今晨在病房里，她握着父亲的手，那些厚厚的老茧也瘫软下来，不再像以前他给她擦眼泪时那样，硌得她生疼。

张凡在三门柜顶层，那件黑色的皮夹克口袋里，找到一张用卫生巾包裹着的银行卡。他从椅子上跳下来，穿上皮鞋，回到客厅，将银行卡递给杨非。杨非划着轮椅回到房间，背朝张凡说，帮我换条裙子吧，上面沾了点血。

张凡将她抱到床上，犹疑着，伸手去帮她脱身上那条带血的裙子。今天怎么没开那辆吉普？杨非说。张凡顿了顿，我没在那干了。杨非问，你要去哪儿？张凡停下手上的动作，接了个单子，跑趟长途。什么单子？杨非问。张凡终于将她的裙子褪到膝盖处，他头上透出汗滴，说，就运输。杨非问，运什么？张凡在床上坐下，说，孔雀。

他从兜里掏出烟，点燃一支，缓缓吐出烟雾，说，李哥联系我，说遇到了点麻烦，让我帮忙运些东西。杨非偏头看他，说，就运孔雀？他没有回答，掐灭烟头，将衣柜里那条白底红花的丝绸长裙拿出来，穿过她的脚踝，慢慢往上。提到骨盆处，他用右手轻轻将杨非抱起来，左手将裙子提至腰际，然后缓缓放下她，走到客厅。

他给自己倒了一杯水，在沙发上坐下，他能看见卧室里杨非随窗外的风扬起的裙角。为什么躲我，杨非的声音从卧室传到客厅，仿佛梦境里一句轻飘飘的呓语。

张凡仿佛没有听见，他重新点起一支烟，说，李哥退伍以后，我们就没联系过。他轻轻呼出一口气，像是在跟自己说话，我眼睛被戳穿的时候，是李哥开的枪。停顿了一下，张凡又说，他暴露了位置，被毒贩埋伏的同伙射穿胳膊，摔下山去，那条胳膊再没能抬起来。张凡抬头看窗外，第二年，他就退伍了。

太阳顺着西边的窗户照进来，落在张凡的身上。他深吸了一口烟，剧烈地咳嗽起来。咳嗽平缓下来时，他说，那年我爸也出了事。

房间里很静，听得见两人细微的、此起彼伏的呼吸声。客厅也似乎空旷起来，他的声音甚至带着一点点回声。他看着房间里杨非的裙摆，说，他早年喝酒好赌，家里欠下好些债。后来在工地做建筑工，就现在开发区购物中心那片地，他晚上喝多了，强奸一个女学生，不小心摔下楼来，死了。张凡的声音有些嘶哑，他捏着还未燃尽的烟蒂，说，他下葬后一个多月，我才接到电话。我妈在电话里哭，说，儿，我们欠了天大的债。

窗外的光影从他身上移开，他听见杨非在床上动了动。

我们走吧，杨非说，该去缴费了。

张凡掐灭烟头，说，好。

人是下午没的，在张凡出发的前一天。

他赶到医院，看见杨非的轮椅靠在走廊窗前，她佝偻着腰，低头在腿上的通知书上签字。光将她的右半边脸颊晒得通红，颧骨上那块褐色的晒斑更加显眼。他走过去，低头扶住轮椅，她将背轻轻往后靠，声音有些轻飘飘的，说，几点了？他答，四点一刻。她说，哦，这么晚了。然后看着前方，目光却没有落在任何一处。

他陪她站在光影里，晒得他右边肩膀有些发烫的时候，他说，我先送你回家？这时她朝他轻轻仰起头，带着几分茫然，似乎在辨认他是谁。看见他眼珠的一刻，她的目光才重新聚焦起来。他似乎看见她轻轻笑了笑，然后听见她说，你不是说过，要带我去看飞机？他迟疑了一下，问，现在？她把头转回去，轻声说，现在。

他开车带她往城外去。

沿着盘江河上那座大桥出城，傍晚的风从对面广阔的田野上吹过来，他在后视镜里看见她随风扬起的头发。在他们的前面，有一辆拉豆秆的卡车，在公路凹陷的地方，卡车往左边侧了侧，掉下许多干掉的蚕豆，他开车压过去，听见空气中轻微的声响，携带着夏天汗渍的声音，使他想起幼时稻田里起伏的微风。

公路两旁种满了翠竹，只能从密密的竹叶里看到流过的盘江，偶有几个地方缺了一片竹子，便能往外看到不受遮拦的河水。沿着公路开到一个大的岔路口，他往左边拐过去，没走多远，道路就狭窄起来，他放慢车速，稳稳绕行几条乡间小路，再穿过一个村子，前面突然就开阔起来，他们看见一大片一望无际的平原，延伸到很远处的青色的群山。

车在平原上加速驶过，几个戴草帽的村民沿着公路行走，听见喇叭响，就往一边靠一靠。在村民的前头，几头水牛在车窗外一闪而过。最后，车子进入一条土路，他再次减缓速度，沿着不宽的路慢慢往前，直到那片漫长的穿越平原的水坝在他们面前展现。

他将车停定，解开安全带，说，这里轮椅上不去，我背你。

她搂住他的脖子，紧贴着他的背脊。他背着她穿过面前大片的豆田，鞋子陷进土里，他提起脚，沿着山坡继续向上，她感觉到他身上沁出的汗珠。

他一步一步，背她登上坡顶，站在水坝之上。坝中的水汹涌向前，涌入等待灌溉的土壤。

他问，怕吗？她贴着他的背，答，不怕。他说，那我们就坐在这里，小时候我经常爬上来玩，淹死过几个孩子。她说，那小心一点。

他将她从背上放下来，让她侧身扶住旁边的石块，在地上坐定，然后他将她扶到坝边，轻轻将她的双腿放下，她整个身体立即感受到流水的凉意。

太阳渐渐落下来，远处就是那片机场，可以看见长长的跑道。一架银色的战斗机训练完毕，低空掠过他们的上方，向机场返航。她抬头，问，那是什么飞机？他握着她的手臂，保持在水坝上的平衡，他们听见脚下湍急的水流。他说，是歼20，它的机身是菱形，刚服役。她说，是吗？他又说，之前还有歼10和空警500，有一次就贴着我的头顶飞过去，是离我最近的一次。她说，飞机太吵。他说，听习惯就好。

他说，我查了。她问，什么。他说，我查了县志，千佛塔一共有一千六百九十一尊佛。不对，她说，是一千六百十三，我数过的。我数了很多遍。

他说，其实我早就认识你。她看他，什么时候。他说，九九年。她说，那时我上初中。他说，是，你上初二，我记得。他又说，那年澳门回归。她说，是。他说，县里的中学在你们学校礼堂办庆祝活动。她说，文艺汇报演出。他说，我们学校唱那个"你可知马靠，不是我真姓"。她补充，《七子之歌》，闻一多写的词。他说，我们临时胡编乱凑去的，还跟好几个学校重了节目。

你们表演舞蹈，我记得，张凡说，跳的是孔雀舞，你是领舞。杨非点点头。张凡说，你穿一条白色的裙子，裙尾拖地，上面都是绿色的孔雀羽毛。那时你的头发比现在长，一直拖到腰。我那时看见介绍人给的照片，一眼就认出了你。她说，所以你是有预谋的。他说，可以这么说。她说，挺有意思。他说，是，有意思。

接近傍晚，水边的虫子渐渐多了起来。她问，什么时候走？明天，他答。

天渐渐暗下来，他低着头，点开手机的闪光灯，放在一边。那群细小的飞虫便凭借着趋光性聚集到闪光灯的周围。他点燃一支烟，抬起手，火光落在远处的山峦上，风一吹，山峦上便布满了点点火星。他突然想起爷爷家门口那条长长的石子路，两侧都是低矮的瓦房，缝隙里插种着柏树，天一黑，柏树便伸着顾长的枝叶在晚风里晃荡，月亮隐在灰蒙蒙的山峦背后，间杂着狗吠和此起彼伏的虫声，却生出最令人孤寂的冷清来。

你帮我挪过去那边，杨非指着不远处与土坡分离，悬空的一段水坝。他这才回过神来，犹豫了一下，还是抱起她，小心地往那边挪动，然后让她抓住他的手臂，移到悬空的一段。

她不再面对水面。低头向下，是距离水坝七八米高的地面。她张开双臂，两只手臂交绕，傍晚的风从她的指缝、从她的胸口穿过。她听见舞蹈老师说，预备，她的小臂带动双手举向空中，食指与拇指相碰，形成孔雀的样子。旋转，直到天际的蓝与地面的灰相融，她看见那只孔雀站在对岸，轻轻颤动着，展开尾屏，消匿在远空暗紫色的黄昏。

又一架飞机飞过。胖子，杨非突然说。张凡转过头，什么？

杨非闭上眼睛。胖子向她走来，按住她的身体和喉咙，短暂的窒息之后，那个无数次出现在她梦里的男人现在终于在她眼前清晰起来。他从后面赶上来，试图帮她推开胖子压在她身上沉重的身体，却被轻而易举地推到一侧。他抓住胖子的手臂，胖子往旁边一推，他就从楼道旁的缝隙往下坠落。几乎是一瞬间，她本能地伸手去抓他，然后一起，穿过那个夜晚黑暗的尽头，在地面上降落。全部的，父亲断气前干枯的面孔，五岁那年母亲离开时喷的茉莉花香的香水，那天晚上胖子按住她的身体和喉咙的短暂窒息，统统从她的身体里奔涌出来。

她终于睁开眼睛，夜已经暗下来了，没有光，她在黑暗里，踩着脚下悬浮的、虚空的影子。最后一架归程的战斗机从她的头顶掠过，发出巨大的轰鸣。她在轰鸣的余音里回头，他仍旧站在她的身后，仰头看着天空。她将双手在狭窄的水坝边缘撑起来，缓缓地离开悬空，退回岸边，伸出她的手。她等待着，等他握紧她，她就回到他的身后，告诉他关于她的一切，然后和他一起，缓缓降落在地面。

（原刊于《收获》2021年第4期）

地上的天空

钟求是

朱一围病逝三个月后的一天,其妻子筱蓓给我打了电话。电话的中心意思,是让我帮忙解散掉家里的藏书。筱蓓说:"吕默,我家房子本来不大,不能让书房一直做着老大。"筱蓓说:"吕默,这些书是随着一围的,一围一走,它们早晚得散了。"筱蓓又说:"晚散不如早散……我不图钱,要是能找到合适的去处,一围会高兴的。"

这是个有点突然的求助。我握着手机静了嘴巴,把事儿想了几秒钟,又想了几秒钟,才慢着声音应接下来。

我当然明白,筱蓓把此活儿交给我,不仅是因为我原先在市图书馆当过差,容易找到收留这些书的地方,更是因为一围朋友稀少,对这种事能够上心的也许只有我。

我依着记忆算了算,一围的藏书应该有四千余册,其中作家签名本为三四百本。这些藏书在一围手里很受宠,所以占着家里的一个大间,而上高中的儿子周末返家,只能在客厅里打地铺。儿子是个未来理工男,对文学书籍压根儿瞧不上眼，显然无意继承父亲的爱好。现在一围抽身而去，书本们在家中自然也失去了贵宾身份。毕竟对三四万元一平方米的房子来说，它们的存在有些喧宾夺主。

我左右琢磨一天，又打一天电话，把事情大体办妥了。四千多册书分成两拨儿，捐给两家区图书馆。之所以没有联络老东家，是因为我心里还存着一小块别扭，而且市图书馆撑着派头，态度容易怠慢。区图书馆就不一样，不仅可以上门取书，还颁证书发消息，其中一家更掏出诚意，准备专门立一个捐赠书柜。这就有点意思了，至少对一围是个远距离的安慰。

情况跟筱蓓一说，果然获得好几声谢谢。她表示这两天就把书收拾好，分成两组。我提醒说："那些签名书送图书馆不合适，别让他们拉走。"筱蓓说："你的意思是签名书……另有价值？"我说："签名书价值可大可小，你收在家里价值就不小。"筱蓓说："吕默，一直等我老了，我可能也不会打开这些书，还是早点让别人去看吧。"我停顿一下，说："那好……我另外想想办法，反正不能亏待了这批书。"

话儿说出来顺嘴，真做起来却不易。若赠送给图书馆，有朱一围三个字在扉页上号着，这些书到底派不上用场。若放在网络书店上一本一本的卖，不仅费劲儿，也会惹得一围在那一头不高兴。当然了，我也想过由自己接管，存住朋友的遗物，但我毕竟不是文学先生，不读小说久矣，又因为在图书馆待过，反而少了藏书的兴致。更重要的是，我心底里还是尊重这批书的，觉得应该有更好的投奔之处。

这批书之所以有些重要，一是因为书的作者大多是国内或省内之知名作家，笔下的文字和故事上得了台面；二是因为一围为求签名很下功夫，费了不少心思和时间。在这个城市，有好几位收藏作家签名书的爱好者，一围是其中一位，而且是比较卖力的一位。早些年，他采用写信恳求的方式，寄书向作家索要签名。这几年，作家的作品分享会、文学对话会多了，他就携着作家的一本或几本书跑去蹭会，在会后凑到作家跟前，一脸真诚地打开书页并报出自己名字。有时获得一个著名作家的签字，他会兴奋得像洗了个澡，一身痛快地拍照下来发给我看。有一次一围在微信里夸口说，自己已拿下近百位作家，按这样的节奏往前走，不出十年就能搞定中国所有的重要作家。十年不算一个很奢侈的数字，但对一围而言终于成了一个遥远的虚词。大约一年前，他一头撞上一种叫下咽癌的东西，先是在喉咙部位割开一个小洞，然后一日日地与这个小洞做着斗争。在那段时间，他失去了声音和精力，但床头一直放着一本名为《第七天》的小说——小说讲的是一个人死后进入另一个世界的故事，扉页上有作者的签名。有一天我去看他，他在白纸上写下一行字：我准备好了，去另一个世界。

往前一些年，一围有着温润的声音和满格的精力。那时他在邮政局上班，我还在图书馆做事，有一天晚上，两个人因为一位共同的朋友在一百米高的酒桌上相遇。共同的朋友刚刚炒股赚了一笔钱，想分撒一下大好的心情。为了表示股票走高，他特意订了一幢三十层大楼顶部的餐厅，又为了忆旧论今，他记起了一些久未联络的朋友。那天一大桌人，场面热闹纠缠。我和一围凑巧坐在一起，两个人在热闹中都显着安静。我酒量比较薄，喝了三两白酒便脑袋起热，耳朵受不了嘈杂。我起身出去抽支烟，找到了大厅旁边的一个小阳台。过了片刻，一围也来了。他不抽烟，是想躲一会儿清静。既然是躲清静，我们俩就没有多说话，只是靠在栏杆上，默默看着远处明明淡淡的灯光。

后来饭局收尾时，我和一围先站起身，一块儿坐电梯下楼。一围积极打了车，顺道把我捎回了家。

本来那次聚会只是蜻蜓点水似的交集，但大约是因为我的图书馆职员身份，一围第二天便联络了我。一围说自己在邮局工作，却不喜欢收集邮票，倒喜欢收集文学签名书。我说，你干这事儿我其实给不了什么帮助。一围说，我不需要帮助，我只是想让你知道我也在跟书打交道。我问他，为什么玩这个，是因为喜欢读小说诗歌吗？一围嘿嘿地笑，说自己也看不了几本书，只是日子太平淡了，总得找点儿有趣的事。他说话的口气不让人讨嫌，我接受了他的靠近。如此开了头，一年跟着一年下来，我竟成为一围为数不多的好友之一。

我是在第三天才想到一个不错主意的。城市之大，免不了市民重名，我想尝试找一位（或者两位三位）名字也叫朱一围的人。这些书在其他人眼里没价值，但到了姓名为朱一围的人手里，岂不身价大增。若新的朱一围喜好或敬重文学，那更是书之善缘。

我在脑子里编好寻人赠书的一段话，再变成手机上的文字，从微信朋友圈发出去。大约这种事比较好玩，不多时间，便引来一大群人的点赞。有人留言：纸书存之，可添雅气。又有人留言：我百度了一下，没见到朱一围的名字。也有人表示：此等趣事，我已转发。

尽管这样，我对找人之事并无过多的期待。毕竟不是刑事追人什么的，朋友圈热闹半小时便过去了，再则朱一围的名字相当稀罕，这个城市很难说有第二人的存在。

过了两日，有人在我手机里要求添加朋友，并提示与寻人赠书有关。我点了接受，对方是一位号称"衣艺者"的女士。我送一个"握手"图标给对方，问：你是哪一位？我认识你吗？对方写：你不认识我，但我知道你叫吕默，我帮你找到了一位朱一围。我吃了一惊，写：还真有人也叫朱一围？线索靠谱吗？对方：不是线索是实物，他是我男友。我给出一个疑问的"微笑"：那他为什么不亲自现身？对方：我想把书拿到手，送他一个意外惊喜。我：那我怎么相信确有其人？先给身份证让我一看。对方：人民币比身份证更可靠，我是准备用钱买书的。我：用钱买书？你知道有多少本书吗？对方：我知道你那位朱一围留下不少签名书，我全买下。我又吃一惊，之前发出的寻人文字比较简单，没说一围的病逝，也没说书的数量，看来这位"衣艺者"有备而来呀。不过真用钱买书，倒说明对方对这批书确是看重的。我问：这位女士，我想知道你的实名。对方：陈宛。我：好吧陈女士，你有什么具体打算？对方：我想早点看到这批书，然后给出价格。我答应了：那我说个时间，明天晚上吧。

第二天傍晚我在公司加一会儿班，又在食堂胡乱吃过一点东西，便出门去了一围家。筱蓓开了门，直接引我进入书房。房内的书已经基本清空，只剩下靠里的一墙书架还饱满着。我抽出几本翻到扉页，上面均有作家署名，署名之上则题"朱一围先生一阅"、"朱一围先生正之"等俗语，也有一本亲昵些，写着"朱一围先生在阅读中进步"。可以想见，一围待在这间书房里，回味着与"一阅""正之""进步"这些词儿相关的签书场景，心里是多么的受用。一围是个活络不足、古板有余的人，平常在场面上混酒交友的时候很少，与我酒桌结识实在是一个例外。但一围把书房的门一关，脸上大约是有亮色的，因为书架上聚着许多他结识过的人呢。

正这么走着神儿，外边响起敲门声。筱蓓走过去，很快将一位女客领进书房。这是一位三十多岁的标致女人，大约因为穿着有些轻软的绸衣，身形微胖而不显。她似乎有点紧张，一进来眼光找到我，才松了脸一笑。我说："是陈宛陈女士吧？"女人说："你叫我陈宛就好。"我一指筱蓓："她是这儿的主人，书的事她说了算。"筱蓓说："没关系的，您先看看合适否，这种事讲的是缘分。"女人点点头，眼睛慢慢扫一圈屋子，走到书架前直着脖子看。她抽出一本瞧了瞧放回去，又抽出一本瞧了瞧放回去，然后手伸到上格取下一本蓝皮书，目光停在了封面上。我凑近一步丢去一瞥，是小说《第七天》。女人说："这一本好。"说着打开扉页细细地看，仿佛淘到了一见如故的藏品。我说："不光这一本好，每一本都有点意思。"女人抬起眼睛，承认地点一下头。我说："如果你愿意，现在就可以说个价。"女人说："我还得先问一句，为什么要把这批书处理掉呢？"我看一眼筱蓓，筱蓓说："我老公……一走，这些书就用不上了，放着也是放着，还不如找个用得上的地方。"女人说："为什么说还不如呢？剩下这一墙书架，也不算太占地方。"筱蓓说："人走了，这一墙书架却像是一种提醒，我不喜欢这种感觉。"女人说："像是一种提醒？提醒什么？"筱蓓微露不悦："别走题好吗？我可不是为了钱，我本来就没打算让这些书变成一桩买卖。"筱蓓这么讲有些傻了，至少会露出心里的待价底细，对方分明在话中夹着试探呢。我打着掩护说："是的，转让收藏品不是买卖，靠的是眼缘和心缘。"女人说："好吧。切入正题……我提个数字，你们看合适否？"她默一下脸，伸出两根手指说："二十万。"我暗吃一惊，同时瞧见筱蓓的眼睛使劲睁大了一下——这个数字远远超过期望，让人觉得是耳朵听错了。

书房似乎安静了片刻。我用手推推鼻子，一边生出一些警惕，说："你开的这个价，含有别的附加条件吗？"女人摇摇头说："没有。这么多签名书，值这个钱。"筱蓓说："您这样说我挺欣慰……我能不能知道，您是做什么的？"女人淡笑着说："别以为我很有钱，我是想让男友高兴。我相信我这么做，他会高兴的。"我说："我也问一句，你男友喜欢文学吗？"女人拍拍手中的《第七天》，说："喜欢的。他爱读小说，还向我推荐过这一本。"噢，若是这样，逻辑是成立的。我舒口气说："那你这一次做对了！女人要拿住男人，不能光喂他好话，你得让他真正的心跳一回。"这句自作幽默的话有点勉强，但多少把气氛说松了。随后双方又来回讲些话，议定了付款方式和搬运时间。

在我的眼里，两个女人的脸上都渗出了满意。

日子的推移有时是不知不觉的。四五月间，我在公司里帮着打理一个非遗产品展示会，出策划书、做 VCR 什么的，嘴巴和手脚经常一起忙碌着。待弄完了松口气，天气已经转热。站在办公室窗口抽烟时往街上一瞧，路人们开始躲着阳光了。

这天午休小憩后，我习惯地划开手机，瞧见筱蓓一条微信：事情不明白，有空电话一下。我坐到办公桌前，打电话过去。筱蓓在手机里咿咿呀呀发着声音，讲了十多分钟。原来昨天晚上她跟住校的儿子进行每日例行电话时，儿子顺口丢了一句，说学校图书馆出现咱家的藏书。她问什么藏书？儿子说小说签名本呀，上面有老爸的名字。她有些纳闷，说你也开始读起小说啦？儿子说我眼睛哪里忙得过来呀，是班里一同学在看。她想一下，让儿子去拍张小说扉页照片。过一会儿，照片真的发过来了，情况属实。为此她琢磨一晚上再加一上午，脑子还是糊涂。

我一边听着一边也直眨眼睛。花一笔钱买签名旧书，一转身送了学校，这实在有些稀奇。不过让书籍到达图书馆，也算物尽其用，没什么不高兴的。我说："这种事儿是人家的权利，咱们不能说她做得不对。"筱蓓说："我没有说她做得不对，我只是感到奇怪。"我说："干什么事儿都有内在逻辑，只是咱们不知道而已。"筱蓓说："一围的书，我多少得知道一些吧？方便的时候你联络一下她呗。"

我静一静脑子，在手机微信里找到"衣艺者"，先打一声招呼，然后试探地问：那批书给男友后，他惊喜了吗？对方许久没有回复，过了半小时才跳出一句话：你这是产品售后调查吗？我写：毕竟是朋友的书，我得关心一下。对方：那你来一趟吧，我允许你见一面。我给一个微笑图标：我又没提出这个要求。对方：透过手机屏幕，我看到了你脸上的企图。我：那怎样才能找到你？对方：浣纱路北边，衣艺者。我：呀，你是衣店女老板。对方打出一个眯起单眼的调皮图标。

放下手机，我脑子似乎有点不稳定，坐了片刻终于按捺不住，就找个借口离开办公室去了街上。坐儿站公交车又走一截路，到了浣纱路北段。两旁有一溜儿花花绿绿的商店，我东张西望一会儿，眼睛一亮见到了"衣艺者"三个字。这是一间门面不大的售衣店，推门进去，里边倒是清爽开阔，挂卖的衣服热闹而有秩序。一位年轻店员迎出来刚想说什么，我已绕过去往里走，因为我看到了坐在售台后面的陈宛。

我说："大隐隐于市，原来陈女士藏在了这里。"陈宛站起身一笑说："来得挺快……就不能叫陈宛吗？"我说："好吧陈宛，这个店开几年啦？生意不错吧？"陈宛说："三年了，生意马马虎虎。"我说："不能马马虎虎，马马虎虎怎么能掏钱买书再送出去呢？！"陈宛翘了眉毛给我一眼："知道这个啦？怪不得又是微信又是打上门来。"我说："我可不敢打上门来，我这是上门求教。"陈宛说："想打探为什么把那批书赠送给学校图书馆吧？"我点点头："我有点好奇。"陈宛说："我那位朱一围早年在那个学校上过学，放在那儿比放在家里好。就是这么简单！"我说："那个中学是你男友朱一围的母校？真是巧了。"陈宛说："巧什么？"我说："我朋友朱一围的儿子也在那儿上着学。"陈宛"噢"了一声："这不挺好吗？父亲的书最终到了儿子的学校，用报纸语言叫一段佳话。"我说："可是……玩这样的佳话代价不小。"陈宛说："我明白你的意思，我也不是把书全送去学校的。"她一摆头，引着我走到T恤挂墙前——其中几件T恤不同颜色，胸前均印着《第七天》的扉页签名，图案清晰别致。陈宛说:"我做了三百件文化衫,我可以赚些钱的。"我用手指推一推鼻子,说:"有点意思,到底是衣艺者。"陈宛说:"要是喜欢,可以送你一件,你自己挑个颜色。"我呵呵一声没有拒绝,左右看一看,选了一件浅蓝色的。衣服上的作家签名挺有力道,我用手摸了一下。

陈宛说:"看着这衣服,你心里的问号有没有去掉?"我说:"没有! 三百件文化衫就是全卖掉,又能赚多少钱呢。"陈宛说:"看来你是个较真儿的人……朱一围有你这么个朋友也是幸运。"我说:"朱一围才是个较真儿的人。他已经不能溜达过来说话了,我是替他较真儿。"陈宛说:"好吧,为了去掉你心里的问号,我再请你喝个茶。"我说:"又是送衣服又是请喝茶,我是不是应该不好意思?"陈宛笑了说:"其实呀让你过来一趟,我就是想和你去茶室说些话的。"

年轻店员将T恤包好,我卷起来塞入携包。陈宛引领着我,出了店门右拐走一段路,进了一家外相低调的茶室。茶室厅堂不大,但看上去藏着安静。陈宛熟络地要下一个小包厢,点了绿茶和茶点。我说:"瞧这架势,要跟我长谈呀。"陈宛说:"不长谈,一小时内把事儿说明白。"我说:"一小时够长了,抵得上大半部电影。"陈宛说:"长话短说……我刚才撒了个谎,那个受书的中学其实不是朱一围的母校。"我说:"那为什么把书送去?"陈宛说:"因为他儿子在那儿上学。在儿子眼里,他是个没有能力不能出彩的人。他曾经说过要为儿子挣点儿面子……"我说:"等等! 你是说你那位朱一围也有一个儿子在那儿上学?"陈宛说:"我说的就是你的朋友朱一围。"我端着杯子一笑:"嘿嘿,你把我说糊涂了。"陈宛说:"我的朱一围其实也是你的朱一围,两个人是同一个人。"我喉咙差一点被呛着,使劲伸一伸脖子吞下茶水,又咳出一口粗气。陈宛笑一笑说:"你别把惊讶动作弄得太夸张,我做的事里没有阴谋。"我说:"之前你一直在说,朱一围是你的男友。"陈宛说:"男友这个说法还真是不准确,可我找不到一个合适的词儿扣住我和他的关系。"

在接下来的时间里,陈宛轻着声音讲述了她和朱一围之间的故事。她清晰地记得,两人的相识是在小说《第七天》的作品分享会上。那天她正在一家书店大厅里买流行服装的书,听到好几个人说着话儿往旁边活动室走。她好奇地过去瞧一眼，原来是一位著名作家与一位主持人对话，介绍一本三年前出版现在仍被讨论的书。她没见过这样的场面，就怂恿自己留下来听一会儿。周围的脑袋很多，把整个活动室挤满了，她只能在中间通道上站着。站了片刻，有人指挥通道里的人坐到地板上。她穿着白色裙子，又不是粗条随意的人，神情便有些犹豫。这时旁边椅子上的男人站起身让出座位，自己坐到了地板上。她不好意思地坐下，朝让座的男人送出一笑。分享会结束后，她受了诱惑，到文学书柜找《第七天》，这时又遇到了那位让座的男人，他刚好也来取此书。让座的男人告诉她，自己有八折优惠卡，可以替她付款。她认真地道了谢，因为省下的小钱里有人家的好意。随后她加上对方微信，将打折的书钱发去——此时她知道了对方名字叫朱一围。

到了晚上，朱一围在微信里打招呼，并把作家签名发来给她看。从此开始，两个人时不时进行文字聊天，她说些服装走势的事，他说些签名收藏的事。陈宛很快知道，朱一围是个实诚的人，朋友很少，但认对了人就会往深里走。此时陈宛离了婚正单着身，心里装着一堆郁闷，这也促进了双方交往。过了不久，两个人把对方视为可以讲心里话的人。又过了不久，两个人约在一起泡茶室、逛书店，偶尔还一块儿看一部电影。再往后的一些情节可按快进键，因为陈宛没有细说。她对此的表达是：两个人的朋友等级相当高，除了身体没有合并。

大约一年半前，陈宛想开一间服装店，"衣艺者"的店名都想好了，可左腾右挪仍缺一截资金。把情况说给朱一围，暗想也许能获援三五万的，不料几天后她的银行卡上颇有气势地长出二十万。她吃了一惊，又有些不安的感动。在她的印象里，朱一围花钱并不豪放，在家中也不打理财事，所以凑起这笔款子得花多少心思呀。这么一想，她觉得自己跟他更贴近了一步。又过了一些日子，有一次两个人一起喝茶，喝着喝着朱一围起了感叹，说咱们相遇太晚，这一辈子不能娶你，下一辈子你嫁给我吧。陈宛说行呀，下一辈子咱们早点儿遇上。朱一围说，这不是玩笑话，为这个念头我已经琢磨了好几天。陈宛便笑，说不就是来世嫁你吗？没问题的，你对我这么上心，我不能那么小气。

这样的话说过，陈宛仍然以为是玩笑。她不信佛不进教堂，从未想过瞧不见摸不着的来世之事，再说自己的年纪离终点线还差着几条街呢。不料过了两天与朱一围再见面，他从衣兜里取出一只信封，再从信封里取出两张相同内容的纸，纸上放着醒目一行字：下一世婚姻协议书。下面文字则简约清晰，写明了两个人下一世自愿结为夫妻，共同敬爱相处，不违背对方。陈宛问，这是什么意思？让我签名字吗？朱一围说，这是自由婚姻，你愿意了就签上，一式两份。陈宛说，下一辈子的我能由这一辈子的我来做决定？朱一围说，转了世你还是你，你的婚事当然由你做主。陈宛说，这协议签了你拿在手里真觉得有用？朱一围说，我相信哪个世界都有律条也都有规约，拿着这份协议我心里踏实。话说到这个分上，朱一围又拿着如此的认真劲儿，陈宛就不好拒推了。她嘻嘻一笑，又拍拍朱一围的手臂，在纸上写上自己的名字。完了她调皮地说，今天算是领结婚证的日子，你怎么不备些彩礼？至少也得送束鲜花递个戒指呀。朱一围说，我想过了，那二十万就折成一份彩礼，虽然有些少，但总归按着规矩走了步骤。陈宛说，你还真给彩礼呀？朱一围说，当然得给，不然把这份协议显轻了也显假了。

陈宛讲述的时候，没有理会我脸上的惊讶表情，因为这是她能预料到的。大约口渴的提醒，她缓一缓气，端起茶杯喝了两口水。我这时才想起自己应该讲些话，便说："一围是个二分之一认真二分之一古板的人，有时候不通世俗但不会迂腐，他真的认定下一辈子事情可以弄到纸上？"陈宛说："一围是个二分之一认真二分之一古板的人，所以在外边也不应该有一位我这样的女人，对吧？"我无法应答，就没有吭声。陈宛又说："在这几年里，一围多次跟我提到你，但他没有跟你提到我，这不是对朋友留一手。我的意思是说，一个人在最好的朋友跟前，也会有属于自己的秘密东西，譬如女人啦譬如对来世的看法啦。换一句话说，他对来世的看法是一种秘密态度，跟迂腐什么的没有关系。"

显然，陈宛是个细腻的女人，她的话并不浅淡。我沉默一会儿，说："也许你说得对，对别人包括对一围，我只是看到了能够看到的那一部分。现在我想看看另一部分可以吗？我是说那份协议。"陈宛有准备似的点点头，摁几下手机调出协议图片，递给我看。我细看一遍协议文字，又盯看一眼下面的签名。两个人的名字一个认真一个随意。

我将手机递还，问："签了这份东西，你有什么感觉？"陈宛说："开始没怎么在意，不就是一张纸吗？后来慢慢地生出异样的感觉。"我追问："什么异样的感觉？"陈宛说："你想呀，以前两个人喝茶逛店看电影，再靠近也还是朋友。有了这张协议垫着，待一起时我偶尔会恍惚，觉得自己像一位未婚妻。"我说："你喜欢这种感觉吗？"陈宛说："不喜欢。"我说："为什么？"陈宛沉吟一下说："我对一围有好感，但没有依靠感。"我说："你是说不爱他？"陈宛"嗯"了一声说："还不到那个程度，这也是我……没把身体交给他的原因。"我说："那你相信有来世吗？"陈宛说："以前呀真没注意这种事儿，眼下的日子还应付不过来，哪有心思去想很远的未来。但自打签了这张纸，心里像是多了一件事，时不时会琢磨一下。不是说人的认识是有限的嘛，万一真有转世呢，万一灵魂长生呢。"我说："这么说你有了担心，担心那张协议以后真的会生效。"陈宛轻笑一声说："那会儿我想起手头还有一本小说《第七天》，以前没正经打开看呢。我读了一遍，好像没有读懂，就又读了一遍。读着读着我对自己说，不管人死后有没有来世，你得先把这事儿看作有。"

陈宛把自己的故事讲完，一个小时刚好过去。但我的沉默拖住了她，两个人仍坐在那里，似乎还有话要说。过了片刻，我问："你把二十万元还回去，是想单方面撤出协议？"陈宛说："也别这么说，这毕竟是我欠一围的债，他治病也花了不少钱。"我说："如果一围还活着，你会把解除协议的想法说出来吗？"陈宛说："不知道会不会马上说出来，我原以为将来的事还远着呢。可他走了，走得这么快。来世的事情他已经知道了真相，而我什么也不知道。"我说："在这一个小时里，我接收到了你的不安，同时我也一直在琢磨，你把这个故事告诉我为的是什么。"陈宛说："是的，我把你约过来是有目的的，你是一围最好的朋友，我想请您帮个忙。"我说："讲讲看。"陈宛说："那协议一式两份，另一份在一围手里。"我明白了："你想把另一份协议也拿到手，然后一起撕掉。"陈宛吸一口气吐出来，说："拜托你先探问一下，好让我心里有个数。那份协议现在变成了危险的东西，要是抖搂出来对谁都不好，吕哥你说对吗？"她第一次叫了我吕哥，在这个下午结束的时候。

  是的，这是个让人吃惊的下午，一张协议书更改了我对一围的认识，至少是部分认识。在许多个日子里，一围除了收藏一些书，对生活基本没有想象力。他的工作是平淡的，坐在柜台里办理汇款取款，还有订阅杂志什么的。他的家庭是平静的，与筱蓓相处得不热也不冷，有点一起慢慢老去的样子。他还跟我说过，自己在家中不乐意担事儿，时间一久，排起序来便做不上一号人物。就是这么一位配角男人，却悄悄自己给自己做了一回主。

  我无法揣测一围怎么保管自己那一份协议。也许已经撕了或烧了，反正他内心认定协议将在约定世界里生效。也许放在某个暗处，随着他的离去而彻底消失。但日子里哪有彻底的事，若是某一天筱蓓一不留神看到，心中会长出一个长久的痛点吗？

  我可以肯定，陈宛所要的忙我是帮不上的。或许她也只是一说而已，并不真的指望我能取到那份协议。但此时我心里又探出好奇的手，想抓住一些未知的东西。我甚至负责地觉得，既然自己听到了这件事，就不能再做一个偷懒的局外人。

  从茶室出来我没有回家，在街上闲逛一会儿又用过简单的晚餐，看看时间合适了，向筱蓓递一声招呼，随后打车去了她家。一围的书房已经变成卧室，无法再进去了，我只能坐在客厅沙发上，像一个派遣出去的打听者向女主人通报书籍的事。我告诉筱蓓，自己已见过陈宛，那批签名本确实赠给了学校图书馆，因为那中学也是另一位朱一围的母校，他想给自己添点面子。筱蓓随即做出一个判断："看来他们是有钱人。"我说："这个不知道……眼下这年头有钱没钱哪能一下子看出来。"筱蓓说："不然为什么要花这笔钱呢？"我说："那位陈宛在街上开了一家服装店，她把扉页签名图做到T恤上。这种文化衫现在挺流行，应该能赚钱的。"我从携包里取出那件T恤，铺在沙发上让筱蓓看。她摸了摸衣服胸前的图案，脸上出现解惑后的满意。她说："想不到签名还能在衣服上派到用处。"又说："那些书放在学校里挺好的，虽然是那位朱一围捐送，但儿子的同学都知道书的真正出处。"我说："一围知道了这样，心里也会高兴的……我说的是咱们的朱一围。"筱蓓思忖着说："他们毕竟花了一笔不小的钱，我心里好像过意不去……我得感谢一下。"我说："怎么个感谢？"筱蓓说："我想请他们吃个饭，你也一块儿去。"我摇摇头说："不用的，这只是一次花钱购书，你没必要跟他们交朋友的。"筱蓓说："我想见见那位朱一围，共用一个名字怎么也是缘分。"我心里摇晃一下，嘴里已形成一句谎言："他们俩是双城记，那位朱一围不在这个城市。"说完了觉出漏洞，赶紧又补一句："陈宛告诉我，他在这儿读的中学，大学毕业后留在了外地。"筱蓓说："那好吧，就跟那位陈宛聚个餐也行。两个女人都找了名字叫朱一围的男人，总有些话可聊的。"我不能马上再否决，就点点脑袋"嗯"了一声，又记起什么似的转过话头："有句话我一直想问，一围临走时说了什么话吗？"筱蓓一指自己喉咙说："吕默你迷糊了，一围那时候已经不能开口说话。"我耸耸肩说："我是说他有没有留下文字？"筱蓓说："你为什么问这个？"我说："不知怎么，这两天我挺惦念一围的……我在回想他最后的那些日子。"筱蓓沉默几秒钟，让话题进入了我想要的轨道。

筱蓓说："吕默你有没有记起来，最后那些日子你到医院探望时，在一围脸上看到了什么？"我眨眨眼说："是骨头浮上来的那种消瘦。"筱蓓说："消瘦里还有东西……是高兴。"我愣了一下，最后几次去见一围，他的情绪的确不差，但那应该是面对朋友时的强打精神。我说："那高兴是撑着的吧？朋友一走就收回去了。"筱蓓说："不是的，那些日子他一直挺愉快。"

筱蓓停一停，回忆了一些细节。一围刚住院时，心情也是不好的。做了喉部手术后病情不仅没刹住，反而向坏的方向滑去。那些天他因为不能说话，整天想着什么，想着想着忽然就开朗了。微笑先来到他的嘴角，然后出现在眼睛里。他开始找些书看，譬如那本《第七天》。再到后来，他身上力气少了下去，看字儿容易累眼，便让筱蓓读小说。有时筱蓓读着读着，他眼睛慢慢眯上就睡过去，脸上还搁着安适的神情。

筱蓓抿一抿嘴，慢慢地说："一个人离死亡很近时，一般是恐惧的或者痛苦的。如果此时这个人开心起来，你觉得他会是什么样子？"我回答不了这样的问题，摇一下头。筱蓓说："诗人。我是说诗人的样子。"我说："为什么这么说？"筱蓓说："那会儿一围整个人是轻的，不是瘦了以后身体的轻，而是心里丢开负担后的轻……他脑子里时不时会出来一些好词好句。"我说："好词好句？他不是不能动口吗？"筱蓓说："不是动口是动笔，有一天他取了一张纸，先写一句：有一种动静，叫太阳的声音。又写一句：蓝天上的白云结了冰。再写一句：真正无限的，不是死亡而是生命。我奇怪地瞧着他，他笑一下用笔告诉我，这些话是作家们说的。"

随后几日，一围还试图体验作家们说的这些话。他穿着棉衣坐在轮椅上，让筱蓓推到住院部楼下院子里。冬日的阳光有些松软，把他的影子投到地上。他瞧着地面却没有在看，因为他静着耳朵去听太阳的声音。听了片刻，进入耳朵的只有院子里一些嘈杂的声响。他有些不满意，便让筱蓓推着轮椅出了医院，往安静的地方走。远处有一片草地，颜色已成枯黄。在枯黄之中，卧着一块不大的水池。经过水池时，一围突然激动起来。他看到水面结了一层清亮的薄冰，上面倒映着蓝色的天空和天空上的白云。他身上似乎长出了力气，想从轮椅上站起来，但没有成功。筱蓓将轮椅再往水边靠几步。一围安静了，身子久久不动。也许在此时，他眼睛看到的是水池里的白云在结冰，耳朵听到的是太阳化开冰面的声音。在他的意识里，那应该是一种冲突中的美丽。

筱蓓说："在那一刻，他喉咙里竟嘶嘶的发出一些声响。他好像要发点儿感慨，可是我没法听明白。"我说："白云结冰呀太阳声音呀这些虚的东西有啥含意吗？对一围意味着什么？"筱蓓说："谁知道呢！人在这个时候吧，脑子里出现一些古怪念头也不奇怪。"筱蓓顿一顿又说："那天从水池边回到病房，一围又在纸上写了一些字递给我看，意思是白云可以从天上到地上，人也可以从地上到天上，天空也是一个大水池。"我轻笑一声说："这时的一围，的确越来越像诗人了。"筱蓓说："这时我也知道,一围剩下的日子不多了。"我说:"那后来他还有什么遗言吗?"筱蓓说:"也没什么正儿八经的遗书,但他写了几句话,让我把书房里的书处理掉,不要存在家里。"我愣了一下:"把书散掉是他的意思呀……他为什么呢?"筱蓓说:"他知道这些书对我和儿子没啥用,想让它们遇到阅读的人……这是我的猜测。"我点点头,一围虽然爱书,可这种想法到底没有错。

该问的话已经问过,时间也不早了,我站起身准备告辞。筱蓓想起来说:"对了,一围最后还写了两句话,只是我不明白。"我问:"什么话?"筱蓓说:"一句是:对书上的文字,一双眼睛便是一次公证。另一句是:在对不起上面贴上邮票,从那边寄给这边的你。"我沉吟一下用手推推鼻子,说:"这也是哪个作家说的吗?"筱蓓说:"也许吧,那会儿我已习惯了他这样,也就没问。"我说:"真像是半个诗人呀,也不枉藏了这么多年书。"筱蓓沉默一下说:"我跟他也待了这么多年,可他的一些想法我还是不明白。"

告辞出门来到街上,我心里晃晃的还不想回家,上出租车后往市中心随便指一个方向,最后在一个灯光热闹的路口停下。

我站在人行道上给陈宛打了电话,告诉她已见过筱蓓。陈宛嘴里出来几个问号,想知道筱蓓的反应和协议的下落。我说筱蓓神情没有异常,不像知道了这件事。我又说那张协议的藏身处只有朱一围知道,所以也许是永远安全的。陈宛说:"也许是永远安全也许是定时炸弹。"我哈了一声说:"你不能把这份协议说成是定时炸弹,不然一围会不高兴的。"陈宛不吭声了,过几秒钟才说:"吕哥你说得也对,我不应该担心……我又没做亏心事。"我把筱蓓约请吃饭的事说了,问她愿不愿意在一张餐桌上聊聊。陈宛说:"聊什么呢?"我说:"两个女人在一起,总可以聊些话的。"陈宛哑笑了一声说:"可以呀,我和她又不是敌人。"我说:"到时候我陪着你们,让一个男人听两个女人聊话。"

摁了手机,我沿着人行道无目地往前走。两旁一些商店已关了门,一些商店还没关门。我走过一些关了门的商店,又走过一些没关门的商店。我脑子里突然跳出一个念头，一围也许把那张协议书夹在某本书里呢，这是很好的存放方法。临走之际，他改变了躲藏的想法，要让协议跟着书籍流出去，到达某一位有缘分的读者眼里。"对书上的文字，一双眼睛便是一次公证"，他不怕了，他愿意让别人见证自己收藏的情感和来世的日子。当然啦，这只是我的猜想，一时无法去验证。说实话，我现在有些吃不准一围内心的真正样子了。

这么溜着神儿，我的目光就有点散，不经意间掠过街道对面一幢高楼里的灯火。又走一小截路，我刹住脚步再望那高楼一眼，正是一些年前我和一围首次相遇的地方。我脑子一醒，原来今晚我是想让自己到这儿来呢。我掉转脚步，穿过斑马线走几分钟来到大楼跟前。在这个时间点，大门仍进进出出不少胖瘦不一的男女。我想一想，走了进去。

坐电梯上了顶层，那家餐馆还存活着，而且吃喝的喧闹此刻仍未散尽。我一时不知道干什么，就在待客区的椅子上坐下，把携包搁在腿上。我微眯眼睛，脑子里出现了第一次遇见一围的情景。那天他撑着精神，脸上有一种认真的和气，而且老露出微笑，但他的内心，对酒桌上的豪华气氛是有些胆怯的。这一点被我瞧出来了，因为我当时的心情也是这样。可能正是这种暗中的相似，让两个人能够走近。在后来相处的日子里，我不时能见到一围收的一面——不是收敛的收，而是收缩的收。记得有一次我们聊天，不知怎么说到"撤退"这个词，我起了点想法，认为自己和一围的性格里都藏着"撤退"元素，可称为"撤退人士"。之所以这么说，是由于此前我因一件挺无聊的公事跟馆长闹了不快，他觉得这件公事不仅不无聊还很重要，指责我办砸了。我在单位并无斗志，正好借此怂恿自己从图书馆撤出，去了闲散一些的文化公司。

当时一围问："这撤退人士怎么个理解？"我没有拿出自己的事，而是举了生活例子："譬如撤退人士是A，那么三个人散步，A十次有九次不会走在中间，而一堆人拍集体照，A十次有九次是站在旁边的。"一围说："这话儿也是在说，十次中还有一次是例外的。"我一提声音说："九次往旁边靠的人，会在剩下的那一次使劲往中间挤吗？"一围嘴角露出一丝神秘的微笑，说："只有在例外的地方，才能找到秘密的出口。"一围又说，"这是一个作家说的。"

旁侧响起什么声音，我弹开眼睛望过去，有一个男人从一扇甩门里出来，手里还拿着一只烟盒。噢，想起来了，那是个小阳台，我和一围曾经在那儿站过一会儿。我起身走过去推开门，仍然是记忆中的样子——一个外伸的弧形阳台，面积不大却有点儿凌空感。

我站在栏杆前，目光往下扫过去，看见了一大片与房子相缠的灯光。又抬一抬眼睛，看见了更大的一片天空。此刻站在高处，天空似乎也近了一些，几朵白云和几颗星星在夜幕中显出来。夏风吹过来，让人似乎轻了身体。我举着脑袋，突然想到如果让自己跳出阳台，会不会在身子下落的同时灵魂飞向白云？一围就是这么认为的：白云可以从天上到地上，人也可以从地上到天上。

当然，我是不会允许自己这样做的。不过很快，我脑袋里又生出一个念头。我拉开携包，取出那件T恤抖展开来，又看一看胸前的签名图案。图案在暗色里仍是清晰的。

我吸一口气，将T恤伸出阳台，一片浅蓝色在我手里飘动起来。我一松手，衣服猛地窜了出去，先在空中兴奋地转一个身子，然后轻盈地跑向远处。我的目光跟着它，就像跟着一个移动的秘密。

但夜色中我终于没有看清，那片浅蓝色是落到地上，还是飘向了上空。

（原刊于《收获》2021年第5期）

雪山大士

陈春成

我没有一眼认出 D 来也许是因为背景：淡季酒店空荡荡的餐厅，落地窗外连日灰蒙蒙的雨景，下午三四点钟的昏暗，他惬意地陷在角落的软椅中，而不像过去我所熟识的那样，置身于一片翠绿和山呼海啸间。十二三岁时，他的名字频繁地出现在我家餐桌上，连母亲都听得腻烦。父亲是拜仁球迷，而那时 D 刚在德甲中游球队不来梅崭露头角。父亲老说，这小子鬼得很，怎么有点像巴乔，要小心。结果那赛季德国杯决赛，不来梅爆了大冷门，三比一赢了拜仁。D 全场过人成功十次，送出两个助攻，还有一脚凌空劲射，可惜队友越位在前，进球不算。我们虽然失落，但彻底被他踢服了。拜仁的作风一贯是赢不了的就买，暑假结束前，父亲推开我房间的门，喜滋滋地宣布 D 加盟拜仁了。头几场他发挥出色，送出不少精妙传球，过人如麻。父亲说他一定会成为巨星。后来我开始疲于学业，不怎么看球了，也很少听父亲提起，对 D 的后续一无所知。我算了一下，他今年应该四十多了。面容没怎么大改，增添的皱纹也恰到好处，头发全成了灰白色。下垂的眼角，年轻时显得不够英气，年纪大了反而有点儒雅。身材保持得挺好，着装也得体。反复端详，确定是他后，我没有立刻上前，而是先做了点功课，搜索了他的名字。关于他的退役有多种说法，伤病自然是一个，但三十岁也略早了些；还有说他得了抑郁症，在接受治疗。一则他昔日教练的采访中，教练提到如今谁也联系不到他。然后就是他多年前来中国任教和卸任的几则俱乐部通稿。我酝酿好开场白，终于向他走去。如我所料的，对于在此处能被认出，他感到诧异。我告诉他我和父亲对他的崇拜，稍稍有些添油加醋，他表示感谢。我说完有点难为情，就走开了。晚上，我又在餐厅旁的休闲区遇见他，他仍是临窗独坐，慢慢喝着威士忌，用毛豆下酒。他请我坐下喝一杯。那儿有个小吧台，酒类不少。我也点了威士忌。他问，我离开拜仁后，你们的新偶像是谁，克洛泽吗？我说，后来我不怎么看球了。那你父亲呢，他问，还是拜仁球迷吗？我说，我们现在不怎么说话了。他约我第二天一起游山，如果雨停的话。

　　第二天仍是绵绵的雨。这酒店在天星山景区周边，本来是个小景区，又逢梅雨季，客人不多。酒店带有室内温泉浴池，虽然瓷砖老旧，但还算干净。我们一起泡澡，喝茶，消磨了一上午。泡澡时我忍住不去看他膝盖上可怖的疤痕。午餐时渐渐熟络起来，也聊开了。午后，我们又去休闲区，舒畅地喝了一会，谈了几句疫情和金球奖评选。我想听他讲讲球员生涯，可从搜到的结果来看，我不确定对他来说，那段经历是自豪更多，还是伤感更多，于是便不问。倒是说了自己是个写小说的，发表过几个幻想故事。前一阵写稿不顺，有些疲惫，便来此地散散心。他似乎挺感兴趣，就和我聊了几本他新近在读的书（我还记得有一本是《温泉疗养客》）。我脸上不露出惊讶，心里却琢磨，这和我想象中球员的爱好可大不相同。那天的酒很好，忘了什么牌子，我们慢慢喝了一下午。谈话时断时续，中断就各自抿酒，各自出神，沉默也很舒服。冰块消融在琥珀色中。房间里暗暗的，唯余雨声。你愿意听的话，他忽然说，我倒是可以提供一则素材，一个充满了失败和古怪的故事。这时只有我们一桌客人，但周围太安静，他还是压低了嗓音。这简直像毛姆或茨威格笔下的场景：在异乡酒店里，悠长的假日，或航海轮船上，渺渺烟波中，两个人相遇了，喝点酒，倾诉平生，然后分别。我当然说好。我们又往杯里添了两指深的酒。外面仍是凉雨潇潇，庭院中的松干横过窗前，针叶披纷，频频滴着水。后面是云山。他开始讲述：

我和中国有一点奇特的机缘。一九一几年，美国自然历史博物馆有个博物学家叫安德鲁斯，组织了一支亚洲考察队，到云南做动植物考察。我曾外祖父是随队的科学家之一，准确地说，是科学家的助手，负责剖制动物标本、压制植物标本，以及在旅途中管理这些标本。考察队先抵达福建，停留了两个月，期望捕猎到一只传说中的华南虎。他们在闽北深山的村落间奔走，追逐老虎出没的传闻；整夜趴在山坡上，盯着拴在峡谷里的山羊；雇用当地猎手在密林中搜捕。总之都徒劳无功。最后收集了一批动植物标本，离开了福建，转赴云南。曾外祖父自费出版的回忆录里，有两件事让我印象很深：一是他们曾闯进一个蝙蝠洞，混乱中杀死了上百头蝙蝠，我读那段描述时好像闻到了洞中的腥臭，看到岩壁上纷乱的影子；二就是这儿的天星山，风景清幽，山中有块石头，叫禅岩，石上刻着一句话：我曾这样听过。传说石中有个声音，几百年来一直在念诵《金刚经》，明朝以来越念越慢，到我曾外祖父贴耳去听时，什么也没听见。当地的学者说，那几年正处在一个字与下一个字之间的寂静期。到这儿的第一天我就到山里转悠了一下午，没找到那块石头。跟着就来了这场大雨。

曾外祖父回国时带了几件纪念品：一盒檀香，总舍不得点，后来受潮了；一只黑色茶盏，摔碎在回程的船舱里；一尊小小的木雕。木雕是紫红色的，泛着隐隐的淡金色光泽，只有马克杯那么高。是一个瘦极了的老人，络腮胡子，半裸着，肋骨一道道很明显，坐姿，一腿盘着，一腿蜷立起来，双掌叠放在膝盖上，手背撑着下颏。眼皮低垂，像在沉思冥想，或在饥饿中弥留，也可能在瞌睡。它像是罗丹那尊思想者的老年版、消瘦版。曾外祖父在福清的古玩店里发现了它，对木质的兴趣大于造型，造型无非是表现贫苦老者的形象，但木材很稀罕，密度极大，色泽异常，便买下了。这尊木雕经历了半个一战和整个二战、德国分裂和统一，一直传到我母亲手上，放在我家电视柜边上。我从小把它看得很熟。老人的眉目须发，筋肉的线条，衣服的褶皱，那种独特的紫红色，若有若无的金光，现在仍历历在目。他们说，我还是个婴儿时，无论把我抱在客厅的哪个角落，我的眼睛总盯着它看，看得很入迷，还傻笑。

我们当时住在勃兰登堡的一个小城里，属于东德。柏林墙倒塌是我十一岁那年，这事对我生活的改变好像没那么大，可以喝可口可乐了，不再是少先队员了，教练说以后那边大俱乐部的球探会来队里看比赛，要我们提起精神，无非是这样。远不如几年后一场始于电熨斗、两小时就被扑灭的小火灾对我的影响重大。火从邻居家蔓延到我们家，烧掉了半层公寓。那尊木雕、我床头贴着的马拉多纳、九岁时拿的最佳射手奖杯，那间公寓里残留的一切东德记忆，全烧没了。后来我们搬到一栋带草坪的房子里，我可以在家门口练颠球了。

我父亲原来是国有啤酒厂的工人，后来被聘到私人办的酒坊里当技师。那酒坊生产威士忌。奇怪吧，其实勃兰登堡有顶级的威士忌，那里出产很好的麦子。那小酒坊有一片自己的麦地，员工就五人，忙的时候，老板也一起干活。他们做出了一款经典产品，几十年内卖出了很多，成了当地名产，此外还不断研发新的酒，在这上面亏了不少，总体还是赚的。我踢球挣到钱以后，把酒坊买下来送给父亲当礼物，原来的老板成了他的员工，可他们还是一起干活，关系很好，一起鼓捣新酒，兴致勃勃地分享第一杯酒心——就是二次蒸馏出来的精华。

开始说足球吧。我小学时弄到一盒录影带，是马拉多纳世纪进球的集锦，有十二个不同角度的镜头。我不想被解说员的嘶喊干扰，总是关掉声音，在睡前一遍遍地看。于是马拉多纳在寂静中舞蹈。轻盈，雄健，那是真正的即兴舞步，人类肢体的极致之美。有人能背莎士比亚的十四行诗，我能背出马拉多纳连过五人的动作。从拿球开始，迈了几步，从哪里开始变速，如何抬腿，摆臂，如何在倒地前将球打进，如何庆祝。如果能让我打进这样的一球，我愿意当场死去。这是许多球员暗中的誓词。

我的职业生涯你大概了解，算不上完全失败，但远远没达到人们的预期。我确实有个巨星式的开端。像许多横空出世的年轻球员一样，我被说成是天才。可你知道的哪个球员不是天才呢？从那么多孩子中脱颖而出，让远在中国的你在电视上看到并记住名字的，到底谁是真正的平庸之辈呢。许多球星刚成名时总是所向无前，因为他受到的是一般的防守，而他比那些人厉害一些；成名后就受到重点盯防，频繁侵犯，于是看上去表现还不如一般人。许多人就卡在这里。要成为巨星，就要比别人厉害很多。除了天分本身，还要有能实现天分的天分，比如心态好，球荒再久也不被自我怀疑摧毁；比如好胜心强，这没法后天养成，是成为顶级球员的禀赋；比如不易受伤的体质。众所周知我缺乏最后一种。我的盘带方式、惯用的加速和急停转向，注定了我的膝盖和脚踝是消耗品。

以后没人再踢古典前腰了。人们说我踢得富有观赏性，但对比赛结果没有决定性影响。炫技，粘球，对抗不强硬，说的都没错。可我就爱这样踢球，从小如此。现代足球追求的是快节奏和高强度，是一脚出球，高位逼抢，任何人都很难从容地拿球，剩不下多少优雅和细腻。防不住的，放倒就行。我不想踢那样的足球。我喜欢盘带，我享受球与脚的触感，在人群中游走，送出意想不到的妙传，或者后插上，打一脚凌空远射。马特乌斯有一次和我聊天，说我的踢法只适合在小俱乐部里当核心，任性地踢一些漂亮的比赛，拿不到什么奖杯，但赢得球迷的爱戴。那时我刚在拜仁失去首发位置，我不服气，生硬地敷衍了几句，和他喝了一杯啤酒，就走了。

我转会去拜仁时强行带走了赫尔曼，我在不来梅俱乐部的理疗师。

我对这事一直怀有愧疚。那时他已经快六十了，儿子孙女都住在不来梅市，一开始他不同意去，最后还是放心不下我。也许他很早就预感到我会伤病频发。从青训起，他就是我的理疗师，我们彼此喜欢，尽管都不太表露。他不是正规体育大学毕业的理疗师，但经验丰富，也教会我不少东西。很多肌肉问题他用手摸一下就知道。他还有个绝活，把耳朵贴在膝关节上，让你慢慢活动，他能从声音里听出异状。果然，来拜仁踢了三个月我就伤了。我努力适应着拜仁的阵型，好容易渐入佳境，伤病就找上了我。有些球员热衷于罗列自己的荣誉纪录，几个奖杯，几次金靴；我则有一连串的伤病纪录，哪个部位，伤停了几月。这就不提了。下面，我想聊聊文学。

我浅薄的文学爱好始于一次养伤期间。那是在拜仁的第二个赛季，又是膝盖。伤病本身很糟糕，更糟糕之处在于，它总在你认为一切正好转时骤然重返，这会让你今后顺利时也疑神疑鬼，觉得这好运是赊账。那次伤病前的半个赛季，我踢出了很不错的表现，八球，七助攻，德甲过人王，然后，账单到了。我摔倒时听见嘭的一声，像旧家具在深夜诡秘地一响，那声音发生在体内，只有自己能听见。得知是十字韧带撕裂，左膝要动大手术时，我几乎崩溃了，在赫尔曼肩上痛哭流涕。

手术后是漫长的养伤。康复训练可以宣泄掉一部分情绪，可最难熬的是对自己的不耐烦。我开始渴望逃离自己，逃离这一塌糊涂的剧本，逃离这无休无止没日没夜的疼痛、焦灼、自怜自艾、自我鼓舞，逃离对失败的一再反刍和对胜利的求而不得。我渴望暂时投身于他人的故事里。有一天，我请赫尔曼找几本小说给我看。他给我弄了一堆书，阿加莎、奎因。我智商不高，总猜不出凶手，但一向喜欢侦探小说。我喜欢那种形式感，侦探在结尾召集众人，洋洋得意地说出真相。这套路我总看不腻。几天里，我专注于人物关系与时间线，忘记了自己悲惨的命运。可看到后来，没书可看了，我发现这堆书里夹了一本忘了是谁的诗集和黑塞的《悉达多》。我花一个午后翻看了后者。要不是躺着无事可做，我大概永远也不会看。悉达多的原型就是释迦牟尼，讲的是他出身贵族，却投入空门苦修，又放弃了苦修，想参与这尘世，像孩童那样欢乐和愚蠢（读到这句时我觉得他在形容我们球员），从中获得彻悟，于是学习经商，敛财，享受欢爱，几年后又厌倦这一切，准备投河自杀。这时他听见一个声音，是一声"唵"，这音节代表圆满，是他过去说惯的祷辞的起始和收束。他在脱口而出这音节的刹那，得到了寻求已久的彻悟，领会了世间的全部真谛。后来又做了船夫，等等。就是这么一个故事，不好看，甚至算不上什么故事，说的尽是一个人怎么调理自己的内心，外在活动无非就是他走到这里，又走到那里。没有遗嘱、毒药，也没有密室。最吸引我的是悉达多和名妓用各种体位做爱，但也写得很蹩脚，都没让我产生反应。我把书抛到床尾，就睡着了。

可随后几天，我屡次想起这故事。它有种似曾相识的气味。木头的气味。我又看了一遍。睡前，我学着书里说的，试图排除种种情绪，达到所谓的空，结果酣然睡去。接下来，发生了一件无法用偶然来形容的事。慕尼黑美术博物馆举办了一场亚洲古代佛像展，为期三天。按理说，平时我是绝不会关注这类消息的，可那天我在电视上瞥见宣传海报，立刻瞪大了眼。上面有个黄金佛像，姿势竟然同我家过去那尊木雕小像一模一样：一腿盘着，一腿蜷立，双掌叠放在膝头，下巴垫在手背。也是络腮胡子，双目闭着，比一般的佛像瘦很多。那时我已经能挂拐行走了，就让女友陪我去看展览。她吓了一跳，以为我是闷坏了。我看遍了展柜，找到了海报上那尊佛像。介绍牌说这叫雪山大士像，是反映释迦牟尼修道时，在雪山中苦行坐禅，因此瘦骨嶙峋。旁边还有五尊同样造型的佛。我这才惊觉，原来我们家竟放了一尊佛像，几代人都不知道，以为是寻常工艺品。它和印象中胖墩墩的佛像确实差异过大。而我前阵子读到的悉达多，也就是释迦牟尼，也就是我家电视柜上那尊木雕。这事似乎已经超过了巧合的范畴。我细看那些佛像。每尊都很精美，静穆，有鎏金的，白瓷的，青玉的，但没一尊比得上我们家那尊。我合上眼，很认真地回想那木雕的样子，在脑中一点点描摹出来，那紫红色躯体，淡淡金光，那姿态和面容……像记忆马拉多纳的动作一样，我回想那尊释迦牟尼的样子。不知过去了多久，我居然分毫不爽地将它复原了出来。它抱膝而坐，悬浮在黑暗中。忽然我感到遍体清凉。也可能是展厅的冷气太足。

鬼使神差，我竟对佛教那一套有了兴趣。那次养伤长达十一个月，白天复健，夜里没有事干。我买了几本佛学入门的书，但是根本看不懂。我就按小说里的法子，自己琢磨，打坐，冥想，清空情绪，清空"我"。我不敢说有什么长进，至少改善了睡眠。复健要做很多力量训练，肌肉贮满能量，又踢不了比赛，只有性爱能暂时排解，可没法排解那股焦躁和挫败感。而那天起，我涉足了一个完全异样的境界，和原来的生活简直是两极。作为一个球员，你天生要有对胜利无止境的饥渴，要有对失败的极度羞耻，咆哮庆祝和掩面痛哭可能发生在五分钟内，要惯于承受这剧烈的感情颠簸；而在闭目静坐的时刻，在回想那尊雪山大士的时刻，这一切暂时松开我了。我体验着这没有情绪的情绪，稀释着自我意识，抱膝而坐，往返于存在与消失的边缘。我不太会形容那感受。就像有一次，我玩一款射击类游戏，在雪地里迷路了，找不到敌营，就索性一直走下去，想看看究竟能走到哪。我抱着狙击枪在白茫茫雪原中走了很久，最后抵达了那个虚拟世界的尽头，摸到了那面透明的墙，再无法前移寸步。我感到无限空虚，弥漫天地的寂静，还有一点冷。

我日渐康复，可以参加日常训练了，只是还不能上场。那天我们去门兴格拉德巴赫市踢客场球。教练要求我随队去助威，其实是想让我保持参与感。坐在替补席上，看着球场两端不停攻防转换，我喝了一口水，忽然觉得很没意思。我看到球场遮阳篷的钢构件上站着一只鸽子。我在心里说，鸽子啊鸽子，你是怎么看待我们这群人的？像傻瓜一样追着一个球，抢到了又把它踢飞，没命地嚷嚷。今晚你要在哪过夜？你知道吗，鸽子，我真羡慕你。这时我想起小说中，悉达多曾在入定时，把自我意识嵌入苍鹭的意识中，与它同飞，同食，同死，然后又回返自身。我也想试试。于是我出神凝视那鸽子，心中全无他物。恍然间，我正俯视着人头攒动的球场，在一阵喧腾中，鼓动双翼飞离了此处。晚风从喙两侧分流而过，带一点橡果气味。普鲁士公园球场像一个白色四方形的巢。我飞越空地，飞越暮色中的林荫道，喷泉小广场，侍者端着一杯咖啡，如黑色的圆镜，走向门口的阳伞，我在镜中窥见夕阳和自己一掠而过的影子。再往北是密林，我像受了某种指引，又像恣意而飞，扎进那片墨绿中，拣一条枝头站定，用喙理理羽毛。这时我望见林中空地上有一丛野麦，麦粒小如草籽，其中一穗，蕴含淡淡金光。我发现动物的意识与人类的大不一样。它们脑中没有多少东西，饥饿感就占了大半，简陋的思维活动，像一只水龙头，单调地滴水，可背面是一条曲曲折折的管道，伸向一切的源头。它们，所有的动物，共享一个巨大的水库，那里鲜活，浩渺，贮存所有记忆，所有因果，也许就是宇宙的意识。人类的管道则被过多的自我给堵住了，不通往那里。我以鸽子的眼睛凝视那野麦时明白了一切，洞察了物质的变迁与轮回，以下事实，不是以逻辑而是以感官的方式注入我的意识：我看到我们家代代相传的那尊雪山大士，它化成风中扬起的一把灰烬，在土壤中流走不息，沿着根须上升，化作喷薄而出的色彩和香气，又成为落叶，成为将蝴蝶托举在空中的能量，成为甲虫背上的瑰丽光泽，成为燕子的呢喃，又成为泥土，成为这密林中的野麦，并在此静候着，成为 D。有人推我，我从枝头跌落，坠到替补席上，大汗淋漓。我们的前锋进球了，队友们都跳起来，教练和助教在我面前拥抱。

第二天清早，天一亮，我偷偷离开酒店，凭记忆找到那片林子。我缓步进去，徘徊了一会，有所期待，也有所提防，走入那块空地时，真的见到乱草中有一丛野麦，沾着凉露，朝阳之下，麦芒上如有光晕。仿佛在一种神秘意志的驱使下，我不假思索，采下那麦穗，扔进口中咀嚼。一阵清苦的香气。过了很久，什么也没发生。下午，我们返回了慕尼黑。

伤愈复出，踢了一个磕磕绊绊的赛季后，我被卖给那不勒斯。这一次，赫尔曼没法陪我去了。他说他已经老得学不动意大利语了。他退休了。我们偶尔联系。我不擅长在电话里表达什么，当面就更不擅长了。第一个赛季踢得不错，我挺适应这里的节奏和天气，拿到意甲助攻王。我们争到了联赛第四，明年将重返欧冠。休假时，我接到不来梅前队友的电话，说赫尔曼住院了，心脏情况不太好，我马上打电话过去，是他儿子接的，说赫尔曼已睡着，病情算稳定了。我们尴尬而凝重地聊了一会。我居然没有立马飞过去看他，而是选择用他儿子的话安慰自己。更主要的原因是，当时我交了新的女友，一个意大利模特，我们正在南边一个小岛上度假，如胶似漆。我正疯狂地迷恋她，也明白这迷恋难以持久，但当下无法自拔。我对佛教，或者说对黑塞那本小说的兴趣，已经告一段落。我像多数人一样，想要摆脱自我，但仅限于诸事不顺的时候。人在春风得意中最不成样子。新赛季开始了。赫尔曼给我发了短信，说会在电视那头给我加油。欧冠小组赛，我们侥幸突围，淘汰赛就对上巴萨。我已经好几年没在欧冠进球了。对方阵中有罗纳尔迪尼奥，当时锋芒不可一世。更可恶的是，他踢的正是我想踢的那种球，华丽，飘逸，可他比我强得多。第一回合，我们在主场打成零比零；第二回合前往诺坎普球场。赛前几次训练，我感觉自己状态很棒，充满了进球的预感，那可是在欧冠对巴萨，在诺坎普进球，我决定做点什么。我找人帮我定制了一件背心，印上几句话和照片，准备比赛时穿在里面，进球后脱掉球衣来庆祝。没想到那天巴塞罗那全市大堵车，也许正是因为比赛，人们都拥向球场。送背心的人比赛开始前还没赶到。我努力平复焦躁，全神贯注于比赛。上半场，我发挥很好，多次过人，送出一个很有威胁的直塞球，可惜队友没把握住机会。上半场伤停补时，我们得到一个任意球，我调整呼吸，助跑，踢出一道漂亮弧线，可惜稍稍偏出，打中门梁。中场休息，队长在更衣室喊话鼓气，这时背心送到了。我穿上它，外面套上球衣，重新上场，浑身烧灼着进球的欲望。我想，赫尔曼这会一定在屏幕前看着我。罗纳尔迪尼奥那天不知怎么了，状态低迷。六十分钟，我接到后场长传，连停带过，甩开了防守球员一个身位，又利落地过掉一个人，赢得了一个宝贵的单刀机会。我加速，向球门冲去。忽然间球场异常安静。好像有只无形的手，在某处按下了静音。于是我，像录影带中的马拉多纳那样，奔跑在这安静的、辽阔的绿色中，一往无前。我在心中祈祷，我说，神啊，无论你叫什么名字，保佑我吧，我从未好好祈祷，我从未同你做交易，但这一次，无论什么代价，让我进球吧；我愿意持斋，我愿意禁欲，我愿意牺牲掉今后许多世俗的幸福，来换得这一个进球；让我进球吧，这一只小小的、圆圆的皮革制品，它滚向哪个角落对你毫无分别，但我真的太需要这个进球了；让我进球吧，让我进球吧，我就是为了这个而生的，如果进不了，就让我为这个而死去。这时我看清门将紧张的脸，准备扣过他，一个后卫赶上来（他一直紧跟在我身后），放倒了我。左膝半月板外侧断裂，六个月。比赛最后十分钟，哈维进球了，我们惨遭淘汰；那件背心不知被扔到哪去了，可能在医疗室里被人剪开了。上面写着："赫尔曼，一切归功于你。"背面是我十五岁刚进不来梅青训营时和赫尔曼的合影。我趴在理疗床上，他正给我按摩背部，我们冲着镜头比拇指。我至今不知道那场比赛他看了没有。希望没有。赛后我们都没给对方打电话。听到他去世的消息时，我刚能下地行走。

那段时间我开始酗酒。我一向不滥饮，我信奉我父亲的观念，滥饮是把喉咙当下水道，糟蹋身体，更糟蹋了酒。人喝到微醺时舌头已经不敏锐了，这时就不该再喝一滴。但那次我太难受了。我实在受够了，一次又一次。每当有点好转，再一次。报纸说我是玻璃人，球迷说俱乐部成了我的疗养院。我已经确信了自己不可能成为什么巨星，退役几年后没人会记得我。我唯一赢得的奖杯是德国杯，那是世界上最好看的奖杯，金光闪闪，镶嵌碧绿的宝石，就是那一次，我率领不来梅，出乎所有人意料，赢下了拜仁。那就是我的巅峰时刻，已经过去。而我不会再赢得任何其他奖杯了。那几个月我过得昏天黑地，把气撒在理疗师身上，不配合复健。教练责骂，和女友也分手了，俱乐部高层警告，管他们呢。痛的人是我。

一天晚上我坐在床上，抱着左膝，额头贴着膝盖，不出声地哭了一会儿。我想，如果赫尔曼来听，不知里面是什么声音，一定一团糟。我又想到雪山大士像，我想这尊我从婴儿时起就看惯了的雕像简直是我生涯的预兆。你的膝盖也痛吗？悉达多，不然你干吗那样怜惜地捂着它？我百无聊赖，把耳朵贴到膝盖上去听。我想象会听到烂泥潭咕嘟冒泡的声音、岩浆蚀穿山体的声音。可是一片寂然。我没有抬起耳朵，就那样一动不动，脸上的泪也干了。过了很久，从骨节与骨节的深谷，从积液的湖底，从我半月板的颓垣断壁间，升起一个音节，像一粒星，越来越亮，悠长如一声钟响，是那声"唵"。这一声"唵"中包含了所有的声音。我听见远古的霹雳响彻荒野，群龙的哀啸，板块深处的吱嘎，花粉坠地的巨响，听见水的奔涌，分不清来自江河还是叶脉中的汁液，听见战阵中兵刃的斫击，也可能是酒杯里冰块的叮叮。全人类的话语化为巨大的嗡鸣，而我像一只承接瀑布的陶罐……众声在我意识中鼓荡，纷飞盘绕，最终又凝结为那一个音节："唵……"

我不知过程有多久，长得无法丈量，也许只有几秒钟。此后再没有过那样的体验。那不是欢乐也不是痛苦，而是脱离了这两者，也脱离了自我的东西。与其说是精神遭遇，不如说是生理体验。我并没从中学到什么道理，悟出什么法则，在那个瞬间，音节回荡，我只是被那种浩大无边的状态所浸没。这状态并未对我的肉身有所改变，我没有霍然而愈，也没在癫狂中死去。我只想再次体验。我也曾痛饮过胜利的滋味，在球场听数万人齐声喊我的名字，沐浴在狂喜中，但和那状态根本不是一回事，远不能比。前者像开游艇在海上逍遥自在，后者是成了大海本身。我戒了酒，好好复健，再次复出，踢了两年。没拿奖杯，也没受大伤，但我选择在三十岁时退役了。闲居了几年，中超一家俱乐部请我当青训教练。曾外祖父不会想到他的后代将以这种方式重返中国。薪资很丰厚，我履行完两年合同，加上我之前的存款和房产，继承的酒坊的收益，我详细地算了一笔账，如果省着点花，这些钱足够我较为舒适地过完下半生了。许多年里，我漫无目的地旅行。这次重来中国，是想起曾外祖父提过的石头，不妨来看看。

我渴望再度体验那状态。每晚都俯耳听半小时，等候那音节。像在冰面上开一个窟窿，等鱼跃起。至今还没听见，但我毫不着急。倾听那静默也让我心神安定。我时常注视自己的膝盖，那几条疤痕像闭合的拉链，仿佛有什么神秘的事物锁闭其中，栖居其中。我尽量调整好身体，节制地享受生活，保持平和的愉悦，静候着那状态再次降临。我将保持愉悦当成生活的主要任务，以运动员的毅力来执行，几乎无往而不利。一个人如果经过了长久的磨难，唯一的补偿就是，之后很长一段时间，连无聊都成了一种享受。像这样，什么也不做，舒服地伸展双腿，看着窗外的雨，难道还有什么不满足吗？没有病痛，钱够用，有漫长的时间，一个人还能奢求什么呢。过去我一味潜心于足球，于胜负，你知道的，对球员来说，三十多岁，人生的精华部分已经结束了，很多人退役后无所适从。要么放肆地享受，要么仍苦行般地锻炼，因为无可排遣。我则惊讶于自己在许多方面的一无所知，并决定好好利用这优势。一切乐趣都是新鲜的，像孩童一样无知而欢乐。我请了老师，去大学旁听，学着欣赏绘画和音乐，按必读名著清单，一本本地读书。我尤其中意布鲁克纳，喝一点酒听，像是那种玄妙状态的稀释品。画我只喜欢宁静的风景画。你可能不信，我常读里尔克，介于懂和不懂之间，而且无端觉得他也听过那声"唵"。"美无非是我们恰好能承受的恐怖的开端"，说的就是那音节，不是吗？此外，我依然享受足球，作为一个观众，我能更彻底地享受了，因为观看时不再怀有竞争心和偏见。我如今是梅西的忠实粉丝。

谈话到这里结束。次日清晨，雨小了，成了蒙蒙的雨雾。我们撑伞进山，循石阶而上，在竹林中找到了那块大石。是我先发现的。上面刻着"如是我闻"。我们都贴上去听了一会儿，没有声音。天星山出名的是另一块石头，在山顶，据说是星，也就是陨石，被雨打湿了，铁黑色，看着有点凄凉。我们在那里站了一会儿。第二天，他就离开了酒店，飞往柏林。我们再也没见过。

（原刊于《收获》2021年第5期）

我们在守灵室喝下午茶

东　君

　　这年头，跟一些老朋友见面，通常是在婚礼或葬礼的场合。但进入中年之后，参加葬礼的次数明显要多于婚礼。这也是一件多少会让人心生唏嘘的事。自从本城实行殡葬改革之后，连家中也不许私设灵堂了，吊唁死者，得跑到城西山弄里面的殡仪馆。很少有人愿意去那个荒僻、阴冷的地方。据说那里闹过鬼，也出了几桩可作谈资的鬼故事。当人们提到"城西山弄"时，这个词仿佛也蒙上了一层阴影。因此，我跟那些老朋友见面的机会也就更少了。大家都要忙着上班，一位亲朋好友（或长辈）走了，也只是轻轻地叹息一声，或是通过手机隔空向死者家属发送一份唁电。措辞永远跟公文一样，干巴巴的。怎么？明天就要出殡？明天我要去市区办事。明天我要参加一个重要的会议。明天。明天。明天。为什么不是后天？然后，他们转过身去，各忙各的，该上班的还是要上班，该喝的还是要喝两杯。前阵子，我有位同事在下班回家的途中被高空坠物砸中，当场毙命。那时我刚刚到家，接到这个噩耗时，我的第一个反应就是走到窗口，颤抖着点上一支烟。窗外的马路上，行人已无，只有几盏路灯，在黑暗中张着茫然的眼睛。一张脸，也跟一盏灯似的，在我脑子里晃过。依稀看见一扇门在风里一开一合，灯光忽明忽暗。

我说的那位同事便是葛老师。他现在就躺在玻璃柜里，我们像参观一件文物那样，透过玻璃看了几眼。一位女同事在我身边叹息了一声，做人真空啊，真像一场梦似的。我们都说是啊是啊。虽然跟葛老师仅隔一层玻璃，但我感觉他离我们已很遥远。那一刻，我才真正体味到什么是"空"：一个人拉倒之后就被送到殡仪馆，冷冷清清地陈放两天两夜，也谈不上居丧尽礼，接着就是一烧了之，骨灰很快会冷却，名字也很快会被人忘却。

暖色调的灯光使周遭的一切看起来并不太凄冷，何况还有低微的谈笑声。我们就在守灵室外面的过道上坐着。一张茶几，两排硬木椅。茶几上摆着一碟瓜子、花生和瓯柑。有人拎着一个热水瓶走过来，给一次性饮用杯续水，烟气和杂谈声缓缓飘散开来。那个躺着的人离我们只有几米远，他身边亮着一盏座头灯，还有一碗冒尖的座头饭，饭上插着一双箸子。眼前的死者跟我记忆中的那位老同事仿佛不是同一个人。这时，老顾也进来了，肩上背着一个双肩包，有点风尘仆仆的模样。他戴着一顶压得有些低、用来遮掩秃顶的帽子，目光越过墨镜上方，瞥了一眼周围散坐的人，双手合十，算是打了个招呼。老顾走到灵堂前，拜了三拜，又循例转了一圈，出来，坐定。老顾说，我刚刚从山里面的茶园赶过来，本想也给老葛捎带一包新茶的，可惜，他已经无福消受这么好的东西了。

于是，我们就谈到了山里面的那座茶园，问老顾，在山里住了多久？老顾说，一周。边上的庞老师说，一个人实现了财务自由之后，最高的境界就是去山里面做一个闲人。老顾说，我不是闲人，我只是一个不忙的人。庞老师说，不忙的人心不忙。像我们，每天都有忙不完的事，看上去我们好像是一个永远不知道疲倦为何物的人，其实呀，也不知道哪一天，咔嚓一下，身子就折了。老顾连念了两声"否消否消"（"否"念"皮"，据说是道教的一句咒语）之后，我们也就换了个话题。

老顾原本是教英语的，十多年前辞职做起了外贸生意。这些年除了跟人谈生意经，也谈佛经。得了空闲，他就入山，跟几块石头独处，和鸟谈心。他跟葛老师还有联系，是因为他们都喜欢喝茶。听葛老师说，老顾家中收藏了不少古董茶，价值上亿，他是亲眼见过上等好茶，却是一泡都没喝过。老顾还是那么健谈，从茶味谈到了人生百味，仿佛要把一些深奥的道理都融化在一杯茶里。

我打开一个锡制小茶罐，抓了一小撮茶叶投在纸杯里。有人拎着热水瓶过来，向杯中注水冲泡。茶叶上下翻动，烟气飘拂。

老顾说，粥宜在温州吃，不宜在凉州吃，茶也是。

我笑了，把纸杯递到他跟前，说，这是葛老师平常在办公室里喝的茶，你品饮一下。

老顾闻了闻茶香，看了看汤色，嘴唇一抿说，这样的茶只能用来解渴。

你可带了好茶？

车上放了一小罐新茶，我这就去取来，也让你们分享一下。

过了一会儿，老顾就提来一个盒子，打开，里面有一把紫砂壶、五六个淡青色茶杯，还有一小罐新茶。老顾一边洗杯、投茶，一边向我们介绍，这是今年刚出的清明早茶，茶汤泡了四五遍，色香味还是不减。六杯茶沏好，老顾双手交叠，放在略显发福的肚腩上。茶色果然鲜润，香气也醇和。葛老师的灵魂此刻如果恰好飘过，想必也会为之驻足。

可惜，这里的水质不够好，老顾说，茶好，水质也要好，拿自来水冲泡，再好的茶也要减色。

浙南多山，哪里的山泉宜泡茶，老顾也都知道。不过，我们都不算是雅人，对煮水烹茶什么的原本就没什么讲究。有了茶，就有了话题。我们聊的话题，自然跟葛老师有关。葛老师的一生，除了教书，好像也没有多少可说的事。至少在我们看来，他是一个不苟言笑、近于无趣的人。

不过，他唯独让我们记住的却是两次笑。一次是在追悼会上，另一次是在会场里。葛老师的父亲（一位中学语文老师）去世后，葛老师在追悼会上念一篇悼词时出现了口误：把死者的生卒年念反了。也就是说，葛老先生出生那一年就死了，死后才开始出生。葛老师意识到口误之后，先是脸上一红，后来居然笑了两声。这一笑，有点不合时宜。我们都在背后说，葛老师那一刻是不应该笑的。

事实上，葛老师给人的印象就是一副愁眉苦脸的样子，但他竟然在不该笑的场合笑了。有一次，学校领导在一个会议室里做报告，突然有人发出了笑声。我们循声望去，发现笑声来自葛老师。没有人知道他为什么会发笑。所有的人都把目光落在他身上，想知道答案。主席台上正在讲话的学校领导不得不中断报告，但笑声一直持续下去。会后，他一直板着一张脸，因此我们都没有追问他为何发笑。

我们谈论他的时候，也许他正偷偷发笑。我把脸转向守灵室里面的玻璃柜说。其他几位同事也把目光转向那里。葛老师的遗像就挂在守灵室中央的位置，头像的背景是淡蓝色的，那张脸笼罩着柔和的光线，头发有些灰白，目光平静，像是在凝视镜中的自己，表情似笑非笑，隐约间又有一股寒意渗透到眉梢嘴角——这股寒意也许来自我投以一瞥的瞬间带来的一种错觉。

这么好的人怎么会遭遇这样的横祸？一位初来乍到的美术老师在一边感叹。

是啊，站在她身边的王老师说，如果不是站在这里，目睹他的遗容，我都有些不敢相信。

庞老师说，这种死法的确有些离奇。更离奇的是，在他出事前三个月，曾有一位算命先生（是他的朋友）替他算过命，说他本年有血光之灾。

王老师说，葛老师是教物理的，他是一个唯物主义者，他只相信物理学五大定律，应该不会相信什么宿命。

老顾说，老葛早年跟我讲过葛家先人的故事。他的祖父是一个靠贩卖布匹发家的小地主，平常省吃俭用过日子，积累了一些钱财后，在镇上盖了三间大瓦房，上面住人，下面做店铺，生意越做越大。有一回，他外出跑单帮时，遇见一位算命先生，说他明年下半年会有一个大劫。

回来后，他又找到镇上一位算命先生，一算，说的也是同样的话。这下子，他就深信自己在劫难逃了。那时恰好是一九四八年秋，他屈指一算，自己离死期已不远了，哪里还睡得着觉、吃得下饭？在短短半个月内，他几乎变卖了乡下所有的田产和家产，只留下镇上那三间大瓦房给妻儿。在之后的日子里，他开始大吃大喝，大肆挥霍，做一个十足的"茶袋烟臼笼，饭甑酒葫芦"。他有一个祖传的饭碗和茶碗，每天吃饱喝足，就把自己放倒大睡。据说有一夜，鬼进了他的屋子，想拘他，他打了个呼噜，吓得鬼在门口摔了个跤，跟跄逃去。这话当然是编造的，但也可以看得出他当年是怎样的乐天知命。到了土改那阵子，地主的田地被穷人瓜分，人呢，要么坐牢，要么拉出去枪毙，唯独他，因为败了家，躲过了这一劫。他不但活着，还活得挺长寿。更有意思的是，他后来听说那个算命先生快要死了，就跑了过去，站在床前，双手合十说，你虽然没算准我的命，却误打误撞救了我一命，现如今，我对你的感激也算是抵消了早年的愤恨。葛老师跟我讲这故事的用意是，让我别相信那些算命先生的一套鬼话。

葛老师教物理，是一个彻头彻尾的唯物主义者，他只相信物理学五大定律。王老师又把这话重复了一遍。

同事里面，我跟葛老师算是走得较近的，也许是因为我们都教物理的缘故。葛老师二三事，我也很少跟同事们聊起。

人生在世，吃穿二字。但对葛老师来说，吃穿真的不算什么。葛老师一年到头没换过几身衣服。后来听他说，他对穿衣向来不太讲究，同款衣服，他会买四五件，每周轮番穿。平常，葛老师总是骑着自行车去学校。他的自行车不知道更换过多少辆，但我从未见他骑过新车，想必他买的都是二手车。

除了教语文的蔡老师，葛老师很少跟别的同事来往。上完课他就夹着一个公文包匆匆走出校门。有位老师说，葛老师白天住在地球，晚上就回到火星。是的，葛老师就住在遥远的火星。至于他是如何在火星上度过孤寂的长夜，我们自然是不得而知。

"火星人"是老顾给他取的外号。我们背地里也曾这样称呼他。葛老师住在老城区的一条巷弄深处，我和老顾倒是去过一回。为什么去，现在也想不起来了。只记得他住独栋小屋，门很窄，也旧，两边有一副褪色的对联：其人是羲皇以上，所居在廉让之间。他说这副联是自己写的，还跟我开玩笑说，"羲皇以上"的人不是什么高人，而是没有主动跟上时代步伐或是被这个时代抛弃的人；至于"廉让之间"，是无奈的说法，两边人家都起了新屋，把原本归属他家的天井和通道毫不客气地霸占了，只剩他这一栋老房子夹在中间，看上去的确有些"廉让"的意思。

葛老师沏好三杯茶。我们坐下。是粗茶，他说，我家没有什么好茶招待客人，但有两个碗，倒是可以显摆一下。他指着玻璃柜里的两个碗说，大的那个是饭碗，小的那个是茶碗。你可别小瞧那个茶碗，它可是有些年头的黑釉茶碗。老顾，你是识货的，看看这碗。

老顾哦了一声说，我出好茶，你出这茶碗，换不换？

不换，葛老师说，我这两个碗是祖传的，叫子母碗，我祖父常说，这两个碗都不能缺，大的那个管身体，小的那个可以养心。所以，我即使卖掉了家产，也不会卖掉那两个碗。说句难听的话，即使去讨饭，也能用得着它们。

风吹帘动，有一道光斜斜地照射过来。我把那个茶碗小心翼翼地捧在手心，翻转碗口，可见四个红色的篆字：子孙永宝。你瞧，葛老师说，我们的先人当年坐在中堂的椅子上，也仿佛可以看到道坦里站着黑压压一群子孙，所以，"子孙永宝"这四个字跟他们在农具上写什么"农器谱传吾子孙"的字样是没什么区别的。人嘛，都希望自己活得更久一些，也希望自己用过的东西能传得更久一些。

老顾似乎对这茶碗没感兴趣，转过身，背着手，一边看书柜里的书，一边念着书名。葛老师对着老顾的背影说，亏你是个搞收藏的，居然不识得这茶碗的价值。

老顾站直了身子，长长地吐了口气，说，古玩玩久了，你会觉得是它在玩你，一辈子玩古玩的人一辈子也被古玩玩掉。我见过一位老收藏家，临终前还对自己那一屋子宝贝恋恋不舍，让儿子扶着，说要去再看一眼。那时我就站在他身后，眼见他一只手颤抖着掏出一把钥匙，可那把钥匙在他手上好像有点儿沉，他几次想打开那扇门，都没对准锁孔。后来，他索性收起钥匙，站在门口，一动不动。我不知道他那一刻在想些什么。我至今还记得他两手空空站着的样子和他说过的一句话。

他说了什么？

什么古玩啊，不过是人世间的俗物啊。

老顾这么说时，也做出两手空空的样子。

葛老师随即把茶碗放回玻璃柜，锁上，然后递给我们一支烟。我不吃烟。葛老师和老顾各自点燃一支。葛老师吃烟的样子跟老顾不一样，跟大部分人也不一样，他是用食指和拇指捏着烟，深深地吸了一口。又深深地吸了一口。满脸胡茬的人，抽着烟，总会让人无端地想到"大漠孤烟直"这句话来。

家里人？老顾问。

该走的都走了，不该走的也走了。

见过你女儿，梳着两根长长的辫子，很可爱。我补充了一句。

女儿前阵子也跟妈妈走了，葛老师咕哝了一句，她原本是判给我的，但有一天，她开始用仇恨的眼光看着我，还用仇恨的语调跟我说话。我知道，这是她妈妈在暗中教唆的。说实在话，我一点儿都不喜欢孩子。我受不了那种眼神。

孩子毕竟是自己亲生的，怎么说不喜欢？

一个连自己都会厌恶的人，还谈什么"喜欢"二字？

以后就没有再找一个？

葛老师指着玻璃柜里那个饭碗，你们说，碗筷之外，还有什么是重要的？女人？女人有那么重要？我一个人，清清爽爽的，也可以过好日子。

我们都不说话。心里头还有点火气的人，面对着一杯水，也许可以让自己慢慢地平静下来。

眼见着天色一点点暗下来，我们就起身告别。葛老师把我们送到巷口，我回头一瞬间，他依然站在那里。一张像是在幽深的门洞里浮现的脸。

那个茶碗，老顾说，的确是个好东西。

吊唁者走掉了一批，又过来一批，大都是我们的同事，唯独老顾，一直在那里静静地坐着，请人喝自己带来的新茶。他喝得鼻尖冒汗，索性脱掉了那顶帽子，露出一颗油光发亮的光头来，那样子，还真有点像寺庙里给施主沏茶的茶头呢。

也不知道是谁，忽然谈到了葛老师身边的女人，随即又压低了声音。于是，这个话题便像是被一股对流风卷起的窗帘，每个人仿佛都能从那掀开的一角窥见什么。一位负责治丧的同事叹息了一声说，直到现在，我还没见到什么女人到灵堂前哭上一两声。听到这话，在座的人也都跟着叹息一声，脸上浮现出一种微淡的哀伤。葛老师死后，我们总希望有个女人（包括他的前妻和女儿）能在这个孤寂的灵堂哭上几声。

他当年离婚后有没有再找一个？王老师问。

好像也没有，我说，也没有看到他跟什么女人来往密切。

庞老师说，他很少跟我们谈论女人，只是有一次，他突然跟我谈到了一个教数学的女老师，说她的手臂是符合审美标准的直角臂，肩颈线也不错。

他说的是三中那个杨老师吧，身材的确不错，王老师顿了一下说，可是，一个像沙丁鱼一样，下颚比上颚突出的女人，我真的无法接受。

庞老师说，葛老师这年纪，能找一个伴，就不错了。用他的话来说，叫靠造化。

我听到这个词，就跟庞老师不约而同地笑了。没错，葛老师有一句口头禅：靠造化。意思就是能凑合就行，听天由命。无论大事、小事，难于决断，他就会说，靠造化。葛老师死了，"靠造化"这个词却留了下来。以后人们即便忘了他的名字，大概也会记住"靠造化"这个词吧。

靠造化。边上的谢老师呵呵地笑了一声，吐掉一片瓜子壳。

葛老师说的另一句口头禅是：凡事都有例外。葛老师为人向来处处小心，没想到凡事都有例外。庞老师说。

"例外"这个词变成了一道战栗，从我身上掠过。葛老师死了，同事向我报告这个消息时，我有些震惊，怎么可能？但葛老师的确是死了，他被一个高空坠物砸中，当场就死了。事后送到医院抢救，也不过是为"抢救无效"的说辞提供一种医学依据。

　　你们知道这份讣告是谁写的？庞老师忽然转头指着门口那张讣告问。

　　没人吭声。

　　庞老师又接着说，除了时间地点姓名之外，上面写的都是一些无效信息。一个人死了，就变成了几个数字、三五个成语，几句套话，这未免太搞笑了，照这种写法，把葛老师的名字换成张三李四都成。

　　更糟糕的是，里面居然还有两个错别字。另一位语文老师补充说。

　　我们都觉得语文老师出于职业习惯，挑点刺也无可厚非。边上一位负责治丧的同事似乎也听到了庞老师吐槽的话，走过来轻声说，讣告是校长亲自拟的，他认为葛老师死于意外事故，警察已介入调查，结果还没出来，因此，在措辞上保守一点总是好的。再说，葛老师的生平事略也确实不太好写。

　　庞老师说，每个人的一生都会有那么一段高光时刻，哪怕是像葛老师这样一辈子都活得很窝囊的人，也至少有十五分钟的高光时刻。

　　我们都知道，庞老师所说的"十五分钟的高光时刻"就是微信朋友圈那段刷爆屏的视频：那天午后，一个身形肥胖的学生骑坐在四楼教室的窗台上（显然不是为了探身窗外看看风景），一条腿挂在外面，有随时准备跳下去的冲动。那时候，葛老师就坐在他面前，背对着摄像头。葛老师说了一些安抚的话没见效果之后，就从口袋里掏出一支烟问，你抽？学生摇了摇头。葛老师说，你可以试着抽一支，我给你点火。葛老师掏出打火机，试图走近时，学生突然用警惕的目光瞪着他，不许过来。葛老师退后一步，说，你遇到什么人生困惑我不清楚，我现在就跟你聊一个重要的话题。一个物理学话题。你听过我的课，应该知道重力加速度吧。你如果坠落，跟一块石头或苹果在坠落过程中的加速度的大小和方向没有什么区别。但，人不是一块石头或苹果，你有自己的父母，还有别的亲人和朋友。你得想想这个问题。话又说回来，你如果在这里弄出砰的一声，不过是再次证明教科书中关于重力加速度的说法是正确无误的。这件事已经有太多的人干过，不需要你来证明了。学生翻了个白眼说，你不必跟我讲这些正确的废话。你知道的，葛老师指着窗外说，重力的施力物体是地球，重力的方向是垂直向下的。但，凡事都有例外，如果此刻有人突然从窗台下面的过道经过，恰好被你砸中，后果是可想而知的。那个中学生听着葛老师的一番话，开始变得有些烦躁不安。好吧，我们不谈这个。葛老师紧接着就讲了一个轻松的话题：一个青年飞行家要挑战低空翼装跳伞世界纪录，他从瑞士的阿尔卑斯山某座高峰往下跳，在空中飞行了三分二十秒。那么，问题来了，你认为这三分二十秒可以用来做什么？他提出这个问题的时候，那个学生竟斜靠在窗台上打起了瞌睡。那一刻，葛老师猛扑过去，把他紧紧箍住，从窗台上拖拽下来，其身手之敏捷让人不禁想到一头非洲草原上的豹子。学生获救之后，对话视频很快就在网上疯传。在那个视频里，葛老师自始至终都是背对着摄像头，后来他也一直拒绝露脸接受记者的采访。即便如此，一个默默无闻的中学物理老师还是被人关注、谈论，各种说法也跟着纷纷出笼：有人"透露内部消息"，说那名学生之所以坐在窗台上打起瞌睡来，是因为事前曾吞服过三颗安眠药；也有人认为，葛老师跟他聊物理学知识具有明显的催眠效果（抖音上甚至有人开始学葛老师的口音借物理学知识说一些足以把人绕晕的话）。对此，葛老师一概不作回应。这件事跟别的网络事件一样，三天过后，也就渐渐平息了。

　　葛老师也是我的物理老师。他站在讲台上，跟平日里简直判若两人。怎么说？那样子，就像一个真理在握的人。他讲一个物理定律，是一定要把话讲透的。明白了？他朝底下扫视了一圈，如果看到还有人瞪着茫然的眼睛，就会再讲一遍，直到嘴角再次积聚粉笔末般的口沫。其结果是，无论懂与不懂，很多人都纷纷打起哈欠来。不过，作为物理课代表，我还是努力摆出一副认真听课的模样。有一堂课上，葛老师在黑板上写下了一个名字：牛顿。随后讲了一个牛顿与苹果的故事。他说，苹果从树上垂直落下，它的运动路线是直线。也就是说，这个苹果如果不受外力影响，就做直线运动（他让手中的粉笔垂直落地）。凡事都有例外，这个苹果如果受到外力影响，那么它就会做曲线运动（另一支粉笔忽然从他手中飞出，在空中划过一道弧线）。我们再做进一步假设：这个苹果有着一定的质量，它只能垂直落下，因为上帝已经决定让这个苹果跟牛顿相遇；即使有一只魔鬼的手把苹果接住，再次向上扔，它还是会直线落下砸中他的脑袋；我们还可以想象，地球拉着月球转，而无形的引力拉着一颗苹果落下来，而且，它必须不偏不倚地落下来，因为上帝已经让一种神秘的引力发生作用。是的，凡事都有例外，如果不是苹果落下来，我相信还会有别的什么高空坠物砸中他的脑袋，因为牛顿是上帝选中的人，他要做上帝的代言人，说出一些世人无从知晓的秘密。葛老师说到这里，走到讲台，翻开那本物理学书接着说，事实证明，牛顿的手稿里没有提到那颗砸中脑袋的苹果，但那个苹果或类似苹果的东西早在他的想象中，带着重力的概念一次又一次落下来。

　　我不记得葛老师在那堂课上丢了多少颗粉笔头，但他那个挥手的动作一直让我难忘。没想到的是，自己多年来调了几所学校，最后竟然还跟葛老师成了同事。有时我经过教室门口，看到葛老师在上课，总会把头转过去多看两眼。十五岁的我仿佛就坐在三十多岁的我跟前，我们之间仅隔着一张课桌的距离。我曾经跟葛老师谈起早年听过的那堂课，他又饶有兴致地跟我谈起自己对万有引力的看法。我们从一个苹果谈到牛顿，从一架起重机谈到了阿基米德。有了万有引力，葛老师张开双手说，万物才会相互吸引，形成一个天体系统。要我说啊，我们从前是师生关系，现在是同事关系，能走到一起，难道跟万有引力就没有关系？在他看来，这世上的事无不应物理学五大定律。

　　有关葛老师，可聊的话题还是有一些的，但我们坐到一起，谈论的还是他那"十五分钟的高光时刻"。

　　可怜的葛老师，庞老师面朝遗像，耸了耸肩说，没有在学校里被那个胖学生砸中，却被半路上的一个花盆砸死。

　　灾难也是一件上天的礼物，不管你愿不愿意接受，都有可能落在你头上，老顾说，一个倒霉的人，不是被花盆砸中，就是被砖头砸中，不是死在这一扇窗口之下，就是死在那一扇窗口之下。

庞老师说，老顾这番话让我忽然想起一件可怕的事来：上个月，我的车停在小区里面，那里有一堵立面墙体，有人正在顶楼的位置修补什么。我回来之后，发现车顶玻璃被一个水泥桶砸碎。

你的命真够大。

是啊，可我那时一门心思想的就是理赔的事。我找到了房主，房主反倒说我的车辆停放区域没有划置停车位，是自找的。我不服气，就找交警，交警作了处理，房主好说歹说，后来赔了一部分维修费和贴膜费。现在回想起来，我都有些后怕了。如果那一刻，我恰好站在停车的位置，那么水泥桶砸中的，可能就是我的脑袋了。

庞老师说完这话，再次耸耸肩，干笑了一声，似乎要用嘴角浮起的一缕微笑平衡一下那个高空坠物。

午后三点，我去医院给葛老师补办了一份死亡医学证明书回来，看见老顾依旧在跟几位媒体记者和老同事坐而论道（茶道？生意经？），两片嘴唇一张一翕，舌头底下仿佛安装了一台微型的灌满了初始能量的永动机。显然，眼前已换了一茬人，老顾一边说话，一边给人沏茶，坐得住的，可以听他长谈，坐不住的，可以欠身辞别。老顾见了我，又如同初见般地跟我打起招呼来，然后又谈起打坐、佛学、茶道什么的（语调里还带着一股微显倦怠的兴奋）。我是教物理的，对这些全然外行，但出于礼貌，我还是附和着说了几句。下午的时光淡然流逝。及至四点过后，老顾看了看手表，面带一丝焦虑。我问，你还在这里等谁？见身边没有什么人，老顾才把头伸过来，拢着嘴低声说，不瞒你说，我这回过来，跟老葛的女儿事先打过招呼，要买下他家那两个祖传的子母碗。我问，他女儿愿意出手？老顾拍了拍自己的帆布包说，价钱都谈妥了，我这里面装着足够的现金。又问，为什么要带现金？老顾说，看起来有分量，也见诚意。又问，多少成交？老顾伸出两根手指，说出一个双方都满意的价位。

大约五点左右，我们的前校长来了。帽子下面是一双浑浊的眼睛，虫子般蠕动的嘴唇。他在那具玻璃柜前站定,摘下帽子,露出一丛白发,向葛老师鞠了三躬,然后转身跟我们说,这怎么可能?一周前,蔡老师去世,我们还一道送过葬呢。

是的,边上一位教英语的李老师说,像蔡老师那样,很平静地死在家里的床上,我们还可以接受。

他们说话时,老顾递上了一杯尚冒热气的新茶。

我忽然想起,我跟葛老师最后一次见面也是在老蔡的葬礼上。老蔡跟葛老师年纪相仿,提前一年退休,但他没过多长安闲日子就因为脑溢血被送进了医院。

老蔡出殡那天,云白风清,竟有点喜丧的味道。我翻过日历,那一天是宜出行、求谋、嫁娶的。不过,对老蔡来说,那一天是忌出行的。按照本城的习俗,火葬之后,灵车要回家绕一圈。但凡事都有例外。灵车出了"城西山弄",跟几辆婚车竟在国道的拐角处碰上了,还出现了一桩不大不小的车祸。因为沿途受了耽搁,一位主事就出来宣布:出殡时间至少要延后一小时左右。葛老师和我都等得有些不耐烦了,于是就到对面一位熟人开设的茶楼坐一会儿。我们坐在可以观望街景的窗口,啜着茶,谈到了生老病死,也谈到了中学老师的工资待遇问题,之后自然而然地谈起了同行的轶事,以及他们鲜为人知的癖好。我问,老蔡有什么怪癖?葛老师笑而不答。事实上,我说,老蔡也有怪癖的,比如,吃烟从来都是吃半支,剩下的半支就丢在烟灰缸里。葛老师说,烟吃半支,饭吃半饱,是老蔡的养生之道。这么一说,我就回想起葛老师跟老蔡在办公室里吞烟吐雾的情状。与其说葛老师是喜欢吃烟,不如说是喜欢吐烟圈。一个又一个烟圈,很认真地,从他们口中吐出来,像阿基米德画圆。

隔了半响,葛老师突然笑了起来。我问,你笑什么?葛老师回头看了看,压低声音说,正如吃烟的习惯一样,老蔡早年跟一个卖水果的寡妇开房,从来不会留宿,到了后半夜,他会提着裤子,悄无声息地溜掉。所以,老蔡对外宣称自己从来没有跟女人发生过一夜情倒是真的。

那么，你有什么癖好？我问。

我的秘密，唯独老蔡一人知道，他说。

老蔡死了，他有些伤感。让他伤感的倒不是老蔡死了，而是这世上再也没有人像老蔡这样静静地听他说心里话。老蔡的出殡仪式足足推迟了两个多小时，但整个场面也算热闹，大院门口，炮仗与烟花齐鸣，锣鼓喧阗。我们的时代已经过去了，葛老师像是出来谢幕一般向前走了几步，抬头望着天空，那些烟花，若是在夜晚燃放，不知会有多美丽。

（原刊于《收获》2021年第6期）

记一次对五感论文的编审

双翅目

一

我打完卡，还未坐定，隔壁老赵开始咆哮。编审间隔音效果好，听不清内容。他像闷罐里的狮子，又像家国沦丧的古代诗人。浑厚的呜咽声持续十五分钟才偃旗息鼓。起初我不习惯，劝老赵回文字部，他不听，他相信自己的神经，三个月后，一切形成规律，我只能作罢。

综合学术期刊《视界融合》是最早建立五感论文编审部的机构之一，拿了不少项目经费，也保留了经典的纯文字编审。可惜《视界融合》不属自然科学期刊。我们每年一半以上文章虽与技术口相关，也有不少直接涉及基础研究，但由于刊物定位，论文的立论、逻辑和结论，都须往社会科学和人文科学方向靠拢。新主编老胡有文人的浪漫，支持"想象终究落地"的实践派观点。以他的背景，他的决策显得过于有胆识。新官上任，他直接同专攻人工智能的勿用公司合作。五感论文审核设备由勿用支持。勿用的设计部相信"科学即想象"。《视界融合》的期刊风格就这么定调了。

老赵与我师出同门，长我五岁，想法和行为比较保守，至今无法有效适应增强现实的世界。年前，我与他带着小编辑们购置年会礼物。嘉年华综合超市新装配增强互动体验，希望打造主题乐园般的购物效果。增强镜片自动接入超市系统，轰然而至的斑斓信息抓紧老赵的视神经。他是位居家男子，喜好瓜果梨桃、杯盘碗盏，长久以来网上购物，日常置办则到门口小市场。他不熟商品拜物教的新玩法，愣头青似的死死盯着蹦来跳去的互动图式，完全被牵着走。我们来不及笑他，他已拎着榴莲，走向居家区域，直奔标有纳米级瓷碗的方位，直接高抬腿，撞上展台。仿白瓷的茶杯、茶碗、茶碟、茶壶哗啦啦一片，应声落地。我的镜片弹出广告：声如磬竹，脆而不碎。所幸商家没骗人。

事后，笃定做文字编辑的老赵一百八十度转弯，申请调往五感论文编审部。单位担心他内心创伤，安排心理咨询。看诊大夫擅长实验心理，没挖掘老赵童年阴影，只总结：老赵一切正常，不过心灵敏感，共情力强，高强度的沉浸体验会让他虚实不分、真假不辨，抽象的文字工作更有利身心健康。可老赵不听。他整个人扑向茶具的视频转发上万，他女儿同班同学瞧见，笑了他一阵子。虽然老赵女儿活泼开朗，没放心上，他却看不开。他对我说，得了解年轻人，得和女儿有共同语言。我对他的动机持保留态度，不过没拦他。一周后，五感论文中层编审开了碰头会，决定给老赵提供最舒适最安全的体验。王编让出了自己的编审室，她的配置最好。老赵是个敬业的家伙，迅速学习装备的使用与维护，可谓全身心投入。人事和心理标定走完一个月流程，老赵正式加入。

中午，食堂人满为患，老赵没来。他做事投入多，消耗大，容易饿，习惯提前就餐。王编曾嘱咐，老赵算是我们编审部的新人，我须多照看。老赵情绪外露，我每天中午瞧他的表情，便能将审核情况猜个八九。我等到将近午餐结束时分，老赵才狼狈不堪而来。他在我对面坐下，猛扒白米饭，说刚把小编辑们数落了一番，让他们不要把超出限度的论文直接送外审。你知道吗？他说，外审老专家差点吓出心脏病，我也吓坏了，小李可好，喜欢得不行，还跟我辩白，说这篇文章值得发，要找王编再审。我告诉老赵：小李和你们不一样，她坐过山车要抢头排，去鬼屋恨不得追着鬼跑。他评价：年轻娃娃，无知者无畏。我只得严肃起来：我跟你说过，讨论敏感问题的五感论文，在感官层面就是会比较刺激，但我们看的是论证，外审和小李的喜好再天差地别，也和论证无关。你干吗？他不高兴了，我比你早入社，我做文字编审的年头是你的两倍，你可能比我懂五感，但我比你懂论证。他嗓门高八度，食堂阿姨投来警示目光。他埋头悻悻地吃肉。我也不太高兴。我一直想告诉老赵，自从加入五感论文编审部，他脾气变暴躁了。我跟王编汇报过，一向理性的王编却说，太理性的人，会不会没法真正地设身处地，体验五感。我的性格和她类似，我也自忖，是不是因为冷漠，我才能在五感部门一路升迁。所以，部门需要老赵这样的人。王编得出结论。

　　我不好多说，拿了瓶快乐水，等着老赵吃完。他漱口，抹嘴，正式向我道歉，说自己变暴躁了。我转移话题，问他那篇论文的后续处理。他答：退稿。有些场面太刺激，他仅读了部分场景。外审专家的评语已很完备，那篇论文论证五感交联的现实可行性和伦理问题，但作者举的案例要么比较极端，要么全是神话。这种情况并不罕见，《视界融合》经常收到幻想小说似的脑洞文章，大多转到我这儿处理。我推荐作者们将五感论文直接改为装置艺术，其中三分之一都能成功落地。可以说，《视界融合》的知名度一半以上得益于被退稿人高涨的创作热情。我同老赵握手言和。他说上午一篇耗了他太多精力，下午找两篇简单的审。

　　回到工位，还没坐稳，系统弹出警示，是申诉，要求重审退稿论文。我瞟一眼，猜着是上午老赵刚退的那篇。外审措辞严厉，认为类似的五感交联本就背德，玷污神话与人性，不属于《视界融合》的伦理讨论范围。激动一上午的老赵在这里则委婉不少，只说不合适本刊。节外生枝的是小李。作为初审，她认为论文讨论了未来的身体美学可能性，退稿后，她居然在初审栏又补了一句，建议适当添加现实案例，申诉再审。

　　刚吃完午饭，胃有点沉，脑子有点懵，按理说不适合审争议论文，可人终究抵不住好奇心泛滥。我将论文接入编审室，按论文要求脱去里外衣服，套上约三毫米厚的膜状触感皮肤，贴隐形视镜，戴耳廓，塞鼻管，咬紧嚼子。我深呼吸，有些怀念用纸笔就可以进行编审的旧日时光，进入审核室。

直接定位问题章节。一片漆黑。我想左右转头，却做不到。心理暗示透过火红的山脉与紫色的天穹渗入思绪深处。我的大脑皮层已不在天灵盖之下，我的头颅已不在脖颈之上。精神的网络往胃肠集中，我的面部神经整体下移。我的腹部开口，充满焦烂味道。我的双乳睁眼。我的脑袋正骨碌碌滚向山脚。脑袋落到底，却没有停。它沿山麓一路攀岩，滚向山巅，滚入黑色的太阳。跳进太阳前，它回头，笑眯眯对我说，欢迎进入感知新世界。

二

理智的反射弧为我做出判断。我下意识搓动不同指节，输入指令代码。论文文字论证与注释嵌入视角，适时让我与惊悚的体验保持距离。

论文的研究对象是一款东欧国家做的沉浸游戏，卖点是封闭式沉浸体验与感官挪位，在国际推广时遭遇不同地域的分级审核，属去年争议最大的五感游戏。评价两极，一半人觉着它能带来沉浸体验的新维度，另一半人觉着它会造成感官紊乱和创伤性唤醒。我看过些讨论，但没细研究。国内分级体系提上日程又反复延期，时代变得太快，法规跟不上，静观其变成为常态，独立五感游戏的引进搁浅大半，遑论如此争议巨大的游戏。

此时此刻，我没头苍蝇似的，跑上一座又一座山头，慢慢接受了自己没有头的事实。五感论文持续弹出文字提示：本片段中玩家是半人诸神系统的一位主要角色：刑天。游戏的体验环节自半人，至半兽，至蚊虫，至草木，至微生物，最终会跨越有机无机之界，让玩家体验自然神性的永恒。论文标注了游戏参考资料，道家朽木不雕、郭象独化之论，都被运用于建构游戏的核心机制。但文章话锋一转，点明感官挪位不是想象：游戏设计的确运用了科学原理。

我觉得肠道蠕动，该死的心理暗示透过神经，进入皮层。我用力思考感官挪位的可玩性，突然觉着，信息过载的器官不再是大脑，而位于小腹，位于肠道内部。我听见自己吼了一嗓子，心下闪过一个念头，老赵会不会从隔壁跳过来救我。我的肠道给出答案：他不会。隔壁的隔壁，小李等小编辑们也不会，他们头一次见我如此失态，高兴还来不及，可能正笑盈盈地拍摄素材。肠道发出抱怨，腹部轻蔑地呵呵两声，是我的声音，更加浑厚有力。我赶忙用新长成的嘴大声命令：原理分析。

黑日不再摇摆，四周突然静谧。粗大的字体与引证拦住去路。小标题加亮：肠道菌群的智能系统。我长嘘气。因为没有鼻腔，腹部的大口负责呼吸。它鱼鳃般一张一翕，我品出午餐木须肉盖饭的味道。不得不承认，这游戏为了增强感官挪位的可信度，甚至放弃了沉浸感。游戏设计集中解释，肠道菌群属人体内独立生态，具有特异性，不少研究都肯定了肠道菌群的集体智能，可根据个体的菌群，进行人体理疗乃至精神治疗。因而刑天形象设定，当人失去头颅，肠道的复杂生态可取代思想。当然，一切只是映射。玩家没有丢掉脑袋，只是将脑中思维投射到腹部，与肠道的生态网对应。复杂系统的关联足以支撑感官挪位的真实体验，何况刑天本就以腹为面。论文进一步补充：本片段非中国特供，但中国玩家的潜意识更有益于适应刑天的沉浸人设。

我不由得点头，或准确地说，我的点头动作已顺利置换为弓背与弯腰。人的适应性真可怕。我努力让胸部的眼球向下瞟，同时收缩腹肌，以便观察自己的大嘴。嘴唇很厚，很干，嘴角咧开可到腰两侧，张到最大时宛如河马张口，再使点劲，整个人恐怕会向后断为两节。胳膊伸入口中，能摸着湿漉漉的舌头、厚厚的舌苔、不规则的牙床，还有黏膜另一侧被挤压得蠕动剧烈的肠道。我思考其中奥妙，肠道随之逐渐变烫，能感觉到充血的毛细血管网正努力为肠道菌群加温。我需要冷静。我双臂抱紧胸口。黑暗中，该死的文字提示仍沿视网膜滚动。真正的眼球贴着隐形眼镜，我无法阻止信息流入。

论文说，游戏关卡要求刑天手持盾与斧，不断与黄帝交战，直到胜利。晋级意味着对感官挪位的适应性增强。打通三种半人环节，即可进入半兽阶段。半人马、小天使、斯芬克斯，甚至猪八戒，被归入半人。九色鹿、麒麟、龙却归入半兽。论文认同游戏的分类法和进阶逻辑，我这才想起我都没看论文的题目和摘要。周遭亮起红色预警：黄帝正逼近刑天。我感到危机，汗毛倒竖，可我不想走游戏剧情。我收紧胳膊，挡住视线，找着目录，找着封面。

论文题目：《论感官挪位对增强现实的适应性提升》。

目录分三部分。第一部分剖析游戏，第二部分分析成功的感官挪位案例，第三部分讲增强现实的多维度感官。现实案例有以听觉置换视觉的章节。我眨眼敲开。瞬间山风骤起，黄帝咆哮。无头刑天缺乏听觉。视觉代替听觉是另一回事。我吓得张开胳膊睁眼，只瞧见黑色太阳吸收所有波段，瞧见自己惊恐大叫的凄惨声音。按剧情，黄帝正将我劈为两半，视觉体验被诡异的听觉效果取代。黏连的五脏六腑咕嘟咕嘟四散分离。我的思维伴随着我的肠道生态系统飞溅向四荒八野。黄帝立于他的新领地放声大笑。我的每一寸神经正飘落入土，渗入地表，与天地共同庆祝新文明的诞生。整个游戏单元完成，论文防护系统才调动起来，提示已触发章节融合，可能导致感官紊乱。论文和游戏同时卸载了我。我感到人们冲进审核室，检查我的指标，将我翻身，搀我到沙发，七手八脚剥掉我的触感膜。我的感官缓慢聚焦，终于听清一句，老赵说，你也有今天。

看来我没事。

审核记录显示，只有初审编辑小李完整体验了论文的感性场景与理性论证。她喜欢卡夫卡的虫、洛夫克拉夫特的古神和莱姆的胶质索拉里斯星。她给了权限范围内最高评价。外审编辑体验了游戏场景，身体指标异常，论文后三分之二只完成文字审核。他反对浅薄的感官刺激，反对玷污古典的中国神话，反对西方现代文学描绘的怪力乱神。他的反馈言辞激烈，认为技术和艺术的结合本就是笑谈。纯粹的艺术带来纯粹的灵魂，泛滥的技术带来人类的堕落。他如此推崇人本身的高尚，以至于人之外的事物都低劣可悲，不应浸染人类。他称此为人文领域的最高底线。老赵认为初审与外审走了两个极端，便亲自测试论文。他比我强。他战胜了黄帝。他采取切香肠策略，每次只进入场景一分钟，给自己充足缓冲时间，同时让五感审核系统发生必要的卡顿。他获得可乘之机，一点一点打败黄帝。他没来得及高兴，便败在卡夫卡的甲壳虫环节。早年的老赵经历过抑郁，症状较轻，只是病程有些久。当他变为甲壳虫内瓤，整个身心指标立刻陷入应激状态。关卡要求，身为甲壳虫的玩家需与家人完成理性沟通，让他们接受变异的至亲。对于老赵来说，这是不可能的任务，比战胜黄帝还可怕。他困在甲壳虫内呜咽与怒吼，最终放弃。正当他踌躇如何推进审核，第二外审的反馈抵达。第二外审觉得论文虽猎奇，猎奇部分却也全部来自游戏本身。他肯定了论文的出发点与目的，对论证过程不置可否，但他不建议发在《视界融合》上，因为不是所有的融合都具普遍性。老赵认为有理，遂直接填了退稿栏。

三

我休息了半小时，才去找王编。王编正和小李谈，门口等着老赵。他展现了难得的高尚品格，没揶揄我。他说他能过第一关，但过不了卡夫卡，我应该正好相反。我同意他的看法。老赵共情力强，高敏感导致对通感的高适应力，平时可能饱受折磨，关键时刻反能迅速捕捉感官挪位的可能性并加以利用。我天生有一层名为理性的外壳，卡夫卡式体验属某种意义的日常，带壳交流不是难事，如突然陷入没有壳的世界，必然六神无主，精神容易被全新的感官体验撕裂。而小李硕士毕业论文就是从非压抑、非创伤——简单地说，非弗洛伊德——的角度，讲了女性的五感，她如此认同感官挪位，也能理解。我们靠着墙聊了一会儿，花一支烟工夫得出结论：这款游戏太关注感官挪位的普遍性，忽视了个体的特向差异。无头刑天关卡对老赵属初级难度，对我至少是中级。游戏的进阶机制有问题。论文忽视了游戏引发争议的源头，反以游戏为论据，讨论感官挪位的现实可能性。第二外审的反馈合乎道理。

老赵问：那论文怎么又弹回来了？

我摇头：小李开了她一年一次的特审通道，建议论文作者添加现实案例，申诉再审，我只看了问题章节，还没看修改部分。

老赵疑问，他中午刚退了稿，怎么可能下午就修改完毕提交再审？我们调出论文目录，显示论文第二部分和第三部分确实增加了许多现实案例，难道投稿时作者恰好出于某些考虑删除了这部分内容，现在再加了回来？这时，我们又收到系统提示，王编批了论文特审，意味着我们不再寻求第三外审，由总编、胡编及社里相关编辑重读论文，上会讨论，最终是否发表则由特审编辑们投票决定。

特审意味着，即便论文发表，知网五感论文阅读系统也会加星号，强调论文为刊物特推。五感论文由于既需理性论证，又充满非常直观的感性体验，向来分歧多。特推成为排除反对意见、着眼创新的手段，也容易成为众矢之的。自国家推广五感论文以来，少有期刊使用特推权限，理工科的深空与深海勘探有专项特推渠道，属应用领域，人文艺术领域则充满不确定。自从五感论文《中国现当代乡土文学男性生殖返祖与性投射研究》特审刊发，就少有刊物走特审环节了。该文被荷兰性研究者引用，并结合面向裹小脚传统的性癖研究，让中国男性成为东亚性别研究的群体样本，由此打开了国际学术界探究中国数千年封建男权的大门，有批判反思，当然也有追捧赞美。世界范围对封建男权形象的再发现和研究热，与知网五感论文系统对接国际五感档案的目的无疑背道而驰，只是许多事情已不可挽回。历史、土地、生殖、权力与性成为后续论文关键词的常用标签。国内人文学术对此讳莫如深。五感论文的特审也从力排众议推陈出新，变为名副其实的鸡肋。

快下班时，王编才和小李聊完。她把我们叫进办公室。小李眼角有光，耳根泛红，看来刚和王编吵了。王编仍从衣领到发丝一丝不乱，看不出情绪痕迹。她从头到脚打量我和老赵，让我们自觉比小李强不了多少。我们坐到王编对面。她调出系统，理性地告知，特审环节不再匿名，如果刊登，所有参与评审的编辑和论文作者，都将实名标记，对外公开。她认为这不是坏事，《视界融合》可以借此机会检验自身立场。胡编也同意了她的决策。往后一周，她、胡编、小李、老赵还有我，都须完整审核这篇论文。她强调，不能因感性干扰或个人喜好而影响判定。她已和立场鲜明的小李谈了。她在提点我和老赵。我认同地点头，老赵则沉吟半晌，终于说出自参审五感论文，他埋藏在内心深处的体会。

他说，设立五感论文的目的，本是将感觉纳入逻辑与论证的考量，是默认感觉和情感能影响逻辑的结构，所以，深度体验五感，又要排除感官干扰，这一评审要求有自相矛盾的成分。

我不认为人有真正的通感，王编也很坦诚，在知识层面，我们只有通过冷酷的理性达成共识，但人类不会只有一种共识。她说，老赵你来《视界融合》以前在文学期刊工作，文字表达看起来抽象，有时却能调动全部五感，激发一个新世界。许多世界，不同的世界，每个世界各有各的共识，我们不能硬说它们之间存在通感。所以，我认为，感官挪位是个更恰当的阐释方式。我们每到一个文学世界，我们的感知就需要挪位一次，以适应那个世界的理性共识。无法完成挪位的，自然无法进入那个世界，也就不会欣赏那个文学作品。五感论文只是把文学表达具象化了，便于分析。也是基于这个层面，我认同这篇论文的论证思路。

我和老赵没说话。

当然，你们不一定同意我，小李也不同意。这是我的个人立场。而从《视界融合》角度看，我们需要一个推荐或不推荐这篇论文的统一基础，这一基础肯定不会来自我们各自的感性差异，我也不会要求我们的感受达到统一。我们要在论证层面达成评审的大致相同，我希望这是第二轮审核大家评判的出发点。

王编说话总让人难以质疑，何况已是下班时间，我们迅速达成一致，但又各怀心思，简单道别，各回各家。路上，我想到一个问题：王编的立场或许没错，但不适合这篇论文。以感官挪位的立场，进入五感体验，以检验关于挪位的论证，一切太水到渠成，心理暗示或循环论证的意义或许大于论证本身。但不认同感官挪位的人，大多无法顺畅地完成体验，也就无法审视其论证。当然，我告诉自己，所有的文学或艺术评论都有类似问题，只是五感娱乐和五感论证将所有症结放大了。

我回到家，从四肢到大脑都无法摆脱白天的场景，干脆重新接入内部系统，阅读去匿名的信息。第一外审虽研究感性问题，但他的所有观点都与《视界融合》背道而驰，到他手里的文章几乎都无法过审。不知为何，他一直处于外审名单前列。第二外审的确是学界权威，再者她的反馈不无道理，估计王编和胡编会参考她的意见。至于论文作者，她还是个博士二年级的留学生，她的导师与第二外审属同一学派。按理说，国内无法获取未引进的、争议游戏的体验片段与分析权限。她应该是借由留学生身份，以及她导师的渠道，与游戏制作团队沟通，拿到了研究使用权。自虚拟现实与增强现实普及，五感论文系统已成为某种意义的内参文献，论文作者的导师就认为五感论文应成为民用虚拟体验的分级标准与分级根据，也难怪论文作者倾向于论证五感的极限。

四

接下来一周，我暂时搁置其他工作，专注论文特审。我和老赵时不时分享经验，生怕遭遇猝不及防的创伤性体验。小李也提供了许多必要提示。游戏半兽环节将近结尾，有一个彩蛋，刑天关卡丢掉的头颅会在触发特定对话时弹出来，煞有其事地重复玩家的公开言论。此时，游戏机制将全力调动感官挪位的适应性刺激。对于玩家，那颗头颅说的每句话都将激发运动神经的镜像模仿。简言之，玩家会觉得自己正在控制那头颅说话。同时，玩家要与游戏角色完成另一重对话，以开启下一关卡。双重头颅体验实在太怪异，小李过关后眼圈发黑。她建议，不要盯着那颗柴郡猫似的、飘在空中的自己的脑袋。王编和胡编则完全不与我们交流经验。胡编不见踪影，王编不露声色。我们道行果然不够。

论文第二部分又分为两章。第一章讲游戏参考的现实案例。不得不承认，这是作者论证最好的部分，细致程度和科学性不比一些教授的五感课题差。游戏设计者制作五感模拟时，大多出于想象，三分之二场景没有直接使用案例数据。作者则将所有科研案例制作成五感模型，与游戏感官的挪位环节尽量对应。刑天失去头颅参考古早的斩首实验。研究者与犯人商议，当犯人头颅落地，研究者将大声呼喊犯人名字，如犯人仍有意识，能够听见，便睁眼，眨三下。史料记载，犯人的目光清晰坚定，整个过程持续了三分钟左右。如今，一些偏门的外科前沿专家已建议尝试使用宝贵的几分钟，进行急救：脑手术或头颅冷冻。五感论文按照数据，提供了脑瘤切除成功、头颅冷冻瞬间和急救失败的体验。不似刑天那般骇人，也确有相似之处。回光返照之时，确实万物清晰，颅中魂灵仿若出窍。

　　肠道菌群则完全遵循另一套思路。二十一世纪五十年代后，对于皮肤病、肠道病、癌症的治疗，有的直接参考患者肠道菌群配药，有的以肠道菌群为营养调剂的主要手段。相关集群模型多如牛毛。我试了论文提供的成功治疗方案以及心理暗示，连续几天，自觉肠道都变好了。游戏则选了最为复杂的肠道集群，同人脸的面部表情识别进行映射与嵌合，做出刑天丢失头颅、面部移动的体验。论文解释，由于游戏创作依赖想象，游戏的体验也依赖想象，游戏便不需要坐实现实的可行性。只要现实当中存在感官挪位的锚点，刑天失首、面庞挪位，便可以成为五感意象。唯一的问题是，设计者过分热衷于肠道菌群的智能理论，而没有认真考察头颅丢失的体验，感官挪位的想象性体验便有脱靶的潜在性危险。毕竟，肠道菌群的面部表达做得再真实，也无法落实丢失头颅的空虚，其间鸿沟全凭玩家自己的想象填补，自然可能出问题。整款游戏设计得比较飞，几乎每一关卡都有五感锚点丢失的潜在危险，引发创伤性体验和国际争议在所难免。至于彩蛋，是设计者面对争议变本加厉的挑衅行为。一部分玩家觉得这才是艺术，才是游戏；另一部分则愈发反对五感游戏推广。

　　有趣的是，论文引用的现实案例没带来恐慌体验。我检验论文机制设计，作者安排了很全面的安全措施和感官锚点定位。我开始理解小李对这篇文章的认可。我批注：作者不应把游戏体验放到第一章。又注一句：需要重新培训五感论文的写作方式。

　　第二章消耗了整整四天时间。我没采取切香肠战术，试图完整体验人类感官挪位的真实效果。卡夫卡的甲壳对应皮肤结痂、烧伤体验、理疗效果。石膏固定糅合为复杂的、来自皮肤表面的感官凝滞感。触感膜活性层层减弱，我将体感真实度推向最高，接通电极的胶状膜突然失活，吸着我的皮肤整体下坠、收缩。呼吸开始受阻。我没尖叫。我闭着气退出论文审核，视野恢复后速度剥离触感皮肤。一分钟后，那团皮肤在地面黏连，融合，又分解，最后依赖表面张力聚合为一团不定向组织。我定了定神，联系应用部。下午，应用部定性为产品无法满足感官体验，触感膜失活。他们去沟通制造商鲁尔公司了。我心有疑窦，没有追究。半人马体验利用人类退化的尾部系统，先假设人有尾巴，再将伤残的幻肢体验接入尾部感官，制造出人有四足的倍增触感。如果单玩游戏，我还是挺喜欢半人马的，知道原理，心下便不是滋味。小李告诉我，确实有人根据这款游戏，讨论人类的慕残本能。我不无惊恐：所以你推崇这游戏？小李白了我一眼，我觉得你和赵叔从一开始就误解了我，我支持的是论文，不是游戏，我觉得争议游戏没什么可怕的，见着争议就回避就禁止，才可怕，所以这篇论文有价值，虽然我承认，它有些段落是比较恐怖的。小李坦白，她初审时求了速度，没有全身心走完所有场景细节。这一轮，她在三头人处受挫。

近十年，关于精神解离和人格分裂的研究获得更多实质进展，患者更受重视，更少遭受非人待遇。临床观察数据增多。游戏参考圣彼得堡人体器官博物馆的双头人展品，设计精神分离体验，为进入草木与微生物的关卡进行铺垫。小李高中时有重度抑郁和一定解离症状。游戏环节打通了她尘封已久的早年感知。角色是中国人熟悉的形象，哪吒和孙悟空。玩家主要参与大圣的七十二般变化，完成与巨灵神、哪吒、二郎神的战斗，但无法躲过太上老君的偷袭。八卦炉炼丹将重塑玩家的感知挪位，成功后方可捣毁香炉和玉帝的天宫。而同时，游戏设计了彩蛋，可触发不同变身系统，玩家可由孙悟空置换为哪吒或二郎神。小李置换的时机不好。她在哪吒变为三头六臂的时刻进入哪吒体内，精神瞬间一分为三。分裂出的两个她，是曾让她备感羞愧与备感恐惧的两部分。游戏参考上世纪中期经典动画片《大闹天宫》中的哪吒形象，两个狰狞的面庞贴着她的后脖颈生长而出，成年人似的五官表达与幼儿容貌互相嵌合。她们是哪吒的模样，但她们的表情与容貌分明充满她的底色，旁人看，一眼便知是套了皮的她。头颅互相凝视时，脸贴着脸摩擦，那观感充满了巨物恐怖。而她的另外两颗脑袋并不听她的指挥。易于羞耻的人格最先进入歇斯底里，突然尖叫。充满幽暗的人格则为之冷笑，调转火尖枪，扎向自己。小李来不及害怕，本能地控制属于她的两条胳膊拾起风火轮，让它变大、变大、变细、变细，套到脖子上，用力一剐，属于她自己的头颅应声落地。她这才以旁观者身份评估那两个不受控制的人格。风火轮的火燎着她的大脑，她咬紧牙关，收回现实世界对身体的主动权，将自己卸载于论文和游戏。

离开后，她没脱离皮肤，戴着全套装备冲到楼下花园。春末夏初，阳光温和，树荫尚浅。她大口呼吸，稍稍平静，才抱着胳膊，蜷到树下，流泪恸哭。

五.

小李所在的小编审室并不独立。一间大房分为四部分，中间透明弹力墙相隔。主观视角置顶实时播放，周围人都能看见。出事时，已有同事起身行动。她自割其首，吓着所有人。王编刚好路过，冲入房间。她说小李在自救，让大家先别动。社里大群也炸了锅。老赵也在现场，他领会王编精神，在群里建议，所有人都让路。小李这才没受干扰，跌跌撞撞，到她最喜欢的小花园找回自己。

"花园事件"后，我们的特审论文半公开化了。我和小李的反应被严肃对待。评估显示，我们仍能继续完成审核任务。王编延长审核周期，邀请前外审再次加入。第二外审回复同意参加，没说别的。第一外审拒绝邀请，质疑《视界融合》的特审行为。圈里四处传着小道消息。不出两日，舆论很快走偏。一说《视界融合》为了引进争议游戏，为论文特开绿灯；二说《视界融合》与论文课题组过从甚密，特审即是公开走关系；三说这游戏和这论文都挺邪乎。最后一种传言导致一周内论文和游戏出现可疑盗版，发生两起五感事故。虽没有人员伤亡，但也惊动了警方和教育部。市场又搞了一轮盗版打击。胡编和王编去部里做了汇报。我带着小李去警局。他们分别了解情况，最后告诉我，边境查获的五感软硬件走私有试玩环节，有些人不论看论文还是玩游戏，都险些陷入危险。我也告诉他们，国外已有不同程度、不同情况的伤亡案件，警方可以将社里的审核行为视为预案或预演。总的来说，他们很好沟通，也认可我们的科研。事情迅速平息，进入可控范围。

我们忙于对外应付，老赵倒心无旁骛，最早完成审核。他熬过一个通宵，跳过彩蛋和隐藏关卡，跳过许多注释和案例详解，第二天凌晨三点，走完所有篇章。完成任务后，他一个电话将我从床上拎起，拉到西海，与我对着满月，看湖中波光闪烁的树叶倒影。他说，熬过游戏相关章节就好啦，后面的现实案例虽更凄惨，刺激性却不强。这点值得深思，可能是我们麻木了。他严肃地说，从这个角度看，游戏的刺激性未尝不是一件好事。他低头，抠开新买的、火柴盒似的增强现实盲盒。星光流淌，流入湖中，又升入天穹，被城市辉光抹去的银河逐渐显露。歌声吟诵：影落明湖青黛光，金阙前开二峰长，银河倒挂三石梁。他解释，小学生的圈子里最近很流行，我女儿总抽，这款比较容易拿到。我点头。我也见过有人当街开盒，可此时此刻，星光铺就的小道是如此真实。我用脚点地，双足越过辉光，踩入水中。我收回腿。老赵又开了新盲盒。一簇小小的礼花闪过，他的身体给套了一层胖乎乎的章鱼。他自如地抬手，活动指节，章鱼触手随之灵活摆动，伸长，碰触金色的虚拟道路，一层层上抬，直到无限……星光路变为星光台阶。他将虚拟触手由无限收回自己的体内。

这是你第几次开章鱼盲盒？

第一次。

你以前没练过协调性？

没，我连增强现实的协调性测验都没过。

你肯定不是天才，你连笨鸟先飞的资质和勤奋都没有。

你猜得没错。

我们没再说话，等着天光变亮，等着虚拟银河与虚拟章鱼逐渐消散。

我要回去歇着了。老赵起身，如释重负。

我问：你的初步判断？

他说：感官挪位的落点有些浅，适应性定义了真实。他补充道：小李能自救，正是因为她充分适应了论文系统，懂得利用刑天的体验对付哪吒的三头六臂，换作别人，可能会导致社里五感审核的第一次恶性事故。

我没说话。

我们都知道论文的潜在价值与它是否被认可、是否能刊发，属两种问题。

我想起小李在警局落着泪，回答问题时逻辑却清晰有力。她告诉我，她好像学会了分别控制感性和理性，等论文审核完，她要进行自我研究。

有了小李的前车之鉴，我与王编进入哪吒环节时都颇为谨慎。我顺利完成论文第二部分现实案例的评估。论文考察游戏并未纳入的感官挪位，如老赵所言，全部为现实案例的采样。

我首先经历阿尔兹海默。头脑的退行导致记忆与认知错位，感官随之紊乱。我走入杂志社大门，小李和我打招呼，我认不出她。我进入办公室倒茶，哆哆嗦嗦打碎了母亲亲手制的茶具。老赵主动来照顾我，包括喂饭。我生活无法自理，我不理解为何单位还留着我工作。或许我的记忆仍能为大脑凋亡的五感表征提供科研和伦理数据。我最后平展展躺在审核室中间，终于想通，阿尔兹海默的体验是五感论文给的，关于社里的意象全部归功于我自己的想象力。论文前一章和游戏，充分刺激了我对于五感挪位的自我保护性想象。此时此刻，我的想象力正努力帮我挽回阿尔兹海默那不可折返的症状。

癌症是另一种体验。论文一半以上注释来自癌症五感研究。事实上，自然科学的第一篇五感论文就来自癌症研究。本世纪癌症预筛和靶向药有长足进展，五感数据几乎全部提取于那些已逝的、愿意分享的开明人士和那些凭借意志与智慧成功战胜癌症或与癌症长期共存的人。自那以后，五感论证逐渐成熟，也进入人文领域。癌细胞肆无忌惮地生长与扩散，着床后继续生长，天然带来感官挪位的异常体验。我胃部长瘤，肠道出血，肝脏硬化，视神经遭受压迫；扩散后，全身器官衰竭，骨瘦如柴。我有时灵肉分离，有时全身心每个感受器官都疼痛难忍。我感谢提供数据的患者，他们让癌症部分的心理暗示拥有力量和希望。我也感谢那款争议游戏，没拿癌症的感官异常做文章。论文展现了两个癌症五感体验由痛苦转向平和的案例。我变为丛林，新的树木从血管深处抽芽。我变为宇宙，超新星于每个感受器官爆炸，黑洞于细胞的缝隙间生成。我学会了同宇宙的生灭和解。

我经历灾难、事故，但这一切都不如战争来得恐怖。像故事里说的，所谓和平只是假象，无数绝望与挣扎时时刻刻发生于世界各地，它们悄无声息地消逝，保证我们对于欣欣向荣的体验与想象。战争部分论文的引用一层套着一层，到最后都是一些来源不明的标注或保护证人的条款，感受却非常真实，印证了论文的引用并非捏造。和游戏利用想象力的刺激不同，我们的皮肤与神经官能可以分辨真正的苦难。我断手、断腿、截肢、失去半个身体。我是爆炸袭击的无辜受害者，玻璃碎片和铁钉打烂了我的身体我却没有马上死去。我身为男人或女人被反复强暴再被杀害。我挂上人造子宫，生下足够多的男孩，再被杀害。我还经历了文明社会的各种私刑与暴力。加害者那古老的残忍结合了当代技术，足够让我完完整整地经历人类文明带给人类自身的所有苦难。战后，我又反复陷入创伤性回忆，反复回到受害场景。我知道，大部分体验是这样被采集的。

我没采取切香肠策略，我一个场景一个场景地刷着，期待着战争的痛苦早日终了。我知道我的神经已经麻木，我只想早些结束。我如果将自己卸载，不一定有勇气重返五感地狱。终于，我读完了第二部分，接入第三部分。我进入植物界与无机物的环节，五感宇宙顿时变得友善。暴雨将至，山石上面的猕猴盯着我，目光深邃，似乎凭借本能，瞧见了我与它相似的挣扎。它悄无声息地又看了我一阵，转身离去。我想到，一个人和一个人的区别，要比一个人和一只猕猴的区别大得多、大很多。这不是白马非马的游戏，而是一个确凿的事实，一种不可回避的真理。

六

　　论文强调，适应性与真实之间存在无限复杂的调试空间。进化之外，人的适应性主要来自对感受的筛选和想象。五感系统所营造的感官挪位，便是同时调试体验与想象力，是让想象重构体验所可能带来的创伤，让一切变得可以叙述、可以理解、可以交流、可以无限创造。争议游戏太专注想象了，五感案例能将想象拉回现实，让想象落地。可是，论文第三部分伊始，话锋一转，指出五感的沉浸式体验可能无限扩大特定个体的特定易感性，有时想象力也无法挽回创伤。论文进一步论证，沉浸式的增强现实体验，或可回避五感系统的潜在风险；非沉浸式的、日常的增强现实，则可借鉴五感挪位的适应性与想象力设计，进行培训与训练。

　　的确，第三部分许多场景不需要触感皮肤。大部分时候，我可以正常衣冠，摘下嚼子，凭借隐形镜片、环绕声和嗅觉感知世界。我变为虎鲸，五大洋是我的花园，我第一次进入波罗的海，我的朋友正靠近南极。它的声音经过海底波动，经过人类新建的反射弧面，很快传到我处。它说冰川正在崩塌，而我正感到暖流回卷。海洋变得更加亲近，我随时能听到整个地球的声音。我变为热带雨林，亚马孙河横贯我，我面向太阳与雨水，我的根脉盘曲着深入黏稠土壤，动植物宛若我体内的菌落。它们自有智能，而与我同化。我又返回古代，变为远古藻类。我覆盖海面，我即是蓝色行星的呼吸。我直接从太阳处获得能量。万物于我之后，寄生于我。这也是游戏给的最终体验。它借用了莱姆的《泥人十四》，表明微生物与藻类寄生于宇宙，植物寄生于微生物、半寄生于太阳，动物寄生于植物。人类则是地球的终极寄生体，处于寄生链条的微末之处，贪婪地汲取动物、植物、细菌、病毒，面对宇宙却恍然无知。人类需要逐渐解除寄生，解除感官的局限，一步一步直接体验宇宙，进入宇宙，方能获得真正的生命。

　　我被它说服了。毕竟，历经刑天断首、百病侵袭、战争残害、虎鲸耳中深海的低频共振、藻类表面宇宙的热烈波动，都能让神经镇定、精神升华，让我饱受折磨的头脑和四肢百骸暂时脱离现实局限，接近万物永恒。论文说这属于适应性的拓展。我多少觉得，游戏和论文先抑后扬的表述，正是为了让人全身心开放，拥抱众生。不过，有一点确实有理。通常情况，没有触感膜，我即便接入虎鲸或深海动物的五感接口，也难有沉浸体验。日常刺激过于丰富，感官已然麻木。《视界融合》每年都收到反暴力、反性犯罪的五感分析。犯罪者、施暴者、购买者，感官向度单一，共情与通感能力不如爬行类动物均值，增强现实与虚拟现实反加强了他们的感知茧房。我也有感知茧房，新闻播放恶性事件，纪录片播放动物的自然奇迹，我只当微风过境，并没有特别触动。但经历游戏与现实案例的感官挪位，我的适应性和我对真实的感知拓宽了。

论文说，适应性并非麻木不仁、戕害他人、投机而生，适应性需要将整个自然和宇宙纳入感知范围。人类个体如想在有限生命中获得更强、更快的适应性，便需要五感系统的拓展，增强对于真实世界的感受与理解。自上世纪网络发展到本世纪增强现实普及，感知茧房的问题一直存在。论文认为，五感系统中的五感挪位是第一步，其最终目的，是让每一个个体都能通过增强现实，进行自主挪位与适应。

如第二外审所言，论文立论成立。从我的角度，论文论证也顺理成章。然后，我同老赵聊，才发现论文的叙述设计了不同支线。我的感知茧房硬，但使用增强现实的年头长。论文机制根据我的审读反馈，增加了更多游戏和现实案例的场景体验。我问了一圈，除了找不到人的胡大总编，其余编辑的疾病体验和战争创伤体验都比我少。我实在忍不住，读了论文代码，果然，自刑天斩首，我就被归为需要暴力打开感知茧房的一类。老赵正好与我相反，他所遭受的折磨，与我相比，可谓如沐春风。但他几乎走完了所有增强现实和远程作业的案例。他在手术台前待了四个小时，借助虚拟现实和增强现实，为地球另一极的患者做病灶切除手术。我也在现场，我是被成功治愈的病人。他进行深海勘探，与深海鱼互动。探测器陷入涡流，他体验了探测器失效前的最后视角。他是工厂主管，他手下全是智能机器。增强现实的网络沿着他的运动神经，爬到他体外，连接所有智能接口。工厂构成了他的潜意识世界。他每日八小时工作，任何一个流程有问题，都能进入他的感知网络。他也有幸体验了增强现实盲盒的质检过程。青少年和儿童为主要消费者，他们更敏感，更易与增强现实发生意料之外的互动，因而增强现实质检员需要丰富的想象力和异于常人的思路。老赵过关了。他本觉得自己与此无缘，如今，按论文附带的评估软件，他万一失业，确实可以考虑应聘增强现实的质检员，如果运气好，还可以做专利审核员。老赵的经历很快传得社里人人皆知，同事赞他因祸得福。我不得不承认，自己有些嫉妒。我偷偷进行自身评估，论文机制说，所谓的理性人大多只是因麻木而自居精神稳定，不适合从事感知工作，否则会造就社会性的感知茧房灾难。旁注吐出一大堆公共恶性事件。我无法反驳，只有作罢。

　　小李的体验场景平均分配，说明她比较均衡。她恢复后，递了全勤专项审核的申请，特审结束前，将论文又过了两遍。第三次阅读，论文机制几乎开放了所有体验。午餐时，我们三人坐下，列出表格，将所有场景和论证列出来，感觉应是全本。我们一致认为，论文设计已超出了论文该有的架构，而且论文的防护机制如此全面而细致，对于特定心理的体验非常有针对性，有令人难以置信的广度和深度。王编也审了两遍。第二遍时，她意外进入支线，熬了通宵，早上被按时到单位的老赵撞见。老赵问她。她说剔骨还父、割肉还母。王编养父母去世早，亲生父母子女众多，情况复杂，有几年每隔几个月就有纠纷找到社里。老赵略知一二，没敢多问。隔天，据说延庆纵火，虽然只点了田间一栋房，社里却传来消息，那是胡编自置的五感审核室。下午，警方通告，纵火人是胡编自己。他看完论文，烧了那房间。他在内部审核库标注：论文作者不可能仅有一人。王编也设了同样标签。小李变得沮丧，自语道，如果涉嫌学术欺诈，肯定上不了刊了。

七

　　特审上会定在周五傍晚，工作时间外。社里准备简餐，我们下班便集中到会议室。胡编的审核室事件由纵火定性为意外事故，予以警告，没有拘留。教育部要求重新审视五感论文的安全性，特审便由内部会议转为行业的半公开会议。邀请码发了几十人。我们还没到，虚拟会议室的人已基本齐了。小李在小群发信息，第一外审和第二外审都会发言。王编回，她会先念一个通告。胡编和王编最近同论文作者的团队高频沟通。会前老赵告诉我，不一定全文刊发，王编的意思是，删除个体特异性机制，只出一个简版。我说，那有点可惜。老赵说，我也觉得，论文自有其价值。

会议室不大，呈长方形，四周为镜，投射线上参会人员的实时影像。我和老赵就座，镜中的同行友人悄悄与我们打招呼。胡编最后赶到，腋下难得夹着一沓纸质文件。王编向小李示意：空着的三位座席出现全息影像。论文作者呈实像，另外两位呈虚像。作者系东南亚留学生，叫杜钦。她发言前，王编先念了论文违规的处理意见。五感论文确实非杜钦一人制作，她撰写论文主体，撰写论证，撰写五感分析。论文关涉战争与刑事案件的现实案例，大多由一位来自非洲的五感记者完成。他的足迹遍布落后的第三世界国家，用比较原始的手段采集、整合、提纯，形成五感体验的场景信息。发达国家针对涉军事、涉刑事的"敏感"五感信息，施行保密处理，仅对本国特定研究开放。不过，极端体验的五感遍布全球，并非垄断资源。相反，许多机构找上门来，找这位五感记者购买场景数据。他做了几次生意，才萌生建立属于自己的五感数据库的念头。他如今辗转于小国，身份特殊，因此虽然参与了论文的场景搭建，并没有署名。此后很长一段时间，他也不准备公开身份。王编介绍完，一位呈虚像的投影微微发亮三次，他便是五感记者。

我悄悄私信小李，问她这加密的全息通信是怎么回事。她回复，她只负责镜面内的旁听影像，座席周围的全息投影直接由胡编搭建。他从公安局回来就忙这个，设备和系统是勿用人工智能公司给的。我给老赵看我和小李的对话。老赵输入：如果上不了刊，勿用公司可能接手全部论文。我点头，涉外的争议文章，确实会转给国内上市的跨国公司。学术问题政治经济化，一些事情似乎就合理了。

另一位合作作者是游戏的架构师之一。全息的杜钦示意王编，她便让她先说。杜钦的中文略带热带的潮湿气息，却又中气十足，像是北方出身的练家子。她承认最早联系该游戏团队时，就有私心。她学过架构，只是皮毛。她可以使用通用的五感论文架构，不进行特异化处理，但她深信，本论文需要特异化叙事，尤其是针对读者个体的特异化。她看中这个游戏，不因其猎奇，而因为它的五感挪位处理很有针对性。是时，游戏在国际范围推广受阻。大平台的版本全为阉割版，毕竟普遍的分级制度同游戏矛盾。许多人用分布式的游戏发行接触该游戏，但游戏主创希望获得更广泛的受众和更深度的认可。杜钦最先找到传闻中最固执的架构师，对他说，五感论文的平台半开放，有很多待开发余地。五感论文毕竟要讨论前沿，不会有普遍的审核机制。如果能将游戏机制对接于五感论文，论文的审核者、阅读者、下载者自会接触到游戏，接触到你想表达的叙事机制。她补充：的确，里面会有你看不上的人，但也不至于是白给的对手。架构师思考了三天，答应合作，要求是，不署名。另一位虚像全息投影开启语音，模糊了声纹，也不知源语言来自哪国。他说话的调子像有人用手搓气球表面。他强调：我很固执，越固执的人越容易上激将法的当。我今天出席会议，也是激将法使然，显得我没有立场。不过我的立场很简单，学术论文本身存在一种叙事学，它的内容和表达最好互相契合。如果说哪位哥们更重视受苦受难的、被压迫的内容，我更重视形式，全地球的论文机制，都不会比我的更好。就目前情况而言，你们的审核反馈我读了，我会增加五感的安全措施。

架构师最后补充：另外，我答应参与论文还出自一种好奇，全球学术垄断来自西方话语，中国作为经历过殖民的、曾经非常落后的国家，当开始拥有自己的话语领域，会不会和它们一样？

会议室沉默几秒。王编问，这是否是选取刑天和哪吒场景的缘由？

对方没回话，虚像投影微微发亮三次，权作肯定。

王编又问杜钦，关于多作者，是否有其他补充说明。

杜钦答没有，她已与导师团队和另外两位未署名的作者沟通协调，表示愿意接受《视界融合》的特审处理结果。

王编颔首示意，念了社里和部里的指示。论文虽有争议和隐患，却也具有学术价值。一方面，社里将就论文署名问题给予警告，主作者杜钦须承担相应学术约束；另一方面，出于保护条例，决定尊重另外两位作者的隐私，论文可保持独立作者和另外两位作者的匿名状态，进行后续的上刊、发布、传播等行为。

  我心中一块石头落地，小李也暗暗舒一口气。她先做简要报告。身为论文初审编辑，她确实忽略了许多细节问题。而对于五感论文，见微知著。她认为自己申请特审的行为有些鲁莽，但缘由充分。论文的五感机制虽存有安全隐患，但如进行更为细致的特异化设计，便有益于分担隐患。五感挪位或许不是一个好定位，五感的适应性与可调整性则是论文的亮点。小李希望上刊。她相信，人类需要学会通感，学会共情。论文在心灵麻木与感官过载之间寻求微妙的动态平衡，值得推广。

  我同意小李。我挪用老赵的箴言：适应性定义真实。进化的适应性来自基因，个体的适应性则来自文明层面的表观遗传和表观挪位。如今社会每三十年发生一轮变革，个体的感知与认知都须迭代。五感论文，或者说，相应的五感游戏等艺术作品，是增强适应性的前提，能让人由感受力的底层对变革敞开，由底层上升时，又留出认知与自我的调整空间。毕竟，概念与经验相比十分匮乏。二十世纪人类已遭受了无数由概念指导经验的惨痛经历。设立五感论文的初衷，便是让感性充分融入对概念体系的论证。我相信这篇论文是个好样本。

  老赵的发言更抒情一些。他进了一步，说想象力定义适应性。他细致梳理了他所经历的场景，强调想象力不是脑洞、不是幻想、不是胡思乱想。科学与艺术的创新都来自想象，其原因，在于想象综合了感性与认知。想象在五感层面创造新感性，在认知层面创造新的、理解世界的机制。很少有论文能同时分析想象的双重功能。这篇论文其实做到了，只是落点收敛为由感官挪位到增强现实。他说，相信体验过论文的人都能理解，问题游戏和问题论文的真正指向，都是适应性。感知和认知通过想象的综合，达到对于不同现实的适应性，这才是文章的实际价值。老赵推荐文章上刊，但须修改。他建议补充针对增强现实艺术表达的论证。

八

按规定，特审可不参考外审意见，但王编仍请了第一外审和第二外审。

第一外审仍确信感官论证是钻空子的把戏，纯正的理论才是人性的高峰。他第一质疑五感记者数据的可信度，认为落后混乱的地方充满可操作余地，目的即是用惊悚画面震慑文明人的神经。他要求提供数据的切实来源。五感记者的虚像自始至终没有发言。不论第一外审如何质疑，他的身形不再闪烁。第一外审转而面向游戏架构师。他说搞游戏的怎么可能懂理论？让他来做论文架构，就是瞎搞。游戏架构师的虚像跳了跳，由虚转实。他居然长得像个活张飞，夸乎乎的头发连着夸乎乎的胡子。他没说话，当着所有人的面，实名登记进入五感论文系统，切入特审论文后台，调出审阅数据，投射了第一外审反复体验的影像，尽是欺凌妇女的场景。他摊手，告诉王编，他可以给五感系统做一份人员筛查防护，把潜在的犯人踢出审核池子。没等王编回应，第一外审大吼大叫起来，场面一时很难看。听众来自全球各地，小李没卸载他们。最后胡编卸载了第一外审，说后续沟通情况会向大家汇报。

后台显示，第二外审又读了两遍论文，她仍维持原来的意见。论文或许比预判的更有价值，但不建议发《视界融合》。她说基本同意我们的观点，没必要多言。

王编的意见出人意料的简明扼要。她说，必须承认，就目前生物学与人工技术的发展，人之为人的特点，主要不在于五感的丰富性，而在于复杂的思维能力。《视界融合》的立刊之本，是相信五感可以拓展思维的视界，而非以五感取代思维。论文过度强调后者，不一定可取，或许也确实不适合刊发于《视界融合》。她向第二外审点头示意。

老赵有些激动，想发言。

王编适时补充说，从神话到文学，抽象文字一直以想象支撑人类的适应性，我不认为五感艺术品和五感论文的出现会取代文字，毕竟，个人的感觉并无普遍性，个体自出生到死亡，带着自己的喜怒哀乐走过一遭，最后以非常私人化的方式离开世界。他们带走了一切，留下想象的空间。我们将他们的遗产抽象为理论、艺术和叙事。《视界融合》刊发论文，属学术期刊，我们更重视理论。如出现导致特异性体验和过度共情的五感论文，我们则需反复思考，这到底出自自我补偿、出自自我感动，还是我们真正达到了设身处地。我相信，动物的五感，让它们有时比人类更擅长设身处地，因而人类的设身处地不应完全来自感觉，还应来自理论和理性。这篇论文还没有做到。

她说完，会议室陷入近三分钟的寂静。最后，胡编打破沉默，他同意王编。他摊开几份纸质材料，说他搜了古老的文献，有许多文字论文，提出过类似论点。这一篇特审论文，场景经验更翔实，论文机制更好，但理论层面的确不充分。他说，不如这三篇。他闭口不谈自己纵火烧房的事情，只打了圆场。他建议，这篇论文可先转投勿用公司的内部学术刊，他已将文章推荐过去，对方基础研究部初步判定，文章的应用价值很高，内刊转外刊的概率很大。他又说，自己很喜欢这篇文章，论文作者应剔除场景，只谈理论，将五感文章转化为纯文字论文，再投《视界融合》。他相信，纯文字的深刻，不会比五感差。

胡编言毕。王编问在座诸君有无补充意见。场外听众有几位谈了看法。我没仔细听。胡编和王编应沟通过，会前便有定论。目前看，公开的特审会效果不错。她话里有话，简言之，学术刊物与学术论证的形态并不持平。她负责《视界融合》的五感部分，她做出了选择。胡编的目的是平衡，以至于他的意见成为最该被抹去的部分。

按特审规定，举手投票环节全由内部人员完成，即胡编、王编、老赵、小李和我。胡编与王编投了反对，老赵和小李投了赞成，我大脑一时空白，十几秒没举手。小李瞪着我。老赵的眼神意味深长。王编面无表情。胡编面带微笑。

我变成了那个立场不坚定的人。我努力思考。我在想，我还在想。所有人直勾勾地盯着我，不发一言。或许我不应思考，我的感知散向四面八方。我怀念论文让我经历的万事万物，但适应性和想象力似乎都不决定真实。一些莫名的决策决定真实。

个人的决策真能决定真实吗？

我开口：我认为这篇论文的体例超出了学术刊物本身，一篇论文到底应该旁征博引，仅求一点创新，还是应该本身即是一种理论、一套感知体系、一种叙事、一件艺术品？我的理想是后者。这篇论文应该不受限制地公开发行。

说完，我意识到我的补充论点既支持上刊，也支持不上刊；既支持进入勿用公司的应用研究刊，也反对上勿用公司的任何刊物。

关键在于，刊物是否会为了一篇论文改变其叙事方式？人类的共识是否会为了人类的创新让出道路？

冷汗沿着我脊背往下淌，我投了反对上刊的关键一票。

九

五感记者迅速下线。大胡子架构师摆摆手，对镜头外的不知何人说，我们确实可以建立自己的学术系统。杜钦保持了沉着与优雅，向我们致谢，决定修改论文，将文章拆为两个版本，文字版再投《视界融合》，五感版投勿用的内部刊。特审在其乐融融的氛围中散会，不久后，于行业内传为佳话。

胡编终究因烧毁审核室，平调去了高校。王编则应聘去了另一文字刊物，做了主编。我接替王编，负责《视界融合》的五感部分。小李辞职去做了自己的五感独立刊，没再联系我。一年后，她同问题游戏的团队合作，加入了依据区块链技术的国际论文评审体系，建立国内第一个基于分布式评审机制的学术刊物《单子视界》。许多单位都想同她合作。杜钦完成学业后，没有继续深造，选择返回故土，寻求属于自己的研究根脉。据传，那位五感记者于她的家乡遇害。

老赵葆有了对我的包容，一种中年人式的和解。他催我去找小李，毕竟《视界融合》如能与《单子视界》合作，我就能升为主编。我说要辞职，让他接替我的位子，让他去，小李每年还送他些礼物。老赵说他最高只当副职，他又指着我说，你不会辞职的。他评价我，说我其实很擅长鸵鸟战术。

胡编离开前，刊发了文字版的问题论文。勿用公司依据五感版论文，开发了动物感官研究。那款游戏经历舆论起伏，终于成了被包装成商业产品的邪典游戏。游戏团队则摇身一变，转而投身论文机制的研究。

大胡子架构师还发来一封信，说，想象终需落地，一件艺术品会是一篇论证自然与人性的论文，一篇论文也应是脱离体系的一件独立艺术品。他邀请我上链做外审。他也邀请了老赵。隔天老赵便辞职，快乐地过上了居家的文人生活。他告诉我，上链外审，价格不菲。

我们仍每周去西海边上坐坐。西海的增强现实已叠加为不同世界。我看到的景象总和老赵不同。我们心照不宣。我们的世界正在随着个人的选择特异化。地球正变得愈加丰富，愈加生机盎然。只是我们因不同的五感、不同的论述、不同的叙事、不同的决策，正渐行渐远。总有一天，我和老赵将相遇于西海，但彼此并不相见。

（原刊于《收获》2022年第4期）

飞来飞去

东　西

1

　　深夜，熟睡中的姚简被手机的铃声吵醒，同时被吵醒的还有他的夫人。他带着不祥的预感接听，果然，听到的是一串哭泣。这在他的意料之中，又仿佛在他的意料之外，心里紧张悲伤之余竟然还夹杂着一丝丝不那么体面的解脱。他需要确认，哪怕是明知故问，于是，便在姚久久一时半会儿尚不能中断的哭泣中很不礼貌地插了一句"到底怎么了？"，似乎还抱着出现奇迹的幻想。"叔，奶奶上呼吸机了。"姚久久一边哭泣一边说。不是最坏的消息，他想，但愿没那么糟糕。他详细地询问母亲的症状后挂断电话。夫人问："怎么办？我们一起回去吧。"姚简说："疫情这么严重，回国的航班几乎熔断，去哪里搞机票？"夫人说："再难搞也得搞，你妈可就你这么一个后代。"

　　姚简在网上查询航班，找到一趟从纽约直飞广州的，立刻就订了三张。但第二天航空公司来电，说："疫情原因，航班取消，要不要订一周后的？"姚简在网上又搜了一遍，没找到直飞的，便续订。可第三天，航空公司又来电，说："一周后的航班也取消了，要不要续订半个月后的？"姚简想你这是在开玩笑吗？半个月后回去，加上二十来天的隔离，我还能见到活着的母亲吗？他拒绝了续订，开始托熟人找关系，高价求购飞回中国的机票，包括但不限于直飞。

等机票期间，他每天都跟姚久久视频通话，每次通话他都让她把手机视频凑到母亲的面前。"妈妈……"他在视频里呼唤。不戴呼吸机的时候，母亲的眼睛会努力地睁开一道缝，吃力地盯住视频，一点一点地舒展面肌，试图给他一个好脸色，但舒展着舒展着，眼看一丝笑容就要浮现却突然一动不动，仿佛静止一般，虽然还有舒展的企图却已经没有了舒展的才华。而大多数时间里她都在昏睡，无论他怎么呼唤她都没有反应，就像地面呼唤发射到外太空的失灵的探测器。

一周后，母亲的病情略有好转，能对着手机视频说话了，但每说几个字便停顿一会儿，仿佛挑重担的人需要歇气。她说："仔呀，妈想让你赶紧回来，但又怕一时半会儿死不了。每次我病重你都回来，可每次你回来我都没死，你飞来飞去的都飞累了。要不再观察几天？看看病情走向，如果实在挺不住，我再让久久通知你，你再回来不迟。"其实，她何尝不想让他马上回来，而他又何尝不想立即回去。

又过了十天，他买到一套高价票，该票先由纽约飞伦敦，再从伦敦转机飞上海，然后从上海转机飞N市。他把这套机票打印出来放在客厅的茶几上，一家三口像饥饿时盯着面包渣那样盯着，谁也不吱声。夫人想我是第一个必须放弃回去的，因为我跟婆婆既无血缘关系又无共同的文化背景。儿子想我出生于美国新泽西州，不是奶奶带大的，即使我回去也不是她最大的安慰。

"那么，只能是我一个人先回去了。"

"请代我向妈妈问好。"

"告诉奶奶，我非常非常爱她。"

"谢谢。"

2

姚简隔离完毕，姚久久把他从宾馆接到医院。他踮脚走进病房，看见母亲静静地躺在床上，鼻孔插着输氧管，脸庞比视频里的至少瘦一圈。他俯身把脸贴到她的脸上，轻轻地叫了一声："妈……"她嘴唇嚅动，眼睛微微一睁，想举手却没有力气举起来，两行泪从眼角艰难地沁出。她等久了等累了，还在他隔离期间就昏睡过去了。

面对没有声音的母亲，他很不习惯，像走错了地方似的。以前他每次回来，耳朵里房间里走廊上轿车内到处都是她的声音："过得好不好？""累不累？""想吃点什么？""怎么瘦成这样了？"一连串的问句像叮叮当当的打铁声此起彼伏，根本没给他回答的机会，仿佛问只是为了问而不是为了要他回答。他把姚久久支开，一个人坐在床边陪护。真安静，现实中的声音都消失了或者说被他屏蔽了，过去的声音争先恐后："别哭，爬起来。""加油，你会考上的。""留学？那是妈妈梦寐以求的事。""但是，你吃得惯西餐吗？""虽然我不适应洛莉，但只要你喜欢就行。""姚旺长多高啦？""你爸走了，就剩下我了。""美国，我去那地方干什么？人生地不熟的，除了给你们添累，弄不好还给你们添堵。""妈理解，你只要一年回来看我一次就行。""不寂寞，妈有妈的生活。"

经过一阵回忆的轰炸，他出现了暂时失听，就像飞机降落时因气压改变而出现的暂时失听，世界又安静下来。仿佛是为了配合听觉，窗外的光线一抖，突然暗淡，就像被谁动了亮度开关。走廊外的花圃，怒放的鲜花因光线的忽然暗淡反而凸显它们的艳丽，有三团红、三团黄，还有两团紫，远远地看着就觉得香。他下意识地抽了抽鼻子，觉得不对劲，竟然闻到了一股朽味，以为是下水道或过期食物发出来的，但经过仔细检查才发觉朽味来自母亲的身体。

他很生气，打来半桶热水，先用香皂把毛巾洗干净，再用毛巾给母亲洗脸，抹身子。抹身子时，他才知道母亲的瘦超乎他的想象，瘦得身上的骨头都硌他的手了。瘦是因为她长期患病，但她的指甲为什么会那么长？说明姚久久没有尽到护理的责任，竟然不给母亲勤剪指甲，简直是……他想骂人，话到嘴边却很绅士地咽了下去。他从床头柜里找出指甲剪，一边给母亲剪指甲一边问："久久多久给你洗一次澡？"母亲没反应，他知道她不会有反应，但这并不妨碍他的自言自语，也并不妨碍他把一年多来想跟她讲的话讲一遍。

　　傍晚，姚久久来了，她带来了晚餐和母亲的干净衣服。晚餐是给他带的，母亲已经断食，全靠输液维持生命。他没食欲，坐在一旁看她给母亲换衣服。他说："你没闻到奶奶身上的气味吗？"她说："这叫老人味，老了你也会有。""也许吧……"他岔开话题，"要是当初她跟我去美国，哪至于这样，没准连这个病都不会得。"

　　"到了美国就不生病了吗？"

　　"那倒不是，也许那边的环境对她更有利……"

　　"不可能。"她给母亲换上干净的衣服，"看看你们感染新冠病毒的人数，就知道奶奶没跟你去多幸运。"他震了一下，没想到她从这个角度思考问题，更没想到她把他划为"你们"而不是"我们"。他不想默认，也想把憋了又憋的话痛快地说出来。他说："你多久给奶奶洗一次澡？"

　　"天天都洗。"

　　"多久给她剪一次指甲？"

　　"天天都剪。"

　　明摆着的谎言她却振振有词，好像撒谎的是他，甚至还让他产生了羞愧。他本想用外交辞令，但看着她那副抵赖的模样，顺嘴说了一声："Shit！"也许是美剧看多了，她竟然听懂了，把被单重重地一抖，坐在床边生气，说："叔，你是不是一直怀疑我没有好好照顾奶奶？"他当然怀疑，但他一直没捅破这层窗户纸，直到现在也还在犹豫要不要捅破。"如果你怀疑，你可以另外请人。"还没等他想好词，她先说了。"每月一万元人民币，相当于你们大学里四级教授的工资，难道你就不想挣这个钱吗？"他也下意识地把她划为"你们"。

　　"我宁可不挣你的钱，也不想让你怀疑；你也不要因为有几个钱，就学美国欺负我们。"

　　"我欺负你了吗？"

"怀疑就是欺负。"

"那你干吗撒谎?你明明没有天天给奶奶洗澡,却说天天都给她洗;明明没有天天给她剪指甲,却说天天都给她剪了。"

"奶奶这身子骨,经得起天天洗澡吗?再说她的指甲长得那么慢,有必要天天都剪吗?你不了解实际情况就不要满世界指手画脚。要说撒谎,你们美国人撒得更厉害,你们说伊拉克有化学武器,结果找到的却是洗衣粉。"

他无法辩驳。谁告诉她的?他想,当一个护工不看护理手册却天天刷短视频的时候,你就不容易反驳她了。他很想说美国是美国,他是他,但显然她不会同意他的这种切割,在她的意识里他早就等于美国了。他说:"那么,我给你买的轿车呢?本来是想让你方便接送奶奶,你却拿来做网约车,天天接单挣外快,竟然把奶奶一个人晾在病房里。"

"谁告诉你的?"

"你说呢?"

"真没想到,我对奶奶那么好,她还跟你告密。"她回头看了一眼床上的奶奶,轻轻骂了一声,"叛徒。"

"简儿……"母亲忽然醒了,仿佛是被姚久久骂醒的。姚简走到床边,俯身捧住母亲的手。母亲吃力地断断续续说:"别怪久久,是我叫她去做网约车的……"说完,她又昏睡过去,醒来好像就是为了帮姚久久洗白。

3

病房断断续续来了一些客人,都是姚简昔日的同学与旧交。"你还好吧?"他们反复询问反复打量,充满了对姚简的关切与担心,饱含深深的同情,好像身患绝症的是他而不是奄奄一息的母亲。但是,也有不这么问却仍然想表达这层意思的,比如大学同学张文垂。

"哈哈,老同学……"张文垂声音洪亮,戴着两层口罩走进来。

姚简赶紧起身朝他伸手，但他没接他的手掌，而是用手肘碰了一下他的手肘，生怕握手又得洗手。姚简还在愣神，张文垂已经从床底拉出一张凳子坐下，并指着旁边的凳子说了一声"Please"，好像他是这个房间的主人而姚简是来客。姚简会心一笑，慢慢坐下，发现张文垂的印堂，准确地说是口罩以上的面部闪闪发亮，由此推断他气血充沛心情舒畅。他说："快撑不住了吧？"姚简懵圈，想他怎么会用这么不礼貌的语言来问候母亲，难道是为了表示两人的关系非同一般？他不想回答却又怕失礼，便很不情愿地说："目前还算稳定，但不知道能撑多久。"

"再这么发展下去，死定了。"张文垂说。

姚简心头一堵，说："抱歉，你是指我的母亲吗？"

"No，No，No，"张文垂赶紧摇手，"我说的不是伯母。"

"那你说的是谁？"

"你就别装啦，我说的是……"

姚简想说"我没装，我真不知道你说的是谁"，但他像憋屁那样把这句话憋回去，觉得辩解会让他以为他虚伪。如果这是他们做同学那些年的暗语，而自己又偏偏忘了，那岂不尴尬？于是他笑了笑，摆出一副释然的表情。幸好张文垂没追究，而是转移了话题："我知道你在那边混得不好，但前几年我即使想帮你也使不上劲。""还行吧，我觉得……"姚简支支吾吾，仍在揣摩张文垂的言外之意。

"你看你，还在打肿脸充胖子，老弟我现在可是能帮你了。"张文垂拍了拍胸口。

姚简又被他说迷糊了，不知道他要帮他什么，也不知道自己需要他什么样的帮助，眼下除了母亲病危这个难题，他几乎没有别的难题。张文垂看他没有领悟自己的暗示，便直接问："你一年的收入是多少？"

"不多，也就十来万美金。"姚简说完立刻后悔，觉得这个数虽然打了折扣，却还是怕对张文垂形成刺激，于是马上补了一句："不过，这是税前，你知道美国的个人所得税极高。"没想到张文垂一拍大腿，说："Out 了，像你这样的人才，在国内年薪至少一百万人民币。""真的？"姚简惊讶，觉得张文垂还是一如既往地喜欢吹牛。但似乎是为了证明自己不是吹,张文垂掏出手机,用免提跟西江大学吴校长通话,说要给他推荐人才。吴校长问推荐谁?他说普林斯顿大学化学系的教授姚简。吴校长感叹,说确实是个人才。张文垂问他愿不愿意引进?吴校长说引不引进还不是你一句话吗?你说引进我们就立即办手续。张文垂说像他这样的专家年薪是不是应该百万?住房是不是应该不低于一百六十平方米?家属工作也应该一并安排吧?虽然张文垂使用的是问句,但在姚简听来却句句都像命令。果然,吴校长说当然当然,此外还有一笔不小的科研启动经费,还有安家费。张文垂挂断电话,说:"过去我不在这个位子上,不知道人才有多奇缺,那么老同学,这事就这么定了。"

"啊……"姚简一脸的诧异,"这么快就定了?"

"这是我一贯的办事风格。"张文垂想摘下口罩,但摘了一半又重新挂上。

"文垂,这么大的事我得慎重考虑,而且还需要跟夫人孩子商量。"

"有啥好商量的,难道你仇恨钱?"

"那倒不至于……"姚简说完就想,他不是来看望母亲的吗?怎么突然就扯到了人才引进上?我没跟他说过要引进呀。张文垂似乎看出了他的疑虑,说:"你现在就给嫂子洛莉打个电话,要不我先把她引进了再引进你?"姚简摇头,说:"别,你先把引进的速度降一降,你嫂子是学美国历史的,把她引进发挥不了什么作用。"

"让她改学中国历史,让她知道我们的历史有多悠久,多博大,多精深。"

"关键是我都适应了那边的生活,况且,当初我那么渴望出去,现在一听说这边有钱就屁颠屁颠地回来,别人怎么看暂且不说,自己都觉得斯文扫地满脸通红。"

"不怪你,当年我们支持出去,现在欢迎回来。"

"请给我一点时间吧。"姚简犹犹豫豫。

"你就是爱面子,放不下身段,不愿意接受我们强大这一事实。"张文垂不耐烦了,起身徘徊,忽然灵光一闪,指着床上说,"难道你就不想回来陪陪母亲?她可是为你奉献了一辈子。"

"当初就是她劝我出去的。"

"现在她的态度变了，不信你问。"张文垂走到床边，提高嗓门，"伯母，你想不想让姚简回来工作？"

"想……"母亲回答，调门还挺高，"那么好的条件，为什么不回来？"

"我说对了吧。"张文垂一击掌。

姚简羞愧地低下头，他没想到母亲竟然醒了，竟然听清了他们的对话。先不说自己回不回来，但至少"回来"这个议题让母亲的心情有了好转。

4

一天，姚简在给母亲洗脸时，她突然把毛巾推开，说："你服侍我这么久，是不是烦了？"姚简说："你给我尽孝的机会，高兴还来不及。""那你能不能回来工作？"母亲认真地看着他，目光里有一丝久违的明亮。姚简不敢回答，生怕影响她的情绪。他想，不是说回来就能回来，就像移栽的树，已经把根扎在新的环境，要想再移栽一次谈何容易。但母亲没有放过他，说："只要你回来，我至少还能活十年。"姚简想如果你能再活十年，那我就是绑架也要把你绑架到新泽西州去，就怕你活不得那么久，就怕你连现在的清醒都是回光返照。

"知道我为什么不愿意跟你出国吗？"母亲突然问。

"你说你不习惯那边的生活。"姚简说。

"那是托词，真实的想法是为了给你留一条后路。"母亲忽然压低嗓门，警惕地看着门口，好像这是一个害怕别人听到的秘密。

"你想多了。"姚简故意提高嗓门。

"但从目前的形势来看，我给你留的这条后路留对了。简儿，实话告诉我，你在那边自在吗？晚上敢上街吗？小偷是不是很多？他们歧视你吗？你是不是买枪了？姚旺没吸毒吧？洛莉没出轨吧？一想到你在外面被人欺负，一想到你每天都过着提心吊胆的生活，我就整晚整晚地睡不着，后悔当初把你送出去，你看你，都瘦成啥样了……"母亲一旦有了精力就会毫不吝啬地用来唠叨，这是姚简熟悉的模式，却不是他熟悉的内容。他觉得奇怪，仅仅一年多时间不见，母亲竟然生出了这么多担心。过去，她可从不担心我在外面的生活和工作，难道是越老越敏感或是越病越糊涂？为了让她放心，他卷起衣服露出腹肌，说："这不是瘦，是结实，我每天都健身呢。你看你，都瘦得只剩下骨头了，还好意思说我瘦。"母亲露出一丝笑容，是事实被所爱的人揭穿后开心加尴尬的那种笑容。

"老房子我一直给你留着，新房子也给你买了一套。"母亲说。

"去年回来，你不是催我赶紧把房卖了吗？"姚简说。

"卖了你住哪里？"

"我又不是经常回来。"

"你那个张同学不是说要把你调回来吗？"

"前天，吴校长找我谈过引进的事，我已经拒绝了。"姚简觉得有必要跟她说实话，否则会增加她无端的期盼。

她叹了一口长气，仿佛在为他也为自己惋惜，她说："你连房子都没有，你住什么地方？晚上睡桥洞吗？"说着，她的眼眶忽然湿了。她不停地抬手抹泪，悲伤得像个孩子。他说："请你放心，我在新泽西住的是别墅。""你的别墅是租的，我这个有房产证，有房产证的住着才像一个家。"她似乎又回到了清醒状态。他说："我买得起别墅，只是不想买而已，租来住更划算。""又骗我，物价那么贵，你买得起个鬼。你骗别人也就算了，怎么连妈都骗？"她好像又糊涂了。

"我没骗你。"

"你骗我，你一直都在骗我。你骗我说你生活幸福，有房有车有钱，可我一眼都没看见。其实，你什么都没有，一点都不幸福，你就像莫泊桑小说里的叔叔于勒。你骗我说不想回来工作，其实你想回来，只是放不下架子。"

"我的状况我清楚，你不用担心。"

"你不清楚，你好糊涂……"

沉默。他不想跟她争执，知道再怎么争执也改变不了她的看法，因为她似乎在绝症的基础上又叠加了阿尔兹海默症。也许是说累了,也许是对姚简深深地失望,她突然感到胸闷,忽然就不想说话了。护士给她插了输氧管,她安静地躺在床上,她的安静让姚简好一阵不适应。深夜,姚简感到困倦,便伏在床边打盹。醒来已是凌晨四点,他抬头一看,母亲没了呼吸,输氧管已从鼻孔拔出,被她的右手紧紧地攥着。

5

处理完母亲的后事,姚久久开车送姚简回家。车上,姚久久说:"叔,我知道是你偷偷拔了奶奶的氧气管。"姚简气得面红耳赤,心脏差点停摆。他舒了一口恶气,说:"你的想法比蟑螂还脏。""不只我,所有的亲戚都这么认为。"姚久久双手握着方向盘,仿佛握着真相。"我为什么要拔她的氧气管?难道我就不希望她活得更久一点吗?"姚简按下车窗,急迫地呼吸着外面的空气。

"因为你不想飞来飞去,不想影响你回美国挣钱,不想再支付护理费。"

"停车。"姚简近乎呵斥。

姚久久把车"吱"地停住。"从今以后,再也不要让我见到你。"姚简指着姚久久的脑门一字一句地说完,才打开车门钻出去,"嘭"地把门摔回来。"忘恩负义,我跟你绝交,我们全家都跟你绝交。"姚久久怼了一句,"呼"地把车开走,好像车比她还生气,好像车不是姚简给她买的。姚简愣住,想为什么会有这么多的误解?去年回来时不还是好好的吗?他孤独地站了一会儿,百思不得其解,便朝家的方向走去,一边走一边想还有谁能相信我?白小鹃,他突然想起了他的初恋女友。

他约白小鹃在茶庄见面,等待期间,他隔着落地玻璃窗看了好久的草坪和湖水。草不是当年的草,水也不是当年的水,但他假装它们还是当年的,只承认周围的树长粗了,长高了。"我知道你的婚姻不幸福。"忽然传来一个女声。他扭过头来,看见白小鹃坐在对面,脸上还是当年那种高高在上的表情,好像她是上帝专程派来俯视他的。虽然他反感这种俯视,却又不得不承认因为她的漂亮而稀释了对她的反感,就像在硫酸里加碱稀释其伤害性。没想到她还保持着当年的脸型与身材,皮肤依然白里透红,就连眼角和脖子也没什么皱纹,也许是因为一直单身,也许是因为注重保养,她看上去显得比实际年龄至少年轻十岁。他一边观察一边想,她怎么一落座就说我的婚姻不幸福?是掌握了确凿的证据抑或是猜测?洛莉不是挺好的吗?她既有事业心也有家庭责任感,平时说话轻声细语,哪怕我说了不对的观点她也总是无条件地先说"OK",然后再找机会解释。她懂得管控情绪,从来不跟我发生因文化差异而引起的冲突。她就像我的胃,知道什么时候做中餐,什么时候做西餐,什么时候下馆子。如果硬要说我的婚姻不幸,那也只不过是在白小鹃说出来的这一刻我脑海突然产生的一个概念,因为我从来没质疑过婚姻的幸福。

"你母亲住院后,我常来陪她聊天,她有时喊我小鹃,有时喊我洛莉,有时还喊我儿媳妇。"白小鹃说。

"对不起,她的记忆出了问题。"姚简说。

"也许这是她的真实想法,在她的潜意识里一直反感你跟外国人结婚,尤其是……"没等白小鹃说完,姚简赶紧打断:"母亲跟洛莉的关系很好。"

"那都是装出来的,她每次看见我,就会把洛莉的照片从手机里调出来进行比较,天哪,洛莉怎么胖成那样了?"白小鹃得意地看着姚简。姚简说:"女人嘛,还是丰腴一点好,尤其是到了一定年纪之后。"

"丰腴?"白小鹃张大嘴巴,"那也叫丰腴?叫臃肿好不好?"

"这和婚姻幸不幸福有关系吗?我就喜欢丰腴的。"

"当然有关系,她之所以臃肿是因为有压力,是因为你没有给她幸福,或者说她没有从你这里感受到幸福。"白小鹃一套一套的。

"你说得对。"姚简决定妥协,这几天经历了太多的争论,他不想在离开前再争论一次,于是把茶杯小心地推到白小鹃面前。虽然喝茶能降躁(即降低狂躁),但白小鹃只抿了一口,显然茶量达不到降躁的效果。果然,白小鹃又发话了:"姚简,你好可怜。"他假装没听见。白小鹃盯着他,就像狙击手通过瞄准镜盯着目标那样,盯得他的脸一阵阵辣。他扭过头，回避她的目光。她说："像你这样的成功人士，竟然连一个情人都没有，好可怜。"

"这恰恰证明我对洛莉的忠诚。"他感到自豪。

"既然你忠诚于她，那干吗还要约我出来？"

"想找你说说话。"

"你想说什么？"

"有人说是我拔了母亲的氧气管，你认为我能做出这样的事情吗？"

"我听说了，亲人群里都在传。"白小鹃迟疑了一会儿，"如果是二十年前，我认为你绝对不会做这种没良心的事，但现在我完全不了解你。再说……你母亲的病一会儿好一会儿坏，这几年你飞来飞去的确实也挺辛苦。这么跟你说吧，我不敢肯定你会拔她的氧气管，但至少你有过拔她氧气管的想法。"

"糟糕，我以为你最了解我，没想到你并不了解，谁会相信我俩曾经在一张床上睡过？"姚简低下头，感到失望。白小鹃感叹，说："姚简，环境会改变人，况且你出去了二十多年，况且西方根本就不讲中国的孝道，你们对生命的理解完全跟我们不同。"

"可我跟你还是一样的。"

"不一样了。"白小鹃伸手在姚简的下巴上撩了一下，姚简的身子本能地往后一躲。白小鹃说："你一躲，就说明你不相信我，语言很狡猾，身体很诚实。既然你都不相信我了，凭什么让我相信你？"

姚简无语，嘲笑自己竟然想从抛弃过自己的女人身上寻找安慰，简直就像幻想病毒自行消失那么幼稚。当初，他们也没多大的矛盾，她踹掉他仅仅是因为不同意他出国留学，怕他被洋妞勾引。他忍不住重新打量白小鹃。她看见他抬起头来，忍不住又伸手撩了一下他的下巴，他又本能地一躲。她说："你看，想重新建立信任有多困难，当初我摸你的任何一个地方，你不仅不会躲反而会迎难而上。可是现在……"

"现在我已经有老婆孩子了。"

"想不到你们美国人这么保守，姚简呀姚简，无论一个人或一个民族，如果不开放，那就会憋死。难道你不想从我们当初失败的恋爱中吸取教训吗？"

"吸取教训的应该是你。"

"哼……"白小鹃说，"除了对你深表同情，我真没办法救你。"

6

姚简飞向新泽西州，于上午十点回到自家别墅。一放下行李，洛莉就问："亲爱的，这几天你看社交媒体的亲人群了吗？"姚简说："没看。"洛莉说："他们怎么那么邪恶？"姚简问："谁邪恶？"洛莉说："你的中国亲戚，他们说是你拔了母亲的氧气管，让她提前死亡。"姚简说："那不叫邪恶，叫误解或误会，你用词重了。"

"可他们都在污蔑你。"洛莉气得满脸通红。

"他们照顾母亲那么多年，蛮辛苦的，批评几句也是为了宣泄情绪，过一段时间就风平浪静了。"姚简解释。

"我讨厌他们拿母亲的生命来编故事，都是些什么物种呀？"

姚简听得不舒服，便提醒洛莉："亲爱的，请注意你的语言，我们和他们是一样的。"过去，只要姚简一提醒，洛莉会马上说"Sorry"，但这次她竟然没说，说明她骨子里仍然潜伏着天生的优越感，哪怕她平时没有表现，但在不经意间会猛地跳出来。

傍晚，姚旺黑着脸从大学回来了，一进门他就说："爸，你的亲戚为什么总是用恶意揣测你？"姚简说："我的亲戚不也是你的亲戚吗？"姚旺说："什么狗屁亲戚，我已经在网上跟他们开骂了。"姚简心里一沉，后悔没在"亲人群"里及时屏蔽姚旺和洛莉。他怕矛盾升级，劝姚旺停止骂战。姚旺说："可是我气得肺都要炸了。"姚简说："一个人成熟的标志就是能控制脾气。""在谣言面前你不用控制。"洛莉从厨房冲出来，"我支持你骂他们，儿子。"姚简一拍餐桌，说："你们想没想过明年我们还要回去过清明节？还要跟他们打交道，还要拜托他们照看好爷爷奶奶的骨灰？"洛莉和姚旺沉默了，他们用同情的眼神看着他。姚简发现他们的眼神和回国时亲人们看他的眼神相似。

深夜，姚简偷偷打开手机，翻阅"亲人群"里的信息，看见上面全是"阴谋论"。姚久久说她半夜送夜宵，发现叔叔偷偷拔掉奶奶的氧气管，于是赶紧冲进去制止，但已经来不及了。姚简想她什么时候送过夜宵？我从来都不吃夜宵。姚老大，也就是堂哥，姚久久的父亲，他说他调看了医院的监控，确证婶婶的氧气管是堂弟亲手拔掉的。姚简想他们家不就是想多挣一点护理费吗？但也犯不着这样污蔑陷害。表弟说表哥既有作案的动机也有作案的时间，还有作案的环境。姚简想这个表弟是著名的"啃老族"，在母亲病重期间他连看都不愿意看一眼。姨妈每求他来看一次，他就跟姨妈收一次出场费。除了真正的亲戚，群里还多了一些不认识的人，他们都是姚久久拉进来的。他们不摆事实不讲道理，只是一通乱骂，而姚旺早在几天前就跟他们怼上了。群里塞满了不干不净的语言，每隔两三行就有人问候别人的祖宗。这个"亲人群"是几年前为了方便沟通由姚简拉群的，现在不仅不能在上面友好地沟通，反而成为相互仇恨的场所。姚简很失望，他的手指悬在屏上许久许久，终是下定决心按了下去，就像按下武器的开关。从此，这个群被他解散了，彼此眼不见心不烦。

但是，姚简仍然心事重重，他的脑海时不时会冒出关于氧气管的各种说法，有时候他竟然怀疑母亲的氧气管真是自己拔掉的，甚至会给这种想法配画面，越配越觉得真实。这种想法就像一块创可贴贴在他的脑海，怎么撕也撕不掉。一天午后，他靠在客厅的沙发上打盹，突然梦见了母亲，这是母亲逝世后他第一次梦见。母亲不停地抹着眼泪，说："简儿，氧气管是我自己拔的，你受委屈了。"姚简一个战栗，忽地惊醒，放声大哭。这是母亲逝世后他第一次痛哭，仿佛要哭出全部的悲伤和思念。哭罢，他算了算时差，发现母亲在梦里出现的时间正好是一个月前她离开的时间。

这边午后，那边凌晨。

（原刊于《收获》2022 年第 5 期）